魔術師ペンリックの使命

ロイス・マクマスター・ビジョルド

ペンリックは、アドリア大公からセドニアのアリセイディア将軍に宛てた内密の手紙を携え、船でセドニア帝国に向かった。だがなぜか港についた途端、間諜として拘束され、投獄されてしまう。自らの内に棲む庶子神の魔デズデモーナの助けで牢を脱出したはいいが、なんとか尋ねあてた将軍は既に捕らえられ、両目をつぶされていた。最初から全てが将軍を狙った政敵による罠だったのだ。責任を感じたペンリックは医師と偽り、将軍の手当てを買ってでる。だが再び将軍のもとに敵の手が……。表題作を含む中編3編を収録。〈五神教シリーズ〉最新作！

魔術師ペンリックの使命

ロイス・マクマスター・ビジョルド
鍛 治 靖 子 訳

創元推理文庫

PENRIC'S MISSION
MIRA'S LAST DANCE
THE PRISONER OF LIMNOS

by

Lois McMaster Bujold

目次

魔術師ペンリックの使命

ペンリックの使命

Penric's Mission

登場人物

ペンリック（ペン）……………アドリア大神官に仕える魔術師
デズデモーナ（デス）…………ペンリックの魔
アデリス・アリセイディア……セドニアの将軍
ニキス（マダム・カタイ）……アデリスの異母妹。寡婦
キミス……………………………ニキスの夫、アデリスの同僚。故人
ヴェルカ（テペレン）…………セドニア商人の代理人
プリゴス…………………………市総督の上級秘書官
キラト……………………………パトス庶子神教団の魔術師

1

「デズデモーナ！」ペンリックは畏怖《いふ》をこめてささやいた。「あの〝光〟を見てください」

アドリアの貨物船が入口のせばまったパトス湾にゆっくりとはいっていく。彼はその手摺りにもたれたまま目を見ひらいて、岩の多いセドニアの海岸をながめた。空気が乾いて澄みきっているため、はるかな御影石《みかげいし》の山並みが、まるでガラス職人がつくった水晶細工のように鋭くとがって見える。のぼりはじめた朝の太陽は蜂蜜《はちみつ》色だ。頭上の驚くほど青い穹窿《きゆうりゆう》を満喫しようと、くいと頭をそらした。あまりにも深く、めまいがしそうだ。海にとびこむように、あの中にとびこんでいけそうな気さえする。永遠に。そしてけっして溺れることはない。

『空に恋した男』など霊的存在が具現化する神話や伝説において、魅惑の魔法とは本来こういうものであるべきなのではないか。ああ、でもそういえば、そうした物語の最後では、たいてい死すべき存在たる人は無事にもどってくることがない。

「見ていますよ。でもあの太陽に焼かれると、学者先生の生白い肌は昼までに火脹《ひぶく》れになりますよ。しっかり日除けをしておきなさい。何かよい帽子を見つけなくてはなりませんね」彼の魔が、彼の口を使って答えた。

　いかにも詩情を解さない尊大な姉のようだ――とときどきペンリックは考える。だが彼女も、彼の目を通してわかちあっているこの光景に心動かされていないわけではない。彼女が生まれた国――といってもいいのだろうか。ええと、百年以上前？に離れた国。

「もっと昔の話ですよ」彼女がため息を漏らした。

　彼はくちびるに指を押しあてて人のいるところで声を出さないよう警告し、ロープや帆を操作している船員を避けながら船首を歩きまわった。湾と同じ名をもつ都市をいちはやく目にしようと、六人ほどの乗客が群がっている。船はむきを変え、弱い風を受けながらはるかな岸にむかってジグザグに進んでいった。

　荒れ果てた山肌が舞台幕のように脇に退き、目的地が見えてきた。広大な円形劇場のように湾を囲んでひろがるパトスは、まるでこの土地の骨でつくられているかのようだ。赤い瓦《かわら》屋根を葺《ふ》いた石造りの家。柱廊やアーチをいただく石畳の街路。丘のてっぺんには見慣れた五角形の建物――石の神殿が立っている。幅のひろい石の砦《とりで》が石の埠頭《ふとう》を守るように透明な青い水につきだしている。埠頭では十隻以上の貨物船が集まって積荷をおろしている。

　ペンリックの目には樹木が決定的に足りないと思えるのだが、林立する起重機やマストがそのかわりを務めている。この船の積荷である大量の木材が歓迎されるのも、ひとつにはそのためだろう。馬鹿でかくて、ややのろく、退屈な船。ごくあたりまえの財布をもった、ごくあたりまえの客が乗る船だ。そう、署名のない商人の契約書や希望あふれる結婚承諾書の束を抱えた、法務士に仕える若い事務官のような。だがすべては偽物だ。彼は肩紐を調節し、それらをおさめた革の書類ケースに触れた。その裏地の下に、はるかに重要な書類がひと組、ひそかに縫いつけてある。

前甲板にヴェルカがいたので近づいていくと、小さく手をふってくれた。彼はセドニア商人の代理人だ。アドリアのロディからセドニアまでの、きっとそうなると保証されていたとおり驚くほど穏やかだった三日間の航海で、親しくというか、少なくとも知り合いになった。ペンリックは大喜びで彼を相手にセドニア語の練習をさせてもらった。そのヴェルカが小さな笑みを浮かべてたずねた。

「セドニアへのはじめての旅に、いまもわくわくしておいでかな」

「ええ」ペンは答えた。

まだ朝の光に眩惑《げんわく》されたまま、内気なふりをすることも忘れている。若い事務官ならもちろん、興奮しきっていてもおかしくはない。

「きっと山ほどの驚きに出会うだろうね」

「ええ、きっと」

デスは心の中でも無言だった。だが、ペンと同じくらい熱心に港を見つめているのがわかる。

セドニア税関のタバードをつけたふたりの男が緑色のボートを漕いできて、ペンの船に横づけした。ペンはひとつだけの旅行鞄をとりあげ、ヴェルカのあとについて、最初に船をおりる乗客の集団に加わった。縁を越え、舷側に垂らした網をくだっていく。この船は人間をおろしてしまったら、帝国海軍造船所と軍需工場の埠頭にむかい、そこで材木を陸揚げすることになっている。ある国が、いつかそのうちに戦争をはじめるか、少なくとも激しい海戦をくりひろげることになるだろう国に、造船に絶対必要な材料を売りつける理論的根拠について考えてみたが、どうあっても納得できなかった。まあいい。その謎は今回の任務とは関係がない。

帝国税関は、いくつかのテーブルをならべ、制服のチュニックを着た係員数人と退屈そうな護衛兵がいるだけの細長い木造小屋で、いかにもお役所らしいどんよりとした空気が漂っていた。乗客がのろのろと列をつくり、検査のために荷物をひろげる。ペンの番になった。担当の係員がのんびりと偽の書類を調べ、偽の名前と年齢と職業を書きとめる。鞄がテーブルの上にどんとおかれ、ペンにはわからない何かをさがすように、係員が中身をひっかきまわした。

彼の荷物は、今回の旅において演じる役割に合致するようアドリアで慎重に選択されたもので、興味を惹きそうなものは何もはいっていない。もちろん、庶子神教団の神官がまとう白いローブも、神殿魔術師の肩にとめられる白とクリームと銀の徽章《きしょう》などあるはずもない。母神教団の教官医師であることを示す四本の紐からなる緑の徽章もだ――ふたりめの神に誓約を捧げることを拒否したにもかかわらず、ペンはマーテンズブリッジでこれを押しつけられてしまったのだ。そして、長い指についたインクの染みはいかにも法務士の事務官にふさわしい。

いずれにしても、もっとも秘密を要する危険な密輸品、彼に超常的な力を与えてくれる混沌の魔は、まったくなんの疑いもなく税関を通過した。

港の役人と話しこんでいたヴェルカが手をふっている。ペンはふたたび、より鋭くなった光の中へと足を踏みだした。いまこの段階で同行を申しでられては困るので、足早に立ち去る。まず最初に、はるばるここまで旅をしてきた目的の交渉相手をさがそうか、それとも宿をとったほうがいいだろうか。そう、まずはその男の居場所をつきとめ、それから都合のよさそうな宿を見つけよう。港の市場で獲物の住居をたずねてまわれば、彼の関心のありかを知る証人が大勢生まれてしまう。もっと慎重な方法を考えなくてはならない。

〈そうですね〉デズデモーナも賛成している。〈いちばんよいのは、総督宮の周辺とか、兵舎に近い兵士が集まる居酒屋に行ってみることでしょうね〉

これまで一度として足を踏み入れたことのない都市の地理が直感的に浮かんでくるのは奇妙な感覚だ。だが、デズデモーナのかつての乗り手のひとりが、数年にわたってここに住んでいたことがあるのだ。百年以上も昔のことだけれども。もちろん変わったものもあるだろうが、おもだった建物や通りはそのままだろう。石造りの町なのだから。

屋台や天幕が半常設された小さな村のような市場には、魚やロープやタールや香料の匂いがたちこめていた。売っているのは古着、錫《すず》や陶器の食器、食べ物、ペンにとっては珍しいオレンジやレモン、干し無花果《いちじく》やナッツ、色鮮やかな奇妙な野菜、オリーヴとその油などだ。売り手買い手ともに男女半々で多様性に富み、おまけに大勢の子供が駆けまわってさらに混乱を引き起こしている。衣類はゆったりとしたリネンが多く、男はチュニックにズボン、女は襞《ひだ》のはいった上品なドレスをまとっている。肌の色もまた、ロクナル人のようなブロンズからオリーヴ、明らかに屋外で働いているのだろう煉瓦《れんが》のような濃い褐色までさまざまだ。

髪も巻き毛から直毛までいろいろだが、日に焼けて縞模様になったブロンズ色、深い銅の色、茶色などがまじる中で、とりわけ多いのが黒髪だ。旅にあたり、髪をおとなしい茶色に染めろという忠告に従っておいてよかったと思う。白金の髪は故郷においてすら充分目立っていた。さらにこの国では、山では平均的だった彼の身長が、周囲のほとんどの男より頭半分も図抜けて高い。この太陽のもと、白金の髪は灯台の篝火《かがりび》のように燃えあがって見えたことだろう。目だけはどうすることもできず、わずかに細くすがめておくしかない。そしていかにも事務官らしく背を丸めていればいい。

ペンはわくわくしながら市場をひととおり見てまわり、それから総督宮をいただく丘にむかって街路をたどりはじめた。海鳥の声、作業員や物売りの怒鳴り声、起重機のきしり、蹄音や荷車のとどろきなど、波止場の騒音に打ち消され、背後から駆け足でやってくるブーツの規則正しい足音に気づくのが遅れた。ふり返ったときには、六人からなる小部隊がすぐ目の前にせまっていた。

「とまれ!」部隊長が怒鳴った。

ペンリックは緊張しながらも指示に従った。まばたきをして微笑《びしょう》を浮かべ、あいたほうの手をひらいて敵意のないことを示す。

「こんにちは」できるだけ愛想のよい声を出した。「何かご用でしょうか」

そのときになってようやく、ヴェルカが部隊のうしろから走ってきていることに気づいた。

彼はペンを指さしてさけんだ。

「そいつが間諜《かんちょう》だ！　つかまえろ！」

一瞬、口八丁でなんとかこの場をのりきろうかとも考えたが、すぐさま思いなおした。革の書類ケースを念入りに調べられたら、隠しポケットも大公の秘密書簡も見つかってしまう。そうすればどれほど言葉を尽くしても意味はない。だが、首からは中身のたっぷり詰まった財布がさがって服の内側に隠れているし、書類ケースは肩から斜めにかけてあるからひったくろうにも簡単に奪われることはない。

部隊長が短剣を抜いてふりあげる。ペンは思考した。

〈デス、高速化を！〉

ペンの視点からいうならば、彼を襲おうとしていた者たちの動きが鈍くなった。旅行鞄を部隊長に投げつけて後退させ、のろのろとつきだされたべつの男の剣を避ける。高速化すると、彼自身はいつも油の中で戦っているように感じる。それでも全速でその場を逃げだすべく脚に力をこめてむきを変え、最初の数歩を踏みだした。〝どこへ〟はあとで考えればいい。

そしていま、ペンは反対方向から駆けつけてきた残り半分の部隊の中にとびこんでしまったのだった。警棒をふりかざした衛兵たちがのしかかってくる。

だらだらと襲ってくる四つの打撃を、戦う蛇のようにしなやかにかわした。五打めもみごとに避けたと思った瞬間、側頭部がみずから六打めにぶつかりにいった。それは、おそらく警棒をふるう本人ですら意図していなかったほど強烈な打撃になった。

世界が星と雪に変わってしまった。彼はあえぎながら倒れ、両手をばたばた動かしても身体を支えることができず、頭が、こんどは石畳にぶつかった。意識を失うことこそなかったものの、胸の悪くなるような黒い雲が視野をおおった。

失神してしまえば、そのあとの苦痛やみじめさを味わわなくてすんだのに。力強い幾本もの手がわらわらと彼の長身をかつぎあげ、いそいで坂道をくだり、海辺の砦の門をくぐらせる。頭上で影がひらめき、やがて石天井となった。彼ははじめ、頭はまだがんがん痛むけれども自分は間違いなく気を失っていて、だから世界が暗くなったのだと考えた。だが実際は地下にはいっただけだった。オレンジ色に揺れ動く松明《たいまつ》の光がぼんやりと通りすぎていく。通路が狭くなり、ひろがり、また狭くなり、ふたたびひろくなった。

抑えこまれ、書類ケースとブーツと財布とベルトとベルトナイフと外衣を、手際よく剝ぎとられる。誰かが髪をつかみ、うなるようにたずねた。

「ほんとうの名前を名のれ」

ペンはうなり返すこともできず荒い息をついていたが、とつぜん尋問者にむかって反吐《へど》を浴びせた。防御にせよ報復にせよ、あまりにも心もとなくはあったが、少なくとも男は毒づきながらあとずさった。

「ボスコ、きつく殴りすぎたな。こんな状態では話もできん」

「すみません、隊長！　でもこいつが悪いんです――こいつのほうからぶつかってきたんですから！」

「気にするな」ヴェルカの声だ。「たぶんこいつがすべての疑問に答えてくれるさ」

ヴェルカは、そう、まんまと革の書類ケースを手に入れたのだろう。してやったりといいたげな微笑を浮かべている。船であの男と骰子《さいころ》勝負をしたとき、デスに頼んでいかさまをしなかったのがくれぐれも残念だ。

「これでは、自分で梯子《はしご》をおりることはできないと思うのですが」ひとりの衛兵が言った。

「だったら落としてやればいい」

「でも、それじゃ両脚とも折れちまいます」

「今後、こいつが呼びだされる可能性はありますか。処刑の場はべつとして」隊長が、おそらくヴェルカにだろう、たずねた。

「まだわからん。いまは多少なりとも大事に扱ってやれ」

短い専門的な討議の結果、シャツとズボンだけを身につけたペンの両脇に痛いほどきつくロープが巻きつけられた。ひとりの衛兵がよじれる縄梯子をくだりながら、闇の中におろされる彼に付き添っていく。素足の爪先が、膝が、そして全身が冷たい岩肌に触れて横たわる。それから、ロープも衛兵も梯子も、すべてがひきあげられていった。頭上で重い石のこすれる音が聞こえると同時に、声が遮断され、かすかな松明の光も消えた。完全な静寂。完全な闇。

そして、完全なひとりきりに。

ただ……彼の場合、そうはならない。

「デス」うめくように声をかけた。「まだそこにいますか」

ふるえるような沈黙のあとに、答えが返った。

「わたしをどこかに行かせたいのなら、あなたの脳髄《のうずい》を街路じゅうに撒き散らす必要がありましたね」

まだ頭はずきずき痛むものの、ペンは好奇心にかられてたずねた。

「その場合、誰に飛び移るつもりだったのですか」

「ヴェルカです」ぶっきらぼうな答えだ。

ほかの条件がすべて等しい場合、乗り手の死によって追いだされた魔は通常、周囲にいるもっとも強い人間に飛び移る。

「ほんとうに?」

「そしてその場合、あの男は長くは生きられなかったでしょうね」短い間。「わたしが考えだし得るかぎりのさまざまな苦痛を味わって死ぬことになったでしょうよ」

もしかすると、これはつまり、混沌の魔の〝愛の告白《アイ・ラヴ・ユー》〟なのだろうか。

〈いずれにしても〉くちびるが動きにくくなってきたため、デスが声に出さない会話に切り換えた。〈よく聞きなさい、ペン。気を失ってはいけませんよ。頭蓋骨《ずがいこつ》にひびがはいって内出血しています。血管は熱でふさぐことができますが、穴をあけて血の塊をとりださなくてはなりません。でないとその圧迫で死んでしまいます〉

〈自分で開頭手術をしろというんですか〉

〈それはわたしがやります。あなたにはただ意識をしっかり保っていてほしいだけです。わた

しが作業をつづけるためには、あなたが……あなたが……〉

〈わかりました〉

劇薬というわけだ。ときにはそれで生命が救われることもある。

ときには、そうはならないことも……

頭はすでに激しい痛みに襲われている。指先ほどの穴がぶち抜かれてもさほどちがいはない。噴きだした血はわずかだったが、くちびるのかすかな痙攣《けいれん》がなくなった。

〈そう、そのとおり〉いまのはデスか彼かどちらが言ったものなのだろう。

〈もう気を失ってもいいですか。痛いです……〉

〈いいえ、まだ起きていなさい。凝血塊を始末してしまわなくてはなりませんからね〉

それもまたそのとおり。馴染みの手順だ。けっして心地よいものではないが。デスも彼と同じくらい苦痛を味わっているのだろうか。たぶんそんなことはない。それでも、ペンの身体と精神が屈してしまえば彼女もまたばらばらになってしまう。

〈あなたにとっても楽しいことではないでしょう〉

〈もちろんですよ〉

ややあってペンはたずねた。

〈デス、いまわたしの目に暗視能力を与えることはできますか〉

〈ええ……〉

すぐさま闇がひいていった。まったく光がないため、目にはいる映像はモノトーンの奇妙なものだったが、それでもこの場所のひろさや形状がわかったことで心がおちついた。ここはどうやら、岩盤を削ってつくった丸い部屋のようだ。高さおよそ十四フィート、幅は七フィートほどで、削られた壁は上にあがるにつれてしだいにせばまり、てっぺんが小さな出入口になっている。いまはどっしりとした石で蓋がされている。

ペンリックは壁の険しい傾斜角度を調べ、子供のころに山で鍛《きた》えた崖のぼりの腕についてじっくりと考えた。

〈駄目ですね、わたしでもあれをのぼることはできそうにありません〉

そしてもちろん、いまのこの状態だ。ペンは旅のあいだじゅう、どのような鍵をかけた扉も自分たちを閉じこめることなどできないと信じていたのだが。

〈ここは魔術師のための牢獄なのでしょうか〉

ヴェルカはほかの秘密と同様、この秘密にも気づいたのだろうか。

〈セドニアではごくあたりまえの壺牢です。忘れてしまいたい囚人をいれておく場所だといわれていますね〉

〈これまでこんな牢に閉じこめられたことはありますか〉

口にこそしなかったが、〈そして、脱出したことは？〉とたずねたかった。もちろん、乗り手を失って抜けだすという手荒な方法を除いてだ。

〈ありませんね〉

やがて彼は壁際まで這っていき、手探りでどうにかむきを変えて背をもたせかけた。そこでひと休みし、改めて最後の凝血塊に取り組んだ。耳のうしろにじんわりと濡れた感覚がひろがり、胡桃《くるみ》色に染めた三つ編みににじんでいく。ぜんぶあわせても死にいたるほどの出血ではない。少なくとも、頭蓋の外側にあるかぎりはそうだ。

身体を起こし、呼吸しつづけることに意識を集中した。今朝から比べるとずいぶんささやかな野心だが、いまはこれもまた挑戦する価値のある課題だった。

どれほどの時間がたっただろうか。ペンリックは、どうしてヴェルカに正体を見破られたのだろうと考えはじめた。慎重さが足りなかったのか、何か間違った行動をとってしまったのか。それほど難しい役を演じていたわけではない。懸命に考えたがわからなかった。ヴェルカは魔術師ではない。巫師《ふし》でもないし、もちろん聖者でもない。ペンの秘密を暴きたてるにあたって、つねならぬ力は使われていない。

さらにいえば、ヴェルカとは実際には何者なのだろう。見かけどおり、愛国心に燃えるセドニア商人だろうか。それとも、彼もまたどこかの間諜なのだろうか。

〈慰めになるかどうかわかりませんけれど、どこで間違ったのかわたしにもわかりませんね〉

デスが言った。

親切にもペンの自己嫌悪をやわらげようとしてくれているのだろう。この秘密の外交任務は、彼にとってははじめてのものだが、さほどたいへんとは考えていなかった。これを立派に果たせば、新しい土地へ旅するこうした機会をさらに与えようと、大公からも大神官からも約束をとりつけていたのに。壺牢というのは彼が思い描く旅行計画にははいっていなかった。

やがてペンは、自分は死ぬのだろうかと考えはじめた。計りようもない時間がさらに流れる。それはどのような死に方になるだろう。何か恐ろしい方法で処刑されるのだろうか。それとも、ただこの闇の中に忘れ去られて息絶えるのだろうか。彼にとっては闇でもないし、ひとりきりというわけでもない。そして彼は友たるデスより長生きすることはできない。それに関してはもう諦めがついている。

〈でも、もう一度空が見たいな〉

そして、ペンがようやくそのことに思い至ったのは、さらに恥じるべきほど長い時間がたってからのことだった。

〈わたしが会うことになっていた人はどうなるのだろう〉

豊かな想像力が、彼の失敗によるすべての代価をまざまざと描きだしはじめる。ペンはそのさまをおぞましいほどくわしく描写してくれる、かつて読んだ何十冊という歴史書を呪った。

〈五柱の神々にかけて、アリセイディア将軍はどうなってしまうのだろう〉

この失敗のために生命を支払うのはペンひとりではない。

〈だけど、少なくともデスは大丈夫だ〉

それにもうひとつ、ささやかな幸せがある。

「もう日焼けしないですみます！」

小さな笑い声をあげたが、口の中があまりにも乾いていたため、咳きこんでしまった。

〈ペン〉デスが不安そうな声をあげた。〈ここに落とされたせいで精神が乱れはじめていますね。あなたが正気でいてくれなければ、わたしを維持することもできないのですよ。しっかりしてください！〉

〈どうやって？〉

痛む頭を膝にのせ、耐えがたい苦痛にさらされた人がなぜ自死を選ぼうとするかに思いを馳せる。

やがて、しぶしぶといった口調でデスが促した。

〈あなたの神に祈りなさい。わたしたちのほか、いまここにましますのはあの神だけなのですから〉

ペンは彼女の提案について考えた。じっくりと考えた。そしてささやいた。

「第五神たる白の庶子神よ」ためらってから、嘆願をこめて両手を闇の中に掲げ、五指を大きくひらいた。「季節にかかわりのないすべての災厄を司《つかさど》る神よ」まったくそのとおりだ。「わたしは今日のこの日を供物としてあなたの祭壇に捧げます。嘉《よみ》し納めたまえ」

十年ほど前に神学校で教わった祈りとはまったく似ても似つかないが、間違ってはいないと感じられる。おそらくそれが聞き届けられたのだろう、ようやく彼は眠りに落ちることができたのだった。

この穴に落とされてから長い――とペンリックには思える時間がすぎたころ、石のこすれる音がふたたび聞こえ、オレンジ色の光がひらめいて、鉤《かぎ》にひっかけた蓋つき手桶がおろされてきた。看守が怒鳴る指示に従い、ペンは寝返りをうって手桶に近づき、鉤をはずした。鉤は彼を残してすぐさまひきあげられていった。蓋に使われていたのは粗末な丸いトレイで、ほんの昨日焼いたばかりの固くなった小さなパンと、ねばねばした乾燥果実の塊——ほとんどが無花果だ——と、白っぽい四角いもの——デスによると干し魚を固めたものだそうだ——がのっていた。トレイの下の手桶は汚物入れではなく、たっぷり二ガロンもありそうな新鮮な水と、木のカップがはいっていた。

ペンはむさぼるように水を飲み、それからふと速度を落とした。この水でどれくらいのあいだもたさなくてはならないのだろう。

「たぶんこれで一日分だと思いますよ」デスが言った。「どっちにしても飲んでしまいなさい。回復に必要です」

パンを少しとわずかな果実はなんとか食べたものの、魚はひと口かじっただけでいやになった。デスが母親のように心配そうに、これはごくふつうの食べ物だし、滋養があるからと一生懸命勧めてくれたが、駄目だった。においがひどい。それに、細いものではあれ骨がある。硬い髪の毛のような。そして、そう、破片のような。

というわけで、ペンは食べ物と水を与えられてひとりきり放置されることになった。最初の三日はそれだけで充分だった。この牢は彼が全身をのばしてゆったり寝ころべるほどのひろさがあった。おかげで、背中と足を両側につっぱって崖の割れ目をよじのぼるという、山で鍛えた技をふるうことはできなかったけれども。

四日め。身体を起こしてより詳細に自分の傷を調べた。デスは痛めつけられた頭蓋の治癒をはやめ感染を防ぐことはできるものの、それは完全に上向きの魔法だ。どこかに無秩序を廃棄しなくてはならない。いつもなら周囲に小さな害虫が充分にいるため、そうしたささいな作業も容易なのだが、壁を這う蜘蛛《くも》や非常に多くの脚をもった怪しげなものを何匹か退治してしまうと、つぎの獲物はなかなかやってこなかった。五日め、ペンが便所として使っている中央の排水口から鼠《ねずみ》がはいりこんできた。ありがたくその恵みを受けとり、デスがすばやくとびかかってしとめた。ペンはこの壺の中に鼠の腐敗臭とともに閉じこめられることになるのかと心配したが、この状況でつねにない食料不足に追いこまれていたデスは、鼠の死を舐めとったばかりではなく、一時間もしないうちにその死体を粉々に分解してしまった。ペンはその日の水の残りを使って、残骸をもとの排水口に流しこんだ。

ほかにすることもなかったので、気がつくと彼は、故郷の冬、湖で氷にうがった穴の脇にすわりこむ漁師のように、排水口のそばにうずくまって鼠を待ちかまえるようになった。気をまぎらす酒のはいった小壜《こびん》もないし、法螺《ほら》話をかわしあう友人もいないことがさびしくはあるものの、少なくともここにはデスがいる。排水口を調べてみた。岩盤を掘り抜いたもので、手のひらほどの大きさしかない。それでももしかしたらわずかな希望が……

「どう見ても無理でしょう」デスが鼻を鳴らした。「いくらあなたが細くてもその管を通り抜けることはできませんよ。ほんの少し大きいべつの穴に行きつくだけでしょうし」

「海に通じていると思うんです」

穴からときおり吹きあげてくる空気は、下水ではなく河口の匂いを漂わせている。でもおそらくこの排水口では駄目だ。通り抜けられるくらいひろげるには、混沌の魔法でも一カ月の退屈な作業が必要になる。いま手もとにはないけれども、スプーンでトンネルを掘るような長くたいへんな仕事だ。上もまた望ましい選択肢ではない。遠隔操作で出入口周囲の岩を削ることはできるが、頭の上に大きな石が降ってくるかもしれないし、音がすれば看守の注意をひくだろう。それにあそこまで空中浮揚することはできない。傷が治るまではやはり、取り調べのため牢からひきだされるときを待つのが最適かつもっとも簡単な脱出方法だ。彼はいま、治癒をおこなったために危険なほどの高熱を発している。牢獄熱の最初の徴候である悪寒がはじまっても気がつかないだろう。

食事の桶を届けにくる看守にむかって毎日大声で質問を投げたが、一度として返事がもらえたことはなかった。

さらに三匹の鼠を犠牲にして、まだ触れるとひりひりするものの、自分で首を切り落としたくなるほどのひどい頭痛はおさまった。むかつくような魚も義務的にのみこみ、あとから吐きだすことはしなくなった。ときどきはデスが、以前の乗り手たちの人生からいろいろな物語をして楽しませてくれる。全員が女——正確には十人の女と、雌ライオンが一頭、野生の牝馬が一頭だ。魔が最初に庶子神の地獄というか、混沌の貯蔵所というか、とにかくそうした場所から逃げだし、この世界にあらわれて最初に出会ったのがその馬だった。魔の以前の居場所については神学校においてもさまざまな神学的議論が闘わされている。かつてそこにいたことがあるのはデスだけなのだから、彼女ならその議論に決着をつけられるのではないかと考えたが、彼女は、自分は何もおぼえていない、無秩序そのものには記憶を形成することなどできないのだと主張した。彼女の人格――いくつもある人格はすべて、その後、肉体を手に入れそれぞれに耐えることによって刷りこまれたものなのだ。

彼女の物語は面白いものの、この光も音もない場所ではまるで幻のように思えてくる。これまではいつも、たとえ頭の中であろうと言葉として理解され、市場で語る講談師のような生きとした身ぶりのイメージがともなっていたのに。いまはそれが揺らめく映像として見えはじめている。彼自身の夢ではなくデスの夢を見て、心乱される夜のように。

昼と夜、夢と覚醒がいっそう区別しにくくなるにつれて、胸を騒がす不安はさらに高まるいっぽうだった。

2

真夜中、市の法廷監獄の中でうごめく影を見ていると、皮膚の内側がぞわぞわしてくる。ニキスは濃緑色のマントをさらにきつく巻きつけ、できるだけ静かに看守のあとを追った。兄に会わせてくれるよう賄賂《わいろ》をわたしたのだ。計画を実行する段になったら、もっと協力してくれるか——少なくとも、ある程度目をつぶってくれるだろう。

看守は石の階段をあがり、中庭を見おろす三階の回廊にはいった。静まり返った夜の中で、足もとの板のきしみが鼠の鳴き声ではなく悲鳴のように大きく感じられる。この階には鉄格子のはまったじめじめした独房はない。役所の事務室みたいな小部屋がずらりとならんでいるだけだ。とはいえ、重たげな扉にはしっかりと鍵がかかるし、細い隙間は鉄板でふさがれている。

兄がここに収監されたことの政治的意味を考えた。自宅軟禁よりは厳しい。だが、たとえば港の古い砦にある地下牢ほどひどくはない。おそらくは慎重を期しただけなのだろう。もし兵舎や海辺の砦で逮捕・監禁しようとしたら、若き将軍はその前に部下たちの手を借りて、こっそり脱出していただろう。パトス軍を指揮してまだ半年だというのに、彼はすでに人望を集めはじめている。たとえそれが、真面目な性格ゆえに俸給の支払いが遅れないというだけの理由であったとしてもだ。

もっとも、つい最近戦いがあった南西の国境では、部下たちははるかに少ない報酬で彼に従っていた。

「勝利は指揮官が部下に支払うことのできる最高の報酬だ」と、かつてアデリスは言った。

「逆もまた真ではあるがな」

戦術を凝らした集中攻撃はめざましい戦果をあげ、彼の部隊は半分の戦力と機知と意気によってルシリの侵略軍を敗退せしめた（アデリス自身、この作戦を〈庶子神の腹くだし〉と呼んだ）。公正な世界だったらどこででも、ほかの国ならどこででも、彼の働きは昇進と報奨によって報われただろう。まるで追放のように地方にとばされ、政治的疑惑が高まることなどあるはずがない。母上が皇室の血をひいていることで状況が悪化したのは間違いない。そうした血縁がなくとも、大きすぎる功績をあげた将軍が部下たちにかつぎあげられてセドニア帝国の権力を求めた例は、過去に幾度となくあった。たとえアデリスがそんな野心を抱いていたとしても、ニキスはその片鱗すら目にしたことはない。そして彼女は彼を、生まれたその日から知っているのだ。

看守が扉の隙間から中をのぞいた。夜の中にノックの音を響かせることなく、静かに声をかける。

「アリセイディア将軍、お客さんだ」

そしておおいをかけて暗くしたランタンをわたし、鍵をあけてニキスを中にいれた。だが心配そうに外で見張りに立っている。

アデリスはゆったりしたシャツと紐で縛るズボンだけの姿で、簡易寝台に腰かけていた。とつぜんの光に彼がまばたきをする。ニキスが小テーブルにランタンをおいてフードを脱ぐと、彼は素足のままとびあがるように立ちあがり、彼女を抱擁した。その腕にこもる力の強さが、無言のうちに彼の不安を物語っている。彼女もまた同じくらいしっかりと彼を抱き返し、それから身体を離して、拷問のあとはないかと兄の顔を、手を、腕をさぐった。痣《あざ》はある……でも剣の稽古でできるようなものにすぎない。

ようやく分別が勝利をおさめ、彼は妹を押しのけた。だが溺れる者のように肩をつかんだ手の力はゆるまない。

「こんなところでこんな時間に何をしているんだ」歯の隙間から押しだすようにたずねる。「そもそもだ、五柱の神々にかけて、ニキス！　おれはおまえが分別を働かせて、このすべてから身をひいていてくれるよう祈っていたんだぞ！」

「そのすべてがわたしにもふりかかってきたのよ。あなたが逮捕された日、総督の部下がきて家捜しをしたの。あなたからの手紙とキミスからの古い手紙をぜんぶもっていったわ。いったいなんのためにあんなものを。わたし、ほんとうに腹が立って――」

彼のあごがこわばった。

「連中に怪我をさせられたのか」

ニキスはかぶりをふった。

「抗議したとき乱暴に押しのけられただけよ」

こんな状況であるにもかかわらず、彼のくちびるの端がわずかに引き攣《つ》った。

「連中に怪我をさせたんじゃないだろうな」

「神々にかけて、やろうとはしたのよ」ニキスはため息をついた。「あいつら、召使を殴り倒して邸じゅうを荒らしまわったんだもの。床板を剝がして、羽目板や家具をばらばらにして。とりわけあなたの部屋はめちゃめちゃよ。衣装櫃《びつ》をぜんぶひっくり返して、何もかも積みあげたまま放りだしていったわ。どう見ても何かを――あら、わたしはあいつらが何をさがしていたか知らないのよ。とにかく何かをさがしていたわ。でも略奪はしなかったし、女の子が凌辱されることもなかったわ。出ていったあとで小さな貴重品がいろいろ失くなっていたけれど、まあそれはしかたがないわよね」そこで息を吸い、「アデリス、こんどのこれ、いったいどういうことなの？　あなたの告発容疑が、アドリアと組んで反逆を企んでいるってことだけはわかったけれど。馬鹿げてるわよ」

彼は首をふった。

「誓っておれにもわけがわからんのだ。やつらは、おれとアドリア大公の通信書簡を手に入れた、大公の間諜を捕らえたと言っていた。だがおれはアドリアと接触したことなど一度もない。証拠は見せてもらえなかった――何日も前に急使がササロンに届けた、その結果、おれの逮捕命令が出たのだと言っていた。こういう場合、ほんものの書状が必要だとはかぎらんがな」

「あなたを罠にかけるための偽手紙だというの？」

「おそらく」

ニキスは片手をあげた。

「あとにしましょう。話はあとでもできるわ。服を着て。荷物をまとめてちょうだい。いますぐここを出るわよ」

「なんだって？」彼は妹に従うことなくあとずさって目を瞠《みは》った。「ニキス、これは無分別で無鉄砲で無思慮な脱獄計画なのか」

「そうよ」無礼な言葉に反論する時間も惜しんで短く答える。「いそいで！」

だが彼は首をふった。

「それは愚かな考えだ」

「ここにとどまろうってほうが愚かよ」

「賢明でないことには同意するが、罪を犯した盗人のように逃げだしては、告発者の目に――皇帝の目に――おれの有罪を宣告するようなものだ」

「あいつらがまだあなたの有罪を宣告してないとでも思っているの？」

「まだ審理も裁判もおこなわれていない」

「あなたともあろう人が、いったいいつからそんなお人好しになったのよ」

彼は悲しげに微笑した。

「おれは四千の怒号をあげるルシリの部族民から逃げなかったのだ、いまここで逃げるわけにはいかない」

「ルシリは真正面から襲ってきたんでしょ。これは背後からの闇討ちだわ」

「いや、ルシリはそれもやったぞ」

彼女は激しいいらだちに顔をゆがめた。

「それじゃ、いったいどんな計画があるっていうのよ」

「しっかりと大地に立つ。反論する。真実を語りつづける」

「その大地があなたの足もとからすでになくなっていたら？」

「おれは大逆の罪を犯してはいない。これからも犯したりはしない。宮廷には敵もいるが、友もいる」

「安全な場所から反論すればいいじゃないの！」

「帝国領内に安全な場所などない。そしておれが帝国を離れれば、偽りが真実となる」

ニキスは逆上のあまりシャツに嚙みつきそうになりながら、彼の肩にひたいを押しあてた。

「アデリス。今夜でなければ駄目よ。もう一度なんてできない。ここまでくるための賄賂と馬を買うためにすべてを手放してしまったの。賄賂に〝返金〟はないわ」

彼は簡易寝台にどさっと腰をおろした。まるで不動の硬い岩のようだ。頑固一徹。それがこの一族の特徴だ。四人の男を連れてきて頭をぶん殴り、袋にいれて運びだせば、計画を遂行できるかもしれない。だが彼がこの表情を浮かべているかぎり、それより手ぬるい方法ではけっして動かすことはできない。その頑固さはニキスも高く評価しているが、彼女自身にむけられるとなれば話はべつだ。

「もう帰れ。そしてこの問題から離れていろ。おまえにも見張りはついているだろうが、おまえ自身は誰にとっても脅威にならないのだから、挑発しないかぎりむこうから手を出してくる恐れはない。五柱の神々への愛にかけて、おれへの愛にかけて、頼むから挑発なんかしないでくれよ」

「何もするな、鷹に狙われた兎みたいに地面に這いつくばってじっとしていろっていうの？」

「そうだ、とりあえずはそれでいい」そして両手で乱れた髪をかきまわし、膝の上で握りしめた。「頼むから、今回のようにおまえの手にあまる問題にはかかわらないでくれ。おまえがおれにとって最大の弱点になり得ると、敵に悟られることだけはなんとしても避けたい」

頬を涙がつたい落ちる。湿っぽくて役に立たないこんなものは大嫌いだ。

「男なんてみんな——男どものプライドも、強欲さも、嫉妬も、そして愚かしさも、みんなみんな、くそくらえだわ」

〈そして彼らの恐怖も〉

彼が濃い茶色の目もとに皺《しわ》をよせて笑った。

「ああ、それでこそおれのニキスだ」

ここで大声をあげるわけにはいかない。泣きわめくなどとんでもない。さらに十分間にわたって小声でかわされた激しい議論も、彼を翻意させることはできなかった。彼なら包囲戦の指揮官も立派に務められただろう。

議論に終止符を打ったのは怯えきった看守だった。彼が扉をわずかにあけてささやいたのだ。

「もう時間です、マダム・カタイ。そろそろお帰りになってください。わたしもこれ以上ここにとどまることはできません」

アデリスに押され、看守にひっぱられ、ニキスは気がつくとふたたび回廊に立って、闇の中で困惑していた。

さらに階段をくだり、脇のアーチを抜けて裏門にたどりつく。

そこに、六人の衛兵を従えた上級隊長が待ちかまえていた。

乱暴に捕らえられて泣き言を漏らしているところを見ると、看守が密告したのではないようだ。衛兵が携えたランタンのおおいをはずし、高く掲げた。影が追いはらわれた。

「やつはどこだ」衛兵のひとりが狼狽《ろうばい》した声でたずねる。

隊長が進みでてきた。ニキスは追いつめられ、フードをぐいとはずしてあごをあげた。抗議の言葉と言い逃れと嘘が口の中にあふれ、恐怖によって押しつぶされる。

〈おちついて。何も言っては駄目よ〉

「マダム・カタイ」隊長が顔をしかめた。「このような時間にこんなところでお目にかかることになるとはな」

奇妙なことに、その皮肉な口調でかえって冷静さがとりもどせた。これは殴りかかることなく話のできる男だ。少なくとも、話す前に殴りかかってくることはない。

「ここにいる誰かが、とうぜんの行為として、もしくは尊い慈悲心をもって計らってくれていたら、わたしだって昼間、兄に会いにきたわ。そうはならなかったから、わたしにできる最善を尽くしたまでよ」

隊長が縮みあがっている看守をじろりとにらみつけた。

「そのようですな」

「その人を咎《とが》めないでね。もちろんおわかりでしょうけれど、わたしが泣きついたのよ」

それは事実だ。もちろん、すべてではないが。この隊長は女の涙で心動かされるような男ではなさそうだ。だが、脱獄の試みではなく親族が不安のあまり顔を見にきただけだと思わせることができれば、気の毒な看守の罪も軽くなるのではないだろうか。

「それで、兄君はどこに？」

「あなた方が、不法に、監禁したところに」くちびるが引き攣って笑みともいいがたい形にゆがむ。「兄は冬の父神が無実を明かしてくださるだろうと主張しているわ」

隊長はかすかに鼻を鳴らして脇により、ふたりの部下に小声で何かを命じた。ふたりは走り去り、数分後にもどってきて報告した。

「将軍はまだ牢内におりました」

脱獄の現場を押さえたかったのだろうか、隊長はいらだたしげに彼女をにらみつけ、それからいかにもくだけた口調で告げた。

「もちろんご承知だろうが、われわれはあなたの馬と召使も確保しましたよ。町を抜ける一夜の小旅行にしては、荷物が多すぎるとは思いませんかね」

監獄の正門前で待たせていたわけではない。ではニキスは監視されていたのだ——そう、彼女自身が想像していた以上に巧妙に。将軍と未亡人であるその妹を真に知る人なら今回の試みにもさほど驚きはしないだろうが、そんな者がパトスにどれくらいいるだろう。彼女はあまり人とまじわらず、兵舎のアデリスをわずらわすこともめったになかった。そして彼のほうでもまた、妹のプライヴァシーを尊重してくれていた。

そもそも彼女が動きはじめる前から、裏切りははじまっていたのだ。

石のような沈黙を予期してはいなかったのか、隊長は彼女から話をひきだすことを諦め、強烈な皮肉のまじった口調を厳しいものに切り換えた。

「なるほど、兄君のために力を尽くそうとするあなたの努力は理解できます。だがそれも無駄でしたな、マダム。明日正午ここへこられたら、そのまま何事もなく将軍をお返ししますよ。事実……」と目を細くして、「いまはお邸までお送りし、お休みのあいだ護衛をつけておきましょう。そして明日、ここまでお連れしますよ。何も間違いが起こらないようにね」それからややあってつけ加えた。「いずれにしても馬は没収します」

「兄は釈放されるの？」

隊長の言葉によって心が高く舞いあがり、すぐさま沈んだ。アデリスが無実であること――正確にいってほとんど無実であることは、疑っていない。だがいまの隊長の言葉は、兄が即決処刑され、それでも裏切りを企てる者への見せしめとして市城門外の絞首台に晒《さら》されることはなく、崇高なる慈悲により、埋葬のため家族に――彼女に、遺体としてもどされるということではないのか。いずれにせよ、隊長はその答えをすでに知っている。彼の顔に浮かぶ憐憫《れんびん》の色が、厳しさよりもはるかに恐ろしかった。

隊長は答えず、部下に彼女を取り囲ませ、そのままパトスの曲がりくねった街路へと連れだした。

つまりは、ニキスもアデリスも、ふたりとも間違ってはいなかったのだ。彼女のお粗末な逃亡計画ははじめから失敗に決まっていた。そして、牢獄にとどまるという彼の決意もまた、恐ろしい恐ろしい過ちだったのである。

翌日正午、予告どおり衛兵がふたたび彼女のもとを訪れ、市監獄の裏口までエスコートした。悠然とやってきた隊長が一行を目にし、顔をしかめた。

「はやすぎるぞ。三人はマダムとここに残れ。そっちの三人、ついてこい」それからニキスにむかって、「マダムはここでお待ちください」

残された四人はおちつきなく待つことになった。誰も話しかけてこない。仲間うちでもまったく話をしない――世間話も、兵士らしい冗談も、あからさまな愚痴《ぐち》も。彼女を馬鹿にすることも、安心させることもない。異様な静寂があたりを包んだ。逆さ吊りにされて血が逆流しているかのように、頭がずきずき痛む。

ひとりの衛兵が鞍をのせた馬をひいてもどってきた――昨夜失われたと思っていた、彼女自身が借りた馬だ。衛兵は馬と同じくらい無言のまま、待機組に加わった。馬が腰をひねって鼻息を漏らした。

とつぜん静寂を破って、ニキスがこれまで聞いたこともないほど非人間的な悲鳴が響きわたった。壁ごしでくぐもってはいるけれども、その声は耳をつんざくように高まり、途切れ、ふたたび高まり、そしてふいに静まった。声を発していた咽喉《のど》が絞められたか、もしくは掻き切られたかのように。馬が不安そうに首をふり、むきを変えた。

あんなもの、アデリスの声であるはずがない……でもほんとうに？　小馬から落ちて腕を折った十歳のときだって、彼は小さく奇妙な声で「うわっ」と漏らしただけだった。いまのはきっと、五度めの有罪判決を受けて片手を切り落とされた盗賊だろう。ここではときどき、そうした処刑がおこなわれているというから。

〈どうか、どうか、盗賊であって……〉

待機組の衛兵たちは、彼女に目をむけることも、周囲を見まわすことも、たがいを見やることもやめ、ひとり残らず地面をにらんでいる。不安なのだろうか。あんなすさまじい悲鳴を聞いたあとだ、不安でないはずがない。彼女も恐ろしかった。冬の風にさらされているかのようにふるえながら、全身が汗でぐっしょりと濡れている。

そうではない、とニキスは気づいた。奇妙だけれども。

〈彼らは恥じているのだ〉

ようやく、中庭に通じる明るいアーチに人影があらわれた。ふたりの衛兵がよろめく男を両脇から支えている。

〈アデリスなの？〉

担架《たんか》にのせた遺体でないことだけは確かだが、安堵が押し寄せることはなかった。堂々たる体躯は見慣れたものだ。だがあの萎縮《いしゅく》しきった姿勢はなんだろう。葡萄《ぶどう》酒で酔っぱらったかのように背中を丸め、足もともおぼつかない。

三人が近くまできてようやく、兄の頭部に白い包帯が巻かれていることがわかった。そして、なぜ彼らが天賦《てんぷ》の才もつ将軍を妹のような生ぬるい看守のもとに帰してきたかも理解された。

〈ああ、神さま神さま神さま神さま……〉

〈あいつら、アデリスの目をつぶしたんだわ〉

3

おそらく十日ほどたったころだろうか。石の蓋があけられ、そのままになった。だが空の桶をひきあげるための鉤はおりてこない。かわりに、穴の縁から革のホースがつきだされた。数フィートはあるが、どうやっても手は届きそうにない。闇に慣れたペンの目には、松明の揺らめく弱い明かりですら太陽のようにまばゆく感じられる。その光の中で、看守が影のように無言で立っている。

「こんどはなんなんですか」返事を期待しないまま上にむかってたずねた。

「狂人への慈悲だよ」誰かがうなるように答えた。

「わたしは狂ってなんかいません」〈いまはむしろ腹を立てています〉

「年がら年じゅう、ぶつぶつ独り言をつぶやいてるじゃないか」

「〝独り言〟なんて言っていません」〈頭の中の声と話しているだけです。十人もいるんです〉長年の経験で、言っても無駄なことはわかっているが。

ふんと鼻を鳴らす音につづき、ひとり分の——だろうか？——サンダルの足音が去っていった。

数分後、ホースがふくらみ、音をたてて規則正しく何かを吐きだしはじめた。水だったらいいのだけれど。流れに手をのばして味わってみた。そう。海水だ。雨水でも汚水でもない。どういうことだろう……

「わたしたちのささやかな住まいを掃除してくれようというのでしょうか。確かにそれも必要ですけれど」

咽喉が奇妙にこわばってデスが答えた。

「いいえ、そうではありませんね」

海水は排水口から流れでる以上の速度でそそぎこまれている。それとも、穴の底をふさいだのだろうか。ペンはためらいがちに、溜まっていく水を素足ではね散らした。

「わたしたちをこの牢で溺死させようとしているのでしょうね」デスがつづけた。「鼠を桶に沈めるように。身体に傷痕を残さず囚人を片づけるときに使われる方法ですよ」

〈どうしてそんなことを気にするのだろう。それに……〉

「わたしたちが泳げることを知らないのでしょうか」

「どれくらいのあいだ泳いでいられるかしら」

「何時間でも。何日も？」

「むこうは何日だって待てますよ」

「何日もかけるつもりなら、食事をとめて待てばいいじゃないですか」

この方法が選ばれたということは、つまり……。なんだろう？

〈外で何か変化があったのだ〉

数分後には水がくるぶしまで達し、ペンは怒りをこめて吐きだした。

「まだ尋問もしていないのに」

彼にとってはそれがもっとも期待できる脱出機会だった――この石の壺からひきあげられさえすれば、縛られようと拷問されようと馬鹿でかい見張りをつけられようと、すべてをやりすごし、雌鳥が卵を産むようにするりとこの砦から抜けだすことができたのに。現状をある程度知るため、幾度かの尋問を我慢しようとさえ計画していたのに。

「この牢を満たすなんて、ものすごい量の水を用意しているんですね」

「海そのものが貯水タンクになりますからね」

この砦はわずかであれ海よりも高く、この牢も同様である。さもなければ日に二度、満潮のたびに排水口から水があふれているだろう。ホースからは、船底の水を汲みだすポンプのように途切れとぎれではなく、規則正しく水が流れてくる。おそらく、たくましい人間や家畜によって運ばれているのではなく、あらかじめいっぱいに満たしたタンクから供給されているのだろう。ペンの心はとつぜん方向を変え、苦労して学んだ幾何学を用いながら牢のひろさと上から流れこむ水のおおよその量を計算しはじめた。

〈ありがとうございます、ルーレンツ学師〉

空想に浸ってばかりいる若い頭を指し棒でこつこつたたかれたことを、感謝をこめて思いだす日がこようとは。

「六時間くらいでしょうか。それとも八時間?」

「天井まで満たしはしないでしょう。あなたの頭の少し上くらいで充分ですからね。ペン、しっかりなさい！　わたしがホースを爆発させましょうか？」

そうすればもちろん事態を遅らせることはできるが、ひとつの事態だけはどうやっても〝避けること〟ができない。もう少しで同意しようとしながら、ペンはためらった。

ホースを破壊するのは遊びのような魔法にすぎない。一年前、本を積んだ六頭の騾馬《らば》と衣類を積んだ二頭の騾馬を連れて、新しい大神官に仕えるためにはじめて山脈を越えたとき、ペンは海沿いにひろがるアドリア平野の湿っぽい暑さに辟易《へきえき》した。かすかな火花を散らして炎を燃やすのは、彼が最初に学んだもっとも簡単な破壊魔法だ。その過程を逆転するにはより緻密な操作が必要とされる。だが彼は、ロディの大神官宮殿から害獣害虫を駆除しながら練習を重ね、空気中の水を大粒の雹《ひょう》としてひきだす技を習得し、生ぬるい飲み物に落とすことをおぼえた。思慮深く新しい能力を見せびらかすことはしなかった。大神官が招いた大勢の高貴な客の前で、魔法の氷製造機として技を披露させられるのはまっぴらだった。

それでも、大神官の従兄弟である大公が、有能かつ自国語のようにセドニア語を操ると評判の彼を秘密の外交使節としてかっ攫《さら》うのを防ぐことはできなかった。それがこの……災難の、はじまりだったといえるだろう。

〈いまそんなことを考えるのはやめなさい。時間がありません〉

これはデスだろうか、ペン自身だろうか。いずれにしても、それはちがう。時間ならある。あと数時間は。

「彼らが溺れた鼠を確かめにくるまで、どれくらい時間があるでしょう」

「わかりませんね」

ペンがすぐさまパニックを起こして自滅するだろうと考えたら、それほどたたずにもどってくるかもしれない。そうなったらどうしようもないが。壁の曲面に背中を預けて辛抱強く心をおちつけ、計画を練った。

〈溺れる前に凍死しようというの?〉デスが哀れっぽくたずねる。

数日ぶりに、彼のくちびるがゆがんだ。

「春、山の筏《いかだ》乗りが氷を割って冬に切りだした木材をとりだし、川をくだっていくのを見たことはありませんか」

ペンの前に魔の乗り手であったルチアも、その前のヘルヴィアも、ペンリックと同じく連州の生まれだ。

「まるでダンスのようなんです」

「死のダンスね! ……あなたもそれをしたことがあるの?」

「若いときに何度かグリーンウェルの谷の住民を手伝ったことがあります」その記憶を反芻《はんすう》しながら、「でも母上には内緒でした」

〈ふふん〉

やがて水が膝まで届き、彼女が厳しい声で言った。

「高くつくことになるわね」

「ええ。でも死ぬよりはましでしょう」

海水が太股《ふともも》まで達し、彼は声に出してたずねた。

「彼らはわたしが魔術師であることを知っているのでしょうか、どう思います？」

デスはためらった。

「確かな証拠にはならないけれど、もし知っていたら、山羊か羊か、そうしたものを出口のそばにつないでおくと思いますよ」

ペンは当惑をこめて首をかしげたが、やがてその理由に思い当たった。

〈ああ〉「あなたを飛び移らせて、どう処理するか決めるまで収容しておくためですね」

「ええ、魔術師を処刑するときに昔から使われている方法ですよ」

「そんな目にはあいたくないですよね」

「もちろんですよ、だから生きてくださいね、ペンリック」

水が肩まできたのをきっかけに開始した。まずは牢の中心に薄い氷をつくる。壁に片手をついたままゆっくりと歩き、ささやかな氷板が中心にとどまるよう水を動かす。魔法を使って身体が熱くなるのがいまはありがたい。セドニアの海水はペンリックの基準からすればたいしたことはないものの、それでも人の血よりはずいぶん冷たく、量が増えるにつれてますます体力を奪っていく。長引けば、飢えと渇きにもさいなまれることになる。

デズデモーナがしだいに……この現象をどう名づければいいのかペンはいつも迷うのだが、いわば、〝初期状態において興奮しつつある〟。上向きの魔法をあまりにも急速に大量にふるったときに彼女に襲いかかる制御不能の熱狂状態は、まだまださきの話だ。それでも、必要以上に彼女に圧力をかけるのは失礼というものだろう。

〈それに危険だ〉

デスが曖昧《あいまい》に同意のような言葉をつぶやいた。それからふいに、胸もとの水をかきわけているペンにむかって陽気な声をかけた。

「でもそうですよ、この技があれば砂漠で咽喉が渇いて死ぬことだけはありませんね」

ペンは海水を泡立てながら、咳きこむように笑った。

「それは、いまこの場におけるもっとも切実な問題ではないです。デス……」

氷の円盤は厚みを増し、水中に沈んだ部分がさらに大きく逆三角形をつくる。だが上面はできるだけ平らにしておかなくてはならない。そして、彼自身より重いものをつくるのだ。水があごまで達したので、氷盤によじのぼった。

そして、上に、上に……

ホースにむかって手をのばしたが、あと少しで届かない。氷盤にのった足が凍えそうだ。さらにまずいことに、足もとの氷が溶けてくぼみができはじめた。ジャンプしてみた。失敗して足をすべらせ、水の中に落ちた。壁に肘をぶつけてひどく擦りむいたうえ、揺れ動く氷と壁のあいだにはさまれてしまう。目と鼻にはいった塩水が痛みをもたらし、口の中は金属的な苦みでいっぱいだ。唾を吐きながら水面に顔を出し、もう一度氷の上によじのぼった。

今回は、噴きだしてくる水流のすぐ下にたどりつくまで、しばらく待った。そしてさっきよりも慎重にバランスをとって。距離を測り。腕をのばし。身体を丸め。そしてジャンプ……

片手がすべりやすい革をとらえ、もう一方の手もそれにつづいた。体重をかけるとホースが穴の縁で折れ曲がり、たたきつけるように顔にあたる水流がとまる。たぐりよせるように少しずつ手を移動させ――

〈手を離すな、水に落ちるな……〉

要石《かなめいし》の丸穴の縁に腕を投げあげ、全身をひきあげて抜けだし、石床に倒れこんだ。そしてペンはしばらくのあいだ、荒い息をつきながらそのまま横たわっていた。

身体をころがし、もう一度だけ水の溜まった死の井戸をのぞきこんであえぐように言った。

「気がついていましたか。氷が溶けてしまったら」――もうすでに、それも急速に、溶けつつある――「わたしがどうやったのか、彼らにはまったく見当もつかないでしょうね」

デズデモーナが彼の口を借りて凶暴な笑い声をあげた。それが恐ろしく不吉にこだましはじめたので、ペンはあわてて口を押さえ、それでもにやりと笑みを返した。

彼はまだぐしょ濡れで、裸足で、放出しきれていない熱い混沌をにじませながら、警備厳重な砦の監獄で床の上に横たわっている。ひとりきりで、未知の国の片隅にいる。いま外が昼なのか夜なのかもわからない。

〈いまはまだ凱旋《がいせん》の祝宴を計画すべきではありませんね〉

この閉ざされた廊下には三つの壺牢がならんでいて、ありがたいことにあとのふたつは空だった。ということは、彼はどれほど特別な囚人なのだろう。一方の奥にある鍵のかかった扉のむこうには、おそらく看守が立っているはずだ。鍵をあけるのは簡単だが、看守はそうはいかない。反対側にむかうと、革ホースが壁をたどって小さな窓から外へとのびているのがわかった。いつもは格子がはまっているのだが、いまははずして脇においてある。

「ここから出られるでしょうか」

「たぶんね。排水口よりは期待できそうだわ。壁の厚さは二フィートくらい、半地下の窓になっているみたいですね。そのむこうに何があるかはわたしにもわかりませんよ」

ペンは仰向けになって手をのばし、首を傾け、そして穴の中にはいりこんだ。それから威厳もへったくれもない格好で延々と身もだえしながら這いずった結果、背骨を折ることもなく、半地下の屋外に上半身を出すことができた。長い脚が残ってしまったが、いくつか痣をつくっただけで、どこの骨も折らずにどうにかそれもひっぱりだせた。そして彼は立ちあがった。

そこは海を見おろす張出のようなところだった。すぐそばに石のタンクがそびえ、かたわらに淦水《かんすい》用のポンプが静かに控えている。見張りはいない。いまは夜なのだ。とつぜん太陽のもとに出たら、穴の中の闇と同じくらい完全に視力を奪われてしまうのではないかと心配していたのだが。

〈五柱の神々に感謝を〉

何かが張出の隅を駆け抜け、ふいにぽんと音をたててはじけた。

鼠がそんなふうになるのを見たのははじめてだ。

〈デス、静かにしてください！〉

〈困ったわね〉彼女がこぼした。〈そういえば、わたしはこれまで何度、あなたといっしょに厠《かわや》にすわりこんでいたんでしたっけ。あなたが――〉

十年をともにすごしながら、彼女はいまもまだペンを赤面させることができるのだ。

〈それはそうとして、ここからどうやって脱出すればいいのでしょう〉

〈それはあなたの仕事でしょ〉

脱出する確かな方法は、壁をすべりおり、闇の中を静かに泳ぎ、港を避けてどこかの防波堤から陸にあがることだ。

眼下に打ち寄せる黒い海を見つめた。ふたりとも、まったく嬉しい気持ちになれないのは同じだ。

「しかたがないでしょ」ようやくデスが言った。「あの壺牢にもどりたくなければ、行くしかありませんね」

ペンリックはため息をつき、レースのように泡立つ海にむかって壁をくだっていった。


一時間後、痛む足を抱え全身を塩におおわれたペンリックは、ほどほどの規模の神殿に面した広場で、ささやかな大理石の噴水から水をひいている石の洗濯槽の中にすわっていた。ありがたくもきれいな真水をたっぷりと飲み、いまはつぎの作業にとりかかろうとしているところだ。岸にたどりついたときに犠牲にした、何匹かの港の鼠や運悪くうとうとしていた鷗《かもめ》のことは考えない。デスもいまではおちついて、神学的に疑問を生じない虫だけで混沌を処理している。これは正確には呪術と呼ばれるものではないが……

〈仰向けになりなさい〉デスがてきぱきとしたルチアの声で言った。〈髪染めの色を落としますよ〉

「できるのですか」

〈連中は茶色い髪の脱獄囚をさがすでしょうからね。それに、根もとから金髪が見えはじめています。それを染料にあわせるよりは、染料をすべて抜いてしまうほうが簡単です〉

その言葉を信じることにした。それに、きれいな水は風呂のかわりにもなる。牢獄のにおいが染みついたシャツとズボンは燃やしてしまいたいものの、着替えが手にはいるまでは、間にあわせの洗濯で我慢するしかない。

というわけで、洗濯槽の中で危うくうたた寝をしそうになったあとで、ペンリックは髪をゆすぎ、絞り、背中に流した――三つ編みを結わえるリボンはとうの昔になくなっていた。まもなく曙光《しょこう》が射して人々が出てくるだろう。濡れた足跡を残して影になった神殿の前廊にむかう。単純な鍵をあけるのもいまでは慣れたもので、ほとんど足をとめることなく背の高い扉をひらき、中にすべりこんだ。そのあとは市場に買い物にいくようなものだ。まったく逆の意味ではあったけれども。

神殿内部の構造は故郷と同じで、周囲の壁に祭壇を備えた壁龕《へきがん》があり、中央の台座で聖火が燃えている。夜のあいだも火を絶やさないよう、炭が積んである。連州の神殿は木造で、精緻な彫刻が自慢だった。薄暗いためテーマははっきりわからないものの、ここでは漆喰《しっくい》塗りの石壁にフレスコ画が描かれ、床は鮮やかなモザイクタイルで飾られている。これは、高い丘のてっぺんで大勢の衛兵に守られているような主神殿ではなく、近隣に住む人々のための庶民的な神殿だ。喜捨もそれほど多くはない。庶子神の壁龕を見つけ、おざなりに聖印を結んで祭壇テーブルの奉納金を調べた。残念ながら、夜になる前に片づけられたらしく空っぽだった。

だがここは用心深いのか、それぞれの壁龕に鍵のかかった奉納箱が設置されている。その鍵をあけて中をのぞきこんだ。もしここも片づけられていたら……

わずかばかりの貨幣と半端な品が散らばっている。髪束のような出所のわからない祈願の品はそのままに、長い指ですばやく貨幣をかき集め、ささやかな獲得品をじっと見つめた。

「ここでは白の神はあまり愛されていないようですね。それとも、ひどく恐れられているのでしょうか」

「町で手に入れましょうと提案しても、あなたはけっして同意しないでしょうにね」

「貧しい者から盗んでも効率が悪いですし、金持ちから盗むのは危険です。いずれにしても、これは盗みではありません。ただ……いつもとちがって報酬を直接もらっているだけです」

デスが小さく笑った。

「セドニアの神殿とアドリアの神殿がそんな協力関係にあるとは知りませんでしたよ」

「同じ神に仕えているのですから」

ペンリックははじめから、自分が第一に仕えるべきは神で、神殿はそのつぎであることを理解していた。これまで両者が相容れずに争うことはそれほど多くなく、これからもそうでありつづけることを願っている。

　ゆっくりと堂内を歩きまわった。夏の母神の箱の上で手をさまよわせ、そのまま通りすぎる。母神は次男の神官が金を借りていっても不快におぼしめしたりはなさらないだろうが、ペンはマーテンズブリッジで母神への誓約を拒んでいる。その母神にいま援助を請うのは無礼に思える。ペンはまた数年前に秋の御子神への奉仕をやめたし、春の姫神は一度として彼の神だったことがない。最後に父神の祭壇の前で足をとめた。

「ペン」デスが不安そうな声をあげた。「まさか、正義を司る神から盗むつもりではないでしょうね」

「借りるだけです」彼は訂正した。「それに、父神に関してならよい保証人がいます。たぶんオズウィル捜査官がその役を引き受けてくれるでしょう」

　東都の友人、かつて出会った中でもっとも熱心な冬の父神の信者を思って微笑が浮かぶ。そして箱をひらき、眉を吊りあげた。

「これはこれは」

「訴訟の成り行きをひどく心配している者がいるようね」とデス。

「きっと両方からの寄進でしょう。だけど、正義の神に〝賄賂〟を贈るというのもどうかと思います」

　もしかするとどこかの貧しい者が——いや、明らかにそれほど貧しくはないぞ——そう、ひどく取り乱した男が、子供のために、もしくは死にかけている父親の安らぎのために、祈禱を捧げたのかもしれない。いずれにしてもペンは聖印を結んで頭をさげた。

〈できるだけ有意義に使います〉

庶子神の祭壇にもどって布をとりあげ、戦利品を包んだ。すべての箱に鍵をかけなおし、前廊にすべりでて音もなく扉を閉じる。空と海が奇妙に透明な灰色を帯びはじめている。驢馬《ろば》の足音と荷車のきしみが聞こえる。ランプの光で薔薇《ばら》色に輝くひらいた窓からは、人々が働く音、鍋がかたかたと鳴る音が聞こえてくる。

古着の行商人を見つけ、安い宿をさがし、干し魚のはいっていない朝食をとって、そしてそれから……

そしてそれからあとは、すべてがいっそう困難になるだろう。それは嬉しい見解ではなかった。


ペンリックはパトスの兵舎と練兵場近くの街路を徹底的に歩きまわり、どうやって接近すればいいか頭をひねった。正門まで歩いていってノックをするのはまずいだろう。改めてふり返ってみると、この密使の仕事を受けるにあたって自分がいかに準備不足であったかひしひしと思い知らされる。

壺牢からの脱出はもう発見されただろうか。彼はあのあと幸運にも、古着の屋台を見つけ、流しの商人から食べ物を手に入れ、小さな宿のリネンに羊毛を詰めた寝台に棒のように倒れこみ、疲労困憊《ひろうこんぱい》して泥の眠りをむさぼった。目が覚めたのは午後も遅くなってからだったが、考えていたほど時間を無駄にしたわけではないことがわかった。闇と寒さが押し寄せる前、日があるうちにできるかぎりのことを片づけようとする故郷とは異なり、この国の人々は光あふれる昼間は熱気を避けて家の中に逃げこみ、いまくらいの時間から活動をはじめるのだ。

もぞもぞと奇妙な革のサンダルに足をつっこんだ。職人の服装はごくふつうに、袖のないチュニックとズボン。ズボンはどのみち短すぎる。髪は金髪のままだが、うなじでまとめ、信号旗のようになびかせてはいない。いかにも田舎者らしい麦藁《むぎわら》帽子で目もとを隠す。セドニア北部、遠い山岳地帯の古めかしい訛りは、彼がこのあたりの人間でないことを示しているから、道に迷ってもとうぜんであり、怪しまれることはない。

〈長々と話しはじめなければ、ですね。学者っぽい語彙で正体がばれますよ〉というのがデスの意見だった。〈この国の言葉とはいえ、驢馬が口をひらいて滔々《とうとう》と詩をまくしたてるような感じかしらね〉

〈できるだけ簡潔に話すよう心がけます〉ペンはため息をついた。

くそっ、それでもどこかからはじめなくてはならない。ちょうどそのとき、兵舎の四角い地所をひとりで離れようとしている兵士が目にとまった。将校ではない。ペンはむきを変え、兵士が市街地の曲がりくねった街路にはいりこむ前に声をかけた。

「すみません。どこに行けばアリセイディア将軍にお目にかかれるでしょうか。将軍にお届けするよう」――〈庶子神の涙にかけて、〝手紙〟と言ってはいけない〉――「無花果を預かっているんですけれど」

兵士は足をとめて目を瞠った。

「あんた、聞いてないのかい。将軍は逮捕されたよ。四日前だったかな。総督の衛兵にね。勅命だそうだ。どこに連れていかれたかはわからんが、少なくともここにいないことは確かだよ」そして彼は肩ごしに、とつぜんペンの目的地でなくなってしまった兵営を親指で示した。

驚きのあまり息をのんだ。彼自身が逮捕されて七日ほどたってからのことになる。もしふたつの事件が関連しているのなら、なぜそんなに遅れたのだろう。さらなる証拠を集めていたのだろうか。

「罪状はなんですか」思いきってたずねる。

兵士は肩をすくめた。

「大逆罪だろ。やつら、なんだってそういうことにしちまうんだ。くっだらねえ話さ」不用意な発言を取り消そうとするかのようにためらい、「どっちにしたって、おいらはなんにも知っちゃいないよ」

そして肩を怒らせてペンから離れ、むっつりと歩み去った。動揺していた。

七日。駿足の急使が帝都まで駆け、一日か二日がかりで討議して結論をくだし——計略をたて——高位の者から逮捕命令を得てもどってくるのに充分な時間だろうか。命令は非常な高位から出ているはずだ。アリセイディアほどの将軍をゲームの駒のように排除するには、もっとも力の強い手が必要とされる。

事実がどうであれ、その噂は明らかに、染料が羊毛に染みこむように軍にひろがっている。

さらに質問を重ねて注目を集めることなく疑問に対する答えを得たければ、軍人がたむろする場所に行かなくてはならない。運のよいことに、このあたりの街路には兵士相手の居酒屋がならんでいる。ペンは何軒かをのぞき、できるだけ客が多く、田舎じみた服装が目立たずまぎれこめそうな店を見つけ、中にすべりこんだ。

粗悪きわまりない酸っぱいエールのジョッキを手にして歩きまわり、鍵となる言葉、とりわけ鍵となる名前が聞こえないかと耳を澄ました。六人ほどの下級将校がすわるテーブルで、収穫が得られた。百人部隊長がふたりとその副官たちだ。ペンは壁際のスツールに腰をおろして帽子を目深にひきおろし、疲れて居眠りをしている職人を装った。そう、居眠りはふりだが、疲労はほんものだ。

「公金横領ってことは絶対にないな、あの将軍にかぎって」ひとりが馬鹿にしたように言った。

「そんな話は知らんが」もうひとりが言った。「おれが聞いた話じゃあ、オルバス大公と組んで反逆を企んだとかなんとかだった。アドリア大公だったか、それともトリゴニエ大公だったかな。とにかく、どこか外国の大公とできてるって話だ」

その主張に対してお決まりの渋面が返る。

「大公なんかまったく関係してないかもしれん」白髪まじりの隊長がうなった。「宮廷の宦官どもがでっちあげたってほうが、よっぽどありそうじゃないか」

べつのひとりが去勢された男について野卑なジョークを飛ばした。仲間たちは面白がるよりもむしろ辟易しているようだ。

「ああ、だけど、あのタマなし官僚どもが盗みたがるような何を、アリセイディア将軍がもってるってんだ」

白髪まじりの隊長が肩をすくめた。

「まず第一に、西部方面軍の忠誠だな。タマがあろうと失くしていようと、高貴な官僚の中には軍人の甥をもっている者も多い。そういう連中は得てして、どうやったって自力じゃ手に入れることのできない地位をくすねたがるもんなのさ」

「もちろん皇帝は」ひとりが言いかけた。

隊長が手をあげて警告し、彼はより慎重に言葉を選びなおした。

「もちろんササロンの〝お偉方〟なんか信用できるわけがないし……」

あまり地位の高くない男たちだ、ペンリック以上に事情に通じているわけではない。それでもペンは驚かずにはいられなかった。

〈いいえ〉デスがため息をついた。〈標準的な軍人はみんな、昔から政府に対して文句ばかり言っていますよ。百年たっても何も変わっていないようですね〉

〈へえ〉

話題がべつの不満に移ったところ、新しい男が加わってきた。ペンはしゃきっと身体を起こしたくなるのを懸命にこらえた。それは肩幅のひろいたくましい男で、ほかの者たちよりも若く、みなと同じく煉瓦色に日焼けしていた。だがその顔は張りつめ、死人のように青ざめている。

男は目を見ひらきあえぎながら、仲間が譲りあってあけてくれた席に崩れるように腰をおろした。

「五柱の神々にかけて、酒をくれ」

そして問答無用で仲間のひとりからジョッキをもぎとった。奪われた相手は驚いたように眉をあげながらも、取り返そうとはしなかった。

「たったいま聞いてきたんだが――」

そしてジョッキを傾け口を動かしたが、どうしても咽喉を通っていかないらしい。しばらくあがいてようやく飲みくだし、あえぎながら言葉をつづけた。

「アリセイディア将軍が。昨日の正午。市監獄で。ひそかに。勅命で」

「釈放されたのか」ひとりが期待をこめてたずね、そのまま口ごもった。

「処刑されたのか」白髪まじりの隊長が鉄のように険しい声でうなるようにたずねる。

新来の男は首をふった。

「沸騰《ふっとう》した酢で目をつぶされた」

衝撃に満ちた沈黙。くちびるが嚙まれる。

ペンはスツールの上で身体を丸め、吐き気をこらえた。

〈我慢して〉とデス。〈気づかれてはなりませんよ〉

「さすが将軍さまじゃないか」白髪の隊長が、怒りとも嘆きとも抑制した呪詛《じゅそ》ともつかない奇妙に明るい皮肉な口調で評した。「おれたちみたいな驢馬なら、熱した鉄が使われているところだ」

「そんな名誉ならいらん」またべつのひとりがつぶやいた。

もうひとりの隊長が椅子の背にもたれてため息をついた。

「これで将軍もおしまいだな。なんという無駄遣いだ。神々も見捨てたもうだろうよ」

「将軍はまだ牢か」

新来の男は首をふった。

「いや。双子の妹にさげわたされた。なんて名前だっけかな、聞いたんだが」

〈そう、妹の名前は……?〉

男たちは事態を理解し、やがて緊張を解いた。顔をしかめながらも、この午後の知らせに立ちあがって暴動を起こすつもりはないようだ。ひとりの男からジョッキをわたされ、知らせをもってきた男がぐいとそれを飲み干した。ジョッキはしっかり握りしめたまま、食べ物の皿を譲ってやろうとする者もいる。

「その妹がいい看護人であることを祈ろう」ひとりの副官が言った。

「もしくは、いい短剣をわたしてくれることを、だな」と、またべつの副官。「どっちでもかまわんが」

恐怖のあまり息が荒くなった。麦藁帽子をかぶっていてほんとうに、ほんとうによかった。いまやそのつばは、あごまでひきおろされている。

「将軍と妹ってほんとうに双子なのか」

「誰にもわからんよ。おれが聞いた話じゃあ、将軍は先代アリセイディア将軍と高貴な奥方とのあいだの息子で、妹は側室の娘で、同じ日に生まれたってことだった。将軍に跡継ぎをつくるために産婆が取り替えたってんならべつだがな」

「そんな噂もあったな」

「あんなに若くしてあそこまでの地位にのぼったってのに、これまで一度もそんな噂が流れたことがないのも妙な話だ……」

「どっちにしろ、いまじゃ哀れな盲《めしい》だ。親が正式に結婚していようとしていまいとな」

雰囲気が沈み、集まりは解散した。ほとんどの男が食事を終えて立ち去った中で、ふたりだけが残ってさらに酒を注文している。ペンリックもふるえることなく立ちあがれるようになるとすぐさま、なかば影におおわれた街路に出た。太陽はすでに傾き、まもなく沈もうとしている。ペンは壁を見つけてもたれかかった。

〈神々にかけて、デス、これからどうすればいいのでしょう〉

〈アドリアにもどればどうかしら。でもできるなら、パトスの港は避けたほうがいいですね〉

このまま空手で帰国するのかと思うと、咽喉に苦いものがこみあげてくる。いや、事態は空手よりもさらに悪い。

そもそもどういうことなのだろう。アドリア大公は、降格されおそらくは不満を抱いているだろう将軍を傭兵隊長として抱え、なかなか決着のつかない隣国カルパガモとの戦にあたらせるつもりでいた。アリセイディア将軍自身からそうした提案を記した個人的な書簡が送られてきたので、その申し出を受け……

餌に食いついてしまったのだろうか。

だがこれは〝大逆〟ではない。ペンリックが国境を越えて、マーテンズブリッジの新しい王女大神官からアドリアの大神官に仕える相手を替えたのとさほどちがいはない。つまるところ、大公はアリセイディアをセドニアにむけて使おうとしたのではないのだから。ただ……少しは微妙な問題があるかもしれない。

それでも、もっとずっとましな事態を迎えられたのではないか。もしも、もしも……どうなっていたら？

どこかにペンには見えていない半分が隠されている。あのセドニア人ヴェルカがペンの真の任務をどうやってさぐりあてたかもわかっていない。もちろん、最初から知っていたのならべつだが……

それにしても、庶子神の涙と母神の血にかけて、目をつぶすとは。ペンは見習い兼それ以上の存在としてマーテンズブリッジの母神診療所にひっぱりこまれていたときに、軽いものから骨に達するものまでさまざまな火傷《やけど》を見た。ひどい重傷を間近で目にしたこともある。想像などする必要もない。

「なんとかしなくては」

〈五柱の神々にかけて、ペン、どういうつもりなの。将軍の目はもうつぶされてしまったのよ。わたしたちも、これ以上ひどい目にあわないうちに逃げましょう〉

「まだわからないんです」

それから三度呼吸をして、ペンはその答えを得た。

まずは将軍の妹についてくわしく知らなくてはならない。彼女の名前と家。それから、もう少しましな古着屋。髪と爪を整えてくれるもっとよい浴場。薬屋。ごく特殊な注文にも対応してくれるナイフ屋。そのほかにもいろいろと。冬の父神によって財布がいっぱいにふくらんだのは、神意だったのか、幸運だったのか……

今夜は忙しくなる。ペンは壁から離れた。

「ではさがしにいきましょうか」

4

ニキスは貸別荘の庭に腰をおろし、食事をとろうとしていた。たぶん……きっと……これは朝食だ。いまは朝なのだから。朝といっても。どの朝だろう。

アデリスをここに連れもどってから……どれくらいたったのだろう。二日？ 彼は鞍にしがみつき、いまにも泣きだしそうに恐ろしく荒い呼吸をしていた。召使の半分は総督の部下の来訪のあとで逃げだし、そのまま帰ってこなかった。だから、兄が寝室までの階段をよろめきあがり寝台に横たわるまでのあいだ、腹が煮えくり返る思いながら、護衛してきた衛兵に金をはらって補助してもらわなくてはならなかった。あんなやつらには手も触れさせたくなかったのに。そのあとはもうできるだけすみやかに、礼も言わず、追いだした。だが正面玄関の外にひとり、裏の塀のむこうにもひとり、衛兵がうろついている。

悪夢がはじまったのはそのあとからだ。ニキスは兄の身体を海綿でぬぐい、清潔なリネンを着せ、あまりうまくいかなかったものの、なだめすかしながら食事をさせ、無理やりにも飲み物を与えた。兄はあまり協力的ではなかった。疲れ果て、もしくはいらだち、もしくは怒りに燃えて、不機嫌になる兄ならこれまで十度以上も目にしてきた。だがそれらの感情がむけられたさきは、彼女ではなく軍や帝国宮廷だった。ここまで壊れた兄を見たことは一度もない。

夜明けの光に照らされた庭は美しい。小さな泉からひかれた水が音楽を奏でるように巧みに掘られた石溝を流れていく。半年前、新たな任務についたアデリスが呼び寄せてくれたとき、この貸別荘が古くはあってもすばらしい掘り出し物に思えたのは、そうしたもののおかげだった。小さなテーブルと椅子に日陰をもたらしてくれる四阿《パーゴラ》では、葡萄蔓《づる》の葉が一時間ごとにひろがっていくし、その隙間からはまだ若い緑の葡萄が恥ずかしそうに顔を出している。花のあいだでは蜂が音をたてて飛びかい、成長著しい庭の奥の菜園では、通りすがりの妖精が無造作に落としていった宝石の首飾りのように、蜘蛛の巣で露がきらめいている。この庭は魅力と優雅さと安らぎに息づき、いかなる悩みとも無縁に見える。

今朝のニキスはこの庭の偽りの美に怒りをおぼえる。

ゆで卵の残り半分を口に入れ、無理やりにもパンをかじり、さらにそのパンを流しこむために冷めたお茶を飲んだ。これを食べ終わったら、アデリスの寝室にもどって、彼の顔に貼りついた包帯にもう一度挑戦しなくてはならない。彼女が手を触れると、アデリスは悲鳴をあげて殴りかかってくる。もちろん、見えていないのだから闇雲に。子供のころの喧嘩以後はけっしてなかったことだが、全身の力をこめて。あのころは、全力といってもたいしたことはなかったけれども。ニキスは頬のひどい痣をこすり、両手に顔をうずめた。

泣くことはできない。眠ることも。食べることも。呼吸すら……

〈とにかく自制しよう。もうもどらなくては〉

顔をあげると、目の前に幻がすわっていた。

驚きのあまりとびあがることこそしなかったものの、目を瞠ると同時に口がぱっかりあいてしまった。

これは〝男〟でも〝女〟でもない〝精霊〟だ、というのが彼女の最初の思考だった。夏の海のように明るい青の瞳。琥珀金のような不思議な色の髪をうなじでまとめているが、ほつれた幾筋かが陽光を受けて淡い光輪のように輝いている。人の肌がこんなにもミルクのように白くなれるはずはない。

途方もない幻想をふりはらった。もちろん人間に――男に決まっている。折りたたんだような細長い身体に視線を走らせた。しなやかな腕。手は女にしては大きすぎるし力強すぎる。爪は几帳面《きちょうめん》に短く清潔に整えられている。サンダルを履いた足も女にしては大きすぎる。胸は平らだが、腰はあまりにも細すぎる。顔に目をもどすと、不思議なほど陽気な笑みと白い健康な歯が見えた。

膝まである生成りの袖なしチュニックを着て、細い腰にベルトを巻き、濃緑色の袖なしジャケットを羽織っている。ほんものかどうかはわからないが、母神教団の祭司の服装だ。

穏やかな人懐こい口調で、幻が口をひらいた。

「マダム・カタイ、ですよね？」

鋭い警戒心がわき起こる。彼女は息をのんで声をさがした。

「どうやってはいってきたの。衛兵がいたはずよ」

人を出入りさせないためというより、おそらくは出入りする人間を調べて報告するために。

「非番だったのではないでしょうか。ひとりも見かけませんでした」

「召使がとめたはずよ」

「失礼ながら、召使も見かけませんでした」謝罪するような口調だ。

そっちは信じてもいい、と苦々しく考える。

「驚かせて申し訳ありません」同じくやわらかな口調で彼がつづけた。

〈驚いたなんてものじゃないわよ〉

「――わたしはマスター・ペンリック、医師です」

彼女は椅子の背にもたれかかった。

「医師見習いの間違いでしょう。二十一歳を一日でも超えているようには見えないわ。もっと下かも」

「はっきり申しあげれば、わたしは三十です」

この男はニキスと同い年だと主張している。だが今朝の彼女は百も歳をとった気分だ。

「百歩譲って二十五ね」

彼はふわりと手をふって答えた。

「あなたがそうお考えなら、二十五でもかまいませんが」

「そして、医師ですって……?」

「最後の誓約は捧げていませんが、すべてを修めています」微笑が陰りを帯びる。

「まあ」

「わたしの資格はともかくとして、将軍配下の将校何人かが寄付を集めて、兄君の治療のためにわたしを雇いました。彼らが匿名を強く希望している理由は、わたしよりもあなたのほうがよくおわかりだと思います」

金色の眉があがる。いかにもありそうなことだと、ニキスは顔をゆがめた。

「報酬はすでにいただいています。ですからわたしはここにきました」

「いつまでいてくれるの？」

彼は肩をすくめた。

「いるべきと思われるあいだは滞在します。必要な品も着替えももってきました」足もとの大きな鞄を示し、ややあってから譲歩するように、「確かに、わたしは医師として最初の選択ではないかもしれません。ですが今回、将軍の件を引き受けたのはわたしですし……わたしは火傷の治療を得意としています」

その最後の言葉で決意が促されたわけではない。むしろそれによってマストが折れ、危険な希望の浅瀬で漂いはじめたのだといえるだろう。指の細い荒れた手に視線が移った。言いぐさは怪しいけれども、この手なら信じられるかもしれない。もちろん、とつぜんあらわれた見知らぬ人間なんか信用しない。いまは誰も信用できない。それでもニキスはもう、どうしようもなく疲れていて……

彼女の姿勢から降伏を読みとったのだろう、彼が言葉をつづけた。

「もっとはやくうかがうべきでした。遅くなって申し訳ありません」

「いいわ、こっちよ」

つましくお茶の残りを飲み干して身体を押しあげるように椅子を立ち、邸へとむかった。

「でも、知っているでしょう、兄はもう将軍ではないのよ」

いまではこの偽りと裏切りを秘めた軍の階級――アデリスがあれほど誇りとしていた称号の響きが、憎くてたまらない。

「では、なんとお呼びすればいいでしょう」

「アリセイディア、でいいんじゃないかしら」

このペンリックとやらに、馴れ馴れしく〝アデリス〟と呼ばせる気にはなれない。

ニキスのあとから荷物をひきずるように階段をあがりながら、彼がたずねた。

「彼は何か話しましたか」

「少しだけ」

「どんなことを？」

ニキスはアデリスの部屋の前で足をとめ、医師をにらみあげた。

「『頼むから死なせてくれ』」

彼はためらい、それから静かに答えた。

「そうですか」

ニキスが扉をあけると、彼は深く息を吸って背筋をのばし――この男の年齢をもう一度下方修正しよう――彼女について中にはいった。

アデリスは、朝食におりる前に寝かしていったそのままの姿勢で横たわっていた。付き添いをさせていた下働きの小僧に目をむけてたずねる。

「何か変わったことは？」

小僧が首をふる。

「何もないです」

「それじゃ厨房《ちゅうぼう》にもどっていいわ」

金髪の医師が片手をあげた。

「厨房にもどったら、鍋いっぱいにお湯を沸かして、それを冷ましてください。それからまたもう一度同じことをくり返して。湯冷ましが大量に必要です」

「お茶を淹《い》れるために沸かしたお湯がもう冷めているわ」ためらいがちに申しでてみた。

マスター・ペンリックはうなずいた。

「助かります。ではまずそれをもってきてください」

小僧は好奇心満々の顔で、肩ごしにふり返りながら部屋を出ていった。

ニキスは寝台に歩み寄ってアデリスの手をとった。まだ張りつめている。眠っていないのだ。

「アデリス。お医師を連れてきたわ。マスター・ペンリックよ」

彼女が連れてきたというより、彼のほうが勝手にやってきたのだが、どっちにしてもアデリスがまともな反応を返すとは思えない。

あの恐ろしい最初の日から一度もはずされたことのない包帯の下で、彼のくちびるが動き、うなるように告げた。

「追い返せ。医師なんぞいらん」

ニキスはあえて無視し、薄汚れた間にあわせの包帯の上で片手を漂わせた。

「これを剝がさなくてはいけないと思うのよ。でも皮膚に貼りついてしまっていて。無理にも剝がしたほうがいいと女中が言ったんだけれど、まかせることもできなくて」

アデリスが寝台の上で痙攣する。片方のこぶしが突きあげられたが、ニキスはすっとそれをかわした。

「あの不器用な女がもどってきたのか。追いはらえ！」

「おちついて。あの子はもういないわ。もう二度とこの部屋にもいれない。約束するわ」

「それでいい」アデリスが静まった。

マスター・ペンリックがニキスとむかいあうように寝台の反対側にやってきて、布の上に手をすべらせ、咳払いをした。

「その女中のために申しあげるならば、そうした治療法は確かに存在します。創面切除といって、このように……付着したものを火傷痕から取り除くのです。彼女はどこかでそれを見て、誤って解釈してしまったのでしょう。ですが、その方法はここでは使えません」声が辛辣になる。「もしその愚かな女中がここでそれをおこなっていたら、目蓋《まぶた》が剝ぎとられていたでしょうね」

ニキスとペンリックはそろって口もとに手をあてた。彼女はこみあげてきた朝食を押しもどすために。彼のほうは、あまりにも露骨な言葉を押しもどそうとするかのように。アデリスが身体を引き攣らせてうめきをあげた。ペンリックが不可解ないらだちに顔をゆがめ、あわてて言葉を足した。

「すみません、すみません！」謝罪するようにニキスにむかって首をすくめ、「火傷の治療はほんとうにたいへんなんです。それは否定しません。わたしも大嫌いです」

寝台からかすかに鼻を鳴らす音が聞こえる。

ペンリックが、掛け布の下でぐったりと横たわる姿を見つめてたずねた。

「これまで何を与えましたか」

「罌粟《けし》のシロップが手にはいったから。それももうほとんどなくなってしまったわ」

アデリスはこの鎮痛剤をひどく嫌っていたが、今回ばかりは彼女の手からそれをのんだ。痛みが消えて眠れるほどの効果はないものの、争うことのないようぼんやり静かに横たわったままでいてくれる。起きあがってみずからを傷つけたりしないよう、といったほうがいいかもしれない。

「わたしはたっぷりもっています。治療をはじめる前にもう少し服用したほうがいいでしょう」

医師は洗面台を片づけて鞄をひらき、布をひろげ、その上にさまざまな品をならべはじめた。そのてきぱきとした正確な動きに、ニキスはわずかながら安堵をおぼえた。シロップを計量して吸い口のついた小さな容器にいれ、それからアデリスの頭をもちあげて吸い口をくちびるにあて、彼がのみくだすまで指で咽喉を撫でる。丁寧《ていねい》ではあるが、確かで、安定した――熟練の動きに見える。気配りがこもってはいるが、ひと欠片《かけら》のためらいもない。

小僧が最初の湯冷ましをもってもどってきた。ペンリックはアデリスの頭の下にタオルを敷き、目をふさぐ布に水をしたたらせはじめた。

「はずせるようになるまでしばらく時間がかかります」彼が説明した。「ですが難しいことではありません。少しの皮膚も傷つけることはないと約束します」

さっきよりもさらにかすかな、鼻を鳴らす音。

楽観的すぎるかもしれない。それでもニキスはその言葉を信じたくて口をつぐんだ。椅子に腰をおろし、兄を診ている男を見ているうちに、こっくりと船を漕ぎそうになり、はっと目を覚ました。居眠りをしないためもあったが、純粋な好奇心にかられて、彼にたずねた。

「あなたは北の半島のご出身？　言葉が少し変わっているわね」

ペンリックはためらい、それからまた微笑した。

「母がそうでした。父はウィールド人です。この国からでは、はるか南東の、またべつの山脈を越えたところにあります」

「ササロンの皇帝近衛隊にあなたのような人がいたわ。南の氷の海からきた人たちで、獰猛《どうもう》な戦士だけれど、とても無作法だって聞いたわ」

そう、彼とは似ていない。この人はまったく戦士には見えない。獣のような大男が何人か同じような色をしていたというだけで、もしもこれほど……これほど……こんなでなかったら。

「わたしはお行儀よくふるまうと約束します」

「医学はどこで学んだの？」

「ウィールドの…………ローズホールです」

彼女の眉があがった。

「聞いたことがあるわ！　とても大きな大学なんでしょう？」抑えようとしても期待がふくらんでしまう。

彼が驚いたように視線をむけてきた。

「セドニアに父の国のことを知っている人がいるとは思ってもいませんでした」

「わたしは都にも、あちこちの港町にも住んだことがあるのよ。いろいろな人が行き来しているわ。あなたのような人も」

彼の微笑がいくらかこわばった。

「ええ、そうでしょうね」

水とオイルで布をふやかす作業がようやく終わった。彼が鞄から鋭い鋏《はさみ》をとりだし、アデリスの顔の両側で布を切る。それから後頭部をくるむ布を取り除き、頭をタオルの上にもどす。アデリスが恐怖のうめきをあげた。

「あなたは見ていなくてもかまわないのですが」ペンリックが肩ごしにニキスに告げた。

「わたしはここにいるわ」

「では手を握ってあげてください」

ニキスはペンリックの反対側から寝台に歩み寄った。

「なだめるため？」

長い指がすばやく、紫色になった彼女の頰に触れる。

「わたしが殴られないようにするためです」

ニキスは小さな笑みを浮かべて指示に従った。アデリスが痙攣するようにその手を握り返した。

ペンリックが息を吸い、固くなった布の両端に手をかけて静かにそっともちあげる。邪悪な仮面は乾いた葉のようにアデリスの顔からふわりとはずれた。何ひとつ……引き剝がされるものはなかった。

だが、その下からあらわれた無残な破壊を目にして、ニキスははっと息をのんだ。

火脹れだろう、液体を詰めた薄膜のようないくつもの巨大なふくらみが、アデリスの顔の上半分をおおってふるえている。目蓋はさらに恐ろしく、丸い風船のように眼窩からとびだしている。白くふくれあがっていない皮膚はすべて、毒々しい赤かピンクだ。ニキスは気分が悪くなってたじろいだが、ペンリックは身をのりだし、頭蓋の中を見通そうとするかのように、かつて兄の目であったものを厳しい視線で凝視した。

「なるほど」彼が口にしたのはそれだけだった。

そして、顔をさぐろうともちあがったアデリスの手をとらえてぐいとひきおろした。それは、彼がはじめて見せた荒い動きだった。

「駄目です、触れてはいけません。じっと横になっていてください。この火脹れの表面は石鹼の泡ほど破れやすいものですが、できるだけ長いあいだそのまま維持しておかなくてはなりません。そうは思えないでしょうけれど、この火脹れがあなたを守っているのです」

アデリスは荒い息をつきながらもそれに従った。

医師の明るい青い目はさまざまな思考をめぐらしているようだが、それがどんなものなのか、もう考えることもできそうにない。

「マダム・カタイ、いまもっとも必要なのは、あなたにしばらくのあいだ真の休息をとっていただくことではないかと思います。ここはわたしが付き添っています。夕方にもどってきて交替してください」

太陽のように明るい笑顔。

「あとでふたり分の食事をもってくるわ。誰かにもってこさせるかもしれないけれど」

「ありがたいです」彼は何かを思案するようにぶつぶつとつぶやき、それからはっきりと声に出して告げた。「何日かこちらのお邸ですごすことになるなら、ほかの使用人にわたしのことをどう説明するか、考えておいたほうがいいですね。兄君の付き添いとして雇われたというのはどうでしょうか。まったくの嘘ではありませんし、ほかにもいろいろと利点があります」

登場の経緯がどれほど奇妙なものであれ、アデリスを医師に見せることに、たとえ彼の政敵であろうと、いったい誰が異議を唱えるだろう。だが彼女はそこで、以前の召使の中に間違いなく間諜がまじっていたことを思いだし、ゆっくりとうなずいた。

「わかったわ」

部屋を出て厨房で食事の用意をし、予備の寝室を整えさせた。とても眠れそうにないと思いながら、広間《アトリウム》のむこうの自室にもどって寝台に腰をおろした。なんだか、牛をつないだ荷車が肩からすっかり取り除かれたような気分だ。

眠りに落ちながら、一点の曇りもない安堵に、彼女の目からはなおも涙がこぼれつづけていた。

指示されたとおり、日没時にアデリスの寝室にもどった。そっと扉をあけると、マスター・ペンリックはくちびるに指をあてながらあわてて立ちあがり、部屋を出てきた。そして彼女の両手を握りしめ、久しぶりに会った親戚のように上下にふった。手のひらは熱を帯び、狂気を帯びた大きな笑みを浮かべている。

「眠っています、奇跡のようです。目を覚ましたら、さらに水を飲ませてください。顔に触れないよう気をつけて。少ししたらもどってきて、つぎの罌粟シロップを計量します」

もしかして、ペンリックも罌粟のジュースを飲んだのだろうか。少なくとも味見くらいはしたのだろう。彼は階段を駆けおりながら肩ごしに声をあげたのだ。

「しつれいでもわたしはいますぐねずみをころさなくてはならないので」

「なんですって?」

「鼠? 鼠でもいいけれど、でもそれじゃ数が必要ですよ」

正面玄関ではなく裏から外に出ていく彼の声が、しだいに遠ざかっていく。

「このあたりをうろついている不要なものでなくてはなりません。いまなら野良犬でもご馳走ですね。愛しの庶子神、どうかわれらに何かを与えたまえ……」

ニキスはまばたきをして口を閉じ、首をふって部屋にはいった。腰をおろし、深まりゆく影の中、掛け布の下で穏やかに上下している兄の胸を見つめる。アデリスをこのような眠りに送りこむことができるのなら、あの金髪青年がどれほど奇矯《ききょう》であろうとかまうものか。

5

ペンリックは闇の中で隣家の屋根から庭を囲む塀までの距離を測り、身軽く跳び移って、そのてっぺんでしばし熟考した。眠そうな衛兵は別荘の正門と裏口を見張るよう命令されているらしく、それ以上の仕事を果たそうとはしていない。裏門の衛兵など、一挙両得のつもりだろうか、受けもった扉に背中を預けてうたた寝をしている。

一匹の蝙蝠《こうもり》が羽ばたきながら星空を横切っていくのをそのままやりすごした。身体の熱はもうおさまっている。市城壁の外にあたるこのあたりは、港湾部と異なり、喧嘩っぱやい大鼠の群れはいない。それでも今夜はあそこまでもどるつもりはなかった。デスは手の届く範囲にいる小さな害虫すべてをつぎつぎと破壊したが、虫で処理できる混沌など彼らがおこなった治癒のほんの一瞬にも満たない。各邸のごみ溜めで赤い血をもつ獲物が見つかった。こそこそ動きまわる郊外の鼠何匹かと、豪猪《やまあらし》の仲間らしきものだ。寄生虫に侵された疥癬《かいせん》病みの野良猫はかわいそうだったと思うが、彼の身体はどうしようもなく火照っていたし、それに少なくとも哀れな猫はもう苦しんでいない。

「目なんてとても小さいじゃありませんか」ペンはつぶやいた。「なのにどうして、わたしの体重の数倍もある氷をつくるより大量の混沌を生みだすんですか」

彼の魔は息を切らすことがないのだから、答えるデスの呼吸が苦しそうなのはおそらく彼自身のせいだろう。

「あなたが試みたことのないような、最高に緻密で難しい上向きの魔法だからですよ。氷は大きくても単純でしょう。でもあなたのせいでわたしたちがとびこんだあの正気とも思えない治療は、とっても複雑なんです」

ペンリックの最初の計画は、善意というより利己的なものだった。つまり、目が見えなくなっても死ぬことはないとアリセイディアを諭《さと》すことで、すでに自分が負っている荷に望ましくない死をもうひとつ加えることを回避したいだけだったのだ。デスの知覚を最大強度にあげて精査したときにはじめて、信じがたいほど繊細《せんさい》でもろい眼球の奥が無傷であることがわかった。そこでとつぜん、〝治療不可〟が〝とてつもなく緻密な難問〟に転じたのである。

まずは、熱せられた眼球をくるみはじめている傷ついた目蓋の粘着性を取り除くという、じつに微妙な仕事から取り組まなくてはならなかった。つづいて、腫れあがった眼球を急速に縮小させるには、彼の技と精製したベラドンナ・チンキの双方が必要とされた。ペンは集められるかぎりの上向きの魔法をアリセイディア自身の肉体の回復力にそそぎこんだ。だがその回路はあまりにも細く、一度に受け入れられる量はごくわずかで、すぐさま激しい逆流を起こしてしまう。渇きで死にそうな人間にティースプーンで水を与えるようなものだ。それでも彼は長い一日のあいだずっと、わずかずつでもその水を飲みつづけた。

アリセイディアが生き延びることにはもはや疑問の余地はない。おそらく、はじめからそうだったのだろう。ペンの見たところ、寝台の男はやや長身で、ほどよく筋肉質、今回の惨事に見舞われる前は明らかに健康体だった。顔と腕と脚はこの地方の男たちに見られる魅力的な赤っぽい煉瓦色に日焼けしているが、ふだん衣服におおわれている部分は、屋内で暮らす妹と同じでもう少し色が明るい。御影石を粗削りしたような兄の鷲鼻が、妹の顔では丸みを帯びた上質の大理石でつくられている。ふたりともに髪は真夜中の黒。それを兄は短く刈りこみ、妹はうしろでまとめ、巻き毛を肩に垂らしている。それにしても彼の目は何色だったのだろう。マダム・カタイにたずねてもいいが、つらい思いをさせてしまうかもしれない。

そういえば……

「デス、あの妹にはもっと気をつけてあげたほうがいいですね。もうすでにひどく心を乱しています」

デスが鼻を鳴らした。

〈あなたは誰に対しても充分すぎるほど気をつけてやっていますよ。以前も言いましたけれど、過剰なくらいにね〉

〈へそ曲がりの混沌の魔のくせに〉ペンは思考を返した。

面白がって咽喉を鳴らすイメージ。

〈ペン、わたしたちといっしょになる前、あなたがどうやって生き延びてきたのか、ときどき不思議になりますよ〉

〈わたしはそれ以上にしじゅう不思議に思っています、あなたといっしょになってから、わた

しはどうやって……〉

夜明け時、はじめてマダム・カタイを目にして観察したのもちょうどこのあたりだった。ペンは影になった四阿《バーゴラ》の奥を見つめた。女らしくふっくらとして、とても魅力的ではあるけれども、兄と同じく丈夫で健康そうだ。だがあれほど深い絶望にかられた女は見たことがない。

〈にっこり笑ってくれたらとても綺麗だと思うのですが〉

〈にっこり笑っていないときはどうだというんでしょうねえ〉デスが皮肉っぽく答える。

ペンリックはその難問について考えた。

「胸が張り裂けそう、でしょうか」

デスは不意をつかれて面食らったようだった。

〈まあ、ペン、駄目ですよ。いまこんなところで無益な情熱を燃やさないで。そもそもわたしたちはこんなところにいる必要もないんです。さっさとアドリアにもどりましょう〉

「……わかっています」ペンはため息をついた。

二階の寝室にいる男を思い浮かべる。ペンが書類を届け損なったがために、彼の人生は破壊されてしまった。いや、そうではない――ペンは四阿《バーゴラ》を見つめた――破壊されたのはふたり分の人生だ。

〈あなたひとりがアリセイディアを破滅に追いやったわけではありませんよ。誰かその道のプロがからんでいますね〉

〈ええ、そうだと思います〉

自分は利用されたのだという疑惑が、心の中でむずむずしながらふくらんでいく。だがこのこんがらかった事件の中の、どこで、誰に、利用されたのだろう。

「アリセイディアの敵が誰なのか、このあたりで知っている人はいるでしょうか」今回はデスが答えるよりもさきに、みずから答えを導きだした。「アリセイディア自身ですよね。まずは。うなるのではなく、話をしてくれるようにもっていけたらですけれど」

もちろん、〝もっていけたら〟ではなく、〝もっていけたときに〟だ。誰にとっても医師以上に信頼できる相手などいるだろうか。

デスは口を固く結んで——口があればだが——沈黙し、ややあって告げた。

〈この件に関して神殿からなんの指示も出ていないことはわかっているのでしょうね。それに、どの神も動いていません。〝独立心〟から〝背教者〟までの距離はどれくらいあるのかしら〉

むしろ、すべりやすい小さな階段がどれくらいあるかと問うべきかもしれない。そしてデスには、足をとめて考えるようペンを促すことはできても、その行動をとめることはできないし、とめようともしないだろう。

「では、導きを願ってわたしの神に祈りを捧げたほうがいいでしょうか」

ふたりは沈黙し、それぞれのやり方で第五神を思った。

〈もし導きが得られて、それが意に染まないものだったらどうするの〉

「……いっそのこと、庶子神の訪《おとな》いを待ちましょうか」

デスが身ぶるいした。

〈それ、もちろん面白いジョークのつもりなのよね?〉

塀からとびおりるペンのくちびるは、心からの笑みに近い形にひろがっていた。

6

つづく数日のうちに、ニキスの邸内はのろのろとながら奇妙な新しい日常生活を築きあげた。ただし無事でいられるのも、誰であれアデリスの失墜を仕組んだ都の連中と――だいたいの見当はついている――市総督が、この邸に関心を示さずにいるあいだだけだ。ナイフの刃の上でバランスをとっているような危うい状態であることはわかっている。あの連中は間違いなく、ショックか感染症か絶望によってアデリスが死んだという知らせが届くのを待ちかまえている。そんなやつらを満足なんてさせてやるものか。それでも、長い静かな回復期ののち、神殿関係であれ世俗的なものであれどこかに隠遁すれば、それだけでやつらの目的は達せられる。アデリスは今後、帝国にいっさい負担をかけることなく幽閉生活を送ることになるのだ。

逮捕のあとで抜け目なく逃げだした召使のかわりを雇うつもりはなかった。まだ残っている者たちも、彼女に給料を支払うだけの金がないことに気づけば、いずれそのあとを追うだろう。そう、あの女中は残る。庭師兼門番の男も。下働きの小僧も。彼らは家具と同じくこの貸別荘に付属しているのだから、現在の住人が立ち去ったあともここにとどまる。それはいつになるだろう。アデリスは半年分の家賃をはらってくれている。その期限も数週間後には切れる。家主が政治的に危険な住人をまだ追いだそうとしないのは、たぶんそのせいだろう。

とはいえ、自分の資産がどうなるかまったく不透明な状態で、どうやって所帯維持の計画が立てられるだろう。ニキスにもある程度の計算くらいはできる。軍による報酬はもちろん打ち切られるだろうし、アデリスが両親からそれぞれ相続した財産も没取されるだろう。ササロンの帝国官僚どもは最後のひと欠片まですべてとりあげるだろうか。それともお情け分くらいは残してくれるだろうか。わずかばかり残った彼女自身の寡婦資産とキミスの軍人恩給も奪われるのだろうか。それでは太った野兎《のうさぎ》をとりあげて、鼠を返す鷹のようではないか。

来客はまったくない。その理由は明らかだ。以前西部方面軍で彼の配下にいた将校たちなら訪問する勇気を奮い起こしたかもしれないが、いまのアデリスは慎重に彼らから切り離されている。新しい部下たちはそれでも、あの異様な（異様なほど奇妙なというべきか）医師を送りこんできた。となれば、彼らに対する評価もあげてやらなくてはならない。

病室におけるニキスとマスター・ペンリックの役割分担はすみやかに決まった。医師は付添人らしく床に藁布団を敷いて夜間も介護にあたる。昼間に二度、ニキスが交替する。午後に一度、彼はそのあいだ、庭で休息するか、医薬品を買い足しにひっそりと外出する。そして夕食後、けっして説明はしてくれないけれども、非常に急を要するらしい用事で出かけていく。一度、アデリスの部屋の窓からもどってくるのを目撃したときは、思わず怒鳴りつけたくなった。あまりにも馬鹿げているではないか。だから彼女は、ただでさえ荷を負いすぎている心からその記憶を消去した。それにしても、この悲しみの別荘でいつまでも熱心に働いているなんて、彼にとってはどのような職業的義務がいまだ未完のまま残されているのだろう。

料理人がほかの者たちとともに逃亡し、女中は厨房でも病室と同じくらい不器用であることが判明したため、ニキスはみずから調理を引き受けることになった。病人食の支度をまかせられるほど信頼できる者がひとりもいないとなればなおさらである。あの最後のみじめな数年間、キミスのためにそうした料理をいやというほどつくったことは、五柱の神々もご存じだ。ある日、彼女は四阿《パーゴラ》での昼食に医師をひっぱりだした。アデリスに聞こえないところで、彼の回復について率直な意見が聞きたかったのだ。

料理と水差しが運ばれたところで、下働きの小僧をさがらせた。疲れ果てたため息とともに腰をおろし、ぼんやりと皿をながめる。これって、どうやって食べればいいのだっけ？　マスター・ペンリックが水で薄めた葡萄酒を注いで、わたしてくれた。彼の髪で躍る陽光に負けない微笑のおまけつきだ。

なんとか最初の質問を絞りだそうと気力を集めているとき、彼のほうからたずねてきた。

「広間《アトリウム》のコート掛けに緑のマントがさがっていました。ご夫君のご逝去は最近のことなのでしょうか」

もしそうなら悔やみを述べなくてはならないと構えている。そう、寡婦には濃い緑を。だが彼女はそれ以外、夏の母神に何ひとつ義務を負ってはいない。

「最近というほどではないわ。キミスが亡くなってもう四年になるわね」彼の顔からなおも問いかけの色が消えなかったので、さらにつづけた。「キミスは兄の同僚だったのよ。というか、若い士官だったときに指導してくれた年上の友人ね。アデリスはとても恩義を感じていたわ」

医師が金色の眉を寄せた。

「その恩義をあなたで支払ったということでしょうか」

くちびるがゆがむ。

「少しはそんな思いもあったかもしれないわね。そのころにはもう父が亡くなって、暮らしぶりもあまりよくなくなっていたから、自分の信頼する立派な殿方にわたしを嫁がせることが何よりだと考えたのでしょう。十年前……わたしたちはみんなもっと若くて、毎日を生きていくのにものすごく一生懸命で。わたし、できることなら……」

そこでためらった。この穏やかな美形の青年になら、不思議なほど簡単に話せそうな気がする。それに彼は医師だ。〝最後の誓約以外すべてを修めた〟という主張も、いまのところ実証されている。

「わたし、キミスに子供を産んであげられたらよかったのにと思うのよ。彼かわたしに何かささいな医学的問題があったのか、それともただ、侵略から国境を守るためにしじゅう遠征していたからなのか、それはいまもわからないのだけれど。キミスが負傷して自由に動けなくなったとき、アデリスは彼をわたしのもとにもどすよう奮闘してくれたわ。戦が奪ったものをわたしがとりもどせるとでも考えていたのかしらね。わたしはキミスの生命を救おうと、ほんとうに一生懸命がんばったのよ。でも結局は彼の死を引き延ばしただけだった。最後のころには罵《ののし》られたわ。それも無理なかったと思う。でも、どうすれば解放してあげられるかわからなかったのよ」

キミスとのあの恐ろしい最後の日々について、これほど率直に語ったことはない。もちろん、アデリスに話せるわけはない。だがペンリックはただうなずいただけだった。

「そうですね」

ああ、〝そうですね〟。それだけのことだ。食卓で涙をあふれさせるような話ではない。ニキスはぐっと嗚咽《おえつ》をこらえ、ぎこちなく言葉を返した。

「あなたは医師として」――学生のときもふくめて――「何度も見てきたんでしょうね。貴重な生命を救おうとして失敗するって、どんな感じのものなのかしら」

彼の明るい目が揺らめいたのは、たぶん斑《まだら》模様の影が動いたからだろう。たじろぎはすぐさま消えて、彼はふわりと肩をすくめた。ニキスは自分の舌を、もしくは頭を、もしくは今日という日を罵った。それとも、罵倒したかったのは彼女の人生そのものかもしれない。彼の顔にいつもとほとんど変わらない微笑が浮かぶ。では、あの笑みにはどれほどの意味があるのだろう。しかしながら彼は、彼女の言葉にではなく恐怖に対して答えをくれたのだった。いったいどうしてわかったのか。

「アリセイディアは生き延びますよ。今日のうちにも起きあがります。言っておきますが、はじめはわたしに感謝しないでしょうね」

ニキスは息をのんだ。

「ほんとうに？」

「ほんとうです。頑丈な方ですから。わたしがいなくとも、自力でそこまでは回復したでしょう。たぶん、これほどはやくはなかったでしょうけれども」

何と比べて〝そこまで〟なのだろう。だが彼はフォークを動かしながら言葉をつづけた。

「ですから、マダム、食べましょう」

そしてみずからの忠告に従い、いかにも美味そうに食べはじめた。ほっそりと瘦せているのにすばらしい食欲だ。いつも腹を減らしている学生の日々が、それほど遠くないのかもしれない。

「とてもよい料理人です。その作品を無駄にするのはもったいないでしょう」

料理をしたのは自分だと抗議しそうになり、そこで気づいた。もちろんマスター（たぶんペンリックは知っているのだ。このような状況であるにもかかわらず、小さく微笑をして彼の例にならった。幾口か食べて薄めた葡萄酒を飲んだ。

「アデリスがわたしをパトスに呼んだのは、そのためだったのよ。また誰か将校の中から再婚の相手をさがそうというの。たぶんこんどは、もっと年上で、もっとお金持ちの。わたし、ここへは喜んできたけれど、そんな努力をしても無駄だって、わたしはもう二度と軍人と結婚なんかしないって、どうしても打ち明けることができなかった。昨夜、少し話をしたんだけれど、彼ったら謝るのよ。馬鹿みたい。ちゃんと結婚させていたら、わたしは夫の庇護下にあるわけだから、こんな」――とあたり一面を示し――「こんなことすべてに巻きこまれずにすんだはずだって。気の毒なその夫が、とつぜん反逆者の親族にされてどう思うかまでは頭がまわらないのね。わたしが盲目になったアデリスを連れて帰ったときに、その夫が邸に迎え入れることを拒むかもしれないとか。こんな話、アデリスにはできないわ。でもこれってきっと、石弓の矢をよけようとするときみたいなものなんでしょうね。彼がよく言っていたわ——終わってしまうまで、自分が何から逃れられたのかわからないんだって」

ペンリックが頭をかいて微笑した。

「それは実感としてわかります。あなたもなのですか」

「なんですって?」

彼は咳払いをした。

「いえ、なんでもありません」

ニキスはより深刻な声でつづけた。

「今回のことって、何もかもが正気の沙汰じゃないわ。すべてが憎い。でも考えずにはいられないのよ。この窮地で、もし心から気づかう人間がここにいなかったら、アデリスはいったいどうなっていたんだろうって」

拷問者たちは盲目になった彼をそのまま街路に放りだしたのだろうか。確かに反逆罪を犯した者はそういう扱いをされるが。

「わたしはいつだって怖くてたまらないわ。でもここでないどこかにいたいと望むこともできないのよ」

「怖いのですか?」彼の眉があがった。「でも最悪の局面はもうすぎました、終わっているんです」

不安に押しつぶされ、こんどは彼女が無言で肩をすくめる番だった。

「死ぬのはたやすく、生き延びるのは困難だわ。わたしはキミスのときにそれを学んだの」この数日、無理からぬことではあるが、亡き夫のことをしばしば考える。治りかけていた傷がまたひらいたみたいに。「でも、そのあとは、どうすればいいのかしら」

「それは……」ペンリックが真面目な顔で椅子に深くすわりなおした。「それはとてもよい質問です、マダム・カタイ」それから小声で、「そろそろ誰かがこの質問をすると思っていましたよ、ペン」いまの言葉を取り消そうとするかのように首をふり、「わたしも考えていました。アリセイディアが起きて動けるようになったら、顔の上半分をおおって簡単に取り外しができる仮面のようなものをつくろうと思います。内側に治療用軟膏《なんこう》を塗ったガーゼを貼りましょう。必要に応じて乾燥した清潔なものと交換します」

「使えそうなものがあるわ。さがしてもっていくわね」

彼がうなずく。

話しているあいだに、いつのまにか皿が空になっていた。残っていたカップの中身を飲み干し、若い医師を観察する。ふいに、彼にも警告しておくべきだと思い当たった。

「邸内に間諜がいるようなの」

彼は葡萄酒にむせ、咳きこんで、くちびるをぬぐった。

「なんですって?」と甲高い声をあげてから、咳払いをしていつもの高さに声を落とす。「なぜそう考えるのですか」

「アデリスが目をつぶされる前の夜、脱獄計画を立てたのよ。馬と下男を監獄の近くにこっそり隠して。結局無駄に終わったのだけれど。アデリスが拒否したから。そしてつまるところ、それも無意味だったの。わたしがアデリスの独房から出てもいないうちに馬と下男は差し押さえられていたし、出口では衛兵が待ちかまえていたわ。わざわざわたしを逮捕しようとはしなかったけれど。でも、誰かがわたしの計画を知って密告したのよ。買収した看守ではないわ。あれから一度も姿をあらわさないから、もしかしたらあの下男だったのかもしれないし、逃げた召使のひとりだったのかもしれない。まだこの邸内にいる誰かなのかもしれない。わたしにはわからないの」

「なるほど。それはほんとうにご不快だったでしょう」

「腹が立つったらないわ。でもはじめはそれも、いろんな心配事の中のささいなひとつにすぎないと思っていたの」彼にむかって眉をひそめ、「マスター・ペンリック、今回のことで、あなたまでが徹底的に追及されることになるかもしれないわ。もしかしたら、わたしと同じ小さすぎる鼠だから、あいつらも食指を動かさないかもしれない。それでも、わたしたちを助けたことであなたが苦境に陥るのを見たくはないのよ。だから、どう言えばいいかわからないのだけれど……気をつけてちょうだい」

「わたしはここにくるにあたって、自分が何に首をつっこもうとしているのか承知していました」彼は穏やかに答えた。「おおよそですけれど」

「それでもよ」

彼はしぶしぶというように手をふった。

「確かに〝それでも〟ですね。では、とてももの静かな鼠でいるよう心がけます」

ニキスは彼をじっと見つめた。

〈何を言っても無駄なのかもしれない〉

だが少なくとも、彼女は忠告しようとしたのだ。

7

アリセイディアをなだめすかして寝台から起きあがらせるのは容易ではなかった。それは、飢えている子供が食べ物を握りしめるように、想像する―― 希《こいねが》う死にしがみつくのをやめ、生きつづけるためにとるべき危うい第一歩だ。アリセイディアもそれに気づいているはずだ。とはいえ寝台を出てしまえば、ふらつくといってもごくあたりまえに一週間床についていた場合とほとんど変わりはないし、息を吸って身体をまっすぐにのばすと、彼生来の頑強さは今回の試練によってもほとんど損なわれていない。まだ痛みはあるものの、予想よりずっとはやく鎮痛剤を減らしても大丈夫そうだ。それまで不明瞭で物憂《ものう》げだったつぶやきも、より歯切れのよい話しぶりに変わった。いまのところ、そのほとんどが罵倒の言葉ではあったけれども。

ペンは広間《アトリウム》をめぐる二階の回廊に彼を連れだした。玄関と中央の二箇所にもうけられた広間《アトリウム》のおかげで、邸内には驚くほど光と空気があふれている。はるか遠い連州の山に立つ四方を板で囲われた家屋とは大違いだ。この国ではそもそも雪が降るのだろうか。アリセイディアが片手を壁についたので、ペンは手摺りの側を歩いた。彼が手摺りに突進してそれを越え、敵のはじめた仕事にみずから終止符を打つ恐れはもうほとんどない。ほとんど。そんなことをすれば、妹のすてきな別荘を飾るモザイク模様の床が悲惨なことになるというのがひとつ。そしてもうひとつ、この回廊の高さでは確かな結果が得られるとはかぎらない。そこでふたりは、食後の散歩に出かける友人のように腕を組んで歩いた。

不機嫌そうなアリセイディアの気をそらそうと、ペンリックはたずねた。

「妹御とあなたが双子だというのはほんとうなのですか」

その問いは功を奏し、アリセイディアのくちびるから笑いのようなものがこぼれた。

「それはおれたちと母たちのあいだのジョークみたいなものだ。ある程度大きくなって、自分たちがふつうではないと気づいたころのな。ひとりの女が父親の異なるふたりの子を同じ日に出産したら、誰もそれを双子と呼ぶことに迷ったりはしない。ならば、ふたりの母親とひとりの父親から生まれた子も同じだろう」

曲がり角にきて壁がなくなった。支えを失ったアリセイディアの手がためらい、こぶしをつくり、そのまま確かな自制を見せて身体の脇におさまった。すぐさま消えはしたものの、ペンの腕を握る手にわずかな力がこもったことだけが、心の中の恐怖をあらわすまいとする彼の努力を示していた。

「ひとつ邸に住む正妻と側室は険悪な敵対関係に陥ることが多い。だがおれたちの母ふたりはいつも仲のよい戦友のようだった。父はいつもふたりがかりでせまられ圧倒されていたが、少なくとも譲歩するだけの機転をきかせることができた。父が亡くなったあとも、ふたりは同じ邸で暮らしつづけた——喜びも悲しみも仕事も、すべてを等しくわかちあっていた」

〈寝台もわかちあっていたのかしらね〉デスが陽気につっこんだ。

ペンはそれが外に漏れないよう歯を食いしばり、改めてたずねた。

「歳が近かったとか、親族だったとか、そういう絆があったのでしょうか」

「いや、まったく。ニキスの母はおれの母より二十も若かった。おれの母と父はずっと子供がほしかったのだが、どうしても恵まれなかった——父が亡くなってずいぶんたってからだが、ほしかったのだが、何度も流産したと母が話してくれた。だから、ともに育てる子供はとても望まれていたのだ。そしていかなる神々の悪戯《いたずら》か、一度にふたりの子供が生まれてしまった。母神を責めればいいのか庶子神を責めればいいのか、おれにはどうしても判断できんのだがな」

また角を曲がって壁に手が届くようになったが、アリセイディアは今回、ほとんどそれに頼ろうとはしなかった。

ニキスが何かをもって中央広間《アトリウム》に出てきた。話し声に彼女の顔があがる。歩いているふたりを見てくちびるがひらき、全身から鮮やかな感動があふれた。ペンの想像はあたっていた。微笑を浮かべた彼女はほんとうに美しい。自分の働きで彼女があのような表情を浮かべたのだと思うと、腹の中で奇妙な興奮がうちふるえる。だがつづいて、もし兄の不幸とペンのかかわりを知ったら彼女がどんな顔をするだろうかと気づき、腹がこわばった。軽やかに階段をあがってくる上靴の音を聞きながら、アリセイディアを寝室に連れもどした。

あまり辛抱強くない《ペイシエントで》患者《ペイシエント》を寝台にすわらせ——これまでよりも明らかに姿勢がよくなっている——彼の顔をじっと観察した。水疱はかなりおさまり、縮んで皺になっている。破れたものも、内側の端からきれいに治りつつある。目蓋のふちは湿気を帯びた銀色で、涙管があらわれている――ほんとうに、この涙管をひらいて機能をとりもどさせるためにどれだけの鼠が犠牲になったことだろう。細心の注意を要する虹彩《こうさい》に関しては、まだ多大な疑問が残っている。それに、傷ついたレンズは底翳《そこひ》を起こしてもおかしくない状態で、それでは形態が変わっただけでやはり目が見えないことにちがいはない。ダルサカでは曇ったレンズを切りとってガラスの眼鏡のようなものに取り替える恐ろしい手術がおこなわれているという。だがその成功率が高いとは聞いていないし、それに、庶子神の涙にかけて、そもそも横たわったままおとなしく目にナイフを受ける患者がいるだろうか。では、連中は沸騰する酢をかけるとき、どのようにアリセイディアを拘束したのだろう。ペンはそこで考えるのをやめた。

　まだ腫れあがっているため目蓋をひらくことはできないものの、それもそう長くはないだろう。まもなく仕事の成果が明らかになる。何より重要なのは、アリセイディア自身にもそれがわかるということだ。彼がどのような反応を示すか、ペンリックにはまったく見当がつかない。ただ、おそらく穏やかでないだろうことだけは確かだ。

　ニキスがはいってきて手をさしだした。

「これで間にあうかしら。古い仮装パーティの仮面なの。くちばしは簡単にはずせるわ。アデリスが大鴉《おおがらす》に扮したのよ。戦場のためにと言ったものだから、あのときはぞっとしたんだけれど」思いだすように、「官僚に対する、軍人からの巧妙なあてこすりだったんでしょうね。だとしても、連中はぜんぜんわかっていなかったわ」

「幸運にも、というべきだろうな」記憶の中でその仮面を見ているのだろう、アリセイディアが彼女の声のほうに顔をむけてつぶやいた。「あのころのおれは若かったし、怒っていた」

ペンリックはその品を受けとって、気になる裏面を調べた。火傷痕のひろがりとほぼ一致して、顔の上半分をおおう大きさだ。軟膏のガーゼをあてても問題はないし、日々の必要に応じて取り替えることもできる。さらには、思いやりのない人々の目から傷痕を隠せるとアリセイディアを偽るいっぽうで、治療がすべて終わるまで、ペンリックが実際に何をしているかを当人から隠しておくこともできる。

〝そのあとは、どうすればいいのかしら〟とニキスはたずねた。ペンにはまだその答えはわからない。だがほどなくその問題が彼ら全員にのしかかってくる。そしてそれは、彼女が想像しているようなものにはならないだろう。

仮面を表側にむけた。黒い革をカットしたもので、優雅な刺繡《ししゅう》がほどこされ、長いあいだ櫃か何かにしまわれていたためだろう、わずかに傷んでもろくなった美しい黒い羽根で飾られている。

「あなたは何に扮したのですか」ニキスにたずねた。「白鳥でしょうか」

兄の印象的な黒と対になる白？　彼女が笑った。

「とんでもない！　あのころでもちゃんと良識はあったもの。わたしは梟《ふくろう》にしたの。もっとずっと丸っこい鳥よ」

そして手をふって自分の身体を示した。確かに白鳥というよりは梟だ。きっと彼女はすてきにやわらかいのだろう。もちろんそれを口にする勇気はないけれども。

「賢者の鳥だ」アリセイディアのくちびるが影のような微笑にゆがむ。「おぼえているぞ。そしておれはおまえをからかったんだったな」

「もちろんよ」

「愚かな鴉だ」

ペンリックはふと好奇心にかられてアリセイディアの顔の前に仮面を掲げ、まばたきをした。

「おやまあ」これはデスだ。

彼女がそれ以上の、それ以上に厄介な感想を述べはじめる前に、すばやく口を閉じた。

目をひく傷痕が隠れるととつぜん、正確にいって美男子ではないものの、きわだって精力的な好漢があらわれたのだ。ときおりこうした男や女がいる。顔やスタイルに宿るわけではないため彫刻家にも再現できないが、その燃えあがる魂を見た者はけっして目をそらすことができない。大鴉の仮面がさらにそれを強調する。ずるいと思えるほどに。

〈駄目よ、目をそらさないで!〉デスが要求した。〈あなたはあの妹のむっちりしたお尻をさんざん盗み見しているじゃありませんか。こんどはわたしたちの番ですよ。べつにいやがられてはいないでしょ〉

同じ台詞をかつて浴場で言われたことがある。ペンはとうぜんながら、風呂を使いたくなれば浴場に行く。デズデモーナの十二分の七にとって、浴場はみだらで魅力的な場所となる。奇妙なことに、高級娼婦《クルティザン》ミラの残像はその中にふくまれない。彼女は浴場でおこなわれる行為――入浴以外の――にペンには想像できないほど精通していて、ペンが望もうと望むまいと、それを彼と共有している。ミラは職業柄、好色に対して淡白なのだ。お姉さま軍団の中には、とにかくじろじろとながめたがる者がいて——間違いなくルチアはその筆頭だ——もちろん使われているのはペンの目なのだから、おかげではじめのころには何度か、殴られたり誘われたりもした。どちらも一度ずつだ。

〈どっちにしたって、あなたは男に誘われるタイプなんですよ〉デスが反論した。〈それはわたしたちのせいじゃありませんからね〉

ペンリックはきっぱりとアリセイディアの顔から仮面をはずし、視線をあげたままニキスにむかって告げた。

「これなら使えるでしょう。ありがとうございます」

その言葉に報いて、ほのかな月光のように弱々しい微笑が返った。

ほどなくニキスがつぎの食事の支度をするため部屋を去り、ペンは仮面に手を加えはじめた。さっきの家族に関する打ち明け話でアリセイディアの警戒心もずいぶんゆるんだようだから、もう少しつっこんだ質問をしても大丈夫かもしれない。アリセイディアの視力がもどって彼の秘密など問題にならないという信念がくつがえされる前に、たずねておかなくてはならない。

〈なのにあなたはわたしが不人情だと非難するんですよね〉デスが鼻を鳴らした。

アリセイディアには、軍の友人が匿名で彼を雇ったというささやかな作り話を伝えてある。ペンは頑《かたく》なにその名を打ち明けようとしなかったが、そんなものは存在しないのだからあたりまえだし、でっちあげる勇気もない。だがそれはかえってペンに、信頼できる人間だというイメージを与えてくれた。ではもう一度、彼らにご登場願うことにしよう。

「わたしを雇ったご友人たちは、あなたが逮捕されたという知らせにひどく動揺していました」と切りだしてみた。「憤慨している人も、心配している人もいました。あなたにしてみても、今回のことはすべて、まったく寝耳に水のことだったのですか」

もちろんこの将軍のことだ、不意打ちでなければ逃亡するか回避するか、もしくは抵抗していただろう。

「いや、まったくとつぜんというわけでもない」アリセイディアがゆっくりと答え、目に見えない脅威を測ろうとするかのように手のひらをひろげて掲げた。「告発や逆告発、噂や誹謗《ひぼう》、そうしたものは、なんとか優位に立って皇帝の寵を得ようとみなが血道《ちみち》をあげて争っているササロン宮廷の名物みたいなものだ。おれは自分はそうした争いとは無縁だと思っていたし、それをありがたいとも感じていた。ここ、パトスでな」

「ご自分の敵が誰か、わかっているのですか」

アリセイディアの笑いにはかすかなユーモアがこもっていた。

「一覧表を読みあげてもいいぞ。だが今回は、どちらかというと友人のほうが、より大きな危険をもたらしたといえるかもしれん」

「よく……わからないのですが」無知ゆえの混乱を装う必要もなかった。

「最後の作戦において、西部方面軍はササロンからあまりよい扱いを受けていなかった。物資も補充人員もほとんど得られず、俸給は遅れていた……。他国に攻めこむ場合なら敵国から奪ったもので俸給を支払うこともできるが、そのときのわれわれは自国で防御にあたっていた。略奪は禁じられていたし、もし起こってしまえば政府に苦情が届き、罰せられる。それでは士気がさがる。幾度か交戦したところ、われわれの部隊は相手の夷狄よりもよく組織されているとは言いがたく、さんざんに打ちのめされてしまった。最終的に勝利をおさめたとはいえ、あれは意気揚々とではなく、死に物狂いで手に入れたものだ。

軍隊というものはいつだって、自分たちの働きに対する報酬が充分ではないと不満をもつ。あのときのわれわれにとって、それはいつも以上に深刻な問題だった。天幕や兵舎でのつぶやきはどんどんふくれあがり、険悪になっていった。そして軍には必ず、自分たちの選んだ皇帝を玉座にすわらせさえすれば、すべての不正が正されると信じる連中がいるんだ」

「わたしの読んだ歴史書でも、そうしたことは何度か試みられたようです」口にするつもりはないし、すべての著述家が信用できるわけでもないが、ペンはかなりの歴史書を読破している。「成功したこともありますね」

アリセイディアは顔をしかめた。

「十年前、五年前でもいい、そのころだったらおれも、正しい人間を据えればすべての不正を終わらすことができるという神話を、心から信じることができただろうさ。だがな、あんたも言ったようにその試みは何度かおこなわれたが、結局は何ひとつ変わっちゃいないじゃないか。もっとよく宮廷というものを観察し、自分が何に対してたちむかうのか、学んでおくべきなんだ。廷臣の腐敗だけじゃない。もちろんそいつもいやというほどあふれているがな。たとえば、徴税はぐしゃぐしゃだ。悪疫が散発して国という布地にいくつも穴があいている。他国を征服することでさまざまな不足を補える黄金時代もあっただろうが、世代を経るにつれてわれわれは得るより多くの領土を失ってきた。改革は、おのれからは何ひとつさしださず利益だけを享受する連中によってはばまれる。残念ながら軍もそのひとつだ。どれほどよき意図をもとうと、どれほど英雄的であろうと、ひとりの男をこのとてつもない重圧にたちむかわせ……そして当然のごとく失敗したからといってその男を非難する……」彼は首をふった。「おれならば、〈五柱の神々よ、われをそのような運命から逃れさせたまえ〉と祈るところだが、おれの部下の中にそうは考えぬ者たちがいたんだ。そして、小声で愚痴をつぶやく以上のことをしはじめた。半年という時間もパトスまでの距離も、彼らの憧憬からおれを救うには近すぎたようだ。そしてそれが反動を引き起こした」

アリセイディアは具体的な名前をひとつもあげてはいない。だがそれは、ペンがさっき名前をあげなかったのと同じ理由ではない。いまの状況を考えれば、それは計算というよりも習慣なのだろう。ふつうの人間があまり身につけない習慣ではあるが。

「では、アドリア大公に申し出をしたのではないのですね。その——アドリアに行きたいと。そういう噂ですが」

ペンリックは大公の私室でその書簡を手にとり、目を通した。アドリアの尚書は偽造書類の専門家で、見破ることにもみずから作成することにも長けているが、その書簡は祐筆の手によるもので、署名だけがアリセイディアの自筆だった。大公は率直に、これが偽造である可能性を指摘した。だからペンは、まずはごく慎重に将軍にさぐりをいれることになっていた。たとえあの書状がアリセイディア自身のものでなかったとしても、とにかくそうした考えを彼の心に植えつければいい。

「アドリアか！　もちろんちがうとも。なぜおれがアドリアと交渉せねばならんのだ。やつらの海商はしじゅう海賊すれすれの真似をしているんだぞ。船に乗った鼠ども、わが国の沿岸をちびちびとかじっていやがる」

アリセイディアの口が引き結ばれた。にらみつけることはできないものの、目蓋に力がこもる。それから苦痛にくちびるがひらいた。

「ああ」

彼はため息を漏らし、掛け布の中で身体を丸めた。明らかにくたびれたのだ。

なるほど、ではふたつめの計画は前途多難というわけだ。もし視力を回復させることができれば、東に逃亡するよう説得できるのではないかと考えはじめていたのだが。アリセイディアを使ってカルパガモを——ペンにすればなんの恨みもない国ではあるが——攻めるという、大公の意図をかなえることが崇高な任務であるというわけではないものの、政治とはそもそも崇高とはほど遠いものなのだし、神殿だとてまったく政治とかかわりをもたずにいられるわけではない。だがペンリックは正気を保ったままマーテンズブリッジにとどまることができなくなり、アドリアの大神官はそんな彼に母神教団の義務をともなわない居場所を提供してくれた。〈なのにわたしはいまここで、はからずもまた医師の仕事をしている。庶子神は笑っておられ

るのではないだろうか〉

それでも、セドニアで最初の書簡を偽造したのは誰かという問題が残る。大公はあれがこの国から送られたものであることに絶対的な確信を抱いていた。明らかな罠だ。計画そのものも、導きだされた結果も、ともにおぞましい。あの書状をもってきたのはヴェルカだったのかもしれない。そして間違いなく、本来の受けとり手である邪悪なセドニア人に、ほんものの返事を届けたのだろう。待ちかまえ、さしのべられていた手に。

ペンリックはこのところ、ヴェルカとふたりきり、静かな部屋で、しばしの時間をすごしたいと考えはじめている。魔法による殺人は神学的に禁じられているものの、ほかにも方法はある。そう、ほんとうに、いくらでも。そして。ああ、いま彼は、そもそも控えめな神殿魔術師すべての中で、なぜ医師魔術師がもっとも厳しく管理されているかを真に理解したのだった。

デズデモーナは自分のくちびるを舐めることはできないが、ペンのくちびるなら舐めることができる。ペンははっとして、おかげで怒りの遁走曲《フーガ》から抜けだすことができた。期待をこめたかすかな戦慄と興奮が消え、彼女がため息をついた。

〈誘惑しないでください〉

いまの思考はどちらのものだっただろう。

8

なかば強引にはじめて寝台からひっぱりだされてよりわずか二日後、アデリスはニキスと医師にはさまれて庭園を歩いていた。その足どりの確かさが嬉しかった。彼を危うく狂気に駆り立てるところだったすさまじい苦痛、残酷なほど正確に沸騰する酢をかけられた火傷の痛みは、明らかにほとんど消えているようだ。彼は驚くほど急速に回復しつつあった。

異国の血のまじった医師が、治療にあたってどのように神秘的なウィールドの技を用いたのか、ニキスにはわからない。それでも彼の技術に対する敬意は日増しに高まっている。相変わらず奇矯ではあるけれども。たとえば彼は、誰も聞く者がいないと思っているときによく独り言をつぶやいている。たぶんあれはお父さんの国の言葉なのだろうけれど、明らかなダルサカ語がまじることもある。そしてそれに自分で返事をしている。彼女にむかってはいつも微笑をむけてくれるけれども、明るい両眼は、どこかよそで忙しく働く頭脳を隠すかのように、おちつきなく緊張をたたえている。

三人でむきを変えて壁沿いに歩きはじめた。アデリスがマスター・ペンリックの腕をほどいた。だが彼女の腕は放そうとしない。片手がもちあがって黒い仮面の下の頬に触れる。狡猾《こうかつ》そうな仮面のおかげか、強靭で危険な男に見える。まるで病人らしくない。事実、まさしくいつもの彼——少なくとも、皮肉っぽい気分でいるときの彼だ。だがそのとき、彼らしくもないこわばった声がたずねた。

「おれの顔は山羊の尻みたいなんじゃないか」

心臓がぎゅっと締めつけられたが、明るく言い返した。

「あら、あなたの顔はいつだって山羊のお尻みたいだったじゃないの、親愛なる兄上さま。だから、わたしにしたら何ひとつ変わってなんかいないわ」

アデリスごしに彼女を見つめるペンリックの眉が吊りあがっている。だがアデリスは仮面の下で皮肉っぽく笑っただけで、彼女の腕をぎゅっと握り、同じような口調で言い返した。

「親愛なる妹殿、おまえはいつもおれの羅針盤《らしんばん》だ」それからおちついた真面目な声で、「おそらくは、もっとも暗い場所においてもな」

ニキスは息をのんで腕を握り返した。

ペンリックが口をひらいた。

「水疱はもうずいぶんよくなっています。ほとんど消えているといってもいいくらいです」

「あんたは水疱の専門家なのか、マスター・ペンリック」アデリスがたずねた。

「それも扱っているといったところでしょうか。あなたはとびきりすばらしい症例でした」

「いかにもアデリスらしいことね。いつだって最高でなくては気がすまないのよ」

噴きだすような笑い。

「いちばん新しい軟膏はかゆみを抑えてくれた。ありがたいことだ」

「それはよかったです。掻いてほしくはありませんから」

三人はもう一度むきを変え、四阿《バーゴラ》までの段をどうにかあがった。そこでニキスはたずねた。

「もう一周する？　それとも休む？」

「もう一周だ」

断固としたアデリスの主張に、ニキスは微笑した。

だが散歩をつづける前に、正面玄関をノックする鋭い音が広間《アトリウム》に響きわたった。三人ともが動きをとめ、懸命に耳を澄ました。庭師兼門番が嘆願者に応対している。嘆願者たちだ。門番に質問をする声はふたり分だ。友人なら、彼らがこの政治的隔離に追いこまれてからはじめての訪問客ということになる。そうでないなら……

マスター・ペンリックの鋭く息をのむ音が聞こえた。

「あの声なら知っています。片方ですが。わたしは——顔を見られるわけにいきません！」

声が近づいてくる。年老いた庭師がゆっくりと足をひきずるように案内するため、あとのふたりはいらだたしげに小さな歩幅で歩かなくてはならない。ペンリックは狂ったように周囲を見まわした。来訪者は邸のほうからやってくる。邸内にもどることはできない。

「時間がない」

驚いたことに、彼は犬から逃げる猫のように四阿《バーゴラ》の隅の柱をよじのぼりはじめた。そうしながらふり返って警告した。

「あの男は味方ではありません。気をつけてください」

そして、葡萄の葉をはずませ揺らしながら、身軽く屋根の上を走っていく。アデリスが口をひらいて無言の問いを発し、足音と衣擦れを追って首をめぐらした。ペンリックは裏庭を見おろす二階のバルコニーにたどりつくと、手摺りを越えて床に身を伏せた。支柱のあいだから青い目が片方だけのぞいている。

ニキスはどうすればいいかわからないまま、屋外テーブルにむかった。アデリスがぎこちなく腰をおろす。門番が来客を案内してきた。制服を着た市衛兵を従えた、平服姿の男がふたり。ペンリックはひとりの声を知っていると言ったが、ニキスもひとりを見知っていた。市総督の上級秘書官マスター・プリゴス。味方でも敵でもない。身の丈にあった野望しか抱いていない、ただの几帳面な官吏だ。いかにも胃が弱そうな灰色髪の役人が、ふたりにむかって軽く頭をさげる。アデリスに見えないとわかっているからか、真の敬意をこめてというより単なる習慣的な挨拶だ。プリゴスが同伴の事務官をテペレンと簡単に紹介した。プリゴスよりも若く、抜け目のなさそうな顔をした男で、この職についてあまり日がたっていないのだろう、上官のようにやわらかな物腰は身についていないし、日焼けもまだ褪めていない。

「本日は貴君の私権剝奪文書の写しを届けにきたものである」

プリゴスがアデリスにむかって宣言した。上司の合図を受け、テペレンが書類ケースをかきまわして分厚い紙束をとりだす。アデリスがすでに所有していない財産すべてのリストにちがいない。テペレンからそれを受けとったプリゴスが、アデリスにわたそうとして動きをとめ、口ごもった。

「ああ、その」

何を考えたのか、ペンリックは仮面の目穴の裏側に黒い絹を二重に貼りつけていた。それが鳥の目のように不気味にきらめいている。アデリスが彼女にむかってうなずくと、光が絹の上で躍った。

「すまぬがそれはマダム・カタイにわたしてほしい」彼がつぶやいた。「いまは彼女がわたしの祐筆を務めている」

「ああ、承知した」

ニキスはそれを受けとり、判読しにくい役所の装飾文字と型通りの法律用語に目を通した。そしてテーブルにのせ、その上に肘をついた。

アデリスが短くプリゴスにたずねた。

「暮らしを維持できるくらいは残されているのだろうか。それとも、市場で物乞いをするための鉢をさがさなくてはならないのか」

プリゴスが咳払いをして答えた。

「マダム・カタイの恩給はそのまま残される。貴君の母上がマダムの母上に遺贈された資産もだ。貴君の家族が住む場所を失うことはない」

「ささやかなお慈悲というわけだな」とアデリス。

「それで充分だわ」ニキスはつぶやいた。

兄妹ふたり、内陸の小さな町に住む高齢になりつつある母の古い邸に押しこまれ、切り詰めたささやかな暮らしを送る。裏切られ。敗北し。

〈それでも生きている。だから絶望なんかしない〉

アデリスの辞書を使うなら、これは再編制のための撤退だ。

プリゴスの片手があがり、またさがった。視線をむけられた事務官が冷酷に顔をしかめる。

プリゴスはまた咳払いをして言葉をつづけた。

「失礼ながら、わたしはアリセイディア将軍の傷と回復具合を調べて報告するよう指示を受けている」

剝奪された階級称号をつけてしまったのはうっかりだろう。生真面目な男にしては珍しいことだ。

「その、マダム・カタイ、よろしければ仮面をはずしていただけませんか」

アデリスのあごがこわばり、両手がテーブルの上でこぶしをつくる。手をのばしてそのこぶしに重ね、無言で問いかけると、彼はほとんどわからないほどかすかにうなずき、ささやいた。

「屈辱がおれのパンになるというなら、その味にも慣れておかなくてはなるまい」

ニキスはため息をついた。気分が悪い。立ちあがって彼の背後にまわり、仮面とガーゼをとめている紐をほどいた。腕をまわし、マスター・ペンリックがしていたように、できるだけそっと仮面をもちあげる。軟膏によるかすかな抵抗はあるものの、彼の皮膚は今日、それほどのもろさを感じさせない。彼は身じろぎもせず、以前の頑固で無感動な〝おれは岩だ〟状態にもどっている。

そのアデリスが息をのんだ。

すばやく彼の脇にまわりこんだ。

「まあ、ごめんなさい。痛かった？」

彼女をふり返るしなびた目蓋のあいだに驚愕のこもった赤いきらめきが走る。そして彼はまたしっかりと目を閉じた。テーブルの端を握りしめたこぶしが白い。歯を食いしばり、身体をふるわせている。

「ああ、少しな」ようやくのように絞りだした。

ニキスは椅子にもどって仮面をテーブルにおいた。プリゴスがはっと息をのんで顔をそむけた。テペレンは逆に、背筋をのばして小さく罵言を漏らしている。そして身をのりだし、目を細くして上半分が破壊されたアデリスの顔をじっと見つめた。

「ちょっと失礼」

テペレンが立ちあがり、プリゴスの肩に手をおいて力をこめ、席を立ってついてくるよう促した。プリゴスが驚いて顔をあげながらも、それに従う。おかしなひと幕だ。テペレンが、ぼんやりと四阿《パーゴラ》の柱にもたれていた衛兵にむかって手をふった。

「ここにいろ。ふたりがどこにもいかないよう見張っているんだ」

そしてふたりは邸内を抜け、正面玄関から外に出ていった。ニキスは耳を澄ましたが、ふたりともひと言も発せず、やがて扉が閉まって音も声も遮断した。

「ニキス」アデリスが張りつめた声をかけた。「少し疲れた。寝室まで連れていってくれないか」

「わかったわ」

彼女はまた立ちあがろうとしたが、衛兵が断固としてそれを拒んだ。

「席を立たないでください、将軍」

アデリスがふわりと両手をのばし、彼女をさぐりあてた。その手が少しずつ上にあがり、頭部に達したと思うと、ぐいと自分のほうへひきよせる。彼の目がまたわずかな隙間だけひらいた。充血した白目は真紅、虹彩も奇妙なガーネットの色だが、しっかりと黒い円を描く瞳孔《どうこう》が彼女を見つめ返している。

「ニキス、すまないが、客人のために茶を淹れてきてくれないか。おれも飲みたい。付添人に手伝ってもらえばいい」

また目蓋が閉じて……恐ろしいほどの驚異と、同じくらい恐ろしい危険を隠した。

あまりの衝撃に血の気がひき、失神しそうになるのをこらえ、どうにか立ちあがった。

「わかったわ」

衛兵が顔をしかめたが、重要人物の看護人にすぎない鼠のように卑小な女だ、わざわざ気にすることもないと判断したようだった。

しっかりとした足どりで邸内にはいる。ふり返ることはしない。厨房にもむかわない。心の中で、貯蔵庫にある葡萄酒――召使用の、したがってあの来客には上等すぎるやつ――と、すぐにも使える毒薬がどれくらい残っていただろうと計算した。悲しいかな、少なすぎる。回廊への階段をゆっくりとあがる。走ってはいない。走ってはならない。マスター・ペンリックはもう裏のバルコニーでうつ伏せになってはおらず、アデリスの寝室からかすかな音が聞こえてきた。

部屋にはいって扉を閉めると、ちょうど彼が、最後の医療用具をすばやく鞄に詰めているところだった。チュニックの下にズボンを穿いている。視線をあげた彼の顔には、これまでになくいかにも不自然な笑みが貼りついていた。

口の中でせめぎあう十以上もの驚きの中で、まず最初のものがすべりでた。

「アデリスは見えているのね！」

「はい」

「いつから？」

「昨日からです。いまの質問が、視力が回復することをいつから知っていたかという意味なら、治療をはじめてすぐからです。さもなければ、もっとはやくお暇《いとま》していました」

茫然と彼を見つめた。

「なのに、いまになって出ていこうというの？」

「いえ……わかりません。まだ終わってはいませんから」そして顔をゆがめ、ぱたんと鞄を閉じた。「何よりまずいことに、ヴェルカが気づいてしまいました。あの男の登場場面として、これ以上まずいタイミングはありません」

「誰ですって？」

「テペレンです。偽の事務官。どちらがほんとうの名前なのかは知りませんが。たぶん、どちらも本名ではないのでしょう。兄君を罠にかけた都の一派が送りだした、高位の間諜です。どれくらい高位なのかはわかりませんが、彼は愚かではありません。時間を無駄にはしないでしょう」そして周囲を見まわし、「わたしたちもぐずぐずしてはいられません。この部屋に現金はありますか。なんでもいいですけれど、この町から脱出するにあたって、あなたやアデリスの助けとなりそうなものは」

〈脱出ですって?〉とさけびたかったが、彼の意図もその必要性もあまりにも明らかで、議論の余地はなかった。

「明日、洗濯女にわたすお金も足りなくて、どうやって支払おうかと思っていたのよ」

「馬には乗れますか」

「ええ。でも馬がいないわ」

「ああ」彼は立ちあがり、親指でくちびるをはじいた。「できれば慎重にいきたかったのですが。無理なようです」

ふたりは凍りついた。玄関の扉が乱暴に閉まり、広間《アトリウム》から、かすかではあれあまりにも多くの重い足音が響いてきたのだ。

「庶子神の地獄にかけて、これはまずい。もどって兄君のそばについていてください。わたしも遠くには行きません。パニックを起こさないよう」

もし凝視でいまそこに立っている彼を吹き飛ばすことができるなら、きっと灰になって漂っていただろう。ニキスは身をひるがえし、階段にむかって走った。

新たな侵入者たちがやってくる直前、ぎりぎりでテーブルにもどることができた。プリゴスと偽事務官は四人の衛兵を連れてきていた。別荘《バーゴラ》を見張っていたふたりに加え、さらにふたりだ。あとに残っていたひとりがもたれていた四阿から身を起こし、上級秘書官ではなくテペレンに――それともヴェルカというべきだろうか、誰であれその呪うべき男に問いかけの視線を投げた。

テペレンがアデリスを示して命じた。

「つかまえて縛りあげろ」

アデリスがさっと立ちあがり、椅子が大きな音をたててうしろに倒れた。今回はおとなしく降伏するつもりはないのだ。いまさらながら、厨房に寄って大型ナイフを一本か二本もってくればよかったと後悔する。とりあえずは自分の椅子をひっつかみ、少なくともひとりの衛兵にむかってふりあげた。不意打ちをくらわしたので殴り倒すことはできたものの、男が椅子の脚をとらえてぐいとひっぱったため、彼女も危うく倒れそうになった。男を蹴りとばそうとしたが、こんどは足首をつかまれひきずり倒された。激しい勢いで地面にぶつかり、世界がまわる。男が彼女の髪をつかんだ。

アデリスは戦い慣れているし、汚い手も使える。それでも四人の衛兵とテペレンがまとめて襲いかかってくるのだ。そして、彼の視力がある程度もどっていることが明らかであるいっぽう、それがまだぼんやりと霞んでいることもまた明らかだった。まだ完全には治っていない顔の上半分に激しい打撃をくらい、息をのんでよろめいた瞬間、全員が彼にのしかかった。

彼女もアデリスももがきながら懸命に戦ったが、終わりはすみやかに訪れた。剣が抜かれたのだ。むかいあった四阿《パーゴラ》の柱にそれぞれしっかりと縛りつけられ、傷つき息を切らしたふたりは、絶望をこめて見つめあった。マスター・ペンリックはどこにいるのだろう。そしてあの約束の言葉は？　あの細っこい医師が取っ組み合いにおいて彼女以上の役に立つとは思えないが、少なくとも彼がいれば、アデリスの相手は五人ではなく四人に減っていたはずだ。

テペレンが息を切らしながら身体を起こし、服を整えた。いかにもな恐怖を示して身をひいていたプリゴスが、かたわらに歩み寄り、ふたりして縛られたアデリスに近づいていった。アデリスがぐいと首をのけぞらせるのもかまわず、プリゴスが手をあげて火傷痕に触れる。

「あなたの言ったとおりだな」プリゴスが、おそらくテペレンにむかってだろう、口をひらいた。「酢をかけた男はどうやら手抜きをしたようだ。あとで尋問せねばならん」

「彼は真面目に職務を果たした」

アデリスが歯を食いしばりながら答えた。口から血がこぼれている。それはニキスも同じだ。腫れあがったくちびるを舐めると金属的な味がした。

「だが好きに尋問するがいい。最後の最後まで徹底的にな」

「それはもういい」とテペレン。「その過ちを正そうではないか。長引かせても意味はない。すてきな刑罰ショーは一週間前に終わっているんだからな」衛兵に合図を送り、「おまえ――いや、そのふたりだ。こいつの頭を押さえろ」

ふたりの衛兵がアデリスの両側について頭をつかんだ。逆らおうとするアデリスの首に腱が浮きあがり、歯の隙間から口笛のような息が漏れる。プリゴスが距離をとってあとずさった。同意はしたものの気分が悪くなったのだろう。テペレンがうんざりしたように不機嫌な顔でベルトナイフを引き抜き、アデリスの目にむかってふりあげた。

ニキスは悲鳴をあげた。

「ああ、待ってください」やわらかな声が頭上から降ってきた。「ほんとうに、それはやめてほしいんですけれど」

いったいどういうわけなのか、テペレンが息を漏らし、火傷をしたかのようにナイフを落とした。そして手を押さえながらあとずさり、上を見あげた。

四阿《バーゴラ》の屋根の端、アデリスの頭上に、マスター・ペンリックが立っていた。腰に片手をあて、怒りを放出している。

テペレンが信じられないといったようにぽっかりと口をあけた。

「きさま！　きさまは溺死したはずだ！」

「そうなんですか？」ペンリックが考えこむように首をかしげる。「そうだったのかもしれませんね」

男の顔に恐怖がひらめいたが、理解とともにすぐさま怒りに変わった。しっかりと口を閉じ、ふたたびあけると同時に当惑している衛兵たちにむかって怒鳴る。

「あやつをつかまえろ！」

じつに理にかなった命令だ。全員が前進をはじめた。ペンリックが意識を内側にむけるような表情で白い片手をふる。楽団を指揮するかのごとく指が動くと、五人の衛兵がつぎつぎに苦痛の声をあげて倒れた。生まれたての驢馬のように、脚がそれぞれ勝手な方向にひろがって立っていられない。つづいてテペレンもくずおれた。

プリゴスが目をむき、悲鳴をあげながら逃げだそうとした。

ペンリックが身をかがめ、視線で彼を追った。

「ああ、あなたのことを忘れていました」

そしてまた手をふると、秘書官もつまずいてころび、立てなくなった。だが肩ごしに恐怖に満ちた視線を投げつけながら、両手をついてなおも逃げようとしている。

ペンリックがため息をついて四阿《バーゴラ》からおりてきた。顔つきが変わり、声のない不気味な笑いが吐きだされた。

「ペンリックったら、ほんとうに控えめなんだから」

それから彼は、死にかけの魚のように弱々しくもがいている衛兵のあいだを歩きまわり、剣を蹴りとばした。かがみこんでひとりひとりの首筋に触れると、悲鳴がか細くなっていく。だが彼は、ただひとり声をあげていないテペレンの首には触れようとしなかった。

「あなたはまだです」

すべての騒音が消えた。ニキスの耳に静寂が鳴り響く。ペンリックがまっすぐに身体を起こし、顔をゆがめて手をふる。ニキスとアデリスをそれぞれの柱に縛りつけていたロープがほどけ、足もとに落ちた。

ニキスはどさっと膝をついた。アデリスがよろめきながら前に進み、ペンリックのシャツをつかんで柱に押しつけた。鮮やかな赤い目をぎらつかせているためばかりでなく、まるで狂ったようにペンリックに詰めより、さけんだ――泣きわめいたといってもいい。

「きさま、いったい何者なんだ！」

「まあまあ」ペンリックは最高に晴れやかな微笑を浮かべた。「贈り物の馬の口《あら》を調《さが》べるのはやめておいたほうがいいですよ」

「答えになっていない！」

そして揺さぶったが、医師は抵抗もせず、骨がないかのようになすがままになっている。だがもしその気になれば、じつに巧みに反撃できるにちがいない。

ニキスはふるえながら柱につかまって立ちあがり、血のにじむ口を、しびれたあごをこすった。

「なぜもっとはやく助けてくれなかったの」〈というか、なぜもっとはやく何か行動を起こしてくれなかったの〉

「それも考えたのですが、すでにあまりにも複雑化している状況に余分な不確定要素をひとつ放りこんでしまうことになりますから。すべてに注意をむけていられるわけではありません。あのときはあのままでいてもらうほうが安全だったんです」

アデリスは毒づきながら彼を放した。ペンリックがほとんど乱れていない緑のジャケットの汚れをはたき、猫のようにのびをする。口もとはまだ微笑を刻んでいるが、目にはその片鱗もなく、つねに視線を動かしながら、〝正確にいって大虐殺ではない〟この場を監視している。

それを修正しようというのか、アデリスがかがんで剣をひろいあげた。

ペンリックがその手を押さえた。

「いいえ、殺してはいけません。ごらんのように、彼らはいま無力で手も足も出ません」

「さっきまでのおれもそうだった」

ペンリックはうなずいてそれを認めながらも、言葉をつづけた。

「いまのあなたには、より緊急の仕事があるでしょう。妹御を安全な場所に連れていかなくてはなりません」

ニキスのほうでは、どうやればアデリスを安全な場所に連れていけるか、懸命に考えていたというのに。あまりにも見え透いた戦略に腹が立つ。だがそれはまんまと功を奏し、兄の首がくるりとまわって彼女を見つけた。

〈わたしがいることをやっと思いだしたの？〉

なるほど、ペンリックはじつに面白い男だ。アデリスが剣を握ったまま急ぎ足でやってきて、彼女を抱き締めた。

「大丈夫か、ニキス」

「ちょっと殴られただけよ」

アデリスは、やはり殺しておくべきかと検討するように、目を細くして衛兵を見おろした。

ペンリックがころがった身体をよけながらふたりを広間《アトリウム》へといそがせ――アデリスは通りしなに何人か蹴りとばした――声を低くして告げた。

「外に馬が二頭つながれています。マダム・カタイ、乗馬服をおもちなら着替えてきてください。それからあるだけの現金をもって。衣類や宝石は袋ひとつにはいるだけにしてください。そして、邸が燃えているくらいのつもりで、できるだけはやくここにもどってきてください」

「邸は燃えていないわよ」だが人生に火がついているような気分だ。

「いまはまだ、ですね」

ニキスは彼の狂気が伝染したかのように走りだした。階段を駆けあがるとき、衣類の山と医療鞄が、すでに階段の下に鎮座しているのが目にはいった。

もどってくると、ペンリックが、必死で抵抗するアデリスに彼女の長めのドレスを巻きつけ、ベルトを締めているところだった。それから、壁にかけてあった寡婦の緑のマントをとりあげて羽織らせ、ぐいとフードをかぶせる。

「これでいい。姿が見えなくなる魔法のマントです。顔を伏せていてください」

ペンリックが玄関から外をうかがい、鮮やかな午後の中で居眠りをしている静かな街路へとふたりを押しだした。ニキスは彼の手を借り、二頭のうち大きいほうの馬にまたがった。どちらにも市庁舎の焼き印が押され、軍用の鞍がのせてある。そこで、寡婦が剣を握っていることについてペンリックとアデリスが小声ながらも激しい議論をはじめ、少しばかりの遅れが生じた。その問題は、目立たないよう鞍にとりつけた鞘《さや》におさめることで落着した。つづいて、ニキスの背後に乗れといわれたアデリスがふたたび反論を唱えた。

「馬は二頭いるではないか」とアデリス。「ひとり一頭だ」

「まだ乗馬は無理です、ご自分で考えているほど身体がもどってはいないのですから。興奮が静まればすぐにもわかることです。それにわたしたちは三人です。あとを追うわたしにも一頭必要です」

「あなたもいっしょにくるの？」ニキスはたずねた。

なぜそんな反応をしてしまったのか、自分でもよくわからない。少なくとも〝残念〟だからではない。誓ってちがう。

金髪の男はうなずいた。

「まだ終わっていませんから。おちついた常歩《なみあし》で町を出てください。けっして注意をひかないように。いうまでもなく、このかわいそうな馬にとってもそのほうが助かるでしょう。そして南の街道に出てください。わたしはここで二、三の片づけ物をしてから追いつきます」

「どうやってわたしたちを見つけるの？」

「見つけます」

「おまえと、ほかに誰がくるんだ」アデリスが怒りのままに口をひらいた。

だがペンリックが背後にさがって馬の尻をたたいたため、抗議の言葉はそこで中断した。ニキスは手綱を見つけて握った。そしてふたりは……のんびりとした足どりで、逃亡の旅に出発したのだった。

しばらくはどちらも無言だった。そうしているうちに、心を貫く恐怖のこだまがゆっくりと消えていった。こんなふうに二度も裏切りにあって、いったいアデリスはいまどんな気持ちでいるのだろう。それでも、闘争心が薄れていくにつれて、背中にかかる重みがしだいに増していくことだけはわかる。

街路を三本抜ければまもなく主街道にはいる。

「あの人、本気であの邸を燃やすつもりかしら」

しばし考え、アデリスが答えた。

「あれは貸別荘だぞ」

「どっちにしても残念だわね」それから、「神々の目にかけて、あの人はさっき、あそこで、いったい何をしたの？」

アデリスの声が凶暴になる。

「尋常ならざることだろう」

「里居の魔術師かしら。どう思う？　わたしよりも近くで見ていたでしょ」

「考えてみれば、それでおおかたの説明はつくな」

でも、なぜそんな人が彼らのところにきたのだろう。聞かされていた、部下が寄付を募ってくれたというもっともらしい話が、改めて疑わしく思えてきた。だがそれに変わるよりよい説明は浮かんでこない。はじめに彼とテペレンがかわした、短いながらも恐ろしい会話の意味もわからないままだ。

「あの人、ほんとうに追いついてくるかしら」

「こないさ。そんなことをするのは愚か者だけだ。あの男はずっと賢明だ、この機会を逃さず安全なところに逃げていくに決まっている」

ついさっき目撃したようなことができる男にとって、〝安全〟とはどのようなものだろう。

そして、〝愚か者〟とは。

9

ペンリックは大急ぎで邸内を駆け抜けながら、やらなくてはならない仕事すべてを心の中で確認した。

〈あまりにも多すぎる〉

四阿《バーゴラ》の下でのびている襲撃者たち。めそめそ泣き言をならべている上級秘書官。女中と門番はいまのところ上階の部屋で縮こまっていて、下働きの小僧は姿を消してしまった。まあいい。順番にできることだけをやって、そしてさよならしよう。

通りしなにすべての武器を集めた。秘書官のベルトナイフも忘れず、ついでに彼の財布も失敬する。それから、捕虜たちをさらにしばらくのあいだ静かにさせておくため、選び抜いた神経組織に圧力をかけなおした。このすべてがどれほど緻密で巧妙な作業か、犠牲者たちはとうぜんのこと、誰も評価してはくれない。

〈みごとな出来栄えです〉せめて自分を褒めてやった。

〈わたしならもっとずっと簡単に、すべての神経をばらばらにしてやることができましたよ〉デスが反論した。〈そうしたら、もう二度と立ちあがることができないのだから、あとを追われる心配もなかったのに〉

それは確かに事実だが、神学的に危険だ。腕いっぱいのとがった重い鋼《はがね》を庭園の隅にある屋外便所にどさりと投げこみ、四阿《パーゴラ》にもどった。ぐずりながら折り重なっている衛兵を跳び越えていくとき、勇敢なひとりが弱々しくもがきながらペンの足首をつかもうとし、結局は失敗した。ペンは荒い息をついているヴェルカだかテペレンだか誰なんだか——とりあえずヴェルカと呼ぶことにしよう——のチュニックをつかみ、邸内にひきずっていった。さっきの悪ふざけはあまりにも多くの者に目撃されてしまったけれども、この会話は内密におこなわなくてはならない。

広間《アトリウム》から離れた物置のようなここなら、誰の耳にも届かないだろう。ペンリックはヴェルカを仰向けに横たえ、腹の上に馬乗りになって膝を立てた。幸運を祈っていつものように親指でくちびるをはじく。そういえば彼の神はその両方を司っているのだった。ペンは折り曲げた両脚のあいだから身をのりだし、微笑を浮かべた。

「溺死したはずだと言いましたよね」

デスが思いだしたように声に出してうめいた。

「きさまは壺牢で溺死した、死体は海に捨てたと看守が報告してきた」ヴェルカが歯の隙間から押しだした。「頭蓋骨が折れていた。とうぜん死んでいるはずだった。二回もな！」

「そしてアリセイディア将軍は盲いているはずだと？　ほんとうに謎が多いですね」

「謎などない。きさまは脱獄した。看守どもは罰をくらわないよう、失敗を隠して逆の報告をしたんだ」

「それもひとつの説明になりますね。ですが、彼らが真実を語っていたとしたらどうでしょう。もっと面白いとは思いませんか」

ヴェルカがにらみつけてきた。残念ながら、恐怖のあまり秘密を漏らすような男ではなさそうだ。そもそも口数が少ない。

「わたしにはいろいろなことができるのですが、あなたをどうすればいいか考えているところです」思考をめぐらしながら、「たとえば聴力を奪う――わたしが無音の牢に放りこまれたように……」身をのりだしてヴェルカの両耳をふさぎ、それからその手を目の上に移動させる。

「もしくは視覚を奪う――わたしが闇に包まれたように」

そして身体を起こし、手を膝にもどしてたずねた。

「あなたは誰のために働いているのですか」

「きさまはどうなんだ」ヴェルカが問い返した。「アドリア公か」

「根本的にはちがいますね」ペンは慎重に答えた。「わたしは大公に貸しだされただけです。貴重な学術書を友人から借りたとき、不注意に厠に落としてしまうのはよいことではありません。ですがその話はここまでにしましょう」

ペンはふと気づいた。彼自身がなんとか帰国して否定しないかぎり、姿を消した密使の安否をたずねてアドリアからやってきた者は、まずこの公式報告に出くわし、間違いなく彼の死を信じるだろう。

〈庶子神の涙にかけて、わたしの蔵書はどうなってしまうのだ?〉

〈ペン、あなたが情報を得るのではなく、あなたのほうからこの男に情報を与えてどうするんですか〉デスが叱りつけた。〈集中なさい！〉

「では、どちらにしましょう。耳ですか」

そしてとんとんと耳をたたいたが、破壊的な行為はおこなわない。ヴェルカがアリセイディアの顔にむかってナイフをふりあげたときの、うんざりしたように不機嫌な表情を真似ると同時に、あとに損傷を残すことなく体内のもっとも繊細な神経を圧迫するべく最大限の集中力をふり絞る。でもきっと、ただの間抜け面にしか見えていないだろう。

「それとも」――と片手をヴェルカの左目にかぶせ、その奥の対象物を慎重にさぐりながらひねり――「もうひとつの目はどうしましょうねえ」

ヴェルカが混じり気のない苦悶の悲鳴をあげた。苦痛によって動きを封じられているにもかかわらず、ペンの下でもがき、頭を上下にふりたてる。ペンは思わず、アリセイディアが沸騰した酢をかけられる場面を想像した。願わくば、ヴェルカも同じことを考えていてくれればいいのだが。

もう一度身をのりだし、威嚇をこめてたずねた。

「あなたは誰のために働いているのですか」

「メサニ大臣だ」ヴェルカがあえぐように答えた。

アドリアで読んだ文献や聞いた話を思いだす。メサニは身分の高い裕福な一族の出身で、皇帝が重用する側近の中でもひときわ著名な人物だ。皇帝の信任を得て出世するためにみずから進んで去勢したのか、去勢させられたのか、それはいまのペンに判断できることではない。当惑にくちびるをすぼめた。

「なぜそんな人が、皇帝のもっとも有能な将軍を破滅させようとするのでしょう。わたしにはそっちのほうが反逆だと思えるのですが。多大な損失であることはいうまでもなく」

ヴェルカがあえぐように答える。

「アリセイディアはおれたち全員にとって危険だった。あまりにも独立心にあふれている。あまりにも人望がありすぎる。すでにやつの周囲では軍人どもの陰謀が渦を巻いているんだ。だが、どの企みを追ってもやつの関与にまでたどりつくことはできなかった。だからこっちでお膳立てをしてやったのさ」

それは……アリセイディアの話とほぼ合致する。芝居がかった真似をしたけれども、事態が進展するような情報は得られなかったようだ。だが、〝あまりにも独立心にあふれている〟は〝都合のよい人間のいいなりにならない〟と言い換えることができるのではないか。

「あなた方の誰ひとりとして、確かな証拠が得られないのはそんなものが存在しないからだとは考えなかったのですか。自分たちは裏切り者を滅ぼそうとしているのではなく、裏切り者をつくりだそうとしているのだと」

「まだ裏切りを働いていなかったとしても、いまにもそうならんとしていた」ヴェルカがうなり返す。「そのときやつをとめるには、いまよりずっと大きな代価を支払わなくてはならん」

なるほど、ヴェルカは自分の任務を信じていないわけではないらしい。どこかの完全にひねくれたあるじに仕える、完全にひねくれた道具ではない。

〈充分ひねくれていますよ〉とデス。〈間諜とはそうでなくてはなりませんからね〉

〈それはもう、あなたはよくご存じでしょうね、ルチア〉

〈ほんの少しだけね〉デスは彼にむかって顔をしかめ、ひっこんだ。

ペンはさらに厳しくつづけた。

「そもそも軍を正当に扱っていれば、彼らもわざわざ気の毒な人物をさがしだして旗印としてかつぎあげ、自分たちの利益を求めてあなた方と戦わせたりしないでしょうに。今回の問題はどう見ても、アリセイディアに原因があるとは思えません。むしろ、むしろ……あなたのあるじたちの不手際です。それがめぐりめぐって跳ね返ってきたにすぎません。今回はらった努力の半分でも使って真の問題を解決していたら、不満を抱いた将軍たちが事を起こす前にとめられたはずです。ひとりずつ目をつぶしたりする必要なんかない。邪悪よりもひどい。あなた方は無能です」

ヴェルカは驚きのあまり愚痴をこぼすことも忘れ、残された目で彼を見つめた。

「きさま、ほんとうはなんの目的でセドニアに送りこまれたのだ」

「わたしも疑問に思いはじめているところです」ペンリックは悲しみをこめて答えた。

ヴェルカの霊的助言者として送りこまれたのだとすれば、どこやらの神のもくろんだ最高に面白くないジョークということになる。あり得ない話ではないが。

彼はまた、神殿の冬の父神の奉納箱で見つけた思いがけない金額についても考えた。

〈もしかすると、わたしを借りだしたのはアドリア大公ひとりではなかったのかもしれない〉

その疑惑は心強いと同時に恐ろしくもある。

父神はペンリックの神ではないが、もしかするとヴェルカの神かもしれない。

「あなたには子供がいますか」ペンはたずね、ヴェルカがたじろいだのを見てあわててつけ加えた。「いいえ、答えないでください。わたしも知りたくはありません」

報復は魅力的だが、彼がなすべき仕事ではない。

〈なぜ駄目なの〉デスが口をはさんだ。〈アリセイディアは彼ら全員を殺して、証人を残さないつもりでしたよ〉消極的な称賛がこもっている。

いや……消極的、ではない。

〈わたしたちにできないことはわかっているでしょう〉

〈魔法を使って殺すことはできませんよ。でもあなたなら、その右腕をふるえばできたでしょう。武器をみな厠に放りこんでいなければ〉

きっぱりと無視しよう。彼は身体を起こし、ただひとりの会衆を意識しながら口をひらいた。

「時間がありません。ですからわたしの訓話も短いものとなります。神々の奇跡を目にしたとき、人はまず謙虚にそれを受け入れなくてはなりません」

長い指をのばして目のあいだを軽くはじくと、ヴェルカがぴくりと痙攣《けいれん》した。これは実際には、細心の注意を要する緻密にして不快な混沌排除の上向き魔法なのだが、ヴェルカには知る必要のないことだ。しかしながら、そもそもデズデモーナがどこからきたかを考えれば、ある意味それも真実なのかもしれない。

「ですからわたしのことは、人たる大公ではなく、さらなる高みより遣わされた使者と考えてください。そして忘れてはいけません。正義の仕組みを用いて不正をなすのは、冬の父神に対するもっとも重い罪です」

そして親指をヴェルカのひたいの真ん中に押しあてた。山ですごした子供時代からいやというほど知っていることだが、冷気は炎と同じくらいはっきりとした火傷をつくる。今回の作業は氷盤よりはるかに繊細ながら、今週ずっとおこなっていた治療ほど複雑ではない。親指をあげると、雪の結晶の形をした白い氷が、赤い花のような火傷の周囲をうっすらと囲んでいた。これは治癒したのち、赤い、その後は白い焼き印として、ヴェルカのひたいに印されることになる。

アリセイディアが今後一生背負わねばならない傷痕とは比べものにもならない。だがあからさまな警告のしるしとして、この冬の刻印はきっとその役目を果たしてくれるだろう。

ヴェルカの上からおり、彼の財布もちょうだいして秘書官から巻きあげたものに加え、どうにか立ちあがった。ふいにひどい疲労が感じられた。そろそろ立ち去る時間だ。

〈もうとっくにすぎていますよ〉とデス。

扉にむかった。ヴェルカが床の上で身をよじり、さけんだ。

「野良魔術師め！　きさまは狂っている！」

〈立派な訓話も無駄に終わったわね、ペンリック学師さま〉デスの口調はいかにも愉快そうだ。

外に出たペンは、医療鞄とまもなく盗むことになる馬にむかって二歩進み、そこでくるりとふり返った。物置部屋に首をつっこんで怒鳴り返す。

「わたしは野良魔術師ではありません。そしてあなたの政府は馬鹿です！」

馬に乗って街路の端まできてもまだ、くすぶる怒りはおさまらなかった。視界の隅に、下働きの小僧が急ぎ足で衛兵の一団を連れてもどってくるのが見えた。マダム・カタイの召使の誰が間諜だったのかという疑問に、これで答えが得られたわけだ。とはいえ、遅すぎてもう役には立たない。ペンリックは馬を促し、彼らから見られないよう速歩《はやあし》で角を曲がった。

10

「もっと速度をあげたほうがいい」アデリスが言った。

そう言いながらも、ニキスの肩に沈んだ彼のあごは、二倍の荷を課せられた馬と同じくらい疲労を示している。おそらくもう、パトスから十二マイルは離れただろう。

行きかう人も馬もめっきり少なくなった。町の中はにぎやかで、牛のひく大工の荷車や、市場に出す野菜を積んだ驢馬や、肉屋に連れていかれる家畜や、輿《こし》や無蓋馬車、そして、「どけ、道をあけろ」と怒鳴る御者が操る大型四輪馬車などのあいだを縫って進まなくてはならなかった。道路工事の人夫のそばを通り抜けたときは、付き添いのない女ふたりに野卑な声がかけられ、アデリスがうなりながら剣に手をのばそうとしたひと幕もあったし、行軍する兵士の一団とすれちがったこともあった。そのときの彼は背を丸めてうつむき、フードの陰から横目で、連隊や地位のしるしを読みとろうとしていた。

ここまでくると、農夫の荷車や豚を連れた牧夫とときたますれちがうばかりだ。傾きはじめた太陽がバターのようにとろりとした光を投げかけて、川沿いの小さな農家や大きな邸、斜面にひろがる葡萄畑や灰緑にきらめくオリーヴの木立、山羊や羊のほかには低木の繁みしかない岩だらけの丘陵地帯を照らしている。

「あなたの部隊よりははやいわよ」

「軍よりのろいものなんて何ひとつありはしない」彼が言い返した。

怒りで気力がよみがえったのだろう、彼は少なくともふたたび身体をまっすぐに起こした。

「大丈夫？　まだがんばれる？」そこでためらい、「ねえ、どれくらい見えているの？」

「それは……ぼんやりとだ。色はわかる。だが鮮やかすぎる。涙がにじんでくる。おまえのマントは暑すぎる」

「知ってるわよ」

それを脱いだいま、なぜか奇妙な喜びがこみあげてくる。ニキスは以前、寡婦の緑は望ましくない関心から自分を守ってくれるものだと考えていた。だが結局は、それをまとっていると、ある種の男たちに都合のよい女と見なされるだけだということがわかった。彼女はすぐさま、言い寄ってくる男を追いはらうのに手加減など無用であることを学び、必要な場面でしっかりと境界を維持した。もちろんいつだって、アデリスの地位と評判が無言のうちに守ってくれていたのだけれども――それもいまは失われてしまった。

「速度をあげて、どこにむかうの？」

「おれもそれを考えていた」

「お母さまのところに行けばどうかとも思ったんだけれど」ためらいがちに提案してみた。

そのためにはべつの街道にはいらなくてはならない。

「五柱の神々にかけて、駄目だ」

肩ごしにふり返ると、アデリスの渋面が見えた。

「やつらだって、まず最初にあそこをさがす。おれをかくまえば義母上が災難に見舞われるだけだ」そこで言葉をとめ、「おまえひとりなら、あそこに身を隠しても問題ないかもしれん」

ニキスはそれに、長い不快げな沈黙でもって答えた。あたりまえだ。その意図を読みとったのだろう、返されたうなりは気弱だった。

アデリスは、過敏な器官を刺激から守ろうとするように顔を伏せ目を閉じるのと、もどりつつある視覚がふたたび消えるのを恐れるかのようにあたりを見まわし確かめるのとを、際限なくくり返している。ニキスはそれをさえぎってたずねた。

「マスター・ペンリックがふつうではないこと、気がついていた？　つまり、あの庭でのとんでもないショーの前からということだけれど」

「おれは……医師として、なみより優秀だと思っていた。頭痛を鎮めるという頭皮のマッサージをしてもらったことがあるんだが、そいつもよく効いた。おれにはわからん」そこでしばし考え、「そもそもがあいつの嘘だったのかもしれん。治療についてだが。つまり、おれの傷は思っていたほどひどくなかったんじゃないか」

「いいえ。わたし、牢獄で巻いた包帯をはじめてはずしたときのあなたの顔を見ているのよ。ほんとうにひどい傷だったわ」〈ひどいなんて言葉では足りないくらいに〉

彼はそこで話題を変えるように言葉をつづけた。

「見かけも想像していたのとはまるでちがっていた。声だけ聞いていたときは、あんな子供のように若いやつだとは考えてもいなかった」

そしてふたたびあたりを見まわし、身体をこわばらせた。

「追手なの？」

街道をはずれて身を隠したほうがいいだろうか。

「そうともいえるな」

ニキスは鐙《あぶみ》の上に立ちあがってふり返り、安堵してまた腰をおろした。舗装された軍用道路の脇の土道を、白い砂埃をあげながら駆けてくるひとりきりの騎馬の姿を認めたのだ。数分後、マスター・ペンリックが速歩でふたりにならんだ。彼も馬も汗をしたたらせ、息を切らしている。農夫のような麦藁帽子の下で、顔が紅潮している。

「ああ、よかった！　追いつけました」

「あんたがこんなに簡単に追いつけるのなら」とアデリス。「やつらもすぐに追いついてくるな」

「ああ、いますぐというわけにはいきません。動けるようになるまでしばらく時間がかかりますから。それに、わたしはどの街道を行けばいいかわかっていました」

そして陽気な笑みを見せたが、それに応えたのは疑惑に満ちたふたり分の渋面だけだった。

「いまでは彼らも、わたしの中の何を相手にしているのか知っています。それは、その、残念なことです。つぎにくるときは充分な準備を整えているでしょう」

「その気になったらできたのに、あんたはやつらを殺さなかった」アデリスの言葉は問いではない。「目撃者を残してしまった」

「確かにそれは問題かもしれません。ならばわたしは、女中と門番も殺せばよかったのでしょうか。下働きの小僧は？　洗濯女は？　肉屋の小僧は？　薬屋はどうすればよかったのでしょう……？」

言い負かされたアデリスが眉をひそめて顔をそむけた。

「元気を出してください」とペンリック。「目撃者ゼロのつぎによいのは、目撃者が多すぎることなんですから。そしてばらばらの証言をすること。もしくは全員で、実際に見たものではなく自分たちの思いこみに則した結論に到達することです」

「あの別荘、燃やしてしまったの？」人生を彩ってきたさまざまな品とともに残してきた立派な機織《はたお》り機のことを思うと、心がふさぐ。

「なんですって？　いえ、とんでもない」

「それで、あの男の名前はヴェルカだったの？　それともテペレン？」

「たずねるのを忘れていました。ですが間違いなく同じ男です、わたしが――」

彼はそこでとつぜん言葉を切って微笑し、蠅《はえ》を追いはらおうとするかのように手をふった。

「何と同じ男なんだ」アデリスがたずねる。

「気にしないでください。彼はメサニ大臣のために働いていると言っていました。心当たりはありますか」

アデリスが肩をすくめた。

「メサニか。なるほど、さもありなんというところだな」

ペンリックは気の抜けた返事にがっかりしたようだ。

「驚くような知らせではないみたいですね」

「ああ、とりたててな。ここ二年ほど、宮廷でしじゅう衝突していた」

「個人的に怒らせたおぼえはありませんか。母君を侮辱したとか、上靴を盗んだとか、山羊を奪ったとか」

アデリスが咳払いをした。

「穏やかならざることを口にしたかもしれん。何度かな」

ニキスは鼻を鳴らし、ふたたび横目で奇妙な金髪の男をながめた。

「それで、あなたはほんとうに魔術師なの?」それを言うならば、ほんとうに医師なのだろうか。「なぜわたしたちのあとを追ってきたの?」

彼は片手を手綱から離し、前後にふった。

「理由はたくさんあります。でもいちばん大きな理由は、兄君の目の治療がまだ終わっていないことです。あと少しで成功……わたしが成功と考える状態のすぐ近くまできていながら、こんなふうに乱暴に中断されてしまうのはあまりにも悲しいです」

アデリスが笑いともつかない短い息を皮肉っぽく吐く。

ペンリックが鞍の上でむきを変え、彼にむかって言葉をつづけた。

「それに、あなたの眉を復元するとデスに約束しましたから。彼女はずいぶんこだわっていたんです」

「デスとは誰だ」アデリスがニキスよりもはやく問いを投げた。

「ああ、その、デズデモーナといって、わたしの魔です。そろそろ正式に紹介したほうがいいでしょう。この一週間、彼女もわたしの中で、ずっとあなた方とともにすごしていたのですから」そして彼は期待のこもる視線でふたりを見つめた。「おふたりは、人が混沌の魔を獲得し所有することで魔術師となることはご存じですよね」

はっきりとした反応を示したつもりはなかったが、ふたりの馬がペンリックの馬からふわりと離れた。

「その魔は……優位に立っているのか」アデリスが不安そうにたずねた。「そうした状態は、里居の魔術師にとって非常に危険だと聞いたことがあるぞ」

「いえ、もちろんちがいます。ええと、それは確かにそのとおりで、たいへんな危険ではありますけれど、でもわたしの場合はちがうんです」

「なぜそう言えるんだ」とアデリス。「つまり……どうしておれたちにそうとわかる?」

「魔が優位に立った魔術師は、混沌を思わせるような――通常よりはるかに奇矯な――ふるまいをするんです」

長い沈黙。ふたつの、冷やかな視線。

ペンリックは傷ついたようだった。

「いえ、ほんとうにちがうんです！　それは確かにデスはしばしば外に漏れてきますけれど。

あなた方も彼女が話しているのを聞いたことはあるでしょう。もちろん、わたしの声を使ってです。彼女を完全に封じこめてしまうなんてかわいそうじゃありませんか」

アデリスがゆっくりとたずねた。

「つまり……あんたは自分の身体を……その超自然的存在と……共有しているというのか」

「共有しているというか、わかちあっているというか。そうですね。とても親密な関係を結んでいます」

アデリスが嫌悪を示した。ペンリックはその反応に腹を立てている。

ニキスはいそいで口をはさんだ。

「ちっとも不自然なことじゃないわよ。母親とその胎内の赤子みたいなものでしょ。アデリスだってわたしだって、以前はお母さまたちと肉体や血を共有していたのよ」

「だが男にはあり得んことだ」アデリスがつぶやく。

ペンリックが親指でくちびるに触れ、鞍にまたがったまま小さく頭をさげた。

「ですが、それなりに得るものもあるんです。あなた方も……ごらんになったように」かすかな笑みを浮かべているのは、この問題を言葉遊びにして片づけるつもりなのだろう。

ニキスはふたたび緊張をほぐそうと試みた。

「あなたを雇ったとき、アデリスの士官たちはあなたが魔術師だと知っていたの？」

「ああ、それはそういうわけでは。ところで、いちばん近い大きめの町までどれくらいあるか、わかりますか。小さな村では目立ってしまいます。それに、わたしは静かで清潔な宿におちついて、今夜も目の治療をつづけたいと思っています」

「八マイルくらいでドアーラよ」ニキスは答えた。「日が暮れるまでにはつくと思うわ」

「すばらしい。では、この見るからに有罪の証拠となりそうな馬も片づけてしまいましょう」

「何か計画があるのか」不審をこめてアデリスがたずねた。

「ええ、もちろんです」


夕闇がせまり、ドアーラが視界にはいるころ、マスター・ペンリックは街道をはずれた雑木の陰にはいり、ふたりを馬からおろした。

「いちばんよいのはこの二頭をもとの厩舎《きゅうしゃ》に返すことだと思います。このまま放してうろうろさせては、わたしたちの進行方向を知らせることになります。それに何より、そのほうが混乱させることができます」

アデリスが鞍にとりつけた鞘をはずす。ペンリックは自分の馬の馬勒《ばろく》をとって、馬の耳を掻きながらひたいをこすり、息まじりの奇妙な言葉でつぶやきかけた。そして手綱を鞍にくくりつけた。

「わたしは以前、ウィールドの首都、東都で一年をすごし、王立巫師協会で彼らの魔法を学んだことがあるんです。説得の呪は根本的に混沌の魔とは相容れないものなのですが、わたしはそれに近い技を使えるようになりました。ほんものの巫師は数週間も数カ月も持続する呪をかけることができます。わたしのはせいぜい数時間です。でも相手は馬ですし、今回の指示は馬自身の望みと合致していますから。たぶんこれで大丈夫です」

もう一頭を相手に不思議な儀式をくり返すと、愛情をこめて尻をたたき、二頭を解放した。

「さあ、行きなさい」

二頭は鼻を鳴らし、そろって街道を駆け去った。

「ああ」

彼が困惑したような声をあげて身体を折り曲げた。日に焼けて赤くなった鼻から乾いた土に赤い液体がぽたぽたとこぼれる。

「血が出ているじゃないの」

ニキスは狼狽の声をあげ、荷物の中から布を出してやるかどうか悩んだ。そのためには衣類を犠牲にしなくてはならない。

「ええ」彼がくぐもった声で答えた。「気にしないでください。すぐにとまります。魔術師が魔法を――上向きの魔法を使うときは、大量の混沌を代価として支払います。巫師のそれは血なんです。血を流すこともいわば無秩序のひとつの形態です。わたしは巫師のイングリスとその含意を解明しようとしたのですが……」

そして彼は顔をあげてふたりの反応に気づいた。ニキスは身をのりだし、ためらいがちに片手をあげたまま、その手をどうしたらいいかわからずにいる。アデリスは一歩あとずさり、木の幹を背にしてこぶしを握りしめている。

「ああ、ウィールド語で話しているようなものでしたね。気にしないでください」

鼻血がとまった。ペンリックは手の甲で上唇をこすり、背筋をのばして、どこか気弱そうな微笑を浮かべた。
「宿をさがしにいきましょう。疲れました。おふたりはどうですか」

ドアーラの裏通りの宿で、隣りあったふた部屋を借りるべく、マスター・ペンリックが交渉した。そのあいだアデリスは顔を伏せ、むっつりと沈黙を守ったまま、体格のよい無愛想な寡婦のふりをしていた。マントの下に剣を隠しもっているため動きがぎこちなく、前かがみになっていることで、いっそう老女のように見える。部屋にはいって扉を閉めた瞬間、彼はマントとドレスを剝ぎとり、押し殺した罵言とともにかたわらに投げ捨てた。ニキスは虐待されたドレスを救出し、寛大にも無言を守った。ペンリックは寡婦である女主人の母の具合がよくないからと、部屋まで夕食を運んでもらうよう手筈を整えていた。ありがたいことに、まもなくそれが届けられ、三人は張りつめた沈黙のうちに食事をした。

小テーブルの食器が片づけられると、ペンリックは真面目な顔にもどって医療用具をひろげ、ようやくアデリスにむきなおった。まずは一日の汚れを患者の顔から丁寧にふきとる。軟膏の残りの粘つきと、汗と、街道の埃などを、目の周囲から取り除くのだ。アデリスがひるんでいるのはたぶん、揺るぎない手が触れてくるからだけではないだろう。

同じことに気づいたのか、ペンリックが陽気な声をかけた。
「おやおや。わたしはこの一週間、室内便器を使うあなたに手を貸していたんですよ。闇の中で信頼してくれていたんです。光の中でも信頼してください」

アデリスはうなり声をあげ、身体をこわばらせながらも治療に耐えた。そして、ややあって口をひらいた。

「あんたは里居の魔術師なんだな」

「まあそのようなものです」

「治癒の能力をもっている？」

ペンリックの声がさらに乾いた。

「まあそのようなものです」

「医師なんかじゃないんだな」

「誓約を捧げていないことはお話ししました。いろいろと……複雑な事情があるので。ここで話せるようなことではありませんが」

すぐそばに腰をおろしてすべてをながめながら、ニキスは言った。

「でもわたしは知りたいわ」

ペンリックはためらい、それから肩をすくめた。

「わたしの魔の以前の乗り手――所有者のふたりが、神殿で訓練を受けた医師でした。その知識が、彼女たちの言語を操る力と同様、わたしのものになったのです。それと、デズデモーナといっしょになってからわたし自身が学んだこともあります。それもまたいつか、わたしの死後、彼女が新しい乗り手に伝えていくのでしょう。そう考えると奇妙な気がしますけれど。でも、神々から切り離されてなんの役にも立たない幽霊になるよりは、そのほうがずっと有益です。幽霊はたいてい人に話しかけることもできないのですから」

ニキスは最後の無造作な言葉にまばたきをした。アデリスも腫れあがった赤い目を動かしている。

「幽霊と話したことがあるの？」我慢できなくなってたずねた。

「何度か。幽霊はさまざまな質問に答えられると思われているようですね。たとえば、『あなたを殺したのは誰か？』とか。でもたいていの場合、そんなことはありません」

そしてペンリックは腰かけたアデリスの背後に立ち、口をつぐんで彼の頭皮に指をひろげた。そして心配するなというように、かすかな笑みを彼女に送った。

ニキスは、これまでのことすべてについて考えをめぐらしてみた。

「どうしてその……混沌の生き物を〝彼女〟と呼んでいるの？」

「デズデモーナの以前の乗り手十人が、たまたまですが、みなご婦人だったからです。数えるなら、ほかに雌ライオンと牝馬もいますが、それはほんとうに昔のことです。そうそう、ここセドニアでのことでした。それが長い――二百年という歳月のすえに、一種の複合人格となってわたしのもとにやってきたのです。そしてわたしは彼女に、デズデモーナという名を贈りました」彼の視線がふと哀愁を帯びた。「あなたの最初の贈り物でしたね、ペンリック。でも最後のではありませんよ」

ニキスは彼の口調が微妙に変化したことに気づき、恐怖をおぼえつつも魅了された。彼はずっとこんなことをしていたのだろうか。誰にも気づかれることなく。

「あの――その、話をしたいんだけれど、かまわないかしら。彼女と直接」

ペンリックがアデリスの頭ごしに驚きをこめて彼女を見つめた。

「そんなことを言われたのははじめてです。考えたこともありませんでした」彼のくちびるがゆがむ。「ええ、もちろんかまいませんとも」

ニキスは唾をのみこみ、彼の目を見つめて声をかけた。

「こんにちは……デズデモーナ」

ペンリックの微笑がより曖昧なものに変わった。

「こんにちは、ニキス」

「あなた……あなたはほんとうにマスター・ペンリックの中で生きているの？　ひとりの人間みたいに？」

「十二人の人間みたいに、と言うべきでしょうね。わたしたちはそういう存在ですから」

「いったいいつから……ええと、そこにいるの？」

新しい隣人に、〈それで、いつからパトスに住んでいるのですか〉とたずねるような、馬鹿げた問いだ。

「ペンリックが十九のときからですね。その前の宿主ルチア学師が連州の道端で病に倒れたとき、彼が足をとめて助けようとしてくれたのですよ。ルチアは彼を庶子神の最後の恩寵《おんちょう》と呼んでいましたね。わたしたちは……心臓発作の治療法を学ぶ必要があると考えたものです」

「つまり、何年いっしょにいるの?」隣人夫婦に対する質問みたいだ。

「十一年、十二年でしょうか」マスター・ペンリック——それとも魔だろうか——が無雑作に手をふった。

不可解なジョークでからかわれているのではないことを確かめるには、魔には答えられるけれどペンリックにはわからないような質問をすればいい。だがすぐには浮かんでこない。〈魔であることに満足している?〉〈ペンリックはよい宿主?〉〈何世紀も生きつづけるってどういうもの?〉など。〈ずっと女だったあとで、男になるのはどんな感じ?〉という問いはいうまでもない。そもそも魔はそんなふうに思考するのだろうか。ニキスは答えやすそうな問いをためしてみた。

「マスター・ペンリックは——ペンリックは、どうして正規の医師ではないの?」

ほんの一瞬、内なる闘いの気配をよぎらせながらも、やがて彼——彼女だろうか?——は答えた。

「よい質問です。でもわたしが答えるべき問いではありませんね。いつかペンが説明してくれるかもしれません。そのときあなたにも、彼があなたを信頼したのだとわかるでしょう」声が鋭くなり、「もう充分です、デス」

アデリスはなおもすわったまま身体をこわばらせて、動かせるかぎり目をぎょろつかせている。妹が騙されて、さしだされた怪しげなコインを受けとるのではないかと心配しているらしい。ニキスは兄の髪のあいだでほとんど動かない長い指を見つめながら、自分はたったいま、何かひどく細やかな魔法がおこなわれている現場を目撃しているのではないかと考えた。ペンリックがどこか上の空なのも、そのせいなのではないか。

ややあって、アデリス自身も質問を思いついたようだった。

「魔の力で人を殺すことはできるのか」

ペンリックが顔をしかめた——そう、いまのは間違いなくペンリックだ。これはそっくりな双子を見わけようとするようなものかもしれない。

「いいえ」

「戦うことは？」

「制限はありますが。今朝あなたを逮捕しようとした衛兵全員がころんだのは、自分のブーツにつまずいたからではありませんよ」

「敵が処理できる以上に多かったらどうするんだ」

「わたしの第一選択肢はいつだって逃げることです。そのつぎは、相手を動けなくしておいて逃げること。あなた方が見たとおりです」

「最終的な窮地に追いこまれたらどうする。敵か自分かという究極の選択をせまられたら」

ペンリックの眉が引き攣った。

「あなたは戦場で人を殺したことがあるんですよね」

アデリスが短くうなずく。

「戦い以外で殺したことはありますか。目の前の無力な人間の生命を奪ったことは」

アデリスは肩をすくめた。

「戦場では残敵掃討をする。殺害というよりは、もう助からない者にすみやかな死を与える行為だ。楽しい仕事ではないし、英雄的でもないが、ときにはそれも必要となる」

ペンリックは一瞬考えこんだのち、同意するようにうなずいた。

「そうですね。ですがすべての死は、どのような形でもたらされたものであれ、神々への扉をひらきます。わたしが死ぬとき、わたしの魂はわたしの神のもとにむかいます。神がわたしを受け入れてくださればですが。ですがわたしの魔が殺人を犯したら、わたしの指示によってであれ優位に立って暴走した場合であれ、彼女は聖なるあるじにより、犠牲者の魂の扉を通じてわたしから引き剝がされます。二百年にわたる人生と知識が、瞬時にして形のない混沌の中にひきもどされてしまうのです。大いなる図書館が焼け落ちる以上の損失です。ですからわたしにとっての最終的決断は、けっして敵か自分かではありません。敵か自分か彼女か、です。理解していただけるでしょうか」

「……いや」

「想像してみてください……そうですね、たとえばニキス殿があなたの魔だったとします。人を殺せば、ニキス殿は生命を失うばかりでなく、神々から切り離されてしまうのです。これならわかってもらえるでしょうか」

アデリスはしぶしぶというように答えた。

「たぶんな。つまり、力を失ってしまうというんだろう」

「だからわたしは逃げるのです」

アデリスはうつむいていくぶん不満そうに息を吐いたが、それ以上問いつめようとはしなかった。

彼がふたたび不満の声をあげたのは、ペンリックが軟膏を塗った清潔なガーゼを仮面の裏に貼りなおし、夜のため彼の顔にあてようとしたときだった——それにしても、いつのまに仮面を回収してきたのだろう。

「目蓋の働きを回復させたいなら協力してください」ペンリックが断固とした声で彼の抗議を抑えこんだ。

だがこのやり方が使えるのも、そう長いあいだではない。

片づけをして備品を鞄にしまい終えると、ペンリックが言った。

「少し外出してきます」

「どうして？　別荘でも毎晩出かけていたわよね。不思議に思っていたのよ」

「ああ」扉の前で足をとめ、「たいした謎ではありません。上向きの魔法の代価について、さきほど話したことを思いだしていただければ。治癒のような秩序をつくりだすと、大量の混沌が生みだされます。わたしはそれを捨てる場所をいそいでさがさなくてはならないんです。効果的にそれをおこなえば、それだけ安全に上向きの魔法をふるうことができます」

「待って。その作業って、この治療って、あなたに何か危害をおよぼしているの？」

「必ずしもそうというわけではありませんよ」

彼は陽気に答えると、すばやく部屋を出てしっかり扉を閉めた。

「必ずしもそういうわけではないって」ニキスは当惑と怒りのあいだを漂いながら彼の言葉をくり返した。「それって、答えになってないじゃないの！」

「あいつは魚のようにとらえどころがない」アデリスが寝台から冷やかに声をかけた。「もうそろそろおまえも気がつけよ。おまけにブーツのように頭がおかしい」

「魚はブーツを履かないわよ」

ニキスはかき集められるかぎりの威厳をこめて言い返した。口答えにも反論にもなっていなかったが、それをきっかけとして自分の部屋にひきあげていった。

11

翌朝、アリセイディアの目はさらに快方にむかい、視力もさらに回復しているようだった。そして、正確には目とは関係ないものの、さらに鋭く用心深くなっていた。まず最初に、量を減らした罌粟のシロップを拒否し、つづいて髭を剃るにあたって、ペンリックではなく妹の手を借りると主張した。医術の訓練を受けた魔術師には武器など必要ないと知りながらも、軍人としてどうしても我慢できないのだろう。だがそれを指摘するのは野暮というものだ。ほぼ治りかけている火傷の周囲に石鹸を泡立て、剃刀《かみそり》を慎重に動かしながら、ニキスがたずねた。

「また茶色にもどるかしら」

アリセイディアの虹彩はまだ風変わりな深いガーネットの色だ。それでも白目は二日酔いの充血くらいにおさまっている。

「わかりません。このように微妙な治療はこれまでおこなったことがありませんから」

そもそも、おこなったことのある者などいるだろうか。

この会話に刺激されてアリセイディアが鏡を見たいと言いだし、ニキスが階下におりて宿の女将《おかみ》から借りてくることになった。それは立派な銀の鏡で、小さな円の中にアリセイディアの顔の半分がくっきりと映しだされた。

「ふん」

声をあげ、顔をしかめて鏡をあちこち傾けながらも、心配したほどのショックを受けてはいない。軍人生活において、これ以上に凄惨《せいさん》な傷を幾度も目にしているのだろう。

「仕事にはさしつかえないな」

ペンの努力がなければ、彼の顔の上半分は黄色いうねうねとした瘢痕《はんこん》組織の塊になっていたところだ。そしてもちろん、ペンの努力がなければ、アリセイディアはそれを目にして心を悩ませることもけっしてできなかったのであるが。最終的にこの傷痕は、白い平らな皮膚に赤い斑点が飛び散っている、梟の羽根に似ていなくもない形でおさまるだろう。奇妙ではあるが、子供が悲鳴をあげるようなものではないし、これを見て尻ごみする気弱なご婦人は、いずれにせよアリセイディアにふさわしくない。微塵《みじん》も騒ぎ立てないニキスは、アリセイディアにとってガラスよりも確かな鏡だ。

アリセイディアが断固として目隠しの仮面を拒んだので、ペンリックは熾火《おきび》のように光る目の上下をガーゼでおおうことで妥協した。明日にはこんな簡単な処置も不要になる。昨夜の努力はすさまじいものだったが、それによってようやく、ペンほど鋭敏でない知覚にもはっきりとわかるほどの成果があらわれてきた。

大きめの町に滞在するもうひとつの利点は、貸し馬車などの施設が整っていることだ。混沌を捨てにいったついでに、ペンリックはその場所も確認してきた。アリセイディアも、四輪馬車を借りてさらに南にむかうというペンの提案に異論は唱えなかった。とはいえ彼は、その方角にむかうにあたって明らかにペンには告げないなんらかの意図を抱いているようだ。馬車を使えば街道のみを進むことになる。危険ではあるが、速度はあがる。

ペンはプリゴスの財布の底をはたいて、四頭の馬と、もっとも小型でもっとも軽量な馬車を調達した。御者は車内の声が聞こえない先頭馬に騎乗する。途中で治療をつづけられるからと説明はしたものの、彼としては何よりも、話し合いのつぎの段階に進むための密室が必要だった。おそらくその交渉は、〝微妙〟を通りすぎて〝困惑〟を突き抜け、〝発火〟にいたるのではないかと思われたけれども。

ここから約百八十マイルのスキローゼにたどりつくまでのあいだに、進行方向を変えて東の海岸にむかうよう、なんとかアリセイディアとニキスを説得しなくてはならない。そこで漁船か何かを見つけてコルファラ島まで運んでもらい、そこからアドリアのロディに渡る。もし説得できなかった場合は……

〈それでもやはり東にむかうことに変わりはありませんよ〉デスが言った。

アリセイディアは妹のドレスをもう一度着ることは拒否しながらも、宿の中を抜けて待機している馬車までいそぐにあたって、しぶしぶながら緑のマントにくるまることを承諾した。車内におちつき馬車ががたがた走りはじめると、即座にマントを剝ぎとり、隣にすわっているニキスにつきつけた。

「二度とこのことは口にするな」

彼女は何を約束するでもなく、「ふふふ！」と歌うような声をあげた。

大きな笑みにえくぼが浮かぶ。ペンリックはそのとき、ふっくらとした彼女の顔がどれほど魅力的か、改めて認識した。はぐらかされたアリセイディアが、よりいっそうの迫力をこめて、こんどはペンをにらみつけた。

ペンリックはささやかな荷物とともに、進行方向に背をむけた席にふたりとむかいあってすわっていたのだが、床におかれた剣の鞘をしっかりと足で押さえこんだ。そして、うまく交渉をはじめるきっかけをさがした。それには彼自身の告白もふくまれることになる。アリセイディアがあっさりとその問題を解決してくれた。

「プリゴスの事務官が――テペレンだかヴェルカだか知らんが、あんたは溺死したはずだと言っていたが、あれはどういう意味だったんだ。あの男はあんたを知っていた。そしてあんたもあの男を知っていた」

ペンリックは咳払いをした。

「ああ、そうです。そのことについてお話ししなくてはならないと思っていたんです。あなたの視力が回復するまで引き延ばしていたのですが。どうやらそのときがきたようです」

アリセイディアがいらだたしげに、〈さっさと話せ〉と身ぶりで促した。

ペンリックは聖印を結んで親指で二度くちびるをはじき、すわったまま軽く頭をさげた。

「改めて正式に自己紹介をします。わたしはペンリック学師。連州のマーテンズブリッジで、いまは亡き王女大神官の宮廷魔術師を務めていましたが、昨年からはアドリアの大神官に仕えています。セドニア語に堪能であることと、そのほかにもいくつかの能力をもつため、大神官より従兄弟である大公に貸しだされ、傭兵として大公領土における軍務につきたいというあなたの書状に対する返答を届けるべく、使者として遣わされました」

ニキスが大きく目を見ひらいた。

「おれはそんな書状を出してはいない！」アリセイディアが吠えた。

「はい、偽手紙でした。ヴェルカもそれを認めています。そもそものはじめから陰謀が仕組まれていたんです。ヴェルカはわたしを追ってロディから同じ船に乗り、わたしがパトスに足をおろすとすぐさま、これは間違いなくほんものの、大公からの返信を手に入れました。ヴェルカはわたしが使者であることは知っていましたが、わたしの真の名前や、おそらく真の職業は知りませんでした。もし知っていたとしても、わたしの扱いが変わっていたかどうかはわかりません。彼らはわたしの頭を割り、海辺の砦の壺牢に放りこみました。そしてあなたが目をつぶされた夜、牢の中でわたしを溺死させようとしました。それで仕上げということだったのでしょう」

ニキスが息をのんだ。

「どうやって逃げだしたの？」

病室ですごした夜ごと、新しい技について頭の中で学術論文を組み立てていたペンリックは、滔々とその序文をまくしたてようと口をひらき、そこで、求められている答えはそういうものではないことに気づいた。

「魔法です」

アリセイディアが深くすわりなおし、獰猛な視線でにらみつけてきた。

「釈放されたんだろう。間諜にせよ、意図せず利用されただけにせよ」

ペンリックは侮辱に腹を立て、鋭く言い返した。

「どうしても知りたいというなら。水が牢の半分を満たしたので、一部を凍らせてその上に乗り、開口部に手を届かせたんです」

「信じられるもんか」アリセイディアが嘲笑した。

ニキスは曖昧な表情を浮かべている。

ペンリックはため息をついて座席の背にもたれた。

「ちょっと待っていてください……」

何かをつまむような形に指を掲げ、意識を集中する。砂漠の水に関するデスの理論は間違っていない。少なくともセドニアにおいては正しいといえる。指のあいだに小さな寒気の集まりが生じ、半インチほどの雹がつくられていくのを満足げにながめる。それから彼は身をのりだしてアリセイディアの手をひきよせ、その上に氷片を落とした。アリセイディアはわけのわからない恐怖にかられたかのように、あわてて手をふってそれをはらい落とした。ついで、ニキスのためにもう少し大きな氷をつくってやった。少なくとも彼女はその場にふさわしい畏怖の表情を浮かべて彼に報い、それから身をかがめて氷を口にふくんだ。

「よせ――！」

兄が言いかけたが、彼女はぱりぱりと嚙み砕き、微笑を浮かべた。

「ほんとに氷だわ！　ササロンの王宮にもときどき氷があるのよ。冬のあいだに山から運んできて、地下に貯蔵しておくの」そこで目を細くして、「神殿魔術師だというのなら、あなたは庶子神教団に最後の誓約を捧げているのよね」

「ええ、わたしは庶子神を選びました」もしかすると、庶子神のほうが彼を選んだのかもしれないが。「ローズホールでは白の神の神学校に通っていました。総合大学に属する学部のひとつです」

「でも医学校ではなかったのよね？」〈嘘をついたの？〉と目がたずねている。

ペンリックは手をふってそれを退けた。

「あのときは大急ぎで神学を学ばなくてはならず、それだけでいっぱいいっぱいだったんです。わたしは手順を逆にたどっていましたから。神殿魔術師は通常、まず神官としての訓練を受け、それから魔を授かるんです。でも最終的には何もかもちゃんと間にあいました」

彼女は兄とはまた異なる疑惑をこめてくちびるを引き結び、首をかしげている。

「あなたは偽医師でも詐欺師でもないわよね。その力は、不思議なものではあるけれど、空中から出てきているわけではないのだし」

だが彼は、あそこにはいたくなかったのだ。

「苦労して学んだものです。わたしひとりの力ではありませんが。ともかく、論点はそこではありません。わたしがここに遣わされたのは、医師としてではなく、使者としてです。アリセイディア将軍、アドリア大公は真剣にあなたの参入を望んでいます。わたしがあなたを連れ帰れば喜ぶでしょう。もちろん妹御も同様です。いまあなたは逃亡の途上にありますが、それだけでは充分ではありません。このさき身をおちつける場所が必要です。進行方向を変えてスキローゼにむかえば、三人でアドリアにむかう船を調達できると思います」

「船長は魔術師を乗せたがらんだろう」アリセイディアが時間を稼ぐように曖昧な口調で言った。「不運をもたらすからな」

帝国からの亡命者を助けようとしてつかまる場合ほど不運ではないと思うが。

「ああ、里居の魔術師の場合はもちろんそうです。神殿で訓練された魔術師は船の索具に混沌をこぼしてはならないことをわきまえていますし、さらにいえば、こぼさない方法も心得ています」

「船乗りにそのちがいがわかるのか」

「たぶん無理でしょうね。だからわたしも旅をするときは身分を隠します」

ニキスはふたりを交互に見つめながら、新しい提案に明らかな驚きを示している。なんの相談もなく、とつぜんこれまでの人生を捨てろと言われているのだ。

「わたし、アドリア語はわからないわ。ダルサカ語が少し話せるだけよ」

ペンは期待をこめて彼女に微笑をむけた。

「わたしがお手伝いします。通訳もできますし、教えてあげます」

ふたりの渋面から察するに、あまり事態は進展していないようだ。改めて論点にもどってみよう。

「大公は心からあなたを望んでいます。その技術と経験があれば、ナイフでバターを切るようにカルパガモ軍を切り裂くことができるでしょう。わたしも同意見です。ですが、連州の山の傭兵部隊を相手にすると、あなたでも手を焼くことになるかもしれませんね。大公があなたにも連州の部隊を用意してくれれば大丈夫でしょうけれど、でもそれはそれで面倒で厄介な問題が生じますね。あまりよい考えではないです。かわいそうなわたしの連州のためにも避けてほしいところです」それからややあって、「アドリアとカルパガモは、機会を得てはたがいに際限なく恐ろしい戦いをくり返しています。ですが少なくともあそこでは、おおやけに人を盲いさせることはありません」

ニキスがほどけた糸をさらにひっぱった。

「あなた、半分セドニア人だと言っていたけれど、それもほんとうは嘘なんでしょう」

「ええ、そうです。わたしはグリーンウェルの谷の出身です。マーテンズブリッジの東、約百マイルの山の中にあります。セドニアの地図には載っていないでしょうね」

じつのところ、よその国ではほとんどの地図に載っていない。

「その連州というのも国なのか」アリセイディアがあからさまな疑惑をこめてたずねた。

「そうですね…… 〝都市国家〟というと大きすぎますから――自治区といえばいいでしょうか、その寄せ集めです。古代セドニア帝国、ダルサカのアウダル大王、サオネ、ウィールドまで、多くの征服者が連州を併合しようとしましたが、どれも長くはつづきませんでした。わたしたちは他国の悪政を許容しません。わたしたち自身の悪政のほうがまだましというわけです」口もとがかすかなホームシックにゆがむ。「征服してもたいした利益はありませんしね。鉱山の産出量はわずかだし、農作物はそれ以上に乏しいです。ああ、山羊や牛がお好きならいいかもしれません。おもな輸出品はチーズと傭兵です。どちらもきわめて優れています」

そして彼は、ささやかな愛国心の発作にとりつかれてつけ加えた。

「雪はたくさん降ります」そこで言葉をとめ、「雨が降っていないときは、ですけれど。わたしが氷をうまく扱えるのは、たぶんそのおかげでしょう」

ちくしょう、疲れてきたぞ。

「ブーツ三個分、頭がおかしい」アリセイディアがぼそっとつぶやいた。

「アドリアは充分な報酬を約束します」

アリセイディアの口もとが嫌悪にゆがんだ。

「そいつは疑っていない」そして彼はあごをあげ、ガーネットの目をきらめかせた。「おれはアドリア大公に書状を送ったことは一度もない。おれが書状を送ったのはオルバス大公だ」

ペンは目を見ひらいた。デスが〈おやまあ！〉とつぶやく。これで行方不明だったピースがぴたりとはまった……

「おれは『黙れ、出て失せろ』とまで言ったことはなかったな。だがつぎはないぞ。まあ考えようによっては、なかなか面白い小休止だった。スキローゼについたら、あんたはどうぞアドリアに帰国してくれ。せいぜい幸運を祈ってやるさ。おれとニキスはオルバス目指して南にむかう」

そして彼は座席の背にもたれ、傲然と腕を組んだ。ニキスが口をあけて手をあげ、またおろした。なんにせよ、彼女の思いが声になることはなかった。

「もしあんたがあのくそったれな馬みたいにおれに呪をかけようとしたら、剣をお見舞いしてやるからな」

ペンはこっそりと足の下にある鞘にさらに体重をかけた。

「あれは見かけよりたいへんなんです。あなたにとっても、あなたが考えている以上にたいへんなことになるでしょうね」

アリセイディアは鼻を鳴らして目を閉じ……すべてを遮断した。言わんとすることは明らかだった。

12

緊張と疲労に満ちた静寂が馬車の中に充満した。十五マイルを進んだところで、馬の交換のためにようやくそれが破れた。召使が薄いエールのはいったコップを売りつけてきた。ほかに飲むものもなかったので、ニキスはそれを受けとり、三人で交替に貸し馬車屋の厠を使った。それから、あの医師……魔術師……神殿に誓約を捧げた神官ペンリック学師さまですって、まあとんでもないことだわ——が声の届かないところにいるのを見はからい、アデリスを中庭の張りだした木の下にひっぱっていった。

「アドリア大公の申し出をはねつけるのはぜんぜんかまわないけれど、お金をもっているのはペンリックだけだってこと、わかってる？」

「おまえも少しくらいもっていないのか」

いそいで別荘を脱出したアデリスはもちろん、その身にまとったニキスの衣装よりほかほとんど何ももちだせていない。

「ひと晩宿に泊まって、何回か食事ができるくらいだけね。とてもオルバスまでなんか行けないわ。本気でオルバスを目指すつもりなら、彼がわざわざ財布をはたいてスキローゼまで連れていってくれるってだけでもありがたいと思わなきゃ」

大金を支払って夜通し旅をつづければ、ずいぶん追手を引き離すこともできるだろう。

「あれは秘書官プリゴスの財布だぞ。だがそうだな。そいつを魔術師からとりあげるのはなかなか難しいかもしれん」

「あんなによくしてくれた人から盗もうなんて言っているわけじゃないわよ」ニキスはいくぶん辛辣《しんらつ》に言った。「でもあの人、とんでもなくいい手蔓になるわね」

彼自身は何も言わないが、王女や大神官や大公に仕えていたということは、身分もそれだけ高いということだ。

「あなたはアドリアに雇われたくはないのよね……」

彼が短く面白くもなさそうな笑い声をあげる。

「おれのアドリア語はつたないし、船に乗れば酔う。それに、あの海鼠《なまこ》どもに使われてセドニアとの戦いに駆りだされるのはまっぴらごめんだ。カルパガモが片づいたら、遅かれ早かれそうなるに決まっているんだからな。そうさ」それから、期待する自分にとまどっているかのように、声を落としてつけ加えた。「オルバスにいれば、いつかササロンにもどれるかもしれん。だがアドリアではその可能性もゼロだ」

ニキスは考えこんだ。

「その望みをかなえるためには、メサニ大臣とその取り巻きに何か恐ろしいことが起こらなければ駄目なのよね」

つぶされた顔の下半分で、彼の歯が獰猛にきらめく。

「まあな」

彼女は呼吸を整えた。

「だったら思考を逆転させて、ペンリックをオルバスにひっぱりこむというのはどうかしら」

〈それとも、わたしたちに〉

「おれはいまも、あいつを安全に切り捨てる方法をさがしている。あいつの大公に仕えることを拒否したんだ、いつ裏切られるかわかったもんじゃない」

「思うんだけれど、それって、芸術家が自分の傑作に火をつけるようなものよ。あの人のいろんな言葉を考えあわせてみたら、あなたの目を治癒させたことをものすごく誇りにしているみたいだもの」

それも当然だろう。魔法を使ったのだと知らなければ奇跡と呼んでいるところだ。

「ニキス、あいつはアドリアの間諜だ。そう自分で認めた！」

「あの人の価値はそれっぽっちのものじゃないわよ」

アデリスが鼻を鳴らす。

「おまえ、そんなにあいつをオルバスに連れていきたいのか」

くちびるの端が吊りあがった。顔が赤くなっていなければいいのだけれど。

「確かにわたし、あの人に好意をもちはじめているわ。あの人はただ……風変わりなだけよ。奇妙ではあるけれど、それなりにいい人だわ」

「こいつは傑作だ」アデリスの目が新たな疑惑に細くなった。「あいつ、おまえを誘惑したのか。何かの……魔法を使ってたらしこんだんじゃないだろうな」

　思わず笑いがこみあげた。

「魔法なんか使う必要ないわ。でも答えは否《ノー》よ」〈残念ながら〉とはつけ加えないほうがいい。

それでもやはりアデリスはアデリスだ。彼は言葉にされないそれを聞きとった。

「よりにもよって――！　おまえには真っ正直な将校を大勢紹介してやっただろう。なのに色目を使うとは。それもあんな異国のちっぽけな、ちっぽけな……」

「あの人はアデリスより背が高いわよ」

　彼がペンリックを要約できる言葉をさぐっているあいだに指摘してやった。少なくとも、ひとくさり演説をしなくてはすまないようだ。

「だったら、ひょろひょろのがりがりだ。おちつきがなくて、嘘つきで……おまけに混沌の魔を宿しているんだぞ！　あいつがおまえに何かしたとして、おまえにそれがわかるのか。おれにはわからん！」

「だったら何もしてないんでしょ。これまでだってしなかったわ。どっちでもいいけれど」

　アデリスの嫌悪の根っこには警戒心がひそんでいるのだろうか。それとも、嫌悪が警戒心の形をとっているのだろうか。ニキスは息を吸って心をおちつけた。

「あの人があなたに何をしたかなら、わたしたちふたりとも、はっきり見ることができるわよね。そこから類推することはできるんじゃないかしら」

　確かに、目に見えない魔法は不安をもたらす。そもそも目に見えない攻撃からどうやって身を守ればいいのだろう。だがニキスはいつだって、オリーヴからオイルを搾《しぼ》りとるように、アデリスから公正な意見をひきだす必要などないのだ。

「存在しないところに架空の脅威をつくりだしたササロンのせいでとんでもない目にあったばかりだっていうのに、そこから何も学んでいないの？」

痛いところをつかれたのだろう。彼はほかの男なら一ヤードにも相当する一アデリス・インチだけ後退した。

「それでもあいつが危険だという信念は揺るがん。おまえにとって危険なんだぞ」

ニキスはあからさまな言行不一致に腕を組み、首をかしげた。

「だったらわたしに、危険な男を恐れるななんて教えるべきじゃなかったわよね、そうでしょ」

アデリスは賢明にもこの泥沼に足を踏み入れようとはしなかったが、すぐさまべつの道を見つけ、むっつりと吐きだした。

「おまえは自分より綺麗な男に嫉妬するんじゃないかと思っていたよ」

「あらまあ、そうなの？　ほんとうに？　アデリスったら！」

そのとき、問題の男が厩舎の角を曲がってくるのが目にはいった。いまの兄妹愛に満ちた冗談が一部正しいことを認めないわけにはいかない。嫉妬のことではない。そんなもの、陽光を妬むほどにも虚しいではないか。

「黙って。もどってきたわ」

三人はふたたび狭苦しい馬車に乗りこみ、威勢のよい安定した速歩にひかれて、ごろごろがたがたと出発した。

さらに数マイル進んだところで、全速力の急使に追い抜かれた。ペンリックが窓から外をながめて顔をしかめた。数分後、乗り手をふり落とし、腹の下にぶらさがった鞍を蹴りながら、その馬が駈歩《かけあし》もどってきた。あとからついてくる急使は息を切らし悪態をついている。アデリスが首をのばし、背後に遠ざかっていく彼らを見送った。

「あんたがやったのか」アデリスがペンリックにたずねた。

「ええ」とため息をつき、「あれが何かの役に立つかどうかは、わたしにもわからないんですけれど」

アデリスの指が窓敷居をこつこつとたたく。

「この街道にずっととどまっているのは気に入らんな」

ペンリックは肩をすくめた。

「少なくとも一日分は先んじています。それに間違いなく、ヴェルカはまだ馬に乗れません。さらにはわたしを追うつもりなら、パトス神殿か、とにかく手に入れられそうな場所から魔術師を調達しなくてはなりません。セドニアの神殿がわたしの知っているものと同じなら、頭がおかしくなりそうなほど手間取るでしょうね。ですが、わたしのことを里居の魔術師だと考えているなら、神殿も真剣に受けとめるでしょう。里居の魔術師の管理は、政治とはかかわりなく、神殿に与えられた権限ですから」

「おれたちが馬車を見つけられたんだ、ヴェルカだってそうかもしれん」とアデリス。「子飼いの魔術師がいようといまいとな」

「それもそうですね」

「あんたは永久にあいつの足を奪ったわけじゃないしな」

訓練を受けた神殿神官として人殺しをしてはならないのはしかたがないとしても、せめてそれくらいはできたのではないかと言いたいのだろう。

「ええ」

「なぜだ」

「もっともわかりやすい理由をいうなら……わたしたち自身に神学的負債を重ねないためでしょうか」ペンリックは顔をしかめた。「あなたの言いたいことはわかっています、アリセイディア。どこの国でも、軍は神殿から破壊活動をおこなえる魔術師をひきだそうとします。そんなものはごくわずかしか存在しないのですけれどね。高位の神官が一度もその意に屈したことがないとはいいません。ですが誰か必ず後悔する者が出るんです。たいていの場合、その魔術師本人ですね。よく知られた問題です」

アデリスは彼独特の条件つき「ふむ」でそれを受け入れた。ニキスにもしだいに理解できるようになってきた。たとえ彼女の目には見えなくとも、魔術師がおこなうこと、おこなわないことの背後には、はっきりとした法則が隠されているのだ。そこにいたって彼女は、三十歳だという彼の主張は、もしかすると逆の意味で嘘なのではないかと思いはじめた。

だが二百歳を超えるデズデモーナがいる。みずから目隠しをしてつねにペンリックの中に存在する客人を見逃すのは、たやすくはあるが正しいことではない。それにしても、これらすべては、魔の観点からは、どのように見えているのだろう。

三度めの馬替えになり、貸し馬車屋の経営する居酒屋で温かい食事をかきこんだ。そしてつぎの段階にむかうべく、またもや三人で馬車におさまった。かかわりになりたくなかったニキスとしてはありがたいことに、朝の張りつめた雰囲気を維持するのは実質上不可能だった。ペンリックは脱力したように身体を折り曲げて、また以前のようにぼんやりと愛想よくなっている。所在なさからか、また治療をおこなおうと言いだした申し出を、アデリスは手をふって拒絶した。

「眉毛を復元すると約束したらどうでしょう」

「庶子神の地獄にかけて、おれにはあんたが何をしているかわからんからな」だがアデリスの反感も明らかに勢いを失いつつある。

「それってどんな気分のものなの？」ニキスは好奇心にかられてたずねた。

アデリスは肩をすくめてしぶしぶ認めた。

「だいたいにおいて、不思議と心地よい」

「まださきは長いわよ」

ニキスの指摘にアデリスもしかたなく折れ、三人は席を移動した。ふたりの男がぎこちなく姿勢を整え、ペンリックの手がアデリスの頭部に触れる。なぜか魔術師の長い脚が行き場を失い、爪先がニキスの膝近くに投げだされることになった。

やがてアデリスの目蓋がふわりと閉じた。

「眠ったの？」ニキスはささやいた。

「いや」

アデリスのうなるような返事に、ペンリックの口端が吊りあがった。ではアデリスもまだそこまで防壁をおろしてはいないのだ。それでも、脱力感がペンリックから抜けだして患者にはいりこんだかのようだった。ペンリックは対照的に、より緊張を高め、神経を張りつめている。ひたいに汗がきらめいている。

つぎの馬替えで、ペンリックがふたりにむかってこわばった微笑をむけた。

「厩舎の周囲をひとまわりしてきます。すぐにもどります。その、わたし抜きで出発しないでくださいね」

好奇心旺盛なニキスは馬車をおりて彼のあとを追った。薄暗い厩舎は涼しく、房でリズミカルに飼い葉《は》を食みながら休んでいる馬たちの巨体も心地よい。ペンリックの細長い影が奥の扉を抜けていくのが見えた。

扉を抜けると厩肥《きゅうひ》の山だった。刺すようなにおいが充満し、その中で蠅の羽音がしだいに静まっていく。蠅そのものもぽたぽたと落ちていく。ペンリックが腕を組んだまま厩舎の壁にもたれ、いくぶんむっつりとした顔でその破壊を見つめていた。

「いったい何をしているの」

「治癒によって取り入れた無秩序はどこかに捨てなくてはなりません。もっとも効率よく混沌を処理できるのは死なんです。蠅や蚤、その他庶子神に属する害虫の生命は、神学的に犠牲として使うことが許されています。赤い血をもつ獣のほとんどは秋の御子神に属していますが、鼠など幾種類かの好ましからざる害獣は例外とされます。わたしは庶子神の兄神にひとつふたつ貸しがあります。ですがそれに甘えてはならないと思うので、蝿を使います。時間がかかって面倒ではありますけれど、いつだってふんだんにいますから」

人生においてこれほど奇怪な会話をかわすのははじめてのことだが、不思議と恐ろしくはなかった。彼につきあおうと、ならんで壁にもたれ、無言で腕を組んだ。ペンリックがすばやく感謝の微笑を投げてよこした。

「でも、けっして人を殺めることはないのよね」そう考えると心がおちつく。

彼の微笑が消えた。

「そうですね……」

ニキスは顔をあげた。視線で疑惑を告げる。

「けっしてというわけではありません。つまるところ庶子神は、母神の息子であり、例外を司る神なのですから。最高レベルの医療魔法においていくつかの特殊免除があります。兄君が描いていたような〝敵か自分か〟というものとはまったく次元が異なるので、内緒にしておいてくださいね。きっと意気ごんで存在しない意味を見つけようとするでしょう。この生命かもうひとつの生命か、この生命かまったくの無かという選択において……」言葉が途切れた。

ニキスは沈黙を開放し、なんであれ彼の選んだものでそれが満たされるのを待った。満たされなくともかまわない。けっして彼に圧力をかけるつもりはない。そんなことをしても、ガラスをぐいぐい押すようなものだろう。

「そのあと医師は神殿の床に伏して幾夜かをすごし、しるしを求めて祈りながら、沈黙しか得られず。わたしは誰にも……そのような献身で苦しんでほしくはないんです」

「それは……」〈わかるわ〉と言いたいが、ほんとうに自分はわかっているのだろうか。「それはつらいわね」と言い換えた。

ふたりの前の裏庭は完全に静まり返っている。

彼が息を吸った。

「ええ、ほんとうに」

そして彼はぐいと押すように壁を離れた。その顔は慎重にふたたび微笑を貼りつけている。ふたりは厩舎を抜けて馬車にもどった。

それにしても、この一見風変わりな一見若い男は、正確にいって〝最高レベルの医療魔法〟の何を知っているのだろう。

もしかするとその答えは、〈すべて〉なのかもしれない。

そしてその答えは、小舟の背後につないだ網のように、つぎの疑問をひきよせてくる。

〈どうやってそれを知ったのだろう〉


午後遅く、パトス平原が丘陵地帯に変わり、速度ものろくなった。岩だらけの坂道は追手の足も同様に鈍らせるだろうと、ニキスはかろうじて心を慰めた。かなりの代価を支払った三組めの馬が、もっとも高い峠まで小型馬車をひっぱっていく。

まもなく患者と別れることになるためか、魔術師はよりいっそう熱心に治療に取り組み、停車するたびにふらふらと出歩いては混沌を捨てている。狭い馬車の中で間断なくつづけられる治療を見ているうちに、ニキスはその効果のほどを、アデリス本人だけではなく、ペンリックからも推し量れるようになった。

〈この人はみずからをそそぎこんで治療している〉

ようやく沈黙を守る必要がなくなったため、ペンリックは自分の仕事の話をするようになった。その話しぶりはまるで間諜らしくなく、どちらかといえば、監禁された聴衆にむかって気に入りの論題を無理やり聞かせようとする欲求不満の学者のようだ。疲労が増すにつれて口数が減るのではなく、かえって滔々としゃべりたがる、あの不可解な連中のひとりなのかもしれない。アデリスもついに、疑惑まじりながら好奇心をあらわしはじめた。とはいえ、彼の鋭い質問は軍における利用に終始していたのだが。

いいえ、誰であれ魔術師の軍隊を組織することはできません。魔はほかの魔の存在に耐えられないのです。ひとつの宮廷に魔術師がつねにひとりしかいないのはそのためです。いいえ、それぞれの魔術師の力は基本的にそれほど異なるわけではありません。すべて、どれだけの混沌を体内に危険なく保持できるか、そして一度に放出できるかという制限に縛られています。能力のちがいは主として、効率よく賢明な使い方ができるかどうかで、それは年齢や経験によって高めることができます。非効率的な魔術の使用は、何よりもまず熱を発生させます。不器用な魔術師はその熱で死ぬこともあります。（底意地の悪い微笑）あぶったソーセージのようにはじけてしまうんですよ——。いまの話は信じてもいいのだろうか。うかがってみると、アデリスも信じていいかどうか決めかねているようだ。ペンリックは言葉を濁しているが、最後の話が事実ならば、生きてそれを報告した者はいないはずだ。だから証明だってできないのではないか。

いいえ（悲しげなため息）、指先から火球を発射できる魔術師はいません——。男たちはふたりとも、等しく残念そうな顔をしている。

「でも火矢を打つのは得意ですよ」ペンリックはさらにつづけた。「でもそれは弓術であって魔法ではありませんね」

〝いいえ、いいえ、いいえ〟の返事と落胆をもたらす言葉のくり返しで、ペンリックはやんわりとアデリスを、頭の中で組み立てている魔法——というか、少なくとも魔術師たる彼を使った軍事計画から引き離していった。

この確信あふれる否定すべてが、どのようにして例外と特殊免除の神と共存しているのだろう。ほんとうに、魚のようにとらえどころがない。

彼女自身の質問は、もう少し実りある大地に落ちたようだった。ええ、医師魔術師はとても珍しいです。すでに訓練をすませた熟練の医師と魔を組ませるのですが、数世代にわたる魔の人生——というか、数世代にわたる学識豊かな乗り手の人生を経て、人との共存関係にもっとも馴染み慣れた神殿魔だけが、そのパートナーとしてふさわしく、安全であると考えられています。ええ、二百年というのは魔にとってもめったにない年月です。新しい素霊はたいてい、この世界でそれほど長く存在することができません。その任を奉ずる庶子神教団の聖者によって、もしくはなんらかの事故によって、はやばやとこの世界から排除されます。魔は、長く生きつづければそれだけ乗り手の身体を支配して優位に立つ可能性が高まり、乗り手が訓練を受けていない場合、その基盤となる混沌が前面に出て、周囲に災害をもたらします。ええ、よかれ悪しかれ魔は乗り手の人格をとどめます。人によっては、事態が非常に悪いほうにころがることもあります。それなのに、最終的に神に捕らえられたとき、即座に切り離されて完全な破滅を迎えるのが魔だけだというのは、いささか不公平だとは思いませんか。

最後の言葉はペンリックのものだろうか、それともデズデモーナだろうか。ずいぶんと厳しい口調だった。

揺れる馬車に乗ったまま日が暮れ、おしゃべりなペンリックも陰気に黙りこむようになった。アデリスは無表情に軍人の顔を貼りつけている。ニキスも身体じゅうの力が抜けてぐったりとしてきた。

ニキスとアデリスはたがいによりかかって微睡《まどろ》もうとしたが、あまりうまくいかなかった。ペンリックは座席の上であちこち身体を折り曲げていたが、どうやってもいっそう居心地が悪くなるばかりのようで、ついに脚をもちあげて天井に押しあて、つっかえ棒のようにして姿勢を固定した。

この逃避行が、すぐ背後にせまる追手などなく、あわてふためいてやむなくとびだしたものでもなく、こっそりと綿密な計画を立てたものだったら、きっともっと楽しむことができただろう。〈もし希望が馬だったら、みなが乗りたがるよ〉と、古い童唄《わらべうた》は歌う。スキローゼにつくいたとき、ニキスもまた新しい馬を望むだろう。

時間も、お金も、体力も……すべてが足りないけれども。

スキローゼに到着したのは翌日の夕刻だった。ようやくころがるように馬車をおりたニキスは、壺牢を脱出したときのペンリックもこんな気持ちだったのだろうかと考えた。薄汚い安宿に三人でひと部屋をとるのがやっとだったが、それでも顔を洗う水はもらえたし、動かない平らな寝台に横になることもできる。宿の亭主が羊毛を詰めた薄い布団をひきずってきて床に敷いてくれた。ペンリックが顔をしかめ、這いまわって人に嚙みつく害虫をさっさと駆除し、ついでに寝台の上にも手をかざした。彼女とアデリスが寝台を使い、ペンリックが床の布団で休むことになった。ニキスの頭はふらふらしているし、ペンリックの青い目は疲労に曇り、アデリスの無表情はいっそうこわばっている。危険であろうとなかろうと、いまはどうあっても数時間の睡眠をとらなくてはならなかった。

真夜中に目を覚ました。ふたりと同じようにシャツ姿で横になっていたペンリックが、ジャケットを羽織り、影のようにすべりでていくところだった。アデリスは寝息をたてている。魔術師はアドリアに逃げようとしているのだろうか。いまになって、何か最後の裏切りを企てているのだろうか。警戒心が呼び起こされる。ニキスは靴に足をすべりこませてマントを巻きつけ、足音を忍ばせてあとを追った。

彼は音もなく宿の正面扉から出ていった。ニキスもわずかに間をおいてそれにならい、壁に張りついてあたりを見まわした。松明もランタンももたず、月明かりに照らされ、あるいは影の中を、細長い姿が歩いていく。ニキスはフードをかぶり、彼を追って街路を進み、角を曲がった。ペンリックが舗装された広場を横切り、神殿の前廊に姿を消す。重たい扉が二度めのきしみをあげるのを待って、追いつこうと足をはやめた。それにしても、神殿で何をしようというのだろう。

扉はわずかにあいたままだった。気取られないよう音をたてずに押しひらき、深い影の中に身を隠した。満月をすぎたばかりの月の光が聖なる中庭にまっすぐ射しこんでいる。聖火の台座が青い短い影をつくり、灰の中で炭が赤くきらめく。目が慣れると、ペンリックが壁沿いに祭壇から祭壇へゆっくりと移動しているのがわかった。そして聖印を結んだと思うと、鍵のかかった奉納箱らしきものを手ばやくひらき、中の硬貨を財布に移しはじめる。役人の財布を失敬するほか、壺牢を脱出してからの彼がどうやって資金を手に入れてきたのか、これでわかった。彼は母神の奉納箱には手を出さず、それでも聖印を結んでその前で一礼した。

庶子神の奉納箱で彼のつぶやきが聞こえた。

「へえ。貴神《あなた》はこの丘陵地帯の人々にとても愛されているんですね」

そして財布をいっぱいにしたが、ここではただ一礼するだけではなく、白布をかけた祭壇の前にひざまずき、嘆願するようにひらいた両手を掲げた。それからすぐさま両腕を投げだして、タイルの上にひれ伏した。もっとも敬虔な嘆願の姿勢だ。それとももしかすると、ただ疲れてしまったのかもしれない。

静寂がたれこめる。だが安らぎは得られなかったようだ。まもなく彼がつぶやいた。

「もっとも寛大にして残酷なる神よ、いったいわたしは誰を騙しているのでしょう。いずれにせよ、一度として応えをいただけたことはありませんが」彼の声が辛辣なものに変わる。「庶子神の関心を求めるなんて、ほんとうに愚かですね。わたしたちはそんなものを望んではいませんよ。ほんとうに」

祈禱の邪魔をするつもりはなかったが、これはどちらかといえば口論のようだ。そこで進みでて、医師の、魔術師の、それとも神官だろうか——の横にあぐらをかいてすわりこんだ。こんなにも絶望的な自虐に彼を落ちこませているのは、途方に暮れるほど多様な彼の特性の、どの一面なのだろう。

ペンリックが仰向けにころがり、微笑を投げてよこした。驚いてはいないようだ。

「ごきげんよう、ニキス。お祈りにきたのですか」

「そうね」

彼は頭を傾けて白布でおおわれた祭壇を示した。

「あなたもこの神を奉じているのですか。パトスで確かそんな話を聞いたように思います」

「ええ、わたしのお祈りにどの神も応えてくださらなかったから」

「それはそれは、お悔やみ申しあげます」

いまの言葉はどう受けとればいいのだろう。

「あなたと話がしたかったのよ。馬車の中で、またべつの考えが浮かんだの」

「そうなのですか」

「アデリスがあなたといっしょにアドリアに行くのではなく——それは絶対にあり得ないから——あなたがわたしたちといっしょにオルバスにくるというのはどう?」

彼がたてた小さな音は、まったく意味不明ながら、殴られた男があげる声になんとなく似ていた。それから彼は疑惑をこめてためらいがちにたずねた。

「アリセイディアがそれを認めるでしょうか」

「わたしが必ず説得するわ」いくぶん上っ調子だったかもしれない。「あの国におちついてしまったら、きっとアデリスが立派な仕事を見つけてくれるわ。それこそ宮廷魔術師とかでも」

「大公にはもう宮廷魔術師がいると思いますよ。わたしが前の職を失ったのもそのためでしたから。王女大神官ルレウェン殿下があまりにもとつぜん薨去《こうきょ》なさったあと、東都からいらした後任の大神官はご自分が信頼する魔術師をともなっておられたんです。わたしは宮殿にとどまり本と紙に埋もれて静かに暮らしたいと申してたのですが——いちばん新しい翻訳がまだ終わっていなかったので——ひとつの宮殿に混沌の魔ふたりを住まわす余地があると考える者は誰ひとりいませんでした。混沌の魔自身ですらそう考えていましたからね」

待って。いま最後の言葉を語ったのはべつの声ではなかった? だが彼は化粧縁《アーキトレーヴ》に縁取られた夜空にむかって思い出を語りつづけた。

「彼らは言葉を尽くして、わたしをマーテンズブリッジの母神教団に行かせようとしました。とつぜん宮廷で不要になったわたしを、母神教団では同じくらい熱心にほしがっていたのです。すべてが丸くおさまりました。みなが幸せでした。わたしひとりをのぞいて。誰だって一年のうちにふたりの母を亡くすなんて思いはしたくないでしょう」

最後の言葉に、ニキスは首をひねった。

「なんですって?」

彼は手をふって、彼女にはわからない何かを退けた。

「ルレウェン王女はわたしにとって第二の母でした。それからまもなく、ほんとうの母もジュラルド城で亡くなったんです。二回とも、わたしはその場にいあわせることができませんでした。それが祝福だったのか呪いだったのか、わたしにはわからないのですが」

「それはお気の毒に」

もちろんそれ以上に不適切な言葉は口にしていないが、彼がまた手をふった。こんどは彼女の気持ちを受けとめてくれたのだとわかる。そこでふたたびさっきの提案に話をもどした。

「宮廷魔術師が駄目でも、オルバスはきっとあなたを宮廷医師として迎えてくれるわ」

彼がアデリスに何をしたかを知れば、とても熱心に。

冷やかに、それでもきわめてはっきりと、ペンリックは答えた。

「死んだほうがましです」彼の微笑が奇妙に薄くなる。

ニキスは意を決して背筋をのばした。

「あなたのようにすばらしい――非凡な能力をもった人が、なぜ医師を職業としていないのか、ずっと考えていたのよ。わたし、わかったと思うわ」

「そうなんですか。その理由を教えてください」皮肉っぽくはあるが、悪意のない口調だ。

彼の中にはそもそも悪意というものが存在しないのかもしれない。

「患者さんを亡くしたからよ。たぶん、あなたにとってとても大切だった方」――王女とか、お母さまとか？――「一生懸命力を尽くしたから、心が壊れてしまったのね。つづけようという意欲がなくなってしまったんだわ」

目の端で彼の反応をさぐった。言いすぎただろうか。失礼すぎただろうか。指摘されて怒りだすだろうか。

はじけるような笑いが返るとは考えてもいなかった。それがふいに途切れる。彼女はたじろいだ。〈ブーツのように頭がおかしい〉とアデリスは言った。その見解は彼女が考えていた以上に的を射ていたのだろうか。

「だったらよかったんですけれど」

ペンリックは両手を頭の下に組んで神殿の床に長々と寝そべり、細くした目で月をながめた。青白い顔が青白い光を浴びて、まるで雪の彫刻のようだ。

「週に三度。ときにはもっとたくさん」

「なんですって？」

「ここは告白の場ですからそれもありですね。明日以後、わたしたちはもう二度と会うことはないでしょう。それでいい。伝染病を投げつけるようなものだけれど、人が排出するものは醜いと同時に魅力的でもあるのですから。わたしにとってもそのほうがいいのかもしれません」

〈ブーツ三個分？〉ニキスはくちびるを嚙んだ。

「はじめは何もかもうまくいっていたんです。わたしは王女大神官の学者として楽しく働いていました。ですが、ルチア学師の魔法と医学に関する新しい見解を記した本を筆写・翻訳したことで、マーテンズブリッジの母神教団は、デズデモーナの以前の乗り手ふたりが医師であることを知ったんです。王女はわたしの弓に新しい弦を張ることに熱心で、わたしもまた同様だったので、わたしは医学を学ぶため母神の診療所に送りこまれました。わたしは見習いのつもりでしたし、みなもそう考えていました。ですがやがてアンベレイン学師とヘルヴィア学師の知識がわたしの中で目覚め、気がつくとわたしは、学習と同じくらい指導をおこなっていました。ある意味、すべての医師は生涯にわたり、すべての新しい患者から学習しているのですが。わたしはほんとうに、学生たちに解剖学を教えることを楽しんでいたんです。

いくつか困難な治療もやってのけました。もちろんすべては根本条件しだいです。もしアリセイディアの目が熱した鉄によってつぶされていたら、わたしにもほとんど打つ手はありませんでした。ですがはたから見ていると、わたしがなぜときには成功し、ときには失敗するのか、理解できないようでした。

診療所のわたしに対する要求はどんどん高まっていきました。つまるところ、と、き、ど、き、は成功するのですから、だったらためしてみる価値はあるというわけです。わたしはいっぱいいっぱいになりながらも、なんとかもちこたえていたのですが、そんなとき王女が亡くなりました。わたしは自分でも気づいていなかった庇護者を失ってしまったのです。

教団はわたしを温存して、最悪の症例にのみあたらせるようになりました。わたしはもはや、そうですね、さかむけとか、寄生虫の駆除すら、まかせてはもらえませんでした。簡単な勝利などけっして手に入れることができませんでした。いつもいつも、くり返しくり返し、もっともひどい怪我やもっとも重篤な病気ばかりでした。治癒したよりはるかに多くの患者が亡くなりました。わたしは毎日診療所にむかって歩きながら……いえ、いまとなってはもうどうでもいいことです」

「わたしにとってはどうでもよくないわ」ニキスはあえて口にした。

月光のような銀色の眉がついともちあがった。

「なぜですか。いいでしょう。すべてを告白すると約束したのですからね。わたしの神の前にすわって——寝ころんで——語りましょう。庶子神はすでにご存じのことですが」雪のような微笑がかろうじてくちびるをゆがめる。「つまり、毎日職場にむかいながら、わたしは魔術師が自死する方法を考えだそうとしていたんです——魔が同意しないとき、それはなかなか難しいとわかったのですけれど。そして、もうおしまいにすべきときなのだと悟りました。そこでアドリアの大神官に、翻訳はじめ学問を扱う神殿学者として雇ってはもらえないかと申し出をして、マーテンズブリッジの医師魔術師としての職に終止符を打つことができたんです。山を越えて北にむかう旅は快適でしたよ。ほんとうに危機一髪でした」

ニキスは賛意をこめて沈黙を守ろうとした。さもなければ、恐怖と抗議をこめてわめきだしそうだった。もちろんそんなことをしても役には立たない。それにしても、いったい何をどこまで〝考えだそうと〟していたのだろう。

〈きっとデズデモーナなら教えてくれるわ〉

ペンリックはさらに話しつづけた。

「それによってわたしは、能力と職のちがいを学びました。能力なしに職につくことが悲劇なのは誰にでもわかりますよね。ですがその逆は……あまり理解してもらえません」

「まあ……そうでしょうね」息を吸い、思いきって言ってみた。「ねえ、わたし、その話をデズデモーナの観点から聞いてみたいわ」

驚かせたのだろう、彼は大きく目を見ひらき、自信なげな声で答えた。

「それはたぶん……できると思うのですけれど」

今回は彼の顔を見ていて、内なる双子のあいだで支配権の委譲がおこなわれるのがはっきりとわかった。魔が話しはじめた。

「ふふん。すべてはペンの上長のせいだと、わたしたちは非難しているんですよ。アンベレインとヘルヴィアはどちらも、生きていたころ、サオネとダルサカにおける医学の最高学府で訓練を受けたんです。そこでは彼女たちの技術も限界も、加えてそれを維持するための抑制方法も、正しく理解されていました。ところがマーテンズブリッジときたら、魔法をもった恩寵が降ってきたとばかりに、搾れるかぎりの乳を搾ってやろうとするんですからね。最高の血統の仔馬をあまりにもはやく競走に出してつぶしてしまう、強欲な調教師のようなものですよ。ペンリックはお馬鹿さんだから、否《ノー》と言うことも職場を去ることもできず、ついには明け方の丘の中腹で、わたしが治癒するのがはやいか、彼が手首を切り裂くのがはやいかという競争になってしまったんですよ。わたしはそんなふうにしてペンとお別れするつもりなんかまったくなかったんですからね」

「本気ではなかったんです」声が抗議の口調を帯びる。「本気だったらすぐ近くに崖がありました。あなたもときどき指摘してくれますけれど、あなたがいてもわたしは空を飛ぶことはできないのですから」

「運よく競争に勝つ前に気を失ってくれたんですけれどね。ちょっとした崖崩れと運の悪い箆《へら》鹿《じか》があとを引き受けてくれました。ペンが目を覚ましたとき、わたしたちは〝話し合い〟をしましたよ」

告白というよりも、これはもう暴露大会だ。

「なのにペンときたら、いまになっても否《ノー》と言えないし、職場を去ることもできないんですよ。おかげで、ロディの入り江を見わたす心地よいすてきな書斎にいられたはずなのに、パトスの壺牢に放りこまれる羽目に陥ってしまったんですからね。この子に必要なのは、彼にかわって否《ノー》を言ってくれる気骨のある上長ですね」声が茶目っ気を帯び、目がニキスにむけられる。

「お馬鹿な男を生かす経験に富んだご婦人に、ぴったりの役目だと思うんですけれどねえ」

「デス！」ペンリックがぎょっとしたように起きあがった。

「おや、この二週間というもの、彼女のお尻をぼんやりながめていたのはあなたですよ。なんとかなさい」

彼がぱたっと口を閉じた。薄明かりのもとでは赤面しているかどうかはっきりとはわからない。それでも頬がいくらか色を増したように見える。

ニキスは息をのんだ。魔の言葉の意味は間違えようがない。はじめてではないものの、これはもちろん彼女が経験した中でもっとも奇妙な求愛に位置づけられる。だが不思議にも、侮辱だとは微塵も感じられなかった。

「確かに経験はあるけれど」ニキスは静かに言った。「めったに成功したことはないわよ」

「言ってみるものですね」つぶやきが返った。

いま話したのは彼の頭の中の誰だったのだろう。

彼の背筋がぴんとのびた。

「確かに言ってみるものですね」これは間違いなく彼自身の声だ。

ペンリックが彼女に顔をむけた。薄闇の中の目は銀色で、表情を読むことはできない。

「わたしからも提案があります。わたしといっしょにアドリアにきてくださいませんか。アリセイディアはオルバスにむかわせて。彼は間違いなくそうするでしょうから」

ニキスは驚いた。

「そんなことできないわ。アデリスを……」

「彼はあなたをおいて戦いに出ていくではありませんか。いったい何度そうしてきたのです。彼ひとりのほうが安全に、そしてずっとはやく、オルバスに行けます」

「あなたの大公はわたしをほしがっているわけじゃないわ」心臓が無意味にどきどき脈打っている。

「大公のために言っているのではありません」彼の呼吸もわずかに乱れてきた。

「わたしを人質にしてアデリスを呼び寄せることになるわ」

彼のくちびるがひらき、また閉じた。声が小さくなる。

「それは考えていませんでした」

「でもそうなるわ。必ず。いまのような状況だったら」

「ああ」彼はまた床に仰向けになり、渡りゆく月を見あげた。「わたしが守ります……」

「君主が敵にまわったときに人を守るのがどれほど難しいか、つい最近知ったばかりじゃないの」

「それはそうですけれど」

これまで受けた中でも最高に残酷な申し出だ。手のない盗人に手袋を押しつけたり、飢えた女に花を与えたりするように、絶望的に的をはずしている。ニキスは言い返した。

「だったらオルバスにしましょうよ」

彼は矢を避けようとするかのようにぐいと顔をのけぞらせた。

「わたしの本はすべてアドリアにあるんです。あってほしいと思っています」

「愛しい愛しい人質というわけ?」

「ある意味そうです。すみません、わたしはそういう人間なんです」

ニキスはこの斜め上の言い逃れについて考えてみた。

「本ならオルバスにもあるわ。オルバス大公の蔵書はすばらしいと聞いているもの。あなたが読んだこともない本。もしかすると聞いたことのない本だってあるかもしれないわ」

アデリスは断固としてアドリアを拒否したけれど、ペンリックはオルバスに対して否《ノー》とは言っていない。とらえどころのない魚だって網の中にとびこんでくることはある……

彼の口端が吊りあがった。

「知恵ある鳥、マダム梟《アウル》。兄君の命名はまさしくあなたにふさわしい」

そうよ。でもアデリスが目を覚まして、ふたりがいなくなっていることに気がついたら?

「もうもどりましょう。ここでの用事がすんだのなら」

彼は悲しげにあたりを見まわした。

「話しているのはわたしたちだけですね。たぶんもう、ここでわたしにできることは何もないのでしょう」

そして彼は仔馬のように身軽く立ちあがり、彼女に手をさしのべたのだった。

13

ペンリックはニキス……マダム・カタイの腕をとり、陰を抜けて宿にもどった。あえて押し殺してはいるものの、彼女がこんな真夜中、見知らぬ町でただひとり、彼を追って神殿までやってきたことを思うとぞっとせずにはいられない。

〈それほどの距離ではありませんよ〉デスが言った。

〈デス、お願いですから……このご婦人のことでわたしを困らせないでください〉

〈だったら自分で話すの?〉ふくれっ面のイメージ。〈あなたが彼女に恋い焦がれてるってこと、わたしはさんざん聞かされてるんですからね。彼女に聞かせたっていいじゃありませんか。そのほうがずっと有益ですよ〉

ニキスにぐだぐだの告白を聞かせてしまったのはまずかった。

〈いろいろと障害があるんです。アドリア大神官への神殿の誓いをはじめとして〉

〈どこにいたってあなたの神は同じですよ。アドリアでも、セドニアでも……そうそう、オルバスでもね〉

〈わたしの神は指示をあおぐわたしの祈りに、ついさっきも沈黙を守りました。わかっているでしょうに。確かにある意味、いつでも、どこでも、同じですね〉

〈あら。あなたが導きを求めて祈ったその瞬間、あのすてきな彼女がはいってきて隣に腰をおろしたんじゃありませんか。あなたの頭をぽんぽん撫でてくれるんじゃないかと思いましたよ。板で殴ったほうが効き目があると教えてあげればよかったかしらね。そもそもあなたは庶子神に何を期待しているの。署名して封をした手紙が届けられるとか、喇叭《らっぱ》のとどろく行列がやってくるとでも思っているの？〉

ペンリックはためらいがちにたずねた。

〈あなたは彼女が気に入っているんですか。わたしが、その、出会うご婦人を、いつも必ず気に入るわけではないですよね〉

〈そのご婦人たちのほうだって、いつも必ずわたしを気に入るわけではありませんからね。でも彼女は進んで学ぼうとしているじゃありませんか。兄君のほうは疑わしいけれど〉

〈あなた方はみな、彼の外見がとても気に入っているんだと思っていましたけれど〉

〈ええ、ええ。口をひらいてわたしたちに無礼を働くまでのことでしたけれどね〉

〈出会い方が悪かったんです。話せばわかる人だと思います。時間をかけてあげてください〉

〈あなたの予定ではそんな時間はとれないでしょ。矛盾していますよ、ペン〉

硬い笑みが浮かんだ。

〈あなたの求めるものが一貫性だというなら、わたしは間違った神に誓約を捧げたことになります〉

できるだけ静かに宿の正面入口を抜け、ペンリックが鍵をかけなおした。ありがたいことに、この宿では夜の門番をおいていない。きしむ階段をあがり、部屋にむかった。扉の下からかすかなオレンジ色の光がこぼれている。だから、ニキスのあとから部屋にはいって、ひとつしかない椅子にすわったアリセイディアがにらみつけているのを見ても、驚きはしなかった。獣脂《じゅうし》蠟燭《ろうそく》の光のもとで、彼の目が赤くきらめく。膝の上には鞘をはらった剣がのっている。

「どこに行っていた」低くはあれ、厳しい声だった。

さぞ驚いたことだろう、目を覚ましたら部屋が空っぽに――少なくとも、妹がいなくなっていたのだ。それはペンの意図したことではなかったけれども。それにしても、資金調達のために出た町で間違った方角に進まずにいてよかった。ふたりにいらぬ衝撃を与えていたところだ。

「神殿です」同じく静かに答えた。

「夜中のこんな時間に？」

「神々はいついかなるときでも祈りに耳を傾けてくださいます」

「ほんとうよ」ニキスがマントを脱いで鉤にかけながら言った。「この人、奉納箱のお金を盗んでいたの」

アリセイディアの凝視を受けて、ペンリックは答えた。

「明日も馬を雇いたいのでしょう？」

「軍が敵国でするように、馬を徴発しなくてはならないかと思っていたんだが」彼がしかたなさそうに認めた。「金を支払えるならそのほうがいい。われわれがどこにむかったかを語る証人が残らない」

「馬を盗むつもりだったの？」ニキスが眉を吊りあげ、それから横目でペンリックを盗み見た。「セドニアを敵国みたいに考えるなんて無理よ」

アリセイディアがひたいに手をあてた。〈いまのおれにはそれほど無理ではない〉と言いたいのかもしれない。だが、風に顔をむけながらも、とつぜん投げつけられた敵意を嘆き悲しんでいるのは明らかだ。

「いずれにせよ、こんな田舎の村で、夜中のこんな時間に売っている馬はない」ため息とともに緊張を吐きだして立ちあがり、「もう休め」

そして彼は、改めて横になる前に少なくとも剣を鞘におさめはしたものの、蠟燭を吹き消しながら、いかにも兄らしい恐ろしい顔をペンリックにむけることを忘れなかった。

ペンは布団に横たわり、選択肢を検討してみた。

それほど多いわけではない。スキローゼにはあまり重要でない軍用道路が通っていて、東は海までつづき、西はセドニアの背骨たる山を越えてササロンをとりまく網の目のような街道につながっている。南にむかう小街道は、丘陵地帯で枝分かれして車輪のある乗り物には不向きな道となり、岩だらけの峠を越えて隣の州にはいる。その州を百マイルほどさらに進めば、またべつの山脈がそびえている。そのむこうにセドニアの、ときには属国、ときには同盟国、ときには敵ともなるオルバスが横たわっている。いまは敵でも味方でもない独立国だ。ササロンとしては、無理やりにも属州にもどして税をとりたてることができたら大喜びだろう。圧力をかけるべき相手がほかにいなければそれも可能だろうが、皇帝の羅針盤はいま、東のアドリア、北の諸島と沿岸地帯をおびやかすロクナル、南西のルシリにむけられている。

ペンリックにとってもっとも手短な帰国方法は、東の海に出てアドリアまで船に乗ることだ。陸路をとるなら南にむかう長旅となり、大きく弧を描いた沿岸街道をたどってオルバスとトリゴニエを抜けなくてはならない。それからようやくアドリアにたどりつく。とはいえ、いったんオルバスにはいってしまえば犯罪者として逃亡する必要もなくなるのだから、神殿に報告し、その地の庶子神教団に援助を求めることができる。つまり、アリセイディアと妹――いやいや、ニキスとその兄だ――とともに南にむかったとしても、何ひとつ決定したことにはならないわけだ。さらにもうひとつ、湾岸船を見つけてオルバスの数少ない港のどこかにむかうという方法もあるが、自分の意志で制御も遺棄もできない交通手段に身をゆだねるよう、アリセイディアを説得するのはどう考えても無理だ。

ニキスはもちろん双子の兄に従うだろう。ほんの二週間前に会ったばかりの頭のいかれた異国人についてくるはずはない。アリセイディアはそれを当然と考えている。間違ってはいない。が、正しいわけでもない。彼は自分が妹に対してどれだけ支配力をふるっているか、認識しているだろうか。

しかしながら、いわゆるペンリック学師とやらに提供できるものだって、またべつの危険な逃避行と、歓迎されるかどうかもわからない未来にすぎない。そうだろう?

〈ペン〉デスが叱りつけた。〈いまのあなたにできるのは、ぐだぐだと思い悩むのをやめて眠ることです。さもないと、朝になっても役立たずで、どんな行動も起こせなくなりますよ〉

確かにそのとおりだ。彼はうめきながら寝返りをうった。

夜が明けてすぐ、三人で宿の食堂におり、できるだけほかの客から離れて静かに朝食をとった。ごくあたりまえの粥《かゆ》、まずまずの干し無花果と杏《あんず》、少量のホワイトチーズ。ぞっとするほど見慣れてしまった四角い干し魚は、ニキスとアリセイディアが何も言わず平らげた。そして、驚くほど大盛りの、半分乾燥した硬い黒オリーヴの鉢。ペンリックは疑わしげに味見をし、そのままふたりに譲った。食後、三人は部屋にもどり、洗面台の上でペンの貨幣を数え、計画を練った。

「海岸に出て土地の船に乗せてもらえば、コルファラ島に行くのと同じくらい簡単にオルバスの港に渡れます。マダム・カタイにとっては、この丘陵地帯を越えて陸路をとるよりも、そのほうがずっと楽でしょう」理を尽くして説得してみた。

そうすれば数日かけて、この巨岩のような男を動かすための梃子《てこ》をつくり、アドリアを勧めることができる。ニキスの渋面を見れば、彼女の忍耐を侮辱するこの提案をまったく評価していないことは明らかだが、アリセイディアの予後を理由にすれば、それはそれでもっとひどい反応が返るに決まっている。

アリセイディアはその意見をまっこうから拒否するつもりはなさそうだった。少なくとも、しかめっ面に考え深げな色が浮かんでいる。彼はニキスに視線をむけて考えこんだ。

「われわれの資金では、健康そうな馬一頭を買うことはできるが、三頭は無理だ」そして結論をくだした。「ニキスに財布をわたしてくれ。おれたちは馬の交渉にいく。あんたは二日の旅に必要な食料を買ってきてくれ。ここにもどってから、改めて目的地を決めよう」

これは〝諾《イエス》〟ではないが、いつものように頑なな〝否《ノー》〟でもない。いまはまだこれ以上、押すのはやめておこう。幸運をあてにしすぎることも。ペンリックはこの町で昼市と呼ばれるだろうものをさがしにいくことにした。そのあいだにつぎの論点を整理すればいい。神学校においても、議論はあまり得意ではなかったのだ。

堅いオリーヴをふくめ、袋いっぱいのさまざまな保存食料を購入した。宿の前庭にあるベンチに腰をおろし、麦藁帽子を目深にかぶって、兄妹が馬を連れてもどるのを待った。

さらに待った。

不安がつのり、上階の部屋を調べにいった。メモはない。手に入れた馬の鞍袋にいれるつもりなのだろう、アリセイディアとニキスのわずかな荷物はすでになく、ペンの鞄だけがぽつんと出発を待っている。アリセイディアは時間を無駄にするような男ではない。

〈断じて、そんな男ではない〉

粥やオリーヴとは関係なく、ずっしりと胃が重くなった。いそいで階下におり、軍用道路用の貸し馬車・貸し馬屋のある本通りにむかう。馬丁たちにあわただしくたずねたが、答えは芳しくなかった。いんや、この二時間、三頭の馬を——二頭の馬も、雇おうという男女のふたり連れはきていませんや。この町にほかに貸し馬屋はありますか。へえ、西街道をちょっと行ったところにちっこい店がありますがね、たいした馬はおいてませんや。うちみたいな馬車をひける立派なやつはね。平地で一時間十二マイルでさあね！　とはいえこの土地にはあまり平地がない。ペンリックは西街道まで足をのばしてその店をさがした。

西街道の馬屋は、小さいけれども手入れが行き届いていて、十二の馬房を構えていた。そのほとんどがいまは空だ。ええ、男の人と奥さんが二頭の馬を借りていきましたよ。もちろん案内役の馬丁もいっしょにね。二時間以上前でしたかね。どっちにむかったかって？　南街道でさあ。谷間のずっと上端の村に住んでいる親戚を訪ねるとか言ってましたね。

〈アリセイディアの大馬鹿野郎のくそったれ！〉ペンリックは心の中でわめいた。

それでも馬屋の親父を前にして、かろうじて薄い笑みを浮かべる。ペンの懐《ふところ》に残っている金では、町中を行き来する小馬一頭すら借りることはできない。

街道をもどりながら、誰にも聞こえないところまでやってくると、声をあげて罵倒の言葉をならべたてた。だからといって気分が晴れはしない。あの忌ま忌ましい男は、ぼんやりとすわったまま戦闘が近づいてくるのを待って勝利をおさめてきたわけではない。それをしっかり頭にとどめておくべきだった。

〈ほんとうに手際がいいこと〉デスが同意したが、それも慰めにはならなかった。〈もし彼が財布を自分で預かると言ったら、あなただってそう簡単にわたしはしなかったでしょうにね〉

ペンはうなり声をあげた。

ニキスは同意したのだろうか。それとも反論し、結局押し切られたのだろうか。喜んでついていったのだろうか、それとも少しは心を残してくれたのだろうか。どちらにしても、心臓をねじられるようなこの痛みに、実質的なちがいはない。

宿にもどって部屋から鞄と袋をひきあげ――これ以上の宿代を支払う余裕はない――つぎにどうすればいいか考えようとした。徒歩でふたりを追いかけても無駄だ。追いつくことなど、さらにできるわけがない。馬泥棒は、一時的に借りるだけだとしても、危険が大きい。

〈でも不可能ではない〉

それを実行するつもりならいそがなくてはならない。

もう一度神々から借金するため神殿を訪れるなら、夜まで待たなくてはならないが、二度つづけて同じ場所を襲うのはやめておいたほうがいい。とつぜん金額が減っていることに誰かが気づき、今夜は見張りが立っているかもしれない。それとももう諦め、歩いて海にむかおうか。擦り切れたセドニア式サンダルで徒歩の旅をするのはつらいけれども、つぎの町で買いなおせばいい。そこにもきっと神殿はある。たぶん、ここよりもっと貧しいだろうけれども。ペンは袋から乾燥果実をとりだし、怒りをこめてかじった。

実現可能かどうかじっくりと検討し、鞄と袋をとりあげて最初の貸し馬屋へもどった。馬の選択肢は増えるが、もちろん人も多い。真っ昼間にこっそり一頭を連れだすのは、魔術師にとってもかなりの難問だ。アリセイディアとニキスに追いつくつもりなら、暗くなるまで待っていては意味がない。徒歩で東にむかうなら、いますぐ出発したほうがいい。

通りをはさんでむかいに立つ、二軒の漆喰塗りの家のあいだに身を隠した。そうしているうちに、ゆっくりと希望が引き裂かれていった。やるだけのことはやった。東にむかおう。

そのとき二台の馬車が、埃を巻きあげ騒がしい音をたてて到着した。それぞれに六頭の馬がつながれているものの、みな泡を噴いている。もちろん、誰かが大金を積んでいそがせてきたのだ。気前のよい報酬のしるしを読みとって、馬丁と使用人がわらわらととびだしてきた。ペンリックも一歩進みでようとし、すぐさまあとにさがった。馬車から十人の衛兵と隊長、セドニア庶子神教団の白いローブをゆったりとまとった男、そして、あまりにもお馴染みになってしまったヴェルカがおりてきたのだ。

心臓が激しく脈打つ。ペンは石組みや窓枠などで指と爪先をすりむきながら側壁をよじのぼり、見晴らしのよい平らな屋根の上に身をひそめた。街路と宿の前庭の一部が見おろせる。もちろん馬車を使ったのだ。アリセイディアを追って軍を駆りだしていたら、いまごろはまだパトスから四十マイルも進んでいないだろう。

歩きまわって足をほぐし、貸し馬屋の厠に駆けこみ、まんまと売りつけられたエールのジョッキを幾杯か大急ぎで流しこんでから、隊長は部下を集め、ふたりずつの組にわけて町じゅうに送りだした。

「何をたずねればいいかはもうわかっているな」部下のあとから隊長が怒鳴った。

もちろんペンリックにもわかっている。

〈庶子神の歯にかけて〉

ヴェルカのひたいには薄い白い包帯が巻いてあり、その動きはぎこちなく、足もひきずっている。三日前にあの別荘でおこなったペンの手荒な処置の後遺症かもしれないが、皺くちゃの白いローブを着たごましお髭の男も同じようにこわばった動きをしていることを思うと、単に馬車旅のせいかもしれない。男の肩にきらめく銀色の徽章は、デズデモーナの張りつめた〈おやまあ、ペン、ご同輩ですね〉の言葉がなくとも、知るべきことを告げてくれている。

〈あなたの存在を気づかれないようにしたまま、何かわかりませんか〉

〈いまのところは無理ですね〉

ヴェルカが馬丁や使用人に尋問をはじめた。彼らは嬉々として答えながら、さまざまな方角を指さしている。貨幣がとりだされ、方角が半分ほどに減った。ペンリックは自分の頭を殴りつけたくなった。彼らがペンのことをおぼえていたら、ヴェルカはすぐにももう一軒の貸し馬屋にたどりつくだろう。ペンがあれこれたずねたりしなかった場合よりもずっとはやく。もちろん、いずれあの店が見つかるだろうことに変わりはないけれども。アリセイディアとニキスはまだ十マイルも進んでいないはずだ。でももしかしたら脇道がたくさんあるかもしれない。何十本もあればいいのだが。

ヴェルカが情報を集めて進路を定め、十三頭の乗馬を借りるか徴発するにはまだしばらく時間がかかる。部下たちにいそいで食事を出すよう、隊長がすでに宿の召使と交渉をはじめている。馬を見つけて鞍をつけるのに充分な時間だ。彼らの要求を果たせばこの厩舎は空っぽになる。残されるのは疲れ果てた馬車馬十二頭だけだが、ペンもそんなものに用はない。神殿魔術師が宿の中にはいっていった。おそらく自分も食事をとろうというのだろう。

ヴェルカはまもなく、ペンがニキスとアリセイディアとは離れて目撃されていることを知る。

それもついさっきのことだ。一瞬、姿をあらわして自分のあとを追わせようかと考えた。ペンをつかまえるのは簡単だが、彼らもすぐさまそれを後悔するはずだ。だがヴェルカは、いざとなれば二手にわけられるだけの人員を連れてきている。ペンのあとを追わせるのは魔術師と衛兵ふたりだけで充分だ。残りは惜しみなく馬を駆って南にむかえばいい。

アリセイディアなら、ふたたびつかまるよりも戦って死ぬことを選ぶに決まっている。だがそのとき、残されたニキスはどうなるのだろう。死者や負傷者の報復として、怒り狂った生き残りの男たちの手に落ちるのか。それともいま一度、双子の兄とともに最後の旅に出向こうとするのか。どちらもありそうで、どちらにしても恐ろしい悪夢だ。

ペンは息をのんでぶらさがるように壁をつたいおり、鞄と袋をひろって隣の街路へとすべりでた——とはいえ、スキローゼには選択できるほど多くの街路はないが。そして、軍用道路と平行に、ただし姿を見られないよう、西にむかった。小さいほうの貸し馬屋の前で、むかい側に植えられたまばらなオリーヴの繁みに身を隠す。そのとき、情報を得たヴェルカの部下ふたりが急ぎ足でもどってくるのが目にはいった。

息を殺して悪態をつき、彼らが角を曲がって姿を消すのを待つ。それから矢のように道を渡って厩舎にとびこんだ。

番をしていた小僧は立ちあがったものの、驚きのあまり客かもしれない相手に挨拶をすることも忘れている。ペンは声をたてないでくれと合図を送ったが、その甲斐なく小僧がむきを変えてわめきながら走りだしたため、足の神経と、つづいて咽喉の神経を麻痺《まひ》させた。通路の脇にころがされて、小僧がすくみあがる。

「ごめんなさい――ごめんなさい！　すぐもとにもどりますから」

ささやきながら、ほんとうにそうあってくれればいいのだけれどと願う。貸別荘で衛兵を相手にしたときとは異なり、いまは準備を整える時間がとれなかったのだ。

残っている馬は一頭だけ、ひょろ長い鹿毛の去勢馬が、仕切りの中でおちつかなげにむきを変えている。

〈これでいいでしょう〉デスが言った。〈少なくともあなたより脚が長いですからね〉

その馬はまた、鋸《のこぎり》の刃のような背骨をもっていた。鞍なしのまま十分も速歩で走ったら、乗り手の股が切り裂かれてしまう。ペンは必死で鞍と轡《くつわ》をさがしあて、鞍袋に鞄と袋を詰めこんだ。馬房にもどったところで、この馬が一頭だけ仕切りにいれられていた理由がわかった。嚙み癖があるのだ。おまけに蹴り癖もある。そして、手に負えないほど言うことをきかない。二度めに黄色い歯が嚙みついてきたとき、デスがその鼻先を思いきり刺してやった。自分が嚙みつこうとしている人間は手を触れてもいないのに、なぜだ？　三度めの試みにもまた同じ報復があり、馬はそれ以後、嚙みつこうとするのをやめた。

耳を押さえ、貴重な魔術師の指を危うく失いそうになりながらも、ようやく馬銜《はみ》を嚙ませることに成功した。腹帯を調べなおし――この馬は息もずいぶん荒い――馬房の中で慎重に騎乗した。掛け金をはずして戸をあける仕事はデスにまかせ、手綱を短くして馬の首をしっかりあげておくことに集中し、自分の頭は鴨居《かもい》にぶつけないようしっかりさげておく。そして彼は午後の光の中へととびだしていった。

なんとか街道に連れだすと、馬は喜んで、少なくとも垂直方向の動きを水平方向の移動に切り換えてくれた。巫師の友人から学んだささやかな呪を使って狼の幻を描きだすことで、かろうじて——どちらかというと逃げこむように——南街道へとむきを変えさせる。この時点において、ペンリックは鐙に足をかけて身を縮めたまま、このとんでもない馬が全力疾走するにまかせた。

そして五マイルを走破した。ペンは息を切らしながらも感服した。

〈この馬は庶子神の恩寵かもしれません〉

全力疾走が、やはりすわっているのが困難な踊るような速歩に変わり、それから揺れ動く常歩となった。曲がりくねった谷間をたどる街道が、峠にむかってのぼり坂になる。からみあうような森と森のあいだ、小川のほとりに、ささやかな農場が点在している。女が野菜畑で働いている。ペンリックは馬をとめ、水を飲ませてくれないか、誰かこの街道を通っていった者はいなかったかと声をかけた。女は驚いたように彼をにらみ、それから改めて彼の顔を目にとめ、思わずといったふうに微笑した。水はもらえたが情報はなかった。ついさっきまで屋内で働いていたのだ。ペンは女を祝福した。女は目をぱちくりさせながらも手をふり返してくれた。

小川と街道が交差する場所で馬に水を飲ませた。ごろりと地面にころがって乗り手を岩のあいだに放りだそうとするのを阻止しながらのことだ。こいつをアリセイディアに譲ってやれないのがつくづく残念だ。この馬とアリセイディアなら、まさしく似合いの一対になるのに。

14

アデリスはのろまな馬よりもはるかにきつく馬銜を噛みしめているみたいだった。速度をあげるよう案内役の馬丁をせっついても、かろうじてやや威勢のいい速歩になるだけだ。雇い主の馬を過剰に大切にしているのだろうと思っていたのだが、結局は時間を調整していたらしい。タイミングよく到着した農家は馬丁の従兄弟の家で、食事を買うように勧められた。アデリスがなかば以上本気の、抑えながらも獰猛な声で、この男に剣を突き立てて馬を盗んだほうがはやく進めるのではないかと言いだした。だが結局は食事ができる機会を優先することになった。旅の食料は、マスター・ペンリック――それともペンリック学師だろうか――もうなんでもいいけれど――とともに置き去りにしてきてしまったのだから。

従兄弟という男が大きな笑みを浮かべ、小川のそば、木陰のテーブルに昼食を用意した。このような状況でなければ、牧歌的ですてきな休憩と思えただろう。だがいま、ニキスはふたりきりになれた機会をとらえて貸し馬屋ではじめた議論を蒸し返した。

「ペンリック学師を置き去りにしてきたのはやっぱり間違っていると思うのよ。戦術的には正しいかもしれないけれど、いいえ、戦術的にも間違っていると思うけれど、道徳的に。もしあの人に何か起こったらどうするの」

アデリスが咀嚼《そしやく》しながらいらだちの声をあげた。

「あいつは魔術師で、おまけに間諜だ。どこから落ちたってみごとに着地できるさ。猫みたいにな」

「猫だってたまには失敗するわよ」魔術師もだろうか。「それに、この前着地したところは壺牢だったのよ」

「壺牢に放りこまれたってのがほんとうなら、そこから脱出したってのもほんとうなんだろうさ。それは……前例のないことではあるがな。おれたちといっしょでないほうが、ずっとはやく安全にアドリアにもどれる。あいつはごちゃごちゃいろんなことを言っていたが、アドリアの使者だってのだけは間違いない事実だろう」

ニキスは薄めた葡萄酒を飲み、とんとんと指でテーブルをたたいた。

「わたしはあの人を見ていたし、少しは話もしたのよ。あなたが苦痛と罌粟シロップで意識を飛ばして何もわからなくなっているあいだ。心の中で何を考えていたにせよ、あなたの目のことではほんとうに一生懸命最善を尽くしてくれたわ」

「あの男にも良心があったってだけのことだ。それはおれも疑っていない。それと罪の意識だ。すべてがあいつの話どおりだからなのか、それともほかにもまだ何か隠している理由があるのか、それはわからんがな。あれだけの目にあいながら、あくまでアドリアにくるようおれを説得しようとしたこと、おれの治療のために壮絶な努力をはらったこと、それはつまり、あいつの大公が常識では考えられないほど熱心におれをほしがっているということだ。いったいなぜ、なのか不思議に思わずにはいられん。ニキス、あいつの突拍子もない話を証明するものとして、おれたちにはあいつの言葉しかないんだぞ。自分は神殿魔術師だということも、ほかのこともすべて、あいつはただそうと主張しているだけだ。おれたちにわかるわけがない」

「これまでのあの人の行動が充分な証拠にはならない？」

アデリスは首をふった。

「おまえはあの男の言ったことすべてを、そのまま受けとめてしまっている。どうした、あの青い目に惚れたか」

「でも、あの人が魔術師であることは否定できないでしょ。あの人がなみはずれた医師であることも——。昨日の夜、神殿で話してくれたんだけれど——」

「話してくれた、か」アデリスが口をはさんだ。「またそれだ」

彼女は手をふってそれを退けた。

「どっちにしても、それはわたしから話せることじゃないわ。だけどそうね……あの人は必要以上に人のことを好意的に解釈してしまうのよ。自分にとって危険なくらい。それって、間諜よりもやっぱり神官だわ。あの人はものの考え方がふつうとは異なっているの」

「ああ、あいつと十二の頭をもつ魔、そうさ、まったくふつうじゃない」彼は皮肉っぽく顔をゆがめて椅子の背にもたれた。

ニキスはいまもまだ、ペンリック学師のあまりにも混みあった頭の中で進行しているだろうことを想像すると圧倒されずにはいられない。いつもそうだ。何が起ころうと、彼の心はいつだってぎりぎりまで満杯になっているにちがいない。彼が狂っているかどうかが疑問なのではない。狂わずにいることが不思議なのだ。

「いずれにせよ、いまならもっとはやく移動できる」アデリスが言った。

「いますぐは無理よ」とニキス。

「そうだな」彼は最後のパンを口に押しこんで咀嚼しながら立ちあがった。「馬丁をせかしてくる。それから、水と食べ物が手にはいるかどうかたずねてみよう。あの丘陵地帯を越えるには必要だ」

そして彼は古い石造りの農家にはいっていった。

いまのニキスの最大の望みは、人間らしくあり、同時に魔のようでもあることだ。自分はまたあの奇妙な魔術師に会うことができるだろうか。彼はほんとうに、アデリスが言ったように、無事でいるのだろうか。前回――しかも〝はじめて〟――ひとりでセドニアを歩きまわったとき、彼は恐ろしい目にあった。こんなにも自分の無力さを思い知らされて気分が悪くなるのは。そう、キミスのとき以来だ。そしてアデリス。彼のときはペンリックがあらわれて解消されたけれども。いまはそのペンリックを案じている。不安のもととなる男たちの鎖はどんどん長くなっていくいっぽうで、まったく改善される気配もない。

どうすれば彼が無事に帰国したことを確かめられるだろう。ロディに知り合いはひとりもいない。アドリアの商人にもほとんど会ったことはない。でもそんな商人を見つけて、手紙を預けることはできるかもしれない。誰に宛てて？

待って。ペンリック学師は神殿神官だ。彼の話がすべて事実なら、アドリアの大神官気付で消息をたずねれば、見つけることができるのではないか。せんだってアドリアとのあいだに往来した書状は、不幸にして困難な状況を引き起こしたけれども。アデリスとふたり、無事オルバスに行くことができたら——ニキスはふいに決意した——思いきってやってみよう。

これで計画ができた。柿の木の下でめそめそ泣いているよりはずっといい。アデリスが馬丁をひきずるように農家から出てきた。ニキスは目もとをぬぐって馬のもとへといそいだ。

15

　夕方が近づき光が傾いていくにつれて、森は繁みに、農場は羊飼いの小屋にとってかわり、街道もせばまって曲がりくねった石だらけの小道となった。ペンはある曲がり角で、鞍をつけた二頭の馬をひく騎馬の男とすれちがった。

　男は馬をとめ、驚きをこめて目を瞠った。

「五柱の神々にかけて。なんだって強情っぱり《ビッグヘッド》を貸しだしたんだ。それでお客さん、まだそいつの背にまたがってられるんですかい」

　いまの言葉を聞くだけで、小さい貸し馬屋の馬丁兼案内人だとわかる。

「それがこの馬の名前なんですか。まさしくぴったりですね。道々幾度か争いはありましたが、いまのところわたしが勝っています。ところで、あなたは旅の夫婦連れを案内していたのでしょう？　ふたりはどこに行ったのですか」

「ああ、そうだよ。夜がくる前に峠を越えるのは絶対に無理だ、どこかに泊まって朝になってから旅をつづけたほうがいいって言ったんだけどね。ふたりともおれの話なんか聞きゃしねえ。だったらかまうもんかって思ってさ。とにかく馬で行けるぎりぎりんとこまでは連れてったよ。そこでおれはもう帰っていいって言われたからさ」

では道を間違えてはいなかったわけだ。五柱の神々に感謝を。

「どれくらいさきでしょう。ふたりに追いつきたいのですが」

「一マイルくらいかな」

ペンは安堵と感謝をこめて会釈を送った。

「ああそうそう、忠告しておきます。このあと、軍の部隊が馬を徴集しながらやってきます。歩いて帰りたくなければ、彼らが通りすぎてしまうまで街道をはずれて隠れておいたほうがいいですよ」

「なんだって！」男は驚きながらもその嘘を信じたようだ。「教えてくれてありがとうよ！」

「ええ……」良心がちくりと痛む。だがもう少しこのまま馬で進むことができれば……。「この馬も連れてもどりますか？」

馬丁はにやりと笑った。

「いんや。そいつは軍の連中を楽しませてやればいいや」

そしてふたりはそれぞれの方角にいそぎ別れた。

はたして、疲れて機嫌の悪い馬よりも驢馬にむいたすべりやすいがれ場を一マイルほど進むと、小道は石段のようなのぼり坂に変わり、さらにせばまって道ともいえない隘路《あいろ》になった。ありがたいことに、上方に動くものが見える。ふたつの人影。ひとりは緑のマントをまとっている。

だが残念なことに、馬をおりる前に下方をふり返ると、一列になって速歩で着々と進む騎馬部隊が目にはいった。数えてみた——そう、ぜんぶで十三人。揺らめく白がまじっているのは、ヴェルカが連れてきた魔術師だろう。ペンは歯の隙間から息を吸った。くたびれきってうなだれた馬が、それでも最後にもう一度嚙みつこうとおざなりな試みをしているあいだに、鞍袋から荷物をとりだし、馬勒をはずして解放してやった。

荷物を肩にかけ、坂道をのぼりはじめる。数分後にニキスがふり返り、彼に気づいて兄の袖に触れた。短い話し合いの結果、彼が追いついてくるのを待つことにしたのだろう、ふたりは岩に腰をおろした。ふたりともに疲労困憊の一歩手前というところだが、同じくらい固く意を決してもいるようだ。アリセイディアは当然のように剣を手にしている。

ペンリックはふたりにむかって坂をのぼりながら、これ見よがしに袋をふりまわした。

「食料を忘れていますよ」息を切らしながら言った。「何より大切なものでしょう」

アリセイディアがにらみつけてくる。だがニキスはためらいながらも嬉しそうに答えた。

「アデリスに——わたしたちに、スキローゼに置き去りにされたら、あなたはきっとアドリアにもどるだろうと思っていたのよ。結局わたしたちといっしょに行ってくれるの？」

彼女の微笑だけであの意地の悪い馬が帳消しになる。彼女の兄までは無理だけれども。ペンを放りだしていくのが誰の案であったかは問うまでもない。

「正確にはそうではありません。ですが、あなた方が出発して一時間もたたないうちに、ヴェルカと大勢の兵がやってきたんです。あなたの予想どおり、馬車を使っていました」アリセイディアを認めるように会釈を送ったが、そうとわかる感謝が返ることはなかった。「いま、数マイルそこまでせまっています」

ニキスが息をのんだ。アリセイディアの顔がより冷やかに厳しさを増す。

この知らせを前に、意見の相違はしばらくのあいだ棚上げにすると無言の同意がかわされた。

アリセイディアがあたりを見まわし、さらにせばまっていく隘路を見あげて言った。

「のぼりつづけるしかないな。洞窟があるかもしれん」

「隠れるのですか。ヴェルカは魔術師を連れています。それはお勧めできません」

「ふん」それでもアリセイディアは反論せずにその忠告を受け入れた。「なるほど、壺の中の鼠になるのはありがたくないな」

「わたしもです」ペンも心から同意する。

「ならば、のぼろう」

そこで三人はのぼった。それだけで精いっぱいになりそうではあったが、アリセイディアは追跡者の数と状況をたずねるだけの余裕を残していて、ペンが彼らの武装について詳細を把握していないことに腹を立てた。

「あんたは確か別荘で七人を相手にしたな。つまりおれの担当は六人か。となると、いまここで足をとめて迎え撃ったほうがいいかもしれん。いまよりもっと疲れて、足場の悪い闇の中で追いつかれるよりはな」

アリセイディアの計算には賛成できない。ペンひとりなら背をむけて丘を駆けあがり、巧みに身を隠しながら姿を消すことができる。まんまと逃げおおせてみせる。

〈でもこの三人では無理だ。そして、結局はこの戦術家が我意を通す。ならば〉

そこで平淡な声で譲歩した。

「たがいに存在を感知し得る範囲にはいればすぐさま、わたしの意識の大半はヴェルカが連れてきた神殿魔術師にむけられることになります。あなたが考えているような戦いではありませんが」

アリセイディアの赤い目がすっと細くなる。

「そいつをやっつけられるか」

「それは……むこうがテーブルに何をのせてくるか、見てみるまでわかりません。わたしたちは殺しあおうとしているわけではありません。魔の跳躍問題がありますから」

ほかにも神学的な問題がいくつかある。

〈庶子神の歯にかけて、なんと面倒な〉

やがてアリセイディアが足をとめ、周囲を見まわして言った。

「ここだな。ここがいちばんましそうだ」

ペンも真似をしてあたりを調べてみた。確かにこの高みなら、城壁のてっぺんのような優位に立てる。眼下にジグザグにくだっていく小道はこの部分がもっとも険しいし、低木が生えた両側の斜面は身を隠す場所もないため、ひそかに接近されることも包囲されることもない。上にのびる隘路は、追いこまれた場合、もし誰かがまわりこんでいたらまずいことになるかもしれないが、いざとなれば兎のように逃げだすことも不可能ではない。

アリセイディアの指示により、三人は腰をおろし、ペンの袋の食料をわけあって食事をとることになった――あの良識的な隊長のようだ。いったいいつこんなものを手に入れたのだろう。そのアリセイディアがペンの鞄に目をとめて言った。

「ここまでずっとそれをぶらさげてきたのか」

「とても貴重なものがはいっています。もう一度手に入れるのは困難なので。良質な鋼の針と鋏とメス。清潔なガーゼと軟膏の残り……軟膏は調合がとても難しいんです」

ニキスが鞄に目をむけ、それから彼を見た。

「でもわたし、あなたは喜んでそれを捨ててくるだろうと思っていたわ」

〈はいと言えばいいのか、いいえと言うべきなのか、自分でもわかりませんが、どっちにしてもあとで後悔するでしょう……〉

「倹約という習慣はなかなか変えることができないんです」

何かを考えこんでいたニキスが、立ちあがって投擲《とうてき》用の石を集めはじめた。アリセイディアはまばたきをしていたが、やがてそれを手伝いにいった。アドリアにおいてきた狩猟用の立派な弓があればいいのにと虚しく願いながら、ペンリックもまた石ひろいに加わった。

手をとめた。足をすべらせ鼻を鳴らす馬に乗って、ヴェルカの部隊の最初の数人が、馬で進める最後の角を曲がったところで、視線をあげて三人に気づいたのだ。興奮と歓声がとびかう。十人の兵と隊長が馬をおりてつなぎ、整列して待機する。そのうちの四人が弓兵だ。すでに弦を張った弓を手に、注意深く上をうかがいながら命令を待っている。どの矢筒にもいっぱいに矢が詰まっている。

「あれは厄介だな」アリセイディアがため息をついた。

「そうでもありませんよ」ペンはつぶやいた。

ニキスが横目で彼を見やり、石をひろって手の中でころがした。彼女もまた命令を待っているようだ。

「わたしたちの厄介事に巻きこんでしまってごめんなさい」彼女が静かに言った。

「あなたのせいではありません。そしてわたしは、できることならその後悔をあの人たち全員に共有させたいと思っています」

彼女のささやかな微笑は、兄の恐ろしげな笑みとどこか似ている。

「だったらいいわ」

三人は矢の射程外にいる。少なくとも、坂の上にむかって打つ矢は届かない。そして弓兵もまた、彼が使おうと考えている細かい調整の必要なさまざまな魔法の効力範囲からははずれている。土砂崩れという選択肢もあるが、必要な場所にはそれほど大量の瓦礫《がれき》がない。

下ではヴェルカと隊長と魔術師のあいだでさらに討議が重ねられている。それから、白いローブの男がふり返り、意を決したように、頑丈な杖を頼りに足場の悪い坂道をのぼりはじめた。

神殿魔術師にして学識豊かな神官はかくあるべしという、典型的な男だ。背が高く、威厳にあふれ、円熟し、力強く、顔を縁取る髭はきっちりと刈りこまれている。できれば眉毛にも鋏をいれたほうがいいかもしれない。その逆立った眉の陰から、黒い目がぎらぎらとこちらを見あげている。アリセイディアとニキスも警戒をこめて黙然とにらみ返した。

「あの人はわたしの担当ですよね」ペンはため息とともに熱のこもらない声で告げた。

〈デス、用意はいいですか〉

〈うふふん〉彼女が咽喉を鳴らす。〈なんて可愛らしいちっちゃな魔でしょうねえ!〉

〈なんですって?〉

〈髭の坊やもだけれど、あの魔はほんの子供ね。坊やの前に獣が二匹いただけ。人間の身体を手に入れたのはこれがはじめて。つまりあの魔は、坊やの知識以上のことは何も知らないんですよ〉

「庶子神に感謝を!」

ささやいて、親指で二度くちびるをはじいた。それからさらに二度。ここにいる全員が、つぎの数分を生き延びるために庶子神の幸運を必要としている。そしてペンは、身をかがめている仲間よりも数歩前に進みでて、男が息を切らしながら距離を縮めるのを待った。むこうは彼のことをどんなふうに見ているのだろう。日に焼けた顔を火照らせた、見るからにくたびれた痩せっぽちの若者。まとめた髪はほつれているし——口もとにからみつく髪を吹きはらった——着ているのは奇妙な古着の寄せ集めだ。汗ばんだチュニックに緑のジャケット、どう見てもちぐはぐな馬の毛だらけの乗馬ズボン。いまにも壊れそうなサンダルで歩いてきたため、長い脚はいかにも不満そうだ。できるだけはやくまともなブーツを手に入れなくては。

「里居の魔術師よ！」男が足をとめてさけんだ。「わたしはパトス庶子神教団のキラト学師である。神の名において命ずる。降伏せよ。おとなしく投降すれば、悪いようにはしない！」

「今回そうはならないことは火を見るより明らかです」ペンも怒鳴り返した。「壺牢でわたしに何をしたか、ヴェルカにたずねてみればいいでしょう！」

男は困惑して背後をふり返ったが、すぐさま気をとりなおしてつづけた。

「二度めの警告である。降伏せよ！　さもなくばそなたの生命は神殿の守りからはずれるであろう！」

ペンリックはうしろのふたりに説明した。

「これは義務としておこなわなくてはならない形式的な呼びかけです。終わるまで、邪魔をしても意味はありません」

キラトはさらに三度、一回ごとに語気を強めながら警告をくり返した。アリセイディアはいっそう疑惑を深めながら剣を抜いている。ニキスの黒い眉は当惑と好奇心にゆがんでいる。

「遺憾である」キラトが重々しく宣言した。

そして聖印を結び、手をひらいてペンの服と髪に火をつけようとした。

ペンは飛んできた衝撃を冷気ではじき返した。キラトはわずかに身体を引き攣らせながらも、もう一度試み、また同じ結果を招いた。そして三度め。

〈あの馬だって二回でちゃんと学習したのにねえ〉デスは面白がっている。

魔術師は途方に暮れたように自分の手を見つめ、こんどはニキスとアリセイディアに火をつけようとした。ペンはさらにすばやくその試みをそらし、生じた混沌をはじきとばした。混沌が落ちた周囲でいくつかの岩が揺らぎ、ころがりはじめる。キラトが驚いて身をかわした。デスは解放された弓弦のようにハミングをしている。

〈わたしにやらせて、やらせて、やらせて……〉

「きさまは何者だ！」ついに、真の恐怖に目を大きく見ひらいて、キラトがさけんだ。

「わたしは里居の魔術師ではないとヴェルカに話しました」ペンはいらだちをこめて言い返した。「あなたには伝わっていないのですか。それは公平ではありませんね。彼は人の話をまったく聞こうとしないようです」

この激しい戦いは、はたからはどれほど不可解に見えているのだろう。ふたりの奇矯な男が斜面に立ってむかいあい、たがいに何か身ぶりをして……

ヴェルカが丘の上にむかって怒鳴った。

「アリセイディア！　降伏しろ！　さもなければ生命はない！」

「〝さもなければ〟ではなく〝そして〟だろう」アリセイディアがつぶやき、デスと同じくらいじれったそうに剣を握った。

パトスの魔術師も声を高めた。

「降伏すれば妹御は見逃す。わたしの権限において無事を保証する」

たぶん本人は本気でそう信じているのだろう。

「くそくらえだわ」ニキスがうなって最初の石を投げた。

狙いは確かだったが、その石は的にあたる前に粉々に砕けた。二投めは弧を描きながら脇にそれた。

「どうしてあたらないのよ」

いまのは祈願だろうか、それとも文句だろうか。

〈両方ですね〉

アリセイディアがつぎを投げようとしている彼女の腕に手をかけ、つぶやいた。

「無駄だ……」

「いいえ、つづけてください。意識を分散させる役に立ちます」ペンは肩ごしに陽光のような微笑を投げた。「働かせつづけるのです。加熱させてください」

彼女の目が理解とともに燃えあがる。ああ、やっと。彼の言葉に耳を傾け注意をはらってくれる人が、少なくともひとりはいたようだ。つぎの石が音をたてて宙を飛ぶ。アリセイディアも気をとりなおしてそれに加わった。彼の石のほうがより凶暴だ。

隊長もただぼんやりながめていたわけではない。ふたり一組になった弓兵が、斜面の両側からじりじりと射程内に接近してくる。ようやく矢が放たれた。

〈デス、楽しんでください〉

飛んできた矢はそれぞれ、弧を描きながら青い炎を噴いたり、的にあたって無害な灰になったり、からからと石の上で回転したりしている。第二陣の矢も同じような運命をたどった。

〈なぜあの魔術師は動きを高速化しないのでしょう。その技を身につけていないのでしょうか〉ペン自身の感覚はデスとともに疾走している。

〈魔をしっかりと制御しているからですよ。一度にひとつのことしかできませんね。ほんと、残念だこと〉

〈忘れないでください、彼はわたしと同じ神官です。あなたの玩具ではありませんからね〉

〈だったらあなたを脅すような真似をするべきではありませんでしたね〉

弓兵はあと少しでペンの力の範囲内までやってくる。だが彼らが矢の無駄遣いをするだけで満足しているのなら、そうさせておいてかまわない。もう少し近づけば弓弦を切ることができるし、脚の腱も同様だ。キラトは間違いなく目に見える以上の防御を張っているだろうが、ペンがまだ攻撃らしい攻撃をしていないため、それを披露する機会を得ていない。ペンとしてはまったく気が進まないながらも、いざ敵の逃走を阻止するとなれば、情け容赦なく腰の神経をひねるこつはしっかりと会得している。脇の下でも同じような混乱を引き起こすことはできるけれども……

うしろざまに転倒させようというのだろう、魔術師がペンの足もとの埃っぽい砂利を動かした。ペンが踊るように、より確かな足場へと移動する。つづいて目の前に、形のない幻が突風のようにひらめいた。天性の才能だとすればじつに興味深い。訓練を重ねれば、この男はいつの日か驚くべき幻視をつくりだせるようになるだろう。だが残念ながら今日はまだ無理だ。デスの助けを借りなくとも、ペンはなんの苦もなくそれを無視してのけた。魔術師は一瞬、音をたてて飛んできたアリセイディアの石を避けるのに気をとられ——その瞬間、ニキスが両手を使って山なりに投げた重い岩に頭を直撃された。どすんとみごとな音が響く。魔術師はなかば気を失って斜面をすべり、杖にしがみついてようやく落下をくいとめた。そして狂乱の声をあげながら両手をつきだした。

胸の中で、心臓がみずから引き裂けようとするかのような激痛が爆発した。ペンは破壊槌で殴られたように背中から倒れた。デスがすぐさま彼の内側にひっこみ、砕け散りそうな心臓をしっかりと包みこんだ。妨害のなくなったつぎの矢が三人の周囲にばらばらと降ってきたが、どれも数インチの差であたることはなかった。

彼の転倒を合図と受けとめたのだろう、下方の兵士たちが喚声をあげて前進しはじめた。

ペンは膝をついて起きあがった。口は驚愕に大きくひらいたまま、胸が空気を求めてあえいでいる。いまのは間違いなく〝必殺の一撃〟だった。

キラトもまた膝をついて、恐ろしい勝利に動揺しながら口をあけている。たぶん彼はこの禁忌の技を意図的にふるったわけではない。だが撤回したいとも思っていない。懸命に周囲を見まわしながら、ペンリックが最後の息をひきとったときその魔がどこに飛び移るか見極めようとしている。

デズデモーナから混沌が噴きだした。

丘の半分が震動とともに崩れ、轟音《ごうおん》をたてて落下する。

キラトはそれとともに数ヤードをすべり、瓦礫になかば埋もれて停止した。真っ赤になって汗にまみれ、あえぎ、身体をひねっていたが、ふいに蒼白になって力が抜けたと思うと……失神した。

〈熱射病ですね〉

意識はつづいているものの、奇妙に乖離《かいり》した次元で、ペンは診断をくだした。壺牢に連れていかれたときと同じような、不快で不安な状態だ。胸が痛い。それ以外の部分も〝ものすごく良好〟というわけではない。だがつづいて、気も狂わんばかりの手が彼を抱き寄せ、やわらかな、やわらかな膝にのせてくれるという、すてきな瞬間が訪れた。

アリセイディアのブーツがかたわらを通りすぎていった。ふいに鋼の音が甲高く響いて、ふるえるような土砂崩れのこだまを打ち消す。

「魔術師を殺してはなりません！」ペンは大声で警告した。

うなり声。乱闘の音。

「わかっている」いらだちのまじったアリセイディアの声がふわりともどる。「だがこいつはわかっていなかったようだな」

「ああ、母神の血にかけて。ペン、大丈夫なの？」

ニキスが彼の上で息を詰まらせている。夕刻の空は雲ひとつなく、信じられないほど深い青に澄みわたっているのに、顔に水滴が落ちてくる。涙も祝福になり得るだろうか。神々にかけて、ペンはこの国の空が好きだ。

「すぐ大丈夫になります」〈であることを願います〉「石を投げなくていいのですか」

「もうひとつも残ってないわ。結局アデリスがこの場を制圧して……あとの人たちは逃げてしまったみたい。つまり、逃げられる人はということね。隊長はもどってこいとさけんでいるけれど、隊長自身も同じくらい一生懸命逃げているわ」

「それは、よかったです」〈デス……？〉

〈……デス……？〉

〈うるさい。忙しいんですよ〉ややあって、物憂げな怒りをこめて彼女が説明した。〈キラトは自分の魔を犠牲にして、あなたを殺そうとしたんですよ。あなたの魂と魔を庶子神のもとに送りこんで。自分だけは生き残ろうとしたんです〉

〈なるほど。戦争規則に基づく魔法ですね。だからわたしは戦とかかわりたくないんです〉

〈……賢明ですね〉

16

　ニキスはペンリックを抱き締めた。彼のつぶやきは明瞭に聞きとれはするものの、とりとめがなく意味のあるものとは思えない。アデリスは確かな足どりで下方の斜面を歩きまわっている。太陽は丘の背後に沈んだが、空はまだ光をとどめている。星がいくつかきらめきはじめた。周囲の乾いた大地は影のない青にどっぷりと包まれている。土砂崩れのあとでなおも立ちあがり、怪我をして血を流しながら戦おうとする兵士がふたりいたが、アデリスにせまられると立派な勇気もくじけ、逃げられるあいだに逃げようと、撤退した仲間のあとを追ってついさっき小道を駆けくだっていった。ニキスは安堵した。

　アデリスが土砂崩れの底、ここからはよくわからない人影のそばで足をとめた。くぐもった声、抗議の悲鳴、肉を打つどさりという音。そして静寂。ニキスは身ぶるいし、息を吸い、顔をそむけた。

　ペンリックが彼女の膝の上で身を引き攣らせた。

「いまのはなんですか。負傷者を全員処分しているのではないでしょうね。とめなくては――」

「大丈夫よ。たぶん、ひとりだけだわ。じっとしてらっしゃい。ひどく痛むの？」

　彼はまた全身から力を抜いた。

「それほどひどくはないと思います」

彼の内なる双子がそれをさえぎった。奇妙なことに、彼以上に息を切らしている。

「あなたはたったいま殺されかけたんですよ。わたしがいなければ、ほんとに殺されていました」

「デス！」ペンが抗議してぴたりと口を閉ざした。

人よりも混沌の魔から直接答えを得たほうが確かだなんて、いったいどういうことだろう。

〈残念ながら、珍しいことでもないけれど〉

「デズデモーナ、ほんとうのところ、何がどうなっているの？　教えてちょうだい！」

ペンリックは歯を食いしばっていたが、やがて諦めた、というか、負けたようだった。

「あの大馬鹿野郎の庶子神神官が、禁じられた魔法を使って、ペンの心臓を引き裂こうとしたんですよ。いまはわたしがちゃんと制御していますけれど、一週間は寝台でおとなしくしていなくてはなりませんね」

ニキスは黄昏《たそがれ》せまる丘陵地帯を見まわした。寝台らしきものは何ひとつない。ため息をついた。

「それは……ふつうの魔法なの？」

「いいえ」デズデモーナが答える。

ペンリックがふるえる片手をもちあげ、彼女の顔に触れながらさらにつづけた。

「わたしの心臓を引き裂いてもいいのはあなただけです、マダム梟《アウル》」

息がとまった。だが、この心躍るやりとりをつづけようしたそのとき、アデリスが足音高くもどってきた。彼はやや下方で足をとめて瓦礫になかば埋もれた意識のない魔術師を調べ、かがみこんで白いローブのゆったりとした袖で剣をふくと、そのまま鞘におさめた。それからニキスのそばまでのぼってきて、弓をふた張と矢筒を地面におろした。そして疲れたようなうめきをあげてふたりの横にすわりこみ、思いもよらない結末を迎えた戦場をじっと見わたした。

ペンリックが肘をついて身体を起こした。

「何がどうなったのですか。どうなっているのですか……」

「隊長と弓兵ふたり、それからあとふたりが逃げた。負傷したふたりもあとを追った。残りは瓦礫に埋もれている。自力で抜けだせそうなやつもいるから、そいつらがあとの連中を助けてやるだろう。いずれ仲間がこっそりもどって手を貸してくれる。馬は綱をほどいて逃げていった。その、あんたが起こしたんだろうあの土砂崩れのあいだにな。一頭は倒れていた。運よく首が折れていた。脚を折っていたら、あとの処理がたいへんになっていたところだ。もっとも、おれたちがそれをするわけじゃないがな。おれたちはさきに進む」

ペンリックの眉がゆがんだ。

「ヴェルカはどうなりました?」

アデリスは肩をすくめた。

「やつは二度おれを襲った。あんたの話がほんとうなら、三度だ。四度めはない」

「そうですか」ペンリックはまた横になり、聖印を結んだ。「残念です……もっと何かできたかもしれないのに」

「ああ、だがやつの処遇はいま、やつの神のものになった。あんたの身分で口出しすべきではない」

「神学的にもっともな忠告です」

「軍でも有効だ」

「なるほど」ペンリックはそこでためらった。「彼の本名はわかりましたか」

「たずねなかった。もうどうでもいいと思ったしな」

「名前も知らないまま人を殺すなんて、奇妙な気がします」

「おれにとってはいつものことだ」アデリスは肩をまわした。「だが、やつの場合はいずれわかるかもしれん。首を落とせば身体が暴れる。あの連中がなんとか気力をとりもどし、足をひきずりながら助けを求めにもどるまで、よくて数日はかかるだろう。そしてそのあと、もっと大きな混乱が起こるんだ。あいつが」——とパトスの魔術師である白い塊をあごで示し——「おれの予想よりはやく回復すればべつだがな。魔がかかわっているとなれば、どうなるかはあんたの神のみぞ知るというところだ」

ニキスの膝に沈みこんでいたペンリックが、ふたたび身体を起こした。

「怪我人の手当てをしなくては——」

「駄目よ」ニキスは彼を押しもどした。

「そうですよ、わたしは手伝いませんからね」デズデモーナも口をはさんできた。「わたしはいま、もっと優先順位の高い仕事に取り組んでいるんです。お友達がもどってきたらみんなちゃんと助かりますよ」

「おれも魔に同意する」とアデリス。

彼が同意したことも、彼がペンリックの口から出た言葉の話者を聞きわけたことも、ニキスにとっては驚きだった。

「どうやらそいつは間違いなく、あんたよりものがわかっているようだ、大馬鹿学師殿」

これは、そう、彼が一歩前進してペンリックの話を事実と認めたことを示している。―アデリス・インチだけの前進。ニキスは顔を伏せて微笑した。

「二百年も生きていれば誰だって多くのことを学べますから」ペンリックが頼りなげに答えた。

アデリスが弓をとりあげてためした。

「あんた、火矢を打てると言っていたな。ふつうの矢はどうなんだ」

「ふだんなら。たぶんいまは無理です」

彼が弓をニキスにわたした。

「ためしてみろ、ひけるか」

彼女は地面にすわったままぎこちなくそれを受けとり、身体をひねってひいてみた。そして顔をしかめた。

「わたしには硬すぎるわね。でもいざとなったら使えると思う」そして身をのりだし、もうひと張の弓とならべた。

「では両方とももっていこう」そして視線を上にむけ、「あとどれくらい険しいのぼりがつづくのかわからんが、完全な闇が落ちる前にこの隘路を抜けられれば、月の出までゆっくり休める」

ニキスはくちびるを噛んだ。そんなことをして大丈夫だろうか。デズデモーナは、ペンリックが無事回復するためにはゆっくり休ませなくてはならないと言っていたのに。あまりいい話ではない。

下方の白い布の塊が動き、うめきをあげた。

ペンリックがさっきよりも断固たる決意をこめて身体を起こした。

「手を貸してください。水を飲ませなくては。さもないと朝までもたないでしょう。それでは困るのです。信じてください」

「魔の跳躍問題か」アデリスがうんざりしながらも譲歩した。

「少なくとも、それだけはなんとかしなくてはなりません。彼に魔を保持する資格があるとは思えませんが」

ニキスは革袋をとりあげ、ペンリックを立ちあがらせた。そして、なかば埋もれた魔術師のそばまで数ヤードをくだった。

ペンリックが袋をとりあげて男の頭に水をふりかけ、髪にすりこんだ。

「まだ衝撃が消えず混沌を流出させているようなら、まずは地道に熱を冷まさなくてはならないんです」

彼はニキスにむかってそう説明すると、髭を生やした男の頰を軽くたたき、革袋の吸い口をくちびるに押しあてた。

「さあ、キラト学師、目を覚ましなさい。これを飲みなさい」

キラトは水を飲み、むせ、こぼし、それから完全に意識をとりもどした。なかば埋もれた身体でとび起きようとしたが、所詮は無理な話だ。

「暴れないでください」ペンリックがしっかりと肩を押さえつけた。「熱があがるだけです。それにあまり時間がないので——」

キラトの声が恐怖に甲高くなる。

「わたしは何ひとつ話すつもりはないぞ！」

「それはよかった。わたしはただ話を聞いてほしいだけです」とペンリック。

「大丈夫なの？」ニキスは心配になってたずねた。「もしこの人があなたを殺そうとしたら」

「いまのわたしはしっかり防御できていますから……。たぶん。でもあなたは少し離れていたほうがいいでしょう」

ニキスは指示されたとおり二フィートほどの距離をとり、あたりをさぐってかなりの大きさの石を手にした。もしキラトがふいの行動を起こそうとしたら、もう一度これで頭を殴りつけてやるのだ。とはいえ、真に危険なのは彼女に見える動きではなく、たぶん、見ることのできない行動なのだろうけれど。それに関しては、ペンリックとデズデモーナを信頼するしかない。それは……不思議なほど難しくなかった。

キラトの視線が彼女からペンリックへともどった。

「戦いは終わりました」ペンリックが宣言した。「あなた方の負けです。あなたは降伏しました」

「わたしは降伏していない」キラトは弱々しく反論し、気力をふり絞ってつづけた。「今回は逃げられるかもしれん。だが庶子神教団は必ずおまえの居場所をつきとめるだろう」

「それはもう馬鹿馬鹿しいほど容易でしょうね。わたしは庶子神教団のために働いているのですから。そして、白の神のために」

キラトがあえてふるえるような冷笑を放った。

「白の神をもちだすとはおこがましい。白の神に会ったことがあるのか」

「十一年ほど前に一度。忘れられない体験でした」と肩をすくめ、「魔にとっても同じです。わたしのことは……学師とだけ呼んでください。いまはそれ以上名のらないことにします。ですがもし、より穏やかな状況でふたたびまみえる機会があれば、そのときは必ず正式な名をお知らせしましょう」

キラトの顔を見れば、ひと言も信じていないのがわかる。ちがう、そうではない——信じるよりも信じないほうが恐ろしくないのだ。なんと不思議なことだろう。ニキスはさらに魅惑されて成り行きを見守った。

「あまり時間がありません」ペンリックがつづけた。「ですがあなたの魔の扱いについて、どうあってもひと言告げておかなくてはなりません。あれは神学的な誤りですし——乱暴で残酷なおこないでした」誰かがつけ加えて、「おまけに正直な話、どうしようもなく稚拙でしたね」

「ご承知のように、あなたの魔は神と神殿より授けられた贈り物、たがいに刺激しあって成長するためのすばらしいパートナーです。閉じこめ支配し奴隷のように扱ってよい獣ではありません。素霊にとって、あなたは唯一の親であり、導師であり、規範なのです。神殿の魔の保持者として、あなたは人生の終わりに、より進化した魔を次代にひきわたす義務があります。あなた自身の利己的な思いや怠慢、この場合においては恐怖や誤った判断やパニックによって損なわれた魔ではなく」ペンリックはそこで手をふった。「ですが、あなたが今回、前後を忘れただけであることはわかっています」

キラト学師の恐怖の視線が、しだいに不信と疑惑の視線に変わっていく。

〈なんてこと、わたしだけじゃなかったのね〉

神殿で訓練を受けた神官ですら、ペンリックには当惑させられるのだ。

「あなたがあなたの魔に対して、どのように事態を正せばよいのか、正せるかどうか、わたしにはわかりません」ペンリックはつづけた。「まずは手はじめとして、悔悛の情を示し、祈禱を捧げ、黙想することを勧めます。あなたがそれをつづけるかぎり、いつか許しが得られるでしょう。赦罪はより高いところに求めなくてはなりません。ですが最初の謝罪のしるしとして、そして今後親密な関係を築くために、魔にすてきな名前を贈ることからはじめてはいかがでしょうか」

ペンリックはすわったまま背筋をのばし、なかば埋もれた神官に陽気な微笑を投げた。キラトはふたたび石の牢獄の中で起きあがろうと試み、無駄に終わった。いや、そうではない——彼はペンリックから逃げようとしたのだ。

「きさま、頭がおかしい」キラトがあえぎながら言った。

「兄も言っているわ。ブーツ三個分、頭がおかしいって」ニキスは脇から愛想よく声をかけて話題に加わった。「それでもこの人は、すばらしい知恵をもつ魔を宿した、すばらしく学識豊かな神官よ。ちゃんと話を聞くべきだわ」

キラトがかすれた声をあげた。

「魔が優位に立っているんだ！」それから目を細くして、「いや……だが恐ろしいほどの密度だ。優位に立っていると思ったんだが」そこでふたたび声が鋭くなり、「なんで優位に立っていない、い、い、いないんだ！」

「それを説明しようとしていたところです」ペンリックはあくまで辛抱強い。「まず名前です。何かお好きな名前はありませんか」

ペンリックが期待をこめて見つめても、キラトはあえぐばかりだ。ペンリックは眉をひそめ、無理やりもうひと口、水を飲ませた。

そして神官を無視し、みずからの内に問いかけた。

「デス、若い魔の名前として、何かいい考えはありませんか」短い間。「それは変です」また短い間。「いささかみだらなのでは？」またまた短い間。「いいえ、わたしの名をつけるわけにはいきません」

彼はそこでため息をつき、ニキスをふり返った。

「マダム・カタイ。セドニアの名で、お好きなものはありますか」

〈あなたの口から出る〝ニキス〟が好きよ〉と考えながら、「レシーンとか、クナとか、サランデかしら」と答えた。

「デス、キラト学師の魔の好みはわかりますか。好みはない？」また顔をしかめてキラトを見つめ、「もっとも簡単な名づけすら理解できないとは、あなたはいつからこのかわいそうな魔とともにいるのですか」

そして考えこんだが、さほどたたずにまた背筋をのばした。

「いいでしょう」

ペンリックは聖印を結び、片手をキラトのひたいにあてようとし――キラトが身をひいたので、さらに追いかけてそれを成し遂げた。

「白の神の名において、わたしはあなたを祝福し、クナと名づけます」それからニキスにむかって、「その場しのぎのような名づけの儀式ですが、あなたとデスという大人ふたりが立ち会ってくれているのですから、正式なものと認められるでしょう」

キラトはもはや逃げようともがいてはいない。ひきつつある熱の発作とせまりくるペンリックを前にして、ただぐったりと横たわっているばかりだ。説教をつづけるペンリックをそのままに、ニキスは坂の上にもどった。アデリスはもう荷物をまとめ終えている。

「あいつは黙るってことができないのか」アデリスがいくぶん憂鬱《ゆううつ》そうにたずねた。

「疲れるといっそう口が軽くなるみたいね。だから余計にわけがわからなくなるのよ」

そして、周囲に落ちている傷んでいない矢を何本かひろって矢筒に加えた。

ようやくペンリックが説教を終え、混乱した男を祝福し、親指でくちびるを二度はじいて、ふたりのところまでのぼってきた――這いずってきた。そしてそのまま仰向けになり、息を整えている。アデリスが激しく上下する彼の胸を見つめ、憂鬱そうに首をふった。

「なるほど。これは問題だな」

「片方ずつ腕を抱えていく?」ニキスはたずねた。

「それよりも、おまえが食べ物と水と弓と……おれの剣を運ぶほうがはやいだろう」

「この人の鞄も?」

「そうしたいならな。金髪の馬鹿はおまえのためにおれが運んでやろう。遅ればせながら、庶子神の日の贈り物だ」

「ああそういえば、この前のときはいなかったのよね」

「戦に出ていたからな。おまえの神だって理解してくださる。おれはあの戦を庶子神に献じそうになったぞ」

ペンリックは反論したが、三対一で勝ち目はない。結局なだめすかされてアデリスの背に負われた。アデリスはわずかに膝をかがめ、そしてまっすぐにのばした。

「見た目よりも重いな」

「わたしは自分で歩けます――」

言いかけたペンリックを、ニキスとアデリスは声をそろえて叱りつけた。

「黙りなさい!」

もしできるものなら、デズデモーナも声をあわせていただろう。

影が紫を帯びはじめた。足もとの悪いこの道をのぼるのは、元気なときでもつらい。ニキスとアデリスは無駄口をきかず歩いているのに、ペンリックはなおもウィールド語らしい何かをぶつぶつとつぶやきつづけている。とうとうアデリスが、丘の下に放り投げるぞと脅した。彼の顔がアデリスの肩に埋もれる。耳にはいってくるのは丘陵地帯の深まりゆく黄昏の音——小さな虫の声、夜鳴鳥の歌、ふたりの足が踏みつける土や石のきしみ、そしてごくごくかすかな蝙蝠の羽ばたき。くねくねと曲がる亀裂《きれつ》のような隘路をのぼりきったとき、広大な静寂の中に翼をひろげた一羽の梟が、十フィートと離れていない頭上をかすめていった。ペンリックが顔をあげて微笑する。白い歯がきらめく。

ふいに疑問が浮かんだ。幸運なことに、答えてくれるだろう相手はすぐそこにいる。

「ねえ、デズデモーナ。もしペンリックが殺されていたら」——恐ろしい仮定だけれども——「そしてどこかに飛び移らなくてはならなくなっていたら、あなたはどこに行くつもりだったの? 魔はいつもその場にいるもっとも強い人間を選ぶんでしょ。だったらアデリスよね?」

アデリスがぴくりと身体を引き攣らせ、ずり落ちそうになっている背中の荷物をひきあげて、また歩きつづけた。闇が濃く表情までは見えないが、きっと狼狽と恐怖の見本みたいな顔をしているのだろう。

「いいえ、ちがいますよ」デズデモーナが答えた。「あなたになっていたでしょうね」

それを聞いてアデリスがぴたりと足をとめた。ニキスも同様だ。

「わたしですって？　どうして！」

「わたしたちはペンリックと十一年いっしょにいますからね。もうずいぶん彼の人格が刻みこまれているんですよ。ほかに選択肢はありませんでしたね」

ペンリックが息を吐いた。見ひらかれた目がサファイアのようにかすかにきらめく。だが今回、彼は沈黙を守った。ややあってふたりはまた歩きはじめた。

背後に追跡の音は聞こえない。

庶子神に捧げる嘆願の祈りは災厄をもたらすと人々は言うが、よき贈り物への感謝の祈りなら悪いほうにころぶことはないだろう。道がいくぶん平らになったので、神を褒め称える古い聖歌をハミングしはじめた。

「もう少し大きな声で歌ってください」ペンリックがアデリスの背から懇願してきた。「セドニアの聖歌を聞くのははじめてです」

視線をあげたが、もうのぼり坂は残っていない。彼らの前にはいまや、ヴェルヴェットのような闇に包まれた大地がひろがっている。それが百マイルさきの地平線で、襞をよせた黒い毛布のように盛りあがってふたたび山となる。そのさきにオルバスがある。

「もういいだろう」アデリスが息を切らして背中の荷物をおろした。

一面の星空の下、三人は岩だらけの地面に腰をおろした。ニキスが水の袋をまわす。

それからニキスは背筋をのばし、ペンリックの求めに応じて古い聖歌を歌いはじめた。アデリスが低音部に加わって重唱になる。若いころに神殿で歌ったとき以来のことだ。そう……すべてがはじまる前に。ペンリックは何か嬉しそうにつぶやいていたが、やがてニキスに請われるまま、ウィールド語で故郷の聖歌を歌った。少しばかり苦しそうだが、驚くほど綺麗なバリトンだ。

聞き慣れない言葉が甘く耳に響く。三人は神秘を交換しながら、月が出てくるまで歌いつづけた。

ミラのラスト・ダンス

Mira's Last Dance

登場人物

ペンリック（ペン）……………アドリア大神官に仕える魔術師
デズデモーナ（デス）…………ペンリックの魔
アデリス・アリセイディア……セドニアの元将軍
ニキス（マダム・カタイ）……アデリスの異母妹。寡婦
マダム・ズィーレ………………娼館の女将
エギン・チャドゥロ……………セドニアの将軍
ジュルゴ…………………………オルバス大公

1

ニキスは魔術師の身を案じていた。

この高原地帯の小さな農家にたどりついたのは二日前。いかにもよれよれな三人連れを、夫婦とその友人で、闇の中、岩だらけの小道で道に迷い、友人が足をくじいたのだと説明した。たぶん、説得力を発揮したのはそんな話よりも金だったのだろう。ニキスとしてはささやかに思える額で宿が得られた。漆喰《しっくい》塗りの寝室をあけわたして、農夫の夫婦は屋根裏に、育ち盛りの子供たちは馬屋に移った。もし帝国の追跡者がここまでやってきたら、素朴なもてなしをしたことで、農夫一家ははるかに多大な犠牲をはらうことになる。ニキスは不安をおぼえながらも、トレイをもったまま尻で寝室の扉を押しあけた。

ペンリック学師は命じられたとおり、おとなしく寝台に横たわっていたが、眠ってはいなかった。片肘をついて身体を起こし、ガラスのような青い目を彼女にむけてまたたかせ、あの奇妙な甘い微笑《びしょう》を投げてよこした。たった三日前、彼女と彼女の兄アデリスを守って死にかけたことなど、まるでなかったかのように。

「ああ、もうつぎの食事なのですね」

「必要でしょ。少なくともデズデモーナには必要だわ」

ペンリックはきっと、馬のように食べるくせにけっして太ることのない、長身で腹の立つほどほっそりとした、あの連中のひとりなのだろう。だが、第二の人格として——ものすごく複雑な第二人格として——彼の内に住みついている混沌の魔もまた、彼の身体から滋養を得ている。

「ふたり分食べなくてはならないんでしょ？」

「ふむ、そうなのかもしれませんね。いえ、起きますから——」

「寝ていなさい！」ニキスとデズデモーナは同時に声をあげた。

デスはペンリックの口を使って話すのだから、なんともおかしな現象ではある。だがどうやらニキスもそれに慣れてきたようだ。

「魔のお医師の言うことを聞きなさい」

ニキスの言葉を、デスがさらに後押しする。

「そうですよ、愛しい看護人の言うことを聞きなさい。病人の扱いをとてもよく心得ていますからね」

「いつのまに結託したんですか」

ペンリックがつぶやいているあいだに、ニキスは洗面台にトレイをおいて寝台の脇まで運び、枕をふくらませ、身体を起こす許可を与えた。

「その。スプーンで食べさせてくれる必要はありませんから」

「スプーンではないのだから、スプーンで食べさせることはできないわよ」

ニキスは彼の隣にすとんと腰をおろし、山羊のチーズを肌理《きめ》の粗い田舎風の丸いフラットブレッドに塗り、スライスした玉葱《たまねぎ》をのせて丸めた。それと、薄めた葡萄《ぶどう》酒のコップを交互に手わたす。ペンリックはコップを片手でもとうとし、結局ふるえる両手で抱えることになった。そして、あの非現実的なほど長い金色の睫毛《まつげ》ごしに、きまりの悪そうな視線を投げてよこした。

これがはじめてではないものの、ニキスは改めて疑問に思う。あの恐ろしい黄昏《たそがれ》の戦いで、ペンが敗北せしめた相手の魔術師が彼の体内にある心臓を引き裂こうとしたというのは、正確にどういう意味だったのだろう。そしてあれ以後その心臓を働かせるために、デズデモーナは常時どれほどの魔法を使っているのだろう。彼女とアデリスの父、先代アリセイディア将軍は、その生涯において六度もの血にまみれた戦いを生き延びながら、とつぜんの心臓発作でこの世を去った。最後の致命的な一撃はなんの徴候もなく訪れた。心臓の病と聞くと、ニキスは恐怖に襲われる。

さほどいやがってもいない相手に、それでもなだめすかしながら、料理すべてを食べさせることができた。食事をしただけで息切れしているという事実が、彼があえぎながら主張するもう回復したという言葉よりも多くを語っている。ペンの右足首を芸術的におおう包帯を調べ、巻きなおした。どちらの足を捻挫《ねんざ》したことになっているのか忘れずにいるためのものだ。

きちんと結ってあった金髪が、うなじでほつれ、もつれている。

「櫛《くし》をもっているわ」借り物のエプロンのポケットから櫛をとりだした。「もつれた髪、梳《と》かしてあげるわね」

何週間か前、彼が夢の守護精霊のように貸別荘にあらわれ、不当に視覚を奪われた兄の治療を申しでてくれたあのときからずっと、この琥珀のような驚くべき髪に触れたくてたまらなかったのだ。

彼は憤然と断りかけたが、分別を働かせたのか、それとも魔に説得されたのか、自分はこれで満足しているという男らしい宣言をのみこみ、期待をこめた微笑を浮かべた。

「それはありがたいです」

彼を寝台の端にすわらせ、その背後に膝をついた。木枠にロープの網を張り、羊毛を詰めたマットレスを敷いた寝台だ。しっかりとした椅子にはならず、彼の細い尻がニキスの膝のあいだで沈んでいる。背中のなかばにまで届く先端からはじめ、上質の亜麻をすくようにもつれを梳かしていく。パトスの貸別荘に医師としてやってきた彼は、いつも猫のように身ぎれいにしていた。だがこの一週間の逃避行によって、三人ともが疲れ果て、よれよれになっている。髪を洗ってあげたいと言ったら承知してくれるだろうか。たぶん大丈夫だろう。鼈甲《べっこう》の櫛の歯が首や頭皮に触れ、ゆっくりと刺激をくり返すあいだ、人間に可能なかぎり咽喉《のど》を鳴らす猫に似た低いハミングのような音をたてているのだから。

喜んでいる指と櫛を交互に使ってやわらかな髪を三本にわけたものの、彼の骨ばった背中と彼女自身の……骨ばってはいない胸とがせまりすぎて、三つ編みをするだけのスペースがない。ニキスが咳払いをしてわずかにあとずさると、彼も目が覚めたようにもぞもぞと前に移動した。丸まっていた背中がまっすぐにのび、ふたたび折り目正しい神殿神官にもどったようだ。彼が誓約を捧げる第五神、庶子神を象徴する色は、現実生活においてさまざまに汚れずにはおかない白だ。ニキスはときどき、これは白の神の神学的ユーモアなのではないかと考える。洗濯女も庶子神が司《つかさど》るべきではないだろうか。彼女たちは神官よりもしじゅう、庶子神のためにひざまずいて奉仕しているのだから。ペンリック学師がまた咳払いをした。耳のむこう、乳のように白い頬骨がかすかに赤らんでいた。

三つ編みを終えてリボンを結んだ。パトスで衛兵に襲われたときに何着かのドレスをかろうじてもちだしたのだが、その一枚から切りとった白いリボンだ。敵は負けを認めず、いまもまだ彼らを追っているだろう。それを思うと、つかのまの心地よいぬくもりも冷えきってしまう。ちょうどそのとき、農家の廊下に、そして扉のむこうに、間違えようのない兄のブーツの足音が響いた。ニキスはあわてて寝台をすべりおり、ペンリックをその中に押しこんだ。

「ここにいたのか」

アデリスはまさしく以前の彼にもどっていた。少なくとも、口もとから下はそうだ。ふたたびたくましく、揺るぎなく、まっすぐに立っている。三十年という歳月が、若きアリセイディア将軍の上に軽やかに積み重なっている。若きアリセイディア〝元〟将軍だ。田舎風のつばのひろい帽子を脱ぐと、恐ろしい火傷《やけど》痕が残る顔の上半分があらわれた。かろうじて治癒した赤い斑点と、盛りあがったピンクのふくらみが、邪悪な花びらのように目の周囲を縁取っている。これもいつか薄れるとペンリックは言っているけれども。かつて濃い茶色だった虹彩《こうさい》は、苛烈な破壊行為から回復したさい、ガーネットの赤に変容した。それでも魔法を使ったペンリックの治療により、彼の目はまた見えるようになった――それも、確かな視力がもどっているようだ。ニキスにしてみれば、それは魔法を超えて奇跡に近い。

アデリスが軍人らしからぬ乱れた黒髪に手をすべらせ、妹と寝台の男のちょうど真ん中あたりにむかって話しかけた。

「どんな具合だ」

「元気です」ペンリックが答える。

「本人が主張するほどじゃないわよ」ニキスは訂正した。「治りかけている心臓を刺激しないよう、重いものをもったり急激な動きをしたりしては絶対にいけないって、デズデモーナは言っているわ」

「なるほど」アデリスがペンリックにむきなおった。「明日、馬か何かに乗れそうか。常歩《なみあし》でひいていくことになるが」

「中庭にいるあのかわいそうな驢馬《ろば》はやめてください。足が地面についてひきずられてしまいます」

アデリスが確かにそのとおりだと肩をすくめた。

「隣家の息子が騾馬《らば》を貸してくれるそうだ。オルバス公国までは無理だが、盆地にある従兄弟の家まで連れていってくれる。少なくとも、やつらが予想するだろうおれたちの徒歩経路からは離れることができる。ここに長くとどまるのは危険だ」

ペンリックはうなずいたが、ニキスは顔をしかめた。

「場所の移動は悪くありません」ペンリックがつづけた。「デスは混沌を処理するために、力のおよぶ範囲の害虫をほとんど駆除してしまいました。新しいものが必要です」

彼の魔は、魔法を使って治癒をおこなう代償として無秩序を生じ、それを可能なかぎり害のない方法で世界に排出しなくてはならない。ニキスはそう理解している。神官たるペンリックの主張によると、神学的に許された害獣に死をもたらすことが、もっとも効果的な排出方法なのだという。ほかのやり方は、それほどの効果が得られないか、もしくは許されていない。〝許されていない〟と〝不可能〟のあいだに横たわる危険な溝について考えてみる。ペンリックは真の境界がどこにあるか、気づいているだろうか。そうであってくれればいいのだけれど。

「では、夜明けに出発しよう」アデリスが宣言した。

つまるところ、まだ呼吸の整わないペンリックとわずかばかりの荷物を脚が長くおとなしい騾馬に積み終えたとき、外はすっかり明るくなっていた。アデリスの盗んだ剣と弓と矢は、布でくるんで運ばれることになった。彼はその慎重さに不満そうだが、ニキスはむしろ喜んでいる。兄は間違いなくふたたび捕らえられるくらいなら戦いによる死を選ぶだろうけれど、結果にちがいがないならば、機の熟していない見知らぬ魂を神々のもとに送りこむことになんの意味があるだろう。結局は、アデリスの剣の腕よりもペンリックのよくまわる舌のほうがよい防御になるかもしれない。もしくは、ペンリックの魔法のほうが。彼の魔は今朝はとても静かだ。きっと彼の内で目に見えない損傷を治癒するのに忙しいのだろう。ときたま騾馬の糞から音をたてて飛んできた蠅《はえ》が、彼らの背後で死体となって田舎道に落ちていくことからも、そうとわかる。もちろん、騾馬をひく若者は気づいていないだろうけれども。

騾馬をひくこの若者がいるため、長い徒歩行のあいだ、会話は控えなくてはならなかった。ありがたいことに今日の道は、のぼりではなくくだりのほうが多い。踏み分け道がひろがり、農道になった。曲がりくねった小川にそった道で、両側は丘陵にはさまれている。暑さに火照り、汗をかき、足が痛くなってきたころ、ようやく正午休憩となった。若者が道をそれ、古い樫の木立が影を落とす崖の上に案内した。いかにも心地よい休息所だ。その理由も明らかだった。ここは、この州――セドニア帝国の貴重にして防御の堅い穀倉地帯である何マイルにもおよぶ盆地を、一望のもとに見わたすことができる最後の高台なのだ。

若者が騾馬に食事をさせるため少し離れた草地にひいていった。アデリスが絶壁の縁まで行って帽子を押しあげ、目を細くして景色をながめた。ニキスとペンリックもそれに加わった。

「まるで地図のようですね」ペンリックが彼の視線をたどりながら言った。「いま見えているものがなんなのか、説明していただけませんか」

アデリスが軽くあごをひいた。

「川より少し高い、城壁に囲まれた町はソシエだ。ここの州都ではないがな。州都は河口の港町だ。だがソシエには、この盆地の出入口を守る部隊が駐屯している」彼の手が遠くにぼんやりと見える四角い地所、兵舎と思われる場所を示す。「州軍ではなく帝国軍だ。第十四歩兵連隊の一部」

「それは避けておいたほうがよさそうな話ですね」とペンリック。「あなたを見知っている人はいるのでしょうか」

アデリスの手がまだ完治していない顔に触れる。

「どうだろうな」

「まだ手配書がまわってなかったとしても、わたしたち三人は目立ちすぎるわ」ニキスは懸念をこめて口にした。

三人そろっていなくとも、アデリスの顔の傷痕と、ペンリックの長身や異国風の髪や肌の色は特徴的だ。注目を浴びずにいられるのはニキスひとりだろう。

「だがソシエの神殿は大きい」とアデリス。

市城壁の内側、丘の上にそびえる石造りの建物がかろうじて見わけられる。

「そこで、ああ、その、あんたの財布に補充ができるのではないか」横目づかいの視線がペンリックにむけられる。

ペンリックは微笑を浮かべるでもなく顔をしかめた。

「わたしも奉納箱から盗んでくることを習慣にしたくはありません。それでも人々から直接盗むよりはましです。奉納金はすでに人々が手放したものなのですから、惜しいと思うこともないでしょう」自分の言葉に納得したのか、それとも反論しようというのか、彼はそこで考えこんだ。「それでも地方の神殿には痛手です。神殿の維持にどれだけかかるか、あなた方にはとても信じられないでしょうね」

「でもまた馬を雇えるわ。馬車だって」言わずにはいられなかった。

もちろん疲れた足の主張だが、馬車は病みあがりの魔術師にも助けとなるはずだ。

「ですが、どの道を行くのですか」ペンリックがたずねた。

「選択肢はふたつしかない」とアデリス。「ああ、三つかな。盆地からさらにくだって沿岸街道にはいる。もしくは港に出て地元の船に乗り、南にむかう」

「わたしは前の谷でそう提案しました」ペンリックが素っ気なく言った。「それに従っていたらいくらか手間が省けたのに」

アデリスは頑固にそれを無視してつづけた。

「どちらも警戒は厳重だ。それに間違いなく、国境と港の守備隊にはいちばんに手配書が送られる。残るひとつは、山を越えてオルバスにはいる道をさがすことだな」

この盆地のむこう端にそびえる岩壁は、彼らがいま越えてきた丘陵地帯よりもいっそう威圧的だ。現在のオルバス大公が、その国土を帝国の属州にとりこもうと虎視眈々狙っている隣国から危ういながらも独立を維持していられるのは、主としてそのおかげである。ニキスもこれまでは、昔からつづくその論争に関してはセドニアのほうに理があると考えていたのだが。

ペンリックもまた彼方に見える絶壁を見つめ、やがて提案した。

「変装すればどうでしょう」

「おれは金輪際二度とニキスのドレスは着んからな」アデリスが仏頂面で宣言した。

ペンリックが挑発するようににやりと笑う。

「そうですね。あなたはあまり未亡人には見えませんからね」

「おれは軍人だ。役者ではない」いまの自分がそのどちらでもないことに思い至ったのだろう、一瞬彼のあごが引き締まった。

「どっちにしても」ニキスはなだめるように口をはさんだ。「オルバスのヴィルノックにつくまでは、いっしょにいられるのよね。ペンリックはそこから船でアドリアにもどればいいわ」

〈もしくは……〉

「もしくは、三人そろってアドリアへ」ペンリックが懲りもせずに主張する。

「ニキスとおれはオルバスに行く」とアデリス。「あんたはあんたで好きなところへ行けばいい」

ペンリックは彼の頑《かたく》なな顔を見つめ、ため息をついた。

ひとりは石のように頑固で、もうひとりはしなやかすぎてとらえどころがない。そんなふたりがふたりとも翻意しなければ、翻意できなければ、ニキスはいったいどこに行けばいいのだろう。

〈どこに行っても幸せになれない〉

食事を終えて、坂をくだりはじめた。ニキスの重い足どりを見たペンリックが、足首の捻挫を忘れたように、自分はおりるから騾馬に乗ってはどうかと言いだした。騾馬飼いの若者の手前もある。ニキスは彼の真の不調は口にせず、架空の足の怪我の具合をたずねた。ペンリックはおとなしく申し出をひっこめたが、そこで騾馬飼いの若者が、ふたり乗りをしてはどうかと提案してきた。ペンリックのうしろに押しあげられたニキスは、もぞもぞと身じろぎして、騾馬の胴に巻かれた毛布の上でどうにかおちつける場所を見つけた。だがアデリスと騾馬は、この心地よい新しいやり方をまったく喜んでいないようだった。どちらも、蹴りつけてやめさせようとまではしなかったが。姿勢を安定させるため、両腕をペンリックの腰にまわした。彼がわずかに背後にずれてきたが、その理由はわからない。気怠く暖かな午後、ニキスは彼の背中にもたれかかり、なかば眠りに落ちていった。心を駆けまわる千もの気がかりも、いましばらくだけはその勢いを静めていた。

夕方、つぎの農場に到着した。宿泊の交渉をした結果、残金のほとんどが費やされることになった。財布は薄いし、その家には大勢の家族が住んでいる。というわけで、三人の新しい寝室としての選択肢はただひとつ、馬屋の屋根裏しかなかった。アデリスとペンリックはいかにも申し訳ないと言いたげな顔をしたが、ニキスは、たとえ気難しい文句屋だったとしても苦情をならべたてることもできないほど疲れきっていた。そしてもちろん、彼女は文句屋などではない。このあたりは州の中でもとりわけ肥沃で、穀物の貯蔵量が多く、それらに寄生する鼠《ねずみ》の類も豊富だ。デズデモーナが喜んでいる。ペンリックは杖をふりまわしながら——ときどきそれによりかかることを思いだしている——鼠狩りのため、闇の中に姿を消した。その姿はどこからどう見ても、猫そのものだった。

アデリスが安全を期して藁《わら》から離れた釘にランタンをかけ、どちらかといえばあからさまに、自分が枕のようにふたりのあいだをさえぎる形で、三人分の毛布を敷いた。ニキスは忍び笑いを漏らした。

「わたしはもう十年も前から、春の姫神の祭壇に花を捧げる処女《おとめ》じゃないわよ」

姫神は何よりも純潔を司る女神と考えられている。

「午後じゅうずっと、あの魔術師の背中にうっとりとしがみついているていたらくを見たら、誰だってそうは思わん」

「ほんとを言えばアデリスには、三十になる未亡人の妹に、誰に抱きついていいとか悪いとか指図する権利なんかないのよ」

誰かに抱きつくことが楽しいと思えるならばの話だ。そんなものとまったく無縁なまま、とても長い灰色の時をすごしてきた。

アデリスはうなり声をあげ、いかにも不快そうに藁の上に横たわった。ニキスとしては総じて、こうした不機嫌に対するほうが楽だと思っている。いいにせよ悪いにせよ、同じだけの強さで言い返せばいいのだから。

「とっくりと考えてみるんだな。あいつがおれたちにどれだけの奇跡を起こしてくれたかはわかっているし、おれも感謝していないわけじゃない。だがあいつは、五柱の神々にかけて、アドリアの間諜《かんちょう》で、おれをとりこむためにやってきたんだぞ。結局はいろいろあってその計画も御破算になったがな。なのにあいつはいまもまだその役割に固執している。おれがオルバスのジュルゴ大公のもとに身を寄せようと決めたにもかかわらずだ。いいか、何もかもうまくいって、三人ともが生きたままヴィルノックにたどりつけたとしよう。あいつはその後、空手で帰国するしかない。おれが言いたいのはただ……のみこまれるな、流されるなということだ。おまえだって、あいつを思いだすよすがとして、青い目の子供だけが残されるなんて終わり方はいやだろう」

そうした置き土産がほんとうにいやかどうか、ニキスにはなんともいえない。それでも彼女は鼻を鳴らした。

「わたしはキミスと結婚して六年いっしょに暮らしたけれど、何も残してもらえなかったわ。もちろん、ためさなかったわけじゃないわよ。だからそんな危険はないと思うわ」亡き夫が軍務のため、しばしば長期にわたって家をあけていたのも原因のひとつだろうけれども。「いずれにしても、ペンリック学師がいまのあの状態で、誰かをたらしこめるとは思えないわね」

アデリスが意地の悪い笑みを浮かべた。

「なるほど。あのかわいそうな男がおまえにのったまま、卒中でくたばっちまうってのは確かにありがたい話じゃないいな」

「アデリス!」まさしく抑止力のあるイメージだ。

「実際にあった話だ! 聞いたことがある。もっとも、たいていはもっと年寄りだがな」

ニキスは藁を投げつけた。アデリスが投げ返す。そのままふたりともが五歳児に逆戻りする前に、馬屋の戸のきしむ音が聞こえた。議論のもとが帰ってきたのだ。ニキスは言い返そうとしていた乱暴な言葉をのみこみ、少し考えてつけ加えた。

「どっちにしても、あの人をそばにおいておいたほうがいいわよ。少なくともジュルゴ大公からそれなりの地位を獲得するまではね。ほかにも誘いがかかっていることを大公が知ったら、少なくともそう信じたら、交渉するにもずっと強い立場でいられるわ。ただの嘆願者じゃなくて、そうね……」

「商人のようにか」淡々とした言葉が返る。「売り手と馬の両方を演じるわけだな」

「とっくりと考えてみることね」

さっきのアデリスの言葉をそのまま投げ返すと、彼はわかったというように片手をあげてみせた。

三人は二日間、その盆地の農家ですごした。アデリスはどこにも顔を出さず屋根裏にこもったままで、退屈し、いらだっていた。ペンリックも、農家の人々が床についてから混沌を捨てるためにおりていくだけだ。かなり大量の混沌が排出されたようだった。よい面を見れば、彼は体力をとりもどし、呼吸もまともになった。だがデズデモーナの作業によって生じた齧歯類《げっしるい》の死体の臭気が、あたり一帯で濃くなりつつある。

暖かな午後、毛布の上にあぐらをかいたペンリックが、漂ってくる特徴的な刺激臭を嗅ぎながら気づかわしげに言った。

「ああ。いつもならあんなふうに、一箇所に狩の痕跡を残したりしないのですが。誰かに気づかれてしまうかもしれません」

「むしろ感謝するんじゃないかしら」

とはいうものの、彼が魔術師であることは知られないほうがいい。追跡者たちは間違いなく、魔術師をさがしているのだから。

「あなたはきっと驚くでしょうけれど。昔、まだ若い学生だったころ、何も言わずある男の身体から虱《しらみ》を駆除したことがあるんです。彼は危うく卒倒しそうになりました。わたしは気づいていなかったのですが、彼にとって虱はペットのようなものだったんです。そして、虱がいなくなったのは、鼠が沈みゆく船から逃げだすように、自分が恐ろしい病にかかっているからだと信じました。自分の身分を説明できる状況ではなかったので、結局こっそりと逃げだしました」

「どうしてあなたのしたことだって説明できなかったの？」

「賭博場にいたんです。いかさまをしていたわけではありませんが、それを証明することはできませんでした」

アデリスが鼻を鳴らした。

「ぼこぼこにぶちのめされるのがおちだったろうな」

ニキスは首をかしげて、窮地に立たされた若いペンリックを思い描こうとした。

「そうしたらおとなしく殴られていた？」

彼は肩をすくめた。

「そのとき問われていたのはひと夜の娯楽だけで、英雄的な行動は求められていませんでした。だから逃げたんです。わたしたちもまもなくそうすることになりますね」

今回、手筈を整える仕事はニキスにまかされることになった。農家の女たちにたずねた結果、隣家の住人が荷車に穀物を積んでソシエにむかうことがわかった。三人は翌日の夜明け前、まだ薄暗いうちに、最後の金を支払い、車輪が泥にはまったときはアデリスの肩を貸すという約束をして、荷車に乗せてもらった。荷車を引く牛のゆったりとした歩みのおかげで一日がかりの長い旅となったが、暗くなる前に市城門をくぐることができた。門を守る衛兵の前でも、薄汚れた三人は田舎の労働者としてなんの問題もなく通過することができた。神殿の近くで荷車をおり、手をふって穀物売りと別れた。

ペンリックの提案により、今夜は神殿に忍びこんで鍵をかけ、中庭でひと晩すごすことになっていた。たとえ心地よくはなくとも、安全な場所にいられるだけで何よりもありがたい。この逃避行が長引くにつれて、彼らの寝床は試練と同じく、少しずつ着実に悪化している。そして目的地たるオルバスは、これほど近くにありながら、なおも狂おしいほど手の届かない彼方に浮かんでいるのだった。

2

薄れゆく光の中、ペンリックは羊飼いのようにふたりを率いてソシエの細い街路を神殿広場にむかった。とはいえ、アデリスもその妹もけっして羊ではない。広場には小さいながらも立派な噴水と、いくつかの石のベンチがあった。優雅な古代セドニア文字の銘文を見るに、どれも信心深い金持ちによって寄進されたものであるらしい。もっとも影の濃いベンチを選んで腰をおろし、完全に日が暮れて広場から人がいなくなるのを待つことにした。

ニキスが農家で手に入れた最後のパンをとりだしてわけた。アデリスはパンを食べながら、帽子のつばをゆっくりもちあげ、戦術家らしく細くした目であたりをうかがっている。

「晩鐘のあと、市警備隊がそういつまでもおれたちをこのあたりでうろうろさせておくとは思えん。ほかの駐留都市と同じなら、警備隊と兵舎の若い連中は年がら年じゅう騒ぎを起こしているはずだ。そこいらの居眠りをしている連中とはちがって、警備隊も生きがいいだろう」

「だったらきっと、どこかよそで忙しくしていて、わたしたちにかかわっている暇なんかないわよ」ニキスが期待あふれる口調で反論した。

ペンリックはこそこそ身を隠している物乞いのような自分たちの姿を思った。夜になれば盗みを働こうとしている浮浪者に見えるかもしれない。ある意味、少しも間違ってはいない。逮捕されれば無料の宿泊所が与えられるいっぽう、その代償はあまりにも高い。

神殿の入口、正面前廊に町の住人が集まりはじめた。前廊におさまりきらず階段の下まで人があふれたころ、ふたりの祭司が出てきて扉を大きくひらき、両脇の石壁高所に篝火《かがりび》をともした。まもなく、明らかに葬列と思われる一行が脇道のひとつから登場した。柱にランタンを吊るしたお仕着せ姿の召使がふたり。厳粛な顔の男六人が、屍《し》衣をまとった遺体をのせた柩台《ひつぎだい》を運んでいる。あわてて喪服をまとった騒がしい親族の一団がそのあとにつづく。一行は神殿の中庭にはいることなく、その場で足をとめた。いつもなら夜のあいだ灰に埋められる聖火が、いまは炎をあげ、その金色の光が揺らめくように広場までこぼれている。数分後、べつの街路からまたべつの行列がやってきた。屍衣をかぶせたこの柩台はいくつもの花輪で飾られている。危うい休戦協定を結んでいるかのように、ふた組の葬列が合流した。そしてふたつの柩は隣りあわせにならんで、丁重に中に運びこまれた。

市警備の小隊がそのあとにつづく。半分が中にはいって扉が閉まると、残り半分が前廊の周囲で見張りに立った。聖なる中庭から流れてくる五声で歌われる哀悼の調べが、石に反響して不気味に聞こえる。純粋に霊的な贈り物たる歌は、とりわけ神々が嘉《よみ》する捧げ物と考えられている。前廊の人々は立ち去ることなく、むしろいつまでも待とうとするかのように腰を据えている。このまま群衆にまぎれていたほうがいいのだろうか、それとも、扉の外を守る警備隊が暇にまかせてあたりを調べ、奥のベンチにすわった見知らぬ者たちが関係者でないことに気づくだろうか。

いらだたしい沈黙がしばらく流れたあげく、ニキスが口をひらいた。

「ちょっと行って、何がどうなっているのかたずねてくるわ」

そして敬意の的となる濃緑色の寡婦のマントをひろげて羽織り、前廊にむかった。アデリスとペンリックは顔を引き攣《つ》らせたが、集まった人々は穏やかで危険などなさそうだし、三人の中で間諜としてもっとも目立たず記憶に残らないのはニキスだ。彼女は野次馬の周辺にいる女たちとおしゃべりをはじめ、ペンリックには非常に長く思える時間がすぎたころになってようやく、炎に縁取られた影のように用心深くもどってきた。身ぶりでふたりに身体をずらすよう命じ、ため息をつきながらそのあいだに腰をおろした。

「ひと晩じゅうああしているつもりらしいわ」彼女が報告した。「心中事件のお葬式ですって。悲劇だわね。敵対しているふたつの家の若者たちが恋に落ちて、生きていっしょになれないものだから、死んでいっしょになろうとしたの」

「馬鹿げている」アデリスが言った。

ペンリックは賢明にも、アデリス自身がつい最近、暗い運命から同じ方法で逃れようとしていたことを指摘せずにおいた。

ニキスは肩をすくめて反論しなかった。

「ふたりとも、とっても若かったみたいよ。いずれにしても、ソシエの神官と行政官は両家の人たちに、ふたりの魂のため、そして両家の不和の償いとして、ひと晩祈禱を捧げるように命じたの。みんなの予想では、朝までに和解が成立するか、もしくは神殿の床が血で染まって誰ひとり生き残っていないかのどちらかだろうってことだったわ。行政官も、もうこうなったらどっちでもいいと考えているらしいわ」

「なるほど」アデリスが首筋をこすって顔をしかめた。「つまり、おれたちは神殿で休むことはできんということだな。そしておれは、ニキスを道端で寝かせるつもりはないぞ」

それに関してはペンリックも同意見だ。彼ひとりなら、どこか高い場所を見つけて隠れていればいい。デズデモーナのおかげで闇の中でも目が見えるから、昼間と変わらずそうした場所をさがすのは難しくない。だがあとのふたりを、音をたてずひそかにそうした場所までのぼらせるのはとても無理だ。今夜は月もない。狭い街路はどこも炭のような闇に包まれている。善良な市民はすべて家の中にはいっていて、外にいるのは主としてそうではない連中だ。神殿で訓練された魔術師を襲うような迂闊な悪党はもちろん恐ろしい目にあうし、アデリスだとてそう簡単にやられるわけはない。だが、ソシエにいるあいだ、そして出ていくときも、まったくなんの事件も起こさずにすめばそれにこしたことはない。

〈ありがたいことにね〉彼の中でデズデモーナがつぶやく。

〈そうですね〉

セドニアは美しい国だが、絶えず彼を殺そうとする。いつか、彼の魔でも対処しきれない事態が生じるかもしれない。そうしたらペンとデスは……ちがう、真実困った立場に追いこまれるのは彼女だけだ。そのとき、彼の問題はもう終わっている。

だがまだ終わってはいない。ペンリックは思いきって立ちあがり、庇護すべきふたりを連れて暗い曲がりくねった通りへとはいっていった。足もとの敷石は概して乾いているが、ときおり不快に濡れていることもある。ペンがニキスの手をとり、彼女がアデリスの手を握り、おかげで最悪の事態を避けて無事にふたりを案内していくことができる。このあたりの家屋はセドニア式で、中庭を囲むようにのっぺりとした高い壁がそびえ、街路に面した窓やバルコニーは上階にしかとりつけられていない。懸命にさがしてみたが、手頃な階段や梯子《はしご》も、よじのぼれそうな蔦《つた》も見あたらなかった。

〈まだよじのぼるのは無理ですよ〉デスが反対意見をつぶやいた。〈またためまいを起こすだけです。全力で走るのも駄目ですからね〉

〈もうずいぶんよくなりました。胸も痛くありません。デスの治療はすばらしいです〉

〈お世辞を言っても無駄ですよ〉口調は厳しいけれども、自尊心をくすぐられて気をよくしているのがわかる。

つぎの角でオレンジ色の光がひらめき、ペンリックは用心深く首をつきだしてみた。光源は二箇所。戸口の上の張出にさがる簡素な蠟燭《ろうそく》ランタンと、ふたり組の軍人の片方がもっているより明るいオイル・ランタンだ。軍服と態度から、若い士官——たぶん、百人部隊長か副官だろうと見当をつける。アデリスならひと目でわかるのだろうけれども。ランタンをもっていないほうの軍人がもどかしげに頑丈な木の扉をたたいた。

「おい！　あけろよ、ズィーレ！　いちばんのお馴染みを外に立たせておくもんじゃないぞ！」

なおもたたきつづけると、ようやく扉がきしみながらひらき、女が顔を出した。

「今日はやってないんですよ。またべつの日にお越しくださいな」

「そんなこと言わず、いれてくれよ」士官が機嫌をとるような声をあげる。

少しばかり酔っているようだ。

「今日は洗濯でお休みなんですよ。洗濯したいってんならべつですけど、どうかお帰りくださいな」

「湯気がもうもう、気分はわくわくだな」

酔っぱらった士官が女をつかまえて接吻しようとする。女は怒ったふうもなく、するりとそれをかわした。

「石鹼水に頭をつけてさしあげてもいいんですよ。そしたら酔いも醒めるでしょう」女が言い返す。「もっと清潔になるでしょうしね。どっちがさきやら」

もうひとりの士官がげらげら笑いだした。

「洗濯女でないなら」――と身をのりだして街路を見まわし――「今夜、お泊めすることはできませんね」

さらなる訴えにも女は心動かされることなく、ふたりの士官はしかたなく立ち去った。つぎの角から彼らの声がまた響いてきた。卑猥なジョークに辛辣《しんらつ》な答えが返る。初老の女が袋をさげたふたりの女を従えて、酔っぱらいのちょっかいを避け、光のほうに歩いてきた。明かりの下の女将《おかみ》が、近づいてくる女たちに気づいて動きをとめ、手をふって招き寄せた。

「ああ、よかった。やっときてくれたね」

洗濯を生業《なりわい》としているらしい女が、手をのばして連れの足をとめた。

「そうだよ、こんなとんでもない時間帯にやってきたよ。はっきり言っておくけれどね、ズィーレ、今夜は倍の料金を支払ってもらうよ。でなきゃあたしたちは中にはいらないよ。それから、女たちのもぞもぞは自分で洗ってもらうからね」そして大げさに身ぶるいをしてみせた。

ズィーレがため息をついた。

「ああ、ああ、いくらでももってってとくれ。庶子神の遣わしたもうこの災いが駆除されないかぎり、商売あがったりなんだからね」

そして、庶子神みずからが耳を傾けていて、この理解しがたい贈り物を軽んじられたことに腹を立てるのではないかと恐れるように、祈禱の意味をこめてすばやく親指でくちびるをはじいた。

ペンリックはすぐさま状況を読みとり、にやりと笑った。

〈まさしく、庶子神は褒むべきかなです〉

それからアデリスとニキスにむかってささやいた。

「ここで待っていてください。今夜の宿を手に入れてきます」

ペンリックはあごをあげ、ニキスの〈なんですって?〉も、アデリスの〈ニキスをあそこに連れていくなんてとんでもない!〉も無視して、前に進んだ。

「マダム・ズィーレ」もっとも甘やかな声で呼びかけた。

洗濯女たちは文句を言いつつ館内にはいり、女将がそのあとから扉を閉めようとしている。

「すみませんね、今夜はやってないんですよ」おざなりな答えが返った。

ペンリックはランタンの光の中に歩み入った。女将が彼の顔を見あげ、目を瞠《みは》った。

「ほんとに、ほんとに申し訳ありませんね！」

ペンリックは心からの微笑《びしょう》を浮かべた。つまるところ、娼婦は庶子神の預かる群れに属しているのだ。海賊と同じく。ただし、誓約を捧げた神官であろうとなかろうと、後者をうまく扱える自信はない。

「ああ、客としてきたわけではないのです。どちらかというと、雇ってもらえないかと。中にはいってお話しできませんか」

女将は目をしばたたいた。

「これまで庶子神の愛人たる男の子を雇ったことはないんですけれどね。だからといって、やらないと決めてるわけでもなし。経験はあるの？　ああ、べつに経験が必要ってわけでもありませんよ。こっちで教えられますからね」女将の口端がもちあがった。

ペンリックは咳払いをして、それ見ろと言いたげなデズデモーナの忍び笑いを抑えた。

「あの、いえ、そういう形で雇ってほしいわけでもないんです。察するところ、こちらでは思いがけない寄生虫の発生でお困りのようですね。わたしは以前、こういう館で、こういう害虫の駆除をした経験があります。わたしは神殿魔術師で……ジュラルド学師といいます」

そして、五柱の神々を示す、ひたい・くちびる・臍《へそ》・下腹部・心臓に触れる聖印を結び、庶子神の特別な祝福をあらわしてもう一度くちびるをはじいた。

女将が黒い目をすがめた。近くで見ると、年配ながらきりりとしたなかなかの美女で、着ているドレスも色っぽさより貫禄《かんろく》をあらわしている。とはいえ、真珠《しんじゅ》を縫いつけた幅広の緑のベルトを締めているため、魅惑的なスタイルが強調されてもいる。

「ナントカ学師さまにしては美人すぎるんじゃありませんかね」女将が抗議した。

「学術的議論をはじめてもいいですけれど、実際に駆除の技を披露したほうがはやいと思います。マダムがご自身で判断できますし」まばゆいばかりの微笑を維持したまま、「ご満足いただける結果が出せなければ、何ひとつ要求はいたしません」

「結果が出せれば何を要求しようっていうの？」

「たいしたものではありません。今夜、わたしと」――いそいで思考をめぐらし――「召使ふたりを泊めていただきたいのです。思いがけずソシエで行き暮れてしまい、しかも……その、ここで受けとるはずだったものも手にはいらなくて。困っているところなのです」

女将の目がふたたび細くなった。

「だったらなんで神殿に行かないんですか、神官学師さまなんでしょ」

みすぼらしい身形《みなり》も、おそらくはにおいも、まさしく農家の労働者のもので、どう見ても神官らしさなど欠片《かけら》もないだろう。

「話せば長くなるのですが」大急ぎででっちあげなくては。「船が難破して」と言いかけ、そこでもっとよい言い訳があることに気づいた。「ご存じのように、ソシエの神殿は今夜、この町のふたつの家における悲しい争いをおさめるためにふさがっています」

「ああ、そうそう、そうだった。あの若い愚か者たちね。年寄りの愚か者のほうがもっと質《たち》が悪いけれど」と鼻を鳴らし、「あの連中の自業自得とは言いませんよ。誰だって子供を亡くすほどつらいことはないんですからね。だけど、誰が諭《さと》しても受けつけようとしなかった教訓を、こんどこそは神々から学んだんじゃないかと期待したいですね。町の者はみんな、あの連中の喧嘩騒ぎにはほとほとうんざりしていたんですよ」

そして譲歩したように扉をあけた。

ペンリックは礼を述べ、いそいでニキスとアデリスを呼びにもどった。

「わたしは旅の神官魔術師で、あなた方ふたりはわたしの召使だということにしました。そしてその……どこかで船が難破したんです」いそいでふたりに設定を告げた。「だから、荷物もお金ももっていないのです。館から、その、害虫を駆除するという約束で、今夜の宿をお願いしました」

「害虫ってなんなの？」ニキスがたずねた。

「南京虫だ」アデリスが話題を打ち切るように答えた。

「あら。洗濯女の話では毛虱だったみたいだけど？」

ペンリックがデズデモーナの笑いを抑えこんでいるあいだに、ニキスはするりとかたわらを抜けていった。

「たぶん両方だと思いますが、どちらにしてもわたしは退治できます。忘れないでください。あなた方は召使です。疲れていて、口数の少ない召使。人づきあいの悪い護衛と侍女です」

「最初の部分はよいが」アデリスが彼女のあとを追いながらうなった。「難破だと？　海から八十マイルも内陸なんだぞ、わかっているのか」

「ずっと歩いてきたんです」ペンはいらだちをのみこんで答えた。

アデリスはまた芝居をする羽目に追いこまれたことを怒っているのだろうか。でも護衛なら、寡婦ほど無理をしなくてもいいはずだ。いやしくも協力してくれる気があるならばだが。

敷居を越えながら、ペンリックはふたたび聖印を結んでつぶやいた。

「五柱の神々の、この館を祝福し、あらゆる災厄から守りたまわんことを」〈そしてわたしたちのことも〉

ペンの自称する職業を少しは認めるつもりになったのか、そのしぐさを見て、女将が細く整えた眉をぴくりと吊りあげた。

それからむきを変えて壁の張出から鉤《かぎ》のついた棒をとりだすと、戸口のランタンをとりこみ、大きな音をたてて扉を閉め、閂《かんぬき》をおろしてつぶやいた。

「これでいい。ほんとなら門番の仕事なんですけれどね、いまは水を運ぶのに忙しいんですよ」

そしてついてくるよう、客たちを促した。

現在の目的に使用される以前は、裕福な一家が所有する館だったのだろう。広々としてはいるが、壮麗というほどではなく、この国における典型的な構造をしている。ペンリックはズィーレに案内されて進みながら観察した。石造りで、玄関にモザイク床の広間《アトリウム》。それから、より大きな広間《アトリウム》があり、周囲の二階部分に回廊がめぐらしてある。そのむこうの、塀に囲まれたささやかな庭園にも別棟の建物が立っていて、厨房《ちゅうぼう》と洗濯室と浴場になっている。庭園には井戸もあり、洗濯女たちの断固とした指示のもと、大勢が列をつくって水と薪を沸騰《ふっとう》する大桶のもとへと運んでいる。不機嫌でいらだった雰囲気がたれこめている。そしてむずがゆい。きっとこの庭園ではふだん、まったく趣きの異なる夜会が華やかにくりひろげられているのだろう。

ペンリックはあくまで職務に忠実にたずねた。

「現在の災難はいつからはじまったのですか」

ズィーレが肩をすくめる。

「一カ月前くらいでしょうかね。商人の一団か、兵舎の新兵ですよ。あの連中がもどってきたら、間違いなくまた同じことになりますね」

兵舎側の事情を思い浮かべたのだろう、アデリスがたじろいだ。マーテンズブリッジのさる館で同様の災厄が起こり、医師魔術師として対処するよう求められたときと同じく、この館を訪れたことのある者に駆除をおこなうよう、それとなく兵舎に伝えたほうがいいだろうか。あれは間違いなく、連州の山ですごした少年時代には想像もできなかった、驚くべき教育のはじまりだった。新しく興味深い友人も大勢できた。そして、遠い昔に亡くなりながらいまもなお彼の頭の中で残像として生きている――といってもいいだろう――奇妙なお姉さま軍団のひとり、魔の五番めの乗り手である高級娼婦《クルティザン》アドリアのミラのことを、よりよく知るきっかけにもなった。今回もいずれ、彼女に助言を求めることになるかもしれない。

体外の寄生虫は、退治するにあたって、体内の寄生虫のように慎重な扱いを必要としない。ペンとデスは熟練の域に達しているため、敷地内をぐるりとまわるだけで片づけることができる。だがきちんと仕事をしたことを女将に納得させ、信用してもらうには、それらしい派手な演出が必要だろう。いつも好む控えめな態度とは正反対だ。だが評価は必要だ。事実彼は、いつか時間があるときに、必要に応じて能力のない観客にも魔法を見せる方法を案出しようと考えている。形だけ光を発するようなものでいい。市場の芸人の技が参考になるかもしれない。

〈ペンリック〉デスがつぶやいた。〈これをごらんなさい〉

外的視野にとつぜん内的視野があふれ、ペンはあたりを見まわした。デスが神々から切り離された幽霊を見つけたのかもしれない。影となってさまよう失われた魂はあまりにも数多く、ペンはいつも気を散らさないよう、デスに頼んでそうしたものを見えなくしてもらっている。さもないと、それらを避けようとしじゅう奇妙な動きをして、見る力のない連れを不思議がらせてしまうのだ。だが視力を最大限にあげても、生きている者たちの肉体と重なる魂、生命と光が渦巻く不思議なオーラが見えるばかりだった。これは神々の視野に近いもので、徒人《ただびと》に与えられるべきものではないが、彼は医師として働いているころにその使い方を学んだ。いやというほど使ってはきたものの、まだ慣れることはできない。いま、アデリスは暗い赤で、怒りといらだちをうまく抑制し、そこにはなんの矛盾もない。しばしば癪《しゃく》にさわりはするものの、ペンはこの男の率直さを好ましく思う。ニキスをこっそりと盗み見ると、疲労の青に不安の濃い緑が棘々《とげとげ》しい糸のようにからまっている。できるならそれを取り除いてあげたいと思うが、彼にはその方法がわからない。

〈そっちではありませんよ。見るのはマダム・ズィーレです。左の胸〉

彼女にはごくあたりまえの色が入り混じっていて、中でも青と緑が強い。そしてペンはすぐさま気づいた。黒い混沌の染みが胸に巣くっている。見慣れた死の卵……

〈ああ〉彼は息をのんだ。〈デス、見せてくれないほうがよかったのに〉

内的視野を使うことを避けるもうひとつの理由がこれだ。周囲の人々から流れこんでくるすさまじいまでの痛み——神々や聖者はどうやって、それを知りながら耐えていられるのだろう。

〈この腫瘍《しゅよう》はまだ殻《から》に包まれていますよ。だからまだ間にあうかもしれません〉

そして心を乱す視野を消してくれたので、ペンはほっと安堵した。

〈でなければあなたに見せたりしませんよ。あとで治療してあげたらどうでしょう〉

〈そうですね〉

ペンは息を吸って、強いて意識を周囲にむけなおした。マダム・ズィーレは、背後からついてくるペンの連れに疑わしげな視線をむけている。ニキスは乏しい所持品をいれた袋とペンリックの医療鞄をさげている。そしてアデリスは、帽子のつばを深くひきおろして、まさしく武器にしか見えない細長い包みを抱えているのだ。

「連れをさきに部屋に行かせてもいいでしょうか。とても疲れているんです」ペンリックは言った。

「ああ、もちろんですよ」

ズィーレは考えこむように答えると、階段脇のテーブルから蠟燭をとりあげ、べつの蠟燭から火を移して、玄関広間《アトリウム》を囲む回廊へと彼らを案内した。そして寝室のひとつにはいり、棚においた燭台と、立派な鏡にとりつけた張出燭台に火をつけ、横目でペンリックをうかがった。

「この部屋でどうでしょうね」

どことなく雑然としている。デズデモーナがすばやく探索して報告した。

〈元気なのがいっぱい。ペン、あなた、ためされているんですよ〉

「ここって……清潔なのでしょうか」ニキスは疑わしげに敷居の上で足をとめている。

ペンリックは片手をふり、デスが混沌を放出するときに身体を走り抜けるお馴染みとなったかすかなぬくもりを楽しんだ。

「もう清潔になりました」

「まあ、ありがとうございます、ジュラルド学師さま」

しっかりとあてがわれた役を演じている。彼女が微笑を浮かべ、自信あふれる足どりで中にはいった。アデリスもあとにつづく。

考え深げにくちびるをすぼめているところを見るに、ズィーレはペンリックの饒舌よりもニキスの信頼により説得力を見出したようだ。

ニキスは鞄をおろし、三人の衣類を詰めた袋をもちあげた。いまはもうどれも汚れてしまっている。

「マダム、洗濯女にまじってきてもかまいませんでしょうか。難破からかろうじてもちだしたものを海水以外のもので洗いたいんですけれど」

「もちろんですよ、いつでもどうぞ」

下の広間《アトリウム》からズィーレを呼ぶ甲高い声が聞こえ、彼女が顔をしかめた。

「すぐにわたしも下におります」ペンリックは言った。

彼女はうなずき、館を襲うつぎの危機に対処せんと、いそいで退室した。

ペンは扉を閉め、洗面台に水盤と水差しがあるのを見つけて手と顔を洗ってから、ニキスとアデリスに告げた。

「アデリスは顔を見られないようこの部屋にひっこんでいたほうがいいですね。それから、話を整理しておかなくてはなりません。船が難破したのはどこにしますか」

「クロウ岬というのがいちばんもっともらしい」とアデリス。

「いいでしょう。ではわたしは、そうですね、トリゴニエから海岸沿いに航海していたのです。目的地は、ええと」――心の中に地図を思い浮かべ――「ササロンです。難破のあと、わたしは船に乗りたくなくて、またどの船長もわたしを乗せてはくれませんでした。魔術師を乗せると不運に見舞われるという、海の男の迷信のせいです」

「ああ、じつに説得力があるな」アデリスがつぶやく。

ペンリックはそれを無視してつづけた。

「そこでわたしたちは陸路を西にむかいました。あなた方ふたりが雇われたのはごく最近のことです。ですから、わたしについて何をたずねられても『わからない』と答えればすみます」

「わたしたちはトリゴニエで雇われたのよ」その気になってきたのか、ニキスもアイデアを出しはじめた。「ちょうどセドニアにもどりたいと思っていたところだったから、安いお給金で仕事を受けたの。やっぱり夫婦ということにしたほうがいいかしら」

「ここしばらくそれで通してきましたから、そろそろ設定を変えたほうがいいかもしれません。兄妹にもどりますか」

ニキスは膝をつき、汚れた衣類をよりわけながらうなずいた。

アデリスは疑わしげな顔で腕を組んでいる。

「あんたはなぜ旅をしているんだ」

「神殿の用事です」ペンリックはすぐさま答えた。「もちろん、その内容をあなた方に話したりはしません。あなた方はわたしのことを……」

「間諜だと思っているのよね」ニキスが陽気につづけた。

「狂人だな」とアデリス。

「医師として呼ばれたんです」ペンリックは飛びかうとりとめのない意見を却下した。「さる重要人物——というか、そこそこ重要な人物の治療にあたるためです。ですが、相手を馬鹿にしたように『神殿の用事です』と答えれば、ふつうはそれで充分です」

アデリスがくちびるをゆがめた。

「おれがずっと前から神殿のやつらに対して抱いていた疑惑が、これで裏付けられたというわけだな」

ペンリックは手をふってそれを退け、ニキスが仕分けた衣類をとりあげようとかがみこんだ。

「駄目よ」ニキスが彼の手をはらいのけた。「デスがいいと言うまで、何も運んでは駄目」

「もうずいぶんよくなりました」

ペンリックは抗議したが、結局空手で立ちあがった。

「ですが、今夜の仕事はできるだけ手ばやく片づけます。もう死にそうにくたくたです」心配そうなニキスの視線に気づき、あわてて、「言葉のあやです」

アデリスが立ちあがろうとするニキスに手を貸し、それから衣類の束をその腕に押しこんで、ふたりのために扉をあけてくれた。

「何か食べ物をもってくるわね」彼女が兄にむかって言った。

「階段でつまずくんじゃないぞ」アデリスが背後から低い声をかけた。「ペンリックの舌にもな」

ペンリックは階下でマダム・ズィーレをつかまえ、部屋から部屋へと案内してもらった。南京虫は驚くほど少なかったものの、彼とデスはありとあらゆる隙間、戸棚、櫃《ひつ》、束ねた布などから、そもそもの目標であった虱だけではなく、この地方特有の蚤《のみ》、蠅、衣蛾《いが》と、そのすべての卵を駆除した。館の住人の大半は庭園に集まって洗濯を手伝っている。ペンは物陰に立って、ほとんど一瞬のうちに全員から寄生虫を取り除いた。

〈なんて微笑ましいんでしょうねえ〉秩序をとりもどしたデスが皮肉っぽく述懐した。

マダム・ズィーレは庭にいる人々に紹介しようと言ったが、新たなアイデアを思いついたペンはそれをとめたばかりでなく、自分の姿を見られないようにしてほしいと主張した。

そして腕を組み、広間《アトリウム》の柱にもたれながらズィーレにむかって宣言した。

「運のいいことに、マダムは感染していません」

「わかるんですか」

最初から浮かんでいた疑惑は、まださほど薄れていない。この商売をしていて、いやというほど詐欺師やペテン師に出くわしてきたのだろう。明らかに彼が馬脚をあらわすのを待ちかまえている。

「静かにお話のできる場所はありませんか」ペンは会釈とともに告げた。

彼女のくちびるが乾いた満足をこめて、なかば微笑するように引き攣った。狡猾《こうかつ》な口舌がくりだされることを予期し、身がまえたのだ。

「ならこっちへどうぞ」

女将は上階にむかうと、明らかに彼女自身のものと思われる豪華な寝室にはいり、さらに鍵をあけて狭い私室に通した。書き物机、鵞筆とインク壺、帳簿や納税記録がならんだ棚、金庫——ここはまさしく彼女の私的空間だ。ズィーレは惜しみなく幾本もの蠟燭をともし、壁際のスツールを彼に勧め、自分は書き物机の背もたれの高い椅子に腰をおろした。

ペンリックは膝のあいだで両手を握り、気まずさを隠そうと微笑した。ふたたび医師の仕事にひきずりもどされるのはものすごく不本意なのだが……

「マダム・ズィーレ。あなたの左胸に何が巣くっているか、ご存じでしょうか」

彼女は息をのんでその場所に手をあてた。

〈あらまあ、知っていたのね〉デスがつぶやく。

彼女は息をのみ、あごをあげ、険しい声で答えた。

「死ですよ。少しずつ近づいてくる。最終的に……あたしの姉を殺したのと同じ呪い」

ペンリックはまざまざとそれを思い浮かべながらうなずいた。

「わたしは医師魔術師として、その、ええと、故郷で訓練を受けているときに、そうした事例に出会ったことがあります。木の根のようにひろがってしまった腫瘍を破壊できる幸運に恵まれたことはありませんが、卵のような殻に包まれている場合は、幾度か……成功しました」

だがマーテンズブリッジの医師仲間や、あまりにも手遅れになってからやってきた患者に、彼にしか見えない決定的なちがいを納得させることはできなかった。

「破壊するって、どうやって?」

「冒された肉の内側に、小さな火や熱をくり返し送りこむのです。ですが最近は、氷を使って焼き切るほうが穏やかなのではないかと考えているところです」

「氷で焼き切る?」とペンをにらみつけ、「狂人の戯言《たわごと》に聞こえますね」

「ああ、セドニアは暖かな国ですからね。忘れていました。ですが、冷気で焼くことは可能なんです」

深くすわりなおし、指をあげて意識を集中した。指と指の隙間に小さな雹《ひょう》が生じる。幾呼吸かかけて成長させ、鶏の卵ほどの大きさにしたそれを、マダム・ズィーレにさしだした。

彼女は氷の塊を受けとり、驚きのあまり口をひらいた。彼女の前ではじめて披露した上向きの魔法だ。ふたたび彼にむけられた顔には、恐怖と衝撃と希望と、そしてまったく新たな疑惑が入り混じった、恐ろしいほど真摯な表情が浮かんでいた。

「それじゃあ」とささやく。「あなた、ほんものなんですね。あんまりお若いから」

ペンリックは感じてもいない怒りをわざわざ表明するまでもなく、うなずいた。

「わたしは三十歳です。でも気にしないでください。治療を希望しますか」

ズィーレの目が細くなり、くちびるが引き締まった。釣り針を見つけたと思ったのだ。

「代価はいかほどなの？」

「これに関しては何も請求しません」とペンリック。「なんといっても――この点は理解していただきたいのですが――治癒を保証することはできないのですから。また、ときどき起こることですが、腫瘍がまた生じる可能性もあります」そうした場合はたいてい以前よりも悪性となり、炎のように徹底的に偽りの希望を焼きつくしてしまう。「いずれにしても、わたしの申し出に変わりはありません。しかしながら、わたしにもさしせまった問題があります。わたしはソシエから、誰にも気づかれず、別人として旅をつづけたいと考えています。召使もともに」

彼女は考え深げにまばたきをした。

「どうして秘密にしなきゃならないんです？」

「神殿の用事です」まったくの嘘というわけではない。

アドリアの大神官が彼を大公に貸しだし、大公がアリセイディア将軍を連れて帰るという任務を与えた。すべてはそこからはじまり、どんどんころがって——制御不能に陥ってしまった。その結果、すべての計画をくつがえし、彼はいま将軍を連れてここにいる。〝人間の計画すべてをくつがえし〟だと、ペンは心の中で不安とともに訂正した。

〈虚言の神の神官のくせに、しつこく真実にしがみつこうとするんですよねえ〉デスが言った。〈それはわたしが学者だからです。黙っていてください〉

だがマダム・ズィーレは危惧を押し殺し、苦情を口にすることなくすべてを受け入れ、わずかに敬意の増した会釈を送ってもう一度自分の胸を示した。

「それで……これをどうしようっていうんですか」

「あなたもごらんになったとおり、もっとも深い魔法は表面にあらわれません。よければ触れさせてほしいのですが。そのほうが正確におこなえます」

「いまここで?」

儀式とか、何かもっと準備のようなものがあると考えていたのかもしれない。だがいまは疲れきっているため、そうしたものをでっちあげる気にもなれない。

「はやくはじめたほうがいいのです」〈そうすればはやく終わります〉

そして手のひらを彼女に近づけた。

「さきにお知らせしておきますが、少し痛むかもしれません」

「でも、それが治療の証拠なんでしょう?」

彼女は医師の前でするように無造作に胴着をはだけ――ふたりの職業における奇妙な共通点だ――彼のほうに身をのりだした。

〈デス、視覚をください〉

すぐさま内的視野がひらけた。肌理の細かいやわらかな皮膚に指をあてて黒い染みをさがし、ついさっき雹をつくったように、染みの中心にそれを吸いこむ小さな寒気を呼び起こす。ズィーレははっと息をとめたが、両手で膝の周囲のスカートを握りしめたまま、冷気が増してもじっと動かなかった。激痛に心穏やかならざる沈黙で耐える女は、彼女がはじめてというわけではない。いざとなればニキスもきっとこんなふうだろう。氷が染みの端に到達したところで術をとめ、背筋をのばした。

彼女は息を吸い、そのまま荒く吐きだした。

「これで終わりなんですか」

「最初の処置です。念のため、明日もう一度くり返します。できるかぎり念を入れたいと思っています。そのあと切開して、壊死や感染を防ぐために死んだ物質をとりださなくてはなりません」

そしてその部位に受け入れられるかぎりの上向きの魔法を詰めこむのだが、その過程は彼女には見えない。

ズィーレはうなずき、服をなおした。ありがたいことに呼吸も穏やかになっている。

「わかりますよ。たぶんこれでよくなるんでしょうね」

「夜のあいだ、腫れて痛むかもしれません。どんな具合になったかすべて話してください。そうすれば……」

〈わたしの処置の成否を判断する助けになります〉というのはたぶん、もっとも相手を安心させる言葉ではない。ペンは結局、中途半端なままその文章を終わらせた。

「それで……誰にも気づかれないようにって、どうするんですか。あたしにも何かお手伝いできるんでしょうか。魔法ではできないことなんですか」

「残念ですが、そういうふうに魔法を使えるのはお話の中だけです。鳥に変身して飛んでいけたら便利でしょうね。透明マントをつくることはできませんが、見た目をごまかすマントならなんとかなると思うんです」そこで息を吸い、「まずはいちばん外側からはじめるのがいいでしょう。この館のどこかに、その昔、腰あて《バム・ロール》と呼ばれていた婦人用下着はありませんか」

「ああ！」

彼女がペンを上から下までじろじろとながめた。その顔が、彼と会って以来はじめて、心からの喜びに明るくなる。

「えええええ、そうでしょうとも。わかりますよ……。ああ、あたしは仮装パーティが大好きなんですよ」

3

夜中の洗濯と入浴という危機的な大騒ぎが終結し、館内のほとんどすべてのリネンと衣類が朝の太陽を待つべく庭園に張りわたされた幾本もの紐にさがった。ニキスもこっそり風呂を使った。そして部屋にもどる途中、ペンリックが外のバルコニーで手摺りにもたれ、思索にふけっているのに気づいた。それでも彼は彼女を目にし、身体を起こして微笑を浮かべた。

「アデリスは眠っています。自分で考えているほどはまだ回復していないんです」

それはペンリックも同じではないだろうか。とても疲れているみたいだ。今回はどんなふうに寝台をわければいいかと考えながら、静かに部屋にはいった。マダム・ズィーレは旅する神官の従者のために、布団をふた組運びこんでくれていた。そのひとつをアデリスがすでに占拠している。

「あなたが寝台を使ってください」ペンリックがささやいた。

「駄目よ。寝台はあなたが使って」ニキスもささやき返した。「もし誰かがはいってきたらどうするの。侍女が寝台を使っているのはおかしいでしょ」

ペンリックが口をひらこうとする。ニキスはそのくちびるに指を押しあて、首をふった。ありがたいことに、彼はアデリスに目をやり、それ以上議論をつづけることを諦めてくれた。布団でも、昨夜までの積み重ねただけの藁よりはずっといい。もちろんまだ安全な場所にたどりついたわけではない。それでも、かたわらではアデリスが寝息をたてているし、もう一方ではペンリックの寝台がかすかなきしみをあげている。それだけで充分に思えて、ニキスは不安を抱えながらも長く目覚めていることができなかった。

ここは懐かしいあのパトスの貸別荘のように、夜明けとともにみなが起床する規則正しい館ではない。それでも曙光《しょこう》が射しそめてさほどたたないうちに、静かなノックが聞こえ、召使が奇妙な客人のために洗面の水と朝食を運んできた。ニキスは入口でそれを受けとり、室内便器をわたした。三人はありがたく、熱いお茶とパンと果物をいただいた。驚いたことにつぎのノックは、食器をさげにきた召使ではなく、館の女将その人だった。

「ジュラルド学師さま。いまなら浴場があいていますよ。昨夜相談した仕事をはじめるのに、ちょうどいい時間帯だと思うんですけれどね」

「ありがとうございます、マダム」ペンリックがすみやかに答えた。

「侍女の方もお連れいただけますか。両手をヘンナで染めたくないんですよ」

女将について、三人でぞろぞろとささやかな浴場にむかった。今日も暑くなるのだろう、一面の洗濯物はすでになかば乾いている。ペンリックのつぎに浴場を使っていいという約束のもと、アデリスが水を運んだ。そして、そのときまでよそに行っていろと追いだされ、肩ごしに渋面を投げながらその場を去った。

ペンリックは寝間着兼用だったシャツを脱ぎ、ズボンの紐をほどこうとしたところで手をとめた。

「ああ、マダム・カタイ、慎み深いあなたの前で申し訳ないです。わたしは四年間、学生に解剖学を教えていたためか、皮膚さえついていれば服を着ているように思ってしまうんです」

おぞましい発言にズィーレまでが眉を吊りあげている。

でもきっと事実なのだろう。

〈ほんとにもう〉

だが彼は、この場にいるもうひとりのマダムの慎みは気にかけていないようだ。

「学師さま」ため息をついて、「とにかく浴場にはいってくださいませ」

「ああ、わかりました」

ペンリックは水をかけられ――桶を充分な高さまでもちあげるため、ニキスはベンチの上に立たなくてはならなかった――石鹸で泡立てられ、もう一度水をかけられ、壊れ物のようにそっと木の浴槽につけられた。細くはあるがしっかりと筋肉がついて、がりがりというわけではない――もちろんそのほうがずっといい。そして全身の肌が乳のように白い。

それからニキスは、拷問にかけられてもけっして声に出して告げないだろう夢をかなえて、あの奇跡の髪を洗った。そのあとで明るいヘンナの染め粉を使う。胸が張り裂けそうにつらかったが、彼の白銀に近い金髪は、この染め粉がしばしばつくりだす下品な赤ではなく、もとの髪と同じくらい魅力的な銅色を帯びた金髪に変じた。ペンリックが身体をふき終わると、ズィーレが薄いローブをわたした。ニキスはあのきらめく目を閉じさせ、ごくごく慎重に眉も同じ色に染めた。それらの作業の結果、彼女の両手は、彼の髪ほど魅力的ではないオレンジ色に染まってしまった。

ズィーレが満足そうに微笑した。

「ああ、とっても自然な仕上がりですね。うまくいくだろうと思ってたんですよ」

「旅のはじめに染めていた胡桃《くるみ》色より、こちらほうがいいですね。何事であれ、やりすぎないのがいちばんだと思います」

「まだまだ手はじめですよ。つぎはのびかけているそのお髭ですね。剃刀《かみそり》はおもちですか。それともうちのをお貸ししましょうか」

そういえばニキスは、目が見えないアデリスの髭を剃ってやるペンリックを見たことはあるが、彼が自分の髭を剃っているところは、この逃避行をはじめてごく身近にすごしているあいだも、一度も見たことがない。

「わたしは独特のやり方をしています。オイル少しと布があれば充分です」

彼があごにオイルを塗り、布で丁寧《ていねい》にふきとる。のびかけの髭は——奇跡のように——布に移動していた。これは上向きの魔法だろうか、それとも下向きなのだろうか。ズィーレがあらわれたなめらかな皮膚に手をすべらせるのを見て、ニキスは緊張した。

「あらまあ。ちゃんとできてるじゃありませんか」つづいてさぐるように白い胸を見つめ、

「そっちはどうでしょうね」

「いえ、その、こっちは衣装をつければ大丈夫だと思うんです」と細い腕をふり、「袖が長く、

襟が高い、そういった服です。見るからに高価そうで、近寄りがたい感じの」

「いろいろためしてみなきゃなりませんね。でもそういった形のものはあまりないんですよ。どうしても肌が出ますね」

彼は顔をしかめながらもうなずいた。そこでようやくニキスにも、彼が変装のために考えているのが髪染めだけではないことがわかった。

「学師さま、兄の例にならってみるおつもりなの?」

「そのようなものです。うまくいくかどうか、やってみましょう」

そのときペンリックが背をむけたので、彼女は庶子神に対する心からの感謝の祈りをこめて、弧を描くくちびるをはじいた。そしてズィーレが、「つづきはあたしの部屋でこっそりやりましょうかね」と言いだしたため、行き届いた侍女らしくその場を片づけてから、意気ごんでふたりのあとを追ったのだった。

通りすがりにほぼ乾いていたペンリックの肌着——擦り切れたリネンの下穿きを物干し綱から回収し、ズィーレの部屋の扉が閉まると同時に無言で手わたした。ペンリックは感謝の笑みを浮かべ、すぐさまそれを身につけた。

ズィーレの……作業場——と呼ぶことにしよう——はとてもすてきな部屋だった。間違いなく、ひとつには彼女自身の価値を高めるためだろう。夜ごと客を歓待することに加え、十人以上の女を抱え、さらに十人以上の召使を雇って館を運営していくには、いったいどれくらいの金がかかるのだろう。ニキスはすばやく頭を働かせた。清潔さは回復した。立派な装飾や内装は、心地よさと同時に威圧感を与え、館の客に節度あるふるまいを求める効果を果たしている。家具はだいたいにおいて簡素で、収納用の櫃がいくつかと、ふつうよりも大型の寝台がおいてある。一方の壁に飾られたみごとな仮面のコレクションが、独特な装飾としてひときわ目を惹いている。

寝台の上に婦人用のドレスと下着が積み重ねてあった。ズィーレがペンリックを立たせたまま、つぎつぎとりあげてはその長身にあてて、「駄目、駄目……いけるわね、これは駄目」などとつぶやき、投げ捨てては新たな山をつくっていく。布に詰め物をした二本の筒がとりだされ、ペンリックがためらいなく細いほうを示した。

「そうねえ。腰が細すぎるからもっと足したほうがいいかと思っていたんだけれど、確かに学師さまの言うとおりですね」

ズィーレが彼の腰に紐を縛り、筒が尻の周囲におさまった。上半身にも布が巻きつけられ、それをふくらませるためにどれだけの詰め物が必要か、討議がおこなわれる。ここでもまた、多めよりは少なめが選択された。

「手と足もなんとかしなきゃいけませんね。なんといっても細部がものをいうんですからね」

「そうですね、マダム」

ペンリックは愛想よく答え、抽斗《ひきだし》と鏡のついた小テーブルの前におとなしく腰をおろした。

ズィーレが抽斗を漁《あさ》り、琺瑯《ほうろう》の箱をいくつかとりだした。どれにもさまざまな基礎化粧品とメークアップ用品がはいっている。こんなにいろいろなものを一度に見るのはニキスもはじめてだ。ズィーレはニキスにペンリックの足をまかせ、自分は手を担当した。他人の足の手入れをするのは、結婚前、気のあった女友達数人と、母や姉を不器用に真似て、くすくす笑いながらたがいの足をいじりあったとき以来だ。そう、キミスが晩年病に倒れたときも足の手入れはしたけれど、笑うことはできなかった。ズィーレのくちびるに小さな微笑が躍っている。彼女もまた、若いころの楽しかった女の子集会を思いだしているのかもしれない。

ペンリックの足はずいぶん荒れていた。それでもやすりをかけ、こすり、オイルを塗ることで、ズィーレからの専門的な助言もいくつかあり、まもなく満足のいく効果が得られた。ズィーレにわたされた明るい銅色のエナメルで仕上げをする。満足して背筋をのばすと、ペンリックがいくぶんゆがんだ笑みを浮かべて見おろしていた。彼が——忘れてはいけない、彼とデズデモーナが、だ——これらすべてをどう思っているか、うかがわせる手がかりは何ひとつなかった。

「髪が乾いたようですね」ズィーレがふわふわと髪をいじりながら言った。

ふだんはゆるやかに波うっている髪が、ヘンナのおかげでいつもよりきつくカールしている。

「どうしましょうねえ。うしろにまとめる？　結いあげる？」

そして赤みがかった絹の髪を両手にもって動かし、あちこちむきを変えている。

「もちろん、そのままおろしてください」ペンリックが主張し、ズィーレの手もとを見ようと虚しく視線を動かした。「できるだけ首のまわりが隠れるように」

「むむむ、でもその頬骨は生かしたいですよねえ」

櫛と髪留めが彼女の巧みな手に操られて妥協点をさぐる。その結果、ひたいに幾房かの前髪をつくり、側面の髪を頭頂にもちあげてまとめることになった。残りは銅色の滝のようにうなじに流れ落ちている。

「それじゃつぎは……」

ズィーレの手が化粧品の箱をさぐる。そしてペンリックの睫毛を茶色に染め、目蓋《まぶた》にわずかなコールを塗り、頰とくちびるに軽く紅を刷いて仕上げとした。ペンリックがはじめてむきを変え、結果を見ようと小さな鏡をのぞきこんだ。ヘンナで染めた眉がよじれた。

「立ってくださいな」

ズィーレの要求にペンリックが従う。彼女が青緑のゆったりとしたリネンをふりひろげ、髪を乱さないよう気をつけながら頭からかぶせた。爪が銅色に染まった手を袖に通し、やわらかな襞《ひだ》をおろす。肩のスリットが白い肌をのぞかせ、海の色の布が慎み深く鎖骨《さこつ》をおおってドレープをつくる。背中は大きくあいているものの、髪におおわれているため肌は見えない。

残念ながら、ドレスの丈が彼のふくらはぎまでしかない。ニキスは無言でそれを指さした。

「ええ、ええ。そうなるだろうと思ってましたよ。さあさあ、侍女さんも手伝ってくださいな」

ふたりは協力して、縁に襞飾りのはいった濃紺のスカートをもう一枚、ドレスの下、腰に巻いた筒の周囲にとめていった。仕上がりは――というか裾下がりは、申し分なく彼の踵《かかと》まで届いた。銅の輪をつないだベルトを腰に巻いて、完成だ。ズィーレが一歩さがり、くちびるをすぼめてみずからの作品を点検する。ペンリックが愛想よくまばたきを返した。

「五柱の神々にかけて」ニキスはつぶやいた。「こんなのってほんと、不公平だわ」

「まさしくそのとおり《アーメン》」ズィーレが同意して大きなため息を漏らした。

考え深げな沈黙がつづいたため、とうとうペンリックがたずねた。

「どうしたのですか」

「お気になさらないでくださいましよ、学師さま」

ズィーレがまたべつの櫃をかきまわし、踵の高い厚底靴をとりだした。

「これを履いてごらんなさいな」

彼は腰をおろしながら疑わしげにたずねた。

「平らなサンダルのほうがよくはないですか。そもそもわたしはかなり背が高いですし」

「女神は背が高くてもかまわないんですよ」薄紅に染まった彼の頬を軽くたたいて、「何よりこれで歩き方が変わりますからね。中身がのそのそした男の子では、どんなに着飾っても台無しじゃありませんか」

彼は一瞬考えてから、うなずいて同意を示した。そこでニキスがひざまずいて、せっかく塗ったエナメルを汚さないよう気をつけながら、革紐を結ぶことになった。彼がまた立ちあがり、危うげに、それでも慎重に歩きまわりながら、アドリア語で何かつぶやいた。

「なんですか、学師さま」ニキスはたずねた。

「ミラはこの三倍も踵の高い靴を履いて、踏み間違いを誘うような掘割のある石畳の街路で、いつも首を危険にさらしていたのだそうです。わたしはそんなだらしのない真似をしてはいけないと言っています」

室内を歩きまわるのも、二周めになると足もとがしっかりしてきて、三周めはまったく危なげがなくなった。こんなにすみやかに歩き方を習得するなんて、いったい多重人格の魔はペンリックにどのような教え方をしたのだろう。

「そして学師さま、この背の高い優雅な赤毛のレディのお名前と来歴はどうなっているんですか」ニキスはたずねた。「もちろん、お供もですけれど」

つぎからつぎへと設定が変わっていくため、ニキスにもうわけがわからなくなっている。

「ああ、よい質問です」

長椅子にむかおうとした彼に、ズィーレが忠告した。

「どすんと腰かけるんじゃありませんよ。スカートを優雅にさばいて」

彼はためらい、それからみごとにそれをこなしてみせた。

「名前はミラがいいと思います。それならけっして忘れませんから。来歴は……そうですね。この仮面劇がいつまでつづくかによりますが」

たぶん、オルバスの国境まで。でも、それには何日かかるだろう。おまけに、彼らはいま一枚の貨幣すらもっていないのだ。

しばし考えて、ペンリックが答えた。

「わたしはアドリアのミラ……あの国の高級娼婦《クルテイザン》で、このたび引退してある方にお仕えすることになりました。旅をしているのはその方のもとへ行くためです。ズィーレとは若いころからの友人で——いえ、共通の友人がいるというほうがいいですね。これまで会ったことはありません。思いがけずソシエで行き暮れてしまったので、彼女を思いだし、この館に宿を請うたのです。なんといっても、ああ、その、荷物はどうして失ったのでしょう……」

「荷物はべつの馬車で送ったんですよ」ズィーレが助け船を出した。「そして到着しなかった。たぶん、これからも届くことはないでしょうね」

「ああ、それはいいですね」

「よくあることですよ」彼女がため息をついた。「川を渡るときに失くしたと連中は言いますけれどね、あたしはあいつらが盗んだんだと思ってますよ」

これは三人の身の上に関する作り話のことだろうか、それとも個人的な体験なのだろうか。船の難破よりこのほうがもっともらしいし、興味をひくような事件でもないから細部まで決めておく必要もない。

「そして召使は？」ニキスはペンリックを促した。

「長く雇っているわけではありません。たまたま目的地がいっしょだっただけで」

「そして兄は……？」と、顔の上半分に触れた。

ペンリックは軽く肩をすくめ、それが問題となることを認めた。いまごろは逃亡者に関する手配書がまわっているだろうし、それほど正確でなくとも、アデリスの火傷に触れていないはずはない。あれは目立つしごまかしようがない。ガーゼを固定するためパトスで使っていた古い舞踏会用の仮面では解決にならない。変装としてあからさますぎるし、傷そのものと同じくらい注目を集め、かえって危険だ。ズィーレの壁を飾るすばらしい仮面のコレクションが目にとまった。彼女の中でアイデアがうずきはじめた。

〈あとにしよう〉

ペンリック――ミラ――が親指でくちびるをはじいた。そして睫毛ごしにマダム・ズィーレを見あげる。

「昨夜の治療をもう一度おこないたいのですが。今朝、具合はいかがですか」

「学師さまがおっしゃったとおり、痛むし腫れていますよ」彼女が肩をすくめた。「でも……我慢できないほどじゃありませんね。もう一度やる時間なんですか」

彼は小さくうなずいた。

「破壊と治癒は正しくバランスをとらなくてはなりません。わたしは破壊をもたらしますが、治癒はマダム自身の身体がつくりだします。だいたいにおいてですが」

楽しかった雰囲気がふいに厳粛さを帯びる。ニキスは眉をひそめた。

ズィーレが彼の前に膝をつき、おちつきはらって胴着をはだけた。一瞬の当惑をおぼえながら、ニキスは賢明にもそれを表に出さなかった。ペンリックが顔をしかめ、彼女の左胸の、まさしく赤く腫れあがった箇所に二本の指をあてた。その顔に、アデリスの目を治療していたときと同じ、みずからの内で意識を集中するあの表情が浮かぶ。ニキスはくちびるを噛んだ。デズデモーナの力は傷ついた彼の心臓のために酷使されてきた。それをまた必要以上に使うべきではないという分別は働かないのだろうか。あとでとっちめてやらなくては。

ズィーレが息を詰め、一瞬身体をこわばらせる。やがてペンリックの手が離れ、穏やかな声がたずねた。

「今回も我慢できそうですか」

ズィーレがうなずいて立ちあがり、彼を見おろした。その顔に、彼がしばしば他者に生じさせる懸念と当惑が浮かんでいる。

「あとで医療鞄をとってきて排出します。そしてようすを見ましょう」

また軽いうなずき。

「必要以上に長くご迷惑をかけないようにします」

彼女は手をふった。

「今朝のこのお楽しみだけで、入浴と食事何回分かの代金に相当しますよ、ジュラルド学師さま。それとも――レディ・ミラ？　マダム・ミラでしょうかね」

「アドリア式にいうなら、ソーラ・ミラです」彼は答えた。「発音に気をつけなくてはなりませんね。彼女の発音を真似て。ミラはセドニア語は少ししか話せません。でもダルサカ語は流《りゅう》暢《ちょう》です。ところで、わたしの声はどうですか」それからより高い声で、「この声のほうがいいでしょうか」

「やりすぎないほうがいいですよ」ズィーレが忠告した。「長身のミラなら、ハスキーな声でもおかしくはないですからね。低い声や大声さえ出さなければ」

「わかりました」

彼は立ちあがろうとして動きをとめ、より優雅さを意識してやりなおした。

「では実験です」彼がニキスに笑いかけた。「ソーラ・ミラをあなたの兄君に紹介してみましょうか」

ニキスは懸命に召使らしくあろうとしながら、かろうじて笑いをこらえた。

「ええ、ぜひお願いします、学師さま」

マダム・ズィーレは手をふってふたりを退出させ、商売道具を箱におさめはじめた。ニキスとペンリックは広間《アトリウム》のバルコニーに出た。

「一、二周してみましょう」ペンリックがつぶやいた。「歩き方を練習しておかなくてはなりません」

ニキスはうなずき、ふたりは腕をからめて歩きはじめた。まもなく彼女はたずねた。

「さっきマダム・ズィーレに何をしていたの？　手をあてていたわよね」

彼が笑みを浮かべた。

「ちょっとした治療です。うまくいけばいいのですが」

「どういう種類の？　上向き？　それとも下向き？」

「ある意味両方です。胸に腫瘍があるのです。残念ながら、良性ではありません」

「まあ」そこでためらい、「治せるの？」

「治ることもありますし、治らないこともあります」彼はため息をついた。「治らないとわかるのは、わたしたちが出発したずっとあとのことになると思います」

「魔法としてたいへんな仕事なの？」

彼はその問いを手をふって退けた。だが答えになっていない答えに、彼女の疑惑はつのった。

ペンリックが声を落とした。

「気づかないまま指名手配犯をかくまうことに比べたら、まったくたいへんではありません。もし事態が悪くころんだら」

「そうね」彼女は息を吸った。「悪くころばないようにしなくてはならないわね」

「ええ、そうです」彼の声がさらにひそかになった。「マーテンズブリッジにいたころ、ああしたものについて――腫瘍とかそうしたものについて、もっとよく研究しておけばよかったと思います。基礎的な混沌がかかわっていて、それはわたしにも直接感知できるのですが、祈りを捧げても役に立つ洞察がもどってきたことは一度もないのです。わたしの魔の乗り手であったご婦人も何人か、同じような無秩序で生命を落としているというのに。そういえば、ミラもそのひとりでした」

「ほんとうに残念なこと」デズデモーナがさらに静かな声でつづけた。「あのころのわたしたちには、まだわかっていなかったのですよ」

ペンリックは奇妙な哀れみをこめてうなずいた。

「正確にはあなたのせいではありません。ウメランが――デスの六番めの乗り手ですが」とかたわらのニキスに説明して、「ブラジャルの庶子神教団の庇護下にはいるまで、あなた方は混沌のバランスをとること、無意識のうちにそれを放出しないことを、学んではいなかったのですから」ふたたびニキスにむきなおり、「神殿が里居の魔術師を追い、規律と訓練を課そうとするのは、もしくは魔を引き剝がそうとするのは、ひとつにはそのためでもあります。世にひろく知られ、信じられているような理由ではないんです」

神殿が魔を滅ぼすという話にデズデモーナが小さなうめきをあげたが、それ以上その話題を進めようとはしなかった。ニキスはからめた腕にわずかな力をこめた。だが自分はいま、この複雑な頭の中にひそむ、どちらの住人を慰めようとしているのだろう。ペンリックはいまもまだそうした内的危機にさらされているのだろうか。彼自身はそうとは考えていないようだけれども。

ようやく部屋の入口までたどりついたとき、ペンリックが考え深げにつぶやいた。

「不思議なのですが、婦人用の服を着た男は、どうして男物の服を着たご婦人よりも滑稽《こっけい》に見えるのでしょう」

ニキスは首をふった。

「わからないわ。でもそれは不公平よね」みっちりと詰まった自分の胴着を浮かぬ顔で示しながら、「わたしの場合、わざわざためしてみる必要もないわ。十二歳のときが最後。胸をしっかり押さえてもね」

「ええ、そんな必要はまったくありません。心配する必要だって。あなたはいまのそのままで完璧です」薔薇《ばら》色に染めたくちびるにかすかな微笑が浮かぶ。「少なくとも、デスはこのドレスが気に入っています。実体のない魔がどうして綺麗な衣服を好むのか、わたしにはわからないのですが、でも彼女はそうなんです。うちにいるときは、わたしの職と財布の許すかぎりではありますが、彼女のために最善を尽くしていました。でも明らかに、デスは婦人物のドレスが着られないことを残念がっていました」

ペンリックはわずかな時間をかけて、みずからをミラとして——両方の意味で——設定しなおし、さきにはいるようニキスを促した。

ペンリックとニキスが延々ズィーレの部屋を占拠しているあいだに、アデリスは風呂を使い、悪臭がいちばんましなシャツとズボンに着替えていた。ただし、裸足だ。すぐにも洗濯場に干したままの服をとってこなくては。ニキスのあとからペンリックがふわりとはいってくる。アデリスは驚いて帽子をつかみ、ひたいまで深くかぶって立ちあがった。そして狼狽《ろうばい》をこめてニキスをにらみつけた。

「失礼だが」ようやく彼が口をひらいた。「部屋を間違ってはおられないか。ここはマダム・ズィーレがおれの——あるじにと、用意してくれたものだが」

「あら、お気になさらないで」ミラが目もくらむような微笑を投げた。「あたくしは相部屋でもかまいませんのよ」

「新しくお友達になったの」ニキスはいかにも楽しそうに紹介した。「ミラというのよ」

アデリスが顔をしかめた。

「外で誰かれと話しこむのは感心せんな。ジュラルド……学師殿も、軽はずみなおこないを慎むよう言っておられただろう」

「おかけなさいませ」ミラがハスキーな声をかけて優雅に白い手をふる。「お仕事の邪魔をするつもりではありませんでしたのよ」

ただぼんやりしていただけのアデリスは、ふりだけでもできる仕事をさがすかのようにあたりを見まわしたが、結局何も見つからず、椅子にすわりなおした。ミラは気取った足どりで寝台に歩み寄った。快活な、だが誘うようなしぐさですとんと腰をおろし、うしろに手をついて胸をつきだす。首をかしげると、青い瞳が海の上の太陽のようにきらめく。

「洗濯場で妹さんにお会いしましたの。あたくし、旅の方のお話を聞くのが大好きですのよ」

銅色に爪を染めたやや大きめの足が、襞飾りのついたスカートの裾を蹴る。

「いったいどんな話をしたんだ」アデリスがニキスにたずねた。

さりげない口調を保とうとしてはいるが、警戒心は隠しきれていない。それにしても、このように帽子を深くかぶっていたのでは、公平なテストにならないかもしれない。

「兄上さまはほんとうに、見るからに屈強なすばらしい武人だって」ミラが咽喉を鳴らすような声で答えた。「妹さんがそうおっしゃったのよ。あたくし、絶対大げさに言っているだけだと思いましたの。でもそれでも控えめなくらいでしたのね。ええ、妹さんたち、ですわね。すてきなものを見慣れていらっしゃる。ところで、お名前はなんとおっしゃいますの?」

「ア——アドウ」アデリスはごまかした。

つばの陰で目が大きく見ひらかれ、傷のある頬が赤らんでいる。ミラが両手を打ち鳴らした。

「まあ、アドリアのお名前ですわね！　アドリアに行ったことはおあり?　ほんとうに美しい豊かな国ですのよ。ときどき三日熱が流行《はや》るのを気にしなければですけれど」ミラはそして、天真爛漫《てんしんらんまん》に頬をふくらませてみせた。「ぜひとも一度、お訪ねなさいませ」

アデリスがミラを見つめた。これで三度めだ。そして四度め。ニキスにもコインの落ちる正確な瞬間がわかった。彼が帽子をつかみとって床にたたきつけたのだ。

「とんでもない冗談だ」それまでとは打って変わった声だった。

「まあ、乱暴ですこと！」

ミラが身体を起こし、とがらせたくちびるの前でぱたぱたと手をふる。ペンリックがニキスをふり返り、いつもの口調で言った。

「扇子《せんす》を使ったほうがいいですね。ミラはあらゆるニュアンスをこめて巧みに扇子を使いこなしますから。いささか時代遅れかもしれませんけれど。それに、どうしてもアドリア式になります。でもそこはわたしが修正します。マダム・ズィーレのあの魔法の箱のどこかに、貸してもらえるような扇子があるかもしれません」

「きっとあるわ。マダムも大笑いするわよ」

ニキスは彼とならんで寝台にすわった――いや、〝彼女〟だろうか。それをいうなら〝彼ら〟でもいい。そしてアデリスにむきなおった。

「アデリスは五分間、騙されていたわ。国境警備隊を十五分、騙せると思う？」

「旅行者の服を脱がそうとしないかぎりはな」そこで少し考え、「脱がされても大丈夫かもしれん。こいつの目的が、とにかく神殿魔術師ペンリック学師以外の誰かになることだというん

ならな」そこでさらにまた考え、「おれは一度だって疑ったことはない。こいつはどうやって
でもこの国から脱出できるだろう。こいつと、たぶんおまえは。問題の……核心はそこじゃな
い」彼の手が不気味な傷痕に触れる。
ニキスは身をのりだし、熱く語った。
「わたし、考えてみたのよ」隣のペンリックに視線をむけて、「ミラは召使に揃いのお仕着せ
を着せたがるような風変わりなところがあるんじゃない？」
「ええ、そうですね」
「お揃いの仮面とか」
「……なるほど」
「ひとりの召使が仮面をつけていたら注目を浴びるわ。でもそんな召使がふたりいたらどうか
しらね、ミラ」
「ミラは注目を浴びるために生きていました。そう、少なくとも表向きの人生はそうでした。
じつをいえば、私生活でも同じです」
もちろん、学者であるペンリックのやり方とはかけ離れている。だが彼はいかなる事態にも
柔軟に対応できることを証明してみせた。
アデリスの視線はまだしきりとニキスとペンリックのあいだを行き来している。それとも、
〝ニキスとミラのあいだ〟だろうか。ペンリックが彼の視線をとらえ、銅色の巻き毛をはじい
てにっこりと笑った。アデリスはくちびるを引き結んで顔をそむけた。まだ頰が少し赤い。

「それじゃわたしは」ニキスは決然と宣言した。「縫い物をしてくるわ。材料が手にはいればだけれど」

「わたしも手伝います」ペンリックが申しでた。「布でも皮膚でも、わたしはとても丁寧《ていねい》に縫うことができます」

ニキスは彼に微笑を投げた。

〈もちろんそうでしょうとも〉

〝あなたはいまのそのままで完璧です〟という言葉、いまは心の奥にしまっておいて、あとでゆっくり考えよう。怖い大人にとりあげられることを恐れ、お菓子を隠しておく子供のように。

〈わたしはいままで、あまりにも長いあいだ大人でいなくてはならなかったのよ〉

4

ペンリックは感心した。ニキスが驚くほどの能力を発揮して、仮装のつぎの段階のための材料を集めてきたのだ。彼らは残る午後いっぱい部屋にこもって作業をおこなった。控えめにスパンコールを飾った、顔の上半分をおおう揃いの黒い仮面が二枚。これはズィーレが提供してくれた。ニキスがたっぷりとした古い黒いスカートをつぶして、二枚のタバードをつくった。アデリスがそれを黒いシャツとズボンの上に、彼女自身が黒いドレスの上に羽織ると、しっくりと調和するし、揃いの仕着せに見える。サンダルは洗うために、剣は研ぐために、いまは手もとにないものの、試着をすませたアデリスが腰をおろしてじっと作業を見守っている。

「お揃いの刺繡《ししゆう》と装飾をもっとつけたほうがいいと思うんだけれど」ニキスが借り物の針を飛ぶように動かしながらつぶやいた。「時間がないわ。まずは縁にこの飾り紐をつけなくてはならないし」

「きっとこれは普段着なんです」ペンリックはもう一枚のタバードを抱え、ニキスに負けないくらいすばやく針を走らせようとしながらつぶやいた。「魅惑あふれる夜には、ミラもきっと召使にもっと華やかな衣装を着せるでしょう。残念ながら彼女の荷物は、あの忌ま忌ましい荷馬車のせいで遅れているんです」

ニキスが縫い物にむかって微笑する。ペンリックはこっそり彼女を観察した。うつむいて一心に針を進める彼女は、自分がどれほど魅力的に見えるかまったく気づいていない。彼女はもちろん、穏やかで充実した……〝何か〟の芯となるべき人だ。〝わたしの人生の〟と考えてはならない。だって彼女は兄とともにオルバスにとどまり、ペンリックはアドリアにもどらなくてはならないのだから。ほんとうに？　彼はさらに針を動かしつづけた。

だが結局は、その問題をつつかずにはいられないらしい。〈瘡蓋《かさぶた》を剝がすように？〉

「ヴィルノックについたらどうするか、アデリスの計画は聞きました。あなたはどうなのですか」

ニキスが驚いて顔をあげた。

「どうって？」

「あなた自身のことは何も考えていないのですか」

「おれがそばにいるかぎり、ニキスには何ひとつ不自由はさせん」アデリスが答えた。

いまのアデリスは、三人が運んでいる荷物よりほかは何ひとつ所持せず、しかも殺意をもった敵に追われている。だがそれを口に出すことは控えておく。そしてそのどちらにおいても、彼と妹は運命をともにしている。

「そうですね」ペンはふたたび試みた。「でも、あなたは何を望んでいるのですか。つまり、選択できるならばということですが」

〝選択〟という概念の周囲に想像をめぐらそうとしている――もしくは、めぐらそうとしながらできずにいるニキスを見ているのは、少しばかりつらい。

「そんなことを考えて何になるの？」やがて彼女が問い返した。「わたしはわたしの道にやってきた運命にそのときどきで対処するだけよ」

そのときの彼女のしぐさは、ひと握りの土を最初に墓に投げ入れる遺族を思わせた。心が痛む。彼女はこれまで三度、頼りとする親族に襲いかかる災難によって人生をくつがえされてきた。父のとつぜんの死。長患いのすえの夫の死。そしてこんどは、生命をかけたアデリスの逃亡だ。彼女は双子ともいうべき異母兄に目をむけ、またそらした。そのあいだも針を運ぶ速度が落ちることはない。

「わたし、パトスのあの別荘がほんとうに好きだったわ。いつも自分の邸のつもりでいたのよ。いまはそうでなくてよかったと思えるけれど」

〈つまり、自分の家がほしいということでしょうか〉ペンはいまの言葉を解釈してみた。

〈女はみな、人生のどこかの時点で自分の家をほしがるものですよ〉デスが答えた。〈殿方の手を介さず家を手に入れることは、ほとんど不可能になっていますけれどね〉

では、運河を見おろす他人の館のささやかな部屋ふたつはどうだろう。ペンリック自身は満足しているが、彼女への捧げ物としては不足なのではないか。

「いつまでもこのように貧しいままではいない」アデリスが宣言した。

楽観というより、むしろ妹の気分をひきたてようとしているのだろう。アデリスもまた、せんだっての——現在進行中の——災難によって多大なものを失った。危うく視力まで奪われるところだった。視力が回復したことで、あとのものもとりもどせると期待しているのかもしれない。

ニキスが肩をすくめた。

「安全な暮らしは裕福とか貧乏とかとは関係ないわ。善良だとか邪悪だとかとも。人は好きなだけ信心深くなれるし、宮殿をもつことだってできる。でも大地がその肩を揺らしたり火事が起こったりしたら、すべて一瞬で失われてしまうんだわ」そして縫目にむかって顔をしかめ、「真の安全は根をはっているんじゃなくて、足をもって移動するものなのかもしれないわね。もしくは、翼を生やして」そして彼女は奇妙な視線をペンリックにむけた。

〈庭師鳥《にわしどり》だ〉とペンリックは考えた。確かあの鳥は、雌の気をひくために、複雑に飾りたてた巣をつくるのではなかったか。

〈枝から逆さまにぶらさがって激しく羽をふるわせ、何時間もさけんでアピールする鳥もいましたね〉デスがいかにも親切そうに助言する。〈それもためしてみたら?〉

〈わたしはまだそこまで自棄《やけ》になっていません。いまはまだ〉

だが、神殿神官の彼の財布では貸別荘でさえ手が出ない。

〈魔術師としての能力を使えばそれくらい手にはいりますよ。あなたがわたしたちの仕事をいつもいつも安売りしなければね〉

〈わたしたちの力は庶子神よりの賜り物です。人々のためになるものを出し惜しみするのは間違っています〉

〈だったら医師の看板を出すのね〉

会話を楽しんでいた心が凍りついた。

〈いやです〉

怯えたような沈黙のすえに、デスがつぶやいた。

〈ごめんなさい。よい冗談ではありませんでしたね〉

〈ええ〉ペンはおちつこうと息を吸った。〈気にしないでください〉

飾り紐が終わりまできた。以前ある外科医に教わったやり方が無意識のうちにあらわれ、片手で結んで糸を切った。ニキスが眉を吊りあげ、手をとめて見つめている。そして彼女は首をふり、また縫い物にもどった。

〈もし選択できるなら、わたしは何を望むだろう〉ペンはみずからに問うた。

ひとつの答えは明らかだ。いま目の前にすわっている。だがその選択は彼がすべきものなのだろうか。

〈あなたには多くの選択肢がありますよ〉デズデモーナが言った。〈真の問題は、その選択が何とひきかえになるかですね〉

ペンリックはマダム・ズィーレの排出治療をしながら、衣装と仮面はもちろんのこと、あとひと晩の宿と食事の交渉をした。その代価として、夜のあいだ玄関広間《アトリウム》の上――いつもなら二階係の女中が控えている場所に陣取って、その必要がある客からひそかに害虫を駆除することになった。優に三分の一の客がそれに該当した。黒いタバードとマスクというすっきりした格好のニキスが、ソーラ・ミナ個人の召使として付き添っている。いや、余計な注目を浴びないよう守っているのはどっちで、守られているのはどっちなのだろう。だが結局のところ、ズィーレの客たちはそれなりに行儀がよかった。よすぎるといってもいいくらいだ。

この仕事は完全に下向きの魔法で代償を必要としないが、いまもまだ続行中の彼自身の治癒とマダム・ズィーレの腫瘍の治療に必要とされるものを考えれば、デスにとってはひと口に足りるかどうかといったささやかな間食にすぎない。あとで衣装を着替えて屋根にあがり、もっとよい混沌の捨て場をさがしにいこう。神殿で資金を調達する必要もある。ズィーレの館は心地よく、いつまでも休んでいたい誘惑にかられるが、あまり長くとどまるべきではない。

真夜中が近づき、訪れる客の流れもゆるやかになってきたころ、ペンリックは持ち場を離れ、庭に出ることにした。星空のもとで油壺の篝火を焚いて、いかにも急拵えに見せかけてはいるが、客のための食べ物と飲み物が用意され、音楽と会話を楽しむサロンだ。だがこの地方都市の名士やお偉方では、ミラがかつて勢力をふるったロディの貴族的な夜会ほど洗練されたものにはならないだろう。

〈あの方々だって見かけの半分も洗練されてはいませんでしたわよ〉ミラが面白そうに告げた。いずれにしてもここでなら、国境警備隊を相手に生死を賭けた大芝居をする前に、少しばかりミラになる練習をしても危険はない。おまけに腹も減ってきた。

歩幅を狭く優雅なものに変え、厚底靴でよろめかないよう気をつけながら、ニキスに導かれて階段をおりていく。

〈あなたにわかるかしら〉ミラがため息をついた。〈あのころのあたくしに、それだけのすばらしい長身があったら、いったいどれだけのことができたかしらね〉

庭には十数人の男と、その半分くらいの女がいた。彼がはいっていくと、驚いたことにすべての頭がふり返った。少なからぬ口がぽかんとひらき、持ち主が原状回復するのにしばしの時間がかかる。彼は慈愛に満ちた微笑を浮かべ、柱に吊るしたランタンの下、詰め物をした長椅子に席を占めた。

〈よい選択ですこと〉とミラ。〈ランタンの光であたくしたちの髪がひきたちますわ〉

意識的に上体をそらしてわずかに胸をつきだし、指に髪を巻きつけた。ニキスが——彼女に祝福あれ——トレイをもった召使を連れてきたので、軽食をふたつ——調理した葡萄の葉に包んだ香ばしい肉と、白チーズの塊を選んだ。

「あなたも空腹ではありませんか」彼女にむかってささやいた。

「わたしは召使よ、忘れないで」彼女がささやき返す。「お客さまの前で勝手に食事をしたら馘首《くび》になるわ」

「幸いなことに、ミラは風変わりなんです」

そして断固として彼女のあごをつつき、細い指で葡萄の葉の包みを口の中に放りこんだ。彼女が意識しないまま微笑を返す。もしかするとあまり賢明な行動ではなかったかもしれない。彼こちらを凝視していた男たちの視線のむかうさきが、とつぜん彼ひとりではなくなったのだ。

三人の男が円を描くように近づいてきた。ひとりの男に放りだされた敵娼《あいかた》が茫然としている。若いふたりが年長の男ににらみつけられて退散した。がっしりとした肩幅のひろい男で、灰色まじりの髪を軍隊風に整えている。強烈な眼力を発射する投石機のような顔だ。大きな鉤鼻、大きなあご、大きな耳。疱瘡《ほうそう》の痕が点々と残る日に焼けた肌。まさしく履き古したブーツのようだ。それもたぶん底に鋲釘が打ってある。だが、その驚くほどの醜さを補って、茶色の目には知性があふれているし、口もとにはいくぶん厳めしいながらも微笑が浮かんでいる。その男がペンリックの隣に腰をおろした。面白いことに、彼はひそかな害虫退治が必要だった客の中にははいっていない。ニキスが侍女らしく、あるじを守るかのようにふたりの背後に立った。

男がミラの手をとった。

「ごきげんよう。きみは新顔だな」

関節にくちびるをあてるのを許しながらも、愛想笑いはやめておく。

「あなたもですわね、ちがいまして?」

男が小さな笑い声をあげた。

「この歳になったら、どこへ行っても新顔なんてことはあり得んさ。名前はチャドゥロだ。レディ、きみは?」

「ミラとお呼びくださいな。残念ながらあたくしも新顔ではありませんのよ。旅の途中でマダム・ズィーレのお館に寄らせていただいただけですの」

濃い眉が失意に吊りあがった。

「では、ここに雇われているわけではないのか」

ペンはうなずいた。

「ああ、それは残念だ」彼はペンの手をスカートに包まれた太股《ふともも》の上にもどし、ぽんぽんとたたいた。「ズィーレとはどういう知り合いなのだ」

「お会いしたのは昨日がはじめてですけれど、友人の友人ですわ。その友人のおかげで、あつかましくもお世話になって、温かく歓待していただいておりますの」

「きみは……」そこでためらい、「もしかして、その友人ときみも、ズィーレと同業なのかな」

「以前はそうでしたわ。でももう引退いたしますの。なんと申しますか、ひとりの方にお仕えするために。ですから旅をしておりますのよ」

「そうか」男の顔に微笑がよみがえり、手ももとの位置にもどる。「ではまだ引退したわけではないんだな」

「お誘いは嬉しゅうございますわ。ですが、まだ正式に契約したわけでなくとも、道義的にお受けするわけにはまいりませんのよ」

「ああ、きみはとても上手に嘘をつく。やさしいミラ。この顔では誘われても嬉しくなどないのだろう」

「顔なんて殿方のごく一部。その方のすべてではありませんし、その方の価値すべてをあらわしてもいませんでしょう」

「ははは」男はいっそう面白がっている。「きみはおれが会った中で最高に美しい哲学者だ」

ミラは微笑した。

「そもそもの基準が低すぎるのではありませんこと？」

「まさしくそのとおり。もしも――」

そのとき玄関広間《アトリウム》から激しい口論が聞こえてきたため、ぎこちなくかわされていたジョークの応酬はそこで中断されてしまった。

赤い顔をした若者がふたり、短剣を抜いてにらみあい、円を描くように動きながらたがいの隙を狙っている。庭の客たちは驚きの声をあげ、ばらばらと壁際にさがった。若者はどちらもこの地方の様式ながらよい身形をしていて、手のこんだ髪形は、ここにいる多くの客とは異なり軍に属していないことを示している。ふたりの召使がトレイを落とし、門番とズィーレを呼びに駆けだしていった。

「ベラトの下種《げす》野郎！」ひとりがさけんだ。「きさまもきさまの家も瘡《かさ》をくらってくたばりやがれ！」

「パルガの豚野郎が！　その嘘つきの舌をひっこ抜いてやる！」

ふたりがどたどたと前進し、鋼《はがね》のぶつかる鋭い音が響いた。

「なんてこった」チャドゥロがうなった。「どこの誰があの馬鹿ふたりを同時にここに通したんだ」

彼は立ちあがると、用心深いほかの見物人とは異なり、うしろではなく前に進んだ。ペンリックもともに前進した。彼ら一行にとってもっとも望ましくないのは、喧嘩騒ぎが流血沙汰となり、地元の官憲がのりだしてきて、通りすがりの旅行者もふくめその場にいた全員をくわしく取り調べはじめることだ。よそ者は注目を浴びるし、注目を浴びれば、顔に火傷痕がある召使と、いまごろは都から届いているだろうアデリスの手配書とを関連づける者が出てくるかもしれない。そんな事態は阻止しなくてはならない。そしてペンリックにはそれができる。力を見せず慎重におこなうにはそれなりの工夫が必要だが……

〈デス、高速化をお願いします〉

ペンリックは蛇のようにしなやかに若者のあいだにすべりこみ、短剣をつかんだひとりの手首を押さえた。もうひとりに背後から襲いかかられ、その一撃はかわしたものの、巻き毛がひと房、切りとられてしまった。つかんだ皮膚の下の神経をすばやくひねると、手がひらいて短剣が落ちる。形ばかり膝の裏を蹴りつけ、同時に同じ場所の神経を攻撃する。みごと男は地面に崩れ落ちた。チャドゥロはそのあいだにもうひとりの背後にまわり、たくましい両腕を脇の下にすべりこませ、ぐいと宙にもちあげて締めつけている。鼠を殺す犬のように激しく一度ふりまわしただけで、二本めの短剣が音をたてて敷石の上に落ちた。

「たいがいにしろ！」チャドゥロが吠えた。練兵場で鍛《きた》え命令することに慣れた深く力強い声だ。「おとなしくしないなら、井戸に逆さに放りこんでその熱くなった頭を冷やしてやるぞ！」

チャドゥロなら間違いなくできるし、やってのけるだろう。それを疑う者はいなかった。

ペンリックはかがみこんですばやく二本の短剣を回収した。それだけではない。彼が倒した男はジャケットの下、腰のあたりに、もうひとりはブーツの中に、それぞれナイフを隠しもっている。それらもすべてとりあげ、すばやくあとずさってこの騒ぎ全体から離れ、微笑しながら息をついた。髪形から軍人とわかる若者がふたり、遅ればせながらとびだしてきて、チャドゥロから捕虜を受けとった。怒りと驚きを浮かべた大男の門番がようやく到着する。ペンリックが倒した若者はまだ立ちあがることができず、麻痺《まひ》した右手を左手で押さえたままうずくまっている。数分もすればずきずき痛む四肢も動かせるようになるだろう。たぶんきっと。

チャドゥロがかがみこんで敷石の上から何かをひろいあげ、どすどすとペンのそばにやってきた。

「レディ」熱烈な口調だ。「猛り狂った男ふたりのあいだにとびこむなんて、何を考えているんだ。もう少しで刺されるところだったではないか」

さしだされた手の上に、ペンの銅色の髪がひと房輝いている。

〝危険などまったくありませんでした〟と言い返そうとしたペンを、デズデモーナの一部――ミラがさえぎった。

〈あたくしにまかせてくださいな、ご立派な学師さま。あなたではすべて台無しにしてしまいますわよ〉

ペンリックは困惑のまま、ミラにあとをゆだねた。

チャドゥロが手をとらえて巻き毛を押しこんできた。

「まあ」彼女はあえぐように声をあげた。「あたくし、気がつきませんでしたわ。とめてくださって、ほんとうにありがとうございます」

「あんな真似をして、いったいどういうつもりだったのだ」

ペンリックの〝つもり〟をすべて説明しようとすれば、ひと晩かかってしまうだろう。

「あたくしはただ、マダム・ズィーレのお館が乱されるなんて、絶対に許せないと思っただけですわ」

「そのとおりだ」と彼女にむかって顔をしかめ、「あの男に何をしたのだ。じつにすばやかったが」

「あら」――ミラが髪を揺すった――「この仕事についてすぐのころ、乱暴なお客さまに思いとどまっていただくための技をほんの少しばかり習いましたのよ」そしてチャドゥロの分厚い手のひらに巻き毛を押しこみ、「これはあなたがおもちになっていてくださいな。あたくしがもっていても、もとにもどせるわけではありませんもの」

彼は髪を握り、微笑を浮かべた。

「それはそうだな」

ニキスはどうしているかとあたりを見まわした。ふたりがともに奉じる神に感謝を。彼女は賢明にも長椅子の背後にとどまっていた。その彼女が黒い目を恐怖に見ひらき、駆け寄ってきたと思うと彼の腕をきつく握った。手がふるえている。

「ソーラ・ミラ！　大丈夫ですか！」

〈ほんとに、このとんでもない大馬鹿者！〉とつけ加えはしなかったが、こわばったあごを見ればはっきりとわかる。

「何ひとつ問題ありませんわ、こちらの紳士のおかげで」ミラが甘い声で答える。

ニキスは彼女に――彼に――彼らに――それまでよりさらに燃えるような視線を投げつけたが、すぐさま顔を伏せて怒りを押し殺し、少なくとも忠実な侍女にふさわしい、レディを心配する表情を浮かべてみせた。

いささか取り乱したマダム・ズィーレが諍《いさか》いの片をつけようと登場したため、ペンはさらに目立たないよう背景に溶けこんだ。諍いが生じたのは、ふたりの若者が今夜、明らかにただ相手を出し抜くだけのために、同じ女を指名したことからはじまった。ズィーレは言うことを聞かない子供を夕食抜きで寝台に送りこむ母親のように、指名された女ではなくべつの女をそれぞれにあてがい、それが不満なら返金なしで館から追いだすと宣言した。

「おれの短剣！」愚かにも片方が抗議した。

たとえ館を出るときであろうと、武器を返せば、ふたりは外に出た瞬間ふたたび喧嘩をはじめるだろう。

「マダム・ズィーレ」ペンリックは声をかけた。「おふたりの武器は、誰か召使にもたせてそれぞれのお父上に届けさせ、ついでに事情を説明してはいかがでしょう。明日の朝、お父上に頼めば返してもらえますわ」

ふたりが青ざめた。立っているほうからは異様なほど嫌悪のこもった視線が、まだすわりこんだままのほうからは恐怖のまじった嫌悪の視線が、それぞれペンに投げられる。チャドゥロがにやりと笑った。ズィーレは淡々とうなずいて同意し、言われたとおりに処分するよう男の召使に刃物をわたした。張りあうふたりの若者は怒りながらも怯えたまま、女に導かれてそれぞれ反対方向にある階段をあがっていった。ズィーレはどちらの女も、容姿ではなく信頼性で選んだようだった。

「朝になったら、もちろんあのふたりはべつべつの時間に送りだされることになるのでしょうね」彼はズィーレにむかってささやいた。

「ええ、もちろんですとも」彼女はまだどこか心乱れているようだ。「お手間をとらせて申し訳ありませんでしたね、がく……ソーラ・ミラ」それからむきを変えて、「そしてチャドゥロ将軍さまも。おふたりのすばやい機転と働きがなければ、恐ろしいことになっておりました」

ペンリックはまばたきをした。

〈なるほど、これでいくつか説明がつきますね……〉

明らかに現役の軍人で、しかも将軍というからには、チャドゥロは、アデリスがこの地方を守備していると言っていた帝国軍第何番だったか歩兵連隊の指揮官にちがいない。十四だっただろうか。これは困った。彼とアデリスは顔見知りなのだろうか。

ズィーレはなおもチャドゥロに話しかけている。

「将軍さま、今宵はどうぞわが館でお楽しみくださいませ」

「ふむ。それなのだが……」彼はミラにかすかな微笑を投げ、ズィーレを玄関広間《アトリウム》にひっぱっていった。ペンリックは懸命に耳を澄ましたが、低い声でかわされる相談の内容までは聞きとることができない。だがふたりとも、かわるがわる庭をふり返っている。ズィーレがお手上げというように両手をひらいて肩をすくめた。チャドゥロもいらだたしげに顔をゆがめている。いっそう低めた声でさらに短いやりとりがあり、ふたりが庭にもどってきた。ズィーレが恐縮しているいっぽうで、チャドゥロは不満を浮かべている。

チャドゥロがふたたびミラの横に腰をおろし、渋面をゆがんだ微笑に変えた。

「ズィーレが、きみに関する決定権はすべてきみ自身にあるというのだ。だから、きみを口説くにしてもズィーレは手伝えない、自分でやらなくてはならないと」

「ええ、そのとおりですわ。そうそう容易に独立できたわけでもございませんし、あたくし、その権利をそれなりに大切にしておりますのよ」

「おれにしてみれば厳しい話だ。となれば結局、あまり豊かでないおれの財力が問題になる。もしおれがご婦人方に好いてもらえるような男だったら、ズィーレの得意客になどなっていなかっただろうしな」

「お気になさる必要などございませんわ。ソシエにあたくしを買えるだけの財力をもった殿方はひとりもいらっしゃいませんから」

チャドゥロが奇妙にはにかんだ視線でミラをながめた。

「試みてもいいか」

ミラが微笑を返し、やさしく頰を撫でてやる。ペンリックはそれをさえぎるように身をのりだし、チャドゥロの耳もとに手をあてて意味ありげにささやいた。

「いずれにしても無駄ですわ。あたくし、いまはお休みの時期ですの、ほら、月に何日かそういうときがございますでしょう」

さあ、これで悪印象を与えることなく事態をおさめられるはずだ。ペンリックは満足して身体を起こしたが、そのときミラがつけ加えた。

「ですがあたくしは、そうしたときでも喜びを導きだす術を数多く心得ておりますのよ。もっともそのためには、殿方が進んであたくしの手にその身をすっかりゆだねてくださらなくてはなりませんけれど」

〈ミラ……！〉

「ソーラ・ミラ、きみの手にすっかり身をゆだねる以上に喜ばしいことなど、この世にあるはずもない」チャドゥロがつぶやいた。

彼はつづけて、ふたたびミラの関節にくちびるをかすめた。チャドゥロが卑下してみせたのは、ペンリックの芝居と同じく、ただのふりにすぎないのではないか。彼のような外見の男は、完璧な魅力を備えようと必死の努力をするものだ。

「本気でいらっしゃいますの？」ミラが言った。「でしたらきっとあたくしも、あたくしがあなたにさしあげられるものと同じくらいの喜びを、あなたからいただけますわ。ふたりの取り決めにどのような不足があろうと、埋め合わせができるほどの」

「おお」チャドゥロがささやいた。「もちろん本気だとも」

「では、部屋を使わせていただけるよう、マダム・ズィーレと交渉してくださいませ。幾人もの大公を虜にしてきたロディの秘儀をお見せいたしますわ」

チャドゥロはそそくさと立ちあがり、厨房の入口で静かに召使と話していたズィーレのもとにむかった。

〈ミラ、何をしようとしているのですか〉ペンリックはパニックを起こしてたずねた。〈わたしの頭の中から抜けだしてしまったのですか〉

〈まあまあ、ペンリック〉正気とも思えない提案をしながら、彼女の口調はいまやルチアのように簡潔で実際的だ。〈あたくしたちは何年も、あなたが寝室で冒険をするあいだ、ずっとおとなしくしていたじゃありませんか。たまには逆転するのが公平というものでしょう〉それからややあって、〈それに、きっと新しいことが学べますわ。あなたの中の学者はきっと興味をもちますわよ〉

〈彼とひとつ部屋に閉じこめられるなんて無理です！〉

〈反対ですわ。彼があたくしとひとつ部屋に閉じこめられますのよ。あの男のことなら最初の五分で見定めてしまいましたわ。心配いりませんわよ、ペンリック。あなたは服を脱ぐ必要もありません。あの男はこのうえなく幸せになれるし、これからの旅の資金という、あたくしたちのささやかな問題もこれで解決しますわ〉

また神殿から盗むつもりだと指摘しても、ソシエの神殿でどれだけのものが手にはいるかわからない以上、反論としては弱すぎる。それに、道徳的にあまり勧められない方法であることも確かだ。

ニキスが肩ごしに身をのりだして心配そうにささやいた。

「ペンリック、いったい何をしようとしているの?」

「ミラに何か考えがあるらしいです」彼はささやき返した。

ペンの経験において、ミラはこれまでもさまざまなことを考えだしてきたのだが、その中にはとんでもなく破廉恥《はれんち》なものもあった。

「なんといってもこの道のプロですから……」

彼は一瞬、混沌の魔を構成する十人の人格全員に賛否を問おうかと考えたが、こと寝室の問題に関しては不協和音が起こるだけだ。ルチア学師はミラに票を投じるだろうし、パトスのヴァシアも同じだろう。ふたりの医師アンベレインとヘルヴィアはただ彼を笑うだけ。ブラジャルのアウリア学師は沽券にかかわると棄権しつつ、結果を楽しみにしている。ロクナルのウメランはともかく男が嫌いで、それも故ないことではない。ロガスカは誰にも相手にされない。セドニア人であるリティコーネとスガーネ——デズデモーナの最初の人間の乗り手だ——は二百年という歳月を経て溶けあって曖昧《あいまい》になっているうえ、スガーネは女が好きなのではないかと思えるふしがある。〈わたしだってそうです!〉ライオンと馬は、ありがたいことに一度として意見を述べたことがない。発情期に支配されて生きる彼らは、人間のこうした複雑な問題とは無縁だったのだろう。むしろいまはそれが羨《うらや》ましいとすら思える。

大きく目を見ひらいたズィーレを従えて、チャドゥロがもどってきた。

「ソーラ・ミラ」彼女がためらいがちに口をひらいた。「ほんとによろしいのですか。この館でお世話をしているからといって、けっしてあなたの……お気に染まないことをする必要などないんですよ」

ミラがペンリックのもっとも鮮やかな微笑を返した。ズィーレが手を咽喉もとにあてて一歩あとずさる。心配そうに見守っていたチャドゥロが、腹を殴られたかのように、〝おお〟という声をかすかに漏らした。

「約束しますわ。万事うまく運びましてよ」

おそらく、ミラの言葉はズィーレひとりにむけられたものではないのだろう。

ズィーレが〈あたしはもう知りませんからね〉と言いたげに弱々しく両手をあげ、ふたりを上階に案内した。ニキスもすぐうしろからついてきた。ズィーレが寝室の扉をあけると、ミラが軽やかにたずねた。

「マダム・ズィーレ、絹か何かのスカーフはありませんかしら。できれば絹そのものでないほうが好ましいのですけれど。絹では固く結ばってしまいますもの」

「ああ、そういうことなら。あの緑の櫃の上のほうに、その、いろいろとはいっていますよ。そっちのほうが目的にかなうんじゃないでしょうかねえ」

「まあ、ありがとうございます」

ミラが、国をとりもどした女王さながらに堂々と入室する。チャドゥロが、女王に忠誠を誓った将軍のように、期待と好奇心にあふれてあとにつづく。

〈ミラ、これは正気の沙汰ではありません〉

ペンはいまさらながら、なかば恐怖にかられて申し立てた。彼の中の残り半分は、弓の試合の観客のように、くりひろげられるショーをながめようと集まってきている。

〈まあ、とんでもない〉ミラがおちついて答えた。〈ロディで仕事をしていた最後のころ、あたくしはもっぱら年配の殿方のお相手を得意としていましたのよ。〝春をよみがえらせる女〟と呼ばれたものですわ。年齢があがるにつれて収入は減るだろうと覚悟していたのに、事実は逆でしたわ。ほんとうに申し分ないほど増えましたの〉

〈チャドゥロは老人ではありません!〉

〈ますます結構ですわよ〉ミラが笑った。

〈彼なら素手でわたしをふたつに引き裂くことができます。正体に気づかれたら、わたしは殺されてしまいます!〉

〈あの彼なら、あたくしたち誰かひとりの正体に気づいただけで全員を殺すでしょうね。ともかくにも命令に従って。あたくしたちの危険にはなんの変わりもありませんわよ〉

なんということ、まるでルチアの論調だ。三つ編みのようにねじれて、みごとに彼を絞めあげる。学者として神殿の訓練を受けたせいかと思うこともあるが、結局ルチアとはそういう人間だったのだろう。これは魔が優位に立ちはじめた前兆だろうか。

〈あなたはいつでも好きなときに制御をとりもどせますよ〉これは明らかに統合人格であるデスだ。〈でもそれはやめておいたほうがいいですね。つまるところ、火のついた松明《たいまつ》をジャグリングしている曲芸師の肘をつくようなものですからね〉

「ソーラ・ミラ」ニキスは息もとまりそうに狼狽しきっている。「わたし、すぐ外にいますから。なんでも用があったら呼んでください」

きっと〝助けが必要だったら〟と言いたいのだろう。

〈やめさせたほうがよろしいわよ〉とミラ。〈チャドゥロがどんな声をあげるかわかりませんもの。誤解される可能性が高すぎますわ。それにあなたは彼女が好きなのでしょう？　チャドゥロに怪しまれることなく邪魔にはいるような真似が、彼女にできると思っていますの？〉

ペンにはわからない。それでも、ニキスにはこの不運な出来事から可能なかぎり遠くにいてほしいと思う。そう、べつの国とか。まあそれが最終的な目的地なわけだけれども。それを忘れてはならない。ミラの手によって最悪の事態が生じたとき、チャドゥロはぞっとするような偉丈夫ではあるけれど、ペンひとりなら自分の身を守るくらいはできる。たとえ魔術師であるという秘密を明かすことになってしまっても……

「いいえ」ペンは答えた。「兄君のいる部屋にもどってください。そしてそこにとどまっていてください」

〈そして逃亡の用意をしておいてください〉と伝えるにはどう言えばいいのだろう。だがチャドゥロはすでに、恐ろしく心配そうなふたりの付き添いの前で扉を閉めようとしている。

チャドゥロが鍵をかけ、ミラをふり返ってゆがんだ笑みを浮かべた。

「ソーラ・ミラ。あの侍女は間違いなくきみに恋をしている。おれにはそれを咎《とが》めることはできんが」

ペンリックは咳払いをした。

「そんなことありませんわ」

たとえそうだとしても、まもなくその恋は消えるだろう。

「まるで短剣のような目でおれをにらんでいた。いまにも噛みつきそうだったではないか。髪ひと筋も乱さず帰さなくてはならんな」

デズデモーナがなかば甘ったるく、なかば真剣な声でたずねた。

〈ねえ、ペン、もしニキスが見ていなかったら、それでもあなたは気にしたかしら。それとも、わたしたちといっしょにまたひとつ思いがけない冒険ができると喜んだかしら〉

ペンはかろうじて心の中で不明瞭なつぶやきをあげるにとどめておいた。

〈あなたと親しくなるつもりなら、ニキスは必然的に、わたしたち全員とも親しくならなくてはならないんですよ。それともあなたは、もっとも近しい連れあいから、何年にもわたって、自分が真実どのような存在であるか、すべてを隠しておけると思っているの？〉

どのような存在であるか。どのような存在になってしまったか。どのような存在になりつつあるか……

〈そんなことをして、よい結果が得られることはけっしてありませんよ〉

十もの異なる人生を生きた二百年の経験から生まれた言葉。ライオンと馬をいれれば十二だ。

ペンリックはいましばらく負けを認めて沈黙し、ミラが必要な品をさがすのにまかせた。

5

ニキスはしかたなく部屋にもどった。ふたりが出ていったとき布団でうたた寝をしていたアデリスが、いまは起きあがって室内をぐるぐる歩きまわっている。一日じゅうここに隠れていて何もすることがないうえ、否応なしに逃走が遅れていることで、いっそう神経をとがらせているのだ。

「やっともどったか！　外はどうなっているんだ。ペンリックはどうした。まだあのくだらん格好でうろつきまわっているのか」

「あの人、自分が何をしているか、ほんとうにちゃんと理解しているのかしら。アデリス、あなた、チャドゥロ将軍って知ってる？」

アデリスはぴたりと立ちどまった。

「エギン・チャドゥロか」

「名前は知らないわ。ここソシエで第十四連隊を指揮しているみたいよ」

「ここにきているのか。この館に？」

「ええ。あなたのこと、会えばそうとわかる？」

「ああ、たぶんな」

「あの人のこと、どれくらい知っているの？」

「何年か前、ともに戦ったことがある。じつに冷静で判断力に優れた将校だが、実家がそれほど裕福でなく、有力者とのつながりもないため、なかなか出世できずにいた。第十四連隊指揮官に昇進したなら、やっと誰かが正しい判断をくだしたということだな」

「あの人、短気？」

「愚か者はあまり——というか、まったく相手にしない。なぜそんなことをたずねる」

「あの人、ミラに夢中になってしまったの」

アデリスが何か意味不明なことをつぶやき、それからいかにもいやそうに認めた。

「確かにあのペンリックならありそうなことだ」

「ミラもあの人のことがひどく気に入ったみたいで。とにかく、ズィーレの寝室に連れこんでしまったのよ。そこであの人と何をするつもりなのか、わたしには想像もできないわ」

じつのところ、ニキスはじつにさまざまなことを想像している。そしてそのほとんどは、最後に流血沙汰を迎える。

「あいつは頭がおかしいのか」アデリスが吐きだした。

あいつというのが誰のことか、問うまでもない。

いまのアデリスの言葉について考えてみた。神殿魔術師でない者を基準とした場合、ペンリックは頭がおかしいだろうか。それとも、魔術師を基準として、おかしいかどうか判断すべきなのだろうか。近頃のニキスは、白いローブ姿などめったに見ることがなく遠い噂でしか聞いたことがなかったころには一度として心に描いたこともないような形で、魔術師のことをあれこれと考えるようになっている。

「チャドゥロ将軍は少年がお好きだということはないかしら」かすかな希望をこめて言ってみた。「知らない？」

「聞いたことはないな。だが、からかわれるのを好まんことだけは確かだ」

「まあ」

アデリスが彼女に視線をむけた。

「荷造りをしておいたほうがいい。逃げださなくてはならなくなるかもしれん」

ニキスは短くうなずいた。気分が悪くなってきた。

「どれくらい待てばいいのかしら」

「見当もつかん。だが、チャドゥロが馬鹿にされておとなしくしているはずはない。騒ぎが起これば聞こえるだろう」

「この館の端から端まで届くっていうの？」

ズィーレの寝室は広間《アトリウム》をはさんで反対側にある。

「たぶんな。庶子神の歯のわれら全員を噛み砕かんことを」この罵倒がいま以上にふさわしいことはない。「もしペンリックの正体がばれて捕らえられたら、おれたちはやつを見捨てる。自分でなんとかしてもらおうか」

〈あの人はわたしたちを見捨てたことなんてないわ。一度だって〉というさけびと〈あののっぽの狂人は何を起こすつもりなの〉というさけびが、シーソーのようにくり返し上下して、怒りと恐怖のあいだでニキスの声を奪った。

ふたりはすばやく協力して所持品をふたつの荷物にまとめた。ペンリックのわずかな衣類は、寝台の上に丁寧に重ねた。医療鞄は、すべてが整っていることを確認し、べつにしておいた。アデリスは剣を抜いたままだ。荷造りはほどなく終わり、するべきこともなくなった。ふたりはならんで寝台に腰かけ、ときおり聞こえる回廊をわたっていく足音や話し声に耳を傾けた。夜が更けるにつれて、それらもしだいに静かに、間遠くなっていく。ニキスは立ちあがって扉をわずかにひらき、懸命に耳を澄ました。館全体がおちついている。とうとうアデリスが布団に横たわった。服を着て、手のそばに剣をおいたまま、うとうとしている。となれば、歩きまわるわけにもいかない。ニキスはただいらいらと、その場で脚や膝を曲げのばしした。

二時間もたっただろうか。ようやく回廊を近づいてくる足音が聞こえた。厚底靴ではなく、素足でぺたぺたと歩く音だ。自分はいったいいつから、姿を見ることなく、この足音だけでわかるようになったのだろう。ニキスはとび起きた。扉があいてペンリックがはいってきた。銅色に輝く頭のてっぺんからエナメルを塗った爪先まで、完全にミラのままだ。片手に靴をぶらさげている。一見したところ、ドレスは乱れていない。血もついていない。彼は閉めた扉にもたれ、疲れきった息をふうと吐いた。目は暗く、わずかな狂気を秘めている。なぜだろう、その昔、溜め池から助けてやった不器量な猫が思いだされた。

「確かにひとつの経験ではありましたね」ミラではなく、いつもよりもさらに低い、やはり溜め池から聞こえてくるような声だった。

「チャドゥロはどこだ」アデリスも立ちあがった。

「死人のように眠っていたので、そのままにしてきました。マダム・ズィーレが朝まであの寝台を使わせてくれるかどうかはわかりませんが。起こして放りだすかもしれません」

「あの人に何をしたの？」ニキスはたずねた。「何か魔法を使ったの？」

魔法、幻覚……そうした技をふるえる者がいるとしたら、間違いなくペンリックだ。だが現実には……何ひとつする必要などなかったのかもしれない。アデリスの治りかけている傷痕と、ほとんど治癒した目に視線をむけた。

〈でも魔法は現実に存在するわ〉

ペンリックは長いあいだ沈黙し、やがて答えた。

「ミラは客の噂話をしません。それは非常に厳格なルールです。ロディの最高級高級娼婦《クルテイザン》はそういうものです。だからこそ彼女たちは、最高級の地位にまでのぼれるのです」

アデリスはくちびるを引き結び、馬鹿にしたような横目で彼をながめたが、それ以上詳細を問いつめようとはしなかった。少なくともニキスの前で問いつめることはないだろう。ほんとうに頭にくる。

ニキスはいそいで話題を変えた。

「怪我はしていない？　その……あの……無体なことはされなかった？」

「まったく何も」ペンリックは顔をゆがめて指をひろげた。「大丈夫です、ニキス。わたしは服を着たままでしたし、医師としてあたりまえでない場所に手をおくこともありませんでした。生きている身体を扱っただけ、今回のほうがましだったともいえます。解剖学の授業が冬におこなわれるのも当然ですね。ともかく、はじめる前と終わったあとに、ちゃんと手は洗っています」

解剖学者として完全に客観的に肉体を見ることができるのだとしても、ニキスとしては少しも安心できない。そして、彼の言い訳やごまかしがこんなにもすぐさまわかることが驚きだった。自分はどれだけ深く彼のことを知ってしまったのだろう。

「これは何よりも重要なことだが」アデリスが割りこんできた。「チャドゥロはあんたの変装に気づいたのか、どうだ」

ペンリックは真剣に考え、きわめて簡潔に答えた。

「気づかれてはいません」それからのけぞるようにこつんと頭を扉に打ちつけ、首をのばして肩をまわした。「ああ、ほんとうに、もうくたくたです。それもとうぜんなんですけれど。ニキス、ミラの衣装を脱いで、もとの服を着るのに手を貸してくれませんか。丁寧に。朝にはまた彼女が必要になりますから」

彼は二歩進んで立ちどまり、それから絶望をこめて両手で胸をたたいた。

「ああ、ちくしょう!」

ペンリックはけっして汚い言葉を口にしない男だと思っていたのに。ニキスは驚いて息をのんだ。

「どうしたの？」

「代金をもらってくるのを忘れました。信じてもらえるかどうかわかりませんが、ミラが忘れたんです。たぶん興奮しすぎていたのでしょう。せっかく……ちくしょう、ちくしょう」気をとりなおすように深く息を吸い、「いいです。いまならもうソシエの神殿にはいれるでしょう。それに、ああ、親愛なる色のない神にかけて、途中で無秩序をいくらか排出してこなくてはなりません。一日じゅうわたしの中で蓄積されていましたから。ダムの水のように。これだけの混沌となると小さな虫では役に立ちませんし、もうこのあたりにはそんな虫は一匹も残っていないんです」

　荷造りが終わっていることに気づいただろうか。いずれにしても彼は何も言わなかった。ニキスはしかたなくミラのドレスを脱がすのを手伝い、脇に片づけた。彼女はこれまで、衣装が人をつくるなどと信じたことはなかったが、衣装を脱がすと人が見えてくるのは確かなようだ。変装を解いて見慣れたペンリックがふたたびあらわれると、不思議なほど心が高まった。そう、取り除かれたのは衣装だけではなく、魔の優位性もなのかもしれない。つまりニキスは、ミラが単なる表層の存在ではないこと、単なる芝居ではないことを、しだいに理解するようになっていたのだ。

　では……では。ペンリックは明らかに今夜、彼女をぞっとさせるようなことをしてきた。男たちがすること。たとえば、剣を人に突き立てたり、町を略奪したり。彼女は気がつくと、いけないと思いつつ、彼からそっと身をひいていた。もし彼がもっと動揺していたら、自分は満足したのだろうか。少なくとも、そうした反応なら理解はできただろう。

「どうやって見つからずにこの館を出るつもりなの？」

「洗濯場の奥の塀に通用口があります。ランタンはいりませんから、闇の中でこっそり出るのは簡単だと思います」

〈鍵がかかっていたら？〉とたずねようとして、それが愚かな問いであることに気がついた。彼が鍵をどのように扱えるか、見てきたではないか。もちろん魔術師にも有効な障壁はあるのだろうが、明らかに、あたりまえの錠前はその中にふくまれない。

そして彼は猫のように音もなく、軽やかに立ち去った。だが今回の彼は、夜中に羊や子供を攫《さら》うという北の山岳地帯に棲む大型の山猫だ。ニキスはずっとペンリックのことを、奇妙な男だと思いながら、なぜか危険ではないと考えていたのに。

もちろん、アデリスやキミスやチャドゥロが危険でないわけではない。それでも。やわらかな声をもち、控えめで、〝気にしないでくださいわたしは無害です〟と言いたげな微笑を浮かべてはいても、ペンリックはこれまで会った中でもっとも危険な男だ。少なくとも、もっとも予測しがたい……たぶん、それが危険に思える原因だろう。人はみな人生において割り当てられた役割を守って生きている。その役割さえわかれば、相手がどのように行動するか、間違いなく推測できる。だがニキスは〝魔を宿した魔術師〟に対する判断基準をもっていない。

たぶんアデリスも同じだろう。ペンリックは、アデリスがいかなる軍人の技術をもってしても見ることも抵抗することもできない力をもっている。そもそもペンは、自分に対するアデリスの頑なさが押し殺した恐怖によるものだと気づいているだろうか。それをいうなら、アデリス自身は気づいているのか。

ニキスはそれからの一時間を、それまでの二時間と同じようにやきもきしながらすごした。だがあまりにも疲れていたため、アデリスの隣で布団に横になった。アデリスは寝てしまったようだが、どうしても眠ることができない。やっとのことで、ペンリックがこっそりともどってきた。蠟燭の一本ももっていない。この部屋が完全な闇に包まれることをかろうじて防いでくれている洗面台の蠟燭は、もういまにも燃えつきようとしている。

アデリスがニキスとともに起きあがった。

「何か問題でもあったか」

ペンリックは薄闇の中で手をふった。

「あったともなかったともいえます。わたしは誰にも見つかっていません。ですがソシエの神殿は今夜、戸締りをするときに奉納箱を空にしてしまったようなのです。硬貨の一枚も見つかりませんでした」

アデリスが眉をひそめた。

「何か高く売れそうなものはなかったのか。上等な燭台とか、皿とか……」

「ええ、ですがそうしたものはすべて、この町で現金化すれば足がつきます」ペンリックの声は珍しく棘々しい。「肝心なのはこの町を出ていくことなのですから、それはよい案とはいえません。よい案なら、すでにわたしが考えています。信じてください」

彼は足をとめてジャケットとズボンを脱ぐと、シャツと下着のまますぐに寝台にはいった。そしてやや間をおいて言葉をつづけた。

「ああ、神々にかけて。今日の分の混沌はすべてどうにか排出してきました。病気の野良犬がいたので。かわいそうに」

ニキスはそれを聞いて新たな好奇心にかられた。

「マーテンズブリッジの母神教団で働いていたときは、どうやって混沌を処理していたの？」

寝台からかすかな鼻息が聞こえた。

「マーテンズブリッジのある宿屋と契約していました。一度、亭主の娘の治療をしたことがあったのです。それで、厨房で食材になる生き物の処理をわたしにまかせてくれました。ふたつの利点がありました。わたしは定期的に大量の無秩序を排出することができましたし、家畜のほうも恐怖や不安や苦痛なく死を迎えることができたのです。それは神学的に許されることだったようです。少なくとも、わたしはどの神にも咎められはしませんでした。ありがたいことです。上長たちはその契約を歓迎しました。おかげでわたしを最大限まで使うことができたのですから」

限界を超えて、彼が壊れるまで——スキローゼの神殿における、やはり夜中の告白で、ペンリックはそう語った。アデリスはあの場にいなかったし、ニキスも彼には話さなかった。いまさら説明するつもりもない。

「すべてうまくいっていたのです」彼の思い出話はつづいた。「ただ、わたしはしばらくのあいだ肉料理を食べることができなくなりました。不思議ですね。狩りや農場では一度もそうした問題が生じたことなどなかったのに」

彼は枕に頭を落として聖印を結んだ。その声は、寝台の上ではなく下から聞こえてくるかのようだった。

「明日になれば新しい計画を立てましょう。いまの計画は複雑になりすぎました」

「あんたでもそう思うのか」アデリスが皮肉っぽくうなる。

ペンリックは答えなかった。


翌朝、夜更かしのためぐっすり眠りこけていた三人は、ノックの音で目を覚ました。ニキスは布団から身を剝がすように起きあがり、皺《しわ》くちゃになったローブのように侍女の役をまとって、応対に出た。そこにいたのはマダム・ズィーレひとりだった。ニキスはマダムを招じ入れてしっかりと扉を閉めた。ペンリックがぼんやりとした顔で身体を起こしている。胸は平らだし、髭がのびかけているし、ごくあたりまえのペンリックだ。

ズィーレが寝台に歩み寄り、両手を腰にあてて彼をにらんだ。

「昨夜、お気の毒なチャドゥロ将軍にいったい何をなさったんですか、学師さま」

ペンリックは顔をこすった。最初にこみあげてきた〈何もしていません!〉という明らかに真実ではない言い訳をのみこむのがわかった。

「なぜそんなことをたずねるのですか。何か苦情がありましたか」それから沈黙し、はっと息をのんだ。「まさか、わたしの正体に気づいたわけではないでしょうね」

「あなたの正体がなんなのか、あたしにだってまったく見当がつきませんよ」ズィーレの声には怒りがあふれている。「ですが、ええ、苦情はありませんでした。将軍さまはたったいま、特別なご使者をたてて、これをよこしてこられたんですよ」

そして彼女は、貨幣がはいっているらしい小さな袋をつきだした。

「ああ！」ペンリックが驚きの声をあげた。「なんと正直な人だ。ブーツのごとき顔をもつあの方の頭上に、五柱の神々の祝福のくだらんことを！」

受けとって揺すると、布ごしに貨幣のぶつかる音が聞こえる。

「これが銅貨ならいささか侮辱だと思うところです。でも銀貨なら、馬車を雇って旅をつづけることができますね」

膝の上に上掛けをひろげてのばし、袋を逆さにする。ズィーレもニキスも、帽子を深くかぶりなおしたアデリスまでもが――この近さだとそんなごまかしも無意味だが――結果を見ようと寝台の周囲に集まってきた。

ペンリックの髪と同じ色の貨幣が、美しい音をたてて流れ落ち、小さな山をつくった。

全員が、長いあいだ口をひらかず、輝く黄金を見つめていた。

「これなら四輪馬車を買うことができるわ」ニキスはふるえながら言った。

「必要なだけの馬もだ」とアデリス。

「そうですね」ペンリックが息をついた。「もちろんミラはいつもそうやって旅をしていましたから」

ニキスは散り散りになった知力をかき集めた。

「でも、それじゃ贅沢《ぜいたく》すぎるわ」

ペンリックのくちびるが引き攣り、すばやく短い微笑を浮かべた。いったい彼女の何が、彼をそんなに面白がらせたのだろうか。


ペンリック学師は新しい財布をアデリスにもニキスにも預けようとしなかった――ニキスに預ければそのままアデリスのものになるからだ。山岳地帯を越える前、スキローゼでペンリックをたばかったことを思いだしたのだろう、アデリスの頬がわずかに暗くなった。朝食を終え、ふたたびペンリックをミラに仕立てあげた。そしてニキスと彼は、ズィーレから借りた召使に丁重に案内されて貸し馬車屋を訪れ、交渉をおこなった。雇った四輪馬車でソシエの市城門を出たのは、ほとんど正午に近いころだった。東にむかう川沿いの街道にはいり、御者が軽快な速歩《はやあし》で馬を走らせていく。

最後にもう一度、腫瘍の治療をして湿布を取り替えようと、ペンリックがズィーレとともにしばらく奥にこもったことも、出発が遅れる原因となった。彼は何ひとつ具体的なことを口にしないまま、今回の客に関して知ったことをけっして他に漏らさないよう、遠まわしに忠告した。ニキスの見たところ、ズィーレは間違いなくその警告を正しく理解していた。そして曖昧ながらも礼儀正しく別れを告げ、もしジュラルド学師が神殿によってその資格を剝奪されるようなことがあれば、いつでも自分の館で迎え入れようと言ってくれた。少なくとも、彼女は衣装の返還を求めはしなかった。

道がカーヴにさしかかったところで、ニキスは丘の上の町をふり返った。

「ねえ、ペンリック、あなたはいつかあそこにもどるつもりでいる？　マダム・ズィーレの治療がうまくいったかどうか、確かめるために」

ペンリックは背もたれの擦り切れた革のクッションに頭を預け、目を閉じた。

「いいえ」

ドレスを着て、髪を結い、化粧をしているにもかかわらず、いまの彼はあまりミラには見えない。ニキスはどこがちがうのだろうと考え、つづいて、なぜ自分はすぐさまそのちがいに気づいたのだろうといぶかしんだ。

「どうして？」

「治療が成功していたら知る必要はありませんし、失敗していたら知りたくありません」

そして脇をむいて眠ったふりをした。いかにもわざとらしい姿勢だ。

アデリスは指で膝をたたきながら川をながめている。ソシエはしだいに細くなるこの川の、航行上限地点に位置している。ここまでやってこられるのは、平底荷船《バージ》よりも主として軽舟《スキフ》だ。

「一昨日、あの舟を一艘、借りるか盗むかすればよかったな」アデリスがつぶやいた。「もしくは、あの穀物荷車のように、仕事をするから乗せてくれと頼むとか。そうしたら、いまごろはもう海辺の町についていた」

今回の滞在におけるとんでもない危険も冒す必要がなかっただろうにという言葉は、ついに口にされることはなかった。ペンリックが目を閉じたまま顔をしかめた。確かにそのとおりかもしれない。そうすればこの二日間、ペンリックもふたりのために、特異な限界に押しやられるまであんな苦労をせずにすんだのだ。

〈五柱の神々にかけて。一刻もはやくこの旅が終わればいいのに〉

6

国境まで四分の三ほどきたところで闇がせまってきた。相談の結果、夜間特別料金をはらうより、つぎの替え馬の宿で食事をとって眠ったほうがいいと、ペンリックは判断した。ひと晩じゅう走りつづければ、国境の駐屯地に到着するころ、ミラはぼろぼろになって魅力が半減してしまう。そんな旅をする者はめったにいないため、疑いを招く可能性がより高くなるし、アデリスがオルバス宮廷への保護を願うにしても昼間のほうが都合がいい。さらなる遅延にアデリスはいらだっている。だがペンリックにも彼を責めることはできなかった。

質素ながら清潔な宿だったが、ミラが拗ねてひっこんでしまったため、ペンは自分で彼女の役をこなさなくてはならなくなった。だがありがたいことに交渉は長くかからなかった。旅する高級娼婦《クルテイザン》の金貨が彼女自身よりもものを言い、個室が用意され、夕食も部屋まで運ばれることになった。統合人格としてのデズデモーナはまだ語りかけてくるものの、さほど話すことはないようだ。

ニキスもまたほとんど話しかけてこなかった。もちろん、昨夜の——驚くほどうまくいった——作戦に反感をもっているのだ。正確にいえばミラの作戦だが、それを主張しても意味はない。彼の魔がすぐにも優位に立つ危険があるかのような印象を与えるだけで、事態が改善するわけではない。ニキスと兄に無事国境を越えさせるだけでいい。彼が完遂させなくてはならない仕事は、つまるところそれだ。それ以外のことは、感謝の気持ちもふくめ、彼にはどうすることもできないおまけのような恩恵にすぎない、そうだろう？　彼女は腹を立てている。そのほうがいい。別れがそれほどつらくなくなる。そうではないか。

ソシエへの寄り道すべてが、彼らではない誰かの捧げた祈禱に対する庶子神の答えだったのではないかという思いは、考えれば考えるほど不安をもたらす。蠟燭を吹き消して寝台にもぐりこんだ。もっと実際的な問題に頭を切り換えよう。

ヴィルノックにつけば、ようやく彼自身の教団に報告に行くことができる。おそらくロディには、大公には、大神官にも、彼らの使者はパトスにおいて処刑された、もしくは壺牢から脱獄したという第一報が届いているだろう。だが彼らがどのような知らせを受けとったのか、まして信じたかどうか、ペンリックには見当もつかない。彼はもう死んだと思われているのかもしれない。彼の蔵書すべてを大神官が横領してしまったらどうしようと、病的な考えが浮かぶ。もしくは大公に譲ってしまったら。ああ、まさか、たたき売ってしまうなんてことはないだろうけれど。

宝ともいうべき蔵書が失われてしまったら、あの国にもどる意味はあるだろうか。だったら死んだままでいてもいいのではないか。すべての誓約や規律から解放される最高に賢明な方法だ。だが問題は、彼が真にはそれを望んでいないことだった。過去十年にわたって築きあげた学者としての評価を捨てるつもりはないし、学者には裕福なパトロンが必要だ。学者の仕事はふつうの人には理解できず、目に見える直接的な利益がないため金を出してくれることもない。

〈だったら、未来の自分の姿をしっかり心に維持しておくのですね〉

くよくよと悩むペンを我慢していたデスが、悪戯っぽくつぶやいた。まるで自分には、彼を我慢する以外にも選択肢があるかのように。ペンリックのほうだって、同じように彼女を我慢しているのに。

〈デス！〉

だが彼の怒りに力はこもっていなかった。

翌朝は、ほどよくはやい時間に出発した。遅れたのは主としてミラを完璧に磨きあげるためで、おかげでアデリスはいらだたしげに剣の柄を握りしめることになった。だがようやく、揃いの仮面とタバードをつけた召使にエスコートされて、ミラが堂々と馬車に乗り、一行は出発した。残りは二十五マイルだ。替え馬は一度で充分だが、国境の村でもう一度馬と馬車を替えなくてはならない。セドニアの乗り物はセドニアに残し、オルバスの人と馬を雇わなくてはならないのだ。間違いなく割り増し料金をとられるだろうが、少なくともそのための施設があることだけは確かだ。国境法につかまった異国の旅人から金をむしりとることは、国境のどちら側においても、その土地の住人たちにとってありがたい伝統となっているのだから。

馬を取り替え、残りが十マイルになったところで、アデリスが苦しいほどの緊張を見せて背後をふり返った。

アデリスが歯ぎしりをした。

「ならば、ひとりも逃がさなければいい、そうだろう」

ペンリックは潜在的な混沌について考えた。これは彼の神からの贈り物だろうか。

〈もしそうだとしても、わたしはそんなものはほしくありません〉

「往来の多い街道です。通りがかりの目撃者がひとりいても、同じ結果がもたらされるでしょう。もしくは乗合馬車でもです。血なまぐさい戦いになってしまえば、人目をひかずにいることは不可能です」

ニキスの脇にすべりこみ、あえて外をながめた。騎馬の男たちはすぐ近くまでせまり、蹄音や馬具のぶつかる音、そして馬車のきしみにまじって、太い声がかすかに聞こえてくる。

「とめてください」

「なんだって?」アデリスが怒鳴った。「気でも狂ったのか」そこで口を引き結び、「それとも、とうとうおれたちを売るつもりになったか。一昨日の夜、あれだけの時間をかけて、ほんとうはチャドゥロと何を話したんだ」

「そうではありません」ペンリックは懸命に説明した。「よく聞いてごらんなさい」

おめきが言葉になった。

「ソーラ・ミラ！　とまってくれ！　お願いだ！」

ペンリックはゆっくりと言った。

「もしわたしの正体に気づいたのだとしたら、『とまれ、ジュラルド、殺してやる、この大嘘つきのくそ野郎め！』というようなことを怒鳴るのではないでしょうか」

　ニキスの眉が吊りあがった。

「そんな人なの？」

「……度を失っていれば。ですが、いまの彼は冷静ですよね、アデリス」

「たぶんな」アデリスの手が柄にかかる。「たぶんだ」

「もしわたしのことをまだミラだと信じているなら、話をすればなんとかこの局面を切り抜けられるのではないかと思います」どのような局面であれ。「金貨の残りを返すとか、そのようなことで」

〈それで大丈夫ですよね、ミラ。どうですか〉

　触知できそうにとがった沈黙が返る。

　ペンはあわてて彼女の説得にかかった。

〈麗《うるわ》しのミラ、あなたのすばらしい仕事に対するわたしの評価が不充分だったら謝罪します。必ずあとで埋め合わせをすると約束します――〝あとで〟があればですけれど。それに、もしわたしたちがこの街道で殺されたら、あなた方はどこに飛び移るのですか。あなたがチャドゥロを気に入っていることはわかっていますけれど、そういう意味でではないでしょう？〉

　統合人格たるデズデモーナが鼻を鳴らした。

〈あっぱれな男ではありますけれど、機敏で融通が利くというわけではありませんからね。ペンリック坊や、あなたとはちがって〉

「話のあとでも戦うことはできるけれど、戦ってしまってから話すことはできないわ」ニキスが抑えた声で言った。「まずペンリックに話をしてもらいましょうよ」

アデリスはいまにも爆発しそうにあごをこわばらせながらも、吐きだすように答えた。

「そうだな」

ペンはかろうじて短くうなずいた。

「ではアデリス、馬車の中にとどまって、姿を見せないでください。その仮面はあなたを知らない人をごまかすことはできるでしょうが、知人に対しては役に立ちません。もし事態が悪化したら、馬を二頭こちらに走らせます。先頭の二頭を馬車からはずすとか、とにかくできることをします。それに乗って、ふり返らずに行ってください」

「おれのやるべきことをおれに指図するな」アデリスがうなった。「おれもあんたのやるべき仕事をあんたに説明したりはせん」

笑顔の騎兵が周囲に群がってきた。ひとりが驚いている御者をなだめ、べつのひとりが手綱に手をのばす。彼らが馬をとめる蹄音は、凶暴というよりむしろ陽気だ。御者は抗議の声をあげながらも抵抗することなく、馬車ががたがたと停止した。チャドゥロが駆け寄り、泡を噴いている馬で扉の前に立ちはだかった。赤く丸い馬の鼻孔から息が吐きだされる。見た目はその馬と変わらないながら、チャドゥロは神の日の競走で最後に優勝をひっさらった騎手のように、意気揚々としている。ブーツの顔は汗で濡れ、胸が上下している。

ペンは聖印を結び、親指で五回くちびるをはじいて深呼吸をした。そして微笑を正しい位置に貼りつけて、窓から顔を出した。

「まあ、エギン！」どうにか声に驚きをこめる。「こんなところで何をしていらっしゃいますの」

「まだズィーレの館に泊まっていると思っていたのだ。こんなにはやく出発するとは思ってもいなくて。昨夜、訪ねていったのだが、もうきみはいなかった」

「お話ししましたでしょ、約束がありますの。もうすでにずいぶん遅れていますのよ」

チャドゥロが馬をおりてそばで控える兵士に手綱をわたし、彼女を見あげた。

「ミラ、馬車をおりて少し歩かないか。きみ以外、ほかの誰にも聞かれたくない話がある」

疑惑をこめて口をひらきかけたとき、ようやくミラが表に出てきた。

〈ほんとうにまあ、あきれますわね。あたくしがこうした芝居を演じたことがないとでも思っているの？　おぼえていられないほど幾度もあるのよ。脇に立って見ていらっしゃいな、お馬鹿な学師さま。あなたの下手くそな台詞《せりふ》、聞くに堪えませんわ〉

ペンは安堵して脇にさがったが、いつでも主導権をとりもどせるよう警戒は怠らなかった。彼女が馬車をおり、さしだされたチャドゥロの腕の中にとびこんだ。ペンがどれほど努力をしても真似しようのない優雅な動きだ。その微笑はやわらかで心地よい。チャドゥロの抱擁は当然ながら熱烈で、ペンはすばやく彼の手をとらえて、詰め物のそばをさまよわないよう抑えこんだ。ここには使えそうな寝台柱も紐もない。そしてこのドレスは見た目をあざむくためのものでしかない。

ミラはチャドゥロの腕に腕をからませ、双方の付き添いたちの好奇心あふれる目とそばだてる耳の届かないところまで、ゆっくりと歩いていった。街道のそばに古い鈴懸《すずかけ》の木があった。チャドゥロが斑《まだら》模様を描くその木陰にはいる。足の下で薄い落ち葉がぱりぱり音をたてる。彼はくるりとふり返り、彼女の手を包みこんだ。ペンは真剣味あふれる醜い顔を見おろした。厚底靴を履かなくとも、ペンのほうが優に頭半分ほど背が高い。彼を見あげるチャドゥロは、さながら祭壇の前にひざまずく男のようだ。

「ミラ、どうすればおれのもとにとどまってくれるだろう」

「とどまることはできませんわ。あたくしは旅の途中で、その理由もお話しいたしましたわよね」

「ああ。きみは真っ正直に何もかも話してくれた……」

〈おやおやおやおや〉

「だが、きみはひとりの男のもとにとどまろうとしているのだろう。なぜそれがべつの男ではいけないのだ」

「あたくしの道はすでに定められていますの」

彼がふいとあごをひいた。

「おそらくその幸運な男は、きみに財産のごく一部を与えようと考えているだけだろう」そこで息を吸い、「おれはそれ以上のものを提供しよう。結婚してくれ。おれのもつすべてがきみのものになる」

「まあ、エギン」ミラがため息をついた。「あたくしがこれまで、そうした申しこみを受けたことがないとでもお思い？　とても立派な殿方たちから」

〈それは少々話を盛りすぎではないでしょうか〉とペン。

〈あら、事実ですわよ〉

ミラはチャドゥロの大きな鉤鼻を、親愛の情をこめて、ただし距離をとるように、軽くはじいた。

「あたくし、オルバスについたら最終的な選択をしますのよ。ふたりの大公のどちらを選ぶか、決めなくてはなりませんの」

それは嘘偽りのない事実だ。もちろん、アドリア大公はこれまで一度として、彼と床をともにしたいと意思表示をしたことなどないが――ありがたいことに。

チャドゥロがぎょっとしたように息をのんだ。だがそれも長い時間ではなかった。彼はもちろん容易に降伏するような男ではない。さもなければいまの地位にのぼることもかなわなかっただろう。

「だが、そのどちらもきみに結婚を申しこんだわけではないだろう」

「ええ。それがあの方たちの魅力でもありますわ」

「ひとりで航海する必要などない。おれがきみの港になる。岩になる」

「あなたは軍人ですわ、エギン。あたくしではなく、皇帝の意志に従わなくてはなりませんの。戦闘で一度の不運に出会うだけで、その岩は砂になってしまいますわ。それとも墓土かしら」

「セドニアでは将軍未亡人に充分な資産が約束されている」

「婚礼の花冠を柩の花輪と交換しますの？　あたくしは確かにあなたのことを好ましく思っていますわ。でもそのような儀式には心惹かれませんの」

〈ご婦人への求婚としては、とんでもないやり方だと思うのですが〉ペンは困惑をこめて言った。

〈お黙りなさい〉ミラが叱りつける。〈とっても可愛らしい殿方ですわよ〉

ペンは醜いブーツ顔を凝視し、彼女に見えているものを自分も見ようとした。恐ろしいことに、見えてしまった。

「きみが心から望んでいるものはなんだ、ミラ。おれが手に入れられるものならなんなりと、その足もとにさしだそう」

ミラがやさしく、悲しげに、微笑した。

「自由ですわ」

チャドゥロが口をつぐんだ。納得するにはかなりの時間を要した。そして彼は、ごくごくわずかに小さくうなずいたのだった。

「おれは約束を守る男だ。では国境まで送らせてくれ」

「まあ、嬉しゅうございますわ」

チャドゥロがまた腕をさしのべ、ふたりはゆっくりと馬車にもどっていった。

「もしきみの選んだ大公が砂だとわかったら、おれをさがす術はわかるか」

「ええ」

「きみはまだ若い——その、二十、二十三くらいか？　将来、気持ちが変わるかもしれん。未来は長いんだからな」

〈どれくらい長いか、あなたには見当もつかないでしょうね〉とミラ。〈あたくしにもわかりませんわ〉

つまるところ、彼女がロディに君臨していたのは百年以上昔なのだ。

「あたくしが三十になっても、あなたはあたくしを求めてくださるかしら。四十になっても」

乾いた笑みを浮かべ、「二百歳でも？」

「もちろんだ」チャドゥロが短く答える。

「偽りの希望を与えるのは酷ですわね」

「まったく希望を与えないほうが酷だ」

「そうでもありませんわよ」

〈なんだか心が痛むんですけれど〉ペンは言った。

〈そうね。殿方たちは可愛らしいことに、いつだってあたくしを愛していると思いこんでいますわ。でもほとんどの場合、ほんとうに愛しているのはご自分のペニスですのよ〉

〈〝全員〟ではないのですね〉

彼女はため息をついた。

〈ええ、全員ではありませんの。あたくし、そうしたひとりにすべてをゆだねようかと思いましたのよ。でも、子宮の腫瘍のほうがさきにあたくしを攫っていったのですわ。死んだとき、あたくしはまだ四十なかばにもなっていませんでしたの〉そこで改めてうきうきと、〈ほんとうにすてき。あたくし、まだ殿方を釣りあげることができますのね〉

〈そうです、ミラ。お願いだから、いまは彼を思いとどまらせてください〉

〈やっていますわよ〉とくちびるをとがらせ、〈でも頑固なところも可愛らしいんですもの〉

「ふたりの大公だと？」チャドゥロがしぶしぶ敗北と怒りをこめて息を吐いた。

「大きなチャンスがきたら、つかまえなくてはなりませんわ」

「チャンスによっては、くるのが遅すぎるやつも、はやすぎるやつもあるだろう」チャドゥロが足をとめ、彼女を自分のほうにむかせた。「一昨日の夜、あれだけの時間をともにすごしたというのに、おれはきみと口づけをしていない」

ペンがかろうじて手をあげ指をひろげて男の胸を押し返しているあいだに、チャドゥロが腕をまわしてひきよせ、のびあがって、くちびるを重ねてきた。口づけを返すミラの邪魔はしなかった。いかにも優雅でありながら、すばらしく独創的な寝室の彼女からは想像もつかないほど慎み深い口づけだった。男たちが彼女に狂うのも無理はない。それにしても、青緑のドレスの襞の中の詰め物を、ほとんどわからないくらい最小のものにしておいてほんとうによかった。待機していた見物の兵たちが歓声をあげ口笛を吹く。馬車の窓のむこうで、仮面の背後の目が大きく見ひらかれているのがわかる。

「自由もまた灰に変じることがある」チャドゥロがつぶやいた。

「わかっていますわ」とミラ。

「きみはその若さにしてじつに聡いな」

「あなたはそのお歳にしてなんて愚かなのでしょう。でもあなたは篤実《とくじつ》でいらっしゃる。それは黄金よりも稀少なことでしてよ。最終的にあなたのお選びになる方が、その贈り物に見あうご婦人であることをお祈りいたしますわ」

彼女がチャドゥロの腕から抜けだしたので、ペンはいまの熱い抱擁で詰め物がはずれて彼を告発するのではないかと不安にかられながら、いそいで馬車にもどった。チャドゥロがこわばった笑みを浮かべてあとを追い、ステップをあがるミラにふたたび手を貸して、心から別れを惜しむかのように銅色に染まった指先をもう一度握る。かちりと音をたてて扉が閉まった。

ペンはニキスとアデリスにむかいあった席に倒れこみ、荒い息をついた。指示をくだす低い声が聞こえ、馬車がふたたび動きだした。今回は六人の武装した騎馬兵が先導している。

アデリスはいまにも座席の隙間を乗り越えて彼を絞め殺しそうだ。

「いっ、いったい何が、どうなって、いっ、いるんだ！」

「チャドゥロ将軍はありがたくも、ソーラ・ミラをエスコートし、無事に国境を越えるまで見送ってくださるそうです」

「なんですって？」ニキスが息をのんだ。「いったいどうやったの」

アデリスがぐるりとふり返り、いまも正しい方角にむかっているかどうかを確かめるように窓の外をながめた。

「すべてミラの仕事です」

ニキスがスパンコールの光るマスクごしに推し量るような目で彼を見つめている。

「その綺麗な顔のうしろのどこでミラが去って、どこからペンリックがはじまるの？」

ペンはスガーネとリティコーネが長い歳月のすえにどのように混じりあってしまったかを考え――ヴァシアもほとんどそれに加わっている――首をふった。

「それが理解できるようになるためには、わたしも長生きしなくてはなりませんね」まだめまいがする。座席の背に頭を預け、鼓動が静まるのを待った。全力疾走するよりもずっとひどい。

「魔の引き起こした純然たる恐怖で死ぬことがなければ、それもかなうでしょう。でもそのときには、彼女は誰かほかの人が引き受けてくれるわけです。そう思えば心が休まります」

ニキスの顔がこわばる。あとずさりしたいのだろうが、狭い馬車の中ではそれもできない。

ペンリックは目を閉じた。

〈デズデモーナ、わたしはわたしの神に誓います。もしどうしてももう一度女装しなくてはならなくなったら、そのときはアウリア学師にお願いします〉

〈まあ、なんて恩知らずなんでしょう！〉

それでもミラが面白がっているのがわかる。もちろん、彼のことをだ。

〈わたしは褒められているのかしら、どうなのかしら。それとも、わたしのことを鈍いと言っているの？〉アウリアがつぶやいた。

ペンリックは心の中で、謝罪をこめて両手をばたばたとふりながらあとずさるイメージを描きだした。デスが小さく笑う。

〈平穏で退屈な生活を送りたいのだったら、ペンリック、グリーンウェルにむかう街道で間違った魔をひろってしまったということね〉

〈へえ、どっちがどっちをひろったんでしょうねえ〉

それに、いずれにしても間違った魔とか正しい魔とはなんだろう。すべての魔ははじめ、庶子神の地獄か無秩序の倉庫か、何かそうした場所からこの世界に逃げだしてきた、形をもたない混沌の染みにすぎない。そして、出会った乗り手によってそれぞれちがった形に成長していく。時を重ねて幾人もの乗り手を経るうちに、その相違はさらに大きくなっていく。乗り手が残していった残像に関して、神殿は魔を責めてはならないという、デスの神学的論争はいまだ決着がついておらず……街道を走る馬車の中で解決できるようなものでもない。

馬車はごろごろと進みつづける。数分後、ペンは目をひらいた。ようやく頭が働きはじめ、警告しておかなくてはならないと気づいたのだ。

「さっきのひと幕のことは二度と口にしないでください」

アデリスが鼻を鳴らした。

「恥ずかしいのか、学師殿。いまごろになってやっとプライドを思いだしたというわけか」

「ひと言では説明できません」ペンリックはいらいらと答えた。「もしこのことを――チャドゥロ将軍がどうやってあなたを逃してしまったかを宮廷にいるあなたの敵が知ったら、アデリス、彼らはかわりにチャドゥロを絞首刑にするでしょう。彼はそのような目にあうべき人ではありません」さらに酷薄に、「もしくは、彼の目を沸騰した酢でつぶそうとするかもしれませんね」

そのひと言でアデリスは完全にひきさがり、視線を落とした。恥じ入ったわけではないかもしれないが、少なくともこれで思いとどまるだろう。それでもややあって彼はつぶやいた。

「いつか戦場をはさんでむかいあうことになったら、縛り首にさせておけばよかったと思うかもしれんがな」

国境までの残り五マイルは、気が滅入るような沈黙のうちにすぎていった。

チャドゥロという高位軍人の監視のもと、セドニア側の国境警備隊は最大級の礼儀をもって三人を遇し、何ひとつ問い質されることはなかった。貸し馬車は彼らを乗せてさらに数百ヤードをくだり、二国の境界を示す小川を渡って、オルバスの国境警備隊駐屯地までの坂をのぼった。御者はそこで三人をおろし、適切にして充分な報酬を受けとり、馬のむきを変えてもどっていった。

自国側の詰所から彼らの堂々たる到着をながめていたオルバス兵は、セドニア側よりも綿密な調査をおこなったが、三人とも役割にふさわしい行動をしっかりと維持した。仮面をつけた忠実なふたりの召使は、まばゆいばかりの女主人に影のように従っている。そしてそのあるじは、名のるまでもなく、自分がオルバスの非常に身分の高い貴族の庇護のもとに旅していることを衛兵たちに理解させた。その貴族は、彼女が無事に、何にもさまたげられることなく到着することを、首を長くして待っているのだ。

もっとも事件に近い騒ぎは衛兵がひきあげたあとに起こった。貸し馬車屋の店主三人が、競いあうようにしつこく売りこんできたのだ。ミラの護衛役を演じているアデリスが怒鳴りつけて黙らせ、いちばん健康で足のはやそうな馬を擁している店を選んだ。三人が新しい馬車に乗りこんだところで、峡谷のむこう側からずっと見守っていたチャドゥロが、ミラにむかって最後の手をふった。彼女も気前よく手をふり返し、あけすけな投げキッスまで送ってやった。そしてチャドゥロは馬のむきを変え、失意に背を丸めたまま去っていった。

追跡者の姿も音もないまま国境の村から一マイルほど街道を進んだところで、アデリスがようやく田舎じみた帽子とカーニヴァルの仮面を揺れる馬車の床に投げ捨て、傷だらけの顔を両手にうずめた。肩がふるえている。泣いているのだろうか、それとも嘔吐《おうと》をこらえているのだろうか。もしかすると両方なのかもしれない。旅をつづける三人の中で、もっともおぞましい荷を負っていたのはアデリスだ。彼がかぶっていたのはきっと、足もとから虚ろな目で見あげているこの仮面だけではなかったのだろう。

その思いをなだめようと、ニキスが兄の腕に手をかけ握りしめた。言葉をかけるよりそのほうがよいとわかっているのだ。ペンリックも彼女にならい、賢明にも沈黙を守った。

7

沿岸街道で最初の馬替えをおこなったあと、狭い馬車の中で困難をきわめながらも、ペンリック学師はミラの衣装を脱いで彼自身の服に着替えた。いや、彼自身の服ではない、とニキスは考える。壺牢を脱出してから貸別荘の庭で彼女の前に姿をあらわすまでのあいだにパトスの古着屋で手に入れた、なんとなくそれらしい衣服だ。いまになってみると、あの明るい朝がもう百年も昔のように思える。生成りのチュニックにズボン、袖のない緑のジャケット。かつて彼女の目を——少なくとも彼女の疲れた心を騙し、彼を母神教団の（誓約を捧げていない）医師として受け入れさせたのは、このジャケットだった。長い逃避行の結果、衣服も、彼自身も、彼の欺瞞も、そしてこのささやかな一行も、くたびれはてぼろぼろになってしまっているが。

ペンリックがミラの優雅な髪を崩しながら言った。

「アデリス、大公の宮殿についたら、あなたの目についていろいろたずねられるでしょう。できれば……いえ、ぜひともお願いしたいのですが……」口をつぐんで言葉を選びなおし、「沸騰した酢をかけた男の手際が悪く、あなたの視力は主として自力で回復したのだということにしておいたほうが、ずっと話が簡単だと思います。妹さんの看護もおおいに役立ったと」

アデリスがしげしげと彼を見つめた。

「称賛の言葉がほしくないというのか。評判がとれるだろうに」

「この件に関しては、そんなものはいりません」

「では、こんどの三文芝居におけるあんたの役割は何になるんだ」

疲れ果てた口調から、アデリスがこのお芝居ごっこに死ぬほどうんざりしていることがはっきりとわかる。

「そもそも、わたしが話をする必要などまったくないだろうと思います。わたしはヴィルノックについたら主神殿をさがして、あの町にある庶子神教団の宗務館に報告に行きます。身分が確認されればアドリアにもどる方法もあるでしょう」

そして、ニキスのほうに控えめな視線を投げた。いったい何を考えているのだろう。それから両手で髪を梳かし、一本の三つ編みにして背中に落とした。

「あなたもわたしといっしょに教団の館にはいり、宮殿に押しかける前に支度を整えたほうがいいのではありませんか。身体を洗って食事をとり、うまくすれば衣装も借りられるかもしれません。そして、無視されたりなおざりにされたりする心配のない人を使者に立てて、あなたの到着を知らせるのです。宮殿の主を不意打ちにするよりはいいでしょう。これは戦争ではないのですから」

「そうだな」アデリスがゆっくりと答えた。「ジュルゴ大公の門前に物乞いのように登場するよりはずっといい」

でも現実にはそのとおりではないか。いや、ちがう。アデリスには、軍事に関する経験と技術という財産がある。オルバスのジュルゴ大公のように困難な状況にある統治者にとって、黄金ほどにも望ましい男だ。ペンリックは正しい。兄はここで、そもそもの最初からおのれの価値をさげるような真似をいっさいするべきではない。兄が連れている唯一の同行者である彼女もそれは同じだ。ニキスは思案にふけりながら召使のタバードを脱ぎ、たたんでかたわらにおいた。アデリスのタバードはとっくの昔にはずされていた。

ペンリックが革袋にわずかに残った水を使って汚れたシャツを濡らし、口紅とコールを落とそうとした。その結果、居酒屋で喧嘩に負けてそれから三日間寝ていないような顔になってしまった。ニキスは我慢できなくなってシャツをとりあげ、みずから彼の顔をふいてやった。

「ありがとうございます」彼がぼそりとつぶやく。

ニキスはシャツを投げ捨てたいところをこらえ、きちんと返してやることにした。

つぎのカーヴを曲がるとのぼり坂になり、港町ヴィルノックが見えてきた。ニキスは逆立ちしてしまった世界になんらかの指針となるものを求めて、左の窓から熱心にながめた。この数マイルのあいだ、海はときおりちらちらと顔をのぞかせるだけだった。それがいまここにきて、目の前に海岸線がひろがった。ヴィルノックは、つねに沈泥《シルト》で埋もれているオアレ川の河口に鎮座している。大型船はこの丘陵の多い川を強引にのぼっても、数マイル内陸までしか航行できない。この町は数世紀にわたって下流にむかってのびつづけ、要塞を構えた現在の海岸線まで到達した結果、オルバスの複雑な海岸線における数少ない良港のひとつとなっている。大公がこの町を夏の都と定めたのはそのためだ。だがセドニア人たるニキスの目には、じつのところ、パトスとほとんど変わらない規模の町にしか見えなかった。

　貸し馬車屋は市城壁の外にあった。三人はそこで馬車をおり、御者に代金を支払った。宿の馬丁がその町における庶子神教団の宗務館を教えてくれた。宿の前庭から丘の上にぼんやりと見える主神殿の、すぐ隣にあるのだという。市城門をはいるとき、今回は三人とも、肩書はともかく真の名を名のった――ペンリック・キン・ジュラルド、アデリス・アリセイディア、ニキス・アリセイディア・カタイ。これがほんとうの姓なのだとしたら、ペンリックはソシエでまったく無造作に偽名を選んだことになる。

　白の神の館はすぐさま見つかった。神殿広場から脇道にはいったところに立つ、以前は商人の邸だったもので、礼拝ではなく神殿の運営を取り仕切る建物だ。ペンリックは強引に門番を納得させて中にはいると、不安にかられるふたりを玄関ホールに残したまま、館を預かる上位者と話をしにいってしまい、まもなくアデリスが爆発するというころになって、ようやくもどってきた。神官の白いローブに最高級徽章《きしょう》をつけた灰色髪の女をともなっている。女の首にはなんらかの権威を示すペンダントがさがっている。ともあれ、見張りとして残されていた門番と信士は、女がはいってくると立ちあがり、庶子神信者のものとも思えない敬意をこめて姿勢を正した。彼女はアデリスを〝将軍〟、ニキスを〝マダム・カタイ〟、そしてペンリックを〝学師〟と呼んだ。最後の呼称に配下のふたりがぱちくりとまばたきをし、銅色の髪の放浪者はふたりにむかってにっこりと笑顔を送った。

　ニキスはそれから、微笑を浮かべた若い祭司に案内されて女性用宿舎にむかった。興味津々で話しかけてくる女に簡潔な答えを返しながら、一、二時間だけでもふたたび女の中にまじれることが嬉しかった。いそいで集められた女たちの集団が、ニキスの身体を洗い、ドレスを着せる。ズィーレがミラを仕立てあげたときのような騒ぎだ。彼女ほど華々しくはないものの、さほど見苦しくない仕上がりとなった。自分は丸っこい山鶉《やまうずら》に似ているのだから、ミラのドレスを借りていたら余計にみっともなかっただろう。たとえ裾の延長部分をはずしたとしてもだ。

食事をしておちついたところで、もう一度、ペンリックがふたりのためにしてくれたすべてを思い返してみた。アデリスがアドリアを選ばなければ、彼には何ひとつ得るものがない。でももし、ジュルゴ大公がアデリスを望まなければどうなるだろう。ペンリックはそれを待っているのだろうか。なぜいまになってもふたりを助けてくれるのだろう。彼らがここで受け入れられるかどうか、まだはっきり決まったわけではない。

ニキスはアドリアに行きたくはない。それをいうならば、セドニアを離れるのもいやだった。兄を支えたことはけっして後悔していないけれども。〈物乞いに選択肢はない〉と古い諺はいう。だから選択をしたければ、物乞いになってはならないのだろうか。アデリスが大公に居場所を請おうとしているいま、その考え方は間違っているのではないか。

彼女がほしいものは——そう、いまはほしいものを手に入れることができない。残されているのは選択肢ではなく、次善の選択肢だ。それとも、〝彼女が心から欲するものと、かかわりになりたくないものとが密接にまじりあった選択肢〟だろうか。

〈わたしはしばらくのあいだ、たてつづけの危険とは無縁な暮らしを送りたい〉

神々にかけて。あまりの疲労に目がずきずき痛む。だがまだ気を抜くことはできない。宮殿への伺候が目前にせまっている。アデリスのために、へまをせずやり抜かなくてはならない。そしてもし、こんな悩みがまったく見当違いで、大公がアデリスの願いすべてを聞き入れてくれたら。そうしたら、アデリスは新しい部隊を指揮するためにすぐさま出発し、その妹は見知らぬ異国でひとりやっていかなくてはならなくなる。もちろん、安全そうなどこかの箱に押しこめられはするだろうけれど、それでも見知らぬ異国人のあいだにひとり残される。四年前に夫が亡くなったときは、同じく寡婦である母の邸にもどったが、今回その選択はない。母はまだセドニアにいるのだから。

〈セドニアで、どうか無事にいて〉ニキスは祈る。

父の側室が、高貴なる正室と同じく、アデリスにとって母に等しい存在であることなど、彼の敵には思いもつかないだろう。もっとも近しい友人たちだけが知っていることだ。

〈セドニアで、無事に〉という言葉も、以前ほど心地よくは感じられない。そう考えていたとき、息を切らした信士がとびこんできて、玄関ホールにおいでください、大公さまの小姓がまいりました、マダムの兄君であられる将軍はすでにお待ちでいらっしゃいます、と告げた。

玄関ホールにアデリスがいた。ぴったりと身体にあった清潔なチュニックとズボンを着ている。濃い色がよく似合う。装飾がないため貴族的ではないが、いかにも軍人らしく見える。いまの彼に求められているのはまさしくそれだ。ジュルゴ大公はライヴァルではなく臣下を増やしたいのだから。誰かが切ってくれたのだろう、髪も軍隊風に整えられている。ガーネット色に光る両眼とそれをとりまく梟《ふくろう》の羽のような赤い傷は、慣れていない者には少しばかり不気味かもしれない。以前のニキスならそれを見て〝魔のようだ〟と言ったかもしれない。だがいまの彼女は、現実の〝魔〟がどのようなものか、ちゃんと理解している。

アデリスが満足そうにうなずいた。

「おれもおまえもそれなりに仕上がったようだな」

ニキスは兄の言葉を正しく解釈し、最高の賛辞に微笑を浮かべ、背筋をのばした。

アデリスが近づいてきて、彼女を見つめたまま声を低めた。

「ソシエであれだけの道化を演じたんだ、あの魔術師へのご執心ももう終わっただろうな」

微笑が消えた。複雑にもつれあう、目撃してきたすべての出来事に思いをめぐらした。正気の沙汰ではない馬鹿騒ぎ。毛虱や恋におぼれた将軍や……

〈わたしはあの人が、糸巻棒から糸を引き抜くように、女の胸から死を抜きとるのを見たわ。死を世界の中に紡ぎだし、うねる影のように従えるのも。あの人は闇の中でも目が見える〉

ニキスは首をふった。

「いまとなっては、あの人のことをどう考えればいいのかわからないわ」

彼は安心したように小さくうなずいた。彼女自身はまったく安心できなかったけれども。

〈魔といえば〉

すばやく階段をおりてくる足音がペンリックの到着を告げる。気がつくとニキスは、パトスの別荘の庭ではじめて彼を見たときと同じように、驚きのあまりぽかんと口をあけていた。

彼はどうやってか、アドリア様式にのっとった庶子神の白い神官服を手に入れていた。袖が長く、首筋までボタンをとめた立襟の、ぴったりとしたリネンのチュニック。腰から下が割れてひらき、裾は膝まで届いている。そして細いリネンのズボン。磨きあげた白い靴。何より目をひくのは、左肩を飾る三つの輪を銀でとめた神殿の最高級徽章だ。ごくあたりまえの白とクリーム色に、魔術師であることを示す銀の紐がからまっている。それとも、示すだけではなく警告しているのだろうか……

正式の衣装をつけた彼は、いつもよりさらに背が高く見える。不公平だ。

銅色のエナメルは清潔な指先から消えている。髪はまだヘンナで染まったままだが、いくらか薄くなったようで、うなじでしっかりまとめられている。青い目は明るく輝いている。ニキスは自分がいまはじめて、何ひとつ偽るもののない真実の彼を見ているのだと気づいた。

玄関ホール内でまたべつに動くものを認め、ニキスはそちらに目をむけた。オルバスのお仕着せとタバードをつけた十二歳くらいの少年が、びくびくしながら待っている。たぶんこれが大公の小姓だろう。少年が前に進みでて、ひたいに手を触れる丁重な挨拶をした。

「みなさまお揃いでしたら、学師さま、将軍さま、マダム、わたしがジュルゴ大公の秘書官マスター・ストブレクのもとにご案内いたします。そのあとは、秘書官が大公のもとにご案内することになっております」

三人は少年についてヴィルノックの街路に出た。夕方が近く、海によってやわらいだ光はもう傾いている。アデリスが歩調をゆるめてペンリックとならび、つぶやいた。

「ここでの用事はもう終わったんじゃなかったのか」

「そのつもりだったのですが、わたしも招待されているというので。統治者たる大公からの招待とは、つまり命令です。わたしは神殿学者としてそこそこの評判をとっています。大公はそうした人間を――学者とか、作家とか、神学者とか、芸術家とか、音楽家とかを集めるのがお好きなのだそうです。石工を雇うより安く宮廷を飾れるからでしょうね」

ニキスもササロンで有名な建物や豪華絢爛《けんらん》な神殿を見たことがある。もう少しで帝国を破産させそうになったものもあったはずだ。確かにペンリックの言うとおりだ。

「珍獣のように見せびらかそうというのか」アデリスが皮肉っぽく言った。

ペンリックのくちびるがゆがむ。

「大公はべつに、彼らを騎乗に使ったり食用にしたり農具につないだりはしないと思います」

小姓について四ブロックか五ブロック歩き、角をふたつ曲がると、町の頂上から港近くまでを貫く大通りに出た。この町の大公の住まいは、城でも宮殿でもなく、古い三軒の邸宅をつなぎあわせたものだった。足場を組んだ一方の端から、金槌や鋸《のこぎり》や鑿《のみ》の音、そして男たちの怒鳴り声がこだまとなって漂ってくる。小姓は三人を中央の扉へと案内した。両側に立つ衛兵は誰何《すいか》することなく少年に親しげな会釈を送り、それからあからさまにアデリスの顔をながめ――こっそりとペンリックの肩をうかがった。

ニキスが大理石を張った玄関ホールで自分の立ち位置を見定めようとしていたそのとき、喜びに満ちた声が響いた。

「おお、まさしく彼だ！　なんとすばらしい！」

「大公さまの秘書官マスター・ストブレクです」小姓が小声で告げた。

その男が歓迎するように両手をひろげ、大股でこちらにやってくる。床まで届く衣服はありまえの宮殿官吏よりもひときわ立派で、首には地位を示す金の鎖章がさがっている。

アデリスが息を吸って背筋をのばした。が、その男は彼の前を通りすぎ、ペンリックに抱きついたのだった。

「マーテンズブリッジのペンリック学師！　ヴィルノックにあなたをお迎えすることができるとは、なんと名誉なことでしょう！」

ペンリックはわずかにパニックを起こしながらも微笑を浮かべ、男が両手をとって握りしめるのを許した。

「昨年からアドリアのペンリック学師です」と訂正し、「上長たる大神官が替わりました。どこかでお目にかかったことが、その……？」

「カルパガモにおけるあの驚くべき神殿会議です。五年前になりますかな。ですからわたしのことをおぼえておられなくても無理はありません。わたしは当時、オルバス大神官づきの一事務官にすぎませんでしたし、あなたもその学識が認められはじめたばかりのころでした。ですがわたしははっきりとおぼえておりますよ！　大公よりお伝えするよう申しつかっております。わたし自身もまったく同じ思いでありますが、学師殿は今宵、大公の夜会において、最大級の熱意をもって歓迎されることでしょう」

ストブレクがふり返り、いかにもいま思いだしたというふうにつけ加えた。

「もちろんあなたもです、アリセイディア将軍」

アデリスの返した微笑はいくぶん固かった。はっきりいって、こわばっていた。

「ありがとうございます、マスター・ストブレク」

それから新たな問いをこめてペンリックにむかってぎょろりと目をむいたが、ペンリックは両手をひろげて肩をすくめただけだった。

ニキスはくちびるを噛んだ。かなり強く噛んだ。いまこの場にいる人間で、アデリスを笑い飛ばすことができるのはおそらく彼女だけだろうけれども。ペンリックに対する疑惑はまだ井戸のように深いけれども。それでもいま、ペンリックはペンリックであると、自信をもって断言できるような気がする。

〈大勢の中にまじっていても。でもそんなこと、とっくの昔にわかっていたはずだわ〉

さらにさらにいま思いだしたかのように、ストブレクがつづけた。

「そしてあなたもですよ、マダム・カタイ」

ニキスは返礼として最高に魅力的な微笑を浮かべ、つぶやいた。

「わたしもご招待いただけるなんて、大公さまに感謝いたしますわ、マスター・ストブレク」

こめられた鋭い棘に気づくのはペンリックただひとりだろう。それに気づいたからなのか、いずれにしても彼は目蓋を伏せた。

ひとりの女がやってきた——ただの女ではない、貴婦人《レディ》だ。精緻なデザインのドレスと慎み深い宝石から、そうとわかる。結いあげた髪はまだ黒々としているものの、若くはない。ストブレクが顔をあげた。

「ああ」いかにも嬉しそうに、「マダム・ダシアを紹介いたしましょう。大公妃殿下の第一女官を務めておられます」

彼女はストブレクにむかって優雅な会釈を送り、つづいてふたりの男に目をむけた。アデリスの傷痕にほんの一瞬だけ息をのみながらもすぐさま抑制し、ニキスにむきなおった。

「マダム・カタイ、公妃さまがお近づきになりたいとお召しですの。どうぞこちらにおいでくださいませ」

そして、この間にあわせの宮殿につくられた中庭や回廊の迷路へとつづくのだろう階段へと、ニキスを導いていった。

「将軍、ペンリック学師」マスター・ストブレクがつづけた。「おふたりは大公がお待ちかねです。よろしければこちらへ」

三人が一階のアーチをくぐり、彼女の視界から消えた。

ようやく実感として理解されはじめた。彼女とアデリスは安全な港にたどりついたのだ。だからもう、毎時間毎時間不安にかられ、新たな脅威が襲いかかるのではないかと怯える必要はない。それだけでもう充分ではないか。

8

ジュルゴ大公の夜会はアドリア大公の夜会に匹敵するものだったが、幾度も後者に足を運んだことのあるペンリックとしては、いまさら大公の威光に怖じ気づくこともない。しかしながら会食時間は長く、しかも食後は強制的に楽師の演奏を聞かされたため、ニキスとふたりきりになれたのはずいぶん遅くなってからのことだった。しかもそのためには、厠《かわや》からもどってくる彼女をつかまえなくてはならなかった——厠に〝行く〟ところではない、デスに忠告されるまでもなくそれくらいの判断はできる。彼は身ぶりで合図をして、大公の会食場とは反対側の小さな中庭を見おろす回廊に彼女を連れだした。目にはいるのはもっぱら職人の足場と影ばかりで、ここならおそらく人目をひかずにすむだろう。

ふたりはならんで回廊の手摺りにもたれ、薄闇をにらんだ。

「というわけで、アデリスは職を得たわけですね」ペンリックは口をひらいた。

少なくともそれは即座に決まった。ジュルゴの第一公女がつい最近、オルバスの西に隣接する国の首長、ハイ・オバーンという特殊な称号をもつ男と結婚した。その国の反対側の国境は、いま現在ルシリの侵略に悩まされている。ジュルゴはぜひとも、その敵に対するアリセイディア将軍の経験を活用したいと考えている。新しい義理の息子に対する援軍は、すでに遠征の準備を整えているという。

「そうね。アデリスはとても……喜んでいるという言葉はふさわしくないわね。侵略を嬉しく思うほど戦争が好きというわけではないのだもの。でも頭の中はもうそのことでいっぱいよ。無為にすごすことに慣れていないのね」ニキスがむきを変えて手摺りに肘をのせ、背後の部屋から漏れてくる薄明かりの中で彼を見つめた。「それで、あなたはどうなの？　大公さまはあなたにも動物園の檻を用意してくださった？」

「ほのめかしはありました。ですが、大公はご自分の意志だけでわたしを雇うことはできませんし、わたしも勝手にそれを受けるわけにはいかないのです。オルバスの大神官に命じて、アドリアの大神官からわたしを割愛してもらえるよう手続きをとらなくてはなりません。アドリアの大神官は昨年、いくばくかの代金を支払ってマーテンズブリッジの王女大神官からわたしを受け継いだばかりですから、まだもとをとっていないと考えるかもしれません」ひたいをこすり、「はじめての任務であるセドニア派遣も失敗してしまいましたし」そこで顔をあげ、「以前にもおたずねしました。あなたご自身はどうするつもりなのですか。アデリスももちろん、あなたを軍の野営地までひっぱっていきはしないでしょう」

「ええ、ありがたいことにね。マダム・ダシアがそれとなく教えてくださったのだけれど、わたしにも大公宮で女官の仕事が見つかりそうなのよ。大公妃さまではなくて、公女さまづきの仕事だけれど」

「そうですか」ペンリックは面食らった。「それは……名誉ですし。危険な仕事でもありませんよね」

「ええ。アデリスもとても喜んでくれたわ。もっともその公女さまというのは七歳で、だからわたしのお役目も、世話係とか教育係みたいなものなんだけれど。わたしみたいな女には過ぎたお話だわ。少なくとも召使のタバードは見えないもの」——身体の前で長方形を描き——「でも、つけていることにちがいはないのよね。それでも、これで息をつくことができるわ。もう何もいそいで決断しなくていいと考えると、ほっとするの」

ペンリックはそこであることに思い至り、不安にかられた。

「宮殿に仕える女官が貴族に襲われて手籠めにされるということはありませんか」

「二十歳ならそういうこともあるかもしれないわね。でもわたしは三十よ。夫を亡くしてからずっと、自分の手でしっかりと貞操を守ってきたわ」そして、なんとも解釈しがたい表情で顔をゆがめ、「考えていたほどたいへんではなかったわよ」

「おお」彼は勇気をかき集め、呼吸を整え、ふり返ってニキスの手を握った。「ニキス、わたしは期待してもかまわないでしょうか」

残念なことに、彼女はその手をひいてしまった。

「理解してほしいなら、もっとはっきり言ってくれなくては。何を期待するというの?」

「持ち札がいいときに手の内を見せるのはまずいやり方だと言われたことがありますが、そんなことはかまいません。結婚してください」

告白に応えて、長いありがたくない沈黙がつづいた。ペンは不安になって暗視力を呼び起こし、彼女の表情を読もうとした。その顔の見慣れたすべての皺、すべての曲線、すべてのくぼみがいまもうっとりするほど美しい。だがそこに愛情の気配はない。かといって嫌悪もない。嫌悪は少なくとも強い感情だ。むしろそれは、いま現在直面したくないぞっとするほど大量の雑用をつきつけられた女の顔だった。

〈それはそうでしょうとも〉呼ばれもしないのにデスが割りこんできた。

じつのところ、とりわけこの会話には、なんとしてもデスに加わってほしくなかったのだが。

〈会話はふたりでおこなうものです、デス。三人でも、ましてや十四人でもありません〉

〈ペンリック、かわいそうに、彼女は疲れきっているんですよ。あなたの求婚のタイミングは、チャドゥロと同じくらいひどいですね〉

〈チャドゥロの場合、どんなタイミングを見計らったって、うまくいくはずなんてありませんでした〉ペンは反論した。

〈ほんの百年遅かっただけですわ〉ミラがつぶやく。

ペンはあえて無視した。

「魔のせいでしょうか」率直にたずねた。

これまでもそうだった。まず彼の外見と、何を想像したにせよ魔術師につきまとう魅力に惹かれながら、いざ親しくなって彼が歩く泥沼だと知ると、パニックを起こして湿地から逃げだす小馬のようによろよろと離れていったご婦人たち。それも、ひとりやふたりではない。

しばしの沈黙のすえにニキスは答えた。

「必ずしも……そうではないのだけれど」まるで自分の答えに当惑しているみたいだ。「デズデモーナのことは、わたしの母にとっての父の正室のような存在なんじゃないかと思いはじめていたのよ。さきに出会っているのだから、押しのけるわけにはいかなくて、不快な敵になるかもしれないと思っていたのに、実際には最高の同志になれるみたいな。でもわたしの場合はちがっているのかもしれない」

「そんなことはないです！」ペンはさけんだ。

デスは面白そうに咽喉を鳴らすばかりで、なんの助けにもならない。

「だけど、あなたの頭の中にいるのはデズデモーナだけではないんでしょ？　ミラのことなんて考えたこともなかったし」

その顔を見るに、彼女はいまもまだミラのことを乗り越えきれていないようだ。それとも？

「それで気がついたのよ……それだけじゃないんだって。わたしはたぶん、ふたりのお医師とも会っているのよね。それからルチアにも――ルチアはとても優秀な間諜だって、あなたは何度もほのめかしていたわ。この複雑に入り組んだ逃亡劇に、ルチアはどれくらいかかわっていたの？　わたしが見たのはそれだけよ。見なかったことはどれくらいあるの？　最初の妻がひとりではなくて、十人もいるの？　それに、ライオンと馬があなたにどんな影響をおよぼしているのか、わたしには想像もつかないのよ」

「影響なんかありません」ペンは反論した。「あの二頭はとても古くて、ほとんど沈黙していますから」

「わたしの指より多くの人格をもつ殿方と恋に落ちたなんて、ほんとにもう正気の沙汰じゃないわよ」彼女は宣言し、見せつけるように指を動かした。

〈〝恋に落ちた〟――〝落ちた〟と言いましたよね。〝落ちる〟ではなくて〉ニキスも彼と同じくらい時制に厳格であると期待してもいいのだろうか。

〈どうでしょうねえ〉デスがつぶやく。

「それに、わたしはアドリアには行きたくないの」ニキスがつけ加えた。

ペンはこの思いがけない方向転換に衝撃を受けながらも、なんとかしてあたりさわりなくさきを促す言葉をかけようとした。すべてが混乱しているが、このまま彼女に話しつづけさせることができれば……

彼女はぐいと背筋をのばし、頭を傾けて支柱に預け、ため息をついた。

「べつにアドリアが特に嫌いだと言っているわけではないのよ。もちろん、アドリア語が話せないのは心配だけれど。でも、わかってほしいのよ。わたしは人生の半分を、父の、夫の、兄のあとについて、さまざまな軍の駐屯地や任地ですごしてきたわ。ようやくひとところにおちつくことを許されたとき、軍人の奥方が笠貝のように自分の家にしがみつくのも故ないことではないの。わたしは年がら年じゅう引き抜かれては植え替えられる木みたいよ。成長することもできず、花や実をつけられるだけの力を回復する時間も与えられない。自分自身を否定され、失意のままに枯れていくだけなの」

「街道の旅を好む人もいます」ペンは言葉をさぐりながら突き進んだ。「若い冒険家とか、そういった人たちです」

「わたしは三十よ」ニキスはきっぱりと言った。「いつまでも子供扱いしかしてくれない家からとびだしたいという思いは、セドニアじゅうの排水口をひきずりまわしてくれと志願することと同じじゃないわ。この歳になってしまうとどちらもごめんだけれど」彼女は思案するように目を細くして彼を見つめた。「あなたはきっと鳥なのよ。街道だってあなたをとどめておくことはできない」

「こんな形で出会ってしまったからです。あなたはまだ、部屋で本に埋もれているわたしを一度も見たことがないではありませんか」ペンは反論した。「わたしは本来、しっかりと地に足のついた人間なんです。鳥に似たものがあるとしたら鵞筆だけです。あれはいつも羽ばたいています。ほとんどの場合、紙で手を切るのが最大の危険といった日々が何週間もつづきます」

「でも、それ以外のときは？」

〈あなたが見たとおりです〉というのは最善の答えではない。

「上長の膝に落ちてくる問題によって、そして上長がそれをわたしの膝に放りだせると考えるかどうかによって、さまざまです」

「二十歳のときには知らなかったことだけれど」ニキスがゆっくりと言った。「三十になってわかったわ。女は結婚によって夫の人生と結婚するのね。だからそれは、本人が送りたいと望むような人生であるほうがいいのよ。わたしにはあなたの人生がとても……不安定に思えるの。とても……」つぎの言葉が思いつかないようだ。「とにかく、わたしは間違いなくいま安全なのよ。あなたにエスコートしてもらう必要も、守ってもらう必要もない。あなたの仕事は終わったわ、ペンリック。またべつの女の人を助けにいけばいいわ」

「でも何かほかにも……必要なことはありませんか」ペンは懸命に言い募った。「機知あふれる陽気な会話とか。害虫退治の技とか。接吻とか」

そしてためらいがちに指をあげて彼女の口の端に触れようとしたが、ニキスはそれを避けた。

「人はほんとうにさまざまなことを必要としています。そのすべてが、助けてほしいという思いと同じくらい切実です」

彼女は首をふって一歩あとずさった。

「飛んでいくあなたの旅が無事であることを祈っているわ。でもわたしは地面に根をおろしていたいの」

「あなたは木ではないし、わたしも鳥ではありません。ふたりとも人間です」

彼女のくちびるが力なくねじれる。

「そうね……ひとりは人間だわ」

そのとき背後から快活な声がかかった。

「ああ、ここにいらしたのですね、マダム・カタイ。兄君がさがしておいででしたよ」

マダム・ダシアはするする近づいてくると、まさしく優秀な若い娘の付き添い婦人《デュエナ》のように、礼儀正しくはありながら牽制の意図をこめた微笑をペンリックに投げつけた。

「下でお別れのご挨拶をいたしましょうね。それから新しいお部屋にご案内いたしますわ。いまは工事でごたついていますけれど、本来なら大公さまのお住まいの中でもとてもゆったりとした宮殿ですのよ」

そしてニキスの腕に腕をからめ、ひっぱっていく。

「学師さま」ニキスが肩ごしにふり返って言った。「ごらんのように、わたしはここでとってもよくしていただいていますの」

「ではまた、ごきげんよう、ペンリック学師さま」マダム・ダシアの会釈は明らかに退去の命令だった。

ペンリックは力なく手をふって、しかたなくひきさがった。階下で礼儀にかなった丁重な挨拶をかわし、建設中の宮殿を離れ、いくつもの街路を抜けて教団の館にむかう。

〈でも彼女は否《ノー》とは言いませんでしたよ、ペン〉しょげかえって黙りこんだ彼に、デスが声をかけた。

〈わたしにとっては否《ノー》と同じです。諾《イエス》とは言ってくれなかったのですから！〉

〈今日あなたは、実りのない求婚をふたつ体験したわけね。かわいそうなペンリック！〉

ペンリックはきっぱりと無視した。

頭上では、紫というか青というか、名づけるにはあまりにも深い色をかすかにとどめた円蓋の中で、降るほどの星が輝いている。オルバスは、それ以外のものをわかちあうことを断固拒否しながら、空の美しさをセドニアと共有している。ペンリックはいまも、どのような状態にあるときでも、この無限にひろがる異国情緒あふれる空を愛している。けっして触れることも、つかむこともできないけれども。ひきずりおろして鞄に詰め、もち帰ることもできないけれども。この地には、もち帰ることのできないすばらしいものがあまりにも多すぎる。

アドリアに宛てて生存報告の書簡を書く時間はまだとれていない。アデリスと大公の会見について最終的な報告をおこないたいからだ、と自分に言い訳をしてきた。それとも、もう一度ニキスと話せば自分がどうしたいか見えてくると期待していたからだろうか。

今夜のうちに大急ぎで何かを書いて、明日いちばんの神殿急使にもたせよう。それとも、朝になったら彼自身が出発して、悪い知らせをみずからいそぎ届けようか。指示を求める書簡を出すのは、その指示がはっきりと予想できる以上、時間稼ぎ以外の何ものでもない。微妙なごまかしというか、はっきりいって、みっともない引き延ばしの口実にすぎない。

与えられた教団の館のささやかな私室で、借り物の白い服を丁寧に脱ぎ、小さな書き物机の燭台に火をともし、紙とインク壺と鵞筆をならべ、腰をおろした。部屋は狭く、暑苦しい。何週間も触れていなかったためか、鵞筆がしっくりと手に馴染まない。

長いあいだ、ただじっとすわっていた。手紙を書くか、船に乗って帰るか。今回ばかりはデスもなんの意見も述べようとしない。

やがてペンは、女のために愚行を冒したすべての不運な男たちの頭上に庶子神の名を冠した罵声を浴びせ、身をかがめて、インク壺に浸した鵞筆を走らせはじめた。

リムノス島の虜囚《りょしゅう》

The Prisoner of Limnos

登場人物

ペンリック（ペン）……………アドリア大神官に仕える魔術師
デズデモーナ（デス）…………ペンリックの魔
アデリス・アリセイディア……セドニアの元将軍
ニキス（マダム・カタイ）……アデリスの異母妹。寡婦
イドレネ・ガルディキ…………ニキスの母
イコス・ロドア…………………イドレネの息子。ニキスの異父兄
タナル・ザーレ…………………アデリスの婚約者。セドニアの貴族令嬢
レディ・ザーレ…………………タナルの母
スラコス・ボシャ………………タナルの秘書
ヘカト……………………………ボシャの姉
ジュルゴ…………………………オルバス大公

1

ヴィルノックの宮殿にあるオルバス大公の書庫はすてきに楽しい場所だ。広々とした八角形の部屋で、巻物や写本の棚がずらりとならび、ガラス天井におおわれている。読書にふさわしいあふれるほどの光が、ペンリックのすわる中央テーブルに降りそそいでいる。ここの静寂は、インクと紙、時間と思考の匂いがする。なのに目の前にひらいた珍しい巻物に一語も集中できないのは、彼自身に問題があるからだ。

ため息をついて白いチュニックの内ポケットから書状をとりだし、ひらいてもう一度目を通した。今朝、ヴィルノック庶子神教団の上位神官から手わたされたものだ。時間がたてばその内容が変わるとでも期待しているのだろうか。その書状は、海のむこうのロディにいる、彼自身の上長たるアドリア大神官によって綴られたもので、きわめて短かった。辛辣《しんらつ》でもある。アリセイディア将軍をアドリアに連れてくるという任務が明らかに失敗した以上、いつまでもオルバスでぐずぐずしておらず、即刻ロディにもどって待ちかまえている神殿の仕事に取り組めと命じている。じつをいえば、三通めだ。

ペンリックはこれまでに三度、この高位聖職者に時間稼ぎの書状を送り、なぜ自分がヴィルノックにとどまっているか、オルバス宮廷でどのような外交的義務を負っているか、さまざまなもっともらしい理由をならべてきた。すべて失敗に終わった。帰国が遅れている真の理由はけっして漏らさなかった。よりいっそう叱責を招くに決まっている。

ニキス。

正確にいうならば、若き将軍の妹にして、いま現在オルバス公女の女官として新しい職務についている未亡人マダム・カタイだ。〝職務〟ですからと、彼女はくり返しペンリックに告げる。遊んでいる暇はないんです。殿方とおつきあいしている暇は。〝少なくともあなたとは〟と言いたいのかもしれない。

彼女が宮廷をうろついている廷臣に目をとめたらどうしよう。いや、その逆は確実にあるだろう。未亡人たる彼女がいま持参金としてもっているのは、そのふっくらとした美しさだけだ。となると、正式な求愛よりも火遊びの対象と見なされるほうが多いのではないか。どちらにしても、ペンリックとしては気が狂いそうに腹立たしいが。貧しさという心もとない守護も長くはつづかない。兄妹は亡命者として、着の身着のままで大公の宮廷にやってきた。だが将軍はすでに軍務について派遣されているのだから、いつまでも文無しということはない。

〈あら、彼女はいまでもあなたに気がありますよ〉デズデモーナが陰鬱《いんうつ》な物思いに割りこんできた。

〈あなたはそう言いますけれど、わたしにはそうは思えません〉ペンは思考を返した。

ペンリックの内に棲みつき魔術師としての力を与えてくれる二百歳になる神殿の魔は、彼以前の乗り手である十人の女の人生を深く刻みつけている。いつもなら彼も、ご婦人を相手にするときにはそれがひそかな利点となると考えるのだが、今回ばかりはうまくいかない。

〈あなたはせっかちすぎるんですよ〉デスがたしなめる。

〈あなたは歳をとりすぎています〉不機嫌に、どうせデスから思考を隠すことはできないのだから、どちらかといえば無造作に、言い返した。〈こういう思いがどんなものか、忘れてしまったのでしょう〉

〈とんでもない、あなたよりはるかによくおぼえていますよ〉いつものように、すぐさま反論がとんでくる。〈もちろん、殿方の内側からこのダンスをながめたことはありませんでしたけれどね。どっちにしても、同じくらい不合理で馬鹿げていますよ〉

せっかちであろうと我慢強かろうと、希望があろうと望み薄だろうと、もちろん不合理で馬鹿げてはいるけれど、すべてまとめあげ、明日出航する船から海に投げこまなくてはならないのなら、こんな恋煩いに意味などない。ついでに彼自身も海に投げこんで、すべて終わりにしてしまえばいい。

〈メロドラマの主人公にでもなったつもりかしら〉

〈ふん、静かにくよくよしていたいんです、放っておいてください〉

そしてもう一度、目の前にひろげた古代セドニア語の散文に意識を集中しようとした。

荷造りをしたほうがいいかもしれない。それだってたいして時間はかからない。彼もまた、オルバスに到着したとき、自分の所有物といえるものは着ている服だけだった——そして、医療鞄と、ミラという鳶《とび》色の髪の高級娼婦《クルティザン》のたたんだドレス。ソーラ・ミラ。彼女の才気と技のおかげで、彼らは最後の危機を乗り越え、無事国境までたどりつくことができた。ミラは百年前、彼の魔の五番めの乗り手だった女だ。ペンは髪に触れた。白金の三つ編みからはもうほとんどヘンナの色が抜けているが、ニキスはまだミラを乗り越えることができずにいる。

〝まだ〟だろうか。けっして乗り越えることなどできないのではないか。

複雑怪奇なデズデモーナは、ペンがこの世を去るまで彼の一部として存在しつづける。神殿神官として、ペンにはおのが混沌の魔の面倒を見る義務がある。ふたりの行動すべてが最終的に彼の責任になるということは、神学校の訓練中にいやというほどたたきこまれた。だが彼はいま、二百年にわたる十のはなはだしく異なる人生によって蓄積された経験の恩恵を受けている（ライオンと馬をいれれば十二だ）。そのすべてを否定することは、彼自身を否定することに等しい。

だからといって、もっとも苦しい部分を秘密にしておきたいと望んでもいいではないか。ほんとうに。どんな男だってそれくらいはしている。

〈ああ〉

彼は歯ぎしりをして、ひらいた巻物を押さえている文鎮の位置を変えた。

サンダルの足音と側柱をノックする音で写本から顔をあげた。彼自身の思考が呼びだした幻のように――魔法がそんなふうに働くのは物語の中だけであるが――書庫の入口にニキスが立っていた。呼吸を正常に保つのにしばしの努力が必要だった。

彼女は昼間の職務のためのおちついたセドニア風夏服――袖に襞《ひだ》をとり、腰にベルトを巻いた、ゆったりとしたリネンのドレスを着ていた。寡婦の濃緑に染められてはいるものの、何度も着用洗濯された結果、染めが薄れ、曖昧《あいまい》な海の色になってしまっている。宮廷に務める女官のお古をいそいで借りてきたものだ。ペンリックの白いチュニックとズボンもまた庶子神教団の館からの借り物である。教団からは部屋も貸してもらっている。

刺繍《ししゅう》したヘアバンドで黒い巻き毛を結いあげているため、首筋が見える。黒い目はドレスと同じくらいおちついている。その手に紙が握られていた。

「ペンリック学師さま」

セドニアの半分を縦断する逃避行のあいだに〝ペン！〟と呼んでくれるようになっていたのに、オルバスに到着して以来、彼女は彼の正式な称号を使う。まるで平手打ちをくらっているような気分になる。彼も礼儀正しく立ちあがり、言い返した。

「なんのご用でしょうか、マダム・カタイ」

彼の問いが修辞的・儀礼的な挨拶ではなく、とてつもなく難しいパズルか何かであるように、狼狽《ろうばい》の視線がむけられた。心が好奇心にはずむ。

「ついさっき、この手紙を受けとったのよ」彼女が紙をふりながら、急ぎ足で書庫を横切ってきた。「ほんとうはアデリスに宛てたものなのだけれど、わたしは彼が留守のあいだの全権代理人に指名されているから」

軍人である兄のために以前も務めていた役割だ。職業的な危険を考えると、すぐさま遺言執行人に変じてしまう可能性も低くはないのだが、これはアデリスの双子の妹に対する信頼の証でもある。

「兄と同じくらい、いえ、それ以上に、わたしにかかわることでもあるんだけれど」彼女がつづけた。「それでもやっぱり真の標的はアデリスだわ」

彼女がくちびるを噛んで一枚だけの紙片をつきつけてきた。明らかに読んでくれというのだろう。汚れていないところを見ると、何かに包まれて届いたにちがいない。

ペンは、アデリス・アリセイディア将軍の私信を――公文書でも同じことだが――読むことに対するかすかな良心の咎《とが》めを押し殺しながら、それを受けとった。

細長い、だが読みやすい書体で、署名はなく、宛て名も「黄色い薔薇《ばら》の君へ」とあるだけだ。ペンにはわからないが、ニキスには何か意味のある言葉なのだろう。文面はさらにつづいている。

「お知らせいたします。満月のつぎの夜」――一週間近く前のことだ――「貴方の揺り籠仲間の母上が、貴方にピクルスをお届けした方の指示により、リムノスの泉におもむかれました。当地ではその方の召使に守られています。目的は明らかです。貴方の目的地が噂どおりであり、いかなる急使よりもさきにこの書状が届くことを祈ります。

さらなる情報を集めておきます。とりいそぎ」

「なるほど」ペンは言った。「わたしは六つの言語を読みますが、これはあなたに翻訳してもらわなくてはならないようです」

彼女があごをひいた。

「この字はマスター・ボシャ、レディ・タナルの秘書をしている宦官のものだわ」

「わたしはそのどちらも存じあげていないのですが……」

彼女はいらだたしげに手をふった。

「アデリスは二年前、ササロンにいたとき、レディ・タナルに求婚したの。でもルシリの侵略がはじまったのでそのままになってしまって。そのあとはパトスの駐屯地に配属されて、それからのことは――あそこでわたしたちを襲った災難のことはあなたもよくご存じよね。求婚に役立つと考えたんでしょうね、アデリスはわたしとレディ・タナルの仲をとりもってくれて。わたしたち、親しくなって何度も訪問しあったのよ」

「では、黄色い薔薇というのは求婚の贈り物か何かだったのですか」

彼女は力いっぱいうなずいた。結いあげた巻き毛が揺れる。

「二年たってもまだおぼえてくれているのはよいしるしに思えます。ですが、あとはどういうことなのでしょう」

「『貴方にピクルスをお届けした方』というのはメサニ大臣ね。沸騰《ふっとう》した酢でアデリスの目をつぶすよう命じたやつよ。リムノスはササロンの海岸近くにある島で――姫神教団が、世俗を離れて純潔を捧げたいと望む身分の高い信者のための修道院を構えているの。姫神に仕えるには年をとりすぎている女のための隠居所にもなっているわ」

「それもまた身分の高いご婦人方なのでしょうね」

「必ずしもそうではないのよ。でももちろん、姫神教団の中でそれなりの地位にのぼった人たちではあるわね。そして」――ここで深く息を吸い――「あそこはまた、皇帝が謀叛人の親族である貴婦人を人質として捕らえておくための高級監獄としても使われているの。この手紙は、あいつらがわたしの母をつかまえたと言っているのよ」

「おお」ペンは息をのんだ。

「ほんとに、なんてことかしら。わたし、母はもっと安全だと思っていたのよ。つまるところ、アデリスのお母さまというわけではないんだし、高貴な生まれというわけでもないし。母とアデリスがどれほど近しいか、ほとんどの人は知らないはずなの。皇帝の宮廷で、誰かが間違った耳に余計なことを吹きこんでしまったのね」

「そのメサニという大臣が藁《わら》にもすがる気持ちで手を打ったとも考えられます」

「その可能性もあるわ。でもいまは、そんなことはどうでもいい」

　同じ父をもち、それぞれべつの母から同じ日に生まれたニキスとアデリスは、自分たちは双子だと主張している。もし父がふたりで母がひとりならば、誰も双子と呼ぶことをためらわないはずだというのだ。先代アリセイディア将軍は皇家ともつながりのある貴族の妻を迎えたが、残念なことに何年たっても跡継ぎが生まれなかった。そして第二夫人というか側室――ペンリックはセドニアの国内法にあまりくわしくはない――を迎えたのち、母神の冗談か庶子神の悪《いた》戯《ずら》か、ふたりの子を同時に授かったのである。ふつうならばそうした女たちは仇同士のように憎みあうものだが、このふたりは非常に仲がよく、ニキスが十代後半になったころに夫を亡くしてからも、ひとつ邸に暮らしていた。ニキスによると、彼女の母は数年後に訪れた年長の正妻の死を、夫の死よりも深く悲しんだという。

それはまたもちろん、宮廷におけるアデリスの敵にとって、彼を縛るための人質がほとんどいないことをも意味している。

「大公妃か大公は、これに対してなんとおっしゃっているのですか」

「まだ見せていないもの。まっさきにあなたのところにきたのよ」

喜びよりも不安のほうが勝った。

「その、どうしてですか」

彼女の視線がさらに強さを増す。

「あなたは魔術師だわ。アデリスとわたしをセドニアからオルバスまで逃がしてくれた。壺牢も脱出した。誰ひとりそんなことはできないのに。あなたならきっと、わたしの母も助けてくれるわよね」

ペンリックは、あれはすべて偶然と幸運の賜物であり、くり返せるものではないと反論したい衝動をこらえた。

「まずはジュルゴ大公に報告すべきだと思います。新しい将軍の忠誠にかかわる脅威です、大公もおおいに関心をもたれるでしょう」

「そうね」彼女は両手を握りしめた。「それにわたしたちには、あなたもふくめて、資金も伝《つ》手《て》も何もないんですもの。でも大公殿下なら、そのつもりになれば助けてくださるかもしれないわ」

彼女がその心に何を抱いているか、考えるだけでぞっとする。ジュルゴならば理を説いてくれるだろうか。巻物をひろげたまま、ペンは今朝届いた自分の手紙をたたんでポケットにしまった。

「それは何?」気づいたニキスがたずねる。

「ああ」——ため息をついて——「いまはたいして重要なものではありません。ではジュルゴ大公をさがしにいきましょう」

ふたりはともに書庫を出た。今回ばかりは歩幅の狭いはずのニキスのほうが、ひょろ長いペンリックよりも足がはやかった。

2

ニキスはペンリックとともに大公をさがし、最終的に、書斎ではなく宮殿の東端で修復工事を監督している彼を見つけた。より静かな中庭にひっぱっていこうとすると、思いがけず現場監督が感謝の視線を投げてよこした。

ジュルゴはけっして美形ではないが、最高に愛想のよい気さくな男で、四十代のはじめながら十五年も大公を務め、包囲されたような危うい国の長として可能なかぎり確固たる地位を築いている。鋭敏にして抜け目がなく——さもなければ、これほどどっしりと構えてはいられないだろう。ニキスの提示する要求が彼のものとうまく合致すれば、支援を得るチャンスはある。意図が食いちがえばどうしようもなくなってしまうが。

ジュルゴは柱廊の陰になったベンチに腰をおろした。彼が書状に目を通しているあいだ、ニキスは身体をこわばらせてその前に立っていた。こんなに緊張するのは、パトスでアデリスが逮捕されたとき以来だ。頭が激しく脈打つ。なんとか思考をまとめようとしながら、いま、現在母の身に起こっているかもしれない恐ろしい出来事を見せつける千もの幻視を脇に押しやる。たとえば、女の囚人が目をつぶされることはめったにない。去勢もあり得ない。乳房の切除は——女に苦しみを与えるばかりでなく、その子を飢えさせるためのものだ——出産年齢をすぎた女に用いられることはめったにない。そして、姫神教団の修道院に地下牢はない。

〈お母さまはひどく怯えているのではないか。むごい扱いをされているのではないか〉

ニキスは深く息を吸って声の制御を維持した。

彼女が奇妙な手紙の趣旨を改めて説明しているあいだ、ペンリックは柱によりかかって真面目な顔で耳を傾けている。

ジュルゴが手紙を軽くたたいてたずねた。

「これは信用できるのか。あなたは送り主のことをどれくらい信頼しているのだ」

「レディ・タナルからしばしばお便りをいただいたおりに、マスター・ボシャの手跡はよく存じております。それから薔薇への言及。これは、アデリスならすぐさま理解できるごくごく私的な話題です。わたしも同様ですけれども」

「意味がわかりにくい。短すぎる」

「こういう場合は短いほどよいのです」ペンリックが脇から口添えをしてくれた。「誤った者の手に落ちた場合、余分な文章があるほど真の意図があらわされる可能性が高くなりますから」

ジュルゴが納得してうなずいた。

「金品の授与、つまり賄賂《わいろ》によって書かれた可能性はないか」手をくるりとまわして、「強要によって書かされたとか」

「レディ・タナル・ザーレは裕福ですし、マスター・ボシャは彼女に心からの忠誠を捧げています」ニキスは答えた。「ですから賄賂はあり得ません。それに、いかに強要されようと、マスター・ボシャがタナルの意志に反してこのような手紙を書くとは、想像するのも困難です」

ペンリックが肩をすくめた。

「祐筆なら、指を折るとか、もしくは目をつぶすと言えば、従うかもしれませんね」

ペンリックの声で語られてはいるが、残酷な言葉をさらりと口にしたのはデズデモーナかもしれない。

皮肉っぽく油断のならないこのスラコス・ボシャという男は、タナルが行くところどこにでも必ず姿をあらわす。とはいえ、ニキスもそれほど話をしたことがあるわけではないから、否定しながらもそれを裏付ける確信があるわけではない。

「それはないわ」それからややあって、しかたなくつけ加えた。「でももし、誰かがタナルの指を折ると脅したら、どうなるかわからないわね」

〝そのとき、その誰かは長くは生きていられないだろう〟とは、口に出して言えなかったが。

「でもそれはあり得ないわ。タナルは母上さまのお館でしっかり守られているもの」

主としてボシャによってだけれども。

「たとえばですけれど」ペンリックがたずねる。「そのレディ・タナルに圧力をかけて、秘書に口述させるということは?」

ニキスは憂《うれ》いをこめて両手をひろげた。

「なんのために?」

そして、あまりにも明らかな〝罠にかけるため〟という答えが誰の頭にも浮かばないことを願った。

　抜け目のない大公の目がニキスをさぐる。

「もしこれを送り主の意図したとおり本人が受けとっていた場合、アリセイディア将軍はどのような行動に出ていただろう」

　ニキスはためらった。

「任務を捨て、救出にむかうか」ジュルゴがさらに問いつめる。

「いいえ」

「勝手に部隊を率いて指示にない出撃をするか」

「そんなことはけっしてありません」

「この手紙はどれほど彼の任務のさまたげになるだろう」

「さまたげになどまったくなりません」きわめて率直に、かつ大公の新しい将軍への信頼を深めるべく断言する。「彼はアデリスです。ですが、心乱され不安にかられることはあるでしょう。どのような殿方でもそれは同じです」

「では、このことを将軍に知らせるのは望ましくないというわけだな」

「好意的でない相手から、よりまずい時機に、知らされる恐れがあります。その知らせは必ず届くはずです。そうでなければ、なんのために人質をとるのですか」

「ふむ」

「ならば」ニキスは息を吸った。「母はすでに救出されたという報告とともに伝えればよいのではないでしょうか」

「このような問題で、とりわけセドニアにむけて、軍を出すわけにはいかぬ」

「わかっています。そこまで費用がかからず、危険も少ない計画があります」少なくとも、ジュルゴにとっての費用と危険は少ない。「わたしとペンリック学師がひそかに出国して母を助けにいくことをお許しください」

大公がかたわらのペンリックに目をむけた。ペンはくちびるを固く引き結んでいる。大公は彼女の発言を笑いとばしはしなかった。

「将軍の敵に、ひとりではなくふたりの人質を与える危険はないか」

ニキスはためらいがちに反論した。

「彼にとっての——わたしたちにとっての——最初の人質の重さを考えるなら、ふたりめが加わろうと秤《はかり》の傾きはほとんど変わりません」

「わたしひとりでおもむけば、その危険は防げます」ペンリックが淡々と言った。

ニキスは首をふった。

「あなたはあの国のこともタナルたちのことも知らないでしょ。でもわたしは知っているの。それにもっと重要なことがあるわ。あの人たちのほうも、あなたのことを知らないのよ。まったく未知の人間を信用するなんて、そんな危険なことをタナルたちがするはずはないわ」

未知なばかりでなく、ペンリックは最高に異質だ。だが、いざとなればペンリックは相手を説得することができる——そう、パトスでのように。

ふたりが否定しようとしなかったので、ニキスは心から安堵した。

「そして、あなたの計画とは？」ジュルゴがふたりを見比べながらたずねた。

「この一時間で考えたことなのですが」ニキスは答えた。「ペンリック学師とわたしで、以前と同じように、もっとも適切と思える経路をたどって、ササロン郊外のレディ・タナルの館にむかいます。そこでかくまってもらいながら、つぎの行動の――つまり、母のいる島に潜入し、脱出するための指針を得ます。同じ手順を逆向きにたどって帰国します」

「できれば今回はもう少し資金に恵まれたいですね」ペンリックが口をはさんだ。「賄賂も必要でしょうし。それでも、軍を送りこむよりははるかに安上がりです」

「軍の派遣はあり得ない」ジュルゴが却下した。「だがそのレディにとって、友人として警告を送った見返りとして、あなたのもたらすかもしれない危険は大きすぎるのではないか」その言葉を強調するように手紙をふる。

「そうともいえますし、そうではないともいえます」とニキス。「もしタナルが、いまもわたしの母を将来の義母と考えていてくれるなら」

「あなたの兄上の求愛はそこまで受け入れられていたのか」

「わたしたちはそう考えていました。あまりにもとつぜん打ち切られてしまいましたけれど」

「ふむ、なるほど。いまや将軍とレディのあいだには、越えられそうにない障壁が立ちはだかっているようだがな」そして大公はこめかみに手をあてた。

ふたりがいまべつの国に所属していることだけではなく、火傷《やけど》によってアデリスの容姿が損なわれたことも意味しているのかもしれない。

「いまはそうです。でも未来がどうなるか、誰にわかるでしょう」

ジュルゴは答えず、自分の思考を損なうかもしれない恐ろしい可能性すべてについて考えをめぐらしている。彼はすわったままむきを変え、ペンリックを見つめた。

「それで、あなたは自主的に同行しようというのだな、魔術師殿。あなたはアドリアにもどるつもりでいたと思っていたのだが」

「もちろん神殿の上長には報告します」そのお偉方たちをさがそうとするかのように空を見あげ、「ササロンからもどったときに」

ジュルゴがにやりと笑った。

「わかったよ」そしてサンダルに視線を落とし、また顔をあげた。「わたしはまたあなたが、いい知らせを伝えるためにわたしをさがしているのだと考えていたよ。オルバスにとどまる許可を神殿から得るための、何かいい理由を見つけたとかね」

ジュルゴがペンリック学師を、生きた装飾品のひとつとして学者や作家や芸術家からなる有名な大公宮サロンに加わってくれるよう懸命に口説いていることは、周知の事実となっている。

「その恩寵《おんちょう》はまだわたしの手にはいっていません」ペンリックが言って、真面目な視線をニキスにむけた。

彼女しだいだとでも言いたいのだろうか。

ジュルゴが太い指でとんとんと膝をたたいた。

「それで、いつ出発するつもりだ」

「準備が整いしだい」ニキスは答えた。「わたしが軍人である兄から学んだことがあるとしたら、それは、何事も遅いよりははやいほうがいいということですわ」

その言葉は真実であると同時に、ジュルゴにとってアデリスがいかに貴重な人材であるかを思いださせるはずだ。

ジュルゴがくちびるをこする。ニキスは暑い日射しの中で宙吊りになったような気分のまま、大公が決意するさまを見守った。はたしてどっちにころぶのだろう。

「わかった」ジュルゴがようやく口をひらいた。「秘書官ストブレクをさがして、その計画に必要なだけの資金を出してもらうがいい」

「ありがとうございます、大公さま！」

ニキスはあえぐように言って、安堵のあまり膝をついて大公の指輪に口づけしそうになったが、彼はすでに立ちあがり、ぼんやりと物思いに沈んだまま何かをつぶやいていた。

大公が改めてペンリックに視線をむけた。

「そんなことがほんとうに可能だと考えているのか」

「わたしは……」ペンリックは言葉をとめて口をつぐんだ。

「では言い換えよう。そんなことがほんとうに可能だと、デズデモーナは考えているのか」

不安を浮かべていたペンリックの顔が、一瞬にして冷静さをとりもどした。

「ええ、少なくともルチアはそう考えています」

「……ルチアだと？　ルチアというのはその中の誰なのだ」

「わたしの前にデズデモーナの乗り手だった神殿神官です。彼女自身も学者でした。そして、その、わたしの教団の代理人のようなことをしていて、魔術師であった四十年のあいだにじつにさまざまな任務を遂行しました」そこでペンの顔がゆがみ、さらに言葉を足した。「あら、言っておしまいなさいな、ペン。ルチアは間諜《かんちょう》だったんですよ。それも、とっても優秀な、ね」

いまのは間違いなくデズデモーナだ。

ジュルゴにもそれがわかったのだろう、くちびるが微笑《びしょう》を形づくった。

「では、われらみなもそう願おうか」

3

翌日正午、ペンリックとニキスは足のはやい小型馬車に乗ってヴィルノックから西にむかった。このあたりでは半島をまっすぐ横切れば反対側の海岸まで三百マイルもないのだが、かつてセドニアの一州であったオルバスを貫く旧セドニア軍用街道は、まっすぐでも平らでもない。快調な速歩だった馬は、急なのぼり坂にあたって速度を落とし、くだりにいたってさらに慎重になった。木製の制動装置がきしみと煙をあげる。それでも徒歩よりはるかにはやいし、騾馬《らば》の背中よりも心地よい。三日熱のほうが疫病よりもましみたいなものだと、がたがたと馬車に揺られながらペンは考える。

床の上をすべっていく医療鞄——中身は詰めなおした——を足でとめた。これをもってきたのは賢明だと考えるいっぽう、もう二度と医師の仕事をしたくない思いも強烈だ。

〈坊やはもう治療をする必要なんかありませんよ〉デスがいつもの辛辣な口調でつぶやく。

そこに激励を読みとり、ペンは感謝をこめてくたびれたくちびるを吊りあげた。

ニキスは、北に方向転換して国境のより険しい山を越えるときの持ち物について、やきもきしている。そのためのブーツと乗馬服はすでに詰めてある。馬車に乗っているあいだは、ベルトを締めたドレスの上に、塵除けとなるゆったりした外衣《サーコート》を羽織っている。宮廷風の立派な刺繍がなければエプロンになりそうな品だ。ペン自身はこの国の男たちが着ているチュニックとゆったりしたズボンを手に入れている。ズボンのほうは、彼の身長にあわせ、大急ぎでくるぶしに折り返しとボタンをつけた。飾りのない簡素なデザインは彼の地位に関する手がかりを曖昧にし、職業については何ひとつ告げていない。

　ニキスはまだ彼がすぐそばにいることで緊張している。とつぜん彼が必要になったためか、以前より楽になるどころか、いっそう気を張りつめているようだ。パトスの貸別荘の庭ではじめて会ったとき、彼女は不当に目をつぶされた兄のことで絶望にうちひしがれていた。これほど悲愴な顔を見るのはあのとき以来だ。馬車の音がうるさいからと話もせず、ペンもしかたなくその言い訳を受け入れた。たぶん昨夜は一睡もしなかったのだろう。最初の替え馬をおこなったあと、彼女は座席にもたれたまま、騒音にも負けず眠りに落ちた。

　ペンは彼女の首が恐ろしく危なっかしい角度に曲がっているのに気づき、枕になってやろうとそっと席を移った。ニキスは姿勢を変え、彼の膝に頭をのせて丸くなった。彼女が漏らした息の音を、感謝の言葉と勝手に解釈する。すべり落ちないよう片手を腰にまわしてやると、彼女の眠りがより深くなった。ペンはそれもまた嬉しく受けとめ、窓の外の痩せこけた大地と、膝の上の豊満な女とを交互にながめた。大切に思うごくわずかな身内——兄と母のためなら、彼女はどんな苦労も厭《いと》わない。いったいどうすれば、その短いリストに加えてもらえるだろう。けっして感謝されることのない努力をはらいながら、彼はあいたほうの手で、新しい最高級インクのように輝く乱れた黒髪をいじりたくなる誘惑をこらえた。

つぎの替え馬の宿に到着し、馬丁たちの鋭い声が外でこだましはじめたときになってようやく、ニキスがもぞもぞと動きだしてしなやかに身体をのばし、猫が咽喉《のど》を鳴らすようななんとも魅惑的な音をたてた。彼女はさらにしばらくのあいだ、横たわってぼんやりと脱力したまま、ほんものの枕のようにペンにしがみついていたが、それから、ああ、残念なことに、混沌とした世界が一気に現実となってもどってきてしまった。彼女は小さな悲鳴をあげ、ペンのあごに頭をぶつけてとび起き、座席のむこう端で身を縮めた。

「痛かったです」ペンは穏やかにこぼしてあごをこすった。

ニキスは一瞬、少しばかり狂気のにじむ目で彼をにらんだ。

「あなたが眠ってしまったので、このほうが楽だろうと思ったんです」

「まあ」いくぶんおちつきをとりもどし、こんどは彼女が頭をさする番になった。「ごめんなさい、妙な夢を見ていたの」

「気にしないでください」

ふたりはいつものように馬車をおりて宿の厠《かわや》にはいり、庭をひとまわりし、飲み物を買って大急ぎで飲み干した。この宿で提供しているのは大量の水で薄めた葡萄《ぶどう》酒のジョッキだ。馬車にもどるころには、昼寝が功を奏したのだろう、彼女はしっかりと自分をとりもどしていた。

「相談する時間がなかったから、わたしたちがどういう関係だと説明すればいいか、まだ決めていなかったわよね」つぎの旅程に備えて車内におちつくと、彼女が口をひらいた。「兄妹といって通るとは思えないし」

涼やかに色の淡い彼に目をむけ、それから暖かなセドニアを思わせる自分のテラコッタの肌をながめ、ほつれた黒い巻き毛をひっぱって見つめてから手を離す。

「異母兄妹も無理だわ。夫婦というのは気が進まないし」

「そうですね」ペンは皮肉っぽく答えた。「それはもううかがいました」

彼女はくちびるを噛んで赤くなった。

「そういうつもりじゃないわ、わかっているでしょ」

「ええ」彼はため息をついた。ニキスをからかうのは楽しいが、いまは明らかにそんな場合ではない。「話を簡単にしましょう。何も言わなければいいのです。そうすれば、むこうで勝手に解釈してくれます」

「それも怖いんだけれど」彼女が悲しげにつぶやいた。

「あなたが気にしなければ誰も気にしません。わたしたちはただの通りすがりなのですから。夫であれば無条件にあなたを守ることができますが、旅の従者という役割でも、ほとんどの場合にあうと思います」そこでためらい、「いつものことですが、わたしの職業についてはいっさい口にしないほうがいいです。誰にもです。よほどの事情があってその必要性が生じたとき以外、あなたの友人にも」

魔術師の神殿徽章《きしょう》は医療鞄の底の底に隠してあるが、白いローブはもってきていない。鞄が乱暴にひっくり返されるような事態になったら、そいつはもっと直接的な方法でペンの能力を知ることになる。

ペンリックは前方に待ち受ける未知の状況について考えをめぐらした。昨夜、大公の地図を調べ、おぼつかなかった以前の逃避行よりはるかに論理的なルートを検討した。だが、人間に関してはどうだろう。

「あなたが話しておられたマスター・ボシャという人ですが」ゆっくりと口をひらいた。「宦官の秘書なんですよね。ということは、奴隷ですか」

セドニアでは一般的などちらの慣習も、ペンリックの故郷たる山国では見られないものだ。セドニアと同じぐらい岩だらけだが、より湿気が多く寒いかの国では、扱いにくい小地主たちがこそげるように土地から生活の糧を得て暮らしている。

「とんでもないわ!」驚愕をこめてニキスが答えた。「もちろん、ザーレ家に古くから仕えている人だけれど。前に、タナルが六歳のときからと聞いたことがあるわ。彼女はいま二十歳だから、十四年以上になるわけね」

ペンは歴史をさかのぼった。

「現皇帝が即位した年ですね」おびただしい血を流して。だがササロンでは珍しいことでもない。「何か関係があるのですか」

「スラコス・ボシャの家系については何も知らないわ。でも確かにあの年、都は大混乱だったわね」ニキスは考えこみながら顔をしかめた。「卑しい生まれだとは思えないわ。どこかで立派な教育を受けているし。良家の出で、帝国官僚として高位にあがるため、自主的に去勢したんじゃないかと思えるふしはあるわね」

ペンは足を組みたくなるのをこらえた。

「たとえ出世のためでも、そこまではしたくないですね。とはいえロディにも、神と音楽に身を捧げてみずから去勢する神殿歌手はいます。いわゆる男性ソプラノです。祝祭で、そういう人の歌を二度聞いたことがあります。けっして忘れられない美しさでした。彼らにとってあれが天職であることは否定できません」

霊的な贈り物である歌は、もっとも望ましい神々への捧げ物と考えられている。

ニキスがうなずいた。

「ササロンでもそういう人はいるわ。でもマスター・ボシャはそうじゃないと思うの。ぜんぜんソプラノじゃないもの」そしてどこか不穏な視線でペンを見つめ、「わたしは彼のことを、知っている中でいちばん不思議な人だと思っていたのよ。あなたに会うまでは」

ペンは咳払いをして、その比較の深追いをやめておいた。だがニキスは勝手に言葉をつづけた。

「それに、とっても色が薄いの。あなたよりも薄いわ。白兎や、白馬みたいに」

〈去勢馬というわけですね〉デスがいかにも無邪気そうにつぶやいた。〈誰が乗るのかしら〉

〈悪趣味ですよ、デス〉それともいまのはミラだろうか。〈静かにしていてください。話が聞けなくなります〉

「髪は真っ白。肌は夜になると月みたいに色がなくなるのだけれど、明るい光の中ではほんのりピンクがかっているわ。太陽にあたることは避けているけれど——あなたよりも日焼けに弱いのね」考えこむように顔をしかめてペンを見つめ、「あなたのお故郷《くに》の人は、そういうのともまたちがうのよね？」

「わたしの知るかぎりでは。ほんのときたまですが、そうした白い赤ん坊が生まれることもあると聞いています。わたしの故郷でもやはり珍しい存在と考えられています。日焼けしなければですが」

ペンは裕福な若い貴婦人の個人秘書という、いかにも面倒な仕事を引き受ける男を思い描こうとした。おそらく小太りで——去勢した男は歳をとるにつれて太りぎみになると聞いたことがある——臆病で、たぶん内気で神経質。そして変人。まあいい。いざそのときになれば、なんとか対処できるだろう。

「レディ・タナルについて、ほかに知っておかなくてはならないことはありませんか」援助を与えてくれる彼女の善意と力に、目標だけではなくふたりの生命までがかかっている。「援助をあてにするならレディ・タナルの母上のほうがよいということはありませんか。レディ・ザーレはアデリスの求愛を好意的に受けとめておられましたか。今回の件を知ったら、令嬢の危険な慈善行為を阻止しようとするのではありませんか」

彼らが取り組んでいるこれは、若い娘の悪ふざけなどではすまず、大逆に近い危険をはらんだ問題ともなり得る。露顕《ろけん》すれば、身の毛もよだつ恐ろしいセドニアの刑罰が科されるだろう。

ニキスは不安と疑惑にくちびるを引き結んでいる。

「それを決めるのはタナルにまかせようと思っているの。レディ・ザーレには一度しかお会いしたことがないのよ。ずっと昔に夫を亡くされて隠棲し、いまではめったにお館を出ることもないわ。身分としてはササロンの宮廷に出入りしてもおかしくはないのだけれど、そんなこともなさらないし。信頼できる人を大勢使って、熱心に財産管理をしているみたい。そして、ご自分の仕事すべてをタナルにも教えているのよ。タナルはただひとりの跡継ぎだから。だったら、刺繍を教えたりするより、そのほうがずっと理にかなっているわよね」ニキスはそこで自分の言葉を考慮するかのように言葉を途切らせ、「タナル自身もそう考えているわ」

「アデリスはどうなのですか」

「アデリスがそんなことに気がついているとは思えないわね。軍人の妻だったことなんか一度だってないんだもの」

寡婦となる前のニキスはそうだったけれども、ということだろうか。

「でもタナルなら、アデリスの莫大な財産を立派に管理していけたと思うわ」そこで顔をしかめ、「それもぜんぶ没収されてしまったけれど。もうひとりの母――アデリスのお母さまも貴族で、父のためにそういう仕事をしていたのよ」

ペンリックの世俗的な財産は六頭の騾馬におさまるほどしかなく、事実そうだったのだから、これは彼にはわからない仕事だ。どちらかといえば、ジュラルド城における長兄ロルシュの仕事に近いかもしれない。数倍、もしかすると数十倍の規模ではあるようだけれども。

それとも、この信用できるかどうかもわからない味方のもとには寄らず、直接島を目指したほうがいいのだろうか。なんとか方法を見つけて。

〈地元の情報はけっしてないがしろにするべきではありませんよ〉デスがつぶやいた。それともいまのはルチアだろうか。〈盲信するべきでもありませんけれどね〉

それも、ニキスの母がほんとうにリムノスにいて、そもそものはじめからすべてが罠ではないと仮定しての話だ。

〈罠だとしても〉デスがのんびりと言った。〈狙いはアデリスであって、わたしたちではありませんからね〉

デスはこのセドニア再訪を彼ほど不安がってはいないようだ。もちろん、魔は正確な意味で殺されることはない。

〈わたしは予期せぬ存在だということですか〉

〈まあ、ペン。あなたはそもそものはじめから、まったく予期せぬ存在だったじゃありませんか〉

4

晩夏の暮れゆく光が、旅の初日をあまりにもはやく終わらせてしまったような気がする。闇の中でオルバスの険しい山道をのぼっても速度は出ないのだから無駄だし、もっとも厳しい国境の峻嶺《しゅんれい》に到達したとき疲労困憊《ひろうこんぱい》しているのはまずい。ペンリックの言葉に、ニキスもしかたなく納得した。オルバスにおいて替え馬の宿とされているものは、セドニアの宿よりもお粗末で、従者役のペンリックがたいへんな苦労のすえに個室を確保してくれた。だが彼女としてはどうでもいい気分だった。必要となれば馬屋で眠ったってかまわないのだ。ふたりは翌朝、まだじめじめと薄暗い夜明けにふたたび出発した。

ペンリックですら最初の一時間ほどは眠そうにしていたが、すぐさま異国の観光客のように——けっして彼はそうではないのだが——窓に張りつき、通りすぎていく田園地方について質問をしはじめた。そのほとんどにニキスは答えることができなかった。そして、最初の馬替えが終わって改めて馬車におちつくと、際限ない彼の好奇心はべつの方面にむけられた。

「お母上はふたりとも、マダム・アリセイディアと呼ばれていたのですか。それでは混乱すると思うのですが」彼はニキスの視線を受けて、さらにつけ加えた。「わたしの故郷では、男は同時にふたりの妻をもつことはできないのです。少なくとも、正式にはできません。もっとも、わたしの母と兄の妻は、母が亡くなるまで同じ称号を名のっていたので、呼びかけるときはいつもどちらのことかはっきりさせなくてはならなかったのですが」

「アデリスのお母さまは、レディ・アリセイディアとか、レディ・フロリナと呼ばれていたわ。父はフロリーと呼んでいたわね。側室は自分の父の姓を名のるの。だからわたしの母はいつも、イドレネ・ガルディキだったわ」

だったのではない、いまもそうよと、力強く訂正する。

「でももちろん、結婚前のわたしの姓はアリセイディアよ」反対側の窓から見える腹立たしいほど変わり映えのしない岩だけの山にむかって顔をしかめ、「もうひとりの兄はほんの短いあいだだけガルディキを名のっていたけれど、祖母の家にひきとられて、いまではロドアというの。イコス・ロドア」

どうかイコスのところまでこの波がおよんでいませんように。運がよければ、彼は半島のはるか北部で働いていて、母がつかまったことなど耳にしてもいないだろう。この危険な騒ぎに巻きこまれても、彼にはほんとうにどうしようもないのだから。

ペンは驚きのあまり口をつぐみ、やがてたずねた。

「誰ですって？　どういうことでしょう。先代将軍のお子はあなたとアデリスふたりだけではなかったのですか」

「父の子はふたりだけよ」ニキスはすばやく彼の顔に視線を投げた。あれは嫌悪だろうか、それとも単なる驚愕だろうか。「じつをいえばわたしも、父の葬儀にあらわれるまでその兄のことは知らなかったの。母は、引き離されてしまったのがつらかったから一度も話さなかったのだと言っていたわ。でも成人したらひとりでもこられるでしょうって。そしてそのとおり、それからも何回か、近くにくる機会があるたびに寄ってくれるようになったわ。橋の建設技師で、セドニアじゅうで仕事をしているのよ。ほんとうにいろいろな町で」

「その……兄君なんですよね？　もちろん。弟ではなく。つまり、あなたのお母上も若くして寡婦となられたのですか」

　ニキスは微笑した。

「正確にはそうじゃないの。ほんとうに運が悪かったのよ。母はもともと、父の配下の上級将校の娘だったの。そして若い下級将校と恋に落ちたのね。よくあることなんだと思うわ」

　自分もその年頃、軍の若者に熱をあげたことがあっただろうか。もちろん、そこまで夢中になったことは一度もない。ニキスは考えながら、まるで軍人とはかけ離れた、金髪で優雅なペンリックの長身に目をむけることを断固として拒否した。

「ちゃんと結婚するつもりだったのよ。少なくとも母はそう言っていたわ。家族は母が若すぎると考えたようだけれど、それでも反対されることはなかっただろうって。なのにとつぜん出陣命令が出て。なんという戦闘だったか、母に聞いたのだけれど忘れてしまったわ。そしてその人は戦死してしまったの。ロドア家のひとり息子だったので――ほかの兄弟は亡くなってしまったんだったと思うわ――母の妊娠がわかると、ロドア家は母を迎え入れたわ。でも、お祖《ば》母《あ》さまがほんとうに望んでいたのは亡くなった息子であって、母ではなかったのね。幽霊花《ゴースト・ブラ》嫁《イド》の申し出もなかったそうよ」

「それはなんですか」一瞬の間のあと、「ああ、ありがとう、デス。ほんとうにそんな習慣があるのですか」そこでニキスをふり返り、「死者との結婚のことなのですね」

「そうしばしばあることではないのよ。なんていうか、養子縁組みたいなものね。ちゃんと儀式をしてくれていたら――墓地でおこなわれることもあるけれど、たいていは位牌《いはい》があればいいみたい――母は正式に、その家の嫁というか養女になれたの。そうしたら何よりも、援助を受けたり遺産をもらったりする権利ができたはずなのよ。でもそうではなかったから、母は無給の召使みたいに使われたわ。とってもつらかったと思うの。だから、イコスが乳離れして、わたしの父がレディ・フロリナを送って申し出を伝えたとき――実際には夫婦ふたりの申し出だったのだけれど――母は最初の子を諦めなくてはならなかったけれど、それを受けることにしたのよ。ロドアのお祖母さまも当然のように同意したわ」

ペンリックは顔をくしゃくしゃにしながら一族の歴史を理解しようとしている。

「とっても複雑なお話ですね」

ニキスは肩をすくめた。

「そうね。でも、イコスがいたから父とレディ・フロリナは母に関心をもったのよ――つまり、母なら子供を産むことができるって。ふたりが何より望んだのはそれだったから。それで最終的に、すべての人にとって物事が丸くおさまったの。もちろんわたしもふくめてね」

彼がゆがんだ微笑を浮かべ、納得したようにうなずいた。

「それはすばらしい結末です」

ニキスはその言葉になごまないよう心を引き締めた。自分はこの男を、魔術師を、利用しようとしているのだから。狂瀾怒濤の過去二日のあいだ、自分は彼に、この恐ろしい冒険に生命をかけてくれる代償か代価を約束しただろうか。思いだせない。つまるところ軍人だって俸給をもらっている。よくあることだが、支払いが遅れたときには執拗な請求がおこなわれる。情け容赦なく良心に蓋をした。この救出作戦を完遂する助けになるのなら、手にはいるものはなんだって、誰だって、喜んで利用してやる。

となると、自分は正確に何を根拠として、彼がミラをみだらに利用したことを、ミラが彼をみだらに利用したことを、蔑《さげす》んでいるのだろう。そのおかげで三人は無事国境を越えられたというのに。

あの高級娼婦《クルテイザン》は単なる変装でも策略でもなかった。彼女はいっぷう奇妙な形ではあれ、ごった返したペンリックの頭の中でいまも生きている。これからもずっと生きつづける。ニキスにはほとんど理解できない女たちの一団とともに。それでも、〝彼女たちに知られるのが怖い〟は、意味のわかりにくいメモのような手紙一枚で〝彼女たちに知ってもらいたい〟に転換されたではないか。

ニキスはため息とともに座席の背にもたれ、馬がもっとはやく走ってくれることを願った。

ヴィルノックからつづく主街道の西端に、国境守備隊が駐屯している薄汚れた町があり、そこで馬車をおりなくてはならなかった。オルバスとセドニア、そして南西のグラビアトと、三国が国境をまじえている場所だ。アデリスも数週間前、隣の同盟国を助けるため、ジュルゴの部隊を率いてここを通過していった。彼のことをたずねるつもりはない。ニキスはペンリックとともに駐屯地の司令官を訪ね、封をした大公の書状をわたした。ふたりに最大限の援助を与えるよう命じてあるはずだ。おかげで下士官ひとり、騾馬追いがひとり、そして四頭の頑丈な騾馬が提供されることになった。

ふたたび夜明けに出発し、夕刻、オルバスとセドニアを隔てる最後の山の岩だらけの尾根で野営を張ることになった。下士官も騾馬追いも余計な質問はいっさいしない。きっと、国境を越える間諜の案内役を何度も務めているのだろう。

「ごくあたりまえのよくある任務のようです」ペンリックがつぶやいた。「帝国も同じルートを使っているのか、それとも自国の間諜にはべつに気に入りの裏口があるのか、悩むところですね」

アデリスなら知っているかもしれない。

つぎの行程を踏破するためになぜ明るくなるのを待たなくてはならないか、ニキスにも理解できた。もっとも険しい尾根を、騾馬をひいて徒歩で進まなくてはならないのだ。会話をする余裕もない。ペンリックがまだ心臓の不調を抱えていた三カ月前なら、逆からこのルートをたどることはできなかっただろう。それを避けられたのもまた、認めたくはないが、ミラのおかげといえる。

午後遅く、やはり岩だらけのくだり坂で足をとめ、下士官と騾馬追いが斥候に出て、帝国軍が定期的に巡回している軍用道路に人がいないことを確認した。それは荷車しか通れないような田舎道だった。彼らはすばやくそこを渡り、騾馬追いが最後尾について足跡を消した。そしてできるかぎり大急ぎでその場を離れた。

日が暮れるころ村にたどりつき、農夫から馬を借りた。いかにも無関心な農夫は退役兵のようだが、どこの軍に属していたかまではわからない。ごくごく簡単に挨拶をして――断固として名前は明かさない――いくらかの穀物を買ったあと、下士官と騾馬追いは騾馬を連れて闇の中に姿を消した。いつまでもうろついて、農夫ほど無関心ではない目に見つかり報告されないように。ニキスとペンリックは今回、感謝しつつ、ほんとうに馬屋で眠ることになった。

さらに長い一日をかけて馬で坂道をくだり、国境を越えてはじめて馬車が通るひろい街道に行きあたった。この街道を西に進めばササロンだ。そこで倍の料金を支払って馬と案内人を帰した。半分は馬の代金、半分は沈黙の代金だ。やや大きな町のにぎやかな宿で隣りあった部屋を借り、身体を洗い、つぎの段階のための新しい人格にふさわしい衣服に着替えた。

遅い夕食のあと、ペンリックが丁寧《ていねい》なおやすみの挨拶とともに、彼の部屋につづく扉に鍵をかけておくよう告げて去っていった。ニキスはしばらくのあいだ、すわったままぼんやりと扉を見つめた。三日にわたる苛酷な旅に疲れ果て、立ちあがることもできない。そこで彼女は気づいた。今夜はあの魔術師と――あの男とふたりきりになれる、最初で、おそらく最後の機会だったのではないか。それがなんとあっさり無駄に流されてしまったのだろう……

明朝に予約をした貸し馬車屋は、資金が充分にあるかどうかだけを気にかけていたから――ジュルゴが気前よくもたせてくれた財布のおかげで、その点は大丈夫だ――できるだけ効率的に、かつ利益のあがるやり方で、ふたりを運んでくれるだろう。日没までにはササロンの郊外にたどりつく。誰にも気づかれることなく。

今回、いちいち足をとめてペンリックにその土地の神殿から資金を盗んできてもらわずにすむのはほんとうにありがたい。でも帰りの旅は、これほど順調には運ばないような気がした。

5

月のない薄闇の中、ペンリックは、ニキスがザーレ家のものだと告げた館を囲んで延々とつづく石塀をながめた。ササロンから東に数マイルの郊外だ。彼女が正しければいいのだけれども。この地区にそびえる塀はどれもみな同じように見える。ふたりは好奇心旺盛な御者から目的地を隠すために一マイルほど手前で馬車を返し、闇の中、その長い距離をびくびくしながら歩いてきたのだ。

ペンは裏門の鍵に手をあてて思考を送った。

〈デス〉

使い慣れた魔法によってどっしりとした鉄の仕掛けがはずれる。ペンは厚板の扉をわずかにひらき、ニキスのために押さえた。彼女が荷物をひろいあげてすべりこむ。ペンも中にはいり、できるだけ音をたてないよう気をつけながら扉を閉めた。

広大な庭のはずれで、盛大に花を咲かせている繁みの背後に荷物を隠した。

「暗いけれど、つまずかずに歩けますか」とささやく。

「どうかしら」ニキスがささやき返した。

彼女の手をひいて、彼にとっては暗くもなんともないくねくねと曲がる小道を進んでいく。

守衛がいるはずだ、と彼女は言っていた。衛兵というよりは門番のようなもので、また夜には犬が放し飼いにされる。人間のほうは見あたらなかったが、数分後に後者が二頭、はねるようにやってきてうなりをあげた。すばやく神経をひねって警告の声を静め、ほぼ同時に簡単な巫師《ふし》の呪を使って、この侵入者は敵ではなく最愛の友なのだと信じこませる。おかげでふたりは攻撃を——敵に対するものではなく、親愛の情満載の攻撃を受けることになってしまった。周囲をぐるぐるまわる犬の、棍棒のような尾がばたんばたんとペンの太股《ふともも》をたたく。牛の尻肉がふたつあれば、おしゃぶりがわりにその口につっこんでやれるのに。

「これは犬なんてものではありません、小馬です」押し倒されまいとがんばりながら、ペンはあえぐように言った。

「マスチフよ」ニキスがうなずいた。「まあ、舐めないでちょうだい、デカいの!」

布巾《ふきん》のように大きな舌と、瘴気《しょうき》のような息と涎《よだれ》をどうにか避け、あえぎながら周囲をとびまわる、少なくとも静かだが歓迎されざる儀仗兵に守られて、館の外殻であるやはり延々とつづくのっぺりとした壁のそばまでやってきた。ふつうのセドニア邸宅は、中庭を囲んで建てられ、冷たい石の肩角が外側に張りだしている。だがこの館は三階建てで、ペンが見慣れたものよりはるかに大きい。そして一階のこちら側には、鍵がかかっているも何も、そもそも窓や入口がひとつも見あたらない。だが上階には、木製バルコニーを構えた細長い出入口がいくつもひらき、そのいくつかでは繊細《せんさい》な格子細工の鎧戸《よろいど》ごしに蠟燭《ろうそく》の黄金の光があふれている。

ニキスが影の中で目を細くして窓を数えた。

「あれよ」とささやいて、光輝く四角のひとつを示す。「二階のバルコニー」

壁に梯子《はしご》として使えそうなものはないし、蔦《つた》もからまっていない。

「わたしの魔法に空を飛ぶ力がないことはご存じですよね」

「でも山や崖をのぼるのは得意だったんでしょ。そう言っていたわよね」

彼を見あげる目には過剰な期待がこもっている。

「あのころはいまより若かったし、身軽だったし、馬鹿でしたから」

そう言いながらも壁に近づき、化粧漆喰《しっくい》塗りの表面に存在するわずかなひびやでっぱりを見ながら検討してみた。

〈できるかもしれない〉

鎧戸に石を投げるだけでも注意をひくことはできるが、それが正しい注意のひき方であることを確認してからのほうがいい。

「わたしの肩にのる？　あなたならそんなに重くなさそうだし……」

気に入らない構図だが、ほかに方法はなさそうだ。壁に手をつくよう指示し、彼女を踏み台にする時間が最小限ですむようジャンプの手順を考える。深く息を吸って、一歩、二歩。緊張する彼女の身体が足の下で沈む。片手がバルコニーの端をつかんだ。もう一方の手も。壁を蹴ると古い化粧漆喰の欠片《かけら》が落ちる。ぎくりとしながらも身体をひきあげ、そして彼は手摺りを越えた。

うずくまる形でできるだけ静かに着地する。それから身体を起こし、爪先立ちで歩み寄って格子ごしに中をのぞきこんだ。立派なしつらえの居間で、高価な蜜蠟《みつろう》蠟燭の香りが漂っている。人の姿はない。

慎重に格子細工の鎧戸をたたいた。

「すみません」

格子の隙間から音もなくナイフがつきだされた。かろうじて避けることができたのは、ひとえにデスのおかげだ。

彼は悲鳴をあげ、それから音をたててひらいた鎧戸に鼻を強打され、さらに二度めの悲鳴をあげた。人影がすばやく動いて布を巻きつける。くるくると身体が回転する。細く強靭な腕が彼の腕をさぐり、ぐいと背後にひいて固定する。首筋に刃物があてられ……

そしてとまった。とはいえ、まだ皮膚に押しつけられているため油断はできない。耳に熱い息が吹きつけられる。

〈動かないで!〉デスが言わずもがなな警告を発する。〈刃に毒が塗ってありますよ!〉

慎重に組み立てていた挨拶の言葉すべてが夜の中に飛び散り、ペンリックはようやくあえぎながら声をあげた。

「ニキスを連れてきたんです!」

相手はためらったが――庶子神に感謝を――だが彼を捕らえた手はゆるまない。

「膝をつけ」刃のように鋭く危険な棘々《とげとげ》しいテナーの声が命じる。「顔を光にむけろ」

ペンはすぐさまひざまずわりこみ、自由なほうの手のひらを上にむけてさしだした。降伏のしるしか、いまならば祈りのしぐさともいえる。相手は鋼《はがね》のような手を離し、すばやく彼の前にまわりこんだ。上等のリネンのズボンの上に、刺繍をほどこした絹のローブ。さらにその上で、欠け月のように白い、髭のない顔がにらみつけている。豊かな白い髪はひたいを出して背後で束ね、弁髪か三つ編みのようになっている。

部屋の中から女の声がたずねた。

「スラ、どうしたの？」

「侵入者でございます。おそらく」

「いえ、訪問者です！」ペンは抗議した。

「登場のしかたがまともではない」

「まともでない用件できたんです」

鎧戸の残り半分がひらいた。

「レディ・タナル、出てきてはいけません！」

〈おや〉とデス。〈では少なくとも、訪問先は間違っていなかったようですね、よかったこと〉

警告を無視して女が出てきた。ニキスよりもやや背が低く、ほっそりとしている。涼しさがもどってきた晩夏の夜にふさわしい、豪華な布地のゆったりとしたドレスをまとっている。彼女は室内にひきもどそうとするためらいがちな男の手をかわし、バルコニーの手摺りに歩み寄って影をのぞきこんだ。

「ニキスなの？」

「タナル？」

「オルバスにいるのだとばかり思っていたわ！」

「オルバスにいたのよ。アデリスに宛てたあなたの手紙を見たから、もう大急ぎでやってきたの。犬の涎で溺れ死にそうよ。中にいれてもらえない？　話をする前に人に見られてはまずいと思うの」

「まあ、なんてこと。そこにいらして。すぐにおりるわ」

レディ・タナルは室内に駆けもどった。白髪の男は虚しく抗議の声をあげ、あとを追おうとしかけたが、未知の脅威たる囚人監視のためにもどってきた。だが彼もニキスの声を知っていたようだ。ペンはそれを理由に、強いて安堵しようと努めた。

「立ってもいいでしょうか」下手に出てたずねた。

「ゆっくりとなら」男が一瞬考えてから答える。

ペンはおとなしくそれに従い、促されて居間にはいった。白い手がひらめき、ナイフがローブの内側に消える。男が肩をまわすと、殺人も厭わぬ危険な雰囲気が消えた。

〈この男、四本の刃物を隠していますね〉デスが報告した。〈どれも毒が塗ってあります〉少し考え、〈とにかく、何かの薬が塗ってありますね。すべて異なる薬ですよ〉

鏡を張った壁燭台の光のもとで見ると、男の虹彩《こうさい》は淡い紅色だ。昼の光に照らされて瞳孔《どうこう》がせばまると、きっとピンクになるのだろう。吊りあがった眉も白い。いまは張りつめているものの、ほっそりとした顔は端麗《たんれい》だ。口の左側に古い傷が走っているため、つねににやりと笑っているようにも見えるが、いまは右側がさがっているため逆の印象を与える。鮮やかな絹で結ばれた雪のような三つ編みが腰のなかばにまで達している。

〈おやまあ〉とデス。〈この彼はあなたと同じくらい美しいですよ、ペン〉

ペンは無視した。だが心の中で、いままで描いていたずんぐりとした内気な宦官の秘書のイメージにむっつりと別れを告げ、目の前にすらりと立つ、着飾った白蛇のような暗殺者と置き換えた。

「マスター・ボシャですよね」

短いうなずき。

「それであなたは?」

「ペンリックといいます。今回の旅でマダム・カタイのお供をしています」

「その旅がどういう目的のものかはご存じなのか」

「ええ」

深紅の目が細くなる。

「わかりました」

彼がローブの懐《ふところ》に手をいれ――ペンは緊張したが、手入れの行き届いた手がとりだしたのは上等の木綿のハンカチだった。丁寧に火熨斗《ひのし》がかかり、よい香りまでしている。彼はさらりとそれをさしだして言った。

「絨毯《じゅうたん》にこぼさないでください」

「ああ、ありがとうございます」

ペンは血に濡れた上唇をぬぐった。犬に巫師の術を使った代償なのだが、ボシャには鎧戸が勢いよくぶつかったせいだと思わせておこう。きっと罪の意識を感じてくれる。おそらく原因はその両方だ。ハンカチがぐっしょり濡れそぼったころ、ようやく血がとまった。そして中庭の回廊に通じる扉があいて、レディ・タナルが、そのあとからニキスがはいってきた。

タナルが扉を閉めて鍵をかけると、ニキスは胸に手をあて、困難な旅のすえにようやく安全な場所にたどりついたかのように安堵のため息をついた。だがペンのほうは、彼女ほどの確信をもつことができない。

タナルがあわただしくニキスにむきなおった。

「アデリスはどうしているの？　どこにいらっしゃるの？　パトスで目をつぶされたと聞いたわ。それからしばらくして、どうやってかオルバスにあらわれたと耳にしたのだけれど、それってまったく筋が通っていなくてよ」

ニキスは答えようと息を吸い、結局助けを求めるようにペンリックに目をむけた。

「沸騰した酢の使い方がいい加減だったので、マダム・カタイの懸命な看護のおかげで視力は回復しました。それが明らかになり、皇帝の間諜がもどってきて改めて目をつぶそうとしたので、将軍はすぐさまオルバスに亡命しました」

表向きはこの話で通すことにしている。ペンリックが一週間をかけて、かつておこなったことのない精緻かつ困難きわまりない上向きの医術魔法で、若き将軍のほとんど茹であがっていた眼球を復元させたというのは、けっしておおやけにしたくない事実だ。ここにおいても。どこにおいても。

ニキスは彼の沈黙に無言の抗議をするように口を引き結んでいたが、言葉にされない彼の望みをしかたなく受け入れたようだった。

「ジュルゴ大公はすぐさまアデリスを受け入れてくださったわ。そして、ルシリの侵略に困っているグラビアトへの援軍指揮官として派遣されたの。アデリスは以前も一度、ルシリを撃退しているでしょ。帝国は感謝もしてくれなかったけれど。ジュルゴ大公がアデリスに帝国よりましな扱いをしてくれることを願っているわ。もっとも、帝国以下のことなんてできるわけがないわよね」

ふたりの君主の感謝のあらわし方について考えたのだろう、非対称なボシャのくちびるがゆがんでほんものの笑みを浮かべた。それでも彼は腕を組んで立ったまま、一瞬たりともペンリックから意識をそらそうとしない。

「あなたの手紙が届いたのは、アデリスが出陣してから何週間もたってからだったわ」ニキスはつづけた。「アデリスに知らせたら仕事の邪魔になるでしょ。だから大公は、わたしとペンリックがセドニアにもどって、とにかくなんらかの方法で母を助けだし、オルバスに連れていくための支援を約束してくださったの」そこでタナルとボシャのあいだに視線を行き来させ、「あなた方を危険にさらすことなくどれだけの援助を期待できるのか、わたしにはわからないわ。無理のない範囲でいいの、どうか助けてちょうだい」

「もちろんよ！」あからさまにボシャの同意を得ないまま、タナルが声をあげた。「お気の毒に、たいへんだったでしょう。遠いオルバスからこんなにはやく到着したのですもの。ねえ、きっとお疲れよね。おすわりになって。何かお飲みになる？」それからいくぶん疑惑のこもった視線をペンリックにむけて、「あなたもいかが、ええと、マスター・ペンリック、でしたかしら？」

礼儀として曖昧な称号を使っている。ふつうの召使なら嬉しがっているところだ。だが彼女もペンのことを単なる召使とは考えていないようだ。ニキスについて、部屋の片隅におかれた小さな丸テーブルに歩み寄った。ふたりの人間が軽食をとれるよう、二脚の椅子がおいてある。ボシャが何も言わずさらに二脚をならべ、サイドボードから水差しと甘口の赤葡萄酒のはいったカラフを運び、ガラスのゴブレットにその両方を注いで全員に配った。

〈デス、これには毒ははいっていませんよね？〉ペンは不安になってたずねた。

〈いまのところはね〉陰険な返事がもどる。〈わたしが見張っていますよ〉

タナルがくちびるに触れ、低い声でたずねた。

「彼の火傷、ずいぶんひどいの？」

ニキスは〝恐ろしいほど〟という真実を答えないよう懸命に言葉を選んでいる。

「あまりよくなかったわ。しばらくのあいだ、とても苦しかったみたい。でもいまでは傷痕も目立たなくなったし、それも顔の上半分だけなのよ。まだ赤いけれど、それも時間がたてば薄れるわ。ただ、目がね。茶色にはもどらなかったの。いまではガーネットの色よ。見る人を不安にさせるのだけれど、でもアデリスは自分の仕事には都合がいいと言っているわ」

タナルの視線が一瞬ボシャにむけられ、またそらされた。

「そんなこと、ちっともかまわなくてよ。わたしはいつも、赤というのは目の色としていちばん魅力的だと思っているのですもの」

ボシャが心臓の上で手のひらをひろげ、すわったまま皮肉っぽく頭をさげる。タナルは面白そうにくちびるをゆがめてそれをやりすごした。

「もう新しい任務についているのなら、立派に回復なさったということよね」そして安堵の微笑を浮かべ、背筋をのばした。

「わたしも奇跡みたいだと思ったのよ」ニキスが断言した。

〈ペン、何も言わなくていいの？〉いくぶん得意そうにデスがつぶやく。

〈黙っていてください〉

ニキスがいっそうの熱意をこめてタナルにむきなおった。

「母について、ほかに何かわかったことはある？　母はわたしとアデリスがどうなったか知っているの？　まだリムノスにいるの？　何かもっと悪いことが起こったりしていない？」

「そもそもどうしてお母上のことがわかったのでしょう」ペンも口をはさんだ。

タナルがさっきのニキスとペンを再現して、なんらかの許可を求めるような視線をボシャにむけた。では、このふたりも何か秘密を共有しているのだろうか。

ボシャが考えこむように薄めた葡萄酒に口をつけ、それからペンにむかって答えた。

「わたくしの姉がリムノスの姫神教団の祭司を務めております。しばしば訪ねていますので、姉もレディ・タナルがアリセイディア将軍とかかわりをもっておられることを存じております。ですから、マダム・ガルディキが連れてこられたとき、こっそりと知らせをよこしたのでございます」

「男が教団の領域にはいることは許可されないと思っていたのですが」ペンは困惑してたずねた。

ボシャが首を傾け淡々と答えた。

「そのとおりでございます」

ペンは謝罪の言葉をのみこんだ。謝罪すればかえって事態を悪化させるだけだろう。

〈その可能性はありますね〉デスがつぶやく。

わずかに顔が赤くなった。ボシャは腹を立てるというよりも、狼狽する彼を意地悪く面白がっているようだ。

ボシャがニキスにむかって言葉をつづけた。

「母上さまはまだ教団にいらっしゃいます。わたくしどもの知るかぎり、危害を加えられてはおりません。それ以上の調査はいたしておりません。誤った者の手にわたった場合、非常に危険でございますので」

それは誰の手なのだろう。そしてその手にはどんな武器が握られているのだろう。いずれそのうちにわかる。できれば、その過程があまり困難でなければいいのだけれども。

ボシャがニキスとペンリックのあいだの宙にむかって告げた。

「母上さまをお助けするために、どのような計画を立てておいでなのでしょうか」

ニキスが一日の旅の終わりに乱れた巻き毛を指で梳《す》いた。

「わたしはとにかく、無事ここにたどりつくことしか考えていなかったわ。なんとかして島まで行って、なんとかして母を連れだす。ペンリックは、帰りの旅は海にしたほうがいいと考えているわ。どうせ島にいるのだから」

「できればセドニアのものではない船を使いたいです」ペンは言葉を添えた。「運がよければアドリアの」――ニキスが鋭い視線を投げてよこす――「すみやかに手にはいるならどこの船でもいいのですが」

「海路がいちばん安全といえるかしら」タナルが疑問をはさんだ。「つまり……嵐とか、海賊とか」

「嵐はどうしようもありませんが」とペンは認めた。「海賊は問題ありません」

海賊が近づいてきたら混沌の魔を解き放ち、相手の船の索具にこちらの船以上の損害を与えてやればいい。めざましい成果が得られるはずだ。

〈おお、そうですよ〉デスが喜びと期待をこめてつぶやく。

もし海賊があらわれなかったら、彼女はきっとがっかりするのだろう。

最後の言葉にニキスが静かな理解を示してうなずいた。タナルとボシャは驚いて目を瞠《みは》っている。

しばしの間をおいて、ボシャがつづけた。

「訪れて、去る。そのあいだはどうなっているのでしょう。奇跡でも起こるのでございますか。あなた方の計画は真ん中がすっぽりと抜けております」

「わたしはササロンに行ったことがありませんので」

〈あなた方がその真ん中です〉という言葉は注意深く避けておいた。だがボシャは察しているような気がする。

「その点についてはニキスと現地の情報に頼るしかありません。ですが、わたしはわたしに可能なかぎり、彼女を補助するつもりでいます」

「セドニアからオルバスに脱出できたのもペンリックのおかげなのよ」ニキスが言った。「それまでセドニアにきたこともなかったのに。彼はそれだけの力をもっているの」

どんな力であるかを説明しないため、その主張も中途半端になる。

何もたずねることなくニキスの話をそのまま受け入れたのだろう、タナルがうなずいた。だがボシャは明らかに納得していない。

タナルがほっそりとした首をさすった。その少女らしい姿態はニキスの豊満さと比べられるものではないが、きらめく真珠《しんじゅ》を飾って複雑な形に結いあげた髪が、蠟燭の光のもとで赤みがかった輝きを放っている。昼の光の中ではきっと鳶色に見えるだろう。そして彼女の目は、縁が金色を帯びた透明な榛《はしばみ》色だ。なめらかな肌。綺麗な歯。アデリスが彼女に惹かれたのは富ゆえのことではない。それに、求婚した当時はアデリスも彼女に劣らぬ財産をもっていた。ペンリックとしてはむしろ、なぜタナルがアデリスに惹かれたかのほうが想像しがたい。

〈おやまあ、ペン〉デスがからかった。〈アデリスはとっても魅力的ですよ。ときどきどうしようもなく癪《しゃく》にさわるのは認めますけれどね。でもまあこのところは彼も、さんざんな目にあって平常心を維持しがたくなっていましたからね。クソじゃないときの彼になら、貴婦人方が磁石のようにひきよせられても当然でしょうね〉

〈いまのように顔に傷があってもですか？　セドニアの財産をすべて失っていても？〉

〈もちろんですよ。ほんとうに、十一年もわたしたちといるのですから、あなたももう少し女心を理解できるようにならなくてはねえ〉

ともかく、レディ・タナルはいまもまだアデリスのことを思っているようで、それはペンとニキスにとって大きな助けとなる。

〈それより興味深いのは、二年のあいだ、割りこんできて彼女を引っ攫《さら》っていこうとする求婚者があらわれていないことですね〉デスが指摘した。〈たとえ財産がなかったとしても、そうした試みが皆無だったとは思えないんですけれどね〉

タナルが決意をこめて小さなこぶしをテーブルにのせた。

「今夜はもうこれ以上何もできないでしょう。ふたりとも、ぜひこの館にお泊まりになってね、誰にも見つからないように。ニキス、わたしといっしょに休んでくださる？　あなたの——その——お連れには、スラがお部屋を用意するわ」疑わしげにペンに視線をむけ、それから改めてふたりにむかって、「ほかにお荷物はないの？」

ペンは衣服のへりやさまざまな場所に隠した大公の金のことを考えながら、簡潔に答えた。

「外庭に鞄を残してきました」

「召使が通りかからないかしら」ニキスがたずねた。「召使は信用できる?」

「召使は庭に出さないわ」タナルが断言してうなずいた。「スラはいつもそうしているのよ」

彼女が立ちあがり、あとの者たちもそれにならった。

「このような場合ですから、ほかの使用人はしばらくかかわらせないほうがよろしゅうございますね」とボシャ。「お荷物のところまで案内していただけますか、マスター・ペンリック」

「ええ、もちろん、マスター・ボシャ」

ボシャが小さなガラスの蠟燭ランタンをとりあげて、暗い回廊に案内した。板張りの上を音もなく移動していく。ペンも同じくらい静かに歩こうと努めながら、宦官のあとから回廊の奥の階段をおり、曲がりくねった廊下を抜け、外に通じる扉にたどりついた。夜のあいだは鍵と閂《かんぬき》がかかっている。もしニキスがこっちに案内してくれていたら、危うくナイフで刺されそうにならずにすんだのだろうか。背中で揺れるボシャの白い三つ編みをながめながら、デスにとっては昼間と変わりのない闇の中を歩いていく。いや、確率は半々といったところだろう。

縫うように庭を進み、荷物を隠してある繁みにたどりついた。ペンは医療鞄と自分の肩掛け鞄をとりあげ、ニキスの旅行鞄はボシャにまかせた。ボシャがそれをひろいあげ、考えるようにあたりを見まわした。

「塀があるのに、どうやってここまではいってきたのですか」

「ニキスが裏門の場所を知っていたので」

「鍵がかかっていたはずです」

「わたしは鍵にはくわしいんです」

「そうなのでしょうね」

もどろうとしたとき、また犬がやってきた。ありがたいことに、まだ吠えることはできないようだが、そのかわりというようにボシャにむかってうなりをあげた。呪が残っているため、二頭ともペンにはじゃれかかってくる。

「犬もいつもはこれほど役立たずではないのですが」招かれざる客につづいて犬を押しやりながら、ボシャが言った。

「動物には好かれるんです。それに、ニキスのことをおぼえていたようです」

館の前までもどったところで、ボシャが冷やかにつづけた。

「あの鍵があけられるはずはなかった。だがあなたはそれをあけた。犬をやりすごせるはずはなかった。だがあなたは手なずけてしまった」――首をめぐらし――「バルコニーまであがってこられるはずもなかったし、バルコニーでわたくしのナイフをかわせるはずもなかった。なのに、マスター・ペンリック、あなたはそのすべてをやってのけた」

「……マダム・カタイも故なくわたしを旅の連れに選んだわけではありませんので」

「ふむ」ボシャはややあって言葉をつづけた。「わたくしはただひとりでレディ・タナルを世界の危機から救わなくてはならないような羽目には陥りたくないと考えております。床板の血をふきとるのは、女中たちにとってもたいへんな仕事になりますので」

いまのはジョークだろうか。ペンは咳払いをした。

「とても立派なお館ですね。泥棒にも狙われやすいでしょうに、すべてあなたが対処しているのですか」

ボシャは肩をすくめた。

「あたりまえの泥棒はほかの者の仕事です。レディ・ザーレよりわたくしに与えられた使命は、より限定的です」

「ご令嬢のレディ・タナルは何か特別な脅威にさらされているのですか」

「つねに、と申しあげてもよろしいかと。昨年も、拒絶された執拗な求婚者が、短絡的にも誘拐を試みました。そのようなことをしでかしたあとで、なぜ自分が許され受け入れられると考えたのか、わたくしには見当もつきませんが。また、金銭ずくで雇われた者たちが秘密を守るとでも考えていたのでしょうか。実行犯たちはその男の邸の門前にころがしておきました。朝になって見つけ、その意味を理解したことでしょう」

〈それじゃジョークではなかったのね〉デスがつぶやいた。

そんなに嬉しそうに言わないでほしいのだが。

「そうですか」自分はいまの話から何を読みとればいいのだろう。

〈あら、そんなこと、はっきりしているじゃありませんか〉とデス。〈……わたしはこの彼が気に入りはじめていますよ。庶子神の子のしるしをもっていたのに、失くしてしまったのかも

しれませんねえ。いったいどういう生まれなのでしょうね〉

〈知らなくともいいことですよ、デス〉

居間にもどり、ボシャが隣接する部屋の扉をノックした。明らかに婦人用寝室だ。いかにも楽しそうなタナルが扉をあけ、ニキスの荷物を受けとり、陽気におやすみの挨拶を告げた。ふたたび扉が閉められるとき、彼女とニキスの静かな話し声が聞こえた。ボシャが対となる反対側の壁の扉にむかい、またべつの寝室にペンを案内した。

彼が蠟燭に火をともしたので、室内のようすがわかった。彫刻をほどこした書き物机、本や書類がぎっしりと詰まったいくつもの棚、壁際の衣装簞笥《だんす》と櫃《ひつ》、洗面台。そして、たたんだ衣類を積みあげた狭い寝台がある。ボシャが衣類を適当にふたつの櫃の上に移した。

「この寝台を使ってください」

「あなたはどこで休むのですか」

「いつもの場所です」

そして衣装簞笥の内側の鉤《かぎ》から寝衣をとり、居間にもどって扉を閉めた。

とまどいながらも死にそうに疲れていたので、ペンは洗面台を使わせてもらい、自分の寝衣に着替えた。そしてぶらぶらと室内を歩きまわった。ボシャはふつうの召使よりもはるかに多くの、しかもずっと上等の衣類をもっている。本と書類はとても目を通しきれないほどだが、ほとんどが実用的なものだ。ほんとうにタナルの秘書を務めているのだろう。それ以外にも不穏な仕事を引き受けているようだが。いくつもある抽斗《ひきだし》にも櫃にも鍵がかかっている。その気になれば苦もなく解錠できるが、いまのペンにはそれ以上の詮索をする理由がない。

好奇心とともに不安もおぼえる。あの宦官がペンとタナルのあいだをさえぎろうとするのは当然のことだ。だがそれは、ペンとニキスを隔てることにもなる。居間に通じる扉をあけて、のぞいてみた。上等のローン地の寝衣をまとったボシャが、レディ・タナルの扉の前に羊毛を詰めたリネンのマットレスを敷いているところだった。型押し模様をほどこした抜き身の短剣が側柱の脇に突き立てられている。

〈デス、あれにも毒が塗ってあるのですか〉

〈そのようですね。何を使っているのか、どうやって調合しているのか、知りたくてたまらないんだけれど。あなたも職業的興味をもつべきですよ〉

〈自分で薬をつくっているということですか〉

鍵のかかった櫃に対する関心がにわかに高まった。

〈そうじゃないとでも考えていたの?〉

閉ざされた扉のむこうから、女たちの声がかすかに聞こえてくる。賭けてもいいが、ボシャは間違いなく懸命に耳を澄ますのだろう。

〈それはあなたも同じでしょ、可愛いペン。要はその場所にいられるかどうかですよね〉

今夜はもうあれこれ考えることもできないほど疲れている。どれほど誠意をあらわそうと、結局は自分たちの関係など、はじめて出会った二匹の猫のようなものなのだと判断し、ペンはボシャと礼儀正しい会釈をかわして寝室にひっこんだ。

6

男たちが荷物をとってくるのを待つあいだに、タナルがニキスを寝室にひっぱっていった。そして化粧台に腰をおろし、いくぶん不器用に髪をほどきはじめた。

「手伝いましょうか?」ニキスは言って彼女の背後にまわった。

「あら、お願いしてもよろしくて? いつもはスラがしてくれるのだけれど、今夜はあなたがいるから、はいってこられないのだわ」

「喜んで」

ニキスは真珠のピンを抜いて、タナルが手もとにひきよせた琺瑯《ほうろう》の皿にのせていった。

タナルはニキスが映るよう木枠に嵌《は》めたガラスの鏡の角度を変え、背筋をのばした。

「お元気そうで嬉しいわ。でもまたお会いできたのが、こんな恐ろしい用件のためだというのが残念だわ。求婚者はいっぱいいたけれど、わたしに姉をもたせてくれたのはアデリスひとりなのですもの」

ニキスは気をよくして微笑した。知りあってまもないころ、タナルは彼女のことを――十歳も年上で結婚歴もある――男と女が寝室でどのようにふるまえばよいかを心得ている女の叡知《えいち》の泉のように見なしていた。ニキスは最終的に、タナルは単に初心《うぶ》で無知なのではなく、可能なかぎりさまざまな情報源から知識を集めようとしているのだと理解した。ペンリックがヴィルノックを離れる前にジュルゴ大公の地図を調べたように、自身の人生の旅のための準備を整えていたのだ。ニキスは結局、自分だったらそうしてほしいと望む率直で明快な態度をとることに決め、タナルもそれを喜んでくれた。

「アデリスは……」タナルがまた、ためらいがちに口をひらいた。「ねえ、アデリスはまだ少しはわたしのことを思ってくださっているかしら。遠征中に幾度かお手紙をさしあげたのだけれど、一度もお返事をいただけなかったの」

「アデリスはいつもそうよ」ニキスは鳶色の編みこみをほどきながら断言した。「戦場にいるときは、わたしにだって返事なんかくれたことがないもの。でもわたしの手紙はちゃんととってくれているわ」

それもほかの財産とともに失われてしまったけれども。

「ルシリとの戦いのあと、ほんとうに間をおかずパトスに追いやられてしまったでしょ。都では戦勝祝賀会もおこなわれなかったわ。まったく新しい部隊を指揮しなくてはならなかったし。たぶん、あのころからもう雲行きが怪しいとにらんでいたのね。厄介事が起こりそうだとわかっていたから、あなたを巻きこみたくなかったのよ」

タナルが真剣に顔をしかめる。

「気がつかないうちに、わたしももう巻きこまれているのかもしれないわ。メサニ大臣の甥のボルダネ卿が、とってもしつこくわたしに求婚してきているの、ご存じ?」

宮廷において皇帝をとりまくメサニの一派が、アドリア大公と彼との往復書簡を偽造し、彼の失脚を企んだのではないか――アデリスはそう推測していた。つまり、アデリスからアドリアへ送られた書状は偽造だったが、返信はほんものであったため、ただちに有罪の証拠として、さしのべられた敵の手にわたったのだ。

「ほんとうに恐ろしいことだけれど」タナルがつづけた。「でも、パトスでアデリスの身に起こったことを聞いたとき、もしかしたらこれは、ボルダネ卿にとって邪魔な彼を永遠に排除するための企みだったのではないかと思ってしまったのよ」

うちひしがれたような目が、鏡の中で静かにニキスを見あげる。ニキスはタナルの顔にひらめく罪の意識と恐怖を見ながら考えた。

「それもひとつの要因だったかもしれないわね」ためらいがちに言った。「でももちろん、それだけであるはずはないわ。アデリスとメサニはもう何年も前から宮廷で敵対していたのだもの。アデリスがルシリ戦で勝利をおさめ、軍の内部で人気が高まったことのほうが、はるかに大きな原因だったと思うわ。ボルダネ卿のことはわからないけれど、メサニにとっては、甥の恋愛沙汰なんかより、皇位簒奪者になるかもしれない脅威のほうがずっと深刻だったはずよ」

仮想の脅威だ、なんと腹立たしい――今回のおぞましい出来事はすべて、妄想と誹謗《ひぼう》中傷による不安から生じている。

「あいつらにとって、甥のほうはおまけのようなものじゃないかしらね」

タナルの財産をとりこめることに、メサニが魅力を感じていないわけではないだろうが。

タナルはそれを受け入れ、ゆっくりとうなずいた。うわべだけの否定よりも率直な意見に安堵したようだ。だからニキスはタナルが好きなのだ。アデリスは彼女の鮮やかな美貌だけでなく、この気質も正しく評価しているだろうか。

「ボルダネ卿はまだしつこく言い寄っているの？」

ニキスは化粧台からブラシをとりあげて、もつれた髪を梳《と》かしはじめた。

タナルが顔をしかめた。

「ほかにもいろいろとあって。この前のお誕生日までは、お母さまが防波堤となってしっかり守ってくださっていたのだけれど、いまはもう法的に成年に達してしまったでしょう。わたしの同意さえ得られればいいとわかっているものだから、みんな、あの手この手を尽くしてわたしがひとりでいるところをつかまえて、訴えてくるのだわ。スラはもう、ほんとうに腹を立てているの」

ゆっくりと長い髪を梳かしはじめる。嫌悪の吐息が咽喉を鳴らすような満足げな声に変わる。

「まあ、スラと同じくらい気持ちよくてよ」

宦官の召使がときとして貴婦人のメイドのような仕事をこなすのは、さして珍しいことではない。以前、この館に泊めてもらったときに見たのだが、タナルが毎朝の習慣としてボシャの白髪を梳かし三つ編みにしていることのほうが驚きだった。これは明らかに、タナルがこの館の暴君たる六歳のお姫さまで、新しくついた護衛を——当然彼は困惑しただろうが——遊び友達兼大きなお人形兼従順な奴隷として扱っていたころからつづいている習慣だ。ほかにもあっただろう無邪気にして親密なあれこれは、タナルが大人になってさまざまなことが意識されるにつれて消滅したのだろう。おそらくボシャは無言のまま残念がっているだろうが。

「求婚者の中にいいなと思える人はいないの？」

タナルが肩をすくめた。

「はっきり言って、ほんとうに心惹かれたのはあなたのお兄さまがはじめてよ」

「でもそれは望み薄になってしまったわね」ニキスはしぶしぶながら真面目に答えた。「兄がまた財産を築けるのは、築けたとしても、ずっとさきのことよ。それに、あなたはご自分の財産があるからセドニアを離れるわけにいかないし、アデリスは国境を越えられないもの」

「政治は変わるわ」やわらかな口もとが強情に引き締まる。「わたし、待てるわ」

「アデリスにも待っていてほしいと思っている？　彼にそう話したほうがいい？」ニキスは髪を梳かす手をとめず、それでもためらいながらたずねた。「アデリスのこと、そこまで愛しているの？」

一瞬後、タナルは率直な問いに率直さをもって答えた。

「わからないわ。綺麗な詩はくだらない戯言《たわごと》として脇においておくとして——ほんとうに詩のような考え方をする人になど一度も会ったことがないのですもの——愛がどのようなものなのか、わたしにはわからないわ。でも、アデリスには元気でいてほしいと思っているわ。アデリスが怪我をするとか死んでしまうと考えると、とても苦しいわ。アデリスが目をつぶされたと聞いたときは」——彼女は全身をふるわせた——「泣きだしてしまって、いつまでも泣きやむことができなくて、かわいそうなスラをあわてさせてしまったわ。もちろん部屋を出るときにはしっかりおちつきをとりもどしていましたけれど」そして彼女は、そのときの記憶にいらだつかのようにくいと頭をそらした。

さらに幾度かブラシを動かしたころに、タナルが低い声でつづけた。

「パトスの前なのだけれど、〝アデリスを待つ〟ということを、ほかの求婚者を追いはらうための杖として使おうかと考えていたことがあるの。でもアデリスの首に危険がおよぶなら、そんなことはできないわね。軍隊には無理でも、暗殺者なら簡単に国境を越えられますもの」

ニキスは否定できずにため息をつき、それでも指摘した。

「彼の職業にともなう危険を考えたら、そんな不安はほんとうにささいなものよ」さらに考えこみながら、「軍人の妻はあまり愛しすぎないほうがいいのかもしれないわね」

タナルが鏡の中に彼女の視線をさぐり、遠まわしにたずねた。

「あなたはいまもキミスが恋しい？」

ニキスは鼻孔から冷たい空気を吸いこんだ。あまりにも多くの思い出。奇妙な話ではあるが、楽しい思い出のほうがよくない思い出よりもつらい。だから彼女はすべてをひとつの箱にしまって鍵をかけてしまった。

「いまではそうでもないわ。〝いま〟が〝昔〟を追いやってしまうから。毎日毎日少しずつ」

扉がノックされた。タナルが応対してニキスの鞄を受けとり、もってきてくれた召使に心のこもるおやすみの挨拶を告げた。ふたりはおしゃべりをやめ、洗面台を交互に使い、寝衣に着替えた。旅に疲れた目に、タナルの広々とした寝台が何よりも誘惑的に映る。タナルが蠟燭を吹き消すと同時に、ニキスはありがたくそこに倒れこんだ。

闇の中でタナルが言った。

「あなたのお連れの人、ペンリックだったかしら——姫神の祝福あれ。なんて魅力的な少年でしょう。あんな色の髪や目は、南の島出身の皇帝の近衛兵にしか見たことがなくてよ。それもあれほど鮮やかではなかったわ」

「そんなに若いわけじゃないのよ」ニキスは言った。「彼、三十なの」

〈祝福を願うなら庶子神よ。神学的に。たぶん、それですべてが説明され……〉

「ほんとうに？　あなたと同い年なの？」タナルは思いをめぐらし、それから茶目っ気たっぷりのユーモアをこめてささやいた。「惹かれているの？」

ニキスはなんとも曖昧な音をたてた。

「あなたは寡婦、女としてもっとも自由な立場にあるのですもの。あなた方のあいだにはきっと、越えられない身分の壁などないのでしょうね」羨望のため息を漏らし、「それに、彼のほうではどう見てもあなたに好意を抱いていたわ。あなたさえそのつもりになれば、きっとうまくいってよ」彼女は陽気ながら、いささか癇にさわる憶測で胸を躍らせている。「どういう素性の方なの？　くわしくご存じ？」

「やっとわかりかけてきたところかしら」

タナルが肘でこづいてきた。

「話してくださるわよね」

「わたしが勝手に話していいことじゃないから」

〈アドリア大公からの運命にかかわる書状を届けにきた使者だったのよ〉からはじめて、〈頭の中に十人もの女の亡霊を棲まわせている神殿魔術師でね〉とつづき、〈眉を動かすだけで十人以上の兵士を倒すことができるの〉となる。マスター・ボシャは絶対にそんな話を喜ばないだろう。さらには、奇跡のような力をもちながら、その技をふるうことができないほど傷ついた医師で、六カ国語を操り、オルバス大公のもとまでその評判がとどろいている学者で、故郷を遠く遠く離れている……

「いろいろと複雑なのよ」

　タナルは失意の声をあげながらも、それ以上問い質そうとはしなかった。が、ややあってつけ加えた。

「マダム・ガルディキに一度もお会いしていないのがとても残念だわ。以前アデリスがそのつもりで、ササロンにお母さまを招こうと言ってくださったのだけれど、ルシリの件でそのままになってしまって。そしてそのあとはあのとおりですもの」

「そうね。アデリスが女の子に母を紹介しようと言ったことは一度もないと思うわ。きっと母もあなたのことを気に入るわよ」

「うふ?」希望あふれる声が答える。

「ねえ、わたしたち、ほんとうに母を助けだすことができるかしら」

目前にせまる未知の不安すべてを思うと、ニキスの頭はずきずき痛む。ボシャは優雅な親指をまっすぐその問題につきつけてくれた。

〈そして奇跡が起こる〉

〈そんなことはない〉

多くの情報を集めればそれだけ道筋が見えてくるはずだ。とにかくなんとかして。一歩ずつ。ニキスに奇跡を起こす力はないが、〝努力〟をつづけることならできる。

タナルもまた、思いやりと率直さのあいだで揺れ動いているようだ。タナルはニキスがどちらにむかうと考えているのだろう。そのとき彼女が、自信たっぷりに宣言した。

「どうすればいいか、スラが知っていてよ」

ニキスはあえて何も言わずにおいた。彼女はすでに慎重さよりも希望に重きをおいている。さもなければ、わざわざここまでくるはずがないではないか。闇の中でさらに幾度か呼吸をくり返す。希望をもって、もしくは祈るように、そっと口にした。

「わたしも前からずっと妹がほしかったのよ」

「ならば、それをほんとうにしましょう」タナルがそっと答えた。

7

鎧戸の隙間からはいりこむ早朝の光と、居間から聞こえる低い話し声が眠りを破った。ペンリックははっと目を覚まし、隣室につづく扉をあけた。裸足で、ズボンは穿いているが上半身裸のボシャが、召使から大きなトレイを受けとり、回廊に面した入口からむきなおったところだった。彼はそれを丸テーブルにのせた。

ボシャは背中にも斜めに走る長い古傷を負っていた。つたない縫合のために引き攣《つ》れている。くちびるの傷と同じように？〈デス、視覚をください〉と頼むまでもなく、さらに奥深くが見えた。刀傷、もちろんだ。ボシャが鋭くペンのほうに顔をむけた。同じくらい古い傷が両腕にも走っている。

〈防御創ですよね、デス〉

〈ええ、そうね〉

解剖で慣れているとはいえ、腰ベルトより下をのぞき見るのは失礼だと思うのだが、デスはそうした遠慮とは無縁だ。問題の傷は非常に古く、外科的にきれいに処置されていた。ときどき起こることであるが、ペンが一瞬恐れたような、戦場において乱暴に切除された痕跡はまったくない。それ以外の点でボシャはまったくの健康体だ。だがつねにそうなれるわけではない。

乱暴に不完全な切除をおこなうと失禁症状が出ることもあり、悪臭を放つ宮廷宦官に関する悪質なジョークのもとともなっている。デスはそうした存在を数多く知っている。一部はミラを通じてだが、主たる情報源はデスの乗り手のひとり、セドニア人のヴァシアだ。

〈デス、わたしはそういう話は聞きたくありません〉

〈お好きにどうぞ〉デスが鼻を鳴らす。〈でもわたしたちの知っていることはすべて、最終的にあなたの知識になるんですからね〉

〈わたしが彼の顔を見なくてはならないあいだはやめてください〉いつものやわらかさを消し去った口調を使う。デスならわかってくれるはずだ。

そんな超常的な精査を受けているとは気づかないまま、ボシャが会釈をよこした。ペンも挨拶を返す。手首で絞って襞飾りになった長袖のリネンのシャツをひっかぶり、いくぶん寝乱れた頭を出しながら、ボシャが言った。

「ご婦人方にお茶の用意ができているとお伝え願えますか。わたくしはすぐにもどります。誰がきても応えないでください」

そして思いつめた顔で、裸足のまま出ていった。

ペンはボシャの寝室ならざる寝室にもどっていそいで着替え、それから居間のむこう端の扉をノックした。タナルが顔を出し、お茶が用意できたという知らせに晴れやかな笑顔を見せて、またひっこんだ。明るい声と、かたかたという謎めいた音がつづき、ようやくご婦人方の登場となった。朝一番、ニキスはとても元気そうだ。旅のあいだの朝と比べ、今朝は緊張も疲労も軽減している。よかった。

ニキスはいつもの昼の装いだが、タナルはピンク色のよくわからないものを着ている。奇抜な宮廷用ドレスなどではなく、部屋着なのだろうと、ペンは――というか、デスが判断した。トレイにのっているのは蓋つきの皿とバスケットとポット、そしてティーカップがふたつだけだ。そこでペンは、レディ・タナルがもうひとりの客に自分のカップを譲らなくてはならないと考えずにすむよう、如才なく席につくのを遠慮した。

だがその社交的窮地は数分後に解決された。ボシャが片手にカップをぶらさげ、もう一方の手に大きなポットを抱えてもどってきたのだ。テーブルにのせられた追加のカップは、ふたつではなく三つだった。皿とバスケットには、焼きたてのロールパン、やわらかなホワイトチーズ、ゆで卵、オリーヴ、新鮮な葡萄が、気兼ねなくわけあえるほどたっぷりとはいっていた。あのむかつくような干し魚の塊もある。ペンは手を出さなかったが、ほかの者たちはみな食べ物と認識しているらしい。しばらくのあいだ会話もなく、全員がただひたすら口を動かした。

居間の扉に確かなノックが響き、ボシャが驚いたようすもなくすぐさま立ちあがった。タナルは心配そうにすばやくふり返っている。ボシャが人ひとり通り抜けられるだけの隙間をとって扉をあけ、はいってきた女にむかって心臓に手をあてた礼をとり――あれは皮肉だろうか、それとも心からのものだろうか――そしてかちりと音をたてて閉めた。ニキスとタナルが敬意をこめて席を立ったので、ペンもそれにならった。

間違いない、レディ・ザーレだ。ニキスに聞いた話では、アデリスがレディ・フロリナの遅い子であったように、タナルもまた母がかなりの歳になってから生まれた娘だという。レディ・ザーレにとってもザーレ卿にとっても二度めの結婚で、ザーレ卿はタナルが四歳か五歳のころに亡くなった。ニキスの言葉から推し量るに、ある意味で恋愛結婚だったようだ。いま現在生きている年長の兄弟がいるという話はない。

ペンが最初に抱いた〝老女〟という印象は、あまり正確ではない。レディ・ザーレは、もちろんある程度の年配ながら、みごとなドレスに身を包んだほっそりとした貴婦人だった。灰色の髪を三つ編みにして結いあげ、宝石のピンでとめている。彫刻のはいった木の杖によりかかっているのは見せかけではなく、必要な支えであるようだ。ボシャが反対側の腕をとって自分のすわっていた椅子に案内しても、彼女はひと言の異論も唱えなかった。

デスが〈視覚〉ですばやく精査した。

〈股関節がずいぶん悪いですね〉

マーテンズブリッジで実地訓練に励んでいたころ、こうした症例に出会い、数週間から数カ月にわたって上向きの魔法を少しずつつくり返し施術することで、幸運にも治癒させたことが何度かある。だがいまここでそれだけの時間はとれない。そう。だから考えてもしかたがない。彼は慎重にくちびるで微笑を形づくった。彼女が席について彼を見あげ、それから、タナルにならってふたたび腰をおろしたニキスに視線をむけた。

「奥方さま」ボシャがつぶやいた。「マダム・カタイはご存じでいらっしゃいましょう。こちらはマダムのお連れ、マスター・ペンリックでございます」

「はじめまして、レディ・ザーレ」ペンはかろうじて挨拶をした。

「ごきげんよう、マスター・ペンリック」

レディ・ザーレの手のひとふりで、ペンもまた一礼して席につきなおした。

ボシャが年長の女主人に茶を注ぎ、腕を組んで壁に背を預けた。そうやって家具の中に存在を消す召使は、ペンも見たことがある。ボシャは実際にはそうした召使ではないのだが。

「スラコスから意外なお客人だと聞いたものですからね」レディ・ザーレが穏やかに口をひらいた。

ニキスがつんとあごをあげた。

「確かに招かれざる客ではありましたけれど。その点はお詫び申しあげます。でもこの状況ですから、わたしは後悔しておりません」

「まったく〝招かれざる〟というわけでもなかったようですね」

鋭い視線を受けてタナルがもじもじしている。これで、ニキスの受けとった手紙がレディ・ザーレの許可を得たものであったかどうかがわかる。

「それに、けっして歓迎されざる客人というわけでもありませんよ」どこまで本心なのかはわからないが。「この状況ですからね。わたしたちはほんとうに、パトスでの、そしてそれ以後の出来事について、又聞きではない正確な情報を欲しているのです」これは間違いなく本心からの発言だ。「宮廷での噂話がどういうものかは知っているでしょう。明らかな嘘でなくとも、必ずいろいろなものとまじって、いっそう悪化していくのですよ」

ニキスはうなずいた。そして深く息を吸い、パトスでの災難を手短に語りはじめた。アデリスの逮捕から、火傷を負い目をつぶされた彼がニキスの家にもどされたこと。殺してくれとさけび嘆願した部分は省略した。だがきっと、レディ・ザーレとボシャは、勝手にその欠落部分を補っているだろう。

「マスター・ペンリック、あなたはどこからこの話に加わっているのですか」レディ・ザーレがたずねた。

ペンとの約束と、女主人に嘘をつきたくない思いの板挟みになって、ニキスがくちびるを嚙んでいる。ペンは助け船を出した。

「傷ついた兄君のために、マダム・カタイが男の付添人としてわたしを雇ったのです。病室で、そしてその後アリセイディア将軍が視力を回復してオルバスに逃亡するときも、お手伝いしました」どれも嘘ではない。

「さぞ困難な旅だったでしょうね」とレディ・ザーレ。

「ええ」ニキスが答えた。

ペンは彼女が〈ペンリックがいなかったらとても不可能でした〉と言わなかったことでささやかな失意を味わったが、不必要な注意を彼に集めないよう頼んだのはペン自身だ。ほかの誰も責めることはできない。

レディ・ザーレはくちびるをすぼめてこの素っ気ないひと言を受け入れ、それ以上詳細を求めようとはしなかった。そのかわり、ペンにむきなおってたずねた。

「オルバス行きの件はそれでいいとして。マスター・ペンリック、なぜわざわざここサロンまできたのですか」

ペンはセドニアに足を踏み入れて以後彼の人生に訪れた信じられないような混沌について考え、より短い真実のみを答えた。

「わたしはマダム・カタイに好意を抱いていますので」

いまの言葉に、ニキスがタナルの半分でも喜びを示してくれていれば。レディ・ザーレが冷やかな微笑を浮かべた。ボシャのあれは皮肉な笑みだろうか、それとも単にくちびるの傷のせいだろうか。

「ずいぶん前からの知り合いなのですか」レディ・ザーレがたずねる。

「いいえ、パトスで会ったばかりです」ニキスが答えた。

レディ・ザーレが心地よい淡々とした声でつづけた。

「そしてあなたはこの人を信頼しているのですね」

ニキスが固く目を閉じ、またひらき、ありがたくもきっぱりと断言した。

「生命を預けようと思えるほどに」それから、「未来を預けるかどうかは……まだ考えている最中ですけれども」

レディ・ザーレがくっくと笑った。

「賢明だこと」そしてお茶を飲み――ボシャが注ぎ足した――また椅子の背にもたれた。「そうですね、マダム・ガルディキが無事ご子息とご令嬢とともにオルバスにいらっしゃるなら、それはわたしにとってても嬉しいことです。魔法か何かでオルバスまで運ぶことができるなら」

ペンはたじろぎ、ニキスは咳払いをしてお茶を飲んだ。

「スラコスの話では、あなた方は今回の手順に関して、まだ何もはっきりとしたことを決めていないそうですね」

ボシャはきっと、もっと歯に衣着せぬ言い方をしているだろう。

「じつのところ、わたしたちはマスター・ボシャの知恵を借りたいと考えています。マダム・カタイもわたしもリムノスには行ったことがないのですから。ですが彼はちがいます。まずは、建物の配置と人による防御体制に関する情報が必要です。教団の館として来訪者や巡礼を受け入れているのなら、牢獄や砦《とりで》のように難攻不落というわけではないでしょう。住人のための食料や必需品を運び入れる必要もありますし――住人といえば、その数はどれくらいなのですか」

レディ・ザーレの手のひとふりで、ボシャが忠実に答えた。

「神殿に誓約を捧げた神官、祭司、信士がおよそ三百人。そして、彼女たちに仕える平信士がほぼ同数と思われます。館内の者はすべてご婦人でございます。館本体はさまざまな建物の複合体で、険しい崖の上に立っております。唯一の通路である跳ね橋の手前に、女神に仕える男の信士と守衛のための大きな宿舎があります。その橋を越えて館に足を踏み入れた男は、これまでひとりもおりません」

ペンが思い描いていたよりもはるかに多い。

「ためした人はいないのですか。男のままで、たとえば変装をして」

ボシャが、こんどはあからさまに冷笑をうかべた。

「男のままで、ですか。教団は聖犬の一群を飼っていて、それが構内を歩きまわっています。男を嗅ぎわける訓練を受けた、すべて雌犬《ビッチ》です」

いまの言葉には両方の意味がこもっているのだろう。

「それで効果はあるのですか」

「非常に効果的だと聞いております」

タナルが視線をあげた。

「スラ、その犬はおまえのことをどう判断したの?」

「じつを申しますと、一度お嬢さまの香水をお借りして面白い実験をしたことがあります。ですが、いずれにしてもわたくしは、すでにあそこで知られておりますので」

「それで、香水で犬を騙すことはできたのですか」ペンは熱心にたずねた。

「はっきりとはわかりません」伏せられた目蓋《まぶた》の下で薔薇色の目がきらめく。「ですが、おそらくあなたの場合はうまくいかないかと存じます」

〈でもわたしには犬を操るべつの方法がある〉

「マダム・ガルディキが館内のどのあたりに監禁されているか、ご存じですか。もしくは、見当がつきますか」

ボシャは肩をすくめた。

「館内でご自由に住人とまじわっておられるかもしれません。過去にも、長期にわたって幽閉されたご婦人で、反抗的ではないと見なされ、そうした待遇を受けておられた方もいらっしゃいます。ですが、まだ連れてこられたばかりで判断がつかないため、鍵のかかった部屋に閉じこめられている可能性のほうが高いかと存じます。おそらく海を見おろす部屋と思われます。あの教団の館は主として、その、地質に守られております。それと、水、風、潮流でございますね。島自体は長さ五マイルしかありません」

ペンに促され、ボシャはさらにくわしく建物について、住人の日々の仕事や礼拝について、説明した。じつに優れた観察眼をもっている。だがペンはもう、そうしたことにもあまり驚かなくなっていた。

「姫神教団の高位聖職者は、姫神の館が皇帝の牢獄として使われていることをどのように思っているのでしょう」

ボシャは首をかしげた。

「興味深い質問でございますね。ですが、宮廷が修道院のおもな資金源となっている以上、その役割を拒否できるとは思えません」

「出入りする来訪者は――しっかりと数を確認されるのですか」

「はい。来客名簿があり、チェックされます。そして日没時、夜のため跳ね橋がひきあげられるときに、もう一度確認されます。みなさま、私生活をとても重視しておられますので」

ペンは椅子の背にもたれ、指の関節でくちびるをこすった。

〈デス、何かうまくいきそうな方法はありますか〉

〈まあ、坊や、誰にむかって話しているつもりなの〉馬鹿にしたような声は間違いなくルチア学師のものだ。〈すぐさま六つは思い浮かびますよ。とりあえずは、いちばん穏やかなものからはじめましょうか。その修道院とやらに火をつける計画は最後までとっておきましょうね〉

〈ぜひそうしてください！〉春の姫神の怒りを招きそうな話に、ペンは身ぶるいした。

〈ニキスにいくつか質問があるんですけれどね〉

ペンはふり返って、魔に口の制御を譲った。

「ニキス、あなたの母上はどのような方ですか。背が高いか低いか。太っているか痩せているか。肌の色、目の色、髪の色は？」

「身長はわたしより少し高いくらいで、そうね、それほど太っているわけではないわ。色はだいたいわたしと同じかしら」

「緊急事態でもごく冷静に行動できる方ですか」

「ええ、わたしとアデリスを育てた人ですもの」ニキスが、このところめったに見られなくなったうっとりするような笑顔をひらめかせた。「それに、父についてさまざまな駐留地をまわっていたのよ。わたしはまだ小さかったからおぼえていないんだけれど、話を聞いたわ。わたしたち、補給部隊といっしょに移動しているとき、襲われたことがあるんですって。ふたりの母のうち、ドレマはいつも現実的で、フロルマは心配性だったの」イドレネとレディ・フロリナに対する子供時代の愛称だ。「母だってときどきは心配していたのかもしれないけれど、その役割はもうとられてしまっていたのね。だから母はたいていていつも、わたしたちとフロルマをまとめて励ます役ばかりしていたのよ」

「そうですか」そして彼は椅子に立てかけてあるレディ・ザーレの杖に目をむけた。「母上の、その、お身体は健康ですか。歩いたり、走ったり、のぼったり、馬に乗ったりできますか」

「ええ、大丈夫よ。まだ五十ですもの。それくらいはできるわ。もちろん若者のようにはいかないけれど」しばし考えて、「あなたの考える意味での〝のぼる〟は無理かもしれないわね。若いときでも。わたしだって。せいぜい階段をのぼるくらいよ」

　デスが低い声で結論した。

「では、身代わり作戦が使えそうですね」

「なんですって?」とニキス。

「ふたりの巡礼が祈禱のため館を訪れます。女とその姪です。いえ、従姉妹でも友人でもかまいません。そしてマダム・ガルディキを見つけて、衣服と、そのほかとにかく必要なものを取り替えます。そのあと、やはりふたりの女が名簿に署名をして、館を出て船にむかいます。ただひとつ、房内に残された女はマダム・ガルディキではないのです。わたしはあとからゆっくりと抜けだして、おふたりに合流します」

　それにしても、いま話しているのはいったい誰なのだろう。

「なんですって?」とニキス。「あなたと母じゃぜんぜん似てないわよ!」

「あなたを残していけるわけがないでしょう。それでは金貨のかわりに金貨をおいていくようなものではありませんか」

「わたしではお役に立てないかしら」タナルまでもがためらいがちに言いだした。

「駄目です！」レディ・ザーレとボシャが瞬時に声をあわせて否定する。

　タナルがむっとしてあごをひいた。

「わたしも何かしたいのですもの。この中で、ほんとうに姫神の泉の水を飲む資格があるのはわたしだけなのに」

「駄目です」ボシャがくり返した。「この脱走劇の何ひとつとして、ザーレ家とかかわりをもってはなりません。それをいうならば、教団に属するわたくしの姉ヘカトともです。ヘカトは一族の中でただひとり、わたくしが我慢できる人間で、姉にとってのわたくしも同じなのです。姉を危険にさらすわけにはまいりません」彼はタナルを、それからペンをにらみつけた。「これ以上わたくしをこの問題にかかわらせようとなさるならば、あえて指摘させていただきますが、わたくしはその両方とまっすぐつながっております」

「そうですね。それにあなたはあまりにも記憶に残りやすいです」ペンは答えた。

　冷酷にして優秀な護衛としてならば、間違いなく貴重な特徴ではあるけれども。

「それはあなただって同じでしょ」とニキス。

「外見は変えられます。どちらの方向にでもです。それもきわめて単純な方法で。わたしの髪と肌は染めることができますし、逆に金髪の鬘《かつら》を手に入れてもいいでしょう。わたしの荷物にはミラの厚底靴がありますから、それで母上の身長をわたしにあわせることができます。それに、目など誰が気にするでしょう」

「あなたの目?」とニキス。「気にしない人なんてひとりだっていやしないわよ」

室内の全員がおごそかにうなずくのを見て、ペンはいささかむかっ腹を立てた。

ボシャが壁から離れて声をあげた。

「その解決法ならわたくしがもっていると存じます」

そして自分の寝室にはいり、小さな箱をもってもどってきた。中には眼鏡がはいっていた。フレームは立派な真鍮《しんちゅう》だが、レンズは濃い緑だ。

「ああ!」ペンは声をあげ、じっくり見ようと身をのりだした。「とてもよい品ですね! わたしの知っているマーテンズブリッジのレンズ職人なら、きっと調べたがるでしょう。連州では太陽はそれほど強く照らないのですが、雪に反射するとほんとうにまぶしいんです」

「太陽と雪が同時に見られるの?」ニキスが不思議そうにたずねた。「あなたはほんとうに不思議な国からきたのね、ペン」

口をすべらせたのだろうが、いまニキスは〝ペン〟と呼んだ。あえてほころんでくる口もとを抑える。

「これはレディ・ザーレからのいただき物でございます」とボシャ。「こちらのお館にお仕えするようになったときに、ちょうだいいたしました。真昼の光のもとで目が痛み、涙があふれてなりませんでしたので。それまでの二十六年間、わたくしにそうした救いの手をさしのべてくださる方はひとりもおりませんでした。さしあげたくはありませんが、それによってあなた方の出立がはやくなるなら、それもよろしいでしょう」

「スラコスや、かわりのものをあげますよ」レディ・ザーレがつぶやいた。

心臓に手をあてた無言の感謝の礼。ああ、もちろんこれは皮肉のこもったしぐさではない。

ペンは眼鏡を手にとってかけてみた。ありがたいことにレンズは平らで、頭が痛くなるようなゆがみは生じない。周囲の緑がかった人々を見まわしてまばたきをする。

「目立たないようにしたいのなら、やっぱりそれもまずいわよ」ニキスが言った。

「このほうがいいんです。記憶にとどまるのは眼鏡で、その背後の顔は印象に残りません」

「そうね……それじゃ、またミラになるの？」

あとの三人は興味津々といった顔で彼を見つめている。庶子神の涙にかけて、もしくは呵呵《かか》大笑《たいしょう》にかけて——どちらでもいいが——いまここでとりあげたい話題ではない。いや、どこでも、けっしてとりあげたくなどはない。

「ミラが姫神教団を訪れるなど、神々にかけてとんでもない。ルチア学師です。それに、彼女ならこういう場合にどうすればいいか、よく心得ていますから」

ニキスが満足そうにうなずいた。ほかの者たちはなおも目を瞠っている。

「髪を染めるのでしょう？」ややあってタナルが声をあげた。「それならわたしにもお手伝いできてよ！」

8

ニキスは以前もタナルの貯蔵室にはいったことがある。もちろんペンリックははじめてだ。ボシャの寝室を抜けてつぎの扉をくぐると、彼の顔に驚愕が浮かんだ。作業机がひとつ。几帳面《きちょうめん》にラベルを貼った壺やノートがぎっしりと詰まったいくつもの棚、何十もの小さな抽斗のついた櫃、整然とならんだ器具。外部につながる通気孔をしつらえた小型の焜炉《こんろ》まで備わっている。タナルが鎧戸をあけて光を招じ入れた。窓ではあるが、バルコニーはついていない。

「どんな薬屋よりもみごとな品揃えですね」ペンリックがあたりを見まわしながら言った。

彼にはその判断をくだす資格が充分にある。

「ええ、そうでしょう」タナルが陽気に答えた。「わたしがはじめてこの技に関心をもったのは、スラが、その、薬の調合を教えてくれたときなの。それからカラジを追いかけまわして、館じゅうの紡ぎ糸や織物の染め方を教えてもらったわ。それからお母さまがほんものの薬師を教師として雇ってくださって――週に一度、そうね、三年近く勉強したかしら。いまでは館じゅうの薬を引き受けているの。薬のことならスラよりもくわしくてよ」

従僕はそれを認めるように眉をあげてみせた――教師の誇りだろうか。彼女のほうも嬉しそうにくいと頭をもたげた。

ペンリックの微笑が奇妙に固まっている。

「レディ・タナルは料理もできるのですか」

「ええ、もちろんだわ。お母さまはわたしに、できるかぎりすべての技を身につけなさいとおっしゃるの。召使を監督するには彼らの仕事を理解しておかなくてはなりませんもの。それに、軍人の妻はいつ何を求められるかわからないでしょう?」

「将軍の奥方なら」以前もすげなく聞き流された抗議をくり返すかのように、ボシャが反論した。「それなりの使用人を雇います」

ニキスは笑った。

「ふつうならそう考えるわね。でもタナルのほうが可能性をしっかり把握しているわよ」

「お母さまと取り引きをしたのよ」タナルが説明した。「お母さまはわたしが興味をもつものすべてに教師をつけてくださる。そのかわり、わたしは帳簿つけを学ぶ。ちっとも面白くなかったわ。でも、それで何もかもうまくいっていたのよ。そうね、蹄鉄《ていてつ》打ちだけは失敗だったかもしれないけれど」

「蹄鉄うちって?」ニキスはたずねた。

その話は聞いたことがない。ボシャはもちろん知っているのだろう、手で口もとを隠している。

「うちに、とても辛抱強い年寄りの小馬と、とても辛抱強い年寄りの蹄鉄工がいたのよ。でもふたりとも、歳をとるにつれてだんだん辛抱強くなくなってしまって。わたしはいまも自分が蹄鉄を打てるとは考えていないけれど、でももしわたしの馬が蹄鉄をとばしてしまったら、かわいそうな馬の足を傷つけることなくなんとかしてやるくらいはできると思うの。だから、まったくの無駄というわけではなかったわ」そしてあたりを見まわし、「でもわたし、やっぱりこの貯蔵室がいちばん好きよ」

ニキスの指図でペンが焜炉に火をつけた。女ふたりでエプロンをつけ、ずらりとならんだ標本をまぜあわせる。それからスツールにすわったペンリックのシャツを脱がせ、ニキスと同じような色合いになるまで染料をためした。タナルがさらに調合をおこなっているあいだに、ニキスはインクのように黒い染料でペンリックの髪を染めた。ほどいた彼の髪を染めるのも、これで二度めだ。

「あら、なんてもったいない」タナルがふり返り、月食のようなその作業を見てつぶやいた。「セドニアにきて以来、いったい何度色を変えたでしょう。ぜんぶ抜けてしまっても驚かないくらいです」ペンリックがため息をついた。「いっそ身を守るために剃ってしまおうかと思います」

「まあ、やめてちょうだい」ニキスは気にかけないつもりでいたことも忘れ、ひと房の髪を思いきりひっぱってしまった。

それに気づいたのだろう、意地悪なペンは微笑を押し殺している。

「肌の染料、色留めを使ったから、濡れても洗っても数日はもつわ」タナルが言った。「でも、人に気づかれそうなところにこすりつけたりしないよう、ふるまいには気をつけてね」

納得のいく調合が終わり肌を染める作業がはじまると、タナルとボシャは回廊に通じる扉から姿を消してしまった。心ゆくまで彼に触れられるきっかけができたことをあまり深く考えないようにしながら、ニキスはペンの顔を、首を、手を、腕を、肩を染めあげた。それから足と、長い脛《すね》にとりかかる。

ペンが息をのみ、ニキスははっと気持ちを引き締めた——何に対して？　彼女に好意を抱いていると世界にむかって公言するよう、ペンを駆り立てた何かだろうか。だが彼はそこで、思いもよらない問いを放ったのだった。

「ボシャが毒を塗った刃物を持ち歩いていることを知っていますか」

「いつも武器を持ち歩いていることは知っているわ。つまり、彼にはその必要があるのよ。あとのことは知らないわ」

だがそれは理にかなったことだ。彼は戦いに負けたからといって慈悲をかけてもらえる立場にはいないし、タナルの守護という仕事はけっして失敗が許されるものではない。

「レディ・タナルがその毒を調合しているのでしょうか」

ニキスは首をかしげて考えた。

「そうかもしれないわね。タナルはボシャのために何かしてあげるのがほんとうに好きだから。彼からしてもらっていることすべてのお返しに」

「そういう話を聞いて不安になりませんか」

「結婚とか何かの不運でササロン宮廷に放りこまれる可能性のある女にとっては、とても役に立つ技術だと思うわ。薬師もいないのにあれほど毒のあふれている場所はないわよ」

「意に染まぬ夫にとって危険ではないでしょうか。アデリスの身が心配にはなりませんか」

ニキスはくちびるをゆがめた。

「そうねえ。でもアデリスは毒を盛りたくなるような男じゃないわ。どちらかというと、フライパンで殴りつけてやりたい男ね」

ペンリックは完全な同意をこめてうなりをあげそうになるのをこらえている。

「最愛の妹君がそうおっしゃるとは。実行したことがあるのですか」

「十二歳のときが最後ね」ややあって、「アデリスの背が高くなりすぎて。ふりまわしてもあたらなくなってしまったのよ」

「しかと心にとめておきます」

「あなたは大丈夫よ。アデリスよりもっと背が高いもの」

小さな笑い声。だがそのとき、なんということだろう、指から染料をしたらせた彼女をそのままに、ペンリックが立ちあがった。そして戸棚の周囲をたたきはじめる。一瞬の間をおいて、聞き慣れたかちりという音。彼が大きく戸をあけて首をつっこんだ。

「ちょっと！　鍵がかかっているってことはそれなりの理由があるんでしょ！」

「うわ」彼が声をあげた。「ほんとうに理由がありました」少しばかり嬉しそうな声だ。「これをどう思いますか、デス……ほんとうに？……なるほど」

「詮索はやめなさい！」そして、怒りを静めながら、「誰かもどってくるかもしれないわよ」

彼はしばらくのあいだじっと中を見つめていたが、やがてまた戸を閉めてニキスを安堵させた。いささか手こずりながら、もう一度鍵をかけなおす。

「斑《まだら》模様で歩きまわっては駄目よ。ここへもどっていらっしゃい」

彼はおとなしくまた腰をおろし、脚をさしだした。

「興味深いです」

そしてそのまま黙りこんでしまったので、ニキスはとうとう降参してうなった。

「いいわ、それで、何があったの？　話したくてたまらないんでしょ」

「デスの話によると、即効性の麻酔薬です。量によっては死をもたらすこともあるそうです。溝を彫った刃に塗ったくらいではたいした量にならず、殺すことはできませんが。じつに巧妙です」

ニキスは熟考してみた。

「なるほど。ボシャはただ浅い傷をひとつつけるだけで、敵の動きを鈍らせることができるわけね。その必要があるときは、あとから鋼で殺せばいい。それなら毒を使ったかどうかが問題になることもない。誰かに刃物を奪われたとしても、それで彼を殺すことはできない。少なくとも、その毒では死なないわね」

ぽっかりと口をあけていたペンリックが、もの悲しげに言った。

「わたしが説明しようと思っていたのに」

「そんな必要はないわ。酔っぱらった兵士の一団がならず者みたいに手柄を自慢しあっているの、聞いたことはない？　とっても勉強になるわよ」

当の男たちは気づいていないだろうが。

「まだ小さかったころ、傭兵を志していた兄ドロヴォから逃げるようになって以来、そうした経験は極力避けてきましたから」

「運がよかったのね」

ペンがすわったまま身体を乾かし、ニキスがその過程をはやめるべく扇いでやっていると、腕いっぱいに衣装を抱えてタナルとボシャがもどってきた。年配の召使から借りたものなのだろう、地味でおちついた女物だ。ニキスとタナルが染料で濡れたペンの髪を布にくるみ、試着をさせはじめたところ、問題となるのは丈であることが判明した。ペンのほうにもただひとつ、変更しなくてはならないものがある。〝ルチア学師〟と呼ぶ人格をまとうにあたって、ペンははじめてドレスを着て高級娼婦《クルテイザン》ミラを召還したときよりも、はるかにすみやかに適応した。何事においても学習がはやいのだろうか――間違いなくそれはあるだろう――それとも、ルチアが彼により近いということなのだろうか。いや、もしかすると、内なる女たちは全員、等しく彼のすぐそばにいるのかもしれない。

その作業の途中で、ボシャがほんのわずかに頭をさげて回廊側の扉から出ていった。彼は面白がりながらも顔に出さずにいたのだが、もちろんペンには声にならない忍び笑いが聞こえていたはずだ。多くの議論と少しばかりの騒ぎのすえに、変身が仕上がった。ペンがささやかな貯蔵室を歩きまわって、裾の扱いと、いかにも女らしい歩き方を確認する。

「これなら間違いなく姫神教団の修道院にも潜入できてよ」タナルがおのれの作品に見惚れながら言った。「でもそのあとで、ほんとうに無事脱出できますの？　ひとりで」

ちょうどそのとき、自分の寝室のほうからもどってきたボシャがそれを聞きつけ、側柱にもたれかかった。

「おそらく大丈夫でございますよ。マダム・カタイがおっしゃったように、この方は力をもっておいでですから」

ニキスが顔をあげると、ボシャは長い人差し指でペンの神殿徽章をくるくるまわしていた。

「どういう類の力なのか、やっとわかりました」

ペンが身体をこわばらせる。ニキスも一瞬、全身を凍りつかせた。ペンをからかうにしても、なんという危険な真似をするのか。だがペンはくちびるを舐め、淡々と告げただけたった。

「返してください」

「もちろん」

ボシャが腕をさしのべた。ペンのほうからも腕をのばさなくては届かない距離だ。

「それ、魔術師の徽章ではなくって？」タナルが目を丸くしてたずねる。

「そうです」ペンが短く答えた。

「ほんものですの？」

変身のための騒ぎを考えれば、じつにまっとうな質問だ。

「はい」

「それで多くの説明がつきます」ボシャが腕を組んでつぶやき、また側柱にもたれた。

「まあ、なんてことでしょう！」とタナル。「わたし、これまで魔術師とお話ししたことは一度もないのよ。ニキス、あなたはご存じだったの？　ええ、もちろん知っていたのよね」

タナルはわくわく心を躍らせているが、ボシャはちがう。

「あなたはいつも客の荷物を漁《あさ》って盗みを働くのですか」ペンリックが棘々しくたずねた。

「あなたはいつも灯心もつけ木もなしに火を燃やすのですか」ボシャが問い返す。

「……いえ、その」

「そのとおりよ」ニキスはかわって答えた。

いったいいつから、彼女の頼みで彼が火をつけるという単純で家庭的な作業を、あたりまえの日常として受けとめるようになってしまったのだろう。

「まあ、ペン、ごめんなさい。わたし、考えなしだったわ」

「いえ、それはわたしも同じです」とはいえ、彼の声はまだわずかにこわばっている。「見られているとは気がついていませんでしたが」

「これで多くの疑問に答えが出ます」ボシャが言った。「そしてまた、多くの疑問が生じることにもなります。わたしはこれをあなたの鞄の中で見つけたのですが。ということは、あなたは神殿医師でもあるのですか」

「正確には……ちがいます」

「最後の誓約を捧げていないだけよ」ニキスはペンのかわりに答えた。

「わたくしの理解するところでは、医師の中核集団は非常に優秀な神殿魔術師だそうですね」

「その理解は正しいですね」とペン。

彼の口もとはふたたび固く引き結ばれている。それが彼にとってどれほど深い傷であるかを知っているのはニキスひとりだ。ボシャとしては、なぜ会話が急に棘々しくなったのかわからないまま、とまどうばかりだろう。だが、ペンがアドリア公の使者としてパトスにきたことを——いまもまだそうであることをボシャが知ったら、そのときに起こるだろう騒ぎはこんなものではすまない。

ニキスはきっぱりと話題を断ちきった。

「あなたが抱いている疑問にはいずれちゃんとお答えするわ——タナルとアデリスの結婚式で顔をあわせたときにね。いまここでは知らなくていいことよ」

彼女の言葉の何が心に訴えたのだろう。ボシャはゆっくりとうなずいてその決定を受け入れたのだった。


ニキスとタナルは寝室で別れを告げ、熱い抱擁をかわしあった。

「気をつけて行ってらしてね」タナルが抱擁を解きながら言った。「あなたのお連れについていろいろなことがわかって嬉しいわ。ほんとうに神殿魔術師なのね。そして、お医師でもあるのよね」

「アデリスの目を治してくれたのよ」ニキスは真実を告げた。「刑の執行人が不手際だったたわけじゃないの。沸騰した酢でほとんどつぶれかけていたのよ」

タナルが息をのんだ。

「ほんとうに信じられないくらいひどかったのよ。わたしはちゃんと見たんだもの。ペンが魔法で再生してくれたようなものなの」

ようやく人に話せることが不思議と嬉しかった。それが正しいことだから？　それとも自慢したかったのだろうか。わからない。

「でも、アデリスの目はもう大丈夫なのよね？」

「視力は完全にもどっているわ。外見が少し変わっただけ」

タナルはうなずき、それを事実として受け入れた。

「そして、あなたのすてきな魔術師は——もう結婚を申しこまれたの？」

オルバスに無事到着したときにペンとかわした、困難で、無益で、きしるような会話を思いだす。

「たぶんそうだと思うわ」

「たぶん？　どうしてはっきりわからないの？」

「ええ、わかっているわ。申しこまれたわ」

「まあ、それなのにあなたってば、両手であの方をしっかりつかまえようとはなさらなかったの？　魔術師で、お医師で、太陽の光みたいにすばらしい髪をもっているのに。あんなに背が高くて。それにあの目。魔術師は寝台で驚くような技をふるうというのはほんとう？」

「それは……知らないわ。きっとそうなんでしょうね」

〈チャドゥロ将軍ならきっとそう考えるでしょうね〉とは言わずにおく。

「あら、あなたなら少なくとも、もっと興味をもつだろうと思っていたのに」タナルががっかりしたようにため息をつく。

「あなたみたいに？」ニキスは笑いを押し殺した。

タナルがはにかんだ微笑を浮かべる。ニキスはさらにつづけた。

「でも、ペンリックだけじゃないのよ。セットでついてくるの。混沌の魔は力をもっているだけではなくて、人格も備えているのよ。名前までついているわ。デズデモーナというの」

タナルはくちびるに指をあて、忍び笑いを抑えた。

「なんてすてき！」

「彼の頭の中にはふたりの人間が住んでいるの。ひとりではなく。いつもいつもよ」

そう、実際には十二……十三人だけれど、いまはすべての名前をならべても意味はない。

「このお館にうかがってからも、秘密にしてはいたけれど、彼女はずっとペンリックの中にいたのよ。三人めの客として」

タナルは首をかしげた。

「でも、あなたには秘密ではないのよね」

「……ええ」

「そして、わたしたちに警告しなければならないような危険もないのよね」タナルが問いかけるでもなく顔と眉をあげる。

「もちろんよ」ニキスは答えるでもなく認めた。「でも、彼とだけ結婚するわけではないから。わたしは彼女とも結婚することになるのよ。混沌の魔と。わかる?」

「それは……そうね」

たじろぎはしないものの、少なくともタナルの勢いは弱まった。

「ええ、あなたは慎重だし、あまりにも多くの試練を神々によって課せられてきていますものね。でもきっと、ご自分の心はご存じよね」最後の最後に問いがひっかかっている。

ニキスは肩をすくめて無言の捕足に悲しげな同意を示した。将来自分が後悔するかどうか、予知できる者などいるだろうか。キミスとの結婚は幸せにつながると思えたし、事実幸せだった。あんなふうにおぞましくとつぜんの中断を迎えるまでは。生きているものに心を捧げてしまうと、たとえ相手がただの猫でも、そうした喪失の恐れがある。ニキスは改めてタナルにたずねた。

「アデリスに何か伝えることはある?」

タナルはくちびるを噛んで視線を落とした。

「そうね……」顔をあげてニキスの目を見つめ、「わたしは待っていますとお伝えして」

「本気なの? ずいぶん長くかかるかもしれないのよ。その時なんかこないかもしれない。母の家を離れて自分の家を構えたいと願わない娘なんて、めったにいるものじゃないわ」

「結婚しなくてはならなくても?」タナルが面白そうにたずねる。「その道はわたしのものではなくってよ。姫神と母神に感謝を。母とわたしはここでいっしょに暮らしているけれども、どちらが上という関係ではないの。そして母は、わたしが関心をもつものすべてを快く認めてくれるわ。少なくとも成功したら褒めてくれるし、出だしでつまずいても何も言わないわ。失敗はたくさんしたし、ばつの悪いものもあったけれど、でも母はそれもみんな勉強と言ってくれるわ」

ニキスは彼女の手をとって握りしめた。

「機会があったら必ずあなたの言葉を伝えるわ」

ニキスは鞄をとりあげ、タナルについて居間に出た。完全にルチアの扮装をしたペンリックと、ボシャが待っていた。ザーレ家の召使に姿を見られないよう、巡礼の婦人ふたりをエスコートする男の召使という役割でボシャ自身が御者を務め、リムノスに渡る船が出る海岸沿いの町まで馬車を走らせることになっている。ペンリックの神は――ニキスの神でもあり、たずねたことはないけれどもおそらくボシャの神でもあるだろう――この皮肉な状況を面白がって、そのためだけにでも、きっと彼らの道行を守ってくれる。朝になればボシャも同じ船に乗るが、ふたりの連れとしてではなく、タナルを護衛するときと同じように慎重に、単独で行動する。

ボシャは華やかなローブを脱いで、暗色のほっそりとした袖なしチュニックと揃いのズボン、そして、この暑さだというのに長袖のリネンのシャツを着ている。地味な召使の衣服によって、なぜかその容貌がいっそうきわだって見える。タナルも同じ印象を受けたのだろう、ありもしない糸くずを彼のチュニックからつまみあげて言った。

「とってもすてきだわ」

ボシャが彼女の肩に手をかけた。

「わたくしが留守のあいだ、くれぐれもご用心なさってください。お休みになるのはレディ・ザーレのお部屋で。母上さまのお言葉にお従いください」

「いつもそうしていてよ」

「いいえ、そうしていらっしゃいません」

「今回はそうするわ。おまえのためにね、過保護な雌鳥母さま」彼の鼻をはじき、「おまえこそ気をつけるのよ。また血まみれになってもどってきてはいやよ。そして、絶対に絶対に、殺されてはならなくてよ。これは命令よ！」

それに対して彼は、心臓に手をあてて一礼するいつもの挨拶を返しただけだった。タナルが背をむけた瞬間、彼の顔にいつも浮かんでいる皮肉な笑みが驚くほど穏やかな愛情深いものに変わるのを見て、ニキスは息をのんだ。

だがそれは一瞬のことにすぎず、すぐさま皮肉な仮面がもどってしまった。いまのは彼女の想像だったのだろうか。それでも、けっして忘れられないひと幕だった。

〈まあ〉

〈よく考えてみなくてはならないわね〉

時間だ。こっそりと庭を抜けて裏門に行き、そこから脇道へと出る。

「ここでお待ちください」ボシャが言った。「馬車をもってまいります」

そして大きな音をたててしっかりと鍵をかけた。

ペンリックが医療鞄と肩掛け鞄をおろし、結いあげた黒髪にドレープをかぶせて塀にもたれた。ニキスもそれにならった。日を浴びて温かくなった石に頭を預け、ため息をつく。

「これほど見こみがなくて絶望的な思いは見たことがないわね」

「何がですか」とペン。

「ボシャとタナルよ。ボシャはどう見ても彼女に恋をしているわ。そしてそれを自覚しているの」

ペンが驚くでも異議を唱えるでもなくうなりをあげる。

「高貴な生まれの相続人の令嬢と、二倍も年上の去勢された召使ですか。まったく望みはないでしょうね。もちろん彼もそれは承知しているでしょう」

「ああ、そうよね」ニキスは考えこみながらつづけた。「自分が彼に恋していることにタナルが気がついているかどうか、それはわたしにもよくわからないわ」

「彼女の口から出る名前が〝アデリス〟だけではないと気づいた。それが心配ということでしょうか」ペンの口調はいくぶん冷やかだ。

「まあ、そういうことかしらね。ふたりいっしょに迎え入れるか、ふたりともなしにするか、どちらかにしなくてはならないってこと、誤解を招かないよう兄に伝える方法をさがしておかなくてはならないわね」一瞬の間をおいて、「あなたとデスみたいだわ」

引き攣るように鼻を鳴らす音。

「ボシャとタナルは、わたしとデスとはまったくちがいます！」

彼の怒りにニキスはくいと片眉をあげた。

「デスはなんて言っているの？」

しばしの沈黙。

「あなたはほんとうに賢い女性だから、とても気に入っていると言っています」短い間。「もしわたしが目を離したら――デス、それはあまりにも失礼です！　わたしはそこまで浅はかではありません。いいえ、そうですよ」ペンが歯を食いしばった。

いまのは聞き流すことにしようと思いながら、ニキスの口端がわずかにもちあがった。

彼が咳払いをして、ふたたび口をひらいた。

「仮定の話をしてもしかたがないでしょう。ボシャはレディ・ザーレにとても忠実なようです。今朝も、レディ・タナルに黙ってレディ・ザーレに報告にいったこと、気がついていますか」

「それが仕事なんだし、結局は賢明なやり方だったわけじゃないの。わたしたち全員にとっていい結果になったのだから。それが問題なの？」

「どうとも判断しがたいところです。ですが、半分しか理解できていないことには口をはさまないほうがいいでしょう」

そのつぎの言葉をつけ加えたのは、ペンなのだろうか、それともデスなのだろうか。

「でもなければいっそ、ふたりで手に手をとって逃げだし、どこかで薬屋をひらけばいいんですよ。ふたりで店の上に住みこんで」

「居間と寝室しかないような？」

「ええ。タナルが毎日薬を調合して、ボシャが——どうだかわかりませんけれど——客を暗殺すればいいんです。それでふたりは幸せでしょう」

口内に抑えきれずこぼれた黒い笑いを、あわてて手の中に隠す。

そのとき角を曲がって馬車がやってきた。他人のことなど忘れて、自分の問題にむきあわなくてはならない。生命をかけたリレーの、最後の行程。

できればそうあってほしい。

9

ペンは首をのばした。馬車が音をたてて、リムノスとむかいあった海辺の小さな港町グーザにはいっていく。街路は夕闇に包まれつつあるが、海はまだ輝きをとどめている。四マイルむこうにある島が、水平線を背景に神秘な影となってそびえている。グーザは主として、リムノスとその教団、そして聖なる泉を訪れんと絶えず流れこんでくる巡礼によって暮らしを立てている。旅人がもっとも多いのは春だが、空が晴れわたり海が穏やかな夏もまた客足の絶えることはない。厳しい風の吹く冬は——とボシャが語った——そうした往来はほとんどなくなる。

グーザにおける姫神教団の宿坊は巡礼を受け入れるための施設で、一泊するにあたり、もっとも清潔で、もっとも安く、もっとも安全であると評判をとっている。だがペンは、狭い部屋に女たちと閉じこめられて変装の出来をためすつもりはなかった。正体がばれた場合、激しい怒りをぶつけてくるのは姫神ひとりではないだろう。ボシャはふたりを宿坊ではなく、それでも船乗り相手ではない宿の前でおろし、レディ・ザーレの馬と馬車を安全に預かってくれる厩《きゆう》舎《しや》をさがしにいった。

ペンはそれぞれに個室を希望していたのだが、三人でひと部屋がとれただけで幸運としなくてはならなかった。軒下の部屋には寝台がひとつあるだけで、ふたりで藁布団をひとつ運びこむと、それだけで床がいっぱいになった。酒場におりていくのはやめて、女中に簡単な冷たい食事と飲み物をもってきてもらえばいいと、ルチアが提案した。ニキスも賛成している。ボシャがもどり、三人でピクニックのような食事をした。この召使は館にいるとき、女主人たちと同じくらい立派な食事を、ほとんどいつも彼女たちとともに、とっているのだろう。だが彼はこの簡素な夕食にひと言の批判も加えようとはしなかった。

つづいて、寝台の割り当てという問題が生じた。アデリスと三人でオルバスへ逃亡した旅のことが思いだされた。そうした議論を幾度も経験し、もうどうしようもなくうんざりしていたのだろう、ニキスが堂々と藁布団をとり、寝台をふたりの男にあてがって、あっさりと問題を解決した。

「ふたりとも、野菜を食べなさいと言われた五歳児みたいな目でわたしを見るのはやめてちょうだい」辛辣な言葉が抗議を抑えこんだ。

幸運なことに、ボシャは怒り狂った女の命令に従うことに慣れている。場合によっては想像を絶するほど気まずくいたたまれない夜になっていたかもしれない。だがペンは疲労困憊のあまり、シーツに触れた瞬間、丸太のように眠りに落ちたのだった。

ボシャがどのようにして夜明けまでをすごしたのかはわからない。彼の目はいつだって赤いのだから。

旅人をグーザから島まで運ぶ小型船は、乗客リストが整いしだい出発する。女船長や女船員が乗った船もあり、巡礼たちにはことのほか好まれている。ボシャはそうした船にふたりを乗せた。知っている船だからではなく、彼の知らない船だからであり、つまりはむこうも彼のことを知らないということだ。そして舫《もや》いが解かれるとすぐさま、樽や荷箱を越えて帆の陰に身をひそめ、縁のひろい帽子を深くひきおろして火照りはじめた顔を隠した。

ささやかな船団は朝に出航し、船荷監督にほぼ昼いっぱいの滞在時間を与えて、黄昏《たそがれ》時に帰港する。巡礼の中には、教団に食料を提供している島の漁村や、坂の上、聖域のすぐ外にある集落に滞在する者もいる。ごくごくわずかながら、申し合わせにより城壁の内側にとどまるのは、主として神殿関係者だ。ペンは緑の眼鏡ごしに、輝かしい海の光をできるだけ多くとりこもうとしていたのだが、やがてニキスが、どこで見つけたのか麦藁帽子をもってきて彼にかぶせ、卵みたいに茹だってしまうわよ、ボシャといっしょに日陰にはいっていなさいと命じた。

三人は、グーザの波止場にある旅人相手の売店で、請願者であることを示す青色の薄いスカーフを買ってきた。ボシャはいまそれを頭からかぶって顔の前にたらし、帽子で押さえている。彼がそのカーテンをもちあげて一瞬ペンにむかって顔をしかめ、またすぐにおろした。手袋もふくめ、一インチもあまさずほとんど全身を濃い色の布でおおっているのだ。さぞ暑くて不快だろう。

「しばらくのあいだ眼鏡を返しましょうか」ペンは小声で言った。

「結構です」ボシャもささやき返した。「この計画を完遂したければ、しっかりと役割を守ってください」

〈そこは彼の言うとおりですよ〉とデス。

「この旅があなたにとってこれほどつらいものになるとは思っていませんでした」

肌をおおっていなければ、海に照り返すまばゆい朝の太陽で、全身火傷を負うことになるのだろう。ペンだとて、タナルの染料がどれほどの守りになるかはわからない。

「姉の誕生日は晩秋なのです。その季節ならこれほどひどくはありませんので」

ニキスがボシャとは反対側の隣に腰をおろした。目的地が近づくにつれてますます緊張が高まっているようだ。ペンは大丈夫だと元気づけるように軽く肘で突いたが、彼女はわずかにくちびるをゆがめただけで、それも一瞬で消えてしまった。

大声の指示がとび、船がむきを変えた。帆がスクリーンのように移動したため、リムノスに立つ姫神の修道院がはじめて視野にはいった。

ペンは視線をあげた。さらに上に。さらに上に。ぽっかりと口がひらく。

「五柱の神々よ、われを守らせたまえ」彼はささやいた。

海から見ると、ほとんど直角に切り立った空高くそびえる岩の上に、色褪せた青い瓦《かわら》屋根をいただく灰色の石の建物が、建築家のつくった模型のようにのっている。岸壁が、まるで巨人の神殿の柱のように島から浮きだしている。

「千フィートはありそうですね」ペンは驚嘆して言った。

「ほぼそれくらいです」ボシャがふたたびスカーフをもちあげてペンの視線をたどる。

「どうやってあそこまであがるのですか」

「崖にジグザグの階段が刻まれています。もっと近づけば見えてくるでしょう。二千段以上あり、一歩一歩が祈りとなります」

「あがりきるころには呪詛《じゅそ》になってしまいます！」まさしくぞっとする話だ。

ボシャはかなりのあいだ彼を恐怖に浸らせておいて、それから軽やかにつけ加えた。

「もしくは、料金を支払えば、驢馬《ろば》飼いが村からの道をたどって連れていってくれます」

みごとにひっかかってしまった。ペンはじろりと彼をにらみつけた。

ボシャはふたたび歯を見せてにやりと笑った。

「ごくまれにですが、贖罪《しょくざい》の巡礼として階段をのぼる者があると聞いています。手と膝を使ってです。敬虔《けいけん》さというよりは恐怖からでしょう。なんといっても手摺りがありませんので。のぼりの者とくだりの者がすれちがうこともできず、相手の身体の上を乗り越えていかなくてはならないほど狭いところもあるそうです」

「わたしたちは驢馬でいくわ」ニキスがきっぱりと宣言した。

「それがよろしいでしょう」

「不思議です、なぜ人は、そんな野蛮な行為が神々の意にかなうなどと考えるのでしょう」ペンは細くした目で崖をながめながら思索した。「神々はつねに、いたるところにましますのに。ですが明晰なる神学校教師によると、そうした行為によって実質的な影響を受けるのは、見守る尊き方々ではなく、嘆願者自身なのだそうです。つまり、それによってその者の内側が満たされたり、もしくは虚ろとなって神の訪《おとな》いを受ける空白がつくられたりするのです。静かな部屋にひとりですわってそうした機会が得られることもあります。聖歌を歌いながら四つん這いで二千段をのぼっても、まったく得られないこともあります」

ボシャが好奇心のこもる視線をむけてきた。

「あなたはそうした機会を得たことがあるのですか。学識豊かな神官であるようですが」

「ありません。魔術師の内はつねにあふれんばかりにいっぱいですから」ため息をついて、「わたしとわたしの神にとっては遠まわりな道です。気が狂いそうになることもあります」

はるかな高みにある木々が、ローストビーフを飾るパセリのように見える。ずらりとならんだ窓や優美な木製バルコニーを数えてみてやっと、この建物群が実際にどれほど巨大であるかが理解された。こちら側から見た場合、土台となる岩の上に六階か八階までの階がそびえている。

「帝国の砦として接収されていないのが驚きです」ペンは言った。

「一度接収されたことがあります」とボシャ。「ですがそれはセドニアではなく、敵国によってでした。二百年ほど昔の話です。その物語は長いタペストリに綴られて広間に飾られ、リムノスを訪れるすべての巡礼に公開されています」

「どういう物語なんですか」ペンはたずねた。

「ああ。峡谷に梯子がわたされて、姫神の女たちが襲われ、殺され、連れ去られて奴隷にされるといったよくある話です。一週間後、占領軍を疫病が見舞います。千人の兵のうち、生き残ったのは十三人だけでした。この奇跡は恥辱を受けた姫神の報復であったと考えられています。

それ以後、教団は一度として襲われたことがありません」

「それとも、ものすごくものすごく腹を立てた女が泉に毒をいれたのかもしれないわね」ニキスがぼそりと言った。

傷のあるくちびるが引き攣る。

「わたくしも同意します」

「その両方かもしれませんよ」ペンは慎重に意見を述べた。「その可能性はとても高いです。神々はわたしたちの手を使うよりほか、ご自身の手をおもちにはならないのですから」そして指をあげてくねらせてみせた。

「わたくしの手を加えないでいただけますか」

ボシャがうなり、青いカーテンの背後にふたたびひっこんだ。

10

彼らの乗った船の番がきて、リムノスの桟橋に接岸し、乗客がよろよろと上陸していく。ニキスには、自分の不調が心痛なのか、ホームシックなのか、船酔いなのか、判断できなかった。もしかしたらそのぜんぶなのかもしれない。肩がばりばりにこわばっている。不用意にぶつければ音をたてて頭のもげる石膏像になってしまったような気がする。粗い玉石を踏みしめ、深く息を吸った。

ペンリック＝ルチアが彼女の手をとって握り、ささやいた。

「大丈夫、何もかもうまくいきますよ」

それを信じる理由などひとつもない。彼女の知るかぎり、魔術師は予知能力などもってはいないのだから。それでも、少しだけ首をのばしてみた。頭がもげることはなかった。

船からおりるときも、ボシャはあえてふたりから距離をとっていた。五、六人の巡礼が村を抜けて貸し驢馬屋にむかったので、それについていく。最後の白漆喰壁の家の前を通ったところで、脇道にはいり、荷物をボシャに預けた。ミラの厚底靴とペンのチュニックとズボンがはいった袋だけは手もとに残しておく。いちばん上には、それらを隠すためだけではなく、昼食の弁当がのっている。

「どこで待っていてくれるの？」ニキスはたずねた。「宿屋は一軒しか見あたらなかったけれど」

「宿ではありません」ボシャが答えた。「人目があまりに多すぎます。少しのぼったところに、小道と、亀裂《きれつ》のはいった岩があります。毒蛇さえ追いはらえば、太陽を避けて待つのにちょうどいい薄暗い涼しい場所です。あなた方がおりてこられるのを見張ることもできます」

「この島には毒蛇がいるの？」ニキスは不安になってたずねた。

ボシャの意地の悪いユーモアと受けとるべきなのかもしれないが、そういえば彼だけはブーツを履いている。

「この道にはいません」よくはわからないながら、馬鹿にされたような気もする。「間違いなくあなたの魔術師が守ってくださいますよ……。動物には好かれるとおっしゃっていましたから」

辛辣な厭味《いやみ》を無視して、ペンが彼女をひっぱって歩きはじめた。

「でも、あの人は誰に守ってもらうの？」

ニキスは心配になってふり返った。だがもうすでに姿はない。

「毒蛇からですか。たぶん親戚として歓迎してくれますよ。毒を塗った刃物をあれだけたくさん身につけているんですからね」

「ベルトナイフにも薬を塗っているの？」

「ああ、あれには何も塗っていません。でも首のまわりに一本、背中に一本、ブーツの中に一本隠していて、腰にさげた袋には、いやらしい肉料理用《ラーディング》の小さな針がいっぱいに詰まっています」

ニキスはじっくりと考えてから答えた。

「すてきね」

それはどう見ても〝貸し驢馬屋〟などという立派なものではなかった。オリーヴの木陰につながれた何頭かの驢馬、馬丁兼案内役を務める柄の悪そうな若者が数人、そして、巡礼から金を受けとり驢馬を分配する夫婦がいるだけなのだ。貧しい者や健康な者は曲がりくねった坂道を徒歩でのぼっていくが、もちろん老人や病人のためには馬車も用意されている。非常に背が高くて目の悪いご婦人を乗せる足の長い驢馬が見つかるまでのあいだ、ほんの少し待たされはしたものの、まもなくペンとニキスは小さな木の椅子のような横乗りの鞍にすわり、スカートを整えた。若者にひかれて、驢馬がよろよろと進みはじめる。

直線距離にして二マイル、高さにして千フィートほどの目的地まで、織機の杼《ひ》のように折れ曲がりながら荒涼たる丘の斜面をのぼっていく。海峡のむこうにはセドニア本土のすばらしい景観がひろがっている。空と海はペンの目を思わせる明るい透明な青。大地は白光を浴びて輝いている。永遠とも思える時間がすぎたころ、驢馬が最後の角を曲がり、姫神教団の城壁の外にある集落が近づいてきた。

ニキスは守衛の姿をさがした。ここから出るときに、なんとかしてごまかさなくてはならない相手だ。教団の青いチュニックを着て武器をもった男が数人。鈴懸《すずかけ》の木の下では、帝国軍服を着た四人の兵士が、退屈そうに骰子賭博《さいころ》をしている。彼らが手をとめて、驢馬をおりようとしている新来の巡礼をじろりとながめた。だが一瞬注目しただけで、その関心は疑惑よりもむしろ好色なものに変わったようだった。

たとえどれほど頭に血がのぼっていようと、アデリスが軍を率いて攻めてくるのは無理だったろう。目的地に到着するはるか前、この道をのぼってくる途中で歩哨に気づかれるに決まっている。

〈もっとも、アデリスが真っ昼間に丘をのぼって行軍してくればの話だけれど。彼ならきっと、闇に乗じて島の反対側に上陸し、奇襲をかけるわね〉

となれば、いま帝国兵たちがのんびりしているのも、とうぜんかもしれない。

深い峡谷の上に長い跳ね橋がかかっている。影に包まれた深淵は涼しげな緑だ。ニキスは友人に手を貸すかのようにペンの肘をとらえた。青い衣の男が樽を積んだ荷車を押して橋を渡り、石造りのアーチの下で女に荷車をひきわたす。ふたりは荷物とともに、ひたいに手を触れる姫神の挨拶をかわしている。荷車につづいて、ニキスとペンも中にはいった。

前庭では太陽が、青と白と黄色の入り混じる敷石を燦々《さんさん》と照らしだしていた。奥に台があり、青いスカーフを巻いた祭司が歓迎の微笑を浮かべ、大きな来客名簿に署名する来訪者に手を貸そうと待機している。危険があるとしたらただひとつ、おそらく十頭以上になるだろう、驚くほど多い番犬の群れだ。

ニキスはなんとなく、ザーレ館のマスチフのような巨大な恐ろしい犬を予想していた。だがあらわれたのは、ブラシをかけた長く美しい毛並みに、明るい黒い目とピンクの舌をもった小型犬だった。白い絹のフロアモップに囲まれたような気分だ。

ペンがかすかに〝うわっ〟というような音をたてて、意識を集中するのがわかった。彼を囲んで匂いを嗅ぎ荒い息をついていた犬たちの疑惑が喜びに変わった。二匹がとびだしてきて彼のくるぶしを舐める。まったくの芝居でもないのだろう、いかにも女らしい悲鳴をあげてペンがスカートをふり動かし、サンダルを履いた長い足でそっと押しのける。ピンクの舌が明らかな茶色に染まってはまずい。ニキスも恐怖に息をのんでかがみこみ、腕をふって追いはらおうとした。

「しっしっ！」

犬たちがこんどは彼女の指を舐めようとする。

そのとき、ありがたいことに、四人の少女を引き連れた女がはいってきたことで、ニキスの不安は解消された。少女たちが犬の出迎えに歓声をあげてとびついたのだ。愛撫と甘い声に応え、犬たちが身体をくねらせて舐め返す。おかげでペンも逃げだすことができた。

計画どおり、名簿にはニキスがふたり分の――自分の名も彼の名ももちろん偽名だ――署名をした。退出するときの署名と筆跡が異なることを避けるためだ。実際に署名を見比べたりする者がいるかどうかはべつとして。

〈お母さまがいなくなっていることに気づいたら、調べようとするかもしれない〉

「今日は姫神さまに何をお祈りにいらしたのですか」祭司が明るい声でたずねた。

「あら、わたしではないんですよ。このルチアは目が悪くて、それで姫神さまのお助けをお願いしにきたんです。わたしはただの付き添いです」

ペンも愛想よくうなずいたが、どのような抑制が働いたのか――たぶんデスがとめたのだろう――長々しいコメントをつけ加えることはしなかった。そして、袖からハンカチを引き抜き、血がこぼれはじめた鼻を押さえた。

「まあ、大丈夫ですか」祭司が声をかけた。「おすわりになります?」

ペンは首をふり、くぐもった声で答えた。

「すぐにとまりますので」

祭司はしかたなさそうにふたりを解放し、巡礼順路の第一段階、タペストリの広間にはいる入口を示した。ニキスはすばやく財布をとりだし、重々しい黄金のきらめきが必ず祭司の目にとまるよう手をひらめかしながら、台の横に設置された奉納箱におさめた。祭司は満面の笑みでふたりを送りだしたが、長身の女にむかって、具合が悪くなったらいつでもおもどりくださいまし、診療所にご案内しますからと忠告することを忘れなかった。

有名なタペストリが長い壁をおおっている。反対側の壁にずらりとならんだアーチ形の窓は、照明の役割を果たしながらも、直射日光をあててタペストリを色褪せさせることはない。ペンリックは時間をかけてそれらすべてをながめ、小声で論評を加えながら、綿密に織りだされた三十フィートにおよぶ物語の前をゆっくりと歩いていった。徹底して巡礼の役を演じているのだろうか。それともまた学者としての好奇心に圧倒され、横道にそれてしまったのだろうか。

一群の兵が入り江に上陸し、いま現在も存在する村によく似た漁村を略奪している。攻城梯子と煙。残忍な人食い鬼《オグル》のようなものに髪をつかまれて、女たちが泣きわめいている。聖なる泉の上では女神が悲嘆の声をあげている。女神の顔は目鼻だちもわからないほどぼんやりと曖昧だ。セドニアでは名目主義論争が悪質な展開を示していたのだ。それでもその姿勢から、女神の深い思いが伝わってくる。タペストリの終わりのほうでは、幾体もの人食い鬼《オグル》があからさまな苦悶に身をよじり、赤い糸を吐くさまが細かく描写されている。赤い糸が大量に使用されている。

「織物でこれほどの悪意をあらわすことができるとは知りませんでした」ペンが身をのりだして鑑賞しながらつぶやいた。「ここには明らかな説諭がこめられています」

そして彼はいくぶん神経質そうにくちびるを舐めた。

最後の図柄は、積み薪の煙と復旧する修道院の上にましまして、慈悲深く微笑む女神だ。ペンはじっくりと鑑賞してから、姫神のひたい、庶子神のくちびる、母神の臍《へそ》、父神の下腹部、御子神の心臓に触れて聖印を結び、軽く頭をさげて、もう一度ひたいに手をあてた。

そして、曖昧なしぐさながらも彼自身の神の加護を願って、親指の裏でくちびるを二度はじいた。ほかの誰が忘れようと、ペンリック自身はつねに意識しているにちがいない。彼の力はつまるところ白の神からの借り物であり、いつの日か返還しなくてはならないものなのだ。

それは自分でも思いがけない洞察だった。ニキスは横目で彼をながめた。最初に出会ったときのペンリックは医師で、それから魔術師であるとわかった。だがそれらと同じくらい学識豊かな神官でもあるようだ。もしかすると彼女はこれまで、彼の特質の中でもこの三番めの柱にあまり重きをおいていなかったかもしれない。

タペストリの広間の終わりは青みがかった御影石《みかげいし》の階段で、それをおりると、タペストリにも描かれていた聖なる泉の中庭に出る。だが現実の泉はそれ以上に驚くほど印象的だった。彼女もペンも、思わず足をとめてぼうっと見惚れた。

直径八フィートほどもありそうな白大理石の円の中心から、透明な輝く水がわいている。ほんとうに、ほとばしるように噴きだしている。水は五つの排水口を抜けて、環状に泉を囲む水盤に流れこんでいる。そしてそこから水路を通って修道院内のさまざまな場所に運ばれていく。その中にはもちろん浴場や洗濯場もふくまれているだろう。噴出口のひとつは、銀の杓《ひしゃく》がいくつもかかった水槽を満たしている。さらにそのさきには大理石でできた洗濯槽のようなものがあって、より完璧な癒しを求める巡礼は、女神の象徴が美しく彫りこまれたそこに全身を浸すことができる。

静かな中庭に聞こえるものといえば、遠い鳥の声をべつにすれば、水の歌ばかりだ。このようにまばゆく明るい場所に聖性が感じられるのが不思議だった。

「いったいどうやってここまで水をひいているのでしょう」ペンが歯の隙間から押しだすようにつぶやいた。

案内係と水の番を務める祭司が、柱廊の下にある斑岩のベンチから立ちあがり、誠意をあふれさせながら近づいてきた。

「わたくしたちは姫神の奇跡と考えております。四百年前、この地は乾燥し荒れ果てた岩場にすぎませんでした。この泉は地震のあとにわきだしたものでございます。リムノスの住人たちは岩崖の側面に新しい落水が出現したことに気づき、ここまで調べにまいりました。そのとき以来、わたくしたちはこの地で春の姫神の恵みを褒め称えているのでございます」誘うように手をふり、「お飲みください。よき信仰をもっていらしたならば、清めの水でくちびるを濡らし、祈禱を捧げてください」

祭司の手はさらにひろがり、泉のむこうにずらりとならんだ複雑な織模様の祈禱用敷物を示している。青いスカーフを首に巻いた初老の女が、考え深そうな顔でその一枚からのそりと立ちあがった。

ニキスはさしだされた杓を受けとってためらった。祭司が目をきらめかせながら手の背後でささやいた。

「船で海を渡り、この坂をのぼってきた来訪者は、みなひどく咽喉が渇いているものです。心ゆくまでお飲みください」

ニキスは感謝の笑みを返してその言葉に従った。ペンリックが慎重な目で彼女を見つめている。ニキスは衝動的に、水を満たした杓をわたした。彼は感謝の会釈とともにそれを受けとり、ニキスがもう一度水を汲むと、また改めて会釈をよこした。

ふたりはそろって口をぬぐい、祈禱用敷物に進んだ。祭司が期待をこめて見つめていたのだ。ペンリックは一瞬考えてから、ただひざまずくのではなく、もっとも深い嘆願の姿勢で両腕をひろげ、ひれ伏した。ニキスは輝かしい泉に顔をむけて膝をつき、手のひらを上にむけて五本の指を大きくひろげた。

ありとあらゆる不安に押しつぶされそうだというのに、何を祈ればいいのかわからない。いま彼女は空っぽだった。

姫神の水でくちびるを濡らしたまま、偽りの無言劇を演じつづけるのは間違っているのではないか。ここで祈るのに処女《おとめ》である必要はない。かつて処女《おとめ》だったことがあればいいのだ。

〈神々は吝嗇《りんしょく》だ〉

〈そしてときどき慈悲深い〉

冒瀆ともいえる来訪を謝罪しようかとも考えた。女神の神域を牢獄として使うという、より大きな不敬を正すためにやってきたのだといえば、赦しが得られるだろうか。

〈……駄目だ〉

相手はジュルゴ大公ではない、女神なのだ。そもそもここきたのは、自分に権利のないものを使って好意を買うなどといった取り引きをするためではない。聖なる泉の中庭は市場ではない。彼女の求めるものに値段をつけることはできない。

〈娘よ、そはまた要なし〉

ニキスは身ぶるいした。いまのは誰の思考だったのだろう。

〈姫神さま、わたしはあなたに対する罪を犯してはいません。ですから赦しを求めてはおりません。わたしが今日ここにきたのは、娘としての義務を果たすためです。わたしはわたし自身

の行動を、あなたの足もとに捧げます。わたしたちはおのが内にある最善のものを神々に捧げなくてはならないのですから〉

〈われの内にそなたへの怒りはない〉

ニキスはそれが事実であることを知った。

ペンリックがため息をつき、ころがって身体を起こした。そして驚いたようにささやいた。

「どうして泣いているのですか」

「わたし、泣いている？」

頬をぬぐい、改めて濡れていることに気づく。

〈姫神の水がもどされたんだわ〉

心と頭の中が、さっきまでとはまったく異なるもので満たされている。

「なんでもないわ」

「よければ――」

彼女は手をのばして彼の手をつかみ、心配そうなくちびるに指を押しあてた。

「ほんとうになんでもないのよ。さあ、もう行きましょう」そしてさっきの彼自身の言葉をそのままに返した。「大丈夫、何もかもうまくいくわ」

今回はニキスのほうがさきに立ちあがり、彼に手を貸した。

11

デスもまた泣いていた。内にも外にも泣いている女がいる。とんでもない状況だ。少なくとも魔は、以前同じようなものと出会ったときと変わらない、お馴染みの反応を示している。いや、同じような存在にというべきだろうか。魔はおのれを滅ぼす力をもった神々を恐れる。デスがふるえているのは単純な恐怖からだ。もしかするとそれほど単純ではないかもしれないが。興味深いことに、今回の彼女はいつものように彼の内で固く丸まったボールになってはいない。ペンのものとはべつに自分の身体をもっていたら、きっと床のタイルを抱き締めるように両腕をひろげて突っ伏し、顔をそむけながら、完全におのれを捨てた恭順の姿勢を示しているだろう。

ニキスは……まったくべつの話だ。なんであろうと、恐怖は欠片もふくまれていない。それはそれで不安をもたらす。

彼女はすすり泣いているわけでも涙をこらえているわけでもふるえているわけでもなく、ただ水が綺麗な銀色の筋となって黒い目の端から流れ落ちてくるだけだ。ペンは心配になって、泉と祭司からできるだけ遠い、柱廊の陰のベンチに彼女をひっぱっていった。祭司は好奇心に顔をしかめながらふたりを見守っていたが、やがて、まだ犬との幸せな出会いに興奮している四人の少女を引き連れた女に関心を移した。

もし彼女が望むなら慰めを与えようと、ためらいがちにニキスの肩に腕をまわした。間違いなく何かを求めていたのだろう、彼女はペンの抱擁に身をゆだね、両手で彼のドレスの襞を握りしめた。愛情表現というよりはむしろ溺死寸前といったところだ。

「姫神に何をお願いしたのですか」ペンはたずねた。

「何も」彼女は首をふった。「たぶん、捧げ物をしたのだと思うわ」

祈りには五つの働きがある、とペンは教わった。奉仕、嘆願、感謝、予知、そして贖罪である。中でも嘆願と予知はもっとも多く請われながら、めったにかなえられることがない。贖罪は人が時を重ねるにつれてしだいに重要性を増していく。ではこれは、どのような奉仕の、もしくは感謝の歌なのだろう。

「どんな感じだったのですか」

「説明できないわ」

「難しすぎるからですか。それともあまりにも私的すぎるから?」

「両方よ」彼女は視線をそらした。「要求なんてできない。ただ自分自身をさしだすだけ。心臓発作みたいだったわ」

彼女のひたいに、つづいて自分のひたいに手をあててみた。太陽が燦々と照りつける昼間、どちらも同じくらいの熱さだ。ボシャがほどよく深い裂け目を見つけていればいいのだが。

「以前にも一度、同じような経験をした人に言ったことがあるのですけれども。神々を否定してはなりません。そうすれば神々もあなたを否定しないでしょう」

彼女が顔をあげた。驚きにぽっかりと口があいている。

「信じてくれるの？」

「信じる必要などありません。知っていますから。というか、デスが見ています。デスはいまもわたしの中で痙攣《けいれん》を起こしています。そのうちに回復するでしょう。いつもそうなんです」

彼女は驚愕をこめて彼を見つめ、たずねた。

「それじゃあなたも、ああした存在に会ったことがあるのね」

「三度。忘れられる経験ではありません」

彼女がペンの胴着にむかってつぶやいた。

「もちろん、姫神のマントの裾がかすめただけだってことはわかっているわ」

「ええ、ですがそのマントはとてつもなく大きいんです。世界全体をおおうほどに」ため息をついて、「わたしはそう想像しています。たぶんわたしには、その裾が通りすぎていくときに、ほんの少し動いた空気を感じるのがせいぜいなのでしょうけれども」

いまのように？

彼女の目がわずかに激しさを帯びる。

「あなたは理解しているの？」

「理解ですか」鼻を鳴らして、「それは海を飲み干そうとするようなものです」

嫉妬だろうか……。おそらく。

彼女は息をのみ、それから声を絞りだした。

「あなたは何を祈ったの？」

「卑下しひれ伏していました。だいたいがそうです。ただひたすら這いつくばっていました。あのタペストリはまぎれもない脅威です」

彼女は笑いを押し殺そうとし、結局鼻から息として吐きだした。

「あなたは……わたしは……」

「いいえ、笑っていいんです。喜びは神々のしるしなのですから。しばらくのあいだ、あなたからは喜びがこぼれつづけるでしょう」

「まあ……」彼女は息をついて身体を起こし、おちつきをとりもどした。「あなたは四六時中あんな体験をしているの？」

「白の神にかけて、とんでもない。めったにあることではありません。荷が重すぎて死んでしまいます」

「それでなぜまだ正気を保っていられるの？」彼女はくちびるをすぼめ、それからそっとつぶやいた。「あら。わたしったら自分の問いに自分で答えを出しているわ」

「さあ、いい子だから」思わず口にしていた。

彼女の微笑は伝染力をもっている。ペンは手をのばし、こぶしの関節でやわらかな頰から最後の銀のしずくをそっとぬぐい去った。こぶしに残る涼やかなそれをふきとったりはしない。妹の皿からご馳走をかすめとる意地汚い子供になったような気分だが、懸命にそれを否定する。

〈意地汚いのではない。ただ空腹なだけだ〉

ふたりして中庭をながめた。四人の少女は環状の水盤に浸かってそこに飾られた海豚《いるか》のように泳ごうとし、さすがにそれは阻止されたものの、いまは洗濯槽にはいり、スカートをたくしあげ歓声をあげながらしぶきをはね散らしている。四人ともずぶ濡れだ。祭司と母親は笑いながらそれを見守っている。

「わたしね、厠の場所をたずねるとかいった作戦を一生懸命考えていたのよ。でもその必要はないみたいだわ。ただ、行くだけでいいのよ」

「そうですね」

そして彼女はごく自然に長身の友人の腕に腕をからませ、ふたりは静かに薄暗いつぎの建物へとはいっていった。

「まずどこをさがせばいいのでしょう」ペンは言った。

「あなたがわたしにたずねるの？　姫神は正確な地図なんかくださらなかったわ」

「ああ、神々はいつもそうです」ため息をついて、「それもまたひとつのしるしです」

ニキスがようやく勇気が出たというふうに、それでもごく静かな声で打ち明けた。

「……たぶん、姫神はわたしを祝福してくださったのだと思うの」

ペンのくちびるが吊りあがった。

「それはもっとすばらしいです」

彼女はそのすべてを受け入れたようだった。そしてひと呼吸ののち、うなずいて言った。

「それで、あなたは何か計画を立てていたの？」

つぎの小さな中庭で足をとめ、ペンは周囲を見まわしながら疑惑をこめて鼻に皺《しわ》をよせた。

「母上はおそらく、脱出がもっとも困難な海側の部屋に閉じこめられているだろうとボシャは考えていました。上層の四階や五階にはバルコニーがあり、侵入もしくは逃亡が可能です。ですからそこではないと思われます。東側の最下層からはじめるのはどうでしょうか。何が見つかるか、さぐってみましょう」

「もしとめられたら？」

この建物内は無人というにはほど遠いが、見かける女はみなそれぞれの仕事に忙しく、いるべき場所からそれほどはずれてもいないふたり連れの巡礼に、ほとんど関心をはらわない。

「厠の話も候補にいれておきましょう。無駄にならないかもしれません」

薄暗い内廊下にはいったところで、ペンは眼鏡を頭の上、ドレープの中に押しこんだ。

「はずすことができてほっとしました。できるようならボシャに返してあげてください。もちろん、船についてからですが」

「わかったわ。ボシャも無事だといいけれど」

二度の失敗のあとで、見こみのありそうな階段に行きあたった。おりていくうちに、立派な石壁が硬い岩をくり抜いたものに変わったことで、正しい道を進んでいるのだと確信する。下までおりきると、長い廊下があった。

右側の壁では、いくつかの裂け目から水のように青い陽光が射しこみ、ほとんど同じ形の扉がずらりとならんでいる。左側の部屋はどれも窓がなく、入口に閂のかかったものもあるし、開け放したままのものもある。すべて倉庫に使われているようだ。ところどころに設置された燭台には、節約のため火がともされていない。

「どれが目的の部屋か、どうやって見つけるの？」ニキスがささやいた。

「母上の部屋は鍵がかかっていて、中にいるのはおそらくひとりでしょう。鍵がかかっていない部屋、誰もいない部屋は無視していいということです」

そうであることを願う。

〈デス、お願いだから起きてください。あなたの助けが必要なんです〉

魔が彼の内でこわばりを解いた。とはいえ、まだ恐怖ゆえに機嫌は悪い。

〈ほんとにおだてるのが上手なんだから〉

文句を言いながらも力を貸してくれる。右側の最初の部屋は、鍵がかかっていて無人だった。そこで、中をのぞいてみることにした。

思っていたとおり、平信士のための寝室だ。狭い寝台がふたつ、簡素な家具。壁際には機織り機があり、さまざまな色を使った祈禱用敷物が織りかけになっている。二フィートの岩をくり抜いた小さな窓からは、美しい海の景色が臨め、新鮮な空気がはいってくる。涼やかで、穏やかだ。もちろん冬になればこれほど心地よくはないだろう。見たところ、調理のできる設備はない。

「信士たちはきっと、どこかにある食堂に行って食事をするのでしょうね」ペンはニキスにささやいた。「あなたの母上の食事は、誰かが運んでくるのでしょう」

鍵をかけなおし、残りの扉を数えた。十五ある。

「鍵がかかっていて中に人がいる部屋は三つです」指さしながら小声で告げる。「具合が悪いか、夜の仕事のために休んでいるのでしょう。どの部屋にするか、選んでください」

「わたしが？」

「はい」

彼女は怒りと疑惑をこめてひとつの扉に歩み寄り、ためらい、つぎの扉に移った。

「これにするわ」

〈確かですか？〉などと言って彼女を侮辱することはしない。ニキスにも彼と同じくらい、もしくはそれ以上に、推理を働かせる機会があったのだ。鍵をあけて扉をひらき、彼女をさきに通した。〈まあ、失礼しました、ここは厠ではなかったのですね！〉と声があがったら、すぐさまひきさがれるよう心の準備をしておく。

だがニキスは、「まあ――！」と声をあげると同時に、彼のそばを離れてとびだしていた。

ペンは彼女のあとから部屋にはいり、静かに扉を閉めて警告した。

「あまり大きな声は出さないでくださいね」

寝台に横たわっていた女がふり返った。疲れ果てたようなその顔に激しい興奮が浮かび、ころがるように立ちあがった。ひろげた両腕にそのままニキスがとびこんでいく。

「まあ、なんてことなの。ニキス！　あなたもつかまったの？　オルバスで無事に暮らしていると思っていたのに！　まあ、なんて、ほんとうに……」

ふたりの抱擁は単なる腕の力を超えた何かを秘めている。ペンは照れながら沈黙のうちにそれを見守った。彼自身はもう二度と、このような再会を果たすことができない。母は三年前から、いまとなってはかろうじて故郷といえるだけの遠い国の、冷たい土の中で眠っている。ニキスの目に、さっきまでとは異なる涙がにじんでいる。もしかすると、さっきよりも本質に近い涙かもしれない。

「ちがうの、ちがうのよ。わたしはつかまったんじゃないのよ」ニキスがあえぐように母の耳もとで告げる。

ふたりの両手は、相手の生命を、健康を、希望を確かめようとするかのように、しきりとたがいの身体をさぐっている。

「わたしたち、お母さまを助けにきたのよ」

「なんですって？」

イドレネは一歩あとずさりながらも娘の肩を離そうとしない。

ペンリックは微笑しながら進みでた。未来の義母として尊敬すべき婦人にむけて最初に発する言葉が、〈いそいで服を脱いでください！〉ではまずいということは、なんとなくわかる。

「はじめてお目にかかります、マダム・ガルディキ、わたしは」――混乱と当惑を招きそうな敬称すべてをいそいで投げ捨て――「ニキスの友人でペンリックといいます」

「ええそう、友人なの」ニキスが彼を見てくり返した。

マダム・ガルディキは完全に途方に暮れた微笑を浮かべている。ザーレ家のマスチフに偽りの親愛感を押しつけたときのことが思いだされた。ペンは眼鏡をはずして洗面台にのせ、荷物を寝台において、頭に巻いたドレープをはずし、首の青いスカーフをほどいた。

「計画はこうです。ふたりの巡礼がやってきて、わたしと服を取り替えてください。そしてニキスといっしょに出ていきます。ふたりの巡礼が去るのです。わたしがこの部屋に残り、できるだけ長く、あなたがとどまっているふりをつづけます」

「でも、あなたはどうやって脱出するの？」

「計画があります」

〈嘘おっしゃい〉デスが馬鹿にする。〈ここからはすべて行き当たりばったりでしょ〉

「彼ならなんとかするわ、お母さま」ニキスが言った。

その確信と信頼が、見せかけでなくほんものであることを願う。

「彼？　……まあ」

彼女は一歩さがって、さらに服を脱ぐペンをながめた。ベルトをはずし、ドレスを頭の上にたくしあげる。ルチアの衣服はゆったりとした地味なものなので、胸の詰め物はない。ズボンを穿こうと手をのばしたところで、ペンは自分がいかにみっともない姿をしているかに気づいた。褐色の顔で空の青の目がきらめく。黒い髪がうなじで束になっている。うっすらとした体毛は金色。腕と脛は濃い色に染まっているが、大腿部と胴は乳白色という中途半端な状態だ。

ありがたいことに、イドレネを説得して服を脱がす仕事はニキスが引き受けてくれた。

「気にしなくて大丈夫よ、お母さま。ペンはお医師なの」

「ええ、ええ。そしてわたしは軍人の妻ですよ。でもこんなことははじめてだわ」

彼女はすぐさま脱出計画を理解した。ただ、ペンのことが気になってしかたがないようだ。

「お医師ですって？　ほんとうに？　ずいぶんお若いみたいだけれど」

「もうすぐ三十一です」ペンは脱いだ服をわたそうと待ちながら弁解した。

イドレネよりも彼のほうが、胴が細く、長い。だがセドニア式のドレスなら大丈夫だ。イドレネが下着だけになった。ニキスが彼女のドレスをペンのほうに投げ、かわりにルチアの服を受けとる。

イドレネ・ガルディキは五十にしていまだ堂々たる容姿を誇っていた。二十歳のころは目の覚めるような美貌だったろう。先代将軍が魅了されたのも無理からぬことだ。将軍以前の若い将校ロドアはいうまでもない。ほどいた髪にわずかな灰色がまじっている。だがペンはずっとドレープをかぶっていたのだから、入れ替わっても問題はない。同じ形に髪をまとめるのもあっという間にできる。少なくとも肌の色はほとんど変わらない。目鼻だちはニキスよりもくっきりしていて、ペンとはあまり似ていない。それは緑色の眼鏡が隠してくれる。ルチアのドレスはさっきまでより中身が詰まっているが、不都合というほどではない。厚底靴を履いてもまだ一、二インチ足りない身長は、出迎えてくれた祭司ふたりをうまく避け、べつの驢馬飼いを見つけて坂道をくだることができれば、なんとかごまかせるだろう。それに、ペンはできるだけ口をきかないよう気をつけてきた。

〈チェックして、チェックして、チェックして……〉

「マダム・ガルディキ、ここでは毎日どのように暮らしていたのですか。何が起こるか知っておかなくてはなりませんから」

「不安と退屈ばかりでしたね。ここに連れてこられて三週間になるけれど——寝台の裏の見えないところに、毎日筋を彫って数えていたのよ。五柱の神々にかけて、ニキス、どうしてこんなにはやくやってこられたの？」

「手伝ってくれる人たちがいたのよ。すぐに会えるわ。くわしいことはあとで話してあげる」

「食事はトレイで運ばれてくるのですか」ペンはたずねた。「もってくるのは誰でしょう」

イドレネはうなずいた。

「ええ、日に三度。飢えることはなかったわ。情報だけはべつですけれどね。アデリスがパトスで逮捕されたということだけは、まだ邸にいたときに聞いたわ。そして——ああ、母神のお慈悲を、アデリスが目をつぶされたというのはほんとうなの？　わたしをつかまえにきた男たちが、アデリスはオルバスに逃げたと話していたのだけれど、あなたのことは何ひとつ言っていなくて。何もかもまったく筋が通っていないことばかりで」

ニキスがルチアのドレスを彼女の頭からかぶせた。

「あらあら、これでは裾を踏んづけてしまうわ」

「大丈夫よ。靴をもってきたから。ほら、着てしまって」

彼女は広袖に腕を通し、さらに言葉をつづけた。

「食事をもってくるのは信士で、教団の者ではない大柄な女がふたり、いつも付き添っています。誰も話しかけてはこないけれど、信士は興味津々といった顔をしているわね」

「いつも同じ女なのですか」とペン。

「たいていはそうね」

「では間近で見れば、わたしが別人であることに気がつくかもしれませんね」

「ええ、もしかすると……」腰に彼女のベルトを巻きつけているペンに目をむけて、「そうね。でもあなたはごくあたりまえに女の人に見えるわね」

「練習しましたから」ペンは苦笑した。「その信士たちがつぎにやってくるのはいつですか」

「日が沈むころよ」

「そのころには、あなた方ふたりはもうグーザにもどっていますね。食事一度分か、できればもう少しごまかせるといいのですが」

「どうやって追いつくつもりなの？　どこで追いつくつもりなの？」ニキスの声には激しい動揺がにじみでている。

「アキラクシオで追いつければと考えています」グーザからさほど離れていないセドニア沿岸の大きな港町だ。「ですが、もしボシャが北にむかう安全な船を見つけることができたら、わたしを待たないで出発してください。落ちあうのはオルバスでもかまわないのですから」

「オルバスに行くの？」イドレネがいくぶん弱々しい声でたずねる。

「そうよ。アデリスはいまジュルゴ大公の軍にいるの」とニキス。

「もうよくなったの？　あの、その――」ニキスが髪をまとめはじめたため、言葉が途切れた。

「視力は回復したわ。顔に傷は残っているけれど」

「そんなこと、あり得るの？」

「魔法みたいでしょ」

「そうね、でも――」

「ほんとに魔法なのよ。ペンはお医師で、魔術師なの」反論しようと口をあけかけたペンをさえぎって、「でもお医師として最後の誓約は捧げていないのよ」

イドレネがペンにむかってくるりと目をまわしてみせた。

「そんな人をいったいどこで見つけてきたの？」

「彼のほうがわたしたちを見つけたのよ。とっても長い物語だから、あ、あとで話してあげるわ」

そして彼女は母を寝台にすわらせ、膝をついて厚底靴を履かせた。

「ああ、これを忘れないでください」

ペンは首から財布の紐をはずし、歩み寄ってマダム・ガルディキの首にかけた。彼女は指で革袋をさぐって手のひらで重さを量ると、驚きをこめて彼を見あげた。

「もし万一――神々にかけてそんなことはあってほしくないのですが――ニキスとはぐれたときのために、資金が必要ですから」

「でもあなたはどうなさるの？」

「ベルトに隠してあります」細い布のベルトに、ジュルゴ大公が気前よくわたしてくれた資金の残りがはいっている。「ニキスも同じものをもっています。ちゃんと準備をしてきたんです」

ほんとうに、この前とはなんというちがいだろう。賄賂が必要になっても、少なくともいまは文無しになる心配だけはない。

「わたしがしていたように、スカーフの下に隠しておいたほうがいいと思います」

彼女はわたされた青い布を首に巻き、革袋を胴着の中に押しこんだ。

ようやくふたりの早変わりが完成した。ニキスが母親のまわりをぐるぐるとまわる。

「悪くないわ、ほんとうに」それからペンにむかって顔をしかめ、「遠目ならあなたに見えると思うわ。あなたがお母さまとしてごまかせるかどうかは、ちょっと自信がないけれど」

「それはわたしにまかせてください。あなたはもう充分にご自分の問題を抱えているのですから。メサニが脱出に気づく前に、とにかくオルバスまでたどりつくことです」

「まあ、今回のことすべての黒幕は、あの老いぼれメサニなの？」緑の眼鏡の背後でイドレネの目がすっと細くなる。「いかにもありそうなことね」

ペンはふたりを出口へと導いた。

「マダム・ガルディキ、お目にかかれて何よりでした。きっとまたすぐ、ごいっしょできると思います」

彼女は曖昧に抗議するような音をたて、それから両手をあげてつぶやいた。

「『少年よ、壁を越えてわれにつづけ』だわね、またしても」

明らかに、何か個人的に意味のある引用なのだろう。あとでそのいわれを聞かせてもらえればいいのだけれど。

ニキスがペンの前で足をとめ、じろりとにらみあげた。くちびるを噛み、息を吸う。

「絶対に絶対に、殺されてはならないのはあなたも同じ。これは命令よ。わかっているわね」

これは、女が〈愛している〉と言わずに〈愛している〉と伝える方法なのだろうか。きっとそうだ。

ペンは莞爾と笑んで心臓に手をあて、タナルを真似た彼女にボシャを真似て応えた。それから親指で二度くちびるをはじいて、ありったけの祝福を贈る。

「わたしの神の、そしてその親族たるすべての神々の、あなた方の旅路を守りたまわんことを」

ふたりを送りだし、扉を閉めて鍵をかけた。室内がふいにひどく静かで空っぽに感じられた。

12

母を連れて薄暗い青い廊下に出たときも、ニキスの血管ではなおも女神の祝福が発泡葡萄酒のように泡立っていた。昂揚《こうよう》のあまり、みずからを包みこむ自信を過剰なものにしてはならないと、厳しく自制する。それでは与えられた以上のものを受けとることになってしまう。どうしようもなく浮かんでくる微笑も抑えよう。

　イドレネが緑の眼鏡をずらし、レンズの上からあたりを見まわした。

「あの人、こんなものをかけてよくものが見えたわね」

「外に出たらちゃんと見えるわ。そもそも外で使うためのものだもの」ニキスはささやき返した。「でも、ペンは暗いところでも目が見えるのよ。便利な力をいろいろともっているの」

　鍵のかかる音が聞こえ——どう考えても勝手にかかったみたいだった——イドレネが扉をふり返った。

「あの奇妙な青年のことは、もっといろいろ話してもらわなくてはならないわね」

「もちろん」ニキスははっきりと約束した。「話ができるような場所にたどりついたらね。いまはできれば誰にも話しかけないで。いそぎすぎても、のろのろしても駄目よ。村の宿で夕食の予約をしていて、それに遅れたくないようにふるまえばいいって、ペンが——それともルチアがかしら――言っていたわ」

イドレネはうなずいた。

「そのルチアというのは――いえ、いいわ。それもあとでね」

ニキスはやってきた道筋を、間違えたところだけを省略して、逆にたどっていった。聖なる泉の庭では最後の巡礼数人が到着したところで、案内役の祭司はそちらに気をとられている。午後になり、タイルの上の影が長くのびつつあるいま、四人の娘を連れた女の痕跡といえるものは、なかなか乾かず洗濯槽の周囲に残った水たまりだけだ。早足でタペストリの前を通りすぎる。横目でながめていたイドレネが、手をのばして軽くタペストリに触れた。

「そうね。わたしを助けにきてくれたのがアデリスでなくてよかったのかもしれないわね」

前庭で、ニキスが名簿にふたり分の署名をしているあいだ、絹の毛並みの犬たちがあまり興味もなさそうにイドレネの匂いを嗅ぎにきた。ニキスはサンダルを履いた足を何度も舐められた。ペンの呪か女神の匂いのようなものが残っていたのかもしれない。彼女が去ると、犬たちは不満そうに鼻を鳴らした。

それから、守衛を務める武装した男の信士たちの穏やかな目に見守られて、跳ね橋を渡った。これでこの脱走劇が終わるわけではないと、みずからに言い聞かせる。まだ第一段階にすぎない。だがイドレネは、玉砂利の道に足を踏み入れた瞬間、ほうっと息を吐いた。

まっすぐ貸し驢馬屋にむかった。曲がりくねった道をたどりながら、イドレネが眼鏡をかけなおし、緊張を隠して周囲をながめている。坂をくだる時間が、のぼりのときより異様に長い。

もちろん錯覚に決まっている。島の東側がすっぽり影におおわれるころ、さっきの家の陰に荷物とともにすわっているボシャがようやく見つかった。

近づいていくと、ボシャが立ちあがって丁寧に頭をさげた。だが心臓に手をあてることはしない。どうやらあの不思議な挨拶は、タナルとレディ・ザーレふたりだけのためのものであるようだ。

イドレネが不安そうにまばたきをして足をとめた。はじめて彼の特異な姿を見た者によくある反応だ。ニキスはいそいで紹介した。

「お母さま、レディ・タナルの秘書、マスター・スラコス・ボシャよ。レディ・ザーレの温かなお心遣いで、わたしたちを手伝ってくれているの」

「マダム・ガルディキ、お目にかかれて光栄です」軽い声はなめらかで上品だ。

ニキスはふたたび、彼はどういう出自なのだろうといぶかしんだ。

「あら」母はすぐに緊張を解いて会釈を返した。「ええ、知っていますよ! アデリスがササロンから送ってきた手紙にあなたのことも書いてあったわ、マスター・ボシャ」それからニキスにむかって、「その手紙だってほんとうに少なかったのよ。指を怪我したわけでもないでしように。もっともその場合だって、祐筆に口述させればいいのよね」

「パトスからも手紙を送っているでしょ。わたしが言ったのよ」

「ああ、それで納得がいったわ。ありがとう」

ボシャが、丘の上にかろうじて見える、最後の陽光を受けてきらめいている教団の青い屋根を見あげた。看守が囚人の夕食をもってくるまでに、あとどれくらいあるのだろう。

「まずはリムノスを離れましょう。あとのことはそれから考えればよいかと存じます」

「そうね」イドレネも熱心に同意した。

ボシャが召使のように荷物をとりあげ、先頭に立って波止場にむかった。

穏やかな夕風に傾く船の中で、彼らはふたたび見知らぬ人々に囲まれた。誰の耳に届くかわからないため、話はできない。午後遅くの陽光は色としては穏やかになっているものの、ボシャにとってはあまり変わりがないらしく、帽子をひきさげて甲板にあるわずかな日陰の中に身を隠している。船乗りたちが陽気な声をかわして歩きまわる。索具がきしむ。波が打ち寄せる。

ニキスとイドレネはただ黙って手を握りあった。

それにしても、姫神の祝福はどこまで届くのだろう。教団にいるあいだだけ？　島の中？　それともペンリックが言っていたように、世界じゅうどこにいても有効なのだろうか。

ペンリックが心から愛してくれる瞳に海の光を宿しながら、ニキスは彼のことを考えた。泉の庭での驚異に満ちた祈りのあとで、彼はいともたやすくニキスを信じながら、あまりにも無造作に別れを告げた。どちらも同じくらい大きな衝撃だった。これまでの人生において、あれほど途方もない主張をしたことはない。たとえ一瞬であれ、神に触れられただなんて。

〈あの人は信じてくれた〉

たとえ信じてくれなくとも……それでも彼女にはわかっただろう。

〈でもあの人は信じてくれた〉

それは不思議に、接吻よりも深い愛情に思える。

それだけではない……彼は知っているのだ。彼女と同じく。ニキスは彼の奥底までをさぐったつもりでいる。少なくとも、彼の魔の以前の乗り手である魔術師たちの名前と順番は心得ているし、その経歴も少しずつ理解しはじめている。でも……。あのぎゅう詰めになった金髪の頭は、ほかにどんな謎を隠しているのだろう。

〈いまあの人をアドリアに返してしまったら、もう二度とそれを知ることはできない〉

ため息が漏れる。

軽い船酔いの乗客が踏み板でよろめいて案内役の若い女の船員に助けられたことをのぞき、さしたる事件もなく旅人たちは陸にあがった。ニキスは夕焼けを背景に黒くそびえる遠いリムノスをふり返った。母のふりをして夕食時間をすごすというペンの計画はうまくいっているだろうか。それとも、教団ではもうすでに、姿を消した囚人の捜索にのりだしているのだろうか。もしそうなったとき、ペンは逮捕されずに逃げだせるだろうか。大丈夫、彼は壺牢からだって脱出してのけたのだから。改めて自分に言い聞かせたが、それもあまり役には立たなかった。

「わたしたちも少しもちましょうか？」ふたたび荷物をとりあげたボシャにむかって、イドレネが言った。

「いいえ、結構でございます。わたくしは馬車をとってまいります。道中の食べ物と飲み物を用意していただけますでしょうか。南の沿岸街道がはじまる町はずれでお待ちいたします」それから西に視線をやって、「まだ明るいうちになんとかしたいものでございますね」

それでもアキラクシオにつくはるか手前でとっぷり日は暮れるだろうし、いまは新月だ。町は市城壁に囲まれていて、門は夜になると閉ざされてしまう。うまく交渉して通してもらえればいいけれど、夜明けまで待たなくてはならなくなるかもしれない。

グーザの市場はこの時間になると閑散《かんさん》としている。ニキスは昨夜泊まった宿にもどり、返却することのない籠に法外な代金を支払うことになった。イドレネは外のベンチで待っていた。一日がかりの長い旅を終え、いかにも疲労困憊している青いスカーフを巻いたふたり連れの女の巡礼など、ほとんど誰も気にとめはしない。

ふたりはボシャとほぼ同時に、家がまばらな町はずれの南街道に到着した。ボシャがとびおりて、馬車に乗るふたりに手を貸す。それは小型で軽量の無蓋馬車だったが、ばねもよくきいているし、油を塗った帆布を幌としてつければ風雨から乗客を守ることもできる。いまでは日除けというより人目につく白い髪を隠すために帽子をかぶっているボシャが、穏やかながら自信たっぷりな態度で御者台につき、レディ・ザーレの純血種の馬を速歩で走らせた。ニキスとイドレネはクッションのきいた後部座席にすわり、ふたりそろって安堵の吐息を漏らした。

「ほんとうに、いまこうしていられるなんて、信じられないわ」イドレネが言った。

「わたしは前にも、アデリスとペンリックといっしょに同じことをやったのよ。慣れたとはとても言えないけれど」

イドレネが彼女にむきなおった。表向きの仮面がはずれ、顔いっぱいに期待があふれている。

「さあ、あなたの身に何が起こったのか、何もかも話してちょうだい！」

「お母さまがさきよ」

「あら、わたしの話は短いわよ」そして彼女は膝の上で手を握りしめた。

「なんの前触れもなしに、帝国軍の部隊が扉をたたいて、中にいれろと怒鳴ったのよ。わたしの逮捕状が出ているって。でもどこに連れていくかは話さなかったわ。きっとあの人たちも知らなかったのね。必要なものをまとめて、召使に話をするのがやっとだったわ。若い青年たちで、無茶な真似はしなかったけれど――たぶん、お父さまの影に怯えたんでしょう――家じゅうひっかきまわして書類や手紙をもっていったわ。ありがたいことに、いちばん大切な書類はみんな書士のところに写しがありますからね」

「アデリスがパトスの兵舎で逮捕されて、総督の部下が貸別荘にきたときと同じだわ」とニキス。「目にはいるかぎりの紙をぜんぶもっていったのよ。昔キミスからもらった手紙もね。わたし、それに関してはものすごく腹を立てているの。でも盗まれたものはほとんどないし、誰も、女中のひとりも、手籠めにされることはなかったわ。もっともみんな、そのすぐあとに辞めてしまったけれど。それもしかたがないわよね」

イドレネはうなずいた。

「いま邸には何が残っているのかしら、見当もつかないわ。もう三週間になるのですもの」そして息を吐き、「ああ、ほんとうにいやになるわ。いっそのこと、すべて焼きはらわれていたほうが気が楽ね」

ニキスは驚いた。フロリナとともに暮らした邸から母を連れだすのは、蝦夷貝《えぞばい》を殻《から》から引き剝がすほどにもたいへんだと思っていたのだ。

「何かとりもどせるかしら」イドレネはつづけた。「オルバスに長くとどまっていたら、とうぜんあの館は中身を剝ぎとられ、没収され、売られてしまうわよね」そこで顔をしかめ、「それからわたしはあの島に連れていかれて、そういえばわたしは海の景色が好きだったわねと考えながら、堀のような海をながめて、独房の中を歩きまわって、三週間がすぎたというわけよ。そのあいだ、誰も、何も、話してくれなかったわ。さあ、その欠落を埋めてちょうだい」

ボシャはまっすぐ背中をのばしているが、もし馬のように耳を動かすことができるなら、きっとふたりのほうに傾けているにちがいない。彼はとてもよい記憶力をもっていると、タナルは自慢していたけれども。

アデリスの逮捕から三人でオルバスにたどりつくまでのいきさつを、タナルに打ち明けたよりもはるかにくわしく語った。だがそれは、考えていたよりもぐだぐだになってしまった。母がしじゅうややこしい質問を発するため、筋道がたどれなくなるのだ。ニキスは、自分の口から出る名前もまた〝アデリス〟だけではなくなっていることに気づき、タナルに共感を抱きはじめた。意外きわまりないペンリックの力が明らかになったソシエでの幕間劇については、あっさりと流してすませた。もうひとりの魔術師との超常的な戦いのすえに彼が負った恐ろしい傷については、事細かに語った。彼の魔法によって丘陵地帯の半分に引き起こされた土砂崩れがどれほど恐ろしかったかは、もう少し簡単に片づけた。

「まあ、お気の毒に。セドニアにきてなんという目にあっているの！」というのがイドレネの感想だった。「最初に頭を割られて、それから壺牢に放りこまれて、そしてこれだなんて!」

「彼は自分で治療してしまうのよ」とニキス。「ありがたいことだわ。というか、彼の魔が治療するのね。彼のことをほんとうに大切にしているの」

デズデモーナのことを説明しようとしじゅう話をもどしてしまうのが、ぐだぐだの大きな原因でもあるのだが、混沌の魔にはそれもふさわしいかもしれない。

右手に見える海が光を反射させてくれるおかげで、暮れなずむ黄昏の中でも街道がはっきり見える。やがてボシャが目立たない場所に馬車をひきいれた。馬の世話をすませて御者台にもどり、逆向きに腰をおろす。ニキスは籠の食べ物と飲み物を配った。イドレネが礼儀正しく、レディ・タナルとレディ・ザーレはお元気かしらとたずね、ボシャもまた礼儀正しく、はい、お元気でございますと答える。まるで優雅な晩餐の席についているかのようだ。

「いつかお目にかかればいいのだけれど」イドレネがため息をついた。

「お母さまはきっとレディ・タナルが気に入るわよ」ニキスは言った。「タナルのほうもお母さまのことを好きになるわ。オルバスについたら手紙を書いて、無事に到着したことを知らせなくてはね」

ボシャがすっと背筋をのばした。

「マダム・カタイ! どうかそれはご遠慮願います! いままでだけでも充分に危険なのでございますよ。不快な求婚者は追いはらうことができます。ご夫君を亡くされてまもなくわたくしを雇ってくださったころ、レディ・ザーレのために同じ役割を果たしたこともございます。

ですが、帝国政府はわたくしの手にあまります」

ニキスはいまの言葉の中に巧妙に隠された意味を汲みとり、口にふくんだ干し杏《あんず》をゆっくりとのみこんだ。

「レディ・ザーレはとてもお金持ちだから、もちろん護衛を雇うことができるわよね？」

それとも、ボシャがその雇われた護衛なのだろうか。

〈ちがう……〉

もちろん彼が充分な報酬をもらっていないわけはないだろうが、だがあのような忠誠は金で買えるものではない。もっと本質的なものだ。

ボシャはいささか気まずそうに身体の力を抜いた。

「ですが、それはより大きな危険を招きます。男はできるなら金持ちと結婚したいとあがきます。それがかなわないときは、結婚ほど好ましくない方法でそれを手に入れようと試みます。そして反逆罪は、捏造《ねつぞう》されたものであろうと、告発された男もしくは女から、財産を剝ぎとる格好の名目となるのです」

「わたしの息子がつい最近知ったように、だわね」イドレネが重々しく同意した。「あの子は将軍だったのに」

「わたくしも以前は、その地位にあれば危険はないだろうと考えておりました」ボシャはつづけた。「したがって、レディ・タナルも安全だと。ですが、パトスの事件はそれが間違いであることを証明いたしました。一通の偽手紙を根拠として、将軍が目をつぶされたのですから」

「ペンリック学師も、そのことに関してはほんとうに申し訳なかったと言っているわ」ニキスは言葉をはさんだ。

母には成り行き上、ペンリックがアドリアからきたことはすでに話してあるし、したがってボシャの耳にもはいっている。もしかすると、彼にはそんな説明などまったく必要なかったのかもしれないが。

「ペンがもってきたアドリアからの返信はほんとに誠意にあふれたものだったのよ。でも彼がこの国に足をおろして半時間とたたないうちに、アデリスの敵がとりあげてしまったの。ずっと間諜に見張られていたんだろうって言っていたわ」

「間違いありませんね」とボシャ。「今回の事件はほとんどすべてをひっくり返しましたが、ご両家から没収された大量の書類によって、さらに致命的な何かがでっちあげられるかもしれません。ササロンの尚書院に勤めていたときのわたくしなら、たった六行の文章があるだけでやりおおせてみせましたよ」そして、パンとチーズをかじる。

ニキスの眉が吊りあがった。

「あなたが帝国官僚だったなんて聞いてないわ」

彼は肩をすくめた。

「ほぼ八年間でした。べつに秘密でもなんでもありません。さきの皇帝の治世における職歴ですので、皇帝の治世とともに終焉を迎えました」

「同じくらい暴力的に？」深い関心をもってイドレネがたずねる。

「父が、敗北した王位請求者に一族の運命をかけていましたので。それがなければ、わたくしも嵐をやりすごすことができたかもしれません」と顔をしかめ、「もくしは、敵方の兵士がやってきたとき邸に連れもどされていなければ。ひどい一日でした。わたくしは生命からがらやっとのことで逃げだしました」大麦湯を飲んで、「おかげですっかり野心も消えました」

イドレネは造作なく彼の語らなかった恐怖を読みとっているようだ。ニキスは頭の中で計算した。

「それでレディ・ザーレのお館に勤めるようになったの？」

「直接そうなったわけではございませんが。わたくしは崩壊する邸から逃げだし――」

つまりは〝虐殺から〟ということだろう。

「――ザーレ館の庭に隠れてその夜をすごしたのです。それはじつはレディ・タナルのツリーハウスだったのですが、ふつうの子供が考えるようなツリーハウスとはまるで異なっていました。わたくしは、すべての家具が小さく見えるのは自分が錯乱しているからだろうと思っていました。事実、そのあとで錯乱状態に陥ったのですが」

彼は熱心に耳を傾けているふたりに目をむけ、さらなる詳細を打ち明けた。

「翌日、レディ・タナルがわたくしを見つけました。わたくしは隠してほしいと懇願しました。ゲームのようにもちかければいいとぼんやり考えていただけなのですが、レディ・タナルはひどく熱中し、むしろわたくしのほうが……どうすればいいかわからなくなってしまいました。レディ・タナルはこっそりと、食べ物や飲み物、それに包帯をもってきてくださいました」そして引き攣りの残るくちびるの左端に触れ、「わたくしのお医師は六歳で、それまでに縫ったことがあるものといえばドレスの裾だけでした。それでも最善を尽くしてくれました。懸命に意識を集中してかがみこんでくるあの愛らしいお顔を、わたくしはいまでも思い浮かべることができます。くり返しくり返し、針を突き刺しながら」いかにも楽しそうだった顔が渋面に変わる。「わたくしの血で手首まで染めて。それを思いだすと心が乱れます。あのときのわたくしは、さまざまな思いでいっぱいでしたけれども。

じつを申せば、わたくしがレディ・タナルに最初にお教えしたのはそれ、皮膚の縫合です。驚くほどのみこみのはやい生徒でした。ある意味、それでわたくしたちの未来の関係が定まったともいえるでしょう。以後二度と、わたくしは自分自身のあるじとなることはありませんでした」そして彼は顔をあげ、ぎこちない笑みを浮かべた。「これがわたくしの、正真正銘唯一の戦いの、完全な物語です」

賭けてもいいが、そんなはずはない。唯一でも、完全でもあるはずがない。もちろん、もっとも重要なものではあるだろうが。

「そしていま、わたくしは亡き将軍の奥方さまとお話ししております。奥方さまもまたあの時代を生きてこられました。それ以上に凄惨《せいさん》なものをごらんになっておいででしょう」

「そんなことはないわ」イドレネが考え深げな視線を彼にむける。「ただ数が多いだけね」

彼はためらい、微妙な感謝をこめて首を傾けた。

「どうやってそのツリーハウスを出たの?」ニキスは我慢できなくなってたずねた。

「ああ、もちろんゲームは長くつづきませんでした。二週間後、わたくしの熱があまりにもひどくなったため、レディ・タナルは怖くなって助けを求めました。助けを求めた相手がお母上だったのは、わたくしにとって運がよかったといえるでしょう。もし召使だったら、軍にひきわたされるか、街路に放りだされていたはずです。レディ・ザーレはべつの道を選び、回復するまでわたくしを保護してくださいました。わたくしはそこで自分を役立てる道を知り、お館にとどまったのです」

そしてそのまま、十四年後のいまもとどまっているというのだろうか。

「レディ・ザーレは危険を冒したわけね」イドレネが言った。

批判ではなく、事実そのものを述べる口調だ。ボシャが両手をひろげた。

「時が流れ、都もおちつきました。わたくしのことなどすぐに忘れ去られました。それほど大きな貴族ではございませんでしたし、新たな脅威になるような兄も生き残ってはおりませんでした。また、わたくしにも一族を興すことはできません」

帝国が高位の宮廷官僚に宦官を好む理由のひとつにそれがある。子がなければ、子の出世を帝国への義務より優先させることもない。にもかかわらず、貴族たちによる出世合戦はなおもつづいている。継承にかかわりのない息子を去勢してそうした役職につけ、のちに兄や甥の後押しをさせようというのだ。ボシャもかつてそうした計画のために利用された五男坊だったのだろうか。もしそうだとしたら、なんと恐ろしい結果になってしまったのだろう。

「父はそれからのちもしばらく生きていました。わたくしはそれを嬉しく思いました」ゆがんだくちびるが引き攣り、毒を塗った刃のように鋭い微笑をつくる。「生き残った息子がわたしひとりだということを、たっぷり思い知ってもらえたのですから」

そして彼は馬車をおり、つぎの行程のために馬の用意をしにいった。

またひとつ、けっしてたずねることのできない問いが浮かんだ。ボシャはみずから、官僚の職を望んだのか。それとも、相続争いに加わる息子が多すぎるからと一族によって圧力をかけられ、もしくは無理やり、そんな状況に追いこまれたのだろうか。それもまたときおり起こることであるが。

〈いいえ、それをたずねる必要はないわ〉彼の物語について熟考し、ニキスは結論した。

ふたたび街道を進みはじめた。頭上では星がまたたいているが、地上は濃い影におおわれているため、歩くほどの速度しか出せない。もっとも元気のよい馬でさえひるむことがあり、そういうときはボシャが、ぴくぴくと動くにこ毛に包まれた耳にささやきかけてなだめながら、馬をひいていく。明るい陽光のもとではつらい思いをする彼のことだ、せめてそれに見あう暗視力が備わっていればいいのだけれど。

少なくとも、リムノスからは着実に遠ざかっている。だがこの進行方向を正しいといっていいかどうか、ニキスにはためらいがある。オルバスにもどるには、船でまず北にむかい、セドニア半島をぐるりとまわって南にくだらなくてはならないのだ。ペンリックをおいて出港しなくてはならなくなったとき、どの船に乗ったか伝言を残す安全な方法はあるだろうか。

そもそも彼は無事だろうか。最初に忌むべき壺牢に放りこまれたときのように、自信過剰に陥って過ちを犯してはいないだろうか。彼は驚異的な力をもってはいるが、それは万能というわけではなく、不意打ちされたり数で圧倒されたりすればどうしようもなくなる。ニキスの心の目は、起こり得る望ましくない場面をつぎつぎと鮮やかに描きだしていく。それは回を重ねるにつれてますます恐ろしく、おぞましくなっていく。そんなことはあり得ないと、きっぱり自分に言い聞かせる。ペンリックが岩にあたって砕け散るとか、海で溺れ死ぬとか、獣のような兵に殴られて血があふれこぼれ、あの青い目が濁った赤に染まるなんて、そんなことは絶対にない。彼には技がある。策がある。デズデモーナがいる。

あの鮮やかな金髪の頭脳がどれほど貴重か、知っている人間はほんとうに少ない。それが問題なのだ。ほんとうにかけがえのないものなのに。自分が何を破壊しているのかまったく気づいていない無知なごろつきによって、彼が殺されてしまうなんて。考えただけですさまじい不快感がこみあげてくる。

想像力に、灌漑《かんがい》用水門のような遮断レヴァがついていればいいのに。悪夢の庭には水撒きの必要などないのだから。

闇が急速に冷えていく。ニキスは母に身を寄せた。母もまた同じように疲れきった身体をもたせかけてくる。ただ暖をとるためではない。馬はとぼとぼと歩みつづける。自分はもしかすると、ひとつの金貨を得るためにべつの金貨を失ってしまったのではないだろうか。

13

鍵のまわる音を耳にするよりはやく、デスが廊下に立つ女たちの気配を感じとった。ペンはすばやく寝台の上で壁にむかって身体を丸め、ドレープを頭に巻きつけ、運命に深く絶望している囚人を装った。考えてみると、ペンとニキスが最初にはいってきたとき、イドレネもこういう格好をしていた。

呪をかける必要はないはずだ。一度に三人というのがたいへんであることはもちろん、人間に呪をかけるときの問題は——獣の場合とは異なり——呪が解けたあとに記憶が残ることだ。

「マダム・ガルディキ？」

信士の声はさほど厳しくもない。あとのふたりはうんざりしながらも、警戒を怠らずにいる。

「夕食をおもちしました」

イドレネの声はやわらかなアルトだった。ペンはバリトンの声を高め、枕に顔を押しつけた。

「テーブルにおいてください。あとでいただきます」そして計算した間をおいて、「ありがとうございます」

せわしなく音をたてながら、三人は前のトレイを片づけて新しいものをおき、水差しの中身を注ぎ足し、洗面用の水を取り替え、片隅の椅子の下に慎み深く隠された室内便器を交換した。

そしてそろって出口にもどる。信士がためらいがちな声をかけた。

「今夜はほかにご用はございませんか、マダム」

ペンは枕に顔を押しつけたまま首をふった。

「姫神の祝福がありますように」信士は告げて、無言の従者とともに姿を消した。

〈ああ、まさしく姫神の祝福を！〉

ふたたび鍵のまわる音が聞こえた。この危険な仮面劇において、もっとも期待された一瞬だ。これでイドレネとニキスに半日の猶予が与えられた。看守は夜明けまでもどってこない。変則的な見まわりがあればべつだが。その場合はデスが鍵を錆びつかせて時間を稼げばいい。そしてペンは……いや、駄目だ。それでは彼が扉の間違った側に閉じこめられることになってしまう。寝台の下に隠れても無駄だ。いのいちばんにさがされるのがそこだ。この部屋にはないものの、戸棚や櫃の中と同じようなものだ。

分厚い壁の窓に近づいて外をながめた。沈みかけの夕日を受けて、金色の帆が何隻かグーザの港にむかっていそいでいる。あのどれかにニキスも乗っているのだろうか。それとももうすでに陸にあがっただろうか。あまりにも遠い船は点のように小さく、乗っている人影を見わけることはできない。

窓のこちら側に鎧戸がついていて、閉めれば風をさえぎることができる。冬には羊皮紙かガラスがとりつけられるのだろう。さもなければ、この部屋は恐ろしく住み心地が悪くなる。窓そのものは、幅は狭いがかなりの高さがあり、正面からでは肩がつかえるものの、横向きになれば容易にすり抜けることができる。ペンはざらざらした敷居に寝そべり、首をつきだして外を調べてみた。

広大な空間がひろがって、暗くなりつつある青い海峡のむこうまでがながめられる。眼下は目もくらむような石の絶壁で、はるか下方には、白いレースの波を浴びた岩が首飾りのように点々としている。山登りが得意であろうとなかろうと、恐怖と畏怖《いふ》にうたれる光景だ。かすかな疵《きず》のように見えるのは、岩に刻まれた悔悛の階段の下半分だろう。上半分でもここからは六十フィートほどの距離がある。ペンは身ぶるいして下を諦め、べつの方角を調べることにした。

左右には、この階層の残り十四部屋分の窓の切れこみがあるばかりだ。脱出を誘う窓台も、手がかりとなるでっぱりもない。ひそかに安堵しつつ首をひねり、二十フィート上方に張りだしたバルコニーの支柱と小梁を調べる。ひっかけ鉤と自殺願望をもった人間なら、あれを使って何かしようとするかもしれない。だが彼はそのどちらももちあわせてはいない。

となると、脱出するには廊下を抜けていくしかないわけだ。崖の階段は左手のどこかで建物の高さまでのぼっている。そして、厳重に見張られ、いま現在は吊りあげられている跳ね橋とはべつの入口に通じているはずだ。そうした裏口にも夜間は間違いなく鍵と閂がかかっているだろうが、内側からあけるならば魔法を使わなくとも楽勝だ。

裏口を使ったあとは、月のない夜に二千の階段をおりることになる。デスの暗視能力がこれほどありがたく思えたことはない。少なくともこの時間なら、曲がり角でべつの参詣人とぶつかって乗り越えなくてはならない羽目に陥ることはないだろう。

はっきりとした計画が立てられたことで気をよくし、ペンは手を洗い、腰をおろして、マダム・ガルディキの夕食をたいらげた。神学校の学生食堂で出された食事よりも上等だ。おそらく、教団のご婦人方もどこかで一堂に会し、同じものを食べているのだろう。もう少し量があればよかったのだけれど。皿がからっぽになったあとで部屋じゅうをさがしたが、アーモンドのはいった小さな袋が見つかっただけだった。それをデザートとして丁寧に嚙み砕いた。

館内にはまだ多くの女が歩きまわっているだろうから、脱出するのは危険だ。袋から自分の服をとりだし、ありがたく着替えた。マダム・ガルディキのヘアブラシを使ってまだ黒い髪を梳かし、いつもの三つ編みに結いなおす。それから彼女のわずかな所持品を集めて袋に詰めた。あとで返す機会があるかもしれない。脱出にさいして暗い廊下で誰かと会ったときにシルエットで怪しまれないよう、チュニックとズボンの上にもう一度ドレスを着た。

あとに残ったのはショールだけだ。窓に目をむけた。この布のいちばんの使い途は、窓から投げて下の岩場で見つけさせることではないか。脱獄者をさがすのか、それとも潮流に流された自殺者の死体をさがせばいいのかと、看守も迷うだろう。独房の扉に鍵がかかっていたら、ふつうはそう考える。誤った手がかりを与える方法としてはよいかもしれない。

ペンは満足し、夜明けすぎまで寝過ごさないようコップの水を二杯飲み、体力を回復させるべく寝台に横になって仮眠をとった。

誰かが呼んでいる。

〈きな……い……お……さい……おき……なさい！〉

〈デス……？〉

どっしりとした手が肩をつかんでいる。ペンは凍りつき、心の中で懸命にもがいた。何かしなくては。行動を。魔法でもいい。その両方でも。

〈やっと起きたわね！〉デスがさけんでいる。

それから不安そうな男の声がささやいた。

「母上……？」

〈……おやおや〉とデス。〈あらまあ〉

聞きおぼえのない声だった。もちろんアデリスではない。ペンはいそいでかき集めた混沌をゆっくり放出した。ため息をつく。そして壁にむかって言った。

「ということは、あなたはイコス・ロドア殿ですね」

闇の中に黒く浮きあがる人影が、息をのんであとずさる。窓からはいるかすかな星明かりとぼんやりした海の光だけでは、影と実体を区別するのは困難だが、長い一日の作業をしたあとにふさわしい乾いた汗のにおいが嗅ぎわけられるようだ。

〈デス、明かりをください〉

瞬時にしてモノトーンながら鮮明な暗視能力が宿り、肩幅のひろいたくましい男の姿をあらわした。いかにもセドニア人らしい黒髪。丸っこい顔は、当惑にこわばっていなければ好感がもてそうだ。男はベルトナイフを引き抜いたが、すぐさま攻撃をしかけてはこなかった。おそらく闇の中でどっちが頭か足か判別できないのだろう。

それを教えたからといってどうなるともわからないまま、ペンは口をひらいた。

「わたしは敵ではありません。大きな声を出さないでください」

そして洗面台の蠟燭二本に火をつけた。とつぜん燃えあがった黄色い炎が、闇に慣れた目に突き刺さる。ふたりはまばたきをして目蓋をこすった。ナイフの刃が揺れてきらめく。

どうしてペンが出会うセドニア人は、誰もかれも、まず彼を刺そうとするのだろう。ゆっくりと身体をころがして起きあがり、両手をひらいて静かに掲げたまま、寝台の端にすわった。

「母上ではないのか！」

ペンは効率を優先して、辛辣な返答を控えた。

「マダム・ガルディキはすでに脱出なさいました。あなたの骨折りは立派ですが、少しばかり遅すぎたようです」

待て。扉は……扉にはいまも鍵がかかっている。衝撃が走り、ようやく脳髄《のうずい》から起き抜けの霧が吹き飛んだ。彼は鋭い声でたずねた。

「五柱の神々にかけて、どうやってここにはいってきたのですか」

男が無言で窓を指さす。

ペンは立ちあがって窓に近づき、外をのぞいた。そこにはワイヤロープと滑車と、だらりと輪になった鞍用腹帯らしき——たぶんそうなのだろう——帆布二本からなる、なんとも形容しがたい物体がぶらさがっていた。四本の長いロープをさらに上までたどると、バルコニーの小梁にひっかけてあるようだ。またもやぞっとするだけだろうから、下を見るのはやめておいた。

「ああ」いくぶん不明瞭な声が出た。「そうか。あなたは橋梁建設技師でしたね」

そして部屋の中にもどった。

「庶子神の地獄にかけて、あんたはいったい誰なんだ」イコスがたずねた。

〈わたしはそこからきたんですけれどね〉ペンと同じくらいの熱意と当惑をこめて、デスがつぶやく。

「わたしはペンリックといって……母上を助けようとするニキスに手を貸しています」

ペンの推測が間違っていなければ、馴染みのある異父妹の名を聞いて黒い目がまたたいたようだ。

「なぜだ」

単純な答えは以前も効果をもたらしたし、真実であるという強みもある。

「わたしはニキスに好意を抱いていますので」

「おお」イコスはナイフを鞘《さや》におさめ、大きな手でモップのような短髪をかきまわした。「やっとそんな男が出てきてくれたか」そして目を細くして、「あんた、いま何が起こっているか知っているのか。おれは数週間前に母の家に寄ったんだが、近所の人に、母は逮捕された、アリセイディア将軍はパトスで盲《めしい》にされたと教えられた。将軍がすでに目をつぶされているのなら、なぜ母が連れていかれたんだ。とにかくおれは母のあとを追ってここまできた。脱出方法を考案するのに一週間かかった」

期待に満ちた視線を受けて、ペンは答えた。

「アデリスの視力は回復しています。そして、ニキスといっしょにオルバスに亡命しました」

「そうか！　そいつは奇跡だ。だがそれで説明がつく。ササロン宮廷の愚か者どもは、これで確実に敵をつくったわけだな」そして短くうなずいた。

この男はなんとすばやく、この複雑にからみあった物語を政治的不和と結びつけるのだろう。ペンは感嘆し、それから気づいた。イコスはセドニアで生まれ、セドニアで育ったのだ。

イコスが顔をしかめてあたりを見まわした。

「それは水か」

そしてつかつかと洗面台に歩み寄り、水差しに直接口をつけてたっぷりと飲んだ。それから動きをとめ、当惑をこめて蠟燭を見つめた。

ペンはいそいで彼の注意をそらした。

「マダム・ガルディキを連れだしたとして」――木材を吊りあげるような、あの恐ろしげなからくり仕掛けで彼女を運ぶつもりだったのだろうか――「そのあとどうするつもりだったのですか」

「邸にはもどせない。いずれやつらがさがしにくるからな。おれの仕事場に隠しても同じだ。誰かトリゴニエの友人のもとに送ろうと考えていた。二年前にあそこで橋をつくったんだ」

いいだろう、確かに筋は通っている。ただし、リムノスのバルコニーにぶらさがってからトリゴニエ公国の誰かを驚かすまでのあいだにちょっとした空白がある。現実感が稀薄な点ではペンの計画と大差ない。ふたりの計画はどちらもそれなりに妥当だが、それが正面衝突してしまったいま……

問題がひとつある。いや、ふたつだ。

イコスもまた明らかにそれに気づいている。彼は両のこぶしを腰にあて、上から下までじろじろとペンをながめた。

「つまり、義理の兄弟ってわけだな」

ペンもまた心の中で同じ言葉をイコスにあてはめてみたが、なんの実感もわかず混乱に襲われただけだった。

「ニキスが承諾してくれたらですが」

「となると、あんたをここに残していったら、ニキスはかんかんに腹を立てるだろうな。お袋にも文句を言われるに決まっている」

そして彼は、昔からよくあるいかにも〝女に虐待される男〟らしいため息をついた。もちろん本気ではない。誰に頼まれたわけでもなく、これだけの手間をかけて、ここまでやってくるほどなのだから。

ドレスは一枚しかないが、いずれにせよ、ペンリックより背が低くたくましいイコスに着られるとは思えない。結局はペンが暗視能力を使って案内に立ち、できるだけすばやく、かつ静かに、ふたりで館内を抜けていくしかないだろう。住人に出会うかどうかは運しだいだ。もしかしたらイコスが、階段に通じる裏門の場所を知っているかもしれない。

「いっしょに脱出したほうがよさそうですね」ペンは言った。

「そうだな」イコスがいかにも不本意そうにうなずく。

ペンは扉にむかい、イコスは窓にむかった。

そしてふたりともに足をとめた。

「どこに行くんだ」イコスがたずねて海のほうを指さした。「脱出するならこっちだろう」

「つまり……ふたりであなたの、その、からくりを使うということですか」

〈わたしは絶対あんなものには乗りませんからね！〉デスが悲鳴をあげている。

ペンは思わずひるんだ。

「当然だろう。おれは母をあれに乗せるつもりだったんだ。母とおれの体重をあわせて二倍にしてもまったく危険はない。ちゃんとためしてある」髭ののびかけたあごをこすり、「何が問題なんだ。もしかして、あんた、高いところが怖いのか」

「わたしはまあ平気ですが」ペンが答えるあいだもデスは、〈いやよ、いやよ、いやよ！〉とつぶやきつづけている。「ですが、ずいぶん高さがありそうですね」

人が死ぬとき、人生のすべてが走馬灯のように目の前をよぎっていくという話はほんとうだろうか。あれだけの高度となると、落ちていくあいだに彼とデス十三人分の人生を充分見ることができるかもしれない。

イコスが肩をすくめた。

「おれが考えるに、確かに一度落ちたら生命はない。だけど二度めはないんだから気にすることもないさ」

「じつに筋の通ったご意見です」

〈とんでもない、正気の沙汰じゃないわよ！〉

ペンはもう一度からくり仕掛けを見にいき、星の位置で時間を測った。二本の腹帯は、高所で作業をする甲板長の椅子《ボースンズ・チェア》のようなものを意図しているのだろう。いくつもの滑車は非常に複雑な形でつながっていて、訓練を受けていない彼の目では即座には理解できない。それでも、独創的な装置であることは間違いない。

デスは彼のあからさまな好奇心に、殺意に近いものを放射している。

ペンは水平線に視線をむけて見知った星座をさがし、鋭く息をのんだ。東の星が鋼色の夜明けの中に溶けていこうとしているではないか。

「思っていたよりずいぶん時間がたっています」室内をふり返って言った。

イコスが片手を前後にふった。

「階段はだいたい予想どおりだったが、バルコニーの下を進むのに、計画していた以上の時間がかかったんだ。だが慣れた分だけ、もどりははやくなるだろう」そこでためらって、「荷重が増える分、遅くなるが」

「わたしのやり方でいったほうがいいと思うのですが」

「どんなやり方だ」

「こっそりと抜けだすんです」

イコスのくちびるが不信にゆがんだ。

「どうやってあの扉を抜けていくんだ」そこで言葉をとめ、「それをいうなら、そもそもどうやってここにはいったんだ」

「鍵にはくわしいんです」

「道具ベルトがあればおれもそうだ。だが少しでも軽くするためにおいてきてしまった」そしてペンリックにむかって目を細くして、「その扉のむこうに看守が六人も待機しておれを待ちかまえていないと、どうやったらわかる?」

「そんなものはいません。まだ、ですけれど。それに、もしこれがそうした類の罠なら、扉のこちら側に待機させておくとは思いませんか。そうしたらあなたはもうすでに鶏のように縛りあげられています」

彼は長いあいだ黙って考えこんだ。

「おれは自分のやり方のほうがいい」

三カ月かけて彼の妹ニキスを説得できないのだ。どうやって三分で本人を納得させられるというのだろう。ペンは歯の隙間から息を吸いこみ、両手をあげた。

「いいでしょう。あなたの方法でいきましょう。い、い、いますぐにです」

〈いやよ!〉デスがさけんだ。

ペンはかまわず部屋を横切り、ショールをひろいあげて窓の外に投げた。イコスは明らかに当惑している。改めて荷物について考えてみた。自殺したという設定に説得力をもたせるなら、個人的な品はもとのところに残していかなくてはならない。ペンは袋をとりあげて部屋じゅうをまわり、それぞれの品をもどしていった。そして最後に、袋とドレスをマットレスの下に押しこんだ。

「いいでしょう、準備ができ――」

鍵がかたかたと鳴った。ペンははっとふり返り、デスが異論を唱える間もなく錆びつかせた。

「時間がありません、行きましょう」指をくちびるにあててささやく。

扉をたたく音が響きはじめた。

イコスが身体を横にして窓を抜けていく。ペンリックはふり返った。扉のむこうではがっしりとした看守が大きな鉄の鍵をまわそうとしている。髪の毛一筋ほどの錆をその軸に走らせると、穴の中で鍵が折れた。ペンはにやりと笑った。扉ごしでくぐもってはいるが、そこで放たれた鋭い言葉は、どう考えても姫神教団の中でご婦人が口にするべきものではなかった。いや、どこででも口にすべきではないだろう。

折れた鍵が穴の中で詰まるよう、さらに腐敗を進める。この扉をあけるには、槌か鑿《のみ》、ドリルか鉄梃《かなてこ》が必要となる。もしくは斧だ。

イコスが窓辺を蹴って姿を消した。ペンも上半身をすり抜けた。イコスが片手をロープに巻きつけ――もしくはロープを片手に巻きつけ――身体を曲げて脚を片方の腹帯の輪に通している。そしてもぞもぞと腰を動かしてその上におさまり、背中と肩をまっすぐにのばすと、もう一方の手を支えの環と回り継手の上に通し、胸の前に固定させた。くるくる回転しながら蛇のように手を動かして二本めの吊りロープをつかみ、腹帯をペンのほうに寄せる。「同じようにすればいい」彼が小声で言った。「そしてじっとおとなしくして、あとはおれにまかせてくれ。あんたじゃ手伝えないし、おれは邪魔をされたくない」

彼の動きを真似ていると、デスが甲高い悲鳴をあげた。体重を受けた腹帯がペンの細い腰をぴったりと包む。両腕に吊りロープを巻きこみ、しっかりと握った。

魔に対してきつい口調を使うことはめったにないものの、今回は特別だ。

〈デス、もうここまできてしまったんです。おちついて、わたしがオーケーと言うまで混沌をしっかり抑えこんでいてください!〉

べそをかくような気配につづいて、彼の内側で不幸なボールが固く丸まった。なんとかしてなだめてやらないと数日は機嫌を損ねたままだろう。そして平常心にもどったら――複数の心が平常にもどったら、何か最高に都合のいい要求をつきつけてくるだろう。肉体をもたない存在に謝罪の贈り物をするのは、なかなかに工夫が必要なのだ。

それも、ここを生き延びられたらの話だ。そう……彼が生き延びられたら。

〈不細工な技師の中にはいらなくてはならないなんて、わたしはごめんですからね〉彼女がめそめそとつぶやく。〈海豚もいやです〉

〈彼はべつに不細工ではありませんよ。いくぶん背が低くて、強面《こわもて》ではありますけれど〉

眼下をながめて、はるか彼方の水の中ではしゃぐ海豚をさがすのはやめておく。

イコスが滑車にかけたロープの一本をたぐりよせはじめた。彼のみが理解しているバランスのとれたやり方だ。ひっぱるたびに腹帯ががくんと揺れるため、胃が気持ち悪くなりはじめた。それでもゆっくりと着実に、ふたりは上昇していった。

マダム・ガルディキの部屋の、上階の窓の前を通りすぎる。ペンは固唾をのんだが、窓から外をのぞいて日の出《サンライズ》をながめようと――もしくはのぼっていく男を見よう《マンライズ》と――する早起きの信士や祭司はいなかった。イコスはのぼりつづける。いざとなれば、ザーレ館のマスチフのように警告の悲鳴をとめることはできる。だがそれは正しいことではないだろう。たぶん姫神も同じようにおぼしめすのではないか。

少なくとも、とペンは自分を慰めた。マダム・ガルディキは、彼のおかげでこの試練を味わわずにすんだ。もしかしたら、面白がったかもしれないが。数分話をかわしただけでは、どちらとも判断できない。もちろん上の息子が一生懸命かつ巧みに仕事をこなすさまをながめるのは、彼女にとっても嬉しいだろう。だが絶対にこの危険な旅を好むはずはない。

むきが変わって海の景色がひろがった。細く赤い光の筋がセドニア本土の背後にあらわれ、鋼の灰色を浸食しはじめている。こんな場合でなければ、いつだって太陽の再訪は喜ばしい。だがいまは日食を願わずにいられない。ああ、だが残念なことに、新月はべつの場所にある。

垂直方向への移動はバルコニーの真下でがくんと停止し、イコスが三本のロープをかけた滑車で複雑なダンスをはじめた。後方の一本をゆるめて小梁からはずし、前方にのばしてひっかけるという作業を、幾度もくり返すのだ。じれったくなるほどのろのろと、ふたりは薄れゆく影の中を北へと移動していった。イコスはペンの上方で、荒い息をつき汗をしたたらせている。

これではまるで、のぼりくる太陽と競争する、ひどく心配性でひどく慎重な蛞蝓《なめくじ》のようだ。ペンは建物の端まで行くために必要な残りの時間と距離を測ろうとした。

朝食をもってきた看守は扉をあけるのにかなりの時間を要するだろう。まずは折れた鍵を引き抜こうとして時間を無駄にする。最初は非常事態と思わず、ただいらつくだけだ。それから錠をはずそうとしてさらに無益な時間を費やす。走りまわって必要な道具をさがし、道具担当の女も起こさなくてはならない。蝶番《ちょうつがい》は内側にあるから手を出せない。そうでなければ、ペンはそれも錆びつかせておくつもりだった。扉板は分厚いオーク材で、破るためには斧が必要だ。もしくは破壊槌だろうか。扉を破ってはじめて、囚人がいなくなっていることを――もしくは、自殺したことを知り、さけび声をあげる。材木を打ち壊す音が響きはじめたら、ペンとイコスにとって残された時間がごくわずかしかないという合図になる。

はるかな丘陵地帯のてっぺんに赤金色の筋があらわれた。それが三日月形に、つづいて球となって、目をむけられないほどまぶしい光がほとばしる。下界の斜面を彩る青い影の境界線が、夜のあいだにあふれた洪水がひいていくように後退していく。ときおり教団の分厚い壁の背後から穏やかな話し声が聞こえてくるが、くぐもっているため何を言っているかまではわからない。青い屋根のむこう、どこかの中庭で、いくつもの声が聖歌を合唱しはじめた。距離があるためか、不気味なこだまがかかっている。斧の音はまだ聞こえない。

イコスはペンのすぐ上で黙々と作業をつづけている。ペンリックは神官としての職務を思いだし、かつ無力なお荷物になりたくはないと、祈りはじめた。神々に捧げる朝の勤めとはいえ、このような状況なのだ。形式にこだわる必要などないだろう。そう、欠片だって。

ペンリックの中でデズデモーナがうめきをあげている。彼女の中で混沌が渦を巻いているのがわかる。嘔吐《おうと》を引き起こす激しい胃痛のように、その圧力が高まる。

〈わたしの魔は船酔いしている〉

彼女が形にならない無秩序を嘔吐して、一直線に落下する死から彼らを守ってくれている装具にぶちまけることだけは、何がなんでも阻止しなくてはならない。どこであろうとすぐ近くは困る。懸命になって手桶をさがす看護人のように、あたりを見まわした。

目にはいる範囲でなんとか使えそうなものといえば、朝風にのって上昇し、残飯を求めてバルコニーを巡回している三羽の鷗《かもめ》だけだ。教団の中に、餌を投げ、鷗がそれを空中で受けとめるさまをながめて楽しむご婦人がいるのかもしれない。白い腐肉漁りの鳥は海辺の害獣で、唯一彼らを受け入れたもう庶子神の支配下にあると考えられている。庶子神の害獣はいつでも生贄《いけにえ》として使うことが許される。

〈いいでしょう、デス〉ペンは少しばかりの怒りをこめて思考した。〈鷗を一羽、つぶしてもかまいません。一羽だけですよ〉

感謝と混沌がほとばしり、いままさに横断している頭上のバルコニーに舞いおりてきた一羽をとらえた。ぽんと大きな音をたてて鷗が爆発する。血と骨が塵となり、白い羽根がはためきながら降っていく。ペンはたじろいだ。

大量の混沌。デスの苦悶はほんとうに、ずいぶんひどいものだったようだ。

〈少しは気分がよくなりましたか〉

返ってきた反応は、もし声を出せるとしたらではあるが、たったいま船の手摺りから身をのりだして海に捧げ物をした友人から発せられるだろうような、敵意あふれる音だった。

イコスが狼狽を浮かべて板の隙間ごしに上を見あげた。だが頑丈な歯で嚙みしめたくちびるからは、いかなる声も漏れてはこない。

バルコニーへの出口があいたままだったのだろう、部屋の中から驚きのこもる女の声が聞こえた。

「いまのは何？」

それよりも遠い声がたずねる。

「ヘカト、こないのですか」

「すぐに追いつきます。さきに行ってくださいな」

扉の閉まる音。バルコニーの床板に足音が響き、ペンとイコスは凍りついた。

女がかがみこんで、飛んできた羽根を幾本かひろいあげる。祭司の青いチュニックとスカートが見える。女は指のあいだで羽根をまわしながら、頭上に目をむけた。そして下に。

ふたりも板の隙間から視線を返した。イコスが愛想のよい微笑を浮かべようとしているが、嬉々として相手の咽喉を掻き切ろうと構えている山賊にしか見えない。

中年の祭司。姫神教団にヘカトという名の女がいったい何人いるだろう。ペンの知るかぎり、何十人だ。ごくあたりまえの肌の色。だが勘違いでなければ、ほっそりとした輪郭《りんかく》に弟の面影がかすかにうかがえるのではないか。イコスのがっしりとした骨格が、よりやわらかな形でニキスに見られるのと同じように。デスがひどく取り乱しているいま、声帯の麻痺《まひ》という緻密な操作をおこなうのはためらわれる。女が口をあけて大声をあげようとする。ペンは余儀なくべつの方法を試みた。

くちびるを二度はじき、頭上にある茶色い目をしっかりとのぞきこんだまま、はっきりと口にしたのだ。

「スラコス」

ゆっくりと口が閉じた。そのいっぽうで視線が強い光を帯びる。

イコスがふり返り、完全に煙に巻かれたような顔でペンをにらみつけた。ペンは片手をあげて沈黙を請うた。

「スラがこのことと、どう関係しているというのです」彼女がささやき、常軌を逸した仕掛けとバルコニーの小梁にぶらさがったふたりの男を示す。

「すべてを説明しようとしたら一時間はかかります」もちろんそんな時間はない。「ですが約束します。秋になれば彼があなたの誕生日を祝いにくるはずです。そのときにすべてを話してくれるでしょう。そのころならもう危険はありませんから」

そうだ。誕生日の訪問はボシャ本人と知り合いでなければわかるはずのない私的な情報だ。それで彼女の信頼を買うに充分だろうか。

「なぜいまは危険なのですか」

少なくとも彼女の関心を、不敬な侵入者ではなく弟にむけることができた。

「ササロン宮廷の政治問題です」

目もとにくっと皺がよったのは、顔をしかめたのだろうか。

「まあ、なんということでしょう。またなのですか」強い嫌悪のこもった声だ。

「いまあなたがごらんになったことについて、誰にも何も言わなければ、彼にはなんの不都合も起こりません。そう、春の姫神だけはべつです。祈りを捧げてください。そうすれば女神が、わたしたちにかわってお話しくださるでしょう」

彼女の視線が怒りを帯びた。

「このことに関してあなたが、その、神々の意志を体現していると？　それをわたしに信じろというのですか」

ペンはもちろんそれが事実であることを知っている。少なくともニキスは訪いを受けている。だが神々を、もしくはこの祭司をためすのは賢明ではない。

「わたしからはなんとも。いずれスラが話してくれるでしょう」

彼女はすとんと腰をおろし、手の中の羽根をいじりながらつぶやいた。

「では、スラから聞きます」

これで大丈夫だ。ペンはイコスに作業をつづけるよう合図を送った。

イコスのすさまじい視線は、あとで問い質されるのが〝スラとは誰か〟という問題だけではないことを示している。それでも彼は滑車とフックの作業にもどり、ふたりはふたたびよたよたと前進しはじめた。

ヘカト祭司がつぎのバルコニー――ありがたいことにそれが最後のひとつだ――の側により、前進するふたりをのぞきこんだ。

「そんな突拍子もないものは見たことがありません。いったい何をするものなのですか」

「いまは、ふたりの男を可能なかぎり迅速に、いるべきではない場所から移動させるためのものです。心からのお詫びをこめて、保証いたします」

「あの鷗はごらんになりました？」

「どの鷗ですか」ペンはいかにも無邪気そうにまばたきをした。

彼女が歯の隙間から息を吸い、刺すような視線でにらみつけてきた。なくなった菓子の行方を問いつめるジュラルド城の料理人の厳しい顔が思いだされた。まんまと告白をひきだされたあと、耳をぴしゃりと殴られて、それでもたいてい出ていくときにはまたべつの菓子をもらったものだ。

「それもスラが説明してくれるのですか」

「もう一度彼に会う機会があれば、必ず伝えておきます」ペンは約束した。

ふたりが移動して視界から消えても、彼女はなおもあぐらをかいてすわったまま、手の中の羽根をもてあそんでいた。

バルコニーの端まできてようやく、イコスがどうやって階段までおりるつもりなのか、その計画がわかった。それはペンが考えていたよりもはるかに恐ろしいやり方だった。ペンをぶらさげているロープをのばし、二十フィートかそれ以上も振り子のように揺すって、階段がカーヴして巡礼の門から死角になっている場所におろそうというのだ。

「危険はまったくない」橋梁建設技師が小声で断言した。「ただ、しっかり立てるまで腹帯から出るんじゃないぞ。失敗したらやりなおせばいい」

三度めの試みでどうにか無事着地することができた。デズデモーナが泣きながらもう一羽鷗がほしいとわめいたが、断固としてはねつけた。

それにつづいて、手に汗握る幕間狂言がくりひろげられた。イコスがバルコニーの下で身体をひねりながらロープをいじり、邪悪なからくり仕掛けから四つのフックをはずす。ペンが腹帯を抜けだし、二重にしたロープを岩に打ちこんだ謎めいた目つきボルトにつなぐ。それをぴんと張ると、機械を背後に従えて、イコスがすべりおりてくる。さらにほどいて、はずして、すばやく腕にロープを巻きつけると、先端が小梁からはずれて落ちてきた。あとには何ひとつ残っていない。イコスはどうやったのか、固定具である目つきボルトも三つに分解して回収した。いまはもう正体のわからない四角い穴があいているばかりだ。この岩の表面には、ほかにもこうした穴があいているのだろうか。

つづいてイコスがすわりこみ、何ひとつ痕跡を残すことなくすべての道具をしっかりひとつの包みにまとめるのに、頭がおかしくなるほどの時間がかかった。きっと昨夜ひと晩かけてここまでやってきたときも、こうやってつくった荷物を抱えていたのだろう。ペンは何もかもをとりあげて海に投げこんでしまいたい衝動にかられた。だが、動転したデスのたてる不協和音を通して十二分の一の声を届けてきたルチアが、証拠は何も残すべきではないと賛意を示した。もちろん、イコスも同じ結論に到達しているのだ。

イコスが最後にもう一度ならんだバルコニーを見あげ、それからペンリックにむかって顔をしかめた。

「あんた、庶子神なみに口がうまいな」

〈まあ、じつにさまざまな点で〉「職業柄でしょう」

「それについても、あとでゆっくり聞かせてもらおうか」

「機会があればぜひ」

ペンは疲れ果てたイコスが昨夜の夕暮れから取り組んできたすべての作業について考えた。おそらく準備には何週間もかかっている。辛抱強い労働の果てに、それを見て喜んでくれるはずの母はいなかった。そしてペンは、足もとからはじまる二千の階段を見おろしてつぶやいた。

「その荷物、わたしが運びましょうか」

イコスは驚きをこめ、むっとしたように太い眉をあげた。

「そうだな」

階段をおりていくふたりの巡礼。べつに珍しいものでもないし（おそらく冗談の種にはされるだろうが）、遠くからでは細部まで見てとることもできない。ペンはまさしく贖罪をしている気分だった。彼が背負ったからくり装置は、主として丸めたロープなのだが、三十ポンドほどもあったのだ。イコスのさきに立って階段をおりはじめたそのとき、ようやく遠くの窓から斧をふるう音がかすかに聞こえてきた。

　切り立った岩で隠される前にもう一度ふり返ると、ヘカト祭司はまだ手摺りによりかかったままふたりをじっと見つめていた。ペンは胸の上で大きく神々の聖印を結び、別れのしるしに二度くちびるをはじいた。

　彼女がひたいに指をあてる挨拶を返してきた。一族の中で強烈な皮肉を好むのは、どうやらあの弟ひとりではないようだ。

14

アキラクシオが近づいたところで、マスター・ボシャがまた目立たない場所を見つけて馬車を隠し、そこでゆっくりと夜明けを待つことになった。睡眠をとるというよりも、おちつかないままうたた寝をすることしかできなかったが、それでもないよりはましだ。そして、ボシャは絶妙なタイミングを選んでいた。露を帯びたその時間、市城門の警備兵は、朝市に出す品や食料をもってやってくる大勢の田舎者を調べるのにおおわらわになるのだ。緊張の待ち時間が報われ、三人は群衆にまぎれて無事に市城門をくぐることができた。

警備兵はまだ中年女をくわしく調べようとしていない。ペンリックの計画どおりに運んでいるとしたら、リムノスではやっとイドレネの脱走が発見されたあたりだろう。

すべてが計画どおりに運ぶと考えるのは浅はかだ。

それでも最大値と最小値があるはずだ。朝食時に脱走が判明したら、まずは修道院内の捜索がおこなわれ、それから島全体が対象となる。いかなる警報も、彼女たちと同じく、水という障壁を越えなくてはならない。メサニ大臣の女看守はササロンのあるじに報告を送って指示をあおがなくてはならないが、囚人が見つかったという報告も同時に伝えたいがために、連絡を遅らせるのではないか。となると、追跡の手がアキラクシオまでやってくるのは数日後になるかもしれない。

ニキスとしては最小値を心配しなくてはならない。もしペンが昨夜のうちにつかまっていたら、軍の急使は彼女たちの数時間後にグーザの港に到着していた可能性がある。だがまだここまでは届いていない。でなければ、城門での検査態勢はまったく異なるものになっているだろう。もしペンが捕らえられたら……自分はペンのことを案じるべきだろうか、それともリムノスを案じたほうがいいのだろうか。それでも、魔術師だって空を飛んで窓から脱出することも、海峡を渡ることもできはしない。

鷗の鳴き声と海の匂いが、ここが港町であることを告げている。ニキスは首をのばしてあたりを観察した。ささやかなグーザよりも大きくにぎやかだが、パトスよりは小さいし、大ササロンの中心に密集していたマストの林やドックと倉庫の迷路とは比ぶべくもない。二基の桟橋は船から直接積荷のあげおろしができるほどの水深を備えている。いまも人夫や起重機が、繋留した四、五隻の船で騒々しく作業をしている。活気のある港だから税関役人が常駐している ものの、彼らが調べているのは主として密輸と脱税だ。それでも、逃亡者や犯罪者に関しては、帝国のものとこの地方のものと、両方のリストがそろっているだろう。

ニキスの見たところ、ボシャも彼女と変わらずアキラクシオにはあまりくわしくないようだが、それでも港に近い清潔そうな宿を見つけ、休息しつつ身を隠すことのできる部屋を確保してくれた。そして召使の役を演じたままふたりをエスコートし、荷物を運び、扉を閉めたところでようやく口をひらいた。

「馬車と馬を預ける場所をさがしてまいります。それから港を調べてきます。書類は用意してありますので、船が見つかったら書きこむだけで結構です」チュニックの懐から紙をとりだし、洗面台の上にひろげて、「船に乗るさいの名前とその背景を考えておいてください。わたくしがもどるまでけっして部屋を出ないよう。食事と飲み物は女中に運ばせます」

「ありがとう、マスター・ボシャ」イドレネが丁寧に礼を述べてその計画を受け入れた。

彼はうなずいて部屋を出ていった。

ニキスは窓に近づいて外をながめた。目にはいるのは町じゅうの家の屋根だ。そのほとんどは平らな屋上になっていて、乾きかけの洗濯物や香草の植木鉢など、実用的なもので埋まっている。それからさっきの紙をとりあげて調べてみた。すでに印章と署名がはいっている……レディ・ザーレの資産は一部海運業によるものだ。そう。となればこれもきっと、まったくの偽造というわけではないのだろう。もちろん、必要となればボシャだって偽造書類くらい簡単につくってしまうだろうけれども。

ニキスとイドレネはこの機会に身体を洗い、食事をし、指示がくだりしだいすぐさま退去できるようわずかな荷物を整理しなおした——ふたりとも軍の補給部隊による移動には慣れているのだ。昨夜の寝不足を補うための仮眠はあとでとれるだろう。

イドレネが興味深そうにペンの医療鞄を調べた。

「とてもよく考えて用意してあるわね。お医師だということ、ほんとうに信じられるわ」

「最後の誓約は捧げていないけれど。でもお母さま、それってのぞき見よ」

「ええ、そうよ」

そして彼女は鞄の底からペンの徽章をひっぱりだし、つくづくとながめた。以前のボシャのような皮肉はこもっていない。

「そして、ほんとうに神殿魔術師なのね。里居の魔術師ではなく。里居の魔術師は危険すぎるわ。神殿魔術師ならたぶん大丈夫。それであなた、あの人のことが好きなんですって?」

「彼のほうがわたしに好意をもっているって宣言したのよ。わたしは彼のことを好きだなんて言ってません」

ニキスは母の手から徽章を奪い返し、あるべき場所にもどした。

「あら、あなたは再婚したいんじゃなかったの? だからアデリスがパトスに呼んだんだと思っていたわ。候補となりそうな殿方に会うために。少なくとも、あなたたちはふたりともそう話していたでしょ」

「そうよ。でもアデリスが紹介してくれるお相手はみんな軍の将校なんですもの。わたしはもう二度と、あの道を旅するのはごめんよ」

「それ、アデリスには話したの?」

「いいえ……はっきりとは言ってないわ。がっかりさせたくなかったし。アデリスは本気でわたしのためを思ってくれていたから」

「パトスに行くこともできたしね」イドレネは面白がっている。

そして身軽く寝台の端に腰をおろし、誘うようにぽんぽんと自分の隣をたたいた。

ニキスは哀れっぽく肩をすくめ、勧めに応じた。

「わたし、そうは言ってないわよ」

「でも事実でしょう?」

「そうね」ニキスは認めた。「でも、アデリスが目をつぶされたときは、まったくべつの理由で、パトスに行っていてよかったと思ったわ」

「ええ……」イドレネのユーモアが物思いに変容した。「何もかもがほんとうにぞっとするほど恐ろしい。あなたがアデリスのそばにいてくれてよかったわ。あなたがいなければ、もっとずっとひどいことになっていたでしょうね。それで、あなたのペンリックは軍とはまったく関係がないのよね。ほんとうにあなたに求婚したの?」

「そうよ」

「そしてあなたはそれを受けなかったのよね。どうして? 性格に何か隠された欠点でもあるわけ?」

「べつに……隠しているわけじゃないけれど。いろいろと複雑なのよ。アドリア大公は彼を借りているだけで、ほんとうは彼、アドリア大神官の配下にあるの。彼がものすごくたいへんな思いをして神殿への誓約を調整しなおすか、わたしが彼についてアドリアに行くか、どちらかしかないのよ。わたし、アドリアへは行きたくないわ。彼はアドリア語を教えてくれると言っているけれど」

「ああそうね。もちろん彼はアドリア語を話すのよね。でも出身地ではないと言っていたわよね」

「ええ、連州のあまり知られていない山の町の生まれよ。でも教育を受けたのはウィールドなの。ウィールド語とアドリア語とセドニア語とダルサカ語とイブラ語とロクナル語が話せるわ。ほかに何があるのか、もうわたしにはぜんぜんわからないの。彼、有名な学者なのよ」

　イドレネは考えこみながらその情報を受け入れた。

「確かにわたしはいやというほど、ひとつの柱からつぎの柱へとひきずりまわされてきたわ。最初は父に従って、そのあとはあなたのお父さまに従ってね。軍隊は家庭としては好ましくないのよ。わたしがオルバスに行くことであなたがアドリアに去らなくてはならないのなら、そんな道は進みたくないわね」

「ペンリックはわたしが空に住むことを望んでいるのよ。鳥みたいに。あの人の話を聞いているとそうとしか思えないわ」

「独身男の考えそうなことね。いいわ、だったら話は簡単よ。あなたのためにオルバスにとどまってと言えばいいの。花嫁への贈り物として家がほしいって。それをかなえてくれないなら、かなえられないのなら、やさしくさよならを言うだけよ」

「お母さま！　わたしはあの人に自分を売ったりしないわよ！」

　母の声がわずかに冷たくなった。

「安売りするのも駄目よ。それに、この取り引きが気に入らないってことはつまり、そこにはそんなにこだわってないということよね、ちがう？」

「うう」

　イドレネとの会話はいつもこうなってしまう。そもそもこんな話をはじめなければよかった。

〈いいえ、そんなことはない〉

　もしかすると、もう二度と機会が得られなかったかもしれないのだから。

　イドレネが声を落とした。

「教えておくわ。昔フロリナが書斎に使っていた小部屋、あそこの西側の壁の漆喰の下に、彼女の宝石をいれた箱が隠してあるの。そういうものをさがすときはみんな、地下の貯蔵庫を掘り返すでしょ。あなたが再婚するときの持参金にするつもりだったのよ。もしわたしよりさきにあの邸にもどることがあったら、さがしてもっていきなさい。結婚してもしなくてもよ！」

「わかったわ、お母さま」まごつきながらニキスは答えた。

　そういえばフロリナは途方もなく高価な宝石をいくつかもっていた。貴族である実家から持参金としてもってきたものもあるし、地位と富が増すにつれて夫から贈られたものもある。少なく見積もっても、それなりの家を手に入れて、まだあまるくらいだ。

「つまりあなたには財産があるのよ。くだらない男との結婚ほどくだらないものはないわ。わたしだったら、あなたの魔術師にそれをとってきてもらうわね。与えられた試練をこなしてお姫さまを勝ちとる物語の英雄みたいに」

「べつにわたしの魔術師ってわけじゃ――それに、セドニアへの生命をかけた三度めの旅なんてさせたくないわ！」

彼女は憤然とにらみつけたが、それも母の微笑を誘いだしただけだった。

「つまり、アドリアには行きたくない。でもペンリック学師は、宝石よりも、新しい家よりも大切だということね。ではそこからはじめましょうか。ほかにも何かあるの？」

ニキスはため息をついた。しかたなくつぎの言葉を綴る。

「ただ彼と結婚するだけじゃないのよ。デズデモーナとも結婚することになるの。彼女はいつもペンの頭の中にいる。妻よりも身近で、わたしに想像できる何よりも彼と親しいの」

イドレネは肩をすくめた。

「これまでだって数えきれないほどの女が、べつの女と夫をわかちあうことを学んできたわよ。もちろん、そのほとんどは混沌の魔ではありませんでしたけれどね。とてもうまくいったこともあるし、とんでもない事態を引き起こしたこともあるわね。でもだいたいは、その中間のどこかでおちつくものよ。ありがたいことに、わたしの場合はうまくいったほうね」

「お父さまのところに行くとき、どうやって決心したの？」

「長い率直な話し合いを何度もしたわ」

「そしてお父さまが説得なさったの？」

「五柱の神々にかけて、とんでもない。わたしは将軍となんか話していませんよ！　そんなことをしたって息が無駄になるだけで、なんの意味もないじゃないの。わたしが話しあったのは、フロリナよ」そこで手をふり、「フロリナはほんとうに聡明で経験豊かな人だったから」ニキスの目をとらえ、「そして……あなたはこの魔を、ひとりの、もしくは何人かの人間、女だと考えているのよね。つまり、話ができるの？」

「ええ、これまでだって話をしたことはあるわ。でも彼女が話すにはペンリックの口を使わなくてはならないの。彼の許可を得て。だからふたりきりで話すことはできないのよ。ペンはいつも彼女といっしょで、彼女はいつもペンといっしょなんだから。つまり、寝台でもわたしたちといっしょということだわ」

「あらまあ、そうなの。そこまで介入されたくはないわね」ありがたいことにイドレネはそれ以上その問題をつきつめようとはしなかったが、そのまま陽気に言葉をつづけた。「でも、あなたの子の競争相手となるような子供を産むことはないのよね。そこはよかったじゃないの」

ニキスは歯を食いしばった。

だが母の言葉は彼女の心にしっかりと根をおろした。魔に関することで悩んでいるならば、その魔と話をするべきではないのか。もちろん、三人の、もしくは十四人の会議になるだろうけれども。

〈でも不可能ではない〉

そして彼女はこれまで何度も、ペンリックが不可能を打ち砕くのを見てきた。

〈わたしは女神とも話したのよ。それに比べたら、魔と話すなんてどうということはない〉

それは、奇妙なことばかりだったこの一週間の中で、もっとも奇妙な考えだった。遅まきながら発芽し、地面に根をおろし空にむかってのびていこうとしている種のように。だがいまは、やさしい闇の中に残しておこう。

「では、アドリアはいや。宝石よりも好き。混沌の魔とも寝なくてはならない。そういうわけね。でも言わせてもらうけれど、あなたはこれまで、彼女ともずいぶんうまくやってきたみたいじゃないの。それに、彼女がアデリスを治してくれたんでしょ」

イドレネはその事実を知って、ふつうならば忌避するだろう尋常ならざるペンリックの特異性をすんなりと受け入れたようだった。

「彼女とペンが、よ。そういうときは軛《くびき》につながれた二頭の牛みたいに働くのよ」

「驚くべき一対というわけね。ほかにもまだ何かあるの？」

ニキスは視線をそらした。心の中の不安をここまで打ち明けたのだ、籠の中身すべてをぶちまけてしまったほうがいいかもしれない。

「結局、キミスとわたしには子供ができなかったでしょ。それはわたしのせいだったんじゃないかって、ずっと気になっていて……。ペンを子なしにはしたくないの」

イドレネが鼻から息を吐いた。悲しいほど聞き慣れた音だ。

「そういうことならフロリナがいちばんの相談相手になってくれたでしょうね。確かにかなり大きな問題ではあるけれど。でももう解決しているのではないかしら。あなたのペンリックがお医師として、真の原因をつきとめられないと思うの？　神殿は医師魔術師を砂漠の水のようにわずかしか外に出してくれないけれど、あなたはもうその手にひとり握っているのよ」

「お母さま！」ニキスは赤面した。「わたしは彼に、わたしの、わたしの大切な部分を診てなんて頼むことはできません！」

「どうして？　彼はきっと断らないわよ。医師としても男としてもね。あら、ということはつまり、あなたたちはまだ寝てないのね。わたしだったらとっくにためしているわ」

「ええ、ドレマだったらそうでしょうね」ため息を漏らし、「イコスはきっとそんなお母さまに感謝しているだろうけれど」そして怒ったふりをしながら母をこづいて、「わたしにはお母さまみたいな勇気はもてそうにないわ。お母さまをそんな行動に駆り立てたものってなんなのかしら。とってもひねくれた決断力？」

イドレネがくっくっと笑った。

「イコスはとってもいい男に成長したわね。だから最終的にはうまくいったのよ。途中ときどきまずいこともあったし、わたしもほんとうにいろいろな後悔を抱えているけれど、イコスはけっしてその中にふくまれないわ。物事はそんなふうに見ればいいのよ。あなたの不安があたっていたら、あなたは危険な目にあわないですむんだし、あたっていなかったら、そのときは望みどおりの結果が得られるわ。それとも、ペンリック学師さまは父親になると知らされたら逃げだすような人なのかしら」

「……そんなこと、絶対にないわ。もしかしたら心の中で考えるかもしれないけれど」

「それも話しあったことがないというわけね。ねえ、ニキス、話しあっていないことのリストがずいぶん長いわよ」

ニキスは背中を丸めた。

「わたしは人生のすべてを彼に賭けることになるのよ。以前にも一度キミスに賭けたわ。そして彼はわたしをおいて死んでしまった」

うっかり思いだしてしまうと、彼を失ったときの恐ろしい無力感がいまもよみがえってくる。

「ああ」イドレネの微笑がゆがんだ。「それに対する答えならわたしが知っているわ。フロリナにはとっても効き目があったのよ。あなたのお父さまにも。イコスの父親にもね」

ニキスは顔をあげた。

「ほんとうに？　どうすればいいの？」

そしてイドレネは、祝福するでもなくニキスのひたいをたたき、これまで耳にしたことのない乾ききった声で答えたのだった。

「さきに死ねばいいのよ」

15

太陽がのぼるころ、ペンリックとイコスは、ペンの痛む肩よりわずかにひろいだけの巡礼の階段におけるもっとも狭い難所を抜けて、いくぶんひらけた場所に出た。ここまでくると高度もそれほどではない。デズデモーナがおちつきをとりもどしてきたので、ペンもようやくたずねることができた。

〈あのからくり仕掛けが奇妙だったのはわかりますし、あなたが高いところが嫌いなこともわかります。でもデス、怖がり方が極端すぎはしませんか〉

〈ものすごい高さだったからよ〉

〈たとえ何か起こっても、あなたが死ぬことはありませんよ〉

ためらいながらしぶしぶと答えが返る。

〈スガーネは崖から落ちて死んだんです〉

デスの最初の人間の乗り手は、セドニア半島の北部に住む山の女だった。ペンはいまもセドニア語を話すときに、彼女の粗野な訛りがまじらないよう気をつけなくてはならない。だがそれも、ニキスやアデリスのササロンで鍛《きた》えられた話し方を聞いているうちに、少しはましになってきたようだ。

〈事故の翌日か翌々日、彼女はリティコーネの家に運びこまれました〉デスがつづけた。〈それでわたしは彼女に飛び移ったんですよ。この記憶はあなたと共有したことがありません。あなたの役には立たないですからね〉

デスは乗り手たちの歴史の最後の部分を語りたがらないが、それは秘密にするというよりも、私的なことだと考えているからなのだろう。

〈その事故にはあなたの混沌がかかわっているのでしょうか。そのころはまだ、そんなにうまく混沌を制御できなかったでしょうから〉

とらえどころのない間。

〈そうかもしれませんね。もう二百年も昔のことです。魔だって忘れてしまいますよ〉

とんでもない、とペンは思う。魔だって人の死を悼むし、その気持ちをひきずる時間は長い。嘆き、罪の意識、後悔……魔が人の乗り手から学ぶもののすべてが喜ばしいとはかぎらない。ペンはそれ以上問い質すのをやめた。

階段が折れ曲がっている場所でイコスが足をとめた。このさきは左手にむかって、ジグザグの小道ががれ場を抜けていく。そのさきに船の発着場があるようだ。かろうじて入り江と呼べそうな不揃いな海岸線と木の桟橋が見えるものの、船の姿はない。

「あとは自分で運ぶ。荷物をよこせ」イコスが手をのばした。

脚はカスタードクリームのようにふるえているし、口の中はからからだ。それでもペンは勇敢に主張した。

「まだ少しは運べます。どこに行くのですか」

「おれは船に乗る」

イコスが示した右手のほうにもかすかな道がつづいている。そのさきの水の上に何かが隠されているのだろう。

もちろん用意周到なイコスのことだ、この島から母を連れだすために船を待たせているに決まっている。いっぽうペンはといえば漠然と、島を去る巡礼にまじっていけばいいと考えていただけだった。

「あんたはあんたで好きなところに行きな」ペンより二段ほど上に立ったまま、イコスが彼をにらみおろした。「魔術師殿」

「ああ、いえ、その。いつ気がついたのでしょう」

「蠟燭の火は勝手にともらない。どんな屑を食おうと、鷗が空中で爆発することもない。あんたがあの気の毒な祭司にどんな呪文をかけたのか知らんが、おれはいっさいかかわりあいになりたくない。魔術師からは不運があふれでるという。おれは自分が乗る船の近くにそんなものをこぼされたくはない」

「わたしはヘカト祭司にどんな種類の呪もかけてはいません！」ペンは抗議した。

だがそれをイコスに証明する方法はない。魔術師が用心深くふるまうにはそれなりの理由があるのだ。

「わたしは里居の魔術師ではありません。神殿で訓練を受けました。ペンリック・キン・ジュラルド学師、以前はマーテンズブリッジに所属し、庶子神教団に誓約を捧げた神官です」

白の神そのものにも誓約を捧げているが、それはまたべつの話だ。いつものように、貴族の子弟であることを示す〝卿〟という称号はつけなかった。イコスはそんな中身のないくだらないものに感銘を受けたりはしないだろう。ペンはもう、遠い連州の谷間に押しこまれたようなジュラルド城から、はるか彼方まできてしまっている。

〈ほんとうにさまざまな意味で、ですね〉デスがつぶやく。

「以前はマーテンズブリッジに所属していただと？　それはどこにあるんだ」イコスがいかにも疑わしそうにたずねた。「いまはどこにいるんだ」

「それはまだ定まっていません。ニキスが決めてくれるのを待っているところです。もし彼女が〝諾《イエス》〟と言ってくれたら、たぶんしばらくはオルバスにとどまるでしょう。もし〝否《ノー》〟だったら……わたしにもわかりません」

イコスの顔が困惑を浮かべる。

「なんでまだ〝諾《イエス》〟と答えていないんだ。寡婦じゃないか」

「わたしだって知りたいです」ペンはため息をついて、〈その理由、リストにしてあげましょうか？〉というデスの言葉を無視した。「一生懸命説得しようとしているんです。言っておきますが、もちろん魔法は使っていません。あたりまえです」

「ふむ……」

「とにかくわたしが言いたいのはこういうことです。あなたの船に魔の混沌を触れさせないと約束します。通りすがりの鷗とか、鮫とか、そういうものがどうなるかはわかりません。わたしだって自分の乗っている船を汚したり沈めたりしたいわけがないでしょう！」それから用心深く、「ただし、魔術師も神々も天候を左右することはできませんが」

イコスが腕を組んだ。

「あんたの言葉のどれひとつとして、真実だと信じる理由がない」

「わたしはあなたを信じています」〈多少なりとも、ですけれど〉「あなたの邪悪なからくり装置に乗りました。それで充分な証拠にはなりませんか」

「あれには一片の危険もなかった！」即座にイコスが反論する。「そしてあんたはいまここにいる、そうだろう？」

「わたしの魔法も同じです。そしてあなたもいまここにいます、そうでしょう？」

イコスはぐいと首をそらしてくちびるを引き結んだ。だがすぐには答えようとしない。

「いいですか」熱せられて粘つく頭皮を掻くと、指が黒く染まった。「何かが信頼できるかどうか調べるとき、あなたはどうしますか。ためそうとするのではありませんか」

「新しい装置を使うときは壊れるまで実験をくり返す。そうやって確かめる」

「ああ、魔術師がふたりいたらそれもできるでしょうね。残念です」

イコスが鼻を鳴らした。

「わたしはむしろ、一連の質問による確認を考えていたのですけれど」

〝なんでもたずねてください〟というのは、際限のない質問を誘って危険かもしれない。だからそれは言わないでおく。

「そもそもあんたが真実を話しているかどうか判定できんのだから、そんなものがうまくいくわけないだろう」イコスが指摘した。「だがわからんな……なんだってニキスはあんたに不満なんだ。学識豊かな神官さまなんだろう。女の好きそうな相手に思えるんだが」くちびるがぐいと吊りあがる。「仕事から帰ってきたときに、汗くさくてたまらんなんて文句が出ることもなさそうだしな」

いまのははたして褒め言葉だろうか。

「わかりません」それは必ずしも真実ではなかったが、つづく言葉には確信をこめることができた。「でも、お母上が逮捕されてリムノスに連れていかれたと知らせが届いたとき、ニキスはまっさきにわたしのもとに助けを求めにきました。わたしを信じることができなくとも、ニキスなら信じられるのではありませんか」

イコスは考えこんだ。迷ってはいても、少なくとも熟考している。

「あいつのことは気に入っている」やがて彼は答えた。「堅実でしっかりしている」

「知っています」

「そうか」

「あなたは船をもっています。そしてわたしはいそいでアキラクシオに行かなくてはなりません。わたしのために費やす時間と手間に対して支払いはするつもりです」

金額は提示しなかった。ジュルゴ大公から預かった金子のどれほどをいま自分が運んでいるか、知らせる必要はない。

「おれの船ではない。友人たちの持ち物だ」

「ではそのご友人たちに支払います」

イコスがくちびるをすぼめた。

「あいつらが魔術師を乗せたがるかどうかわからんぞ」

「わたしの職業を知らせる必要はありません。じつのところ、わたしについては何ひとつ説明しなくていいです」

「友人に嘘をつけというのか」

「同じ議論を延々もう一度くり返したいのですか。もううんざりだというなら、わたしの気持ちも考えてみてください。嘘をつく必要はありません。ただ……黙っているだけです」

「それであんたという人間がわかるってもんだな」

汗ばんだ銅色の顔に浮かんだ嘲笑《ちょうしょう》を見るに、いまの提案を非難しているようだ。

ペンはいらだって手をふった。

「とにかくわたしは、アキラクシオでニキスとあなたの母上と落ちあって、オルバスまで連れていかなくてはならないんです。あなたもふたりに会えるチャンスです。しばらくは会うこともできなくなるでしょうから」

「おお」少しの間。「なんでまっさきにそれを言わないんだ」

ペンがまだ心の中で懸命に答えをさがしているあいだに、イコスは脇道にはいっていった。

「だったらはやくこい」肩ごしにふり返って告げてから、にやりと笑う。「その機械も運ばせてやるからな」

案内人について、海岸沿いの雑木の生える小道を二マイルほど進んだ。小さな入り江に船があり、イコスと同じように日焼けしたたくましい顔の男が三人、番をしていた。三人は手をふってイコスとぶっきらぼうな挨拶をかわしたが、ペンを見て目を瞠った。

「それがあんたのお袋さんかい。おい、イコス、家族のことでおれたちに黙っていることがあるだろう」

イコスは肩をすくめた。

「計画が変わったんだ。お袋はアキラクシオに行ったらしい。だからおれもあそこに行かなきゃならん」

「なんだよ、あれだけ苦労したってのにか」

「ああ、おれだってべつに嬉しがっちゃいない」そして肩ごしに親指で背後を示し、「こいつが、乗せてくれるなら支払いはするってさ」

交渉は短かった。何がなんでもはやく出発したいペンが、最初の提示額で了承したのだ。グーザから出港するところを目撃した、あの勇敢な漁師たちの同類なのだろう、三人は自分たちがどのような危険を冒しているのか、イコスから聞かされているはずだ。たとえ聞かされていなくとも、ペンが教えてやる筋合いではない。

まるで空中に浮かぶように、船が透明な水の上に漕ぎだしていった。日帰り漁に使われる船なのだろう、日に熱せられたタールと木材、塩と魚の鱗《うろこ》のにおいがする。連州の冷たい湖ならちょうどいいかもしれないが、この広大な青い海にはあまりにも小さく心もとない。出港してひとつだけの帆があがると、ペンは移動する影の中で膝を抱え、自分の仕事を心得ている——ことを願う——男たちに操船をまかせた。危険などないと絶対の信頼をおいているのだろう、イコスはまとめた荷物の上で身体を丸め、うたた寝をはじめた。たとえ安全でなかろうと、気にすることもできないほどくたびれていたのかもしれない。

ニキスとイドレネは無事アキラクシオについただろうか。沿岸街道の長い夜旅のあいだに、何かに手こずって遅れたり、厄介事に巻きこまれたりはしていないだろうか。馬が脚を痛めたとか、車輪がはずれたとか、溝に落ちたとか。まさか山賊とか。ひとりやふたりの山賊ならボシャがすぐさま退治してくれるだろうけれど、もし、そう、六人とか、十人もいたら。

〈軍人の未亡人ふたりですからね、そうやすやすと餌食になったりはしませんよ〉デスが指摘した。〈きっと、ボシャが全員をやっつけたという終わり方にはならないでしょうね〉

だからといって安心できるわけではない。それでも、かいま見たイドレネの冷静さには目を瞠るものがあった。そして、ペンよりも彼女をよく知るイコスは明らかに、母がパニックを起こすことなく——もしくは嘔吐することなく（デスが不平を漏らした）あのぞっとするようなからくり仕掛けを扱えると信じていた。女は歳をとると母親に似てくるという。それが真実なら、ニキスとともに迎える未来はペンが期待するよりすてきなものになるかもしれない。

もし、その時を迎えるまでふたりが生きていられれば。そもそも、そんな暮らしをはじめることができれば。

ふたりはまだ、山賊よりも危険な政府の追手につかまってはいない。ペンはみずからを説得した。イドレネの看守たちはいまもリムノスを捜索しているはずだ。船は海岸線にそってタックしながら南にむかっている。彼はのびあがり、背後に遠ざかる島をながめた。

というわけで、帆をあげ片側十本のオールを操るほっそりとした巡視用高速ガレー船が、波の打ちつける岩だらけのリムノスの脇をまわってくるのに気づいたのは、ペンが最初だった。漁船でも貨物船でもない。軍事的な意図をぷんぷん匂わせている。遠く船首に立つ男が彼らにむかって腕をふり何かをさけぶと、ガレー船はむきを変えこちらにむかって進みはじめた。

ペンはイコスに這いよって肩を揺すった。

「客がきそうです。問題が起こるかもしれません」

イコスが横木のそばで膝立ちになり、顔をしかめて毒づいた。

〈よかったらわたしが引き受けますよ〉デスが言いだした。〈海賊と同じでいいわよね〉

混沌の魔が存在しないくちびるを舐めているような、物騒な感覚が伝わってくる。

〈帆を切り裂いて。支索を切って。オールを腐らせて。釘を引き抜いて。船殻の継ぎ目をひらいて。調理場に火をつけて。いくらでも面白そうなことができるわね……〉

船乗りが魔術師を乗せたがらないのも無理はない。

デスの中でルチアひとりがそれに反対した。

〈おとなしくしていなさい。わたしたちに関係のある連中だったら、脱走した女をさがしているはずです。この船に女はいませんからね。さがさせてやればいいんです。そうしたら去っていくでしょう〉

〈そうですね〉ペンもルチアに同意し、ささやかな鼻薬を提供した。〈もし事態がまずくころんだら、そのときこそもっと大きな混沌を撒き散らしてやりましょう〉

まったくごまかされたふうもなく、ぶつぶつ文句を言いながら、それでもデスが譲歩した。

イコスの友人たちもペンと同じくらい訪問客を喜んではいない。セドニアの島人はときおり、漁以外にもあまり芳しくない方法で追加収入を得ているという。つまり、密輸だ。もしくは海賊。だが——ペンは積荷の少ない船内を見まわした。今日はあからさまな密輸品を運んではいないようだ。

それに、脱走した囚人もいない。

「あの船はどこからきたのですか」ペンはイコスにたずねた。

ガレー船はいかにも厄介だが、この穏やかな天気のもと、あれから逃げきる見こみは明らかにゼロだ。

「島のむこう側に帝国海軍が基地を構えている」イコスが答えた。「正規の駐屯部隊じゃなくて、おもに急使のための船だな。水平線に脅威があらわれたとき、本土に警告を伝える」それから短い間をおいて、「おれはちゃんと調べてきた。あんたは調べなかったのか」

ペンはそのひと突きをやりすごした。

ガレー船が接近し、「停船せよ！」の声が水を越えて届くようになった。イコスの友人たちはしかたなくそれに従った。オールがあげられ、何人かの将校が手摺りに集まって、甲板のない彼らの船を見おろす。帝国軍服を着た若い船員がロープの網をつたってとびおりてきた。

「女をさがしている」

そして簡単ながらほぼ正確にイドレネを描写した。その性別の者が乗っていないことはひと目で確認できただろうが、見慣れない色の目に気をとられたのだろう、男はじっとペンを見つめた。だが求めている女の目は茶色だ。

「いまごろは溺死しているかもしれない。もし死体を発見したら、リムノス湾の役人にひきわたせ。報奨が出る。ほかの者にもそう伝えろ」

イコスの仲間がその最後の言葉に関心をもって何事かつぶやいた。船員は投げおろされたロープをとらえ、まったく水に濡れることなく甲板にもどるという離れ業をこなした。イコスがオールでぐいとむこうの舷側を押す。充分な間隔があくとすぐさま、ガレー船のオールがいっせいにとびだし、ふたたび水をかきはじめた。そして目的地がどこかは知らず、ルチアが予言したとおり、去っていった。

ペンよりもさきにアキラクシオにむかおうとしているわけではない。少なくとも、いまのところはまだ。

ペンリックは息を吐き、全身の骨が抜けたようにすわりこんだ。

イコスもその横に沈みこんだ。荒い息づかいから察するに、耳もとで心臓が激しく脈打っているのはペンひとりではないようだ。

「夜までには知らせが本土に届くな」イコスが言った。

「そうですね。どんな知らせだかはわかりませんけれど。どうやら、わたしがしかけた自殺という餌に、少なくともある程度はひっかかってくれたようです」

だが完全に納得しているわけではない。それでも、追手はあらゆる場所をさがさなくてはならず、イドレネとニキスは一箇所にしかいない。はたして彼らは、イドレネが本土まで逃げのびたと考えるだろうか。船を求めていることに気づくだろうか。

「もしお袋がいまおれといっしょにこの船に乗っていたら」かなりの時間がたってからイコスが言った。「こんなふうにうまくはいかなかった」

「そうですね」ペンも同意した。「呼吸が整ったら、白の神に聖歌を捧げようと思います」

イコスが首をかしげた。

「あんたも庶子神を奉じているのか」それから自分の問いに答えて、「ああ、もちろんそうに決まっているよな。あんたが庶子神の神官だってんなら、でもって庶子神の耳みたいなものをもっているなら、この航海を祝福してくれるようお願いしてくれないか」

ペンは神々の聖印を結び、親指で二度くちびるをはじいた。

「あらゆるしるしが告げていますが、庶子神はすでにこの航海を祝福しておられます」

「……そうか」

南にむかう船の中、ふたりはすわったまま静かに物思いにふけった。

16

ニキスははっと目を覚ました。部屋の扉がノックされたのだ。警戒心が起き抜けの靄《もや》を吹き飛ばす。ありがたいことに、それはボシャだった。すばやく窓の外に目をやって時間を確かめているあいだに、イドレネも寝台の端でのびをしながら起きあがった。ボシャが帽子を脱いでスツールに腰をおろす。午後も遅い。かなり長いあいだ眠っていたようだ。日没まであと二時間というところだろうか。

「どうなっているの」イドレネがたずねた。

ボシャは顔をゆがめた。

「よい知らせはまだ何も。いま入港している船のうち、三隻はむかう方向が異なり、一隻は付き添いのないご婦人が乗るようなものではございません。そして最後の一隻はザーレ家の所有でございます。おふたりをそれにお乗せするわけにはまいりませんこと、ご理解いただけると思います。いずれにしても、その船のつぎの寄港地はササロンですので、お避けになるのが賢明と存じます」

イドレネはうなずいた。心配すべきなのだろうか、それとも安堵すべきなのだろうかとニキスは悩んだ。できるだけはやく出発したほうがよいのはもちろんだが、遅れればそれだけペンリックが追いつきやすくなる……。彼の身に何か恐ろしいことが起こってさえいなければ。

「機会を待つにしても、どれくらいで諦め、陸路で東にむかう決断をすればいいのでしょうね。そのときは乗合馬車の通る街道まで連れていってもらえるかしら」とイドレネ。

「おそらくは」そう答えながらも、ボシャはふたりをザーレ家の船に乗せるという案と同じくらい、この計画も気に入らないようだ。「ですがその場合、奥方さまに関する詳細がご本人よりもさきに国境に届くでしょう。この計画のすべては、迅速さにかかっております」

追いつかれる前に逃げきることが唯一の希望だ。追いつかれて抵抗するのは、ペンリック抜きでは論外だし、彼がいた場合はいっそう恐ろしくなる。

「この潮日で三隻が出港します」とボシャ。「アキラクシオでは毎日、荷積みか荷卸しのために六隻ほどの商船が寄港するそうです。沿岸船は二隻が定期的に訪れています」――小さな町や島を行き来する地元の船のことだ――「ですがこれもあまりよい選択肢ではありません」

まったくよい選択肢ではない。すべての港で同じような危険がくり返され、しかも予定はどんどん遅れていく。

イドレネが頬についた寝皺をこすった。

「朝まで待ちましょう。どんな船が到着するかを見て、それから相談して決めればいいわ」

そして立ちあがって洗面台で顔を洗い、窓辺に近づいて外をながめた。

「正直な話、狭い部屋に閉じこめられているのが死ぬほどいやになっているのだけれど」

ボシャが同情をこめてうなずき、それからふたりの協力を得ながら書類の空欄を可能なかぎり埋めはじめた。どうやら彼は自在に筆跡を変えられるらしい。部屋の扉がふたたびノックされ、ボシャが鵞筆をおいて顔をあげた。

「夕食でしょう」立ちあがって扉をあけながらも、ボシャのもう一方の手はベルトナイフの柄のあたりを漂っている。

女中ではなかった。よろよろところがりこんできたのは、ペンリックと、そして……

「イコス！」イドレネがさけび、部屋を横切って彼にとびついた。

イコスも彼女を抱き返し、安堵の息を漏らした。

「ああ、みんなほんとうだったんだ……！」

「声を落としてください」ペンとボシャが声をそろえて警告した。

ボシャが新来の男に目をやりながらペンリックにむかって手をひらき、緊急の問いを発する。

ペンは肩をすくめ、しっかりと扉を閉めてつぶやいた。

「兄君です。もうひとりの」

「ああ、橋梁建設技師だという？　でもなぜ……？」

「わたしも驚かされました」

ペンの色がまた変わっている。髪は砂のような茶色で、塩でべたついているし、顔と腕と脚の染料は、薄くなってはいるものの、妙な具合に日焼けしたか軽い肌荒れを患っているみたいな斑模様だ。またいつものチュニックとズボンに着替えているが、見るからに薄汚い。

イコスは苛酷な労働をしてとんでもなく長い一日をすごしてきたかのような見た目とにおい

だ。髭がのびて日に焼け、衣服は乾いた汗でごわごわしている。それでもニキスは彼を抱擁した。それをながめているペンは……羨《うらや》ましそうだ。イドレネが割りこんできたのでイコスから離れた。指をのばし、また曲げる。ペンの存在を確かめるのに手を使う必要はない。目だけで充分だ。ほら、みんなといっしょにここにいる。ニキスは一瞬、その〝みんな〟がここではないどこかべつの場所にいてくれればいいのにと願った。

イドレネが心配そうにつぎつぎと質問を重ねはじめた。

「ここで何をしているの。わたしから百マイルは離れていなくてはならないというのに。あなた方ふたりがいっしょにいるとはどういうことなの。どうやってここまできたの」

「漁船に乗って」イコスは雪崩《なだれ》のような問いの中からもっとも簡単なものを選んだ。「リムノスから」

「どうやればこっそりアキラクシオにはいれるか、悩んでいたんです」ペンリックがかわって答えた。「ですが、大鮪《おおまぐろ》が二尾あれば、どこの港でも問い質されることなく受け入れてもらえるとわかったので。だから途中で鮪をとってきました。それがなんというか、小さな船には大きすぎるような魚で。沈んでしまうんではないかと心配になったほどです。ロディの市場で台の上にのっているところしか見たことがなかったんですけれど」

「途中で船をとめて漁をしたの?」イドレネが途方に暮れたようにたずねた。

「いや」奥歯に物がはさまったような口調だ。「おれたちは船をとめてはいない。むこうのほうから船にとびこんできて、足もとで死んでいったんだ。にっこり笑っているみたいだった」

それは……ああ、ジョークではない。皮肉でもない。あのまん丸に見ひらかれた目なら知っている。あれをなんと表現すればいいのだろう。そう、イコスは戦斧《ポーラックス》ではなく、〝ペンリック〟にやられたのだ。われ知らずくちびるが吊りあがった。

「鮪を売るのは船のやつらにまかせてきた」イコスがつづけた。「そして適当にうろうろしていたら、あんたたちが見つかったってわけだ」

「適当ではありません」ペンが抗議した。「論理的推測です。だいたいですけれど。それよりも、あなた方がどうしていたのかすべて聞かせてください！」

結局、イドレネとニキスが寝台に腰かけ、ペンリックがスツールに陣取り、イコスはイドレネの足もとにすわりこんで――彼女の手が愛しげにその髪を撫でている――あわただしく情報交換がおこなわれた。ボシャは無言で壁にもたれ、腕を組んで、すべてに――とニキスには思われた――耳を傾けている。その冷徹な顔さえもが話の途中で幾度か驚愕に引き攣った。また彼は、ふたりが姉のヘカトに出会ったことにも、ペンが彼女につぎの訪問でボシャがすべてを語ると約束したことにも、はなはだしい不快感を示した。

「何も問題はありませんよ」ペンがなだめたものの、事態は何ひとつ改善しなかった。

ボシャが壁から離れてノックに応じた。女中が夕食のトレイをもってきたのだ。ボシャはそれを受けとり、さらに追加を頼んだ。飢えた狼のように食事にとびつく男がふたりもいるのだ、どうあっても必要だろう。

二度めの夕食が届けられたが、それもペンリックとイコスの話が終わる前になくなってしまいった。ふたりの話は複雑にからみあい、しばしば衝突するうえに、イドレネの発する多くの質問によってしじゅう脱線したのだ。

「ああ、どうあってもわたし、あなたのそのからくり仕掛けに乗ってみたいわ」イドレネがイコスにむかって言った。「すてきじゃないの。そうね、いろいろなことがおちついたら、いつかきっとわたしにも見せてね」

イコスが微笑する。ペンリックは何か言いたそうだったが、あごをこすってそれを押し殺した。

ニキスは自分の体験談を話すにあたって、聖なる泉の庭での不思議な出来事だけは語らずにおいた。言葉にこそ出さないものの、ペンが何も言わずにいてくれることをありがたく思う。話が終わり、彼女はイコスにむきなおった。

「船をもっているんですって?」

彼は首をふった。

「おれの船じゃないし、あんたたちをオルバスまで運べるようなものでもない」

ペンが頭を掻きながら顔をゆがめた。

「どんな船に乗るにしても、わたしはまず浴場をさがしにいきたいです。そのあとで港をまわって、最後のチェック以後にどんな船が入港したか、調べてきます」

イドレネはイコスを彼といっしょに送りだすべきか、それとも別れるまでのあいだ一瞬でも長くそばにとどめおくか、頭を悩ませている。だがイコスはのびをして——不穏なほどぼきぼきとくぐもった音がした――誰に促されるでもなく脇の下のにおいを嗅ぐと、ペンリックとともに出かけることをみずから選択した。
ニキスはそのまま寝台に仰向けになり、昂揚と新たな恐怖のあいだを漂った。後者はどう考えても公平ではない。ペンリックの不在にあれだけ思い悩んだのだから、もどってきてくれたいまは安堵すべきではないか。もしかすると賭博師も、骰子の最後の一投に全財産を賭けるときにはこんな気分を味わっているのかもしれない。きっと、わくわくするような興奮とはべつのものなのだ。

まもなく日が暮れる。ニキスは心配になってきた。イドレネは壁際から壁際へと歩きまわり、ボシャはその邪魔にならないようひきさがっている。そんなときにようやく、さっぱりと清潔になったふたりがもどってきた。

しかも意気揚々と勝ち誇っている。扉を閉めるか閉めないかのうちにペンリックがしゃべりはじめた。

「二隻の船が入港しました。一隻はロクナル船で――」

一同が身をひく。

「――ですがもう一隻はサオネの船です。積荷をほぼいっぱいに積んで故国にむかいます。オルバスには寄りませんが、カルパガモの島に寄港する予定です。そこからなら、なんの問題もなく公国にもどることができます」

「サオネの言葉はわかるの？」ニキスはたずねた。

サオネではダルサカ語から派生した難しい言語が使われている。ニキスもダルサカ語ならかなりうまく操れるのだが。

「ええ、もちろん。父方の先祖の国です。ジュラルドというのはサオネの名前なんです。それに、以前のデスの乗り手、アンベレイン学師がいます。船の事務長はわたしのことを国を離れた同郷人だと思ったみたいです。わたしは訂正しませんでした。それはあとでもかまいませんから。とにかくその船には、荷の積み替えをする独立商人のための船室があるんです。一室だけあいていたので予約してきました。少なくとも馬車よりはひろいです。航海のあいだにまたべつの部屋があくかもしれません。朝の潮で出港します」

「いますぐ行ったほうがいいかしら」イドレネがすぐさま荷物にとびつかんばかりの勢いでたずねる。

ペンは首をふった。

「夜のあいだは税関が閉まっています。乗船は朝になってからです」

ボシャが白い指でとんとんと太股をたたいた。

「それではぎりぎりになりませんでしょうか」

「そうですね」ペンがくちびるを噛む。「ですが、船に乗るときはふつうそうするでしょう」

「なるほど」とボシャ。

つまりは朝まで待つしかないというわけだ。ああ、今夜ちゃんと眠れるだろうか。

ペンは男ふたりとボシャのために廊下をはさんだむかいの部屋をとっていた。だがイコスは、イドレネとニキスの部屋にいつまでもぐずぐずとどまった。本来なら彼は、二週間前につぎの仕事場に行っているはずだったらしい。彼抜きの建設チームでも、測量だけならはじめられるからと主張している。明日、彼らは家族だけの部屋で別れを告げる。そしてイコスはボシャとふたり、三人が無事に旅立っていくのを離れた場所で見送ることになる。

遅くまで低い声で話しあった。イコスが船を漕ぎはじめたころ、母が、おそらくは四歳のとき以来だろうキスをして、彼を寝台に送りこんだ。母子ともに嬉しそうだった。ニキスはときどき、兄と母の関係は、長い空白期間があるがゆえに、彼女と母の関係ほど複雑ではないと感じる。だがそれを羨ましくは思わなかった。

17

夜明け時、ペンはあとのふたりについてご婦人方の部屋にむかった。朝食をとり、ボシャが書類に最後の記入をおこなうためだ。もう荷造りするものはなかったが、ニキスがペンの医療鞄から神殿徽章をとりだして、迷いながら掲げた。

「税関の役人はきっと荷物を調べるでしょ。ペン、もっといい隠し場所はないの？」

ペンはため息をついて彼女の手から徽章をとりもどした。

「捨ててしまったほうがいいでしょう。帰国すれば新しいものが手にはいります」いつから自分は、ほかでもないオルバスにもどることを〝帰国〟と考えるようになったのだろう。「いまは、わたしが神殿魔術師であることを証明するよりも、そのことを隠すほうが大切です」

ボシャが反対側のくちびるを吊りあげた。

「わたくしにお貸しください」

わずかにためらいながらわたしした。ボシャは重なった輪のつなぎ目を調べている。白い指が器用に幾度かひらめくと、輪がほどけて長い紐となった。ボシャがスツールを示した。

「マダム・カタイ、こちらにおすわりいただけませんでしょうか」

ニキスが好奇心をこめてくるりと目をまわし、指示に従った。ボシャは彼女の鞄からヘアブラシをとりあげ、すばやく髪をいじりはじめた。イドレネがふらりと近寄ってきてながめる。ニキスの髪は数分のうちに、みごとなスタイルに結いあげられた。徽章ははっきり目につくものの、黒い巻き毛を押さえてきらきら光る小粋な飾りにしか見えない。

「まあ、すてきだこと!」

イドレネがさけび、ペンも同意せずにはいられなかった。

ニキスが微笑しながら髪に手をのばした。なんの揺るぎもなく、確かな形を維持している。

「とっても賢いやり方ね、ありがとう、マスター・ボシャ」

「必ずやアリセイディア将軍がレディ・タナルの手をお求めになるよう、お力添えをお願いいたします」

「あなたがアデリスのために力を尽くしてくださるのは、タナルのためなの?」

ニキスは変わらず微笑を浮かべながらも、彼の返答にふくまれるあらゆるニュアンスを聞きとろうとしている。ボシャの答えにはもちろんそうしたものがこめられるだろう。そしてこの件に対するボシャの見解は、表面に見えているよりはるかに大きな意味をもっている。

「このところレディ・タナルの好奇心はますます強く、たいへんなことになっております」彼は白い三つ編みの下で首をこすった。「ご存じでしょうが、最近のご趣味は、屋根にのぼって天体観測をすることでございます。レディ・ザーレお抱えのある船長が報告にやってくるたび、呼びだして講義を受けておられます。マダムの兄上か、同じくらい立派な殿方と結婚し、あのとんでもない活力をお子にでもむけていただかないかぎり、いつかレディ・ザーレの船に見習い士官として乗りこむと言いだすのではないかと。そして、駄目だと言われたときには、お館を脱走して海賊の女王になってしまわれるのではないかと、心配なのでございます」

たぶん、これはジョークなのだろう。たぶん。ボシャの場合、なんともいえないが。それをいうならば、タナルの場合もだが。

ニキスがえくぼを見せた。

「海賊の女王は秘書を連れているの？」

「それを知るのが恐ろしゅうございます」そして完全に笑みを消し、「ですが、産褥ではわたくしもレディ・タナルをお守りすることができませんから、結局は荒れた大海原のほうがよいかもしれないと思うこともございます」

イドレネが穏やかに言った。

「生きていくことから誰かを守ろうとしても、それは無理よ、マスター・ボシャ。どれほど望んでもね」

そして彼女はみずからの子供たちに視線を移した。

ボシャのくちびるがひろがる。あの表情を〝面白がっている〟と言いあらわすのは、ペンにもいささかためらわれるが。

「ですがわたくしは、それをやってみたく存じます」

最後の別れの時間となった。イドレネとニキスが涙ながらにイコスを抱擁する。彼のほうは照れながらも明らかに嬉しそうだ。ペンは嫉妬を抑えた。つまるところ、これからふたりを守るのは自分なのだから。

〈できるならば、だけれども〉

そして荷物をとりあげ、彼らのあとから階段にむかった。

港にむかう彼らの頭上で、いつもは青いセドニアの空が今朝はぼんやり霞んでいる。ペンは視線をあげた。天気が悪くなる兆しだとしても、出港が遅れるほどすぐということはないだろう。

出港準備をしている二基の桟橋の上の、さまざまな装置や作業員のたてる騒音を抑えて、白い鷗の鳴き声が響きわたる。昨夜荷揚げをされた木箱が積みあげられ、内陸の目的地に運んでくれる運搬人の到着を待っている。やってきた荷馬車の荷解きをして、詰め物の藁の中から葡萄酒のはいった細長い陶器の壜《びん》をとりだし、波止場のほうへと運んでいく者がいる。緑青と赤い疵から銅とわかる鋳塊《ちゅうかい》と格闘し、手押し車に積みあげている者もいる。イコスが職人らしく多大な関心をもってそれらすべてをながめている。イコスと帽子をかぶったボシャという見るからに不似合いな二人組は、やや離れたところで、海辺の光景を楽しむ観光客のように低い塀の上をぶらぶらしている。

「これだけの旅をしてきたというのに」ペンは嘆いた。「わたしは結局、偉大なるササロンを見ずじまいです」

「わたしたちに見られるのは、帝国監獄の内側からの景色だけだったはずよ」イドレネが言った。「そんな望みはもたないほうがいいわね」

「そうですね」ペンはため息をついた。

イドレネが荷物と書類をつかんで税関の小屋にむかう。ニキスがあごをあげて息を吸う。背後から丸石を踏む蹄音が聞こえてきた。ペンリックははっとふりむいて凍りついた。

帝国急使の制服を着た男が汗ばんだ馬からおり、手綱を繫船柱に結びつけて、鋭い目で波止場と船を見まわしている。そして鞍袋にむきなおって革の書類鞄をひっぱりだすと、きっぱりとした足どりで税関の小屋にむかって歩きだしたではないか。

「笑顔を維持して、パニックを起こさず、そのままつづけてください」ペンは歯の隙間からささやいた。

ニキスとイドレネはペンが何に気をとられたのかと足をとめてふり返り、そのまま身体をこわばらせた。

「わたしがなんとか対処します」

ニキスがイドレネの手を握った。気をつけろと言っているのだろうか、それとも安心させようとしているのか。

〈高くつきますよ〉デスが最大級の警戒をこめて忠告する。だが思いとどまらせようとしているわけではない。

〈失敗したらそれどころではありませんから〉ペンは頑として言い返した。

〈それはそうですね〉

〈デス、視覚を〉

ペンは荷物をおろし、顔に笑みを貼りつけて急使の行く手をさえぎった。物質的外殻に隠された、奇妙で、圧倒的で、色彩豊かな人間の本質たる内的風景が、ペンの心の目に焦点を結んでひらめく。

「ああ、**士官殿!**」

巫師の使う奇《あや》しの声の響きをまじえて言葉を押しだした。それは蔓《つる》のように男に触れているが、まだ強固な義務感までは捕らえられずにいる。男がペンをふり返った。顔をしかめながらも、足をとめようとはしない。

「おはようございます」ペンはつづけた。「グーザからいらしたのですか」

「おまえになんの関係がある?」

会話を拒否するようになりながらも、男の内部では肯定の返事が渦を巻いている。

「もしかして、**その書類をわたしに見せたいのではありませんか**」

やわらかな声で言って、そんなやりとりが世界でもっともありふれたものであるかのように手をさしだす。男は虫を追いはらおうとするように首をふりながら、ゆっくりと鞄をひらいた。

「**あなたはその書類をわたしにわたさなくてはならないはずです**」

急使は書類を引き抜いて、直立不動に近い姿勢をとりながらそれをさしだした。ペンはさっと目を通した。セドニア公式文書の典型的前文と思われるもの――きっとボシャならわかるだろう――のあとに、昨日の午後、船員が語ったのとほぼ同じ言葉でイドレネが描写されている。

間違いない、税関役人にあてた彼女の勾留命令書だ。

ペンは手をうしろにまわして火をつけた。書類は丸石の上に落ちる前に灰になった。

「**あなたは緊急書類を税関役人に届けました**」

説得の呪ができるだけ深く打ちこまれるよう言葉をくりだした。蔓が鉤のように、蛭の口のように、士官の魂に食いこんでいく。ペンはひるんだ。呪はときとして、いまわしい有機生物のように、犠牲者に寄生して生きつづけようとする。真の巫師は数週間もつづく呪をかけることができる。ペンの場合は一日がせいぜいだ。

「**あなたは任務を果たしました。つぎは帝国の馬の世話をしなくてはなりません**」

呪は相手の自然な欲求と合致するときに、もっともよく効果を発揮する。

「**そうしたら葡萄酒を飲みにいきましょう。それだけの働きはしました。命令どおり、アキラクシオに書類を届けたのです**」

そしてセドニア軍の敬礼を真似ると、男もわずかに鈍った目で敬礼を返した。

男はまばたきをしながら馬のところにもどり、手綱をほどき、去っていった。街路に出たころには、足どりがふたたび自信あふれる大股になっている。男はふり返らなかった。沿岸の町に届ける同文の書類をほかにも何通かもっているのかもしれない。だがそれは、ペンにはかかわりのないことだ。

塀の上ですべてをながめていたボシャとイコスが、首をまわして心配そうに士官を見送っている。ペンは彼らのほうをふり返らないまま、〈大丈夫です、ご心配なく〉と手をふった。ふたりが正しくその意味を理解してくれればいいのだけれど。

　完全に大丈夫というわけではない。記憶の改変は自由意志だけではなく魂の本質そのものにまで干渉するため、瀆神《とくしん》すれすれの行為と見なされている。〝よき意図〟があろうと、たとえ〝よき結果〟が得られようと、ある程度までしか神学的に擁護されることはない。ペンとしては、いまの行為がその境界を踏み越えていないことを願うばかりだ。祈るとはいわない。答えを真に欲しているのでないときに、不要な問いで神々をわずらわしてはならないと、遠い昔に決意している。

　すでに血がこぼれはじめている。洟《はな》をすすって咽喉の奥に流しこみ、女たちに告げた。

「数分間、人目につかないところに身を隠していなくてはなりません、それもいそいで」

　聖なる犬とのひと幕を見ていたニキスがすぐさま事情を察し、イドレネを離してペンの手をつかむと、積みあげた荷箱のほうにひっぱっていった。血はいまや洪水のように噴きだしている。ペンはむせ、あえぎ、またむせてをくり返した。涙も盛大にあふれてくる。咳きこみながらもう一方の手で口もとを押さえ、血を吐きだした。手のひらがすぐさま縞模様に染まる。荷箱の陰にたどりついて膝をついた。そのまま濡れた咳をしながら四つん這いになる。深紅が石の上に飛び散りひろがった。

　そしてとまらない。発作のあいまあいまに懸命に息をつこうとしながら、ほんとうにこのまま溺死してしまうのではないかと不安になる。危険なことリストにまた新しい項目が……

「母神の涙にかけて、ペン！」ニキスがふるえる肩をつかんであえぐような声をあげる。「前よりずっとひどいじゃないの」

「彼、死んでしまうの？」イドレネの驚愕の声が聞こえる。

きっと肺を吐きだそうとしているように見えるのだろう。いや、そのほうが〈これは鼻血です〉というよりもドラマチックだ。ペンはぜいぜいと息をつきながら首をふった。

「危険な魔法なんです」咳のあいまに説明した。「代償が高くつくため、デスは嫌っているのですが」

巫師の魔法は本質的に混沌の魔とは相容れない。だからそれを使うと、ペンの肉体が高価な代償を支払わなくてはならないのだろう。混沌と血はべつの国の通貨であるため、両替にあたって途方もない手数料が請求されるのだ。

〈わたしがなんとかしましょうか？〉デスが心配そうにたずねた。〈港なら鼠《ねずみ》がうろついているから……〉

〈何もしないでください〉

巫師の魔法に対して肉体が支払っているものを、上向きの治癒魔法でそらしたりさまたげたりしたら、あとでよからぬ副作用が生じるかもしれない。もちろん死んでしまうよりはましだが、やはり負債はできるだけはやく支払ってしまったほうがいい。見た目が恐ろしげなだけだ。

改めて見てみると、顔の下の地面にコップ一杯ほどの血が飛び散っている。なるほど、確かに恐ろしげだ。だが激しい咳はおさまったし、肺も静かになった。痛む鼻から流れる血もほんのしずくほどになり、やがてぴたりととまった。それでもペンは、巻きついたニキスの腕をそのままに、狼狽しきった顔を見あげて弱々しく微笑した。

鼻血について説明しなくてはならない。でも彼女の膝はほんとうにやわらかく、すばらしいクッションで……

〈この仮病使い！〉デスが叱りつける。

〈告げ口するのですか〉

〈しませんよ〉

恐慌に陥っていた彼の魔がいつものように面白がっているということは、もう大丈夫なのだ。

〈ご褒美を満喫なさい。それだけのことをしたのですからね。わたしもそうします〉

〈やめてください、デス。調子が狂います〉

〈お好きにどうぞ〉

「庶子神の歯にかけて、この赤い洪水がみんなこいつのものなのか」イコスの声があまりにも近いところで聞こえる。

「わたしたちには近づかないことになっていたのではありませんでしたっけ」ペンは目をあけて言った。「あなた方、ふたりともです」

ボシャはこの場を守ろうとするように、荷箱にはさまれた入口をふさいでいる。ペンはイコスにむかってつけ加えた。

「本人の意志に反する呪を無理やりかけると、わたしの身にはこういう現象が生じます。これで、昨日わたしがヘカト祭司に何もしていないことがわかるでしょう」

「そうか」

彼の顔が視界から消えた。

「わたくしがあの急使を追って、何か手を打ちましょうか」ボシャが肩ごしに淡々とたずねる。つまり、彼を暗殺しようと申しでているのだろうか。

〈まあ、そのとおりですよ！〉デスがさけぶ。〈手近にいるとほんとうに便利な男ですね〉

ペンはあわてて、自分が呪をかけたからそれ以上の介入は不要だと説明した。ボシャは一瞬検討してから、納得したようだった。

イコスが海水で濡らした布――彼のシャツだと判明した――をもってもどり、無言でペンにつきつけた。

「そんなに恐ろしそうに見えますか」

ニキスがうなずく。彼をつかむ手の力はゆるんでいない。

「ではちゃんとしたほうがいいですね。魔術師であることはともかく、疫病か何かだと思われて乗船を断られては困りますし」

そもそもあまりきれいでないイコスのシャツならと、ペンは遠慮なく顔と手の血をふきとった――チュニックはかろうじて汚さずにすんでいる。それからニキスに布をわたして、彼女の満足がいくまで仕上げをまかせた。

〈ひとりはシャツどころか身ぐるみ提供してくれそうな勢いだし、もうひとりは墓掘りに手を貸そうと申しでてくれた〉デスがしみじみと言った。〈ペン、どうやらあなたには新しい友人

ができたようですね！〉

〈静かにしてください〉

でも、確かにそうなのかもしれない。友人というか、婚姻による兄と……イドレネは、いずれ婚姻により、宦官が身内になることに気づいているだろうか。

〈きっとイドレネは受け入れますよ。ニキスと同じくらい聡明ですからね〉

ペンはにやりと笑い、さしだされるニキスとイコスの手を借りて立ちあがった。ひと息つくと灰色のめまいも消えていった。

ペンがおちつきをとりもどしたので、心配そうなイコスとボシャを荷箱の陰に残したまま、船に乗る三人は予定どおり税関の小屋にむかった。書類の提出は堂々と自信にあふれた軍人未亡人——まったくべつの架空の将校の、であるが——イドレネにまかせた。三人は荷物がテーブルの上にひろげられるのを無関心を装いながらながめていたが、このささやかな一行が密輸品など隠していないことはすぐさま明らかになった。ひとりの役人が、職務的ではないもののペンの医療鞄に関心を示し、治癒の技を学ぼうとしている学生だという説明で納得した。

桟橋から船員に導かれてサオネ船の踏み板を渡り、出航の時刻となった。ペンは三本の頑丈なマストを頼もしげに見あげた。ロディからパトスまで旅をした貨物船より大きな船だ。あれはたった四カ月前のことだろうか。百年も昔に思える。ペンの二度めの船旅がはじまる。これもまた最初の航海のように、彼の人生を変えるものになるのだろうか。

18

その大型商船では、船尾の手摺りの脇にベンチがおいてあった。三人はささやかな荷物を船室におさめると、甲板に出てそこに腰をおろし、航海にのりだす船員たちの仕事ぶりを観察した。ニキスは遠ざかっていく陸をじっとながめた。イドレネも同じだ。手を握りあった。少なくともいまこの時点において、ふたりの人生が失われていないことを改めて確かめようとするかのように。ペンは頭をのけぞらせ、広大な空を見あげている。どれほど目をこらしても、遠い人影を見わけることはできない。やがて陽光に霞んだ海辺の町がぼやけ、それから海岸そのものも曖昧になり、水平線の下に沈んだ。みんな消えてしまった。

苦しいほど身体を締めつけていたワイアが一本ずつ切られ、すべてなくなったような気がする。ニキスは息を吸い、腕をふりまわした。血が自由に動いている。首をのばす。息を吐く。

「ペンリック……」ちがう、そうではない。「デズデモーナ、話がしたいんだけれど、いい？」

「うん？」ペンが首をめぐらした。「もちろん、いつでも」

「船室に行きましょう」彼女は立ちあがった。

ペンもすぐさま彼女にならった。当惑してはいても、機嫌は悪くなさそうだ。

イドレネが手の陰で微笑している。

「好きなだけ時間をお使いなさい。わたしは狭い部屋はもうたくさん。この航海のあいだも、できるかぎりここにすわっているわ」

ニキスはくるりと目をまわして言った。

「ありがとう、お母さま」掛け値なしの本音だった。

船室は確かに狭く、細い通路をはさんで隔壁に二対の寝棚が設置されている。奥に四角い窓があり、いまはひらいたまま固定されているため、航行する船に乱されながら背後に消えていく海が臨める。空気はさわやかで心地よい。

ニキスはペンを寝棚にすわらせ、自分もむかいあって腰をおろした。彼の脚が長いためか、膝と膝がくっつきそうだ。

どこからはじめればいいのか見当もつかないが、はじめなくてはならないことだけはわかっている。どんよりとした深い水にとびこむ覚悟で口をひらいた。

「デズデモーナ、あなたは結婚したことがある?」

首がのけぞり眉があがったのは、ペンの反応だろうか、それともデスの反応だろうか。それでもニキスは、魔が表に出たことによるかすかな表情の変化を見てとった。

「つまり、わたしの魔術師の中に結婚していた者はいるかということですよね」

「そう、そういうことよ。あなたがいっしょにいるあいだ。何人かが寡婦だったのは知っているけれど……」

ペンが指をあげて数えはじめた。それともデスが、ペンの指を使って数えているのだろうか。

「十人のうち五人は一度も結婚していませんね。スガーネ、ロガスカ、もちろんミラもですし、ウメラン、ルチアの五人です。ヴァシアとアウリアはわたしを手に入れる前に夫と死別していて、再婚しませんでした。リティコーネは、そうですね、あのころのわたしはとても若くて未熟な魔でしたから。神殿の導きもなく、力ではなく狂気と契約したようなものだったのでしょう。夫は怖がって出ていってしまったんですよ。そこで彼女はパトスに行って、ヴァシアの召使になりました。ヴァシアは正規の教育こそ受けていませんが、わたしを意図的に獲得した最初の乗り手でしたね。

神殿神官として訓練を受けた最初の乗り手はブラジャルのアウリアです。それはもう、なんというちがいだったでしょう。彼女はすでにかなりの歳で、寡婦で、とても強い意志の持ち主でした。それから彼女の死にあたって、わたしは偉大なる医師、サオネのアンベレインに譲られました。彼女は結婚していて、もちろんすでに出産はすませていましたよ。彼女の夫はいい人で、勝気な女の扱いにも慣れていましたね。わたしはそれまで、魔術師があんなに夫婦仲良く暮らせるものだとは考えてもいませんでした。ヘルヴィアもまったく同じタイプでした。ルチアは……ペンがくるまで、ルチアはわたしのいちばんのお気に入りだったんですよ。名前こそつけてもらえませんでしたけれど、はじめてわたしをパートナーとして、ひとりの人間として扱ってくれたんです。彼女と四十年をともにすごしたおかげで、わたしはすっかり甘やかされてしまいました」

ペンの手がさがって膝のあいだで組まれた。顔があがった。

「十人のうちの六人が、わたしを手に入れる前に子供を産んでいます。あたりまえですけれど、手に入れたあとはひとりもいません」

「どうしてあたりまえなの？　混沌と何か関係のあること？」

ペンが——そう、これはペンだ——咳払いをした。

「そうです。妊娠した女の魔術師は、早期に流産してしまうんです。多大な知識をもった熟練した女性はべつですが。アンベレインやヘルヴィアなら臨月まで子を宿していられたでしょうけれど、彼女たちはすでに家族をもっていましたから。ルチアにもそれだけの力はありましたが、彼女はその道を選びませんでした。ルチアは庶子神孤児院の捨て子だったので、感情的に何か複雑なものがあったのではないかとわたしは考えています」

ニキスはくちびるをすぼめた。

「男の魔術師はどうなの？」

「ええと……そちらはよくわからないのですが。いえ。結婚し、家庭をもった魔術師の話を聞いたことはあります」それからしかたなさそうに、「ですが、ほとんどは独身か寡男《やもお》です。もしくは、狂人と暮らすことに耐えられず、妻が去ってしまいます」

そして彼は反論してくれというように悲しげな微笑を浮かべた。ニキスとしてはただうなずくことしかできず、おかげでその笑みはよりいっそう哀れっぽくなった。

「わたしは一度も結婚したことがありません。でもそれを修正すべく努力しているところです」

彼のくちびるが吊りあがり、デスが言った。

「あらあら、無視されたと思っているの？」

「そうでしょう。だって……」

ニキスを示す愛情たっぷりのしぐさ。そしてとろけるような微笑。とろけてはならないと、ニキスは抵抗した。無理かもしれないけれど。ともかく、リストにあげたすべてを思いだそう。

「わたしはアドリアに行きたくないわ」

ペンが身体を起こした。

「大公の口添えがあればオルバスに転任できると思います。大公から大神官に圧力をかけてもらえれば。神殿の権威も結婚の誓いの前では膝を屈します……たいていの場合はですけれど」それからややあって、「許可がおりなくても、わたしはオルバスにいて、彼らはアドリアにいるんです。何ができるというのでしょう。わたしとしては、いつかまた訪ねていけるようにしておきたいとは思っていますが」

そして彼は、それで問題は片づいたというようにうなずいた。たぶんそうなのだろう。だがやはりペンのことだ、新たな間をおいてさらにつづけた。

「でもわたしとしては、やっぱりいつかあなたといっしょにアドリアを訪問したいです。セドニアと問題を起こしていないときに。ああ、でもあなたはもうセドニア人ではなくなるんですよね。ほんとうに、とても興味深い国なんです」

ニキスは顔をしかめた。

「もしセドニアがアデリスを裏切ったりしなければ、わたしは一生セドニアを離れなかったと思うわ。なのにもうもどることはできないのね」

「ときどき起こることです。たとえ裏切りがなくとも」ペンがため息を漏らす。

遠い連州の白い山々が恋しいのだろうか。それでもニキスは、さきに彼を裏切ったのはマーテンズブリッジの母神教団のほうだと、固く信じている。彼の治癒能力を誤って用い、危うく殺しかけたのだから。彼もそれを知っている。さもなければ彼だって、なかば逃げるように愛する故郷を離れたりはしなかっただろう。

ニキスは懸命に話題をもどした。

「わたしは家がほしいわ」そこでいくぶん妥協し、「少なくとも、いつか。いますぐってわけにいかないのはわかっているから」

「家、わたしもほしいです」

「あら……そうなの」

「正直な話、この十年もみずから好んで他人の宮殿に寄宿していたわけではありません。ただ、そのほうが簡単だったんです。仕事にも便利でしたし」

きっとそのとおりなのだろう。

「あなたはほとんどいつも自分の頭の中に住んでいるのよ。だから身体がどこにあろうとあまり関係がないんだわ」

「だから、家があったらあったでちゃんとやっていけます」

また、頭にくるほど強烈な微笑。ニキスは息を吸った。

「それから、子供も……」

「それもいいですね」彼がうなずく。「家に子供はつきものです。猫のように」

「なんですって？」

「いまのはペンですよ、わたしではありませんからね」デスが割りこんできた。「わたしだってペンが何を考えているかはわかりませんよ。あら、あなたにはわかるんでしたっけ」

ニキスは息を吸って最大の恐怖に直面した。単刀直入にいこう。いまがそのときだ。

「わたし、子供を産めないかもしれないの。キミスとのあいだには結局できなかったわ」

〈いろいろためしたけれど〉とつけ加えるのはやめておいた。もちろん、いまの言葉だけでもその意味はふくまれる。ペンといると、物怖じと怒りのあいだを行ったりきたりしてしまう。まるでコインを投げるみたいに。そんな男はほかにはいない。

「不妊の原因は数多くあります」

ペンが彼女を上から下までじろじろとながめる。待って。どうしてあの青い目がこの身体を切り裂いていくみたいに感じられるの？

〈魔術師なんて、ほんとうに〉

「少なくとも、あなたのほうに明らかな不具合はありません」

〈それだけでわかるの？〉

目に皺がよる。

「はっきりしたことを知るには実験が必要かもしれません。それはわたしがお手伝いできます」

まるでドレマみたいな話しぶりじゃないの。隣にすわっていたら殴ってやるのに。殴れるように、むこうの寝台に移ろうか。

ニキスはひたいをこすった。

「わたしがペンリックと結婚したら、彼はわたしの夫になるわけよね。でもデズデモーナ、あなたはわたしの何になるの？　あなたはひとりの人で。でもわたしの夫じゃない。わたしの妻でもない。わたしの……わたしの、姉？」それはなぜか心温まる新しい概念だった。

「可愛いニキス」絶対的な確信をもって魔が答えた。「わたしはあなたの望む何にだってなれるんですよ」

つぎの言葉がとびだすのを抑えることはできなかった。

「寝台の中で黙っていてくれる？」

「そうです、お願いですから」ペンも熱心な声で言い添える。

デスがにやりと笑った。

「ええ、ええ。でも予言しておきますけれど、そのうちにそんな必要もなくなりますよ」

「そうかもしれないわね」ニキスはため息をついた。

これまでどれだけのことに慣れてきたかを考えれば。最終的に、彼はただの〝ペン〟になるだろう。もしくは、〝ペン！〟に（そしてときどきは〝デス！〟に）。そのときはもうすぐそこまできている。

「時間を経ていくうちに、夫婦の継ぎ目はこすれてなめらかになってしまうのね」

時間。時間はいかなる人間の望みも、嘆きも、計画も、待ってはくれない。念入りにリストをつくっていても。ニキスはすでに人生の半分近くを背後に送ってしまった。つぎの半分のための新しい出発。いまがそのときだ。

「ねえ、魔術師と結婚なさいな」デスが促す。「そしてわたしをペンの苦悩から解放してちょうだい。あなたが結婚してくれたらペンは喜ぶわ。ペンが幸せだったらわたしも幸せ。そしてあなたも幸せになれるんですよ」

そう、すべてはそういうふうに働くのだろう。幸せはつぎつぎと人の手にわたっていって、とどまることを知らない。守銭奴がひとりで抱えこめるようなものではない。それは未来のために息をとめておこうとするようなものだ。

ニキスは顔をあげ、きっぱりと宣言した。

「髪を剃ってはいやよ」

「夢にも考えません」ペンが即答する。「でも……歳をとったときに禿げないと約束はできませんけれど。デス、どうにかできませんか」

「それはためしたことがありませんねえ。これまでの乗り手には無縁な問題だったから」

「あなたが禿げるころには、わたしは間違いなく太って皺だらけになっているわよ」

「そして冬林檎《ふゆりんご》のように甘くなっているんですね」

「どっちかといえば意地悪になってるわね」

「甘い意地悪ですね」

「お気楽者」

「お気楽でなければこんなことはできませんから」

彼はすでに彼女の隣にすべりこんでいる。しっかり見張っていなければ、いったい何をしはじめるかわからない。

彼の優雅なしぐさすべてに目を光らせているのは、べつに負担ではないけれども。パトスのあの庭ではじめて彼を見たとき、自分はどんな印象を抱いたのだっけ。そう、〝精霊〟のようだと思ったのだ。いまの彼はちゃんと人間に見える。肉と血と、長い長い骨をもっている。間違いもするし奇跡も起こす、不器用かと思えばすばらしく洗練されていて、悲しみも喜びも知っている。指が細く美しい手はとても器用で、ほんとうにさまざまなすばらしい技を心得ている。そんな手を逃してしまうのは、どうしようもなく愚かな女だけだ。

「行く手はまだまだ遠いわ」

ただ反論せずにはいられないという理由だけでつづける反論は、もうかすかな息づかいになってしまっている。彼女はいま彼にむかって落下しているのだから。

「もしかすると、ゴールはもう腕をのばせばすぐ届くそこにあるのかもしれません」

その腕が彼女に巻きつき、固く抱き締める。岸にひきあげようとするように。

だから彼女も彼にむかって手をのばした。

訳者あとがき

L・M・ビジョルド〈五神教〉シリーズ『魔術師ペンリック』の続編、『魔術師ペンリックの使命』をお届けする。

前巻ラストから六、七年がすぎ、ペンリックは三十歳になっている。あいかわらず二十代前半にしか見えない外見ながら、それなりにつらいことや苦しいこともあったためか、飄々《ひょうひょう》としてはいても少しは大人になったようだ。さまざまな事情により、一年前にマーテンズブリッジを離れ、いまは山を越えた海沿いの国アドリアで、大神官に仕えている（それらの事情については、おいおい物語の中で彼自身が語ってくれる）。

ではあるが、本書の舞台はアドリアではない。物語は、ペンリックが船に乗ってセドニアの港町に到着するところからはじまる。ペンリックはセドニア語にも堪能であるため、アドリア大公の命を受け、セドニアの某人物に密書をとどける任務をおおせつかったのだ。

ペンリック&デズデモーナのシリーズは、それぞれが独立した連作中編となっているが、本書にまとめられた三編は、ビジョルド女史自身が〈セドニア三部作〉と呼んでいるように、すべてセドニアを舞台とし、時間的にも物語としても密接につながっている。

ところで、セドニアってどこだっけ？　前巻でも簡単に紹介したこの世界の地理を思いだしてほしい。ヨーロッパ地図を百八十度回転させると、イブラ半島がイベリア半島、ダルサカがフランス、ウィールドがドイツ、連州がスイス、となることはおぼえておられるだろう。連州から山を越え、イタリア北部のあたりに、アドリアがある（この世界にイタリア半島はない）。そこから船に乗って地中海にあたる海を西にむかい、海につきだした国ギリシャがセドニアに相当する。陸路をたどった場合は、セドニアからアドリアまでのあいだに、オルバスとトリゴニエというふたつの国がある。オルバスとトリゴニエは大公が統治する公国だが、このセドニアは古い歴史をもち皇帝をいただく帝国である。雪深い山国育ちのペンリックは、（わたしたちの世界でいう）南欧の風俗におおいに興味をひかれながら、新たな冒険にのりだしていく。彼を待ち受けているのは……運命の出会い……？

というわけで、前巻で彼と友情を結んだ巫師《ふし》や父神の捜査官は登場しない。残念に思われる読者もおられるだろうが、本書でも同じぐらい魅力的なキャラクターたちがペンリックと冒険をともにしてくれる。そして、十二人のお姉さま軍団たる庶子神の魔デズデモーナも、あいかわらずペンリックの中で元気に活躍しているので、存分に楽しんでほしい。

このシリーズはどれも、まずkindleで電子書籍として発表され、のちに書籍化された。はじめは一話ずつハードカバーで出ていたのだが、最終的に、日本版と同じく三話ずつをまとめた二冊の単行本になっている。

Penric's Progress

Penric's Demon（二〇一五）「ペンリックと魔」

Penric and the Shaman（二〇一六）「ペンリックと巫師」

Penric's Fox（二〇一七）「ペンリックと狐」

Penric's Travels

Penric's Mission（二〇一六）「ペンリックの使命」

Mira's Last Dance（二〇一七）「ミラのラスト・ダンス」

The Prisoner of Limnos（二〇一七）「リムノス島の虜囚《りょしゅう》」

それまでとんとんと発表されていたのに、「リムノス島の虜囚」のあとがしばらくあいてしまったため、これで終わりなのかと残念に思っていたのだが、二〇一九年、二〇年と、またまた新しく三編が発表された。

The Orphans of Raspay（二〇一九）

The Physicians of Vilnoc（二〇二〇）

Masquerade in Lodi（二〇二〇）

この新しい三編は、前巻『魔術師ペンリック』に収録された三編と同じく、それぞれが独立したエピソードになっていて、*The Orphans of Raspay* と *The Physicians of Vilnoc* は「リムノス島の虜囚」以後の物語。*Masquerade in Lodi* は、時系列的に「ペンリックと狐」と「ペンリックの使命」のあいだに挿入される物語で、アドリアにきたばかりのペンリックが描かれている。

いずれそのうちに紹介できることと思う。

そしてまた、ビジョルド女史がさらにこのシリーズを書きつづけてくれることを期待したい。

訳者紹介 東京女子大学文理学部心理学科卒、翻訳家。主な訳書に、ホブ「騎士の息子」「帝王の陰謀」「真実の帰還」、ウィルソン「無限の書」、ビジョルド「魔術師ペンリック」「スピリット・リング」「チャリオンの影」「影の棲む城」他。

検印
廃止

魔術師ペンリックの使命

2021年6月11日　初版

著　者　ロイス・マクマスター・ビジョルド

訳　者　鍛《か》　治《じ》　靖《やす》　子《こ》

発行所　(株)東京創元社
代表者　渋谷健太郎

162-0814/東京都新宿区新小川町1-5
電　話　03·3268·8231-営業部
　　　　03·3268·8204-編集部
URL　http://www.tsogen.co.jp
DTP　工友会印刷
暁印刷・本間製本

乱丁・落丁本は、ご面倒ですが小社までご送付ください。送料小社負担にてお取替えいたします。

ISBN978-4-488-58715-4　C0197

ヒューゴー賞シリーズ部門受賞

PENRIC'S DEMON, AND OTHER NOVELLAS

◆Lois McMaster Bujold

魔術師ペンリック

ロイス・マクマスター・ビジョルド
鍛治靖子 訳

創元推理文庫

◆

ペンリック・キン・ジュラルド19歳。兄が決めた婚約式のために町へ行く途中、病で倒れている老女の最期を看取ったのが、すべての始まりだった。亡くなった神殿魔術師の老女に宿っていた庶子神の魔が、あろうことかペンリックに飛び移ってしまったのだ。おかげで婚約は破棄され、ペンリックは10人の人間とライオンと馬を経てきた年古りた魔を自分の内に棲まわせる羽目に。魔はすべて庶子神に属する。魔を受け継いだペンリックは魔を制御すべく訓練をはじめるが……。

中編３本を収録。ヒューゴー賞など５賞受賞の〈五神教シリーズ〉最新作登場。

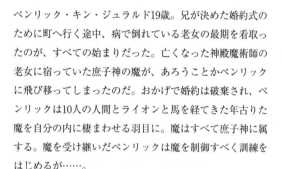